Du même auteur, chez le même éditeur :

Drenaï :
Légende
(Prix Tour Eiffel de science-fiction 2002)
Légende - édition collector
Le Roi sur le Seuil
Waylander
Waylander II : dans le Royaume du Loup
Druss la Légende
La Légende de Marche-Mort
La Quête des héros perdus

Les Pierres de sang :
L'Homme de Jérusalem
L'Ultime Sentinelle

Rigante :
1. *L'Épée de l'Orage*
2. *Le Faucon de Minuit*
3. *Le Cœur de Corbeau*

Romans isolés :
Dark Moon
L'Étoile du Matin
L'Écho du Grand Chant

Du même auteur, chez d'autres éditeurs :

Le Lion de Macédoine (cycle)

Renégats

www.bragelonne.fr

David Gemmell

Le Faucon de Minuit

Rigante - livre deuxième

Traduit de l'anglais (Grande-Bretagne) par Alain Névant

Bragelonne

Collection dirigée par Stéphane Marsan et Alain Névant

Titre original : *Midnight Falcon*

1ere édition : février 2005
2e tirage : août 2006

Illustration de couverture :
© Didier Graffet

ISBN : 2-915549-14-1
ISBN13 : 978-2-915549-14-0

Bragelonne
35, rue de la Bienfaisance - 75008 Paris - France

E-mail : info@bragelonne.fr
Site Internet : http://www.bragelonne.fr

DÉDICACE

Lorsque j'étais encore à l'école, j'observais assez souvent mes professeurs. Certains étaient gentils, d'autres méchants, et d'autres encore étaient incompétents au possible. En tout cas, l'un d'entre eux était génial. *Le Faucon de Minuit* est dédié avec toute mon affection à Tony Fenelon, un prof de l'ancienne école, dur, intransigeant, mais totalement dévoué aux enfants dont il avait la charge. Sa foi en nous nous a donné foi en nous-mêmes. Et ceux d'entre nous qui étaient alors sur la mauvaise pente lui doivent plus qu'ils ne pourront jamais lui rendre.

REMERCIEMENTS

Tous mes remerciements vont à mes lecteurs tests qui m'ont aidé à louvoyer dans la tempête, particulièrement Jan Dunlop, Alan Fisher, Stella Graham et Steve Hutt. Merci aussi à ma correctrice, Nancy Webber, et aux nombreux lecteurs dont les lettres et les e-mails sont une source constante d'inspiration.

Chapitre premier

Parax le Chasseur avait toujours méprisé l'orgueil chez les autres. Il savait pourtant à quel point l'orgueil pouvait s'emparer subrepticement d'un homme. Cette pensée était aussi glaciale et mordante que le vent qui soufflait sur les cimes enneigées des montagnes de Druagh. Parax sortit un chapeau de laine de sa sacoche et recouvrit ses fins cheveux blancs. Il posa son vieux regard sur le splendide Caer Druagh, la plus ancienne des montagnes, mais n'arriva pas à en distinguer précisément les contours ni les lointains bois de pins. Aujourd'hui, tout ce qu'il était capable de voir, c'était la blancheur brumeuse des pics qui ressortaient sur le ciel bleu et froid.

Son poney trébucha de fatigue et le vieil homme dut s'agripper au pommeau de la selle. Il caressa le cou de l'animal et tira doucement sur les rênes. La bête avait dix-huit ans. Elle avait toujours été forte et dévouée – une monture en laquelle on pouvait avoir confiance. Mais plus maintenant. Comme Parax, elle trouvait que c'était une traque de trop.

Le vieil homme soupira. À trente ans il avait été au faîte de sa gloire, l'un des plus célèbres chasseurs de tous les pays keltoïs. Mais cela n'avait pas fait de lui un vantard, car il savait qu'il avait juste la chance d'avoir une bonne vue et de disposer d'intuition. Son père, lui aussi un grand traqueur et un célèbre chasseur, lui avait tout appris. À cinq ans, le jeune Parax pouvait identifier plus de trente animaux différents rien qu'à leurs empreintes : la loutre sauteuse, le blaireau baladeur, le rusé renard, et bien d'autres encore. Son talent en était presque mystique. Les hommes disaient de lui qu'il pouvait lire la vie de quelqu'un dans les brins d'herbe foulés par le talon de sa botte. Évidemment, ce n'étaient que des sornettes, mais lorsqu'il avait entendu cette légende pour la première fois, Parax avait souri, sans reconnaître la naissance d'une once d'orgueil dans ce sourire. En revanche, il était vrai qu'il devinait beaucoup de l'homme qu'il suivait à ses empreintes ; les endroits où il montait son campement et plaçait son feu révélaient son degré d'entendement de la nature, la fréquence de repos de sa monture, sa vitesse de déplacement, la patience dont il faisait preuve avec ses poursuivants. Toutes ces choses étaient révélatrices du caractère d'un homme, et une fois que Parax avait compris comment fonctionnait sa proie, il la trouvait toujours, quelle que soit son habileté à dissimuler ses traces.

À trente-cinq ans, la renommée de Parax était devenue telle, que le roi des Perdiis, Alea, l'avait recruté pour sa maison. Et même là, il n'avait pas laissé la fierté prendre le pas sur sa personnalité. À cinquante ans, alors au service du roi Connavar, il s'était autorisé ce qu'il appelait une satisfaction paisible devant le chemin parcouru. Bien que ses yeux ne fussent plus aussi perçants qu'avant, sa lecture des empreintes semblait presque magique à quiconque l'observait. Et, à soixante ans, il pouvait encore suivre une piste aussi bien que n'importe qui, car il avait alors une vie d'expérience derrière lui, ce qui lui donnait un certain avantage sur les plus jeunes. Du moins c'est ce qu'il avait cru, et avec cette certitude, l'orgueil avait poussé telle une mauvaise herbe dans son cœur sans qu'il le remarque. Aujourd'hui, à soixante-dix ans passés, il avait admis depuis quelques années déjà qu'il n'était plus le mâle dominant. Même plus compétent du tout. Et le savoir faisait mal au vieil homme. Mais pas autant que la fierté qui l'avait empêché de dire la vérité à l'homme qu'il aimait par-dessus tout, le roi.

Parax avait servi Connavar pendant près de vingt ans – depuis l'époque où le jeune guerrier l'avait sauvé des colonnes d'esclaves de Roc et l'avait amené au pied des montagnes majestueuses de Druagh. Il avait chevauché à ses côtés lorsque le jeune homme était devenu laird, puis chef de guerre, et finalement premier Grand Roi depuis des siècles. Il avait été avec lui lors de cette journée sanglante dans la plaine de Cogden, lorsque l'invincible armée de Roc avait été écrasée par la puissance des Loups de fer de Connavar. Rien que d'y penser il en frissonna. Le roi Connavar avait fait confiance à Parax – et voilà que l'âge et l'infirmité grandissante avaient contraint le vieil homme à trahir cette confiance.

— Trouve le jeune Bane, lui avait ordonné le roi, avant que les chasseurs ne le tuent – ou qu'il les tue.

Parax avait regardé au plus profond des yeux aux couleurs étranges du roi, l'un vert, l'autre fauve-doré, dans l'espoir de lui avouer la vérité et de lui dire simplement : « J'ai perdu mon talent, mon ami. Je ne peux pas t'aider. »

Mais en vain. Les mots étaient restés coincés dans sa gorge, agrippés par les serres de la vanité. Il était l'un des plus fidèles conseillers du roi. Il était Parax – le plus grand chasseur du monde connu, une légende vivante. Dès qu'il avouerait à voix haute la vérité, il deviendrait un simple vieillard inutile, qu'on rejetterait et oublierait rapidement. Il s'était donc contenté d'acquiescer d'une révérence maladroite et s'en était allé de Vieux-Chênes au galop, l'esprit tourmenté, en proie à la panique. Ses yeux affaiblis ne pouvaient plus lire les signes, et il avait dû suivre le groupe de chasseurs plusieurs jours dans l'espoir qu'ils le conduiraient au jeune hors-la-loi.

Puis, ce fut l'ignominie ultime. Il avait perdu la trace du groupe de chasseurs. Vingt cavaliers !

Parax en avait pleuré des larmes d'amertume. Autrefois il aurait pu traquer un moineau en plein ciel, et voilà qu'il était incapable de trouver le crottin de vingt chevaux. Il se trouvait à près de deux kilomètres derrière eux lorsqu'il s'était endormi sur sa selle. Son poney peinturluré, fatigué et assoiffé, avait senti l'eau non loin et avait quitté la piste pour aller vers l'est. Parax s'était réveillé en sursaut alors que l'animal gravissait une colline boisée. Le vieil homme en était presque tombé de selle. De gros nuages obscurcissaient le ciel et il n'avait pas la moindre idée de l'endroit où il se trouvait. Le poney l'avait mené jusqu'à un cours d'eau bouillonnant et Parax avait mis pied à terre. Son dos lui faisait mal et sa bouche était sèche. Il s'était agenouillé pour prendre de l'eau dans ses mains et avait bu.

— Te voilà plus utile que moi, avait-il dit à voix haute. (Le poney avait henni et frappé le sol du pied.) Tu sais l'âge que j'ai ? demanda-t-il à sa monture. Soixante-douze ans. Autrefois, j'ai traqué un voleur durant trois semaines sans m'arrêter. Je l'ai attrapé sur les hauts plateaux, dans les Rocheuses. Le roi m'a payé vingt pièces d'argent et m'a nommé Prince des traqueurs.

Il retira son vieux chapeau de laine et s'aspergea le visage et la barbe. Il avait faim. Il avait emballé des tranches de lard dans de la mousseline, ainsi que du pain et une petite tome de fromage ; le tout se trouvait dans son barda. Il pensa tout sortir et préparer un feu, mais au même moment le chaud soleil de l'après-midi perça entre les nuages et il s'assoupit, la tête appuyée contre un rocher rond.

Il rêva à des jours meilleurs, avant que ses yeux ne le trahissent, des jours de rire et de joie, après que le jeune roi eut chassé les soldats de Roc des territoires du nord. De rire et de joie – sauf pour le roi. Le Roi Démon : voilà comment ils l'appelaient, à cause de sa férocité et parce que les hommes se souvenaient de la terrible vengeance qu'il avait mise en œuvre pour le meurtre de sa femme. À l'époque où Connavar n'était qu'un simple laird rigante, il avait massacré à lui seul le village du meurtrier, le réduisant en cendres et tuant hommes, femmes et enfants. Depuis ce jour-là, Parax ne l'avait plus jamais entendu rire, et n'avait plus, non plus, vu de la joie dans ses yeux.

Dans son rêve, Parax voyait le roi, debout au clair de lune sur les remparts de Vieux-Chênes. Sauf qu'à présent il y avait des fantômes qui tournaient autour de lui : une jeune femme aux longs cheveux noirs et au visage pâle, ainsi qu'un géant avec une barbe jaune tressée. Ils essayaient de toucher le roi. Quand Connavar les apercevait, son visage balafré blêmissait. Parax connaissait ces deux personnes. La femme était la défunte épouse du roi, Tae, et l'homme son beau-père, Ruathain.

— Tu as rompu ta promesse, mon mari, disait le fantôme de Tae.

Connavar baissait la tête.

— Oh, Tae, répondait-il. J'ai tellement honte.

— Comptes-tu toujours m'emmener faire un tour à cheval ?

Connavar poussait un gémissement et tombait à genoux. Parax restait non loin de là, immobile, conscient du chagrin du roi. Il avait promis à Tae d'aller se promener avec elle au bord d'un lac, mais, alors qu'il rentrait chez lui, il avait croisé une femme dont il avait autrefois été amoureux, Arian. Elle l'aimait toujours, et il avait couché avec elle. Quelques heures plus tard, en revenant à Vieux-Chênes, il avait appris que Tae était finalement partie se balader avec Ruathain et qu'elle avait été tuée au cours d'une embuscade tendue par des hommes qui avaient décrété une dette de sang envers son beau-père. Connavar était toujours à genoux, la tête baissée. L'énorme silhouette de Ruathain se projetait sur lui.

— La famille, c'est ce qu'il y a de plus important, Conn. Je croyais te l'avoir enseigné.

— Mais tu l'as fait, Grand Homme. Je n'ai jamais oublié. J'ai veillé sur Aile, Bran et m'man.

— Et Bane ?

Le visage de Connavar s'empourprait de colère.

— Je regrette. Mais je ne supporterai pas de revoir Arian une fois encore. C'est mon désir pour elle qui a tué Tae – et qui a détruit ma vie !

— Tu as fait une erreur, Conn. Tous les hommes en font. Mais Bane n'y est pour rien, et il a grandi jusqu'à l'âge adulte sans avoir de père. Il a regardé sa mère, accablée de chagrin et brisée, mourir petit à petit dans la solitude la plus complète. Il méritait mieux de ta part, Conn. Tu aurais dû le reconnaître. Ce n'est pas comme s'il y avait l'ombre d'un doute. Il te ressemble – jusqu'au fond de ses yeux vert et fauve. Et parce que tu lui as tourné le dos, tout le monde t'a imité.

Ce rêve semblait affreusement réel et Parax n'avait qu'une envie, c'était de prendre le roi dans ses bras pour le réconforter tant il avait l'air abattu par le chagrin et la honte. Puis la vision disparut pour laisser place à un écran d'arbres aux branches agitées doucement par le vent. Ensuite – l'espace d'un battement de cœur – le vieux chasseur aperçut une femme voilée non loin. Elle s'appuyait sur un bâton. Un énorme corbeau s'envola d'un arbre et vint se percher sur son épaule. Parax fut aussitôt terrifié. Car il sut immédiatement qu'il s'agissait de la terrible Morrigu, la déesse seidhe du mal et de la mort.

Il se réveilla en poussant un cri. Son cœur battait à tout rompre dans sa poitrine. Il regarda à l'orée des arbres mais ne vit ni femme voilée ni corbeau. Une odeur de bacon grillé parvint à ses narines et un instant il crut qu'il rêvait encore. Il tourna la tête et vit un homme accroupi près d'un feu, tenant une poêle à frire au-dessus des flammes. L'homme tourna la tête à son tour et lui décocha un sourire.

— Tu faisais un mauvais rêve, vieil homme, lui dit aimablement l'inconnu.

La nuit commençait à tomber et le vent était froid. Parax se rapprocha du feu et serra son manteau vert autour de ses épaules. Il scruta attentivement le jeune homme. Il était imberbe et ses longs cheveux blonds étaient attachés en arrière sur sa nuque. Une longue natte fine pendait de sa tempe droite à la manière des Loups des mers. Il était vêtu d'une chemise de chasse vert pâle, d'une veste en cuir marron sans manches et d'un pantalon en daim, et était chaussé de bottes d'équitation qui s'arrêtaient aux genoux ; il ne portait pas d'épée mais se servait d'un couteau de chasse en fer pour retourner le bacon dans la poêle.

— Tu es le hors-la-loi, Bane, en déduisit Parax.

— Et toi, tu es Parax, le Chasseur Royal.

— C'est vrai – et fier de l'être.

Bane éclata de rire.

— On dit que tu es le plus grand chasseur de tous les temps.

— C'est ce qu'on dit, concéda le vieil homme.

— Ce n'est plus vrai, Parax, dit le jeune homme avec un sourire triste. Je t'ai bien observé. Tu as croisé ma piste trois fois au cours de ces dernières quarante-huit heures. La troisième fois, j'avais laissé une empreinte suffisamment visible pour que tu la voies, et pourtant tu es passé à côté.

Parax se pencha légèrement. Il pouvait enfin discerner les yeux aux couleurs étranges, l'un vert et l'autre fauve-doré. *Comme son père*, pensa le vieil homme. Comme le roi. Il avait l'air plus âgé que ses dix-sept ans, plus dur, et semblait en savoir plus sur le monde qu'il n'aurait dû.

— As-tu l'intention de me tuer ? s'enquit le chasseur.

— Tu le souhaites ?

— Il y aurait une certaine poésie dans l'acte, répondit Parax. La première fois que j'ai rencontré ton père, il devait avoir ton âge. Il était venu me tuer. Je l'avais pourchassé pendant des jours et des jours, avec un groupe de guerriers perdiis. Oh, mais il était futé, et il a tué sept chasseurs. Il a aussi tout fait pour m'éloigner de sa piste. Il était doué pour un jeune homme. Je l'ai quand même pourchassé à travers les rochers et les cours d'eau. Une fois, il a même failli m'avoir. Ses traces disparaissaient sous les branches d'un grand chêne. Il s'était hissé dans l'arbre, avait couru le long de la branche et avait sauté dans un arbre voisin. Mais à l'époque, je n'étais ni vieux ni usé. Et je l'ai trouvé.

— Pourquoi ne t'a-t-il pas tué ?

Parax haussa les épaules.

— Je ne l'ai pas su à l'époque, et je ne suis pas plus avancé aujourd'hui. Nous avons partagé un repas puis il est parti rejoindre au galop l'armée de Roc. Lorsque je l'ai revu, il était devenu l'homme qui avait tué le roi perdii et, moi, j'étais pieds et poings liés, en route pour la déportation et les mines en tant qu'esclave. Il m'a reconnu et m'a sauvé. À présent je me trouve avec son fils. Alors, tu vas me tuer ?

— Je n'ai rien contre toi, vieil homme, dit Bane. Je préfère que tu vives.

— Dans ce cas, tu aurais intérêt à partager le bacon, lui affirma Parax, autrement je vais mourir de faim.

— Mais comment donc. Après tout, c'est ta nourriture.

Bane se découpa une tranche de bacon à l'aide de son couteau et passa la poêle au chasseur. Ils mangèrent en silence. Le bacon était savoureux, même s'il était un peu trop salé, ce qui força Parax à retourner boire au ruisseau.

— Comment as-tu réussi à échapper aux chasseurs ? demanda-t-il au jeune homme en retournant près du feu.

— Ce n'était pas très compliqué. Ils n'avaient pas vraiment envie de me trouver. Je ne peux pas leur en vouloir. La plupart sont mariés, et je comprends qu'ils n'aient pas envie de laisser une veuve derrière eux.

— Tu es un petit fils de pute prétentieux, cracha sèchement Parax.

— C'est vrai. Mais je suis également très doué à l'épée et au couteau. J'ai déjà combattu dans des batailles, Parax. Deux fois face à des pillards des mers, et trois face à des brigands norviis. (Il tapota la boucle dorée autour de son poignet gauche.) C'est oncle Braefar en personne qui me l'a remise pour mon courage. Elle aurait dû m'être donnée par le roi – mais cela aurait été un rien gênant.

Parax entendit la colère monter dans la voix du jeune homme et décida de changer de sujet :

— Alors, pourquoi m'as-tu laissé te trouver ?

Bane éclata de rire.

— Tu ne m'as pas trouvé, Parax. Je t'ai trouvé. J'étais vraiment désolé pour toi. Cela doit être dur de perdre ses capacités.

— Oui, c'est très dur. Mais je doute que tu vives assez longtemps pour le savoir. Dis-moi plutôt pourquoi nous avons cette conversation ?

Le jeune homme ne répondit pas tout de suite. Il porta la poêle jusqu'au ruisseau et la lava. Puis, il l'essuya avec de l'herbe et alla la ranger dans le barda du vieil homme. Enfin, il s'allongea près du feu.

— J'étais intrigué. Je sais pourquoi les hommes d'oncle Braefar me recherchent. Par contre, je ne sais pas pourquoi le Chasseur Royal est à mes trousses. Ni, d'ailleurs, pourquoi il ne me recherche pas en compagnie des autres.

— Le roi ne souhaite pas ta mort, lui expliqua Parax.

Bane partit dans un rire méprisant.

— Tu m'en diras tant ! Mon père ne souhaite pas ma mort. Comme c'est touchant. Il ne m'a jamais adressé la parole de toute ma vie – sauf lorsque j'ai gagné la course de Beltine et qu'il a été forcé de me remettre le prix. « Bravo. » En dix-sept ans, c'est le seul mot que j'ai jamais entendu mon père me dire. Alors pourquoi devrais-je croire aujourd'hui qu'il s'inquiète de mon bien-être ?

— Je ne peux pas parler à sa place. Il m'a juste demandé de te retrouver. Il m'a confié un sac d'or que je dois te donner.

— Un sac d'or ? Quelle bonté ! s'exclama Bane avant de cracher dans le feu.

— C'est effectivement un homme bon, répliqua doucement Parax.

— Attention, vieil homme, le prévint Bane. Je ne suis pas connu pour mes débordements d'indulgence. Ces cinq derniers jours, j'ai déjà tué deux hommes. Un troisième ne viendrait pas entacher ma conscience.

— J'ai cru comprendre qu'ils avaient parlé de ta défunte mère de façon un peu légère et qu'ils t'avaient attaqué après que tu leur eus donné une correction à mains nues. Tu aurais certainement été acquitté dans n'importe quel procès.

— Et ce sac d'or, c'est pour m'aider au procès ?

— Non, admit Parax. C'est pour t'aider une fois que tu auras quitté le territoire rigante. Les hommes que tu as tués étaient des parents du général Fiallach. Il a fait vœu de t'affronter. Le roi ne souhaite pas que l'un de vous deux soit blessé.

Bane éclata une nouvelle fois de rire, mais cette fois le son était plutôt joyeux et plein d'humour.

— Tu veux dire qu'il ne tient pas à ce qu'oncle Fiallach se fasse tuer ?

— Si c'est ce qu'il avait voulu dire, c'est ce que je t'aurais dit, répondit sèchement Parax.

— J'aime la loyauté, déclara Bane. Je n'en ai pas vraiment l'expérience, mais j'aime ça quand même. C'est pour cela que je vais te laisser vivre et que je vais garder le sac d'or. (Sa voix se durcit soudain et une pointe de colère froide y fut perceptible.) Mais je ne vais peut-être pas partir. Je vais peut-être même rester pour aller défier Fiallach. Et je lui trancherai la gorge sous les yeux du roi.

Parax resta un instant sans rien dire.

— J'ai rarement vu autant de colère chez un homme, dit-il finalement au jeune guerrier. Cela me chagrine, Bane. Fiallach est un homme têtu. C'est aussi un grand guerrier. Mais, plus encore, il est marié à la sœur de ta mère. Tu crois que l'esprit de ta mère se réjouirait de voir son fils tailler en morceaux le père de ses neveux ?

— Non, effectivement, admit Bane.

Sa colère retomba aussitôt. Parax vit la tristesse dans ses yeux. Et, sur l'instant, comme toute férocité avait quitté son visage, il eut l'air beaucoup plus jeune.

— Je vais le laisser vivre, déclara-t-il. As-tu connu ma mère ?

— Non. Mais j'en ai entendu parler.

— Qu'est-ce que cela veut dire ? s'enquit froidement Bane.

— Cela veut dire que je connais l'histoire, mon garçon. Elle était le premier amour de Connavar, mais elle en a épousé un autre lorsqu'elle a cru que Conn allait mourir. Et ce mariage n'a pas marché.

— Inutile de jouer les timides, espèce de vieux salaud ! Le mariage n'a pas marché parce que Connavar l'a prise de force et m'a conçu. Puis il l'a abandonnée. Il ne lui a plus jamais adressé la parole par la suite. Sa vie a été brisée, et elle est morte triste et seule. Puisque nous sommes entre nous, autant raconter l'histoire dans son entier.

— Nous sommes loin du compte, mais ce n'est pas à moi d'en débattre. Cependant je vais quand même te poser une question : est-ce que c'est ta mère qui t'a raconté que Connavar l'avait prise de force ?

— Elle n'a pas eu besoin de le faire.

Parax soupira.

— J'ai l'impression que les hommes entendent toujours ce qu'ils ont envie d'entendre. Inutile de discuter. Je dois m'en aller.

Il marcha jusqu'à son poney, ouvrit une sacoche et en sortit une bourse remplie d'or qu'il lança au jeune homme.

Bane se mit à rire.

— À présent, tu peux retourner auprès du roi pour lui dire que le vieux chasseur est toujours le meilleur. Il a trouvé le hors-la-loi alors que personne n'y était arrivé.

— Je lui dirai la vérité – et je ne traquerai plus jamais.

— Bon, dit tranquillement Bane, alors, si tu dois lui dire la vérité, dis-lui aussi que je l'ai toujours détesté et qu'un jour ou l'autre, je lui arracherai sa saloperie de cœur pour ce qu'il a fait à ma mère.

— Pour vaincre Fiallach, il va falloir que tu sois très, très bon, lui apprit Parax. Mais pour tuer Connavar, il va te falloir être le meilleur guerrier de tous les temps. Et tu ne l'es pas encore, mon garçon. Non, tu es même loin de le devenir.

— Qui sait ? Je le serai peut-être devenu la prochaine fois que nous nous verrons, rétorqua doucement Bane.

Parax monta en selle avec difficulté.

— Je ne crois pas, répondit-il. Je suis peut-être vieux, Bane, et mes capacités physiques ne sont plus ce qu'elles étaient. Mais j'ai toujours l'esprit vif, et il traque encore aussi bien la vérité qu'avant. Pourquoi n'as-tu pas attendu le procès, afin de sortir libre et la tête haute ? Et, si tu as décidé de t'enfuir, pourquoi es-tu resté dans ces collines pour jouer à cache-cache avec les chasseurs ?

— Parce que je suis un homme libre et que je fais ce que je veux.

— Non, c'est parce que tu veux que cela cesse, lui expliqua Parax. Écrasé de chagrin par la mort de ta mère, souffrant sans cesse de cette vie d'exclusion, tu attends la mort. Peut-être même la souhaites-tu ? Enfin, j'espère que tu as raison, mon garçon. J'espère que tu vas partir d'ici pour affûter tes multiples talents. Car, comme Connavar, tu as en toi la marque des grands hommes. Et, comme lui, je ne veux pas que tu meures.

Sur ce, Parax éperonna sa monture et sortit de la clairière.

La plupart des gens pensaient que les années avaient été tendres avec Vorna la sage-femme. Bien qu'elle ait à présent passé la cinquantaine, ses longs cheveux étaient toujours majoritairement noirs, malgré quelques mèches argentées, et sa peau était toujours douce ; elle paraissait bien dix ans de moins que son âge. Assise sous le porche de sa maison, elle regardait les derniers rayons du soleil baigner le village de Trois-Ruisseaux.

Tel est le pouvoir des Wicca, pensa-t-elle.

La magie de la terre coulait dans ses veines, ralentissant son vieillissement.

Autrefois on la connaissait sous le nom de Vorna la Sorcière ; elle était alors crainte et respectée par toute la population. Comme tous croyaient à présent qu'elle avait perdu ses pouvoirs, elle était tout d'un coup devenue populaire, et elle savourait cela. C'était tellement agréable de voir les gens lui sourire ou la saluer de la main sur son passage. C'était si bon qu'ils l'invitent dans leurs maisons.

Oui, pensa-t-elle encore, *les années ont été tendres avec Vorna.*

Elle frissonna soudainement, mais pas de froid. De là où elle était, elle pouvait apercevoir la forge de Nanncumal et entendre le battement régulier du marteau ; sur la droite se trouvait la maison qu'occupaient autrefois les parents de Connavar, Ruathain et Meria. Comme les souvenirs défilaient, Vorna soupira. Elle leva les yeux vers les cimes du Caer Druagh où la lumière évanescente transformait les neiges en dorures pâles. *Il y a tellement peu de choses qui changent dans les montagnes*, songea-t-elle. *Et pourtant tellement de choses dans nos vies.*

Vorna scruta la prairie devant la vieille maison de Ruathain et l'imagina en train de fouler l'herbe à grandes enjambées, son fils sur ses énormes épaules. Ruathain avait toujours eu l'air plein de vie et d'énergie. Vorna ferma les yeux. Vivre avec des regrets était futile et elle le savait bien. Une perte de temps et d'émotions. Mais plus on vieillit, plus il devient difficile d'éviter ce sentiment. Il vaut mieux le subir et attendre que cela passe.

Elle imagina ensuite son mari, le petit marchand de Roc, Banouin, partant pour son dernier voyage en compagnie du jeune Connavar. Banouin s'était retourné et lui avait envoyé un baiser de la main. Ce souvenir lui nouait encore l'estomac et une boule se forma dans sa gorge. Il n'avait pas vécu assez longtemps pour voir naître son fils.

Le jeune Banouin était parti à son tour. Lui aussi s'était retourné en haut de la dernière colline. Et une fois de plus, Vorna s'était retrouvée seule – comme elle l'avait été toutes ces années, avant que Connavar n'affronte l'ours. Avant qu'elle ne danse avec Banouin lors de la nuit du festin. Avant qu'elle ne perde ses pouvoirs de sorcière. Avant qu'elle ne les retrouve secrètement.

Vorna se leva et se rendit au premier ruisseau. Elle s'y arrêta pour regarder la beauté des digitales, qui parsemaient les berges de taches légèrement violettes. Elle était tellement détendue qu'elle se trouvait à deux doigts d'être mélancolique ; elle avait l'impression que les fantômes de son passé se tenaient à ses côtés. Le puissant Ruathain, Eriatha, la Fille de la Terre, Riamfada, l'impotent, et Arian, la tourmentée…

— J'espère que tu connais enfin la paix, mon enfant, murmura Vorna.

Penser à Arian la fit aussitôt songer à son fils, Bane. Quel affreux nom pour un enfant. Dans la vieille langue, cela signifiait « malédiction ». Dans son égoïsme et son chagrin, Arian avait voulu que tous les Rigantes sachent ce qu'elle endurait.

Pourtant, malgré le poids de son nom, le garçon s'en était bien sorti – à part peut-être son illettrisme. Le roi avait décrété que tous les enfants rigantes devaient apprendre à lire et écrire. Pour une raison que Vorna ne comprenait pas, Bane, malgré son intelligence et sa rapidité d'esprit, n'y était pas arrivé. Frère Solstice, le druide, qui enseignait aux enfants de Trois-Ruisseaux, l'avait envoyé chez Vorna afin qu'il apprenne avec Banouin, qui avait très facilement assimilé toutes les leçons. Mais, malgré l'aide constante de Banouin, le jeune Bane éprouvait d'énormes difficultés.

En revanche, Bane avait d'autres talents, et certains furent une réelle source de joie pour Vorna. Elle sourit en se remémorant l'histoire du petit blaireau.

Après avoir regardé autour d'elle pour s'assurer qu'elle était bien seule, Vorna s'agenouilla et dessina un cercle dans l'air avant de prononcer trois mots de Pouvoir – des mots d'une langue ancienne, oubliée des hommes. Un cercle argenté apparut au milieu des digitales. Vorna y souffla un peu d'air. L'air à l'intérieur du cercle se mit à onduler comme sous l'effet de la chaleur et une image se forma. Vorna contempla une nouvelle fois le garçon de neuf ans et le petit blaireau aveugle. Agenouillée au milieu des fleurs, la sage-femme regarda la scène se dérouler en silence, son esprit remontant jusqu'à cette journée de début d'été, huit ans auparavant.

Le soleil était déjà couché depuis une heure lorsqu'elle avait entendu un grattement à la porte. Vorna était sortie de son lit, avait saisi un châle afin d'aller dehors. Bane se tenait sous le clair de lune, un jeune blaireau blotti contre sa jambe. Lorsqu'elle avait ouvert la porte, le blaireau avait légèrement plissé les épaules, et sa petite tête à rayures argentées s'était mise à dodeliner.

— Que fais-tu avec cette bestiole ? avait demandé Vorna à voix basse.

— J'étais dans les bois, lui avait expliqué l'enfant. C'est là que je l'ai vu. Il est passé à côté de moi et s'est cogné contre un arbre. Ensuite il est tombé dans un terrier de lapin. Il a un problème avec ses yeux, Vorna.

— Comment l'as-tu ramené ici ?

— Ça m'a pris du temps, avait dit le garçon. Regarde !

Il s'était éloigné du blaireau pour s'agenouiller et s'était mis à faire une série de cliquetis avec sa langue et ses dents. Le blaireau avait commencé par s'agiter puis s'était dirigé en direction du bruit. Lorsqu'il eut rejoint Bane, l'enfant lui caressa le front.

— C'est comme ça que j'ai fait. Il me suivait, mais il n'arrêtait pas de dévier de sa route. Ça m'a pris des heures pour le guider jusqu'ici. Est-ce que tu peux le soigner ?

— Il n'existe pas d'herbe contre la cécité, Bane, lui avait-elle répondu.

— Mais est-ce que tu peux le soigner ?

— Qu'est-ce qui te fait croire que je le pourrais ? lui avait-elle demandé, soudain inquiète.

— Je peux garder un secret, avait-il rétorqué. Et tu peux me faire confiance.

Elle avait regardé au plus profond des yeux de l'enfant et avait souri.

— Je te crois, lui avait-elle dit.

Alors, elle s'était agenouillée devant le blaireau et avait pris sa petite tête entre ses mains. Puis, son esprit était passé par le courant sanguin de la bête et dans tout son corps. Le petit blaireau s'était endormi. Il souffrait de malnutrition et il était infesté de puces et de vers. Mais le principal problème se trouvait au niveau du cerveau. Une tumeur cancéreuse appuyait contre son crâne, le rendant aveugle. Elle ouvrit les yeux et se tourna vers le garçon.

— Il y a un gros jambon pendu dans le garde-manger. Mets-le dans un plat et rapporte-le ici. Essaie de ne pas réveiller Banouin !

Bane était revenu en courant avec la viande. Vorna avait posé une main sur le jambon et l'autre sur la tête du blaireau, puis elle avait de nouveau fermé les yeux. À cet instant précis, elle s'était mise à flotter avec le cancer, ressentant sa pulsation de vie, son besoin de grossir. Avec des précautions infinies, elle avait affûté sa concentration, et attiré les cellules cancéreuses dans son propre corps, les faisant passer par le courant sanguin, les détruisant et les reconstruisant au passage, transformant la chair en énergie. Le jambon s'était mis à se tortiller sous sa main et des vers grouillaient tout autour de ses doigts. De la sueur était apparue sur le front de Vorna et coulait le long des lignes de son visage, jusque sur ses joues. Pourtant elle avait maintenu sa concentration. Finalement, certaine d'avoir supprimé toute trace de cancer chez le petit blaireau, elle s'était assise et avait ouvert les yeux. Bane avait regardé avec horreur la masse putride et remuante qu'était devenu le jambon.

— Ces vers étaient dans le blaireau ? avait-il demandé.

— D'une certaine manière. Va enterrer le jambon. Ensuite nous réveillerons la petite bête pour la nourrir un peu.

— Je ne dirai rien à personne, Vorna. Ton secret est en sécurité avec moi. Je te le promets.

— Depuis combien de temps es-tu au courant ?

— Je t'ai vu allumer un feu en claquant des doigts l'an dernier. J'étais de l'autre côté de la fenêtre. Je n'ai rien dit à personne.

— Mais pourquoi as-tu gardé le secret ?

— Parce que c'était le tien, avait-il répondu. Et j'ai pensé que tu ne voulais pas le partager avec les autres.

— Tu as eu raison. À présent, enterre cette viande.

La scène dans le cercle fit sourire Vorna. Puis elle claqua des doigts. Le cercle disparut. Elle se releva. Ce faisant, elle aperçut un cavalier sur une monture gris pommelée qui bifurquait le long de la pente des bois à l'est.

— Jeune inconscient, soupira-t-elle.

Mais son moral remonta un peu lorsque le jeune fugitif traversa le pont pour venir trotter dans la prairie. Il tira sur ses rênes devant la maison de Vorna et sauta à terre ; un grand sourire illuminait son visage, tandis que le soleil se reflétait sur ses cheveux blonds.

— J'espère que le repas est prêt, dit-il. J'ai failli m'arrêter pour manger mon cheval.

— Jeune inconscient ! le gronda-t-elle. De tous les endroits où aller… Tu veux donc que les chasseurs te retrouvent ?

— Ah, tu t'inquiètes trop. Enfin bon, ils sont à des kilomètres d'ici et n'arriveront que bien après la tombée de la nuit.

Il lui décocha un sourire et conduisit son hongre gris pommelé dans l'écurie. Vorna soupira et secoua la tête avant de rentrer dans la maison. Elle coupa une grosse part de tourte à la viande et la plaça dans une assiette qu'elle déposa sur la table. Bane entra dans la pièce, referma la porte derrière lui et s'assit. Vorna lui versa un gobelet d'eau et alla s'asseoir devant l'âtre le temps qu'il finisse son repas.

Il faisait frais dans la pièce, aussi murmura-t-elle un mot de Pouvoir. Des flammes jaillirent dans l'âtre, léchant le bois sec.

— Je ne me lasse jamais de te voir faire ça, lui dit Bane en se levant pour venir s'asseoir en face d'elle sur la vieille chaise en cuir.

Elle le regarda et lui sourit. Il avait les yeux de son père et la beauté de sa mère.

— Quels sont tes projets ? lui demanda-t-elle.

Bane haussa les épaules.

— Je n'en ai pas. Mais j'ai un gros sac d'or. Un cadeau de mon père affectueux. Ah, vraiment, sa bonté me touche à un point…

— Il a toujours été bon avec moi, répliqua Vorna, mais inutile de nous disputer pour cela. Je t'aime trop pour te voir te mettre en colère.

— Je ne me mettrai jamais en colère contre toi, Vorna, dit-il. Après ma mère, tu as été ma meilleure amie. Je vois que Banouin est déjà parti. Tu penses qu'il reviendra ?

— Cela dépend de s'il trouvera ou non ce qu'il cherche, répondit-elle d'une voix chargée de tristesse. (Elle regarda Bane dans les yeux.) Cela dépend aussi de s'il arrivera à survivre suffisamment longtemps pour cela.

— Tu crois qu'il court un danger ? Tu as eu une vision ?

— J'ai beaucoup de visions, mais aucune à propos de mon fils. Ni de toi, d'ailleurs. Je pense que mon amour pour vous deux bloque mes pouvoirs. En revanche, je sais qu'il voyage en direction du sud, à travers une terre ravagée par la guerre et en proie à la violence et à la destruction. Ce n'est pas un guerrier, Bane. Tu le sais bien.

— Oui, da, je le sais. Il n'est pas… fort, finit-il par dire de façon hésitante.

— Tu es un bon ami pour lui, dit-elle en souriant. Tu l'as toujours été.

Il rougit.

— Je sais surtout qu'à cause de moi il a souvent été dans le pétrin et que tu me disputais sans cesse.

Elle secoua la tête.

— Tu n'as jamais été à l'aise avec les compliments. Même lorsque tu étais enfant.

Bane gloussa.

— Je n'en ai jamais reçu assez pour m'y habituer.

Il alla jusqu'à la fenêtre et repoussa les volets. Puis, il scruta les collines. Le bruit du marteau arrivait encore de la forge de Nanncumal.

— Pauvre grand-père, dit-il doucement. D'abord sa femme, ensuite sa fille. Il a bien souffert.

— Tu lui as donc pardonné ? s'enquit Vorna.

— Oui, da. Cela a dû être dur pour lui d'avoir une fille déshonorée dans sa maison. Dans un sens, je crois qu'il m'en voulait. Mais il n'a jamais été sévère avec moi. À sa manière, il était même gentil. Et lorsque je l'ai vu en larmes à la mort de ma mère, toute colère à son encontre m'a abandonné. (Il se tourna vers Vorna et lui sourit tristement.) Difficile de haïr un homme qui a aimé quelqu'un que tu aimais.

— C'est une leçon à retenir, dit-elle.

— Je ne suis pas très doué pour retenir les leçons, admit-il. Je sais simplement écrire mon nom et le mot pour cheval. (Il retourna s'asseoir près du feu et appuya sa tête blonde contre le dossier de la chaise.) J'ai toujours aimé cette pièce, déclara-t-il. Elle est si calme. Je m'y sens en paix.

— Je vois ce que tu veux dire, lui confia Vorna. C'est une bonne maison. Il y a de nombreux bons souvenirs mémorisés dans ces murs.

Il s'assit.

— J'ai passé trois nuits dans ta vieille caverne après avoir semé les chasseurs. Combien de temps y as-tu vécu ?

— Vingt-cinq ans.

— Je devenais déjà fou au bout du quatrième jour. Comment as-tu pu rester aussi longtemps dans un endroit aussi désolé ?

— J'étais quelqu'un d'autre à l'époque. Jeune et amère.

— C'est à cette époque que tu as sauvé Connavar, dit-il. J'y pensais souvent pendant que j'étais là-bas.

— Si je ne l'avais pas fait, tu ne serais pas né, fit-elle remarquer. Et je n'aurais pas épousé le père de Banouin. Et donc il n'y aurait pas eu de Banouin. Et que serait devenu le monde sans vous deux ?

— Plus ennuyeux encore ? suggéra-t-il. (Son sourire disparut.) Parle-moi de Connavar et de l'ours.

— Que veux-tu savoir ? Tout le monde connaît l'histoire.

— Oui, da, c'est vrai. Mais est-ce que tout est bien vrai, Vorna ? Est-ce qu'il a vraiment affronté tout seul cette bête rien que pour sauver son ami paralysé ? N'y avait-il pas une autre raison ?

— Non, pas d'autre raison. Il a essayé de porter Riamfada à l'abri du danger, mais l'ours était trop rapide pour lui. Il a donc déposé son ami dans l'herbe et s'est retourné pour affronter l'animal, armé simplement d'une dague. Il avait deux ans de moins que toi, alors. (Vorna soupira.) N'aie pas l'air si déçu, Bane. Est-ce que tu aurais voulu que ton père soit en fait un lâche ?

— Sans doute. Je ne sais pas, Vorna. Où que j'aille, des gens racontent sa légende. Sa bataille face aux Loups des mers, la charge des Loups de fer face aux Panthères de Roc dans la plaine de Cogden, le siège des Tumulus. Le Grand Connavar ! Le héros ! Comment un tel héros a-t-il pu abandonner ma mère ? Comment a-t-il pu laisser son fils grandir sans le moindre geste d'affection paternelle ?

Vorna prit une profonde respiration.

— Tu devrais peut-être le lui demander ?

— Je le ferai peut-être un jour.

Elle vit une pointe de tristesse passer sur son visage. *Tu es si jeune*, pensa-t-elle. *À peine plus qu'un gamin.* C'est alors qu'une nouvelle pensée l'effraya.

— Que comptes-tu faire ? lui demanda-t-elle.

— Faire ? Mais je vais faire tourner ces chasseurs en bourrique jusqu'à ce qu'enfin ils m'attrapent.

Il lui décocha un superbe sourire, mais elle soutint imperturbablement son regard.

— Dis-moi la vérité, dit-elle doucement. Que comptes-tu faire ?

— Je n'en sais rien, Vorna. (Il soupira.) Est-ce que tu crois que ma mère m'aimait vraiment ?

— Comment cela ? Évidemment qu'elle t'aimait. Elle était folle de toi. Pourquoi demandes-tu une telle chose ?

— Quelquefois, elle me regardait bizarrement, et puis elle se mettait soudain à pleurer et me disait de ficher le camp. D'autres fois elle me disait que j'étais la cause de toutes ses souffrances.

— Oui, parfois elle pouvait manquer un peu de discernement, convint Vorna. Mais tu n'en étais pas la cause, Bane. Pas plus que Connavar. Nous sommes tous les victimes de nos propres natures. Arian n'était pas parfaite. Mais elle t'aimait. Je le sais et, toi, tu sais que je ne te mentirais pas.

— Oui, Vorna. J'ai aussi vu le vieux chasseur, Parax, hier. Le roi l'avait envoyé me chercher.

— Si quelqu'un pouvait te trouver, cela ne pouvait être que Parax, dit-elle.

— En effet, répliqua-t-il. C'est un vieil homme rusé. Et sage, en plus. Il m'a prédit mon avenir. Enfin bon, je ferais mieux d'y aller. Je voudrais te remercier pour tout ce que tu as fait pour moi.

Vorna sentit la peur grandir en elle. Se servant de ses pouvoirs, elle pénétra dans l'esprit du jeune homme. De la tristesse, des angoisses et un sentiment de vide l'envahirent aussitôt, ainsi qu'un désir oppressant de mort.

— Un instant ! dit-elle alors qu'il approchait de la porte. Si tu n'as pas de projets, il y a quelque chose que tu pourrais faire pour moi.

— Tout ce que tu veux, Vorna. Tu le sais bien.

— Trouve Banouin. Voyage avec lui et protège-le. Cela signifierait beaucoup pour moi… de vous savoir ensemble, tous les deux, ajouta-t-elle alors qu'il s'était arrêté sur le seuil.

Bane jeta un coup d'œil à l'extérieur.

— Ah, les voilà, dit-il. Ils chevauchent aussi vite que le vent ! Oui, il est vraiment temps que je m'en aille. (Il sourit et Vorna se détendit, car c'était le Bane de tous les jours qu'elle voyait à présent, joyeux et plein de vie.) Ne t'inquiète pas pour Banouin, lui dit-il. Je vais le trouver et je chevaucherai avec lui.

— J'espérais bien que tu le ferais, avoua-t-elle. Mais mon cœur se réjouit de l'entendre. À présent, va-t'en vite.

Il lui adressa un large sourire, rentra un instant à l'intérieur, la souleva de terre et lui planta un baiser sur les deux joues.

— Prends soin de toi, lui dit-il. Il n'y a pas beaucoup de gens que j'aime sur cette terre.

Il la reposa au sol. Vorna lui caressa le visage.

— Va-t'en vite !

Il sortit en courant. Vorna alla sous le porche et le regarda cravacher son gris à travers la prairie, sauter la barrière et galoper en direction des collines du sud.

Les vingt chasseurs firent bifurquer leurs montures et lui donnèrent la chasse.

— Vous ne l'attraperez pas, dit doucement Vorna.

Banouin tira une fois de plus sur les rênes de son hongre alezan afin de pouvoir regarder derrière lui, en direction du nord. À travers une ouverture entre les cimes des grands pins, il pouvait encore apercevoir les pics dans le lointain. Il scruta ensuite le sud, les basses terres, et sut que dès qu'il aurait franchi la dernière crête, le Caer Druagh ne serait plus qu'un souvenir. Un sentiment de tristesse s'empara du jeune homme, ce qu'il trouva surprenant.

Banouin n'avait jamais apprécié sa vie parmi les Rigantes. Enfant, il avait méprisé les jeux de garçons, la valorisation de la force physique, les bagarres et les querelles. Il lui en avait coûté de découvrir que les Rigantes étaient un peuple versatile et exalté, prompt à la colère. Pourtant, il avait le cœur gros de partir.

La journée était belle et chaudement ensoleillée. Banouin passa sa main dans ses longs cheveux noirs, qui descendaient jusque sur ses épaules. *Je ferais bien de les couper avant de traverser l'eau*, pensa-t-il. Les citoyens de Roc portaient les cheveux courts. Ils se rasaient aussi quotidiennement, car barbes et moustaches étaient juste bonnes pour les Barbares. Ses pensées quittèrent les montagnes sauvages de Druagh pour se concentrer sur la légendaire cité de Roc, la cité de son père.

Les gens avaient toujours parlé en excellents termes du premier Banouin – le petit étranger qui était venu vivre au milieu du peuple rigante, et qui avait épousé l'ancienne sorcière, Vorna. « Un homme de bien, disaient-ils, bon et brave. » Il avait été assassiné par le roi perdii dix-neuf ans auparavant.

Banouin jeta un dernier regard au Caer Druagh et éperonna son hongre qui descendit le long de la pente.

— Comment était mon père ? avait-il demandé une fois à sa mère.

— Il n'était pas grand, mais il était beau, avec des cheveux noirs, comme toi.

— Est-ce qu'il avait des yeux bleus comme les tiens ?

— Non, ils étaient noirs également.

— Est-ce que ses camarades le maltraitaient lorsqu'il était enfant ?

— Nous n'avons pas eu le temps de parler de son enfance, mon fils. En tout cas, une fois adulte, personne ne le maltraitait.

Banouin avait traversé la rivière la veille et, autant qu'il pouvait en juger, il devait se trouver à une journée de route du village rigante de Gilrath. Son cheval – un cadeau du roi – était toujours frais et fort, même s'il était un peu trop fougueux au goût de Banouin. Chaque matin l'animal le regardait fixement et, une fois sellé, il ruait plusieurs fois, ce qui faisait trembler tous les os du jeune homme. Banouin sentait bien que ce cheval ne l'aimait pas, et qu'il ne pouvait le monter que parce qu'il le tolérait.

— C'est une bonne monture, lui avait dit Connavar. Elle ne te laissera pas tomber.

Le jeune homme n'avait jamais été à l'aise en présence du roi. C'était un homme d'une puissance physique incroyable, un guerrier réputé et un chef incontesté, mais c'étaient par-dessus tout ses yeux qui perturbaient Banouin. Ils ressemblaient comme deux gouttes d'eau à ceux de Bane, l'un vert et l'autre doré. Et lorsque ces yeux se posaient sur vous, vous aviez l'impression qu'ils pouvaient lire ce qu'il y avait dans votre cœur.

— Merci, monsieur. Et merci aussi pour tout ce que vous avez fait pour ma mère et moi.

— Tais-toi, mon enfant, je n'ai pas fait grand-chose. Es-tu bien sûr de vouloir entreprendre ce voyage ?

— Sûr et certain, monsieur. Je veux voir le pays de mon père.

— Un homme devrait toujours savoir d'où il vient, avait déclaré Connavar. Et il devrait y trouver une fierté. Ton père était un grand homme. Il m'a appris beaucoup de choses importantes. Je chéris sa mémoire.

Banouin en avait été envieux. Il aurait aimé avoir des souvenirs de son père à chérir. Mais, au lieu de cela, lorsqu'il repensait à son enfance, tout ce dont il se souvenait, c'était du Grand Homme, Ruathain, qui le portait sur ses épaules pour aller voir les troupeaux.

Et même aujourd'hui, tant d'années après la mort de Ruathain, Banouin ressentait toujours une immense tristesse en pensant à lui : son grand sourire, ses longs cheveux blonds, ses épaules de colosse. Pour l'enfant qu'avait été Banouin, cet homme était immortel et invulnérable. Lorsqu'il était mort après la bataille avec les Pannones, le petit monde de Banouin avait été ébranlé jusqu'à ses fondations.

Au cours de la même année, l'enfant avait découvert d'autres raisons d'être triste. L'armée de Roc avait débarqué loin au sud et des histoires de batailles et de massacres commençaient à se propager dans le nord. Les autres enfants rigantes s'étaient retournés contre lui, se moquant de son origine, le narguant. Puis les raclées avaient commencé et l'enfant avait vécu dans un état quasi permanent de peur.

Il avait ainsi souffert durant des années, particulièrement des mains de Forvar. Le garçon aux cheveux roux semblait prendre un malin plaisir à le faire souffrir. Une fois, il avait même attaché Banouin à un arbre et avait fait un feu autour de ses pieds. Il ne l'avait pas allumé mais avait prétendu le faire à plusieurs reprises. De peur, le jeune Banouin, alors âgé de neuf ans, en avait mouillé sa culotte.

L'enfance pour Banouin n'était pas la source de nombreux souvenirs joyeux. En fait, ses seules joies – à part son amitié avec Bane – venaient de ses rêves éveillés. Il rêvait qu'il se rendait à Roc et en devenait citoyen. Ils avaient des écoles là-bas, et des universités. Un homme pouvait étudier et apprendre, et vivre une vie sans violences ni menaces. Un jour, un marchand lui avait dit qu'il y avait une grande bibliothèque à Roc, contenant plus de douze mille rouleaux de parchemin et autres artefacts merveilleux. À partir de ce moment précis, Banouin n'avait rien désiré d'autre que s'y rendre afin de s'y asseoir dans un silence contemplatif. Il avait harcelé Frère Solstice, le druide, pour que celui-ci lui apprenne à lire et écrire en turgon, la langue de Roc, et il avait passé plusieurs mois fort utiles à Vieux-Chênes afin de discuter avec des marchands de Roc, se faisant ainsi une représentation mentale de la cité de ses rêves. Il connaissait le nom de chacune des cinq collines, l'emplacement de chaque parc et de chaque monument. La Grande Bibliothèque avait été construite dans le parc de Phésus, au bord d'un lac artificiel. On y accédait par une longue avenue bordée d'arbres. Au printemps, ceux-ci arboraient des fleurs roses et blanches et, à l'automne, les feuilles devenaient rouge et or. Des bancs en marbre avaient été disposés tout autour du lac, et les étudiants pouvaient s'y installer au soleil pour discuter philosophie avec leurs professeurs.

Rien que d'y penser, Banouin en frissonna de plaisir. Finies les courses-poursuites et la peur dans les bois. Finis les cris et les huées des jeunes Rigantes ; il n'aurait plus à les entendre se vanter de leurs exploits dans les batailles à venir. Il doutait que les citoyens de Roc se soient jamais vantés de qui pouvait péter le plus fort ou pisser le plus loin.

Banouin continua sa chevauchée pendant plusieurs heures avant de se mettre en quête d'un endroit pour camper. Il quitta la plaine et fit bifurquer sa monture vers un bois afin de trouver un endroit abrité près d'un cours d'eau. Le hongre renifla l'air et leva la tête d'un coup brusque. Banouin lâcha les rênes et laissa l'animal trouver l'eau tout seul. Ils se frayèrent ainsi un chemin dans les sous-bois et découvrirent un long étang ovale, décoré de nénuphars blancs et entouré de saules pleureurs dont les longues branches laissaient des traînées dans l'eau claire. Plusieurs cygnes blancs glissaient harmonieusement à la surface. C'était un endroit idyllique. Banouin mit pied à terre et dessella son cheval, le retenant à l'écart de l'eau le temps de le brosser.

Une heure plus tard, tandis que l'alezan musait en broutant de l'herbe, Banouin regardait, assis, les poissons rouges qui nageaient. Il se détendit, savourant l'instant. Soudain, son Talent s'éveilla – un aiguillon de peur vint piquer son esprit. Sa mère lui avait toujours dit qu'un jour il découvrirait comment utiliser au maximum les capacités qu'il tenait d'elle, mais ce n'était pas encore arrivé. Il n'avait pas de visions, il ne pouvait pas guérir par le toucher, et il pouvait encore moins lire dans l'esprit des autres. Mais lorsque le danger était proche, Banouin le savait toujours. C'était – jusque-là – toute l'étendue de son pouvoir.

Et le danger était proche.

Banouin se leva doucement du bord de l'eau, la bouche sèche, et se retourna. Trois hommes émergeaient d'entre les arbres – des hommes au visage dur et résolu. Ils ne portaient pas de manteaux. Leurs vêtements étaient en lambeaux, leurs pantalons en daim de facture médiocre. Ils avaient tous des épées et des couteaux à leur ceinture. Banouin lutta pour cacher sa peur.

— Bien le bonjour, leur lança-t-il.

Le premier des trois s'approcha de lui. Son orbite gauche était creuse, et Banouin vit qu'il lui manquait également trois doigts à la main gauche. Ce fut à ce moment-là qu'il connut sa première vision. Il vit cet homme courir dans une bataille, faisant tournoyer une épée en fer au-dessus de sa tête. Il portait le manteau à damier vert et bleu des Rigantes. Une flèche vint ricocher sur l'arête de son nez et lui déchira l'œil. Il tituba mais continua sa course vers l'ennemi.

— Qui es-tu ? lui demanda l'homme d'une grosse voix peu amicale.

— Je suis un Rigante, tout comme vous, lui répondit Banouin. Je viens de Trois-Ruisseaux.

— Je ne suis pas rigante, rétorqua l'homme. Je suis un paria.

— Vous vous êtes battu avec bravoure dans la plaine de Cogden. Pourquoi vous a-t-on banni ?

L'homme eut l'air étonné.

— Tu me connais ? Non, tu es trop jeune pour pouvoir te souvenir de Cogden.

— Je prends la tunique, intervint le second, un homme imposant avec une épaisse barbe noire toute emmêlée.

Banouin lui jeta un coup d'œil. Son visage était plat et inexpressif, ses yeux petits et enfoncés, son regard glacial.

— Pourquoi prendrais-tu la tunique ? s'enquit le troisième homme qui était plus petit, avec une fine moustache blonde. Elle sera trop petite pour toi.

— Je la vendrai, répondit Barbe-Noire. Tu peux avoir le pantalon et les bottes, si tu veux.

— Mais pourquoi faites-vous cela ? demanda Banouin d'une voix qu'il s'efforçait de garder calme.

Le borgne vint se planter devant lui.

— Parce que nous sommes des voleurs, crétin. À présent, déshabille-toi, et peut-être qu'on te laissera la vie sauve.

Banouin regarda dans l'œil unique de l'homme et n'y vit aucune trace de pitié. Ses jambes commencèrent à trembler, et il ressentit la même sensation que lorsque Forvar l'avait attaché à l'arbre. Son cœur s'emballa et il pria pour que sa vessie ne le trahisse pas.

— Vous n'allez pas me laisser la vie sauve, dit-il finalement. Vous avez l'intention de me tuer, mais vous ne voulez pas qu'il y ait des taches de sang sur mes vêtements, ni que le tissu soit déchiré. Mais quel genre d'hommes êtes-vous donc ?

— Des ordures de la pire espèce, dit une voix.

Surpris, les trois hommes se retournèrent d'un bond pour découvrir un jeune guerrier aux cheveux blonds qui tirait derrière lui un cheval gris pommelé. Une fois sorti du bois, il lâcha les rênes et dégaina une épée longue dont le fourreau était attaché à la selle. Puis, il s'avança à grands pas.

— Ne les attaque pas, Bane, supplia Banouin. Laisse-les partir.

— Tu ne changeras donc jamais, dit aimablement le jeune guerrier. Tu te laisses toujours attendrir par tout et n'importe quoi. On ne peut pas les laisser partir. Qu'adviendrait-il du prochain voyageur qui passerait par ici ? C'est le condamner à coup sûr. Non, ces créatures sont des vermines et nous devons les traiter comme telles.

— Des vermines ! siffla rageusement le borgne. Mais pour qui… ?

Bane leva la main.

— Si cela ne te dérange pas, dit-il, je suis en train de parler avec mon ami. Alors, si tu tiens un tant soit peu à tes derniers instants sur cette terre, ferme-la. Regarde une bonne dernière fois les cygnes, les arbres, je ne sais pas. (Il se tourna vers Banouin.) Pourquoi est-ce que tu veux qu'ils vivent ? Ils étaient sur le point de te tuer.

Banouin désigna le borgne.

— C'est un des héros de la plaine de Cogden. Il était fier et brave. Bien que souffrant le martyre, il s'est battu jusqu'au bout. Son œil a été arraché par une flèche, sa main mutilée. Pourtant, il a tenu bon, avec tous les autres héros. Je ne sais pas ce qui l'a transformé ainsi, mais je suis sûr qu'il pourrait redevenir quelqu'un de bien. Et, si tu le tues, il n'aura jamais cette possibilité.

Bane posa le regard sur les deux autres.

— Et ceux-là ? Tu penses qu'un jour ils pourraient devenir des druides, ou des guérisseurs ?

— Je ne sais rien d'eux. Mais je te demande de les laisser partir. Il n'y a pas eu de mal.

— Pourquoi écoutons-nous ceci ? demanda Barbe-Noire au borgne. Il est tout seul !

— C'est vrai, affreux fils de pute, dit Bane, et il vous serait reconnaissant de bien vouloir dégainer vos épées afin de mettre un terme à ce débat.

— Laissez vos épées où elles sont ! cria Banouin. Je t'en prie, Bane, laisse-les partir.

Bane soupira. Il s'approcha du borgne et lui posa la main sur l'épaule.

— Et il est comme ça depuis l'enfance, expliqua-t-il. C'est incompréhensible. En fait, je parie que c'est à cause de son sang mêlé et du fait que sa mère soit une sorcière. Tu vois, lorsque les autres enfants venaient le martyriser, il ne cherchait jamais à se défendre. Il n'entend rien à la haine. Je n'ai jamais rencontré quelqu'un comme lui. (Il soupira de nouveau.) Et il fait naître le pire en moi. Par conséquent, et bien que je sache que je fais une erreur, je vais vous laisser la vie sauve. (Son visage s'illumina d'un seul coup.) À moins, bien sûr, que vous ne préfériez vous battre ?

Le borgne repoussa la main de Bane et marcha jusqu'à Banouin.

— Je n'ai pas peur de mourir, lui dit-il. Tu me crois ?

— Oui, répondit Banouin.

— Je suis content qu'on ne t'ait pas tué, déclara le borgne. Cela fait du bien, parfois, qu'on nous rappelle qui nous sommes. Tu penses vraiment que je peux redevenir l'homme que j'étais ?

— Si tu le décides, dit Banouin.

— Il est sans doute trop tard pour moi, répliqua l'homme tristement.

Il fit un geste aux deux autres et le trio s'en alla. Le maigre blondinet lui emboîta tout de suite le pas, mais Barbe-Noire resta un instant, le temps de jeter un regard mauvais à Bane.

— Quand tu veux, face de bouc, lui dit Bane.

— Karn ! cria le borgne. Allons-y !

À regret, Karn suivit les deux autres.

Bane s'assit sur un tronc d'arbre tombé et regarda son ami.

— C'était une erreur, lui confia-t-il.

— Que fais-tu ici ? s'enquit Banouin.

— Visiblement, je viens m'occuper de toi. Tu as à manger ?

Il fallut une éternité à Banouin pour allumer un feu, mais finalement des flammèches vinrent lécher le petit bois. Bane s'était éloigné dans la nature et Banouin en profita pour vider sa sacoche, en retirant une vieille casserole en cuivre, une assiette en bois, un sac d'avoine et un morceau de viande séchée. Lorsque Bane revint, le soleil se couchait déjà à l'horizon. Il s'accroupit à côté de Banouin.

— Il est temps de partir, lui dit-il.

— Partir ? Mais je viens juste d'allumer le feu.

— La vie est injuste, rétorqua Bane. Mais si tu veux être en vie demain matin, je te suggère de seller ton cheval.

— Le borgne ne reviendra pas, lui dit Banouin. J'ai lu dans son esprit et je sais qu'il y a encore de la bonté en lui.

— Peut-être bien que oui, mais le gros moche, en revanche, va revenir. Et il ne sera pas seul.

Bane s'approcha de son cheval et grimpa en selle. Banouin rangea sa sacoche, chargea son alezan et retourna éteindre le feu.

— Laisse, lui demanda Bane. Rajoute même un peu de bois. Ça les attirera.

Banouin obéit puis monta à cheval. Les deux hommes quittèrent les bois et descendirent la pente qui menait à la vieille route.

Les chevaux avançaient laborieusement tandis que le soleil se couchait. Il faisait plus frais et le vent s'était maintenant levé. Banouin prit son manteau derrière sa selle, en défit les attaches et le passa autour de ses épaules. Le passage brusque du vêtement au-dessus de lui effraya l'alezan qui se cabra soudain, désarçonnant le jeune homme. Ce dernier atterrit lourdement sur le sol. Le hongre s'enfuit en direction du sud. Bane éperonna sa monture et se lança à sa poursuite. Banouin s'assit. Il ne se sentait pas bien et était pris de vertige. Bane revint en tenant le fuyard par les rênes.

Les étoiles brillaient dans le ciel et un croissant de lune prenait lentement sa place.

— Tu as mal quelque part ? s'enquit Bane.

— Non. Mais tu as tort de croire que je n'entends rien à la haine. Je commence franchement à détester ce cheval.

Banouin se hissa tant bien que mal en selle. Bane les fit s'éloigner de la route jusque dans une petite cuvette bordée d'arbres où ils montèrent le camp. Bane alluma un feu et se servit de petits rochers pour en cacher la lumière. Puis il disparut entre les arbres. Lorsqu'il revint, il s'assit à côté de Banouin.

— Bien, on ne voit pas le feu depuis la route, dit-il. On devrait être plus ou moins à l'abri, ici.

Une fois de plus, Banouin déballa tous ses ustensiles de cuisine et la nourriture. Comme il y avait un ruisseau non loin, il alla remplir la casserole, y ajouta avoine et sel, puis la posa sur les flammes.

— Merci de m'avoir sauvé la vie, dit-il enfin.

— C'est à cela que servent les amis, répondit joyeusement Bane.

Ils mangèrent en silence, et Bane s'allongea, la tête posée contre sa selle, se servant de son manteau comme d'une couverture.

Banouin n'était pas fatigué, aussi resta-t-il assis tranquillement près du feu, y jetant de temps en temps du bois mort et regardant les flammes jaillirent et danser. L'incident avec les voleurs lui laissait à la fois un sentiment de déception et de découragement. Cela lui avait prouvé à quel point il était loin d'être un guerrier rigante. Il n'avait pas envisagé une seule fois de dégainer le couteau qu'il portait à la ceinture. Il était resté paralysé de peur et s'était trouvé à quelques secondes de supplier pour sa vie.

Il jeta un coup d'œil à Bane qui dormait déjà. Son arrivée avait surpris ses agresseurs, mais c'était par-dessus tout son assurance qui les avait fait hésiter. Banouin avait l'impression que sur l'instant, son ami avait rayonné de puissance et de détermination. *Tu devrais être un meneur d'hommes*, pensa-t-il, *pas un hors-la-loi.*

Et pourtant, Banouin savait pertinemment que la vie entière de Bane menait inexorablement vers ce point précis. Malgré ses bravades, derrière le sourire téméraire, il y avait un puits sans fond d'amertume et de colère qui le faisait aller de l'avant, se rebeller contre l'autorité, transformant en ennemis ceux qui auraient pu être aisément ses amis.

Banouin se demanda si l'absence de père en était la cause, ou si son ami aurait été le même s'il en avait eu un ? Qui aurait pu le dire ?

Banouin songea alors à Forvar, le garçon qui l'avait martyrisé la majeure partie de sa vie. Il ne l'avait pas haï. Le père de Forvar et deux de ses oncles avaient trouvé la mort dans la bataille de la plaine de Cogden – tués par les soldats de Roc. Banouin comprenait très bien comment l'enfant en était venu à mépriser Roc et tout ce qui y était rattaché. Forvar n'avait pas vraiment haï Banouin, mais ce dernier avait représenté pour lui un nœud central pour sa haine. En harcelant et en torturant Banouin, il avait trouvé le moyen de libérer sa propre douleur et son sentiment de perte.

Mais le comprendre ne changeait rien. En tout cas, cela n'enlevait pas la souffrance. Banouin avait essayé d'en parler à Forvar, mais ce dernier était resté complètement hermétique, isolé dans sa haine.

Deux ans plus tôt, cela avait atteint un point critique. Banouin marchait le long des collines du Bois de l'Arbre à Souhaits, lorsqu'il avait croisé Forvar et un groupe de ses amis qui revenaient des chutes de Riguan où ils étaient allés nager. Dès qu'ils avaient aperçu Banouin, ils lui avaient donné la chasse, hurlant et huant. Banouin était parti à toutes jambes vers Trois-Ruisseaux, mais comme il n'était pas très rapide, ils eurent tôt fait de l'attraper. Ils l'avaient alors roué de coups de poing et de coups de pied. Puis, alors qu'il était à demi inconscient, Forvar avait dégainé un couteau. Banouin se rappelait très précisément ce moment : un sentiment d'appréhension intense lui avait soulevé l'estomac. Il avait regardé Forvar droit dans les yeux et avait compris, sans l'ombre d'un doute, que ce grand garçon tourmenté allait lui enfoncer la lame en plein cœur.

Comme le couteau se dressait, une ombre s'abattit sur Banouin. Quelque chose de sombre passa à toute vitesse dans son champ de vision et un bruit sec et écœurant retentit, suivi d'un grand craquement. Banouin avait cillé. Bane se trouvait là, un long gourdin dans les mains. Forvar était allongé dans l'herbe, son cou tordu selon un angle impossible. Banouin, les mains tremblantes, s'était mis à genoux. Forvar était mort et ses amis étaient paralysés, sous le choc.

— Tu l'as tué ! avait murmuré Huin, le jeune frère de Forvar.

Bane avait jeté le gourdin sanglant par terre et s'était tourné vers Banouin pour l'aider à se relever.

— Tu as mal ? lui avait-il demandé.

Banouin n'avait pas répondu. Il n'était pas arrivé à quitter le cadavre des yeux.

Une enquête avait été ordonnée, et un jury de neuf membres sous la présidence du laird Braefar avait été réuni. Il avait été décidé que la mort avait été accidentelle. Forvar était mort à la suite d'une attaque injustifiée contre Banouin. Bane n'avait pas eu l'intention de le tuer, simplement de l'empêcher de tuer un autre garçon.

Le feu mourut et Banouin s'endormit.

Il se réveilla à l'aube et secoua Bane qui poussa un grognement et se retourna pour continuer à dormir. Banouin le secoua à nouveau par l'épaule. Bane bâilla et s'assit.

— Tu dors très profondément, lui dit Banouin.

— Oui, da. J'ai toujours eu ce problème. Mais je faisais un rêve merveilleux. Il y avait ces deux sœurs...

— Par pitié ! l'interrompit Banouin avec une fausse sévérité. Pas de fantasmes avant le petit déjeuner.

Bane gloussa. Puis, il se rendit au ruisseau où il retira sa chemise vert pâle afin de s'asperger la tête et le torse. Une fois qu'ils eurent déjeuné de viande et de fruits séchés, ils sellèrent leurs montures, les montèrent et quittèrent la cuvette. Bane sifflotait un air joyeux et semblait de très bonne humeur. Il guida son cheval hors de la piste. Banouin l'appela.

— La montée me paraît plus dure par là, lui fit-il remarquer.

— Oui, mais ce sera plus rapide, expliqua Bane.

— Eh bien, si tu veux y aller, vas-y, lui répondit Banouin qui continua sur le chemin plus facile.

Il s'arrêta près des arbres et baissa les yeux, horrifié. Il y avait là le cadavre d'un homme, la gorge tranchée, et une mare de sang coagulé autour de lui, dans l'herbe. C'était Karn Barbe-Noire. Il avait les yeux ouverts et regardait fixement le ciel du petit matin.

Bane rejoignit son ami.

— Lui et deux autres hommes sont venus pendant la nuit, dit-il calmement.

— Deux autres ?

— Oui. Ils se sont enfuis. Mais tu avais raison : le borgne n'était pas avec eux.

— Tu as tué Barbe-Noire et tu es revenu te coucher ? rugit Banouin.

— Ben, j'étais fatigué. C'est pas ce qu'on fait quand on est fatigué ? Qu'est-ce que tu voulais que je fasse ? J'aurais dû te réveiller lorsque je les ai entendus arriver ? Pour quoi faire ? Je t'aime, mon ami, mais tu n'es pas un combattant. Et puis une fois qu'ils étaient partis, il n'y avait plus de raison de te réveiller.

Banouin quitta le cadavre des yeux et éperonna son alezan le long de la côte pour gagner la route.

Bane le suivit.

— Tu veux que je te raconte mon rêve, maintenant ?

— Non, je ne veux pas, rétorqua sèchement Banouin. Il y a un homme mort là-bas. Un homme que tu as tué. Et cela ne te fait rien, pas vrai ?

— Pourquoi cela devrait-il me faire quelque chose ? Ils sont venus pour nous tuer. Tu préférerais que ce soit l'inverse ?

Banouin tira sur ses rênes et prit une profonde inspiration afin de calmer la colère qui bouillait en lui. Il regarda son ami et vit que celui-ci était réellement troublé.

— Non, évidement que je suis heureux d'être en vie, dit-il. Ce n'est pas le fait que tu l'aies tué qui me gêne, Bane, c'est que cela ne te fasse rien. Peut-être avait-il une femme, des enfants. Peut-être qu'il a autrefois eu l'occasion d'être quelqu'un de bien. Peut-être qu'il aurait pu de nouveau avoir cette possibilité. Plus maintenant. Les charognards vont se repaître de sa chair et les vers dévoreront le reste.

Bane éclata de rire.

— Ce n'était qu'un étron flottant sur le fleuve de la vie. La terre ne s'en portera que mieux.

— Peut-être que dans son cas c'est vrai, convint Banouin. Mais j'ai peur que tu ne tues trop facilement. Tu aimes tuer. Combien de temps se passera-t-il avant qu'un homme bon ne tombe sous ta lame ? Un homme plein d'amour et de compassion ?

Bane haussa les épaules.

— Les seuls hommes qui mourront sous ma lame seront ceux qui m'attaqueront. C'est leur choix, pas le mien. Je savais que ce fils de pute barbu reviendrait. Alors, je me suis un peu reposé et je suis parti à leur rencontre.

— Et ça t'a plu, pas vrai ? l'accusa Banouin. Tu as vraiment jubilé en lui tranchant la gorge, hein ?

— Oui, c'est vrai ! cracha Bane. Et alors ? C'était mon ennemi et je l'ai vaincu. C'est ce que font les vrais hommes. Nous nous battons et nous en sommes fiers – et nous laissons les femmes au coin du feu pleurer les morts.

— Les vrais hommes ? répéta lentement Banouin. Mais bien sûr. Les vrais hommes ne veulent pas vivre une vie paisible en harmonie avec leurs voisins. Ils ne perdent pas leur temps à lire des parchemins inutiles pour assimiler la sagesse de leurs aînés. Ils ne désirent pas un monde sans guerre, sans sang versé ou sans morts. Non. Les vrais hommes exultent en tranchant des gorges dans le noir.

Bane secoua la tête.

— Je ne discuterai pas avec toi, Banouin. Si les mots étaient des flèches, tu serais l'homme le plus dangereux au monde. Mais ceci n'est pas un débat. Ils sont venus nous tuer. À cause de ça, l'un d'entre eux est mort. Et non, cela ne me touche pas plus que ça. Pas plus en tout cas que lorsque j'ai brisé le cou de Forvar.

Banouin devint livide.

— Tu veux dire que tu as fait exprès de le tuer ?

— Évidemment. Et je ne l'ai pas regretté une seule seconde depuis.

— C'est là que toi et moi différons, répliqua tristement Banouin. Il n'y a pas un jour depuis lors où je n'y pense pas avec regrets.

— Cette conversation est stérile, dit Bane. Et tu m'as fait oublier mon rêve.

Chapitre 2

Au cinquième jour, ils pénétrèrent dans les terres rigantes méridionales, une longue plaine qui semblait s'étendre à l'infini. En se retournant, Banouin ne vit aucun signe du Caer Druagh. Les montagnes familières se trouvaient à présent à plus de trois cents kilomètres de lui. Les dix jours qui suivirent, Bane et lui chevauchèrent plein sud, s'arrêtant chaque nuit dans un petit village. Ils étaient toujours bien accueillis, car tous les habitants étaient anxieux d'avoir des nouvelles de Connavar, le Roi Démon. Comptait-il venir dans le sud pour écraser les armées de Roc et les traîtres ceniis ? Était-il marié et avait-il un héritier ? Banouin n'avait pas grand-chose à leur dire, mais Bane s'avéra un conteur hors pair doublé d'un chanteur talentueux. Il passa la plupart de ses soirées avec les villageois, buvant de la bière, échangeant des histoires, pour finalement les inciter à chanter des chansons grivoises. Pas une fois il ne mentionna le fait qu'il était le fils de Connavar, ni ne parla en mal du roi avec des étrangers. Cela surprit Banouin, qui posa d'ailleurs la question à son ami, alors qu'il quittait un de ces villages au petit matin.

— J'ai des raisons de le haïr, lui confia Bane d'un air inhabituellement sérieux. Mais il a sauvé tous ces gens lorsque Valanus a envahi le nord avec ses Panthères. C'est Connavar et ses Loups de fer qui ont brisé leur avance et qui ont repoussé l'ennemi en territoire cenii. Je ne peux pas lui dénier cela. Ma haine est la mienne, et la mienne seulement.

Au dix-huitième jour, ils atteignirent le fleuve Wir et parcoururent près de trois cents kilomètres sur un bateau à fond plat. Les jours qu'ils passèrent sur l'eau furent très agréables. Ils regardèrent défiler le paysage. Au début, Banouin n'avait pas été très à l'aise, car il lui semblait que les quatre hommes d'équipage avaient l'air d'assassins. D'un éclat de rire, Bane balaya ses inquiétudes. De plus, lui et l'équipage s'entendaient comme larrons en foire. Chaque nuit, ils mouillaient près d'un petit village, ce qui permettait aux deux compagnons de faire descendre leurs montures afin qu'elles puissent manger.

Le soir du jour où ils passèrent en territoire norvii, Bane se querella avec un énorme villageois, et ils partirent à l'écart pour régler leur différend à coups de poing. La bagarre fut rapide, féroce et méchante, mais lorsqu'elle s'acheva, et qu'il s'avéra que les deux hommes étaient en sang et meurtris un peu partout, Bane fut soudain pris d'un fou rire.

— Qu'est-ce qui t'amuse ? lui demanda son adversaire.

— Eh bien, répondit Bane, tu es le plus affreux fils de pute que la terre ait porté. Mais plus je te frappe au visage plus tu embellis.

Les hommes qui s'étaient agglutinés autour d'eux pour voir la bagarre éclatèrent de rire. Finalement, même l'énorme villageois sourit.

— Tu es un jeune paon impudent, déclara-t-il.

— C'est vrai. Je peux t'offrir un verre ?

— Pourquoi pas ? répondit l'homme.

Banouin n'arrivait pas à reproduire la familiarité facile de Bane avec les gens qu'ils rencontraient, et la plupart du temps il se retrouvait seul dans son coin à les observer. Il enviait, avec une petite pointe d'amertume, la capacité de Bane à se faire des amis. Banouin repensa à l'équipage du bateau. Des durs, que l'idée de tuer un passager et de le jeter ensuite par-dessus bord ne dérangeait pas, et qui s'étaient acoquinés avec Bane comme s'il faisait partie de leur famille. C'était tout bonnement intrigant. De plus, Bane n'était pas toujours d'agréable compagnie. Souvent il restait silencieux pendant de longs moments, et son expression devenait sombre. Parfois, lorsqu'il était dans cet état, il évitait les villages ; les deux compagnons, après avoir débarqué, allaient alors camper dans des bois ou des cuvettes. Dans ces moments-là, il parlait de la tristesse qu'il éprouvait en pensant à la vie qu'avait menée sa mère, et racontait comment les habitants de Trois-Ruisseaux l'avaient complètement exclue.

— Pas tous, lui fit remarquer Banouin, alors qu'ils étaient assis un soir au clair de lune, près d'un feu de camp. Elle allait souvent voir ma mère. Et le Grand Homme a toujours été bon avec vous.

— Je ne me souviens pas de lui, dit Bane. J'étais trop jeune quand il est mort. Mais ma mère parlait souvent de lui. Trois nuits après que son mari l'eut répudiée, elle me berçait dans la forge de grand-père lorsque Ruathain est venu la voir. Il lui a demandé si son mari m'avait donné un nom d'âme. Elle lui répondit que non. Le Grand Homme lui dit alors que le soir où je suis né, il marchait dans la campagne quand soudain il avait vu un faucon traverser le ciel nocturne. C'est quelque chose de très rare, et donc il s'était dit qu'il s'agissait certainement d'un augure. Chaque fois que ma mère me racontait cette histoire, elle avait les larmes aux yeux. Elle m'a dit que le Grand Homme m'a pris dans ses bras et lui a alors demandé si elle acceptait Faucon de Minuit comme mon nom d'âme. (Bane soupira.) C'était le premier acte de tendresse qu'elle vivait depuis ma naissance. On dit que la femme de Ruathain a été furieuse après lui et a exigé qu'il ne revoie plus ma mère. Il a refusé et lui rendait souvent visite, pour voir comment nous allions. J'aimerais beaucoup me souvenir de lui. C'était un grand homme, à tous points de vue.

— Oui, c'est vrai, confirma Banouin. Ma mère l'avait averti de ne pas partir à la guerre. Elle lui a dit qu'il mourrait s'il le faisait. Mais il est parti quand même pour protéger Connavar. Mère savait qu'il le ferait. Elle m'a dit que cela lui avait brisé le cœur.

— Elle était amoureuse de lui ?

— Je ne le lui ai jamais demandé. Peut-être que oui. Ce n'est pas une chose à laquelle je pense à propos des vieux, tu vois ?

Bane s'était mis à rire à gorge déployée, sa bonne humeur retrouvée.

— Mes grands-parents faisaient grincer leur lit une nuit sur deux.

— Oh, c'est dégoûtant, dit Banouin. Merci de m'avoir mis cette image en tête avant d'aller dormir.

Le jour où ils avaient quitté le bateau pour continuer leur voyage sur la terre ferme, Banouin avait constaté que les hommes de l'équipage étaient réellement tristes de voir partir Bane. Ils lui souhaitèrent bonne chance pour son voyage et lui firent promettre de venir les voir à son retour, afin qu'il leur raconte ses aventures. Aucun d'entre eux ne fit ses adieux à Banouin.

À présent, le voyage vers le sud se faisait plus lentement, car ils venaient d'entrer dans la grande forêt de Filair. Les villages étaient plus éloignés les uns des autres et les deux cavaliers devaient parcourir plusieurs kilomètres à l'est ou à l'ouest à l'écart de la piste afin de se réapprovisionner. À chaque arrêt, ils demandaient où se trouvait le prochain village avant de se remettre en route. Banouin acheta un poney de trait afin d'emporter plus de provisions, et Bane vendit sa vieille épée de bronze et s'acheta une lame de fer en forme de feuille, ainsi qu'un petit arc de chasse avec un carquois de vingt flèches.

Lorsque les cavaliers atteignirent la fin de la forêt, il pleuvait des cordes. La plaine de Cogden s'étalait devant eux, plate et vide, excepté les quatre énormes monticules érigés pour ceux qui étaient tombés au combat. Banouin frissonna en voyant les Tumulus. Vingt-huit mille personnes avaient trouvé la mort ce jour-là. Il aurait bien voulu arriver sur cet ancien champ de bataille un peu plus tôt, afin de le traverser à la lumière du jour, mais le cheval de Bane avait perdu un fer et ils avaient été contraints de faire un détour par un village où un maréchal-ferrant l'avait remplacé.

Maintenant, comme la tombée de la nuit était proche, il leur faudrait camper dans cet endroit désolé. Ce qui n'avait pas l'air de déranger Bane plus que cela. Comme la nuit tombait, la pluie cessa progressivement. Bane réussit par miracle à allumer un feu qui siffla et postillonna à cause du bois trempé. Puis, il étala son manteau sur l'herbe mouillée et s'endormit presque aussitôt. Banouin resta tranquillement assis, et remit des branches dans les flammes.

Soudain, la peur le gagna et il regarda nerveusement tout autour de lui. Il n'y avait rien, à part les quatre tumulus et la lune. Pourtant, la peur devenait de plus en plus forte, indéterminée et consumant tout sur son passage. Son cœur se mit à battre la chamade, et sa bouche devint sèche.

Alors, il sentit une présence…

Tout d'abord, il ne discerna qu'une brume épaisse qui se déroulait sur la plaine ; mais celle-ci se transforma, s'éleva, gonfla jusqu'à ce que Banouin puisse apercevoir des formes grisâtres, des silhouettes d'hommes, froides et silencieuses. L'espace d'un moment, il crut que cette scène était le fruit de sa peur, irréelle – inventée. Puis, les silhouettes devinrent plus claires et formèrent dix rangées de guerriers qui se mirent lentement en marche à travers la plaine de Cogden. Coiffés de heaumes fantomatiques en fer couvrant leurs oreilles, ils portaient également de grands boucliers rectangulaires et de courtes épées d'estoc.

Ils étaient la défunte armée de Roc. Banouin les regarda fixement. Leurs formes étaient translucides ; ils semblaient vibrer sous les rayons de la lune. Lorsqu'ils atteignirent les Tumulus, au lieu de les escalader, ils passèrent à travers. On n'entendait pas un bruit. Soudain, la première ligne se mit à courir. Banouin regarda sur sa droite. Là, pâle et spectrale à la fois, se tenait une autre rangée d'hommes, mais cette fois il s'agissait de cavaliers en armure luisante. Lentement, ils chargèrent l'ennemi, et leurs épées aussi pâles que les rayons de la lune s'abattirent. Banouin vit un homme reculer en titubant, le bras tranché à la hauteur de l'épaule. Puis une lance lui traversa les entrailles et il tomba, cassant l'arme en deux dans sa chute. Des chevaux tombèrent, désarçonnant leurs cavaliers, qui furent aussitôt poignardés à mort alors qu'ils tentaient de se relever. Toutes les atrocités de la guerre se déroulaient devant ses yeux, dans un silence inquiétant.

Un corbeau noir vint se poser non loin, dans l'herbe, et le fixa de ses yeux maléfiques. Puis, une voix résonna dans son dos, le faisant sursauter :

— Voilà le genre de scène que les hommes chantent, dont ils se vantent, et qu'ils désirent tant.

Banouin se retourna d'un coup. Une vieille femme se tenait là, les épaules affaissées sous un châle usé jusqu'à la corde, les mains recroquevillées sur un long bâton noueux. Ses cheveux étaient fins et d'un blanc léger, comme si de la brume collait à son crâne. Elle était incroyablement vieille. Le cœur de Banouin s'emballa de plus belle. Il savait qui était cette femme, cette créature seidhe. C'était la Morrigu, dont les promesses avaient le goût du nectar et brûlaient comme du poison. Le jeune homme ne répondit pas, mais il porta aussitôt ses yeux sur Bane ; le jeune homme dormait paisiblement.

— Il ne peut pas m'entendre et il ne se réveillera pas, lui dit la Morrigu. Vas-tu m'offrir de partager ton feu de camp ?

— Tu... n'es pas la bienvenue, ici, se força-t-il à répondre.

— Aïe, voilà qui me blesse, dit-elle d'un ton moqueur. Toi, que j'ai mis au monde alors que la nature avait décrété ta mort.

— Je ne sais pas de quoi tu parles, lui répondit-il.

— Vorna ne t'a donc pas parlé de moi ? Comme je suis déçue. La nuit où tu es né, ta vie était en danger. Le bébé – celui que tu allais devenir – arrivait par le siège et il n'y avait aucune sage-femme pour intervenir, ni druide à proximité pour sauver la mère – ou toi.

— Je ne te crois pas.

— Mais si, Banouin. Cela fait partie de ton Talent. Tu sais toujours quand les gens te mentent.

— Et même si tu m'as sauvé, je suis sûr que tu avais tes raisons, déclara-t-il d'une voix plus ferme.

— Absolument. (Elle fit une pause.) Bon, eh bien, si je ne suis pas la bienvenue ici, accepterais-tu quand même de faire quelques pas avec moi ?

— Pourquoi le voudrais-je ?

— Peut-être pour te prouver que tu n'es pas le lâche que tu crois être. Peut-être pour payer la dette que tu as envers moi. Peut-être par simple curiosité.

Elle s'approcha de lui et il réalisa que la peau sous son œil droit s'était décollée et laissait voir l'os en dessous. Banouin recula d'un pas.

— Ou peut-être parce que tu as peur pour ton ami endormi.

Banouin regarda une nouvelle fois Bane. Quelque chose bougeait sur la poitrine de son ami. Banouin réalisa qu'il s'agissait d'un serpent enroulé sur lui-même. L'animal se mit à ramper et vint poser sa tête contre le cou de Bane.

— Ne le tue pas, supplia Banouin.

— Je ne souhaite tuer personne, répondit la Morrigu. Tout ce que je veux c'est marcher avec toi dans ce champ des morts.

— Je viens, je viens, dit-il. Fais disparaître le serpent.

— Quel serpent ? demanda-t-elle.

Banouin baissa les yeux. Bane dormait paisiblement. Le serpent était parti.

La Morrigu passa devant Banouin, s'aidant de son bâton pour marcher. Le jeune homme lui emboîta le pas et ils arpentèrent ainsi le champ de bataille. La lutte y était titanesque, et aucun côté ne semblait vouloir céder. L'armée de Roc luttait avec courage et discipline, tandis que les Rigantes se battaient avec la passion et la bravoure nées du désespoir. À plusieurs reprises, Banouin fut le témoin d'actes individuels d'héroïsme dont les protagonistes n'avaient même pas conscience : un maigre rigante à califourchon sur un de ses camarades tombé, essayant de le protéger ; un soldat de Roc, l'épée brisée, chargeant un groupe de Rigantes, se servant de son bouclier pour les percuter et essayant en vain d'arracher une nouvelle arme à l'ennemi.

— Pourquoi se battent-ils encore ? demanda Banouin à la Morrigu.

— Ils ne savent pas qu'ils sont morts, répondit-elle.

— Comment peuvent-ils ne pas le savoir ?

— L'arrogance des hommes.

Ils continuèrent. Banouin vit un grand et bel officier de Roc, aux cheveux courts, agiter une épée courte dans les airs. Comme un écho porté par les vents, il entendit un léger bruit de trompette annonçant la charge.

— Une dernière charge, les gars ! Une dernière charge et la victoire est à nous !

— Qui est-ce ? demanda le jeune homme.

— C'est Valanus – le plus célèbre général de Roc.

— Célèbre ? s'enquit Banouin. J'avais cru comprendre que dire son nom à voix haute dans la cité de Roc était un crime. C'est le premier général à avoir perdu une bataille décisive face à des Barbares.

— C'est aussi cela être célèbre, expliqua-t-elle. Chaque homme est connu pour ses actes. Et c'est ce qu'il voulait. Oui, il l'a même demandé.

Le combat fantomatique continua jusqu'à ce que finalement il n'y ait plus un seul soldat debout. Banouin et la Morrigu atteignirent le tumulus le plus proche et le jeune homme put contempler l'étendue du massacre. Une brise fraîche souffla entre les brins d'herbe argentés et translucides et, petit à petit, les morts se relevèrent, entiers et raccommodés. Puis, ils retournèrent dans leurs camps respectifs et reformèrent leurs lignes.

La bataille recommença.

— Mais pourquoi est-ce que personne ne leur dit qu'ils sont morts ? s'étonna Banouin. Ils pourraient passer de l'autre côté du Fleuve sombre et être libérés de cette vie.

La Morrigu éclata de rire. Et ce son le fit frissonner.

— Allons, viens, lui dit-elle. Tu vas pouvoir dire tout ça à Valanus.

Banouin la suivit en pleine mêlée. Lorsqu'ils atteignirent le général de Roc, elle tapa sa forme éthérée du bout de son bâton. Il se retourna. Mais, au lieu de la regarder elle, il porta directement son regard sur Banouin.

— Qui es-tu, esprit ? lui demanda-t-il.

— Je ne suis pas un esprit, général, mais un homme. C'est toi l'esprit. Cette bataille a eu lieu il y a des années. C'est ici que tu es mort. Il est temps de continuer ta route, général.

— Mort ? s'exclama Valanus avec un large sourire. Est-ce que j'ai l'air mort, selon toi ? Allons, disparais de ma vue, démon. Cette journée est la mienne. Et lorsqu'elle sera terminée, je serai le seigneur de ce pays.

Il se détourna de Banouin et agita son épée.

— Une dernière charge, les gars ! Une dernière charge et la victoire est à nous !

— Eh bien, tu ne le lui as pas envoyé dire, commenta la Morrigu. Mais c'est dans la nature des hommes de ne pas écouter. Dans la mort comme dans la vie.

— Pourquoi es-tu ici ? murmura le jeune homme.

— Pour des raisons qui sont les miennes. Que désires-tu ?

Banouin éclata de rire.

— Est-ce que tu me crois assez stupide pour te le dire ? Comme ce pauvre Valanus dont le nom est à présent une malédiction ?

— Est-ce que tu me demanderais la même chose que lui, mon enfant ? Est-ce que tu voudrais la gloire, être célèbre ? Est-ce que tu voudrais être riche ?

Banouin tourna le dos au combat perpétuel et muet qui faisait rage autour de lui et regagna son campement. Bane dormait toujours, et le feu mourait. La Morrigu rattrapa le jeune homme.

— Ne sens-tu pas le Caer Druagh t'appeler ? lui demanda-t-elle.

— Si, les montagnes me manquent, admit-il. Je ne l'aurais pas cru, pourtant.

— Est-ce que tu sais pourquoi les Seidhs existent ?

— Non.

— Un jour tu le sauras. Et ce jour-là, tu reviendras au Caer Druagh.

— Qu'attends-tu de moi ? lui demanda-t-il. Je ne suis pas un guerrier. Je ne désire ni la guerre ni la gloire. Ma seule intention est de rester à Roc pour étudier.

— Eh bien, fais-le, Banouin. Étudie les anciens textes. Cherche la vérité parmi les pages poussiéreuses et les écrits jaunissants. Tu ne trouveras pas ce que tu cherches. La réponse, lorsqu'elle viendra, viendra du cœur.

Elle s'assit par terre et se frotta le visage avec les mains. De la peau se décolla, révélant davantage d'os. Banouin tourna la tête.

— Je ne suis pas jolie, pas vrai ?

— Je ne comprends pas pourquoi un immortel choisirait d'apparaître sous des traits aussi grotesques, déclara-t-il.

— Peut-être parce que je n'ai pas choisi, mon enfant. (Elle se releva difficilement.) Peut-être que ce que tu vois est l'essence même de la Morrigu. (Sa voix ne fut plus qu'un murmure.) Tu as beaucoup à apprendre. Et la première leçon approche. Il faut que tu comprennes quelque chose : on ne peut pas vaincre sa peur en la fuyant.

Le corbeau battit des ailes et s'envola. Distrait l'espace d'un instant, Banouin le regarda partir puis revint vers la Morrigu.

Elle avait disparu.

L'aube pointait derrière les montagnes orientales.

À présent, le champ de bataille était désert. Banouin poussa un grand soupir et s'assit à côté du feu qui brûlait ses dernières secondes. Bane se réveilla et bâilla. Il regarda Banouin avec des yeux endormis.

— Tu es resté assis là toute la nuit ?

— Ouais.

Bane sourit.

— Tu as cru que les vilains fantômes viendraient te chercher, pas vrai ?

— Ils sont venus, répondit Banouin.

À midi, les deux cavaliers avaient depuis longtemps quitté la plaine de Cogden ; ils gravissaient maintenant de basses collines boisées qui surplombaient la côte est. Ils apercevaient au loin les premiers navires marchands qui cabotaient en direction du nord.

— J'ai repensé à Forvar et à sa mort, déclara soudain Banouin.

— Oh non, pas encore une fois.

Banouin ignora les protestations de son ami.

— Je me suis demandé s'il aurait changé avec le temps. Il était très jeune et la mort de son père l'avait aveuglé de haine.

— Tu penses trop, lui dit Bane. Tu as toujours trop pensé. C'était une brute et il en est mort. Point final, mon ami. Ce qui aurait pu être n'a aucune espèce d'importance. Il est mort et parti.

— Peut-être n'est-il pas parti, répliqua Banouin.

Il raconta à Bane la bataille fantomatique et l'arrivée de la Morrigu. Son ami écouta en silence.

— Es-tu sûr que tu n'as pas rêvé tout cela ? s'enquit-il une fois que Banouin eut fini de raconter son histoire.

— Certain.

— Et Valanus a cru que c'était toi le fantôme ?

— Oui.

— Alors, pourquoi la Vieille Femme t'est-elle apparue ? Que te voulait-elle ?

— Je ne sais pas, Bane. Mais l'ensemble de la scène était d'une tristesse irréversible. Passer l'éternité à revivre sans cesse des scènes de carnage et de mort. Valanus croit toujours qu'il peut gagner la bataille.

— Eh bien, tu n'y peux rien. Alors concentrons-nous sur des choses plus importantes. J'ai faim et j'ai besoin d'une femme.

Sur ce, Bane se dirigea vers la plus haute colline afin d'observer les environs à la recherche d'une ville ou d'un village. Banouin le regarda partir et se demanda si son ami avait le moindre sentiment pour les esprits tourmentés de la plaine de Cogden.

Une heure plus tard, Bane le rejoignit.

— Il y a une grande cité fortifiée à une dizaine de kilomètres au sud-ouest. Dans les deux cents maisons dont deux grands halls.

Banouin acquiesça mais ne répondit rien. Bane se pencha et donna une claque sur l'épaule de son ami.

— Décidément, tu es quelqu'un d'étrange, lui dit-il. Quand est-ce que tu vas apprendre ?

— J'ai effectivement beaucoup de choses à apprendre, convint Banouin, mais de laquelle parles-tu exactement ?

— De vivre ! Apprendre ce que cela veut dire « vivre ». (Bane arrêta son cheval.) Regarde autour de toi, ces collines et ces arbres. Regarde la façon dont le soleil éclaire ces chênes. Sens le vent sur ton visage. C'est ça la vie, Banouin. La nuit dernière et l'armée de fantômes ne sont plus qu'un souvenir à présent. Demain n'est pas encore né. La vie, c'est tout de suite ! À cet instant précis. Mais tu n'as jamais vécu dans l'instant présent. Tu es toujours en train de penser à une tragédie passée ou tu te projettes dans un rêve lointain. Est-ce que Forvar hante toujours la colline ? Les fantômes de la plaine de Cogden trouveront-ils un jour la paix ? Est-ce que la cité de Roc comblera mes espérances ? Pourquoi est-ce que le soleil est chaud ? Pourquoi est-ce que l'eau est mouillée ? Ce n'est pas une façon de vivre.

Banouin secoua la tête et sentit monter la colère en lui.

— Mieux vaut cela que traverser le pays à la recherche d'une Fille de la Terre pour baiser, ou se saouler avec des étrangers, n'être qu'une feuille portée par le vent.

— Tu crois ça ? s'enquit Bane en souriant. (Son expression était devenue soudain beaucoup plus sérieuse.) Nous sommes tous des feuilles, mon ami.

Face aux montagnes et à la mer, nous ne sommes qu'un battement de cœur. Rien de ce que nous bâtissons ne dure. Au nord de Vieux-Chênes il y a une cité engloutie. J'y suis allé. Un fermier a exhumé les restes d'un grand mur. Certains blocs de pierre pèsent entre cinquante et soixante tonnes, et ils sont tous posés les uns sur les autres. Plus loin, dans une vallée abritée, on a découvert la tête d'une statue gigantesque. Rien que le nez était plus long qu'une épée. Quel grand homme cela peut-il représenter ? Un roi, peut-être. Personne ne connaît son nom, ni le nom de sa cité. Peut-être arpente-t-il toujours les collines. Peut-être que lui et Forvar sont devenus amis. (Bane soupira.) Ah, Banouin, tu es une noble âme. Mais, dans une heure ou deux, alors que tu seras assis en train de réfléchir à l'injustice de la vie, je serai nu avec une femme douce et soumise dans mes bras.

Sur ce, Bane lança son cheval au trot. Banouin l'imita et le rattrapa.

— Parle-moi de la statue qu'ils ont trouvée, lui demanda-t-il.

Bane soupira.

— Tu n'as pas écouté un seul mot de ce que je t'ai dit.

— Mais si. Mais parle-moi de cette cité enterrée.

— Connavar a ordonné l'excavation du mur, mais celui-ci s'est avéré trop large et trop long. On pense qu'il s'étend sur plusieurs kilomètres. D'après Frère Solstice, les hommes qui sont toujours sur le chantier cherchent aujourd'hui des trésors. Le Roi Démon a besoin d'or pour acheter des armes pour ses troupes, et il espère que les tertres funéraires lui en apporteront.

— Je me demande comment ils ont pu soulever des blocs de cette taille ? Et pourquoi ? dit Banouin.

— Ça suffit ! s'exclama tout à coup Bane. Tu es de nouveau perdu dans le passé – alors je te reverrai dans un proche avenir.

Il partit au galop en direction du sud-ouest et de la ville fortifiée.

Comme c'était le cas pour la majorité des villes keltoïes, Eau-Bruissante n'avait aucun plan d'agencement ou de planification globale. Le village norvii d'origine, composé alors d'une vingtaine de maisons, avait été construit près d'un cours d'eau qui venait des collines sous la forme d'une cascade tombant sur des rochers blancs et formant un lac en forme de poire. Situé ainsi à moins de quinze kilomètres de la côte est et près d'un fleuve qui se terminait dans un large estuaire, l'endroit était devenu rapidement un lieu de commerce. Il y avait du bois à profusion, les terres avoisinantes étaient riches et verdoyantes, et bientôt le village se mit à grossir. Les basses terres étant idéales pour la culture du maïs, et les hauteurs plus adaptées à l'élevage du bétail, des moutons et des chèvres, Eau-Bruissante prospéra rapidement. On y construisit de plus en plus de maisons. Lorsque des gisements de fer et de charbon furent découverts à moins de trois kilomètres du village, celui-ci devint une vraie ville.

Aujourd'hui, plus de trois mille personnes vivaient à l'intérieur des fortifications, et plus de quatre mille dans la campagne avoisinante. Il y avait des entrepôts, des boutiques, des écuries, des forges, des tailleurs, des tanneurs, des bijoutiers et autres marchands en tout genre. Il y avait des meuniers, des fabricants de chariots, des éleveurs de chevaux, et une foule de métiers approchants, dont une vraie flotte de barges tirées par des chevaux pour acheminer des marchandises jusqu'à la côte.

À dix-sept ans, Bane n'avait jamais vu une aussi grande ville. Il avait pensé que Vieux-Chênes était grande, mais il y avait au moins deux fois plus de gens ici et, lorsqu'il passa les portes de la cité, un sentiment de malaise le saisit. Il eut l'impression que la masse se refermait sur lui ; mais il repoussa cette idée. Il trouva un palefrenier et lui laissa son gris, demandant que la bête soit bouchonnée et nourrie.

Le palefrenier, un homme aux épaules rondes et entre deux âges, lui demanda s'il avait l'intention de vendre son hongre. Bane lui répondit que non.

— Tu pourrais en tirer une jolie somme, mon garçon. Il a l'air puissant et il a l'œil vif. Est-ce qu'il est rapide ?

— Il aime bien courir, répondit Bane. Dis-moi, où puis-je trouver la meilleure Fille de la Terre de cette ville ?

— La meilleure quoi ?

La réponse surprit le jeune homme.

— Fille de la Terre, répéta-t-il plus lentement, se demandant si son accent rigante n'avait pas embrouillé le palefrenier.

— Je ne connais pas cette expression-là, mon garçon.

— Une jeune femme qui offre... de la compagnie à un homme.

— Ah, des putains, tu veux dire ? Oui, da, ça on en a plein. Mais c'est la fin de la semaine et les travailleurs du fer et du charbon vont être nombreux en ville. Tu auras de la chance si tu trouves une putain qui n'a pas encore les jambes autour des hanches d'un homme. En tout cas, je peux déjà te dire que tu n'as aucune chance dans les tavernes. Mais tu peux essayer le quartier nord. C'est là qu'elles sont le plus cher.

— Cher ?

— Dix pièces d'argent pour une heure de plaisir, à ce qu'on dit. Et une pièce d'or pour la nuit.

— Je vais plutôt essayer les tavernes. De toute façon j'ai besoin d'un lit pour la nuit.

— Évite *Le Fantôme Vert*, le prévint l'homme. C'est un endroit violent et malsain. En revanche, *L'hirondelle* est une bonne taverne, et le petit déjeuner y est très bon.

Bane le remercia et lui demanda comment s'y rendre. Banouin arriva sur ces entrefaites.

Un peu plus tard, les deux compagnons se frayèrent un chemin à travers une place du marché bondé, puis gravirent une colline le long d'un chemin serpentant. Ils débouchèrent sur une place circulaire bordée de bâtiments. Le premier était la taverne du *Fantôme Vert.* C'était une maison immense, d'une trentaine de mètres de long, sur deux étages, avec un toit de chaume. Plusieurs hommes étaient assis à l'extérieur et profitaient des derniers rayons de soleil en sirotant une bonne bière. Ils levèrent la tête en voyant les deux étrangers arriver.

— Justement ce dont on avait besoin maintenant qu'on est à court de femmes, dit un individu au visage patibulaire et couturé. Deux mignons qui nous arrivent droit de la ferme.

Bane s'arrêta et éclata de rire.

— Regarde, Banouin, dit-il joyeusement. Ce n'est pas quelque chose qu'on voit tous les jours – un homme qui pète avec sa bouche.

Il s'accroupit devant le mineur couvert de suie et trempa ses doigts dans son verre de bière. Puis, il les porta à sa bouche.

— Bonne bière, dit-il.

L'homme écarquilla les yeux. Bane lui rit au nez et se releva en souplesse pour entrer dans la taverne. Il y avait une trentaine de tables avec des bancs à l'intérieur. La plupart étaient prises par des hommes solidement charpentés, qui mangeaient du ragoût ou buvaient de la bière.

— Je n'aime pas cet endroit, murmura Banouin.

— C'est *Le Fantôme Vert.* On m'en a dit beaucoup de bien, expliqua Bane. Arrête de toujours juger les autres. (Il s'en alla vers le fond de la salle où un gros bonhomme chauve nettoyait le bar avec un torchon sale.) Te reste-t-il une chambre pour la nuit ? lui demanda Bane.

— On a toujours des chambres, répondit le gros.

— Et une femme ?

L'homme secoua la tête.

— Toutes prises. Il faudra te contenter de la veuve poignet et de ses cinq orphelines. La chambre coûte une demi-pièce d'argent. Payable d'avance.

— Quel endroit sympathique, fit remarquer Bane à Banouin. Dis-moi que tu es content qu'on soit venus.

Banouin soupira.

— Alors, tu veux la chambre ou pas ? s'enquit le gros chauve.

Au même instant un bruit de vaisselle brisée retentit. Bane se retourna et vit une jeune femme devant trois chopes brisées, sa fine robe en laine trempée de bière. Le gros bonhomme surgit de derrière son bar et se précipita sur la fille.

— Espèce de grosse vache maladroite ! lui cria-t-il.

— Un de ces hommes m'a attrapée, se défendit-elle.

Il la gifla de sa grosse main et la jeune femme s'effondra, se retenant de justesse à une table.

Bane resta un instant interdit. Il ne pouvait en croire ses yeux. Livide, il traversa la pièce à grandes enjambées. Le gros bonhomme fit mine d'attraper de nouveau la jeune fille, mais Bane lui saisit le bras et le fit se retourner brusquement. Il lui asséna aussitôt un uppercut du droit au foie, suivi d'un crochet du gauche qui l'envoya mordre la poussière.

— De toute ma vie je n'avais jamais vu un homme frapper une femme, déclara-t-il. Trouve-toi une arme. Ensuite je me ferai un plaisir de t'ouvrir en deux, des pieds à la tête.

Le gros homme, les yeux apeurés, recula à quatre pattes devant le jeune Rigante.

— Je ne veux pas d'arme. Je ne veux pas me battre contre toi.

— Tu ne veux pas te battre ? Mais je viens de te défier, mon bonhomme !

— Je m'en fous ! Je ne me battrai pas contre toi.

Le gros homme se retourna et avança de quelques mètres sur les genoux, puis il se releva et courut jusque derrière le bar. Là, il s'enfuit par une porte qu'il referma à clé derrière lui. Bane secoua la tête, incrédule.

— Comment a-t-il pu refuser de se battre ? demanda-t-il.

— C'est un lâche. Le monde en est plein, lui expliqua un homme à la barbe grisonnante qui était assis à une table non loin.

Bane le dévisagea. Comme celle de la plupart des hommes de la région, sa peau était maculée de suie.

La fille était à genoux et ramassait les débris des chopes. Bane s'agenouilla à côté d'elle et lui posa une main sur l'épaule. Elle leva les yeux et lui adressa un sourire las. La peau de son visage était grêlée et une grosse marque rouge était visible sur sa joue gauche.

— Je suis désolé qu'il t'ait fait mal, lui dit Bane.

— Il a déjà fait bien pire, lui répondit-elle. Et il le fera encore.

— Prends garde à toi, mon garçon ! lança le mineur à la barbe grise.

Bane leva la tête. La porte du fond venait de s'ouvrir. Deux hommes trapus, munis de gourdins, avançaient vers lui. Le gros bonhomme était resté sur le seuil. Il était tout sourire à présent.

— Tu veux te battre avec quelqu'un ? cria-t-il. Eh bien, te voilà servi.

Les deux hommes se ruèrent à l'attaque. Bane se leva, se décala d'un pas sur sa droite et lança un grand coup de pied droit devant lui. Son talon percuta le genou du premier homme juste au moment où il faisait reposer tout le poids de son corps dessus. La jambe se brisa vers l'intérieur. L'homme tomba en poussant un hurlement atroce. Le deuxième fendit l'air avec son gourdin et toucha Bane à l'épaule. Ce dernier tangua légèrement, avant d'asséner un crochet du gauche au menton à son agresseur barbu. Celui-ci tituba. Bane lui décocha un coup de pied en plein visage.

Le gros homme était toujours dans l'encadrement de la porte, derrière le comptoir. Bane se précipita vers lui, sauta par-dessus le bar, l'attrapa par sa tunique et le projeta contre le mur.

— Je suis désolé ! Je suis désolé ! gémissait le bonhomme.

Mais ses hurlements s'arrêtèrent aussi vite qu'ils avaient commencé. La mâchoire du gros chauve s'affaissa et il tomba à genoux le dos au mur. Bane retira la dague qu'il venait de lui enfoncer dans la poitrine. Les yeux du mourant se mirent à ciller rapidement.

— Ne me fais pas de mal ! murmura-t-il.

Du sang vint mousser à ses lèvres ; il tomba de côté sur le sol. Bane essuya sa dague sur la tunique du gros, se leva et rengaina son arme. Tout autour de lui les hommes étaient restés assis dans un silence total. Personne ne bougeait, à part la serveuse qui s'était plaqué la main sur la bouche comme pour étouffer un cri.

Bane sortit à grands pas du *Fantôme Vert*. Banouin lui courut après.

— Nous ferions mieux de quitter cette ville, lui dit-il. Ils pourraient bien décider de te pendre.

— Je n'ai rien fait de mal, contra Bane.

— Tu as poignardé un homme désarmé, lui fit remarquer Banouin.

— Ce n'était pas un homme. Il a frappé une femme et a refusé de se battre. Il n'avait pas d'honneur. C'était une créature vile, moins qu'une vermine.

— Je t'avais prévenu, Bane. Tu tues trop facilement, lui dit tristement Banouin.

— Et tu m'enquiquines davantage qu'une épouse, rétorqua sèchement Bane. Mais tu as raison. Quittons cet endroit. Tuer cet homme m'a gâché ma journée.

— Pas autant que cela n'a gâché la sienne, répliqua Banouin.

Ils s'éloignèrent de plusieurs kilomètres d'Eau-Bruissante avant de monter leur camp dans une grotte qui surplombait la mer. Banouin alluma un feu, mais Bane préféra aller se balader. Il s'assit en haut d'une colline et contempla la lune qui se reflétait sur l'eau sombre. Banouin décida de le laisser seul un moment, le temps de s'occuper du feu. Bane était dans une de ses humeurs lugubres durant lesquelles il n'appréciait guère la compagnie des autres.

Il ne restait presque plus de nourriture. Banouin mangea un manchon de viande séchée qu'ils avaient acheté quelques jours auparavant. Il s'allongea et regarda les murs de la caverne où les ombres créées par les flammes dansaient sur la roche grise.

Bane tuait bel et bien trop rapidement. Le gros chauve était certes un lâche et un tyran, mais ce n'était pas une raison pour qu'il meure dans son propre sang. Pire que tout, Banouin savait que Bane était allé dans cette taverne pour y chercher les ennuis. Il connaissait bien le regard qui habitait les yeux étranges de son ami, comme une sorte de scintillement, et qui précédait toujours la violence. Pourtant, Bane avait toujours été bon envers lui, semblant même comprendre son aversion pour la violence et son désir de vivre une vie paisible et studieuse. Le jeune homme l'avait protégé et avait même accepté de se mettre au ban de son peuple plutôt que de rompre leur amitié.

Tout cela était vraiment déconcertant. Lorsque Bane était heureux, il pouvait charmer le cœur le plus récalcitrant et se lier d'amitié avec n'importe qui. Les gens l'aimaient vraiment. Banouin repensa à l'équipe de coupe-jarrets sur le fleuve et revit combien ils avaient apprécié son compagnon. Il était glaçant de penser que si l'un d'entre eux avait eu le malheur de dire un mot de travers, Bane les aurait tués jusqu'au dernier. Aurait-il été différent si Connavar l'avait reconnu ?

Il rajouta des branches dans le feu et se rappela avoir demandé à sa mère quelques semaines auparavant comment un grand homme comme le roi avait pu tourner le dos à son fils.

— C'est une question complexe, avait répondu Vorna. Mais elle présuppose que la grandeur dans un domaine signifie grandeur dans tous les autres. Or nous sommes loin de la vérité. Connavar est un homme bon, et je l'aime tendrement, mais il est dur et impitoyable. Il y a aussi chez lui – comme chez Bane – un désir ardent de violence qu'il a du mal à contenir.

Elle avait regardé son fils dans les yeux et s'était levée pour se rendre à la fenêtre. Elle l'avait fermée, malgré la chaleur d'été qui emplissait la maison.

— Je veux que personne ne puisse entendre ce que je vais te dire, Banouin, et je ne veux pas que tu le répètes. Jamais. Est-ce que tu me le promets ?

— Bien sûr, mère.

Elle s'était assise dans son fauteuil et avait pris une profonde inspiration.

— Il y a bien des années de cela, Connavar a épousé une jeune

Rigante nommée Tae. Il l'aimait profondément. Il avait risqué sa vie pour la sauver des griffes des Loups des mers et l'avait ramenée à Trois-Ruisseaux. Puis, il est devenu laird et ils se sont installés ensemble à Vieux-Chênes. Un jour, Connavar s'est rendu dans le Bois de l'Arbre à Souhaits afin de communier avec les Seidhs. Là, on le prévint de toujours tenir ses promesses, aussi petites soient-elles.

» Peu de temps après, il promit à Tae qu'il viendrait la chercher à Vieux-Chênes aux alentours de midi, pour l'accompagner à cheval jusqu'à un lac dont ils avaient entendu parler. Mais, alors qu'il rentrait chez lui, il aperçut une femme à l'extérieur d'une hutte construite dans les collines.

— Et c'était Arian, l'avait interrompu Banouin.

— C'est moi qui raconte l'histoire.

— Mais je la connais déjà, protesta-t-il. Il a fait l'amour à Arian, et Bane est né.

— Écoute ! avait insisté Vorna. Arian était son amour d'enfance, mais elle était… (Vorna avait hésité.) Il ne faudra jamais le répéter !

— Je t'ai déjà promis. Continue.

— Elle avait connu beaucoup d'hommes – même lorsqu'elle était jeune. Elle traversait les collines pour se rendre jusqu'à la route du commerce, et là elle baisait avec des hommes de passage en échange d'argent. Il y avait un désir en elle qu'elle pensait avoir caché à tous. À l'exception d'Eriatha, la Fille de la Terre, qui l'avait aidée à avorter de plusieurs bébés. Mais moi aussi je connaissais son secret. Elle était fiancée à Connavar, mais lorsque celui-ci a affronté l'ours et que tout le monde a cru qu'il allait mourir de ses blessures, Arian s'est installée avec Casta, et l'a épousé pendant la nuit du festin. Cependant, comme nous le savons aujourd'hui, Connavar n'est pas mort. Il a survécu et il a retrouvé ses forces. Il n'a jamais pardonné à Arian et a toujours cherché à l'éviter.

» Mais en ce terrible jour, lorsqu'il la vit seule dans la hutte, tous ses anciens sentiments lui sont revenus. Elle s'est mise à pleurer en lui demandant pardon. Elle s'est accrochée à lui. (Vorna avait soupiré.) Les hommes ne sont pas forts, Banouin. Leur bas-ventre trahit toujours leur cœur. Son mari était absent pour la journée, et Connavar a couché avec elle.

» Pendant ce temps, à Vieux-Chênes, sa femme l'attendait pour la promenade au lac qu'il lui avait promise. Comme il n'arrivait toujours pas, elle demanda à Ruathain de l'y emmener. Ce qu'il fit. Mais, sur le chemin du retour, un groupe d'assassins les attendait, déterminé à tuer Ruathain. Ils lui ont décoché une flèche qui l'a manqué, mais qui a tué Tae. Connavar avait oublié l'avertissement des Seidhs. Il n'avait pas tenu sa promesse – et sa jeune femme était morte dans l'herbe.

» Lorsqu'il a appris ce qui s'était passé, il a perdu l'esprit. Les assassins étaient originaires d'un village de pêcheurs pannone et avaient été envoyés par le Laird Pêcheur en personne. Connavar s'est rendu seul à ce village et a tué le laird et ses fils. Puis, il a détruit le village par le feu. Chaque maison, une par une. Il a massacré beaucoup de personnes – y compris des femmes et des enfants. Est-ce que ce comportement te rappelle quelqu'un ?

— Oui, da. Bane.

— Oui, Bane. Il est bien le fils de son père. Mais lorsque Connavar a retrouvé ses esprits, le poids du remords s'est abattu sur lui. C'est un fardeau qu'il porte encore aujourd'hui. Il n'a plus jamais pu regarder Arian en face. Il ne parla plus jamais publiquement d'elle, ni de son fils. Leur existence était un rappel constant de sa trahison et de l'acte terrible qu'il avait ensuite commis.

— J'avais toujours pensé qu'Arian était une femme bien, avait déclaré Banouin.

— Crétin ! avait rétorqué Vorna. Ai-je seulement dit qu'elle était mauvaise ? J'ai dit qu'elle avait besoin d'hommes – comme une faiblesse, si tu préfères. Cela ne fait pas d'elle quelqu'un de méchant ou de maléfique. C'était une très bonne mère pour Bane, et il y avait énormément de gentillesse en elle. J'ai l'intime conviction qu'elle n'a jamais cessé d'aimer Connavar. Et son remords à elle n'était pas moins gros que le sien. (Vorna avait soupiré.) Leur culpabilité était la même. Et pourtant – comme tu l'as fait remarquer –, Connavar est un grand homme ; c'est pour cela qu'on lui a pardonné. Mais Arian est restée dans l'esprit des gens comme la putain responsable de la mort de Tae. Ce qui était injuste. Même les gens de sa famille lui ont tourné le dos. Surtout Govannan. Et sa sœur Gwydia, par exemple, ne l'a jamais invitée à Sept-Saules.

— Pourquoi est-ce que personne n'a jamais dit cela à Bane ? avait-il demandé.

— Dans quel but ? Il aimait sa mère et la considère presque comme une sainte. Il a été la seule personne dans la vie d'Arian à se donner entièrement par amour. C'était à elle de le lui dire – si elle l'avait voulu. Et ce n'est pas le cas.

— Mais tout cela est tellement tragique, avait fait remarquer Banouin. Et ce n'est pas fini, n'est-ce pas ? Arian est morte, mais Bane vit toujours, avec toute son amertume.

— Cette amertume ne prendrait pas fin même s'il comprenait la vérité, avait répliqué Vorna. Crois-moi, mon fils.

— Mais rien de tout cela n'est la faute de Bane, avait insisté Banouin. Sa mère a trahi son mari, tout comme Connavar a trahi sa femme. Bane n'est qu'un innocent qui a trop souffert.

— Ils ont tous souffert. (Elle avait alors regardé son fils avec tendresse et lui avait caressé le visage.) On dit que la vérité est libératrice. Parfois c'est le cas. Mais la plupart du temps c'est faux. La vérité peut être comme un coup de dague en plein cœur. Lorsque ton père est mort et que tu es venu au monde, j'étais déchirée entre l'angoisse et la joie. Cela m'a presque brisée. Et puis un jour, alors que je te regardais dans ton berceau, je me suis sentie comme maudite par l'amour, au lieu d'être bénie. À cet instant précis, j'ai souhaité que tu ne sois jamais venu au monde, n'avoir jamais rencontré ton père. N'avoir jamais connu l'amour. Voilà une vérité, Banouin. Dis-moi si elle te plaît ?

— Je peux comprendre, avait-il répondu. Je ne suis ni en colère ni blessé.

— Imagine si je t'avais dit cela lorsque tu avais cinq ans de moins, à l'époque où tu étais haï et méprisé par tous les autres garçons ?

— Je pense que j'aurais été anéanti, avait-il admis. Je crois que j'aurais été trop jeune pour comprendre.

— Oui, avait-elle répondu, l'enfant se serait approprié cette vérité avec une perception bien à lui : « Ma mère ne m'a jamais aimé. » « Je n'étais pas désiré. » De bien des façons, c'est ce que le jeune Bane a fait. Connavar ne l'a pas reconnu, par conséquent, Connavar le déteste, et détestait sa mère. Connavar est une créature maléfique. Un ennemi. Et c'est ainsi que Bane s'est débrouillé avec sa perception de la vérité. Et celle-ci le hante encore aujourd'hui.

— Alors il n'y a rien à faire ?

— Je ne dirais pas ça. Il y a beaucoup de force en lui, une grande loyauté et beaucoup d'amour. Avec de bons amis à ses côtés, il pourra peut-être trouver sa voie. C'est tout ce que nous pouvons faire. Rester ses amis.

— Je le serai toujours, lui avait promis Banouin.

Les ombres qui dansaient sur la paroi de la grotte le faisaient somnoler. Il jeta un coup d'œil à l'horizon et vit que son ami était toujours assis sur sa colline. Bien qu'il soit las, il se leva et alla le rejoindre en traînant des pieds.

— C'est une très belle nuit, déclara-t-il en venant s'asseoir à côté du guerrier blond, puis en balançant ses pieds dans le vide.

— C'est vrai, convint Bane. Certains trouvent que la nuit est un moment menaçant, mais, moi, j'aime l'obscurité. J'y ressens toujours une impression de calme et d'éternité. Lorsque j'étais enfant, vers cinq, six ans, ma mère m'emmenait aux chutes de Riguan les nuits d'été. Là, nous nous baignions au clair de lune. Je me souviens qu'à l'époque je rêvais d'être un poisson et de nager pour toujours. J'adorais ces nuits-là. Lorsque nous sortions de l'eau, nous faisions un feu et mangions le repas qu'elle avait apporté. Après cela j'avais généralement sommeil. Alors elle m'enveloppait dans une couverture et me serrait contre elle pour que je puisse dormir la tête sur ses genoux. C'étaient des nuits d'un calme incroyable, durant lesquelles je ne faisais jamais de mauvais rêves.

— C'est étrange, dit Banouin, comme les bons souvenirs peuvent vous rendre tristes. Moi, c'est pareil avec le Grand Homme. Lorsque j'étais enfant, je me précipitais tout le temps dans le jardin pour voir s'il venait nous rendre visite. Et lorsque c'était le cas, je sautais de joie et courais à sa rencontre. Aujourd'hui, quand je me remémore son visage, ses grands yeux bleus, j'ai comme une boule dans la gorge. Tant de choses auraient été différentes s'il n'était pas mort dans cette bataille.

— Peut-être. Et peut-être pas, dit Bane. Je jouais souvent à ce jeu quand j'étais plus jeune. Et si... ? C'est un jeu idiot. Ce qui est fait est fait. Et on ne peut pas le défaire. Si je pouvais revivre cette journée, j'éviterais de me rendre au *Fantôme Vert*. Ou alors je me contenterais de donner une bonne correction au gros chauve. Mais je ne peux pas retourner dans le passé. Tout comme je ne peux pas retourner aux chutes de Riguan pour m'asseoir avec ma mère, une couverture autour de moi, et le goût des gâteaux au miel dans la bouche.

— Parfois, la vie semble injuste, fit remarquer Banouin.

Bane éclata de rire.

— Oui, c'est vrai, mais il y a aussi de bons moments. Un jour, ta mère et moi avons sauvé un bébé blaireau. Il était aveugle et elle l'a soigné. Puis nous l'avons relâché dans les bois où il s'est dépêché d'aller vivre une nouvelle vie. C'était une grande nuit. J'aime à penser que ce petit blaireau est devenu une belle bête, avec une compagne et des petits à lui. Et peut-être que c'est ce qui s'est passé. Ou alors il a été tué par des chasseurs. Heureusement, je ne le saurai jamais. (Bane ramassa une pierre qu'il lança du haut de la falaise et qu'il regarda tomber dans l'eau en contrebas.) J'espère que la mer sera aussi calme lorsque nous ferons la traversée, dit-il.

— Tu viens avec moi de l'autre côté de l'eau ?

— Évidemment. J'ai promis à ta mère que tu arriverais sans encombre à Roc.

— Mais je ne risque rien, protesta Banouin soudain mal à l'aise. Et puis, je ne crois pas que tu aimeras Roc.

— Si c'est le cas, je te ferai mes adieux, répondit Bane. Enfin bon, je suis fatigué. Je crois que je vais aller dormir un peu.

Il se leva en souplesse et retourna à la grotte.

Banouin resta là un instant, perdu dans ses pensées. Il adorait Bane, mais l'idée d'arriver à Roc en sa compagnie était à la fois affolante et déprimante.

C'était comme emmener un ours sauvage à un mariage. Cette pensée lui fit honte, mais il n'arriva pas à la repousser.

Bane était allongé dans la grotte, essayant de gérer les vagues de tristesse à présent familières et cherchant un moyen de se sortir de l'affliction qu'il ressentait. Parax ne s'était pas trompé. Il avait effectivement prévu d'entraîner les chasseurs dans une fausse chasse à l'homme, pour tomber au combat face à eux et mettre ainsi un terme à cette amère existence. Bane n'en avait pris pleinement conscience que lorsque Parax avait prononcé les mots à voix haute et qu'il les avait assimilés. Il n'avait pas particulièrement envie de mourir. Il aimait la vie, la chaleur des rayons de soleil sur son visage, le bruit des chutes d'eau, le cri d'un faucon de chasse. Ce n'était pas non plus à cause de la mort d'Arian ou de la douleur perpétuelle d'avoir été rejeté par Connavar.

En fait, c'était la combinaison d'un peu tout ça mais également d'autres pressions : le sentiment d'isolement après les premières années d'exclusion par les autres Rigantes n'était pas la moindre, mais aussi, en grandissant, le fait qu'on ne pouvait lui proposer que des tâches assez subalternes puisqu'il n'était pas arrivé à maîtriser l'art, pourtant simple, de lire et d'écrire. C'était un peu comme si le roi avait imposé cette lourde tâche à tous les Rigantes, les Pannones et les Norviis, pour ajouter un peu aux contraintes déjà insoutenables de la vie de Bane.

Il sentit sa colère grandir. Vorna lui avait probablement sauvé la vie en lui demandant de veiller sur son fils. Et maintenant ce fils, le seul ami de Bane, avait honte de lui. Il l'avait lu dans son regard lorsqu'il avait parlé de l'accompagner jusqu'à Roc, cette expression soudaine de choc et de consternation. Il n'avait pas confié à Banouin qu'il s'en était rendu compte, et cela lui faisait encore plus mal d'avoir dû cacher sa peine.

Mais il l'avait cachée toute sa vie. *Quand donc as-tu laissé voir aux gens le vrai toi ?* se demanda-t-il. *Quand as-tu jamais fait tomber le masque ?* Bane le joyeux, Bane le vif, Bane le conteur, le chanteur de chansons grivoises. Dans tous les villages autres que Trois-Ruisseaux, Bane était populaire auprès de tous ceux qu'il rencontrait, mais l'homme avec lequel ils riaient et plaisantaient n'était pas l'homme derrière le masque.

Bane avait même dû cacher ses sentiments à sa propre mère. *Elle a suffisamment de problèmes comme cela*, s'était-il dit, et il s'était contenté de rire avec elle. Personne d'autre n'était capable de la faire sourire. Mais personne d'autre ne s'était vraiment donné la peine d'essayer.

Et aujourd'hui elle était décédée. Même les talents de Vorna n'avaient pu la sauver. Ce qui avait franchement troublé Bane, car Vorna avait été capable d'éradiquer le cancer du blaireau aveugle afin de lui rendre la vue. Il s'en était donc pris à elle.

— La magie seule ne suffit pas, lui avait expliqué Vorna. Arian n'avait plus la volonté de vivre.

Aujourd'hui, Bane comprenait ce qu'elle avait voulu dire. Il avait ressenti la même chose lorsque les chasseurs l'avaient pourchassé dans les collines.

Et il le ressentait de nouveau, ici, dans cette grotte.

Arian emplit soudain son esprit. Il se demanda quand est-ce qu'elle avait finalement perdu toute envie de vivre. Souvent elle allait marcher dans les collines supérieures et regardait fixement le nord. Bane croyait qu'elle attendait Connavar, espérant qu'un jour il arriverait à cheval pour venir lui parler. Mais il ne l'avait jamais fait.

Deux ans auparavant, alors qu'il venait d'avoir quinze ans, Bane avait décidé de rencontrer le roi – de le rencontrer d'une manière qui aurait obligé Connavar à lui parler. Et, lorsqu'enfin ils auraient parlé, Bane lui aurait demandé pourquoi il les avait rejetés, sa mère et lui. Le plan avait été simple. Tout ce que Bane avait eu à faire, c'était gagner la course de Beltine, dix kilomètres à travers la campagne. Le problème était qu'il y avait au moins sept jeunes plus rapides que lui rien que parmi les Rigantes de Trois-Ruisseaux.

Aussi Bane s'était-il entraîné chaque jour pendant des mois, augmentant ainsi son endurance, pataugeant sur les pistes boueuses, gravissant à la course les collines, et ce jusqu'à l'épuisement. Les premières semaines, il s'arrêtait souvent, haletant, sur le bord de la piste pour vomir. Puis il se remettait à courir, les poumons en feu, les muscles brûlants. Petit à petit, il devint plus fort, toujours poussé en avant par la volonté de rencontrer son père, afin de lire enfin la fierté dans ses yeux.

La course avait été acharnée. Un garçon pannone, du nord, était resté à ses côtés pendant près de huit kilomètres, mais Bane, plus costaud, l'avait distancé sur les derniers kilomètres, se permettant même le luxe de finir en sprintant devant les feux du festin au pied de Vieux-Chênes. Il avait parcouru les deux cents derniers mètres devant des villageois qui l'applaudissaient. Puis, il avait aperçu le roi avec ses frères Braefar et Bendegit Bran.

Connavar était un homme imposant, large d'épaules. Il portait son célèbre manteau à damier, arborant les couleurs des cinq tribus, et à son côté pendait la célèbre épée seidhe qu'on disait pouvoir couper la pierre et le fer.

Le cœur battant, les poumons sur le point d'exploser, Bane s'était arrêté après la ligne d'arrivée et, les mains sur les hanches, il avait toisé le roi. Ce fut comme s'il avait regardé dans ses propres yeux ; puis leurs regards s'étaient croisés. Il n'y avait pas eu la moindre expression sur le visage balafré du roi, ni même l'ombre d'un sourire.

Il avait fait un pas en avant et avait simplement dit : « Bravo. » Puis, il avait tourné le dos à Bane, encore trop essoufflé pour répondre, et s'était fondu dans la foule.

L'espace d'un instant, les spectateurs étaient restés silencieux, puis Bendegit Bran s'était avancé pour passer son bras autour des épaules de Bane.

— Le champion est de Trois-Ruisseaux, avait-il crié. (Il avait tapé Bane dans le dos.) C'était une très belle course.

La foule l'avait ovationné. Bran avait emmené Bane avec lui, tandis que les autres coureurs commençaient à franchir la ligne.

— Vas-tu bien ? lui avait demandé Bran.

Bane avait dévisagé son oncle, et avait acquiescé.

— Fatigué, c'est tout, avait-il répondu en regardant au loin la silhouette de Connavar qui s'en allait le long du sentier vers Vieux-Chênes. Le roi ne reste pas pour le festin ?

Bran avait eu l'air gêné.

— C'est un solitaire. Il ne reste jamais longtemps au milieu d'une foule.

— On m'a dit que l'an dernier, il avait passé le repas assis à côté du gagnant de la course, avait déclaré Bane.

— Oui, mais cette année tu seras assis à mes côtés, lui avait répondu Bran.

— Je crois que je vais plutôt rentrer chez moi, avait rétorqué Bane.

— Cela risque de te prendre deux jours à cheval, Bane. Reste, plutôt. Profite du festin.

Bane s'était éloigné, avait sellé le poney qu'il avait emprunté et était parti dans les ténèbres.

Dix-huit mois plus tard, après qu'il eut participé à sa première escarmouche face à des pillards des mers, en tuant deux et en blessant un troisième, il avait été décoré du bracelet d'or – qu'il portait encore à son poignet. La tradition voulait que ce fût au roi de le remettre. Pourtant, Bane l'avait reçu des mains de Braefar. Et cela ne l'avait pas surpris à l'époque.

C'est à peu près à la même période que la santé d'Arian avait commencé à se détériorer. Elle mangeait comme un moineau, et avait perdu beaucoup de poids. Même Bane n'arrivait plus à la faire sourire.

Le jeune guerrier referma la couverture sur lui et s'allongea sur le côté, la tête contre sa selle. Il entendit les bruits de pas de Banouin qui entrait dans la grotte mais garda les yeux fermés.

Je vais faire en sorte que tu arrives sain et sauf à Roc, pensa-t-il, *et dès que les murs de la cité seront en vue, je te ferai mes adieux.*

Le chariot progressait péniblement sous la pluie torrentielle. Les deux chevaux de trait, fatigués, avançaient lentement, la tête baissée face au vent. Le conducteur était assis, emmitouflé, sous une capote en toile, tenant les rênes de la main droite, le bras gauche passé autour des épaules d'une adolescente.

Malgré la capote, ils étaient trempés de la tête aux pieds. La jeune fille frissonna.

— Est-ce encore loin, père ? s'enquit-elle.

— D'après la carte, nous sommes à moins de deux kilomètres du pont, lui répondit le vieil homme. Après ça, il n'en restera qu'une dizaine à parcourir. Nous devrions arriver avant la tombée de la nuit.

Il souriait tout en prononçant ces paroles. Le ciel était si sombre qu'on aurait pu croire que c'était déjà le soir. Appius prit le fouet et le fit claquer aux oreilles des chevaux. Ceux-ci accélérèrent brusquement le pas et le chariot prit un peu de vitesse.

Sa fille vint se blottir contre lui. Il lui tapota le dos et baissa son capuchon afin de mieux la protéger de la pluie. Mais la capuche était déjà trempée. Elle leva les yeux et lui sourit. Le cœur de l'homme bondit. *Tu ressembles tellement à ta mère*, pensa-t-il. *Tu es tellement belle.*

Appius regarda une nouvelle fois ce que sa carte indiquait être une route. Il en secoua la tête de frustration. Une route ? C'était une grande piste boueuse, irrégulière et cabossée. Son chariot avançait difficilement dans les traces laissées par des véhicules plus lourds. Seul un idiot, ou un Barbare, appellerait ceci une route. À Roc, au moins, il y avait des routes ! Des routes faites de pierres posées sur du gravier et du sable.

Il soupira. À Roc, il y avait également les Prêtres Pourpres, les Procès de Sang, les bûchers. Le vent mourut et la pluie s'arrêta progressivement. Elle ne leur fouettait plus le visage, mais clapotait sur la capote au-dessus de leurs têtes. À l'ouest, le soleil perça entre les nuages. Appius repoussa sa capuche, révélant ses cheveux courts et blancs.

Lia lui sourit.

— Tout a l'air si beau dès que le soleil brille un peu, déclara-t-elle.

— Ce qui serait merveilleux, c'est des bains, avec de la vapeur d'eaux parfumées, répondit-il. Et puis un massage, avant un bon somme.

— Barus a dit que la ville était assez civilisée. Il devrait y avoir des bains.

— Tant qu'il n'y a pas de temple, dit-il.

Sa bonne humeur venait de disparaître.

— Les Prêtres n'ont pas encore franchi l'eau, répliqua-t-elle. Mais ils le feront un jour.

Lia partit légèrement en arrière et s'étira. Puis elle retira son manteau et secoua l'eau de pluie. Appius lui jeta un coup d'œil et se sentit aussitôt revigoré. Les cheveux bruns de l'adolescente étaient coupés très court, à la dernière mode de Roc, et cela mettait en valeur l'extraordinaire beauté de ses traits, ses grands yeux et son sourire radieux. Il se demanda s'il la voyait juste avec les yeux d'un père, mais se remémora aussitôt l'effet qu'elle avait sur ses jeunes officiers. La plupart restaient interdits devant sa beauté. *Peut-être qu'ici,* pensa-t-il, *dans le trou du cul de l'empire, elle oubliera les stupidités que lui a inculquées sa mère.* Après une période raisonnable, ils pourraient rentrer à Roc et retrouver leur position respectable dans la société. Lia pourrait épouser un homme qu'elle aime et connaître le bonheur. Et lui pourrait s'asseoir au soleil et regarder ses petits-enfants grandir.

Il va me falloir vivre très vieux, pensa-t-il tristement. Son dos lui faisait mal et il sentait que les jointures de ses genoux avaient gonflé à cause du froid et de l'humidité. Pendant cinquante ans il avait été soldat, se déplaçant par n'importe quel temps et dormant à même le sol glacé. *C'est un miracle que je puisse encore marcher aujourd'hui,* se dit-il.

Pourtant, dans aucun de ses pires cauchemars, il n'avait envisagé de venir finir ses jours de l'autre côté de l'eau, dans le pays même qui avait vu la destruction de l'armée de Roc. Il frissonna. De tous les participants à cet exercice insensé, seul Appius s'en était sorti avec mérite, positionnant sa Panthère en formation de combat pour couvrir la retraite de ses soldats afin de retourner au camp fortifié qu'ils avaient bâti la veille. Et, malgré cela, il avait quand même perdu la moitié de ses hommes.

Connavar était le diable fait homme. Il avait disposé ses troupes de façon experte et Valanus, s'attendant à la tactique habituelle keltoïe de l'attaque en masse, était tombé dans un piège. Séparée de l'approvisionnement, incapable de bâtir un camp, l'armée déjà fatiguée et affamée avait d'abord été attaquée par la cavalerie ennemie, puis par des archers montés. La plaine de Cogden. Ce simple nom lui donnait la chair de poule. Douze mille soldats de Roc y avaient trouvé la mort.

À Roc, le choc avait été colossal. Appius avait été arrêté et ramené à la cité pour y être jugé, mais lui et trois autres officiers s'en étaient tirés, accusés de négligence ; le plus gros de la colère de la cité s'était porté sur le défunt Valanus, qui avait, disait-on, mené quinze mille hommes face à un million d'ennemis. C'était tellement énorme qu'Appius ne pouvait y croire. Pourtant le peuple y avait cru, lui. Son orgueil ne lui permettait pas de penser que l'armée de Roc avait pu être défaite par quelques trente mille Rigantes. Personne ne voulut entendre la vérité – à part Jasaray. Et seulement en secret.

Il se remémora le jour où le général – qui n'était pas encore empereur – l'avait fait venir chez lui afin de revivre chaque moment de la bataille, de dessiner les lignes ennemies et de se rappeler les différentes tactiques déployées. D'abord les Rigantes avaient tué tous les éclaireurs ceniis de Valanus, et l'armée avait donc progressé en aveugle. Puis, un détachement les avait pris à revers, saccageant la colonne de réapprovisionnement, tuant les conducteurs et brûlant les chariots. Finalement, une force alliée de Rigantes, Pannones et Norviis, sous les ordres de Connavar, avait encerclé Valanus dans la plaine de Cogden.

— C'est moi qui l'ai formé, avait dit Jasaray.

Appius avait cru discerner une note de fierté dans la voix du général.

— Tu l'as formé un peu trop bien, général, avait rétorqué Appius. Il nous faut une nouvelle armée – et vite.

Jasaray avait secoué la tête.

— Chaque chose en son temps. La défaite a effrayé le peuple. Ils ne font plus confiance au Conseil pour prendre les décisions qui s'imposent. Moi non plus. Je crois fermement que Roc devrait être gouvernée par une seule personne : un seul esprit aux commandes de la destinée de notre cité.

— Ton esprit, général ? s'était enquis Appius.

— Si on me le demandait, il serait antipatriotique de refuser. Et toi, où te situerais-tu, mon vieil ami ?

— Là où j'ai toujours été, l'Érudit : à tes côtés.

— Je n'en attendais pas moins, avait admis Jasaray.

Une roue heurta une pierre cachée par la boue et le chariot bondit en avant. Appius tira sur les rênes et fit faire le tour de l'obstacle aux chevaux. Il apercevait enfin le pont. C'était une structure en bois de quatre mètres cinquante de large.

Oui, il avait soutenu Jasaray et l'avait regardé devenir empereur. Mais lorsque sa famille avait eu des ennuis…

— Ne jamais faire confiance aux empereurs, murmura-t-il.

— Tu m'as dit quelque chose, père ?

— Non, je pensais tout haut.

— Est-ce que Barus risque des problèmes pour nous avoir prêté sa maison ? demanda soudainement Lia.

— Non, pas de problème. Nous ne sommes pas des fuyards, Lia. Nous avons des laissez-passer. Nous n'avons commis aucun crime.

— Mais lorsque nous nous sommes enfuis, nous savions qu'ils allaient bientôt arriver.

— Nous n'avons pas fui ! cracha-t-il. Nous avons demandé la permission à l'empereur de quitter Roc. Il nous l'a accordée. Et c'est la seule aide qu'il nous a donnée d'ailleurs. Ce qui prouve que nous ne sommes pas en fuite.

— Tu es amer. Cela ne te ressemble pas. Enfin bon, nous sommes quand même partis en plein milieu de la nuit, alors que tes amis et les miens étaient mis en prison. Ça ressemblait un peu à une fuite, c'est tout.

— Aucun de mes amis n'a été arrêté, Lia. Je n'ai jamais souscrit à ces pratiques idiotes. Et je ne le ferai jamais.

— Je ne pense pas qu'elles soient idiotes, répliqua-t-elle. Et je ne crois pas non plus que la Source le pense.

— Oui, une déesse vraiment puissante, cette Source. Tous ceux qui croient en elle sont mis à mort et elle ne lève pas le petit doigt pour les sauver. Mais inutile de se disputer une fois encore à ce sujet. J'ai déjà donné avec Pirae.

À la mention de ce nom ils se turent tous les deux. Appius était absent le jour où les Prêtres Pourpres l'avaient arrêtée. Il servait alors sur la frontière orientale, essayant de mettre un terme à une révolte sanglante. Il était revenu à Roc dans la nuit qui avait suivi son procès et avait manqué son exécution. Pirae avait refusé d'abjurer sa foi, et avait affronté ses accusateurs, les traitant de « petits hommes avec de petits rêves ».

Il lui avait semblé étrange qu'une femme qui avait passé sa vie entière à la recherche de tous les plaisirs interdits finisse dans le courage et la dignité. Il regarda Lia. Elle n'était pas sa fille. C'était l'enfant d'un des nombreux amants de Pirae. Il doutait que Pirae sache lequel. Pourtant, il aimait Lia plus que tout au monde. Elle était comme un rayon de soleil sur son âme, une oasis de fraîcheur dans le désert de sa vie.

— Et tout cela pour un arbre ! s'exclama-t-il soudain.

— Pourquoi est-ce que la simple pensée de l'Arbre te contrarie à ce point ? lui demanda Lia.

— Pardon ?

— Tu as encore parlé de l'Arbre.

— Je ne m'en étais pas rendu compte.

— L'Arbre n'est que la représentation du pouvoir de la Source ; l'esprit qui va vers le haut, vers l'extérieur, vers l'intérieur et vers le bas, à l'image des saisons. Cela n'a aucun rapport avec le Culte de l'Arbre. Ça, c'est un mensonge des Prêtres.

— Et toi, pourquoi refuses-tu de comprendre ? rétorqua-t-il. Les Prêtres sont le pouvoir à Roc. Aller à leur encontre est extrêmement dangereux. Regarde où cela nous a menés ! Dans le trou perdu le plus reculé du monde.

— J'aurais bien voulu rester, lui rappela-t-elle.

— Rester signifiait la mort, lui fit-il remarquer.

— Certaines choses valent qu'on meurt pour elles.

— Oui, mais pas les arbres, répondit-il.

L'équipage s'était arrêté à l'entrée du pont. Appius se leva pour regarder la rivière en furie qui charriait une eau rageuse entre les piles du pont. Il jura entre ses dents et fit claquer son fouet. Les chevaux avancèrent sur le petit pont de bois. En dessous d'eux, dans l'eau noirâtre et tourbillonnante, le cadavre gonflé d'eau d'un taureau apparut porté par le courant. Il percuta l'une des piles qui se tordit et s'effondra. Le chariot vacilla. Appius se leva de son siège et fit claquer une nouvelle fois son fouet. Les chevaux apeurés s'élancèrent sur le pont. Qui céda.

Appius fut jeté à bas du chariot et se cogna la tête contre une pile. Puis, il tomba inconscient dans les flots.

Banouin avait été malheureux une bonne partie de la journée, et pas seulement à cause du vent qui sifflait ou de la pluie torrentielle. En fait, il n'avait pas bien dormi ; il avait rêvé d'humiliations et d'angoisses. Heureusement, il ne se souvenait pas de ses rêves, à part un, qui restait gravé dans sa mémoire. Il était tout nu au centre de Roc et une foule gigantesque se moquait de lui. Tout au fond de lui, il connaissait la raison de ce rêve et il avait le sentiment d'être un traître doublé d'un ingrat.

C'était la simple pensée de Bane l'accompagnant à Roc qui l'avait mis dans cet état dépressif et qui avait provoqué ces rêves d'anxiété. Banouin avait prévu d'acheter des habits adéquats, de se couper les cheveux et de s'inscrire à l'université. En bref, de devenir un citoyen de Roc et de se fondre dans la vie merveilleuse de cet endroit. Finies les moqueries, finies les brimades ou le sentiment de ne pas être à sa place. Il avait prévu de devenir un érudit et de vivre une vie paisible faite de contemplation et d'étude. Voilà qu'aujourd'hui il marchait vers la cité de ses rêves en compagnie d'un homme d'une violence féroce, l'épitomé de ce qu'il y avait de meilleur et de pire chez les Rigantes.

Pourtant, cet homme l'avait protégé la majeure partie de sa jeune vie et, pour cela, il avait souffert la haine de ses pairs. Ces pensées qui hantaient Banouin le rendaient mélancolique et honteux.

La pluie s'arrêta un instant en milieu de matinée, et Bane ôta sa capuche pour venir chevaucher à côté de son ami.

— Tu n'es pas un compagnon d'humeur très joyeuse, aujourd'hui, lui dit-il.

Banouin se força à sourire.

— C'est à cause de la pluie.

— Allons, dit Bane en lui donnant une bonne claque sur l'épaule. Je te connais depuis trop longtemps. Quand tu tires cette tête d'un kilomètre de long, c'est qu'il y a quelque chose qui te préoccupe. C'est toujours le gros bonhomme chauve qui t'embête ?

— Non. Je repensais à ma vie chez les Rigantes, lui répondit Banouin. Ce qui était en partie vrai.

— Eh bien ?

— Je n'ai pas été très heureux, déclara tristement Banouin. C'est difficile d'être détesté pour quelque chose à laquelle on ne peut rien changer. Je ne suis pas responsable du sang qui coule dans mes veines. Pourquoi ne pouvaient-ils pas m'accepter comme le fils de Vorna ?

Bane haussa les épaules.

— Oui, da, c'est vrai que la vie a été dure, vraiment dure pour toi.

— Je ne leur ai jamais fait de mal, continua Banouin que la colère gagnait de plus en plus. Et ils me haïssaient. Alors que toi, en revanche, qui te bagarrais sans cesse, ils t'aimaient. Ou ils t'auraient aimé si tu les avais laissés le faire. Cela n'a pas de sens.

Bane se tourna vers lui comme s'il allait parler. Mais au dernier moment il changea visiblement d'avis et s'éloigna – son cheval gris avança dans la boue avec précaution. La fin de la conversation avait été tellement abrupte que Banouin repensa à ce qu'il venait de dire pour voir s'il avait pu offenser Bane d'une manière ou d'une autre. Intrigué, il éperonna son alezan. Il arriva vite à la hauteur de Bane et regarda le visage de son ami. Il n'y avait pas la moindre trace de colère mais pas non plus une once de bonne humeur.

— Quoi ? Qu'est-ce que j'ai dit ? s'enquit Banouin.

— Pour un homme qui veut devenir un érudit, lui répondit Bane, tu vois les choses un peu trop simplement parfois.

— Cela te dérangerait de m'expliquer ?

— À quoi bon ? demanda Bane. Tu quittes les Rigantes. Le passé est le passé.

— Cela n'empêche que j'aimerais bien comprendre ce que tu veux dire.

Bane regarda les nuages qui s'accumulaient. La pluie allait bientôt se remettre à tomber. Un roulement de tonnerre retentit dans le lointain, ce qui rendit les chevaux nerveux. Bane flatta le long cou de son gris et lui murmura des mots apaisants. Puis, il dévisagea Banouin.

— Voilà l'exemple parfait, déclara-t-il. Les chevaux étaient effrayés. Qu'as-tu fait ?

— Comment ça ?

Bane tira sur ses rênes et vint se caler contre le cheval de son ami. L'alezan de Banouin était toujours nerveux, aussi Bane s'efforça-t-il de le calmer.

— Tu te plains sans cesse de ce cheval, lui dit Bane. Il rue. Il ne t'aime pas. Mais, quand il a peur, tu ne le caresses pas, ni ne lui parles. Pour toi, ce n'est qu'un animal de charge qui doit te porter jusqu'à la mer. Tu es assis dessus, mais tu ne le chevauches pas. Tu n'as pas fait le moindre effort de communication avec ton cheval, afin d'en faire ton ami.

— Quel rapport y a-t-il entre les chevaux et notre discussion ?

Bane secoua la tête.

— Tu ne vois donc pas ? Toute ta vie tu t'es plaint que les gens ne t'aimaient pas. Mais quand as-tu jamais fait quelque chose pour les autres ? L'année dernière lorsque la grange de Nian a pris feu, et que tout le monde s'est précipité pour la sauver, où étais-tu ? Tu es resté chez toi. Lorsque nous sommes revenus à Trois-Ruisseaux, couverts de suie et de cendres, nous t'avons croisé ; tu étais tout propre et joyeux. Tu aurais tout aussi bien pu porter une pancarte disant : « Je me moque de vous et de vos problèmes ! » Un jour, tu réaliseras que tu es comme tu es parce que tu l'as choisi. Cela n'a rien à voir avec le sang.

— Ce n'est pas juste ! Un aveugle aurait pu voir qu'il était impossible de sauver la grange de Nian. C'était une perte d'énergie.

— Cette perte d'énergie a rapproché les gens. Elle leur a montré qu'ils comptaient les uns pour les autres et qu'ils étaient prêts à prendre des risques pour leur prochain. Une fois que sa grange fut réduite en cendres, Nian savait au moins qu'il lui restait des amis à défaut d'autre chose. Et deux jours plus tard, ce sont ces mêmes personnes qui se sont réunies pour lui bâtir une nouvelle grange. Était-ce vraiment une perte d'énergie ? Ce jour-là, non plus, on ne t'a pas vu.

Les nuages crevèrent et la pluie s'abattit sur eux. Bane remit sa capuche et réajusta son manteau de cuir sur ses épaules. Banouin était littéralement furieux, mais n'importe quelle parole qu'il aurait prononcée aurait été perdue dans la tempête. Tout en avançant, les propos de Bane le dévoraient. Toute sa vie, il avait été martyrisé ou battu par des Rigantes. Pourquoi aurait-il dû se soucier de leurs vies ou de leurs granges ?

À la tombée de la nuit, comme la pluie se calmait et que le ciel s'éclaircissait à l'ouest, les deux compagnons longèrent une rivière gonflée par les eaux torrentielles. Devant eux, un chariot brisé était échoué sur la rive. Un cheval se débattait dans l'eau, essayant désespérément de garder la tête au-dessus des flots. Bane lança son gris au galop et vint se ranger juste devant le véhicule. Le jeune guerrier quitta sa selle et bondit sur le chariot en ruine. Il défit son baudrier et le jeta sur la berge, puis il sauta dans l'eau à côté du cheval. À l'aide de sa dague, il coupa d'abord les traits avant de plonger.

Banouin observa la scène depuis le bord. Bane refit surface trois fois.

Finalement, le cheval put se dégager du chariot, mais il était trop épuisé pour grimper sur la rive. Bane nageait à ses côtés. Puis il cria à Banouin :

— Ne reste pas le cul planté là, espèce d'enfoiré ! Il y a une corde à l'arrière du chariot.

Choqué par la violence de ces paroles, Banouin mit pied à terre et escalada le chariot. Il y avait à l'intérieur plusieurs coffres et deux rouleaux de corde. Il les prit tous les deux et se les passa à l'épaule, puis il descendit du chariot. Il glissa et manqua de tomber, mais il se rattrapa de justesse à une des roues à moitié submergée. Le chariot tangua. L'espace d'un instant, Banouin crut que le chariot allait se retourner et lui rouler dessus ; en proie à la panique, il sauta en direction de la rive et se réceptionna tant bien que mal dans la boue. Il saisit l'une des cordes et fit une boucle. Il approcha du bord glissant, les mains tremblantes. Il avait la pointe des pieds juste au-dessus de l'eau et manqua de tomber à plusieurs reprises en tentant de faire passer sa boucle autour de la tête du cheval. Néanmoins, son troisième lancer fut couronné de succès. Le nœud se resserra et Banouin essaya de hisser le cheval hors de l'eau. Ses pieds glissèrent à nouveau, et le cheval à bout de forces retomba en arrière, sur le côté. Il rua dans sa chute et un sabot vint heurter le crâne de Bane qui poussa un cri. Banouin vit son ami être emporté par le torrent. Il parcourut une bonne centaine de mètres avant d'agripper une branche et de se hisser hors de l'eau. Lorsqu'il rejoignit Banouin, ce dernier vit que son ami avait une grande coupure sur le front qui saignait abondamment. Bane dépassa Banouin et courut jusqu'à son gris ; il sauta en selle. Puis, il vint prendre la corde des mains de Banouin et l'attacha au pommeau de sa selle. Lentement, Bane et le gris tirèrent l'animal épuisé hors de l'eau. La bête escalada la rive et se tint finalement tremblotante dans la lumière mourante. Bane mit pied à terre et alla lui caresser le cou et les flancs.

— Tu t'es bien battu, cœur vaillant, lui dit-il à voix basse.

Tout à coup, le chariot se libéra de la boue de la rive, se retourna et fut emporté par le courant, emmenant avec lui le cadavre du deuxième cheval qui avait été submergé.

Comme du sang lui coulait dans les yeux, Bane s'essuya le front.

— Je suis désolé, lui dit Banouin. J'aurais dû penser à attacher la corde à une selle.

Bane ne répondit pas. Puis, il haussa les épaules.

— Nous avons sauvé le cheval. Tout est donc bien qui finit bien.

Banouin examina la blessure. Elle n'était pas profonde et ne nécessitait pas de sutures, mais elle saignait abondamment, et une bosse se formait au-dessus de l'œil gauche de Bane.

Le vent mourut et un léger bruit parvint aux oreilles de Banouin. Il se retourna brusquement.

— Tu as entendu ? demanda-t-il.

— Oui. On aurait dit un cri.

Celui-ci retentit une nouvelle fois, plus clairement :

— Au secours !

En aval, les berges de la rivière s'élevaient de manière abrupte, et la surface de l'eau était parsemée de rochers. Banouin courut en tête et grimpa la pente. Il regarda en bas dans l'eau tourbillonnante, et aperçut une jeune femme accrochée à un rocher, à une dizaine de mètres du bord. De l'eau vive venait s'écraser contre le rocher, et la jeune fille risquait d'être emportée à n'importe quel moment. Soudain, il réalisa qu'elle tenait une autre silhouette contre elle, un homme aux cheveux blancs, qui essayait faiblement de se hisser un peu plus haut sur le rocher.

Bane le rejoignit et regarda d'abord les deux prisonniers puis la rive.

— On ne peut pas faire descendre les chevaux, déclara-t-il.

Il jura entre ses dents.

— Que pouvons-nous faire ? s'enquit Banouin.

Bane courut à l'endroit où Banouin avait laissé les cordes. Il s'en passa une à l'épaule et retourna au bord de l'eau. Banouin descendit pour rejoindre son ami. Le jeune guerrier blond était en train d'attacher la corde autour de sa taille.

— Tu ne vas pas entrer dans ce torrent, quand même ? lui dit Banouin.

— Et que suggères-tu d'autre, mon ami ? rétorqua Bane, une étincelle de colère dans les yeux. On ferait peut-être mieux de rester assis pour les regarder mourir plutôt que de gaspiller de l'énergie.

— Ce n'est pas ce que je voulais dire, répondit tristement Banouin. Je voulais dire qu'il ne faut pas que tu y ailles. Tu saignes de la tête et tu es épuisé d'avoir sorti le cheval de l'eau. Même si tu les atteignais, tu n'aurais pas la force de les tirer tous les deux. C'est moi qui vais y aller.

Bane ne discuta pas. Il retira la corde qu'il avait à la taille et la passa à celle de Banouin.

— Il faut que tu rentres dans l'eau un peu plus en amont, lui conseilla-t-il. Sinon le courant risque de te les faire manquer. Essaie d'arriver en biais. Lorsque tu seras suffisamment près, retourne-toi, de façon à ce que ce soit tes jambes qui absorbent l'impact. Autrement, tu risques d'y laisser quelques côtes. (Il regarda Banouin droit dans les yeux.) Tu es bien sûr de vouloir faire ça ?

— Évidemment que je veux le faire, cracha Banouin. Et maintenant, allons-y.

Les deux hommes remontèrent la rive en courant sur une centaine de mètres ; puis, Bane relâcha un peu la corde et Banouin plongea. D'abord il nagea, en faisant une sorte de crawl. Le courant était plus vicieux qu'il ne l'avait pensé, et ses bras se fatiguaient aussi vite qu'il nageait. Pendant ce temps, Bane courait le long de la berge, tenant fermement l'extrémité de la corde, mais il était quand même en retard sur Banouin. Ce dernier vit les rochers se rapprocher de lui à grande vitesse. Il essaya désespérément de se retourner, mais il n'eut pas le temps de tendre complètement ses jambes et il s'écrasa contre le rocher. Une douleur insoutenable lui traversa l'épaule et le poignet droit au moment de l'impact. Il aurait été balayé sur place si la jeune femme ne l'avait pas attrapé. Elle le tira en arrière et il se débrouilla pour s'agripper au rocher.

— Ton ami ne pourra pas nous tirer tous les trois, cria-t-elle. Aide mon père. Je vais rejoindre le bord en longeant la corde.

Banouin avait trop mal pour discuter. La fille saisit un bout de la corde et se hissa tout du long. Banouin tendit le bras droit pour essayer d'attraper le père, mais ses doigts étaient tout engourdis. Le vieil homme sourit faiblement et s'accrocha du bout des doigts à la manche du jeune homme. Comme tout le poids du vieil homme vint porter sur son bras, Banouin poussa un cri. L'homme le lâcha aussitôt, et manqua de boire la tasse. Banouin se retourna et passa ses jambes autour de l'homme, le ramenant ainsi jusqu'à lui et l'obligeant à faire surface.

— Passe ton bras autour de mon cou, lui conseilla Banouin.

Le vieil homme s'exécuta. Banouin regarda la rive. La fille avait atteint la berge et aidait à présent Bane avec la corde. Bane leva la main, indiquant à Banouin qu'il pouvait lâcher prise.

Il agrippa le vieil homme de la main gauche et se dégagea de l'abri tout relatif du rocher. L'eau les submergea tous les deux et la corde se tendit d'un coup sec. L'espace d'un instant, Banouin crut qu'il allait mourir tant ses poumons étaient sur le point d'éclater. Puis, il refit surface et sentit une traction sur la corde. Ses pieds touchèrent le fond. À présent, le vieil homme était inconscient, et Banouin ne le lâchait pas.

Bane laissa la fille tenir la corde et rentra dans l'eau, jusqu'à la taille, pour hisser les deux hommes sur la berge. Banouin s'écroula, roula sur le dos, et se mit à aspirer de grandes bouffées d'air. Il entendit d'abord le vieil homme gémir, et vit ensuite Bane s'accroupir devant lui.

— Mon bras est cassé, lui dit-il.

Bane examina doucement le poignet gonflé de son ami.

— Oui, je crois que tu as raison. Il faut le bander ; ensuite nous t'emmènerons chez un guérisseur.

La fille arriva à son tour et s'agenouilla à côté de lui. Elle avait les cheveux bruns et courts, de grands yeux noirs sous des sourcils épais. Contempler une telle beauté lui fit presque oublier la douleur.

— Tu as été très courageux, lui dit-elle d'une voix basse, presque rauque.

Comme il ne trouvait rien d'intelligent à dire, il essaya plutôt de sourire. C'est alors qu'il fut agité de violents tremblements.

— Qu'est-ce qu'il a ? s'enquit la fille.

— Ce n'est que le choc, entendit-il Bane lui dire. Fais un feu. Je vais m'occuper de lui.

Bane le porta à moitié jusqu'aux arbres et l'allongea sous un grand pin. Le sol était presque sec à cet endroit. Le vieil homme était allongé sur le dos un peu plus sur la gauche, la respiration saccadée. La fille essayait d'allumer un feu, frottant le couteau de Bane contre un silex, en projetant des étincelles sur un petit tas de feuilles séchées qu'elle avait écrasées. Banouin tremblait encore et, en plus, il se sentait à présent gagné par la nausée. Son bras le lançait, ses doigts gonflaient. Bane lui amena une couverture qu'il lui passa autour des épaules.

Banouin s'allongea et ferma les yeux.

— Tu as bien agi, entendit-il son ami lui dire.

Puis il s'endormit.

Chapitre 3

L'ancien général, Appius, était assis sur le balcon pour profiter du soleil et de la mer au loin. Du jardin clos en dessous montait une odeur de jasmin. En fermant les yeux, il aurait presque pu croire qu'il était de retour chez lui, à contempler le port de Cressia et les falaises blanches de l'île de Dara. Appius soupira. Sa bonne humeur disparut.

Cette maison mal construite, avec le bois qui craquait et ses courants d'air, n'était pas chez lui. Accia était un village frontalier, et les tentatives des parias pour faire de cet endroit une pâle copie de la cité mère, Roc, étaient presque pathétiques. Les maisons étaient en bois, à peine recouvertes de plâtre et de pierre. Les rues – à l'exception de la place devant la maison du Conseil – n'étaient pas pavées. Il n'y avait ni théâtre, ni arènes. Et les seuls bains n'étaient pas terminés – les fonds ayant été retardés. Quant à la piste de course, elle n'avait pas encore de sièges pour les spectateurs.

Les habitants étaient des épaves de la société de Roc : des politiciens corrompus, des marchands en exil, des criminels cherchant à échapper à la justice. Même les trois cents soldats en garnison étaient des rebus, commandés par des officiers coupables d'insubordination ou en disgrâce.

Au cours des vingt-quatre heures qu'il avait passées dans la maison de Barus, il avait déjà reçu la visite de deux citoyens en disgrâce : le marchand Macrios – accusé de corruption et d'opérations frauduleuses – et Banyon, l'ancien sénateur – dont le comportement népotique avait fait le tour de Roc. Il les avait accueillis courtoisement et avait gracieusement accepté leurs paroles de bienvenue, puis il leur avait souhaité le bonjour.

L'orgueil du vieux soldat en prenait un coup de savoir qu'il faisait maintenant partie de leur cercle, un homme en disgrâce dans une ville frontière, loin de toute civilisation. Il se demanda s'ils le voyaient comme il les voyait, lui. Se demandaient-ils quel crime infâme il avait bien pu commettre pour être banni ici ? Appius frissonna intérieurement. Toute sa vie, il s'était battu pour être un homme digne et honorable. Il n'avait jamais accepté le moindre pot-de-vin des marchands avides d'approvisionner ses régiments de Panthères. Pas une fois, dans toute sa vie d'adulte, il n'avait agi par jalousie, mesquinerie ou envie. Et pourtant, il vivait aujourd'hui parmi les criminels, les fuyards, dans une réplique mal faite de la cité de Roc. Le plâtre du balcon se fendillait déjà, et des morceaux étaient tombés sur les carreaux en terre cuite du sol. Il contempla la ville. De là où il était, certaines maisons semblaient presque habitables, mais il savait pertinemment que s'il allait voir de plus près, il verrait la même qualité déplorable de construction.

Le vieux soldat fit demi-tour et rentra dans la pièce principale. Le mobilier, trois divans et quatre grands fauteuils, venait de Roc, et sa qualité ne faisait qu'amplifier le contraste avec les murs mal plâtrés et le plafond maladroitement agencé. *Mais quel charpentier ou maçon digne de ce nom voudrait vivre dans un tel endroit ?* pensa-t-il.

Quelqu'un frappa à la porte. Ralis, le chirurgien au dos voûté, entra dans la pièce.

— Comment va-t-il ? s'enquit Appius en invitant l'homme à s'asseoir.

Ralis ne se fit pas prier. Puis, il passa la main sur sa tête chauve.

— La fièvre est retombée. Il va s'en sortir. J'ai donné l'ordre à des serviteurs de rester à ses côtés. Je pense qu'il a bu beaucoup d'eau de la rivière et que celle-ci devait contenir des effluents qui ont dérangé son organisme. J'ai réussi à lui faire avaler une décoction d'herbes. Cela devrait calmer son estomac. Et j'ai remis son bras. La cassure était nette. Son cœur est solide. Il sera sur pied d'ici un ou deux jours.

Appius offrit à son invité un verre de vin et ils restèrent assis dans un silence amical. Appius connaissait le vieux chirurgien depuis des années. Ralis avait fait trois campagnes avec lui. Il était très compétent, même s'il n'était pas doué, et il s'était toujours bien acquitté de ses devoirs. Appius le dévisagea, se remémorant le scandale. Ralis s'était exilé volontairement dans cet endroit après une liaison avec un jeune sénateur, dont la femme s'était suicidée quelque temps plus tard. Sa famille avait fait tuer le sénateur et avait envoyé des assassins pour supprimer Ralis. Mais le chirurgien avait été prévenu et avait fui la ville pendant la nuit. Le scandale avait fait parler tout Roc pendant des années.

— Le jeune homme me rappelle quelqu'un, déclara Ralis.

Appius acquiesça.

— C'est le fils métis de Banouin, le Général Fantôme.

— Tiens, tiens, fit Ralis. Banouin, hein ? N'est-il pas devenu troubadour ou quelque chose dans le genre ?

— Marchand itinérant. Il a été tué durant la campagne perdiie il y a presque vingt ans.

— On dit que c'était un général presque aussi doué que Jasaray.

— Personne n'est aussi doué que Jasaray, mais il était certes talentueux, répondit Appius. C'était un chef charismatique, adoré par ses hommes. Mais plus encore, il avait de l'intuition durant les batailles.

— N'a-t-il pas épousé une esclave, ou quelqu'un dans ce genre ?

— Une sorcière du nord.

— Étonnant, décréta Ralis. Il aurait pu être riche et puissant à Roc. Et au lieu de cela il est parti dans les Highlands pour épouser une sauvage. Je me demande bien pourquoi ?

— Nous ne le saurons jamais. La cité te manque ? demanda soudainement Appius.

Ralis eut un sourire triste.

— Comment s'en passer ? Mais nous faisons de notre mieux ici. À la même époque l'an prochain, les routes devraient être pavées. Macrios a levé des fonds pour terminer les bains d'ici le printemps. Je sais, ce ne sont que des petites choses. Mais au moins, nous progressons. Est-ce que Barus reviendra cette année ?

Appius secoua la tête.

— On lui a confié un commandement dans l'est. Lia et moi allons occuper sa maison pour un temps, jusqu'à ce que nous décidions si nous voulons nous installer ici ou rentrer chez nous.

Leurs regards se croisèrent, et Ralis eut la bonne grâce de détourner les yeux. Aucun citoyen ne venait ici de son propre choix. Soit son argent avait fondu comme neige au soleil, soit il s'était fait de puissants ennemis à Roc.

— Comment vont les choses dans la cité ? s'enquit le chirurgien.

— Il y a de l'animation, répondit Appius sans s'étendre davantage.

— Eh bien, ici, il n'y en a pas, général. Nous n'avons pas de Prêtres Pourpres, et les gens peuvent parler librement et vivre leur vie comme ils l'entendent.

— Cela a l'air charmant, fit observer Appius. Mais ce n'est peut-être pas très intelligent.

Il se leva, signifiant par là que la discussion était terminée.

Ralis se leva à son tour et s'inclina.

— Ce fut un plaisir de vous revoir, général. Si jamais l'état de votre invité empirait, n'hésitez pas à me faire appeler.

Appius serra la main du chirurgien et le raccompagna jusqu'à la porte.

Puis, il retourna sur le balcon. Lia marchait dans le jardin en compagnie de Bane. Elle semblait heureuse et insouciante. Peu lui importait d'être à des centaines de kilomètres de chez elle. L'écho de son rire pesa sur Appius comme un poids en plomb.

Il n'y avait pas de Prêtres Pourpres à Accia.

Pas encore.

Minuit venait juste de sonner lorsque le cri déchira le silence de la nuit. Bane fut le premier à réagir. Il se réveilla en sursaut, bondit hors du lit et courut sans s'habiller jusqu'à la chambre voisine où Banouin, assis dans son lit, montrait du doigt le mur du fond. Le convalescent poussa un nouveau cri. Bane se précipita et le prit par les épaules.

— Les murs sont vivants ! hurlait Banouin. (Il avait le visage couvert de sueur et luisait sous les rayons de la lune.) Et voilà le démon qui te pourchasse, Bane. Ah ! Je le vois. Des griffes et des crocs. Il vient pour toi.

— Si c'est le cas, je le tuerai, affirma Bane. Ne t'inquiète pas. Allonge-toi. Rendors-toi.

— Méfie-toi de lui, Bane. Fais bien attention à sa queue. Elle sursaute légèrement avant que le démon ne bondisse !

— Je ferai attention à la queue. Et maintenant fais ce que je te dis. Allonge-toi.

Banouin s'effondra contre son ami et laissa échapper un long soupir. Il laissa Bane l'allonger. Ses yeux cillaient rapidement.

— Ce n'était pas un rêve, déclara-t-il d'une voix calme. C'était une vision, Bane. Tu marchais dans… dans des couloirs, mais les murs étaient vivants et bougeaient. Tu portais une épée courte, et il y avait un homme avec toi, un homme âgé. Et le démon te traquait. (Il frissonna.) Une bête terrible, d'une force et d'une rapidité incroyables.

— Au bout du compte, dit Bane, j'aurais préféré que ta première vision soit celle d'une jolie jeune fille – peut-être même deux jolies jeunes filles – en train de me soigner une fois que j'aurais tué la bête. Mais peu importe. Repose-toi.

Banouin ferma ses yeux bleus, et sa respiration s'accentua. Bane se leva et sortit dans le couloir éclairé par des torches. Appius était là, vêtu d'une chemise de nuit gris pâle. Et derrière lui se trouvait Lia.

— Il a eu une vision, leur expliqua Bane.

— Oui, oui, nous en parlerons demain matin, rétorqua brusquement Appius en se plaçant entre Bane, qui était nu, et sa fille.

— Ça ne va pas, Appius ? demanda Bane. Comme je te l'ai dit, ce n'était qu'une vision. Et elle ne te concernait pas.

— Lia ! Va dans ta chambre, cracha Appius sans même se retourner pour la regarder.

Bane se déplaça sur la droite.

— Dors bien, lui dit-il.

Lia éclata de rire, secoua la tête et s'en alla.

— Tu es nu, lui fit remarquer Appius d'un ton grave.

— Et toi aussi, sous ta chemise, observa Bane.

— Exactement ! Sous la chemise. Dans les sociétés civilisées, il est considéré… comme offensant de parader tout nu.

— Ça veut dire quoi, parader ? lui demanda Bane.

— Apparaître nu en public.

— Et pourquoi ça ?

— Pourquoi ? Parce que… c'est comme ça. Je ne sais pas d'où viennent toutes les coutumes. Mais il est particulièrement offensant qu'un homme paraisse nu devant une jeune vierge.

Bane sourit.

— Tu te moques de moi, Appius, c'est ça ?

Le vieil homme soupira.

— Non, je ne me moque pas de toi. Si tu te montrais nu dans les rues de Roc, tu serais arrêté et fouetté. Et si tu paraissais ainsi devant une jeune fille de bonne famille, tu serais soit pendu, soit jeté dans l'arène où tu devrais te battre pour ta vie. À présent, va dans ta chambre, prends la chemise qui est pendue à ta porte et enfile-la. Je crois que j'ai besoin d'un bon verre de vin. Ensuite, tu pourras me parler de cette… vision.

Quelques instants plus tard, vêtu d'une chemise de nuit en coton blanc qui lui descendait jusqu'aux chevilles, Bane entra dans le salon. Appius lui tendit un gobelet en argent et les deux hommes allèrent s'asseoir sur le balcon.

— Pourquoi te rends-tu à Roc ? lui demanda le vieux général.

Bane haussa les épaules.

— J'ai promis à Vorna que Banouin y arriverait sain et sauf. Ce n'est pas un combattant, mais il attire les ennuis aussi sûrement que la bouse attire les mouches.

— Voilà encore autre chose à laquelle il va falloir que tu fasses attention, dit Appius. Ton langage. Tu parles assez bien turgon, et tu sembles avoir appris des… expressions intéressantes. Mais, dans la bonne société, il te faudra éviter d'utiliser des mots en rapport avec les fonctions corporelles ou la nature de l'intimité humaine. Un citoyen de Roc, par exemple, ne se lève pas de table durant le dîner, comme tu l'as fait ce soir, pour aller « pisser ». Il s'excuse et dit qu'il doit s'absenter quelques instants. Il n'ouvre pas non plus son pantalon afin de se gratter les parties.

— Les parties ? demanda Bane.

— Les couilles ! cria Appius.

— Ah ! Et alors quand est-ce qu'on peut se les gratter ?

— Eh bien…, quand les gens sont « partis », justement. Vois-tu ?

Bane acquiesça sagement et but une gorgée de vin.

— Vous êtes décidément un peuple bien étrange, déclara-t-il enfin. Cela ne vous gêne pas de réduire des tribus entières en esclavage, de massacrer les hommes et d'apporter la guerre et la destruction chez vos voisins. Néanmoins, vous trouvez la vue d'un pénis choquante et vous évitez de parler de pisse. C'est donc cela la civilisation ? La guerre, le meurtre et les boucheries sont respectables, mais un homme sans habits risque le fouet ?

Appius éclata de rire.

— Je n'avais jamais entendu cet argument présenté de manière aussi simple auparavant, mais oui, tu as raison, c'est l'essence même de notre civilisation : vie privée individuelle et expansion nationale. Ensuite, ce qui est bien ou mal n'a aucun intérêt. Ce sont des lois que nous appliquons. Il va te falloir faire très attention lorsque tu seras à Roc, Bane. Cela sera différent pour Banouin. Il est le fils d'un citoyen éminent et sera porteur de papiers que je vais lui remettre, afin de signifier sa position. Il sera accepté. Toi, en revanche, tu seras observé en permanence par des gens à la recherche de quelque signe de barbarie.

— Tu penses que je suis un Barbare ?

— Je suis un vieux soldat, mon garçon. J'ai déjà vu des hommes comme toi. Des guerriers un peu amoureux de la mort. La vie sans risques n'a pas de sens pour vous. C'est dommage. Si vous trouvez un précipice, il faut absolument que vous marchiez juste au bord et défiiez le vide de vous entraîner. Si vous voyez un cheval que personne ne peut monter, vous voulez aussitôt le dresser. Et si vous voyez un homme imbattable, vous allez aussitôt le défier.

— Tu vois beaucoup de choses, général.

— Plus encore que tu ne le crois. À quoi pensait donc Connavar en envoyant son fils à Roc ?

— Tu connais Connavar ? demanda Bane soudain méfiant.

— J'ai combattu à ses côtés durant les guerres perdiies, et contre lui sur la plaine de Cogden. Oui, je le connais suffisamment pour le voir en toi – même sans tes étranges yeux. Ne confie à personne ton origine, Bane. Sinon, tu seras emmené pieds et poings liés à Jasaray qui se servira de toi contre ton père.

— Je m'en souviendrai, affirma Bane froidement. Les dieux savent à quel point j'aime Connavar.

Appius le regarda fixement, mais ne continua pas sur le sujet. Bane se leva et s'étira, puis il posa une question assez directe au général. Appius éclata de rire.

— La façon la plus correcte de poser cette question est de dire : « Puis-je savoir où un homme peut se détendre en compagnie d'une femme charmante ? » et ma réponse est : « Je ne suis pas ici depuis suffisamment longtemps pour le savoir, jeune homme. » Mais dès que je le saurai, je te le ferai savoir. Peut-être que tu devrais aller faire un tour sur les quais, demain. Je ne doute pas qu'un citoyen soucieux du bien public t'approchera pour te conseiller et te guider dans ta quête.

— Étonnant, déclara Bane.

Il se leva et quitta la pièce. Ce faisant, il entendit la porte de Lia se refermer. Il alla jeter un coup d'œil dans celle de Banouin qui dormait à présent à poings fermés. Puis, il retourna dans sa propre chambre.

Tout en s'allongeant dans son lit, il se mit à penser à Lia. Lorsqu'il l'avait vue pour la première fois dans la rivière, il l'avait trouvée jolie, sans plus. Mais, aujourd'hui, comme il marchait avec elle dans le jardin, il avait remarqué la façon dont sa tête se penchait lorsqu'elle riait, la fine perfection de son cou, la richesse de ses lèvres. Et lorsqu'ils s'étaient assis sur le banc, sous le dais en toile, il avait senti le parfum de ses cheveux.

Cela fait trop longtemps que tu n'as pas connu de femme, se dit-il. Et il s'endormit en rêvant à la jeune fille brune, s'imaginant marchant avec elle dans les montagnes Druagh, avec le soleil passant tout juste les pics et la brume filtrant encore du Bois de l'Arbre à Souhaits.

Oranus, le capitaine de la Garde, était fatigué. Il avait l'estomac rempli de vinasse et sa tête le lançait. Le milieu de semaine était toujours calme à Accia, aussi avait-il apporté un pichet de vin rouge dans le petit bureau en face des cellules. Il avait espéré que cela l'aiderait à bien dormir cette nuit. Au lieu de cela, il était d'une humeur aussi acide que son ventre.

Il regarda d'un œil menaçant le petit groupe de citoyens en colère qui se pressaient dans son bureau. Ils parlaient tous en même temps, et le bruit discordant de leurs voix allait en rythme avec le martèlement derrière ses yeux. Il ne connaissait que trop bien la femme ; c'était une putain qui opérait sur les quais est. L'homme à côté d'elle, avec le nez cassé et un œil au beurre noir, était son maquereau, Nestar. Il était également le propriétaire d'une taverne sur le front de mer, réputée pour ses pratiques malhonnêtes, parmi lesquelles le vol, l'extorsion de fonds et l'arnaque de ses clients. Deux de ses hommes de main se tenaient derrière lui. Ils arboraient les signes d'une activité violente assez récente. Le capitaine n'aurait rien souhaité plus que fermer la taverne de Nestar, mais le proxénète avait des amis haut placés, dont le marchand Macrios et le conseiller Banyon. À quarante-quatre ans – seulement à huit mois de la retraite et d'une petite parcelle de terre bien à lui – Oranus n'avait pas envie de s'attirer les foudres des puissants.

Il se frotta les yeux et posa le regard sur le jeune homme qui se tenait sur le pas de la porte. Il ne le reconnaissait pas. Son visage était moucheté de sang et il avait des échardes dans la peau du front. L'espace d'un court instant, l'incongruité des blessures de cet homme lui fit oublier son mal de crâne. Mais un instant seulement.

Le matin avait été calme, jusqu'à ce qu'on amène le Barbare. Il jeta un coup d'œil au jeune guerrier enchaîné, qui était assis dans la cellule, fulminant. Il était jeune et bien bâti, avec de longs cheveux blonds, bien qu'une seule natte pende de sa tempe. Il ne portait pas de manteau qui aurait pu indiquer à quelle tribu il appartenait, mais Oranus était sûr que ce n'était pas un Cenii. Il y avait quelque chose de sauvage chez lui, qui suggérait qu'il n'avait pas encore subi le joug de Roc. *Peut-être un Norvii ou un Rigante*, pensa-t-il. Oranus se versa un verre d'eau et le but d'une traite. Puis il reporta son attention sur le groupe en furie.

— Silence ! hurla-t-il, comme des poings de feu lui martelaient les tempes. (Il désigna la putain rousse.) Toi, Roxy. À toi, la parole. Les autres, fermez-la !

— Ce salaud m'a agressée, capitaine. Il m'a volé toutes mes économies. Il a défoncé ma porte à coups de pied alors que j'étais avec un ami. Il l'a balancé par la fenêtre.

— C'est moi, dit l'homme en retrait, celui avec des échardes dans la tête. Nous étions en train de discuter calmement lorsque ce sauvage a fait irruption. J'ai essayé de le raisonner, mais il m'a agrippé et m'a projeté contre les volets. Je suis passé à travers. Heureusement, il y avait une bâche sous la fenêtre qui a amorti ma chute. (Il soupira.) Mais je parie qu'il ne savait pas qu'il y en avait une, objecta-t-il. Heureusement, elle était résistante. De bonne qualité. Elle ne s'est même pas déchirée.

— Je crois qu'il n'est pas humainement possible de s'intéresser aussi peu aux bâches que moi, déclara Oranus en se penchant en avant et en se frottant l'arête du nez. Est-ce que tu connaissais ce Barbare ? demanda-t-il à la prostituée.

— Il avait bénéficié de ma compagnie un peu plus tôt dans la journée, avoua-t-elle sans fausse modestie.

— C'est à ce moment-là qu'elle en a profité pour me voler ma bourse, intervint le prisonnier dans un turgon passable.

— Quel menteur, celui-là, dit la femme outrée. Où va le monde, je vous le demande, si une femme d'affaires peut être ainsi calomniée dans les bureaux de la Loi ? (Elle sourit tendrement à Oranus.) Je pourrais peut-être t'aider à faire passer cette migraine, capitaine.

— Exactement ce dont j'avais besoin, cracha Oranus. Une migraine et la vérole. Toi ! s'exclama-t-il en désignant le maquereau.

Nestar était un brun assez trapu, avec des cheveux coupés court et gras. Son nez était gonflé et avait saigné, et son œil droit était presque entièrement fermé.

— Comment t'es-tu retrouvé impliqué là-dedans ?

— J'étais en bas lorsque j'ai entendu Roxy pousser un cri. J'ai pris mon gourdin et je suis monté quatre à quatre. J'avais à peine franchi le pas de la porte qu'il m'a sauté dessus et m'a asséné un coup de boule. Je suis tombé à la renverse dans l'escalier. Ensuite, il a volé nos économies, à Roxy et à moi, dit-il en jetant un regard meurtrier à la putain. Il a dévalé l'escalier et il a demandé à mes hommes d'essayer de l'empêcher de partir. Je dis « mes hommes », mais ils ne le sont plus, capitaine. J'aurais du mal à trouver un duo aussi inefficace. Le Barbare les a chassés comme des mouches, et s'est ensuite enfui dans la rue. Je veux dire, bon sang, mais regardez-les. Ils ont l'air de grands costauds comme ça. Des grosses mains, de grandes épaules. Ah, ils m'ont bien eu. Le Barbare les a traités comme les valets de ferme qu'ils sont en vérité.

— Ce n'est pas juste, protesta l'un des hommes. Il nous a eus par surprise.

— Je te paie pour que tu ne sois pas surpris, bougre d'âne !

Oranus tapa du plat de la main sur son bureau, et le bruit les fit tous sursauter. Il leva la main et tint son index à un cheveu de son pouce.

— Je suis à ça de vous boucler tous pour le reste de la journée et même la nuit, leur dit-il. À présent vas-tu finir ton histoire ? Et j'espère qu'elle ne va pas durer jusqu'à la fin de l'année.

Nestar acquiesça.

— Je m'excuse, capitaine. Toujours est-il qu'après s'être débarrassé de ces deux imbéciles, il s'est enfui dans la rue où, heureusement, plusieurs soldats de la Garde ont pu l'appréhender. Cela ne t'étonnera pas d'apprendre qu'il s'est débattu, capitaine. Voilà ce qui arrive lorsqu'on permet à des Barbares de venir dans des villes civilisées. Enfin, j'me comprends.

— Moi pas, répondit Oranus.

Il se leva de sa chaise et toisa le prisonnier qui était assis sur le lit de camp de sa cellule. Oranus le regarda droit dans les yeux et fut soudain pris d'une sueur froide. Des souvenirs le submergèrent d'un seul coup et ses mains se mirent à trembler. Il lutta pour garder le contrôle de son corps et prit une profonde inspiration.

— Qu'as-tu à dire pour ta défense ? demanda-t-il au prisonnier.

Le jeune homme se leva et contempla le groupe à travers les barreaux en bois de sa cellule.

— La femme dit que je lui ai volé son argent. Que je suis parti en courant de sa maison et que tes soldats m'ont attrapé. Je me trompe ?

— Non, cela semble le cas, répondit Oranus. Où veux-tu en venir… ?

— Demande-lui combien il y a dans la bourse.

— Tu as entendu, dit Oranus. Combien y a-t-il dans la bourse ?

— Oh, dans les vingt-cinq pièces d'or, répondit-elle. Peut-être trente. Je ne me souviens plus très bien.

— Il y a trente-deux pièces d'or, trois demi-pièces d'argent et cinq de cuivre, récita calmement le prisonnier. N'est-il pas remarquable que j'aie eu le temps de compter tout cela, alors que je courais dans l'escalier pour m'échapper ?

— Oui, c'est assez remarquable, répliqua Oranus en jetant un regard glacé à la putain. Tu lui as donc volé sa bourse, Roxy. C'est un délit passible du fouet. Cinquante coups.

— Tu vas croire la parole de cet homme plutôt que celle d'une femme d'affaires qui paie ses impôts ? cria-t-elle effrayée.

— Pas sa parole, putain ! Son arithmétique.

— Je ne suis pas mêlé à ce vol, protesta Nestar en levant les mains. Comme tu le sais, je dirige un établissement tout ce qu'il y a de plus légal.

— Je sais ce que tu diriges, répliqua Oranus en regardant la rousse apeurée droit dans les yeux.

— Je ne supporterai pas le fouet une nouvelle fois, gémit-elle en reculant vers la porte. J'en mourrai.

— Peut-être que tu aurais dû y penser avant de le voler, rétorqua Oranus.

— Je ne veux pas qu'elle soit fouettée, déclara le prisonnier. Est-ce que j'ai mon mot à dire ?

Oranus se sentit d'un coup soulagé, et une partie de sa migraine s'évanouit. Si le Barbare ne souhaitait pas porter plainte, on pouvait oublier toute l'histoire, et son bureau redeviendrait un havre de paix et de sérénité. Plus de paperasse à remplir et pas d'enquête complémentaire à faire. Il pourrait ôter son plastron, entrer dans la cellule, s'allonger sur la paillasse et fermer les yeux. Il conserva un air sévère et fit passer son regard de la putain au prisonnier.

— C'est ta bourse, lui dit-il soudain. C'est toi la victime, pas la ville. Si tu ne souhaites pas porter plainte, je ne peux pas te forcer.

Il s'efforça de paraître regretter la décision du jeune homme et décocha un regard méprisant à la putain.

— Et moi ? demanda l'homme qui avait des échardes dans le front. Il m'a quand même jeté par la fenêtre.

Oranus se fendit d'un léger sourire.

— C'est vrai, dit-il. Nous devons faire un procès public. Tu pourras expliquer que tu étais dans la chambre d'une putain lorsqu'un autre client a fait irruption et t'a agressé. Voyons, déclara-t-il en ouvrant un registre sur son bureau. La cour se réunit demain à midi.

— Je ne veux pas passer au tribunal, grommela l'homme.

— Et toi, Nestar ? demanda Oranus. Est-ce que tu veux aller au tribunal ?

Le maquereau secoua la tête.

— Bien, dit Oranus. Tout le monde dehors ! Et si jamais on te ramène devant moi, Roxy, je te ferai pendre.

La femme quitta la pièce en vitesse, suivie des quatre hommes. Oranus ouvrit la cellule et retira les chaînes des poignets du jeune homme.

— D'où viens-tu ? lui demanda-t-il.

— Du nord.

— Rigante ?

— Oui, da.

— Tu es loin de chez toi.

— J'aime bien voyager.

Le jeune homme attrapa sa bourse et l'attacha à sa ceinture.

— Pourquoi n'as-tu pas voulu qu'elle soit fouettée ? l'interrogea Oranus. Elle le méritait, tu sais.

— Sa compagnie était très agréable, répondit le jeune homme avec un grand sourire. Et je n'aurais pas dû m'endormir, c'est ma faute. Suis-je libre de partir ?

— Cela dépend de l'endroit où tu comptes aller. As-tu des amis à Accia ?

— Je loge chez le général Appius, le temps qu'un ami se remette de sa fièvre.

— Ah, Appius, j'ai appris qu'il venait d'arriver. Les dieux seuls savent ce qu'il a bien pu faire pour échouer dans un tel trou à rats. (Oranus prit une profonde inspiration.) Tu ferais mieux de partir, dit-il. La nuit va bientôt tomber et les Barbares ne sont pas autorisés dans les rues après le couvre-feu. Et fais attention en route. Le maquereau, Nestar, pourrait bien t'attendre à un coin de rue. C'est une sacrée somme que tu as sur toi.

Le jeune homme sourit de plus belle.

— Il ne m'attendra pas.

Sur ce, il s'en alla. Oranus alla jusqu'à la porte et la ferma, poussant le loquet au passage. Puis, il retira son plastron et s'allongea sur la paillasse.

Le lendemain, il irait voir Appius pour lui présenter ses respects. Il ferma les yeux et se remémora la retraite sanglante de la plaine de Cogden. Et avec les souvenirs, vint l'effroyable vérité qu'Oranus avait essayé d'oublier depuis si longtemps, celle qui avait consumé ses ambitions et corrodé son courage. Dans son esprit, il revit la ligne de défense céder devant l'ennemi, les lames qui fendaient l'air, il entendit les hommes s'étrangler, les cris gargouillants de ses camarades dont les gorges étaient tranchées ou les membres sectionnés. On aurait cru qu'une armée diabolique avait surgi de nulle part, des hommes au corps peinturluré en bleu, aux yeux brillant d'intentions maléfiques. Oranus frissonna. Il avait eu de la chance. Lui et quarante autres hommes qui avaient cédé à la panique s'étaient réfugiés à toute vitesse au sein de l'arrière-garde alors sous le commandement d'Appius. Puis ils s'étaient frayé un chemin jusqu'au camp fortifié de la veille. L'ennemi avait attaqué tout au long de cette nuit interminable, mais Appius, avec brio, avait réussi à maîtriser les défenses. Et, comme ils étaient venus, les ennemis avaient soudain disparu.

Mais la terreur, elle, était restée.

Comme ils attendaient sur les remparts en terre, ils avaient vu l'ennemi pousser vers eux les trois catapultes qu'il avait capturées. Au début, cela ne leur avait pas vraiment fait peur car les Barbares n'avaient pas de pierres à leur disposition. Mais ce n'étaient pas des pierres qu'ils leur avaient envoyées. Les Barbares avaient rempli les cuvettes de têtes coupées et les avaient fait pleuvoir par rafales sur le camp. Au petit matin, le terrain au cœur des remparts en était rempli.

À l'aube, un cavalier sur un gris s'était approché des murs, puis arrêté à portée d'arc. Oranus et tous les autres défenseurs avaient regardé cet homme les yeux écarquillés. C'était Connavar, le Roi Démon. Ils l'avaient vu se battre la veille, tuant tout sur son passage comme un possédé. Et il se tenait à présent là, sur son gris, son manteau à damier flottant dans la brise matinale. Appius était monté sur les remparts et était resté immobile un instant à le regarder. Puis il avait tourné la tête vers Oranus.

— Suis-moi, lui avait-il ordonné.

À la grande horreur d'Oranus, Appius était passé par-dessus les remparts pour ensuite franchir le fossé. Oranus s'était maladroitement précipité après lui et les deux hommes s'étaient retrouvés côte à côte en terrain découvert.

Appius avait marché lentement, les bras croisés dans le dos, comme s'il s'était agi d'une balade matinale. Oranus l'avait regardé et n'avait pas discerné la moindre trace de peur dans les traits du patricien. Ils avaient finalement rejoint le cavalier. Oranus n'avait levé qu'une seule fois la tête. L'homme portait un heaume intégral à panache blanc et gaufré d'or. Seuls ses yeux torves étaient visibles à travers les petites fentes incurvées du heaume. Cela lui donnait un air presque inhumain. Mais Oranus s'était concentré sur la garde de l'épée dans le fourreau au côté du roi. Il avait soudain réalisé qu'Appius parlait :

— Tes hommes se sont bien battus, Connavar.

Ce dernier avait ignoré le compliment, et lorsqu'il avait pris la parole à son tour, sa voix, déformée par le heaume, avait été froide et métallique :

— Tu as le choix, Appius. Tu peux soit rester ici, et nous te détruirons, soit conduire tes hommes en territoire cenii. Si tu me donnes ta parole que tu ne t'arrêteras pas avant d'avoir atteint la mer, je te laisserai passer sans encombre. Je veillerai même à ce que des provisions te soient fournies pour le voyage.

— Vas-tu nous rendre le corps de Valanus ?

— Je doute de pouvoir en réunir toutes les parties, ou même de les reconnaître si j'essayais, avait répondu le roi.

Oranus avait senti ses jambes trembler et avait manqué tourner de l'œil.

— Alors, nous ferons comme tu le demandes, Connavar. Mais j'ai des hommes gravement blessés dans le fort. Je vais avoir besoin de chariots pour les transporter.

— Tu les auras. Sois prêt à partir dans l'heure.

— Je vais avoir besoin d'un peu plus de temps pour enterrer les têtes que… tu nous as rendues.

— Deux heures, concéda Connavar.

Le roi avait alors fait tourner bride à son gris et avait rejoint l'armée keltoïe qui l'attendait.

Oranus s'était tourné vers le général.

— Mais, général, si nous quittons le fort, ils nous massacreront jusqu'au dernier.

— Peut-être, mais j'en doute. Connavar est un redoutable stratège, mais c'est aussi un homme de parole.

— Mais pourquoi nous laisserait-il partir ?

— Parce que – et bien qu'il ait gagné la bataille – ses forces ont dû subir de lourdes pertes. Une attaque en règle face à nous risque de lui coûter trois hommes pour un chez nous. Certes, nous mourrons, mais cela ne servirait à rien. En l'état des choses, nous allons rentrer chez nous la queue entre les jambes, et chaque survivant pourra propager l'histoire du Roi Démon des Rigantes. Nous allons ramener sa légende chez nous, et elle va se répandre comme la peste. La prochaine armée qui viendra ici, viendra avec la peur au ventre.

La longue marche jusqu'à la côte avait été douloureuse. La plupart des blessés étaient morts et avaient été enterrés le long de la route. Durant tout le voyage, des Keltoïs s'étaient massés pour voir les vaincus de Roc retourner difficilement jusqu'à la mer.

Pour Oranus, cela avait été la fin d'une belle carrière. Depuis lors, il n'avait presque jamais passé une nuit sans cauchemars, où des têtes coupées l'appelaient, où des épées acérées lui transperçaient la chair.

Sans le talent d'Appius, il serait mort dans la plaine de Cogden.

Oranus soupira. *Le meilleur de moi est mort là-bas*, pensa-t-il tristement.

Banouin était dans son lit et son bras en attelle le lançait ; sa tête aussi lui faisait mal. Mais ces désagréments n'étaient rien comparés à la terreur qui le rongeait. Ayant été pourchassé, tourmenté, battu et menacé toute sa vie, il avait cru connaître la nature de la peur. Mais il savait à présent que toutes ces années passées au milieu des Rigantes n'avaient fait qu'effleurer la surface de la chose. Les peurs qu'il avait vécues étaient la conséquence de forces extérieures, comme Forvar et ses amis. Rien de ce qu'il avait vécu jusque-là n'aurait pu le préparer à ce qu'il venait de découvrir.

Banouin s'était toujours senti en sécurité à l'intérieur de son esprit ; mais à présent, c'était comme si un portail avait été ouvert dans son crâne et qu'il pouvait tomber à n'importe quel moment dans un abîme insondable de peur dont il ne pourrait pas sortir. Il se sentait attiré, comme au bord du gouffre, perdant tout sens de l'équilibre. Il frissonna et s'assit, tirant la couverture autour de ses épaules. *Je n'aurais jamais dû me jeter à l'eau*, se dit-il. *Cela a causé ma perte.*

Vorna lui avait toujours assuré que son Talent s'épanouirait un jour, qu'il serait alors capable de développer des dons supérieurs à ceux du commun des mortels. Banouin avait attendu impatiemment ce jour. Mais les dons ne s'étaient jamais manifestés, tant et si bien qu'il avait abordé le sujet avec Frère Solstice. Le druide arpentait les collines et s'était arrêté au puits de leur maison pour se rafraîchir. Banouin s'était approché de Frère Solstice qui aspergeait sa longue barbe poivre et sel et passait ses mains énormes dans ses cheveux grisonnants. C'était un homme large d'épaules et fin de taille ; il ressemblait plus au guerrier qu'il avait été autrefois qu'au druide qu'il avait choisi de devenir.

Banouin lui avait demandé de l'aider à développer son Talent. Frère Solstice s'était assis sur un banc sous un chêne majestueux et avait d'un geste indiqué à Banouin de se joindre à lui.

— Pourquoi souhaites-tu ces pouvoirs ? lui avait-il demandé.

— Pourquoi veut-on des pouvoirs, Frère ? avait-il rétorqué.

— Tu penses qu'ils te rendront spécial, et qu'ils te feront gagner la reconnaissance de tes pairs.

— Évidemment. Cela doit être merveilleux de voir l'avenir ou de lire les pensées des autres.

— Qu'entends-tu par « merveilleux » ? l'avait interrogé le druide.

— Eh bien, je saurais si un homme me veut du mal.

— Je vois. Donc ces pouvoirs ne seraient utiles qu'à toi ?

— Mais non, Frère, je m'en servirais également pour faire le bien autour de moi.

— Et les gens te seraient reconnaissants et te couvriraient de louanges. Tu deviendrais peut-être un grand homme, apprécié de tous.

— Oui. Est-ce mal ?

Frère Solstice haussa les épaules.

— J'évite d'analyser un problème en termes de bien et de mal. J'ai toujours constaté qu'il ne s'agissait finalement que d'une histoire de perspectives. Ce qui est bien pour l'un devient mal pour l'autre. Le Talent que tu convoites est un don de la Source. Et de tels dons tombent comme des graines. Dans de la bonne terre, elles poussent et prospèrent. Mais sur de la roche, elles se flétrissent et meurent. Es-tu de la roche ou de la terre, Banouin ?

— Comment le saurais-je ?

Le druide sourit.

— Pense à tes actes et à la manière dont tu vis ta vie.

Puis, il s'était levé, avait tapoté Banouin sur l'épaule et était parti.

Un an plus tard, Banouin connaissait enfin la réponse. De la roche. Il se remémora les paroles de Bane juste avant qu'ils ne sauvent Lia et son père du fleuve en furie. « Tu ne vois donc pas ? Toute ta vie tu t'es plaint que les gens ne t'aimaient pas. Mais quand as-tu jamais fait quelque chose pour les autres ? L'année dernière lorsque la grange de Nian a pris feu, et que tout le monde s'est précipité pour la sauver, où étais-tu ? Tu es resté chez toi. Lorsque nous sommes revenus à Trois-Ruisseaux, couverts de suie et de cendres, nous t'avons croisé ; tu étais tout propre et joyeux. Tu aurais tout aussi bien pu porter une pancarte disant : " Je me moque de vous et de vos problèmes ! " Un jour, tu réaliseras que tu es comme tu es parce que tu l'as choisi. Cela n'a rien à voir avec le sang. »

Et il avait raison. Lorsqu'il s'était jeté dans le torrent pour sauver Lia et Appius, il avait risqué sa vie pour d'autres personnes. Cet acte désintéressé avait ouvert le portail dans son esprit. Et maintenant, il aurait voulu de toutes ses forces être resté sur la rive. Car le don n'était absolument pas merveilleux. Tout ce qu'il voyait, lorsque son œil intérieur apeuré regardait par-delà le portail, c'était la violence et la mort.

Et puis ce visage, plat et inexpressif, avec des yeux pâles sans pitié. L'homme était grand et large d'épaules, vêtu d'une armure noire et argentée ;

il portait une épée étincelante qui gouttait de sang. Personne ne pouvait s'opposer à lui, car c'était le plus grand des tueurs, rapide et dangereux. Banouin voyait des foules entières l'applaudir et des milliers de personnes scander son nom. Puis l'homme, cette fois-ci en compagnie de deux autres à l'armure similaire, se tenait sur un bateau, debout à la proue, contemplant les grandes vagues. *Il arrive*, songea Banouin. *Il vient pour nous tuer tous.* Une vague de désespoir le submergea et il éclata en sanglots.

Bane avait presque atteint la maison de Barus lorsqu'il entendit un mouvement derrière lui. Il se retourna et vit les deux durs que le maquereau, Nestar, employait auparavant. Les deux avaient un couteau à la main.

Le premier se rua sur Bane et d'une attaque maladroite tenta de l'éventrer. Le Rigante bloqua son bras gauche et asséna un coup de coude droit en plein visage de l'assaillant qui s'étala sur le sol. Ce dernier tomba sur le chemin de son camarade, qui buta contre lui et trébucha. Bane le faucha au passage, et le deuxième agresseur se retrouva à son tour par terre. Bane alla s'asseoir sur un petit muret et secoua la tête.

— Par Taranis, vous êtes les voleurs les plus maladroits que j'aie rencontrés. Vous voulez vous faire tuer ou quoi ?

— Il b'a cassé le dez, dit le premier, ses mots horriblement estropiés.

L'homme s'assit et essaya d'arrêter le sang qui coulait de ses narines.

— Je t'avais dit de le prendre par la droite, lui dit le second en se massant le genou. C'est pas ce que je t'avais dit ? « Attaque-le par la droite afin que je puisse le poignarder de face » ?

— Bon dez ! gémit le premier.

— Où avez-vous appris ce métier ? s'enquit Bane.

— Ce n'est pas un métier, répliqua le second homme. Nous n'avons plus d'argent. Nestar nous a dit de rentrer chez nous. Alors on s'est dit qu'on pouvait essayer de te voler ton or.

— Eh bien, voilà, vous avez essayé, répondit Bane.

Il ouvrit sa bourse pour en sortir deux pièces d'argent et en lança une à chacun des deux hommes. Surpris, le premier rata la pièce et se précipita pour la ramasser. Le second, lui, l'attrapa du premier coup.

— Trouvez-vous une occupation, leur conseilla Bane. Que savez-vous faire ?

— On travaillait à la ferme pour le père, déclara le second. C'était une petite ferme. Lorsque l'armée de Roc est arrivée, on nous a dit de partir. Il a refusé et ils l'ont pendu. Après ça, on s'est engagés comme marins, mais Durk a eu le mal de mer pendant trois mois, alors on est revenus sur la terre ferme et on a travaillé pour Nestar. Tout se passait bien jusqu'à ce que tu arrives.

— Il ne faut pas voir que le mauvais côté des choses, dit joyeusement Bane. Réfléchis : un jour ou l'autre quelqu'un serait venu qui n'aurait pas été aussi conciliant que moi. Il aurait pu vous éventrer avec sa dague.

— C'est brai, dit le premier dont le nez avait doublé de volume.

— Trouvez-vous un travail dans une ferme. Un homme devrait toujours faire ce pour quoi il est doué. Et, croyez-moi, les enfants, vous n'êtes pas faits pour le vol.

Sur ce, Bane se leva et continua sa route. La grille de derrière était fermée, aussi l'escalada-t-il pour sauter en souplesse dans le jardin de l'autre côté. Lia était assise sur un banc en pierre en demi-cercle. Elle leva les yeux et lui sourit. Bane sentit sa respiration se bloquer dans sa gorge et son pouls s'accélérer ; il en fut très surpris.

— Pourquoi n'as-tu pas appelé ? lui demanda-t-elle. Je serais venue ouvrir la grille.

Il haussa les épaules.

— C'était facile à escalader. Comment va Banouin ?

— La fièvre est partie, mais il y a quelque chose d'inquiétant dans son regard. J'étais assise avec lui quand soudain il a levé la main et m'a repoussée. Puis, il s'est mis à trembler et à pleurer. Il dit qu'il doit partir dès demain. Mon père lui a donné des lettres de recommandation et lui a pris une place sur un vaisseau marchand qui part pour Goriasa. Il lève l'ancre à l'aube.

— Cela ne nous laisse pas beaucoup de temps pour faire connaissance, fit observer Bane en s'asseyant à côté d'elle.

Les lèvres humides de Lia brillaient sous le clair de lune.

— Tu me fixes, lui fit-elle remarquer.

— Je m'en excuse. Je suis un jeune montagnard et je n'ai pas l'habitude de contempler une telle beauté.

Elle rit gaiement.

— Ce compliment est sorti un peu trop facilement de ta bouche. Mon ami, je pense que tu es un coquin.

— Un coquin demanderait forcément un baiser, dit-il.

— Es-tu un coquin ?

— Mais oui.

Il se pencha et vint lentement coller ses lèvres sur les siennes. Puis, il se recula et prit une profonde inspiration.

— Tu aurais dû me gifler, lui dit-il.

— Pourquoi l'aurais-je fait ?

— Pour mon impertinence.

— Comment sais-tu que ce n'est pas ce que je désirais ? Comment sais-tu que je n'attendais pas ton retour ?

— Ah bon ?

— Non, lui répondit-elle en souriant, mais j'aurais pu.

Bane éclata de rire, soudain de bonne humeur.

— Il faudrait vraiment que je sois un coquin pour séduire la fille de mon hôte. Je vais donc me contenter du plaisir de ta compagnie.

— Il va falloir également te satisfaire de la mienne, déclara Appius d'une voix bourrue en sortant par une porte de service.

— Le plaisir n'en sera que plus grand, affirma Bane.

Lia se leva du banc et lui envoya un baiser avant de s'en aller. Il la regarda partir et nota la courbe de ses hanches sous la robe en coton.

— Elle est très belle, dit-il comme Appius s'asseyait à ses côtés.

— Oh, oui. C'est mon trésor, Bane. Lia est douce, courageuse et téméraire. Comme sa mère. (Appius resta silencieux un instant.) Elle a été brûlée dans l'arène avec cinquante autres hérétiques. Il paraît que la fumée du bûcher les a rendus inconscients avant que les flammes ne les dévorent. Cela reste quand même une mort violente.

— Qu'est-ce que c'est, un hérétique ?

Appius fit un geste de la main.

— La religion, mon garçon. Des imbécillités. Ma femme s'est prise de passion pour le Culte de l'Arbre, un groupe hors-la-loi dans tout Roc. Ils parlent d'harmonie avec la Terre et avec tous les hommes de la Terre. Ils vénèrent la Source de Toutes Choses – un être d'une telle faiblesse qu'il n'a même pas été capable de sauver un seul de ses adeptes. Je lui pisse dessus ! Lia devait être arrêtée, comme sa mère. Mais je l'ai éloignée de Roc. Malheureusement, je n'ai pas eu le temps de le faire avant qu'elle n'insulte Nalademus, l'Ancien de Roc, le traitant de vieil homme stupide et prétentieux. J'ai vu ses yeux. Ils brûlaient de haine.

— Et ces Anciens peuvent condamner des gens à mort ? s'enquit Bane.

— Oui, absolument. Ils se servent de tueurs – à qui ils donnent de jolies armures et des titres de noblesse. Les Chevaliers de Roc. Des hommes impitoyables et dangereux. Ils procèdent aux arrestations, arrachant les gens à leur foyer afin qu'ils comparaissent devant les Anciens.

— Et l'empereur autorise cela ?

— Pourquoi l'empêcherait-il ? La plupart des personnes arrêtées sont des anciens partisans de la république, et tous ont reproché ouvertement à l'empereur d'avoir voulu étendre l'empire par la guerre. Le Culte de l'Arbre pense que la guerre est mauvaise.

— Quelle idiotie, commenta Bane. Sans la guerre, il n'y aurait pas de gloire.

— Exactement ! Et qu'aurais-je été alors, hein ? Cordonnier, sans doute ?

Forgeron ? Non, l'important c'est que j'ai pu conduire Lia ici, à l'abri, afin d'attendre que les Prêtres Pourpres tombent à leur tour. Alors nous pourrons retourner à Roc.

— Et qui ces Prêtres vénèrent-ils donc ? demanda Bane.

— Mais Roc, bien sûr. Ils prétendent que la cité est un dieu, éternel et sacré. Tous les autres dieux sont des faux dieux, et la création d'êtres faibles. (Il regarda Bane dans les yeux.) Qui vénères-tu, mon garçon ?

— Personne. Ma force physique, peut-être. Et toi ?

— Je crois qu'il n'y a pas de puissance plus grande que l'homme. Je dois y croire. Sinon, cela signifierait que nous sommes simplement des parasites qui vont d'avant en arrière sans but précis. Enfin, assez de philosophie. Je t'ai pris un passage pour demain. Banouin a accepté d'emporter des lettres pour moi. Si tu veux, je peux t'en écrire une qui t'assurera au moins le logis à Roc.

— Je trouverai bien un endroit où loger, général. Ne t'inquiète pas. Et je ne resterai pas longtemps de toute façon. J'ai promis à la mère de Banouin qu'il arriverait sain et sauf dans la cité. Ensuite, je visiterai Roc et je rentrerai chez moi. Les montagnes me manquent déjà.

— J'aurais bien voulu voir les montagnes rigantes, avoua Appius. On dit qu'elles sont magnifiques. (Son expression se changea en tristesse.) J'ai bien peur que ce ne soient mes successeurs qui le fassent lorsque l'armée de Roc marchera finalement en direction du nord.

— La plaine de Cogden ne vous a pas servi de leçon ?

— Roc ne reçoit de leçons de personne, lui dit Appius dans un soupir. Nous sommes un peuple d'une arrogance sans limites. Après la plaine de Cogden, Jasaray avait bien d'autres soucis, et Connavar a eu l'intelligence de lui rendre les étendards des Panthères. Jasaray s'est servi de ce geste pour expliquer au peuple qu'il s'agissait là d'un acte de contrition, et a ainsi réussi à faire retomber toute la responsabilité de cette triste affaire sur la tête du pauvre Valanus. Mais Jasaray n'a jamais oublié les Rigantes, Bane. Tu peux en être sûr. À l'heure actuelle, il se bat à l'est, mais dès que la guerre sera terminée, il marchera de nouveau contre Connavar.

— Le résultat sera identique, répondit froidement Bane.

— Je comprends que tu puisses penser cela. Mais je suis un vieux soldat, aussi ne suis-je pas d'accord avec toi. Valanus a progressé trop vite, trop loin en territoire ennemi, avec seulement cinq Panthères – quinze mille hommes. Quand, durant la bataille, la ligne de ravitaillement a été coupée, les troupes n'ont pas pu manger pendant cinq jours. Et pourtant, ils ont réussi à tuer près de seize mille hommes de Connavar. Cette fois, Jasaray ne viendra pas avec quinze mille hommes. Plus certainement quarante mille. Et c'est lui qui les mènera.

— C'est un vieillard, fit remarquer Bane.

Appius sourit et secoua la tête.

— Ah, la merveilleuse arrogance de la jeunesse ! Oui, c'est un vieil homme, mon garçon, mais c'est un vieil homme qui n'a jamais connu la défaite. Un général n'a pas besoin des réflexes fulgurants d'un jeune homme pour voir une brèche se former dans les lignes ennemies ou pour lire le sens d'une bataille. Ce dont il a besoin, c'est de talent, d'expérience et de nerfs d'acier. Jasaray a toutes ces qualités. Cette fois-ci, il ne sera pas coupé de sa ligne de ravitaillement. Il avancera lentement, avec une infinie prudence. Profite de tes montagnes rigantes – tant qu'elles sont encore rigantes.

Chapitre 4

Un violent orage éclata au-dessus d'Accia pendant la nuit. Le tonnerre fut assourdissant, et une pluie portée par des vents violents lacéra la ville. Des tuiles furent arrachées des toits, et au nord, une écurie s'écroula, provoquant la mort de deux chevaux. Le ciel matinal était sombre et maussade à la fois ; au loin à l'est, des éclairs illuminaient la ligne d'horizon. Bane était inquiet quant à la traversée qui les attendait ce jour-là mais garda ses peurs pour lui. Banouin ne parlait pas beaucoup. Il était comme effacé, et ses yeux avaient conservé une expression tourmentée. Plusieurs fois Bane essaya de l'attirer dans une conversation, mais les réponses de Banouin restaient monosyllabiques. Il avait passé la majeure partie de la journée dans sa chambre, assis sur son balcon, à regarder la route qui menait à la mer.

— Je ne sais pas ce qu'il a, dit Bane à Lia alors qu'ils étaient assis sous une tonnelle du jardin à regarder la pluie tomber en cette fin d'après-midi. Je ne l'ai jamais vu comme ça. C'est comme s'il n'était pas vraiment là.

— J'ai essayé de lui parler, répondit Lia, mais il a refusé de me regarder dans les yeux. Je me demande si j'ai dit quelque chose qui aurait pu l'offenser.

— C'est peut-être la conséquence de sa fièvre et de sa douleur au bras, suggéra Bane. Il a toujours été terrorisé par la simple idée de la douleur physique. Et, comme sa mère était guérisseuse, il n'a jamais été malade très longtemps.

— Tu l'aimes bien – mais il te fait de la peine, constata Lia.

— Ah, eh bien, en fait je lui fais honte. Il veut laisser les coutumes rigantes derrière lui. Tu comprends, nous sommes des barbares. Je n'ai pas ma place à Roc.

— Oh, Bane, vous n'êtes pas des barbares, c'est nous. J'ai entendu ce que tu as dit à mon père la nuit dernière à propos de la nudité. Tu avais raison. Tandis que nous prêchons la moralité sexuelle, nous violons le monde, réduisons ses hommes et ses femmes en esclavage et massacrons ses enfants. Nous sommes pires que des barbares, Bane. Nous sommes tellement au-delà du mal que le mot n'a plus de sens pour nous. (Elle eut un sourire triste.) Banouin veut en faire partie ? Laisse-le. Moi, je préférerais partir dans les montagnes et vivre parmi ceux que mon peuple appelle « Barbares ». (Bane porta la main de Lia à ses lèvres et y déposa un baiser.) Pourquoi as-tu fait ça ? lui demanda-t-elle en rougissant.

Il haussa les épaules.

— Cela me semblait la chose à faire. (Il la regarda droit dans les yeux.) Tu vas me manquer.

— Tu peux revenir quand tu veux, répondit-elle d'une petite voix. Je serai là.

Bane se pencha vers elle et elle ne se déroba pas. Leurs lèvres se rencontrèrent et le baiser s'éternisa. Il sentit son cœur s'emballer. Dans sa courte vie, il avait couché avec une vingtaine de Filles de la Terre, et pourtant ce simple baiser lui fit réaliser qu'il était en vie d'une façon qu'il n'avait encore jamais ressentie. Il se recula, conscient que quelque chose de magnifique venait d'avoir lieu, mais effrayé par l'intensité de la chose. Il se leva et lui embrassa la main une nouvelle fois.

— Je reviendrai, déclara-t-il d'une voix enrouée. Je te le promets. Et je t'emmènerai dans les montagnes rigantes.

— Je t'attendrai, lui promit-elle.

Au même moment, Banouin sortit dans le jardin. La pluie s'était légèrement calmée et le ciel commençait à se dégager.

— Il est temps de partir, dit-il. Le navire appareille dans une heure.

Bane était déchiré. Il était tenté de dire à Banouin de voyager seul, mais il avait fait une promesse à Vorna. L'un des deux serviteurs de la maison, un vieil homme, apparut derrière la grille, tenant leurs chevaux. Banouin avança rapidement le long du chemin sans même faire ses adieux à Lia. Sa grossièreté dérangea Bane, mais le sentiment ne fut que passager, car Lia se jeta à son cou et l'embrassa. Le baiser fut long et passionné et, en s'écartant, elle lui décocha un sourire espiègle.

— C'est pour que tu te souviennes de moi, lui dit-elle.

— Oh, je me souviendrai de toi, répondit-il.

Alors qu'ils se séparaient, Appius arriva. Bane le regarda dans les yeux et y lut de la déception mais également de la résignation. Bane lui tendit la main et Appius l'accepta.

— Reviens sain et sauf, lui demanda le vieux général.

Bane s'engagea sur le chemin et sauta en selle. Puis, après un signe de la main, il partit à la poursuite de Banouin.

— Tu ne leur as même pas dit au revoir, reprocha-t-il à son ami en arrivant à sa hauteur.

Banouin l'ignora. Ils traversèrent la ville et s'engagèrent sur le long quai qui menait au port.

Trois cavaliers venaient en sens inverse. Bane les regarda approcher. Ils étaient vêtus de longues capes noires et portaient des heaumes en fer noirs, décorés d'argent. Banouin fit écarter son cheval de la route afin de les laisser passer. Bane resta là où il était. Lorsque le cavalier de tête arriva à leur hauteur, il jeta un coup d'œil à Bane et leurs regards se croisèrent. Un frisson de peur parcourut Bane lorsque les yeux pâles se posèrent sur lui. L'homme était grand, large d'épaules, et ses avant-bras nus puissamment musclés. Tout en les dépassant, l'homme sourit et Bane sentit la colère monter en lui. À cet instant, chacun des deux hommes avait reconnu le guerrier en l'autre, et le sourire avait été méprisant.

Et puis l'homme était passé avec ses compagnons. Bane pivota sur sa selle pour les regarder s'en aller.

— Eh bien, voilà ce que j'appelle un sacré fils de pute, déclara-t-il.

— Nous devons partir ! s'exclama Banouin.

Bane le regarda. Le visage de Banouin était exsangue de peur et il tremblait.

— Mais qu'est-ce qui t'arrive ? lui demanda Bane. Je ne t'ai jamais vu te comporter ainsi. Tu commences à m'inquiéter.

— Nous devons fuir ! déclara Banouin en lançant son cheval au galop.

Bane poussa un juron et éperonna sa monture pour le rattraper. Il saisit les rênes de son ami et tira violemment dessus.

Les chevaux ralentirent.

— J'en ai assez de ton comportement, dit Bane. Parle-moi. Qu'est-ce qui t'arrive ?

— Nous devons embarquer. Une fois que nous serons sur le navire, je te dirai tout. Le navire !

— La peste du navire ! Dis-moi tout maintenant.

— Je t'en prie, Bane, fais-moi confiance. J'ai eu une vision. Une vision affreuse.

— Tu me l'as déjà dit. Un démon me traque.

— Non, pas celle-là. Viens avec moi, je t'en prie… Ta vie en dépend !

— Ma vie ? Mais je n'ai pas d'ennemis ici.

Banouin jeta un coup d'œil rapide aux cavaliers qu'ils avaient croisés.

— Ce sont des Chevaliers de Roc, déclara-t-il. D'anciens gladiateurs.

Des tueurs. Tu n'aurais pas l'ombre d'une chance face à eux. Crois-moi.

— Mais pourquoi voudrais-je les affronter ? (Bane sourit.) Je pense que tu es victime de mauvais rêves, mon ami, pas de visions. Ils sont passés sans nous faire de mal. S'ils étaient à ma recherche, ils auraient certainement… (Il s'arrêta.) Ce n'est pas après moi qu'ils en ont, c'est ça ?

— Nous devons partir, répondit seulement Banouin.

— Espèce de fils de pute, siffla Bane. Ils sont venus pour Appius, c'est ça ?

— Crois-moi ! Tu ne peux rien faire pour eux !

— Eux ? Oh, dieux du ciel !

Bane fit tourner bride à sa monture et retourna au galop dans la ville. Il ne voyait plus les cavaliers, aussi lança-t-il son gris au triple galop. Une femme déboucha sur la route tirant une charrette derrière elle, remplie de linge à laver. Bane fit sauter son cheval par-dessus. Tandis qu'il galopait, en proie à la terreur, il priait Taranis pour arriver à temps. Dans son esprit, il revit Appius lui parler des Chevaliers de Roc et de comment Lia avait insulté leur chef. Puis, il se souvint du baiser et de toutes les promesses d'un avenir à deux.

En arrivant sur la petite route qui menait à la grille du jardin, Bane était au bord de la panique. Il sauta de selle. Trois chevaux étaient attachés là mais aucun des cavaliers n'était en vue.

La grille était ouverte. Bane dégaina son épée et se rua dans le jardin. Le vieux serviteur qui avait amené les chevaux était allongé sur le chemin dans une mare de sang, la gorge tranchée. Bane courut dans la maison. L'un des guerriers qu'il avait vus plus tôt se tenait dans l'entrée, essuyant sa lame ensanglantée sur la robe du deuxième serviteur, une vieille femme. L'homme leva les yeux en voyant Bane entrer et se tourna pour lui faire face. Il était rapide mais Bane était déjà en mouvement et il lui trancha la gorge d'un coup d'épée en arc de cercle, lui sectionnant presque le cou. Il n'était pas tombé que Bane était déjà dans l'escalier.

Le cadavre du général Appius était étendu sur le dos au pied des marches, une affreuse blessure à la poitrine. Bane gravit les marches quatre à quatre jusqu'au corridor du premier. Alors qu'il atteignait le palier, un deuxième guerrier en armure apparut. Bane se baissa pour passer sous un violent coup de taille et décocha au passage un coup de pied au genou du guerrier. Comme celui-ci tombait, Bane lui enfonça son épée dans la gorge. Mais le coup avait été mal calculé et la lame pénétra par sa bouche et perfora son cerveau. Bane dégagea son arme et courut le long du couloir jusqu'à la chambre de Lia. Il ouvrit la porte à la volée et se précipita à l'intérieur.

Le chef était là, tenant Lia par la gorge, une épée courte à la main dont la lame était posée contre la poitrine de la jeune femme. Il était plus grand qu'il ne l'avait laissé penser sur sa monture. Il faisait facilement plus d'un mètre quatre-vingt-dix, et le heaume noir qu'il portait accentuait la froideur de ses yeux pâles. Bane éprouva un sentiment de terreur en contemplant ces yeux, et son cœur de guerrier lui confirma qu'il était en présence d'un tueur de la pire espèce. Lia ne se débattait plus. Elle regardait fixement Bane, et il n'y avait pas l'ombre d'un espoir dans son regard.

— Lâche-la, ordonna Bane, ou je te tuerai comme j'ai tué tes hommes.

L'homme sourit – et enfonça d'un coup sec sa lame dans le corps de Lia, puis la ressortit et lâcha le corps. Lia tomba lentement, ses yeux grands ouverts fixés sur Bane. Elle heurta le sol et le jeune Rigante vit ses yeux se fermer ; une tache de sang apparut sur sa robe bleu clair.

Il quitta le corps des yeux pour dévisager le tueur au regard froid.

— Tu disais ? dit celui-ci.

Bane poussa un terrible hurlement et se jeta sur lui. Leurs lames s'entrechoquèrent. Bane frappait à tout rompre, de taille et d'estoc, de haut et de bas. Mais chacune de ses attaques était facilement parée. Soudain, l'homme pivota sur ses talons, faisant un tour complet, pour asséner un coup de coude au visage de Bane. Le jeune homme recula, du sang coulant de sa pommette.

— Tu aurais pu devenir bon, mon garçon, déclara l'homme. Tu es rapide et fort.

Bane repartit à l'attaque, à la recherche d'une ouverture. L'espace d'un battement de cœur, l'assassin baissa sa garde. Bane se précipita. C'était un piège ! Son adversaire se décala légèrement de côté et enfonça son épée dans le corps de Bane. L'épée le toucha à la hanche et mordit dans sa chair. Il riposta d'un coup de taille, mais le guerrier fit un bond en arrière, et l'épée de Bane ne fit qu'entailler légèrement le haut de son bras.

— Je me suis bien amusé, dit le guerrier, malheureusement ton heure est venue.

Bane lui sauta dessus, mais l'homme esquiva, et cette charge le fit le dépasser. Une douleur terrible explosa dans le dos de Bane, quand l'épée de fer du guerrier plongea dans son corps. Bane tomba à genoux sur le balcon. Une ombre se dressa au-dessus de lui, aussi se jeta-t-il sur le côté. L'épée du guerrier résonna contre la pierre. Bane fit appel à toute sa force pour se relever et passa de nouveau à l'attaque. Et cette fois, il écorcha la peau du cou de son adversaire.

— Tu aurais pu devenir bon, répéta l'homme.

La vue de Bane commençait à se brouiller. L'épée de l'homme fondit sur lui. Bane leva le bras afin d'essayer de la bloquer, mais le métal acéré vint s'enfoncer dans sa poitrine.

Bane tomba du balcon ; une cloche sonnait dans le lointain. Il lui semblait que sa chute n'en finissait pas. Son corps toucha l'herbe mouillée par la pluie, mais il ne ressentit aucune douleur. Il poussa un grognement et roula sur le ventre à la recherche de son épée. Elle était enfoncée dans la terre à un mètre de lui. Il essaya de l'atteindre mais la douleur se manifesta de manière fulgurante depuis la blessure dans son dos. Son visage toucha la terre humide. D'un effort prodigieux, il rampa dans l'herbe. Il referma sa main sur la poignée de son épée.

Puis il s'évanouit.

La nuit était presque tombée lorsque Oranus arriva à la maison d'Appius avec une garde d'honneur de dix hommes. Il avait fait en sorte que les soldats aient briqué leurs armures, leurs boucles de ceinturon et leurs jambières. De l'huile brillait sur leurs tuniques et leurs kilts en cuir. Leurs capes rouges étaient neuves, sorties tout droit des réserves. Chaque heaume arborait un panache rouge en crin soigneusement brossé. Les heaumes et les capes seraient rendus dès que la visite serait terminée, mais Oranus était bien déterminé à ce que ses hommes trouvent grâce aux yeux du général.

Les grilles principales étaient fermées à clé. Derrière elles, fixée au mur, se trouvait une cloche en bronze avec une corde. Oranus sonna. Pas de réponse. Irrité, il fit faire le tour du jardin à ses hommes pour emprunter l'entrée de derrière. La grille était ouverte. En faisant un pas à l'intérieur du jardin, le capitaine de la Garde aperçut le premier cadavre. Il dégaina son épée et courut le long du chemin.

Devant la maison, il vit le jeune guerrier blond, le Rigante Bane, le visage dans l'herbe. Ses habits sombres étaient maculés de sang et une petite flaque s'était formée autour de lui. Oranus s'agenouilla pour le retourner. Bane ouvrit les yeux. Son visage était grisâtre. Oranus découvrit une vilaine blessure sur son torse. Bane essaya de parler, mais du sang bouillonna dans sa bouche et il perdit conscience.

Une grande silhouette sortit de la maison. Oranus leva les yeux et sentit un début de peur l'assaillir. L'homme portait l'armure noire et argent des Chevaliers de Roc. Oranus le reconnut aussitôt. Il avait eu l'occasion de voir Voltan se battre dans la Grande Arène, avant qu'il ne soit recruté par Nalademus. C'était un dangereux tueur.

— Il vit encore ? demanda Voltan.

— À peine, répondit Oranus.

— Alors, écarte-toi que je l'achève.

La colère balaya la peur et Oranus se releva pour faire face à ses hommes. Il en désigna un.

— Va chercher Ralis, le chirurgien. Et dépêche-toi, dit-il.

— Je t'ai donné un ordre, fit remarquer doucement Voltan.

— Je suis le capitaine de la Garde, Voltan. Je n'ai pas d'ordres à recevoir de toi. Montre-moi ton mandat, répliqua Oranus.

Voltan eut un petit sourire amer avant de plonger sa main dans une poche dissimulée dans sa cape noire. Il en sortit un morceau de parchemin qu'il tendit à Oranus. Le capitaine le parcourut lentement, un pincement au cœur. Fort du sceau d'autorité du Temple Pourpre, le parchemin déclarait Appius et Lia ennemis de l'État et les condamnait à être exécutés dès que trouvés. Oranus fit semblant d'examiner le document afin de mettre de l'ordre dans ses idées. Il pouvait sentir la tension chez ses hommes. Aucun d'eux ne voulait se trouver en porte à faux avec un Chevalier de Roc.

— J'en conclus que tu as déjà appliqué la sentence au général Appius et à sa fille ? dit-il en rendant le parchemin à Voltan.

— Exactement. À présent écarte-toi que j'achève ce misérable.

— Je ne vois pas son nom sur ton mandat, seigneur Voltan, pas plus que celui de ce « misérable » serviteur sur le chemin.

— Ce sauvage a tué deux de mes chevaliers et a essayé d'empêcher que nous menions à bien notre travail.

— Ah, alors tu souhaites certainement qu'on l'inculpe pour cette faute ; j'en déduis que tu vas rester à Accia le temps qu'une cour soit réunie. Il y aura, évidemment, une seconde audience devant le roi cenii puisque c'est un de ses sujets qui est accusé de crime. Et, comme tu le sais, j'en suis sûr, cela fait partie des accords du traité que nous avons passé avec les Ceniis. Cela ne devrait pas prendre plus d'un mois, deux peut-être, seigneur Voltan. Tu es le bienvenu chez moi pendant cette période.

Voltan fit un léger sourire.

— J'aime les hommes qui ont du cran, capitaine. Ils font de meilleurs adversaires. (Il baissa les yeux vers le corps ensanglanté.) Il avait du cran. (Ses yeux pâles se fixèrent sur Oranus.) Peut-être aurons-nous l'occasion de nous revoir, déclara-t-il.

Il rengaina son épée et dépassa la garde d'honneur. Il s'arrêta juste devant le dernier homme et gloussa.

— Cet homme a une tache de rouille sur son épée, dit-il. Remercie-moi d'avoir empêché Appius de voir ça. Il avait la réputation d'être plutôt strict sur ce genre de choses. (Voltan posa la main sur l'épaule du malheureux soldat.) Tu aurais sans doute reçu une dizaine de coups de fouet, lui apprit-il.

Puis il sortit du jardin, monta en selle et s'éloigna.

— Fouillez la maison, ordonna Oranus. Et trouvez-moi quelque chose pour panser ses blessures.

Il retira sa cape, la roula et la plaça sous la tête de Bane. Puis il découpa la chemise maculée de sang du blessé. Il avait été touché à trois endroits, une fois au-dessus de la hanche, une fois sur la poitrine et une fois dans le bas du dos. La blessure à la poitrine était de loin la plus grave, et d'après le bouillonnement de sang qui s'en échappait, Oranus devina qu'un poumon devait être perforé. L'un des soldats revint avec des habits. Oranus en fit des compresses et les appliqua sur la poitrine de Bane.

— Il va mourir, capitaine, fit remarquer le soldat.

Oranus ne répondit pas. Comme la lumière baissait, il fit apporter des torches. Le chirurgien chauve et voûté, Ralis, arriva, examina les blessures et se tourna vers Oranus.

— Je ne peux pas faire grand-chose, déclara-t-il. Son poumon est perforé et la blessure qu'il a reçue dans le bas du dos a très certainement sectionné un grand nombre d'organes vitaux.

— Fais ce que tu peux, lui demanda le capitaine.

— Portons-le à l'intérieur.

Un corbeau passa au-dessus d'eux, criant et croassant. Oranus frissonna.

— Comment font-ils pour savoir que la mort est proche ? soupira-t-il.

— Ils voient les esprits flotter au-dessus des corps, fit une voix.

Oranus tourna la tête et vit une vieille femme, voilée, avec un gros châle en résille autour de ses épaules osseuses.

— Que viens-tu faire ici, femme ? lui demanda-t-il.

— Je sais y faire avec les blessures, soldat. Tu ferais mieux de me laisser le soigner.

— Notre chirurgien est là, mais je te remercie pour ton offre.

Elle émit un rire glacial et Oranus frissonna malgré lui.

— Ton chirurgien veut vite rentrer chez lui, parce qu'il sait que le garçon n'a pas plus d'une heure à vivre encore. N'est-ce pas exact, Ralis ?

— C'est exact, admit celui-ci.

— Alors, portez-le dans une chambre à coucher et je m'occuperai de lui jusqu'à sa mort.

— Tu es une sorcière ceniie ? s'enquit Oranus.

— Je suis une personne avec… disons… certains talents pour ce genre de choses, Oranus.

— Alors, nous ferons comme tu veux.

Des soldats portèrent Bane dans une des chambres du premier étage et l'allongèrent sur un lit. Puis, ils le laissèrent aux soins de la vieille femme. Oranus se tenait sur le pas de la porte.

— Je reviendrai demain chercher le cadavre, dit-il. Nous devons être prudents afin d'empêcher qu'une maladie se propage.

La femme tourna son visage voilé vers lui.

— Tu t'es bien comporté en prenant sa défense face au Tueur Glacé. C'était un acte courageux. Peut-être qu'à présent tu connaîtras la paix.

— Ce ne serait pas désagréable de connaître enfin la paix, répondit-il.

— Est-ce ce que tu souhaites ?

Oranus soupira.

— Si j'avais un souhait à faire, ce serait qu'il s'en sorte, dit-il.

Sur ce, il ferma la porte, descendit l'escalier et sortit dans la nuit. On portait les cadavres sur deux chariots qui attendaient. Appius et sa fille furent déposés côte à côte dans le premier, les deux vieux serviteurs ceniis et les chevaliers morts dans l'autre. Le chirurgien, Ralis, grimpa dans le premier et s'assit à côté des corps d'Appius et Lia. Oranus donna l'ordre à la garde d'honneur de marcher derrière ce chariot, et il suivit le cortège jusqu'à la morgue.

Quand ils arrivèrent, on porta aussitôt les cadavres à l'intérieur. Ralis resta avec eux.

— C'était mon général, déclara le chirurgien, et un grand homme. Je vais préparer les corps pour l'inhumation.

— Ne mets pas ton nom sur la liste des condoléances, le prévint Oranus. Ils ont été assassinés sur l'ordre de Nalademus.

— Je sais.

Oranus retourna chez lui. Le meurtre d'Appius l'emplissait de tristesse. Le vieil homme avait bien servi Roc et il n'arrivait pas à imaginer quel crime il avait pu commettre pour être massacré aussi sommairement. Vers minuit, las et fatigué, Oranus alla se coucher et se prépara pour une nouvelle nuit de cauchemars et de terreur. Mais pour la première fois depuis des années, il dormit d'un sommeil sans rêves, et lorsqu'il se réveilla, ce fut pour découvrir un ciel bleu et un chaud rayon de soleil entrant dans sa chambre. Il se leva et se rendit à la fenêtre, pour contempler les collines verdoyantes et la forêt au loin.

— Un nouveau jour qui commence, dit-il à haute voix.

Tout en prononçant ces mots, il sentit que les terribles peurs du passé avaient perdu leur emprise sur lui et qu'elles se dissipaient lentement, comme la fumée d'un feu de camp sous la brise. Il se sentait libre et vivant. L'avenir qui hier encore paraissait maussade et hanté brillait à présent d'un nouveau soleil. *Comment est-ce possible ?* se demanda-t-il. Puis, il se souvint de la vieille femme et des paroles qu'elle lui avait dites :

« Peut-être qu'à présent tu connaîtras la paix. »

Au milieu du drame horrible qui venait d'avoir lieu dans la maison d'Appius, il n'avait pas vraiment fait attention à ce qu'elle avait dit. Comment connaissait-elle ses peurs et son tourment sans fin ?

Peut-être est-ce une voyante ? pensa-t-il.

Banouin attendit que les chariots mortuaires s'en aillent avant de revenir lentement dans la maison. Il évita de regarder les tapis tachés de sang et grimpa l'escalier jusqu'à la chambre à coucher. En ouvrant la porte, il entendit la voix de la Morrigu.

— Tu n'as pas été digne de ton Talent, lui dit-elle.

Banouin ne répondit pas et baissa les yeux vers le visage livide de son ami.

— Il est mort, n'est-ce pas ?

— Non, il n'est pas mort, dit la Morrigu, mais son âme a quitté cette coquille blessée. Il devrait cependant être mort. Son poumon a été perforé ainsi que son foie.

Banouin alla au chevet de son ami. Bane était étendu nu sur le lit. Il y avait des sutures sur sa poitrine et sur sa hanche, et les blessures suintaient un peu.

— Pourquoi l'as-tu sauvé ?

— Un soldat de Roc l'a souhaité, et c'est mon destin d'exaucer les souhaits. Je pourrais te poser une question similaire : pourquoi ne l'as-tu pas sauvé ? C'est ton ami.

— Que pouvais-je faire ? Je ne suis pas un guerrier.

— Non, répliqua la Morrigu. Tu ne l'es pas – et dans aucun sens du mot. Pourquoi es-tu revenu ? À présent tu as manqué ton bateau, et ton voyage vers la grandeur imposante de Roc.

Banouin sentit tout le mépris qu'il y avait dans ces paroles.

— Je ne sais pas pourquoi je suis revenu. (Il s'assit au bord du lit et prit la main de Bane dans la sienne.) Pourquoi dis-tu que j'aurais pu le sauver ?

— Pourquoi n'as-tu pas prévenu Appius de l'imminence de l'attaque ? Il aurait pu s'enfuir avec sa fille. Ils seraient toujours vivants à présent. Et Bane n'aurait pas tenté sa vaillante rescousse.

— J'ai eu une vision. Elle était vraie. Je n'aurais rien pu changer.

— Les mots d'un homme avec un cœur de belette, siffla-t-elle. Tu ferais mieux de t'en aller, Banouin. Enfuis-toi jusqu'à Roc. Cache-toi à l'abri de toute confrontation et de tout danger. Vis ta misérable vie, perdu dans les mots et les œuvres d'hommes meilleurs.

Banouin recula jusqu'à la porte.

— Tu es comme tous les autres, lui dit-il, les larmes aux yeux. Tu apprécies les tueurs comme Bane, les porteurs de mort. Tu ne supportes pas les gens qui trouvent la violence détestable et qui cherchent de meilleures solutions.

La Morrigu lui fit face Banouin essaya de courir mais il était paralysé.

— C'est dans la nature des hommes faibles, dit-elle doucement, de voir leurs faiblesses comme des forces et les forces des autres comme des faiblesses ou de la stupidité. Il y a quelques jours, Bane a risqué sa vie pour sauver un cheval pris dans un torrent en furie. Un cheval, Banouin ! Et pourquoi ? Parce qu'il a du cœur. Il éprouve des sentiments pour les autres. Il ne vit pas sa vie en se plaignant qu'elle est injuste. Il vit sa vie. Pendant votre voyage, tu as envié sa popularité, la façon dont les hommes et les femmes devenaient chaleureux avec lui, d'une manière qu'ils ne pourraient jamais l'être avec toi. Quelque part, tu as trouvé qu'ils étaient idiots et qu'ils se contentaient d'un sourire charmeur. Mais ce n'est pas ça. Ils ont simplement ressenti que Bane était un être attentionné, quelqu'un sur qui on peut compter. Ils ont su tout de suite que tu ne t'intéressais qu'à toi-même et qu'on ne pouvait pas compter sur toi.

» Je suis un esprit, né de l'esprit et nourri par lui. Cette terre aussi est nourrie par l'esprit. Aucun arbre ne peut pousser, aucune fleur bourgeonner sans lui. Et d'où vient-elle, cette énergie qui donne la vie ? Elle vient d'hommes comme Connavar et Ruathain, ou de femmes comme Vorna, Eriatha et Meria. Des gens qui connaissent l'amour et la chaleur, des gens qui risqueront leur vie pour ce qu'ils croient juste.

La Morrigu s'approcha de Banouin, terrorisé, et souleva son voile sombre. Son visage était mort, la peau grise et déchirée jusqu'à l'os.

— Regarde donc la Morrigu, mon enfant. Contemple sa beauté. Tu es écœuré, n'est-ce pas ? Est-ce que tu sens cette odeur de pourriture ? Oui, da, je parie que oui.

» Autrefois, il y a très longtemps, l'homme comprenait la nature de l'esprit. Ses actes le faisaient avancer, et il vivait en harmonie avec les créatures de la terre et de l'esprit. Puis vinrent de plus en plus d'hommes comme le Tueur Glacé et ses maîtres, Banouin. De petits hommes égoïstes et avides, qui s'abreuvèrent à l'esprit mais ne le reconstituèrent pas. Et les créatures de l'esprit se mirent à disparaître, passant d'une multitude d'univers à une autre à la recherche d'habitations plus plaisantes. Avec une lenteur incommensurable cette terre a commencé à mourir. Oh, il lui faudra encore des milliers d'années, mais elle mourra lorsque l'esprit poussera son dernier soupir.

» Les hommes de Roc sont les derniers parasites en date. Ils abattent les forêts, creusent la terre pour ses métaux précieux, ils tuent et conquièrent, semant la haine et la malfaisance qui durera une centaine de générations. Ils ne croient en rien, si ce n'est en eux. C'est pour cela qu'ils t'attirent. Ils sont comme toi, Banouin, incroyablement égoïstes. Oui, Bane est violent, et certaines de ses actions ne sont pas à son honneur. Mais lorsqu'il a risqué sa vie pour sauver le cheval, il a contribué à l'esprit du monde. Il a nourri la terre. Et, lorsqu'il est venu dans cette maison pour sauver des innocents, il l'a nourrie une nouvelle fois – mais cette fois-ci avec son sang. Tu ne t'es pas souvenu de mon conseil, Banouin ? On ne peut pas vaincre sa peur en la fuyant. Et maintenant va-t'en. Va te terrer dans ce nid de rats qu'est Roc. Ne fais plus qu'un avec la mort de ce monde.

Elle lui tourna le dos et retourna au chevet de Bane.

Banouin sortit de la pièce en titubant, et s'enfuit à toutes jambes dans la nuit.

L'homme n'avait pas la moindre idée de l'endroit où il se trouvait, si ce n'est que le ciel était gris et triste, et qu'il n'y avait ni arbres, ni fleurs, ni herbe. Tout autour de lui, le flanc de colline était recouvert de poussière grise et de grands rochers couleur de fumée saillaient de terre. Il sentit une douleur et baissa les yeux vers sa poitrine. Une flamme brûlait sur sa peau, consumant la chair autour d'elle. Il essaya de l'éteindre avec sa main, mais la flamme continua de brûler.

Quelque chose bougea sur sa droite. Il se retourna, l'épée au clair, et vit un énorme serpent glisser dans sa direction. Il était incolore et laissait dans la poussière une traînée de bave blanchâtre sur son passage. L'homme recula devant cette créature. Tout à coup, elle se dressa, et la tête se précipita vers lui. L'espace d'un instant le choc le fit rester immobile. La tête du serpent était humaine, mais ses crocs étaient aussi longs que des couteaux.

Au tout dernier instant, l'homme entra en action et il trancha de son épée le gros cou du serpent. La créature disparut aussitôt. Mais de plus en plus de créatures sortirent de derrière les rochers, et l'homme sentit ses poils se hérisser en les entendant gémir. Il se prépara, l'épée à la main, et regarda les monstres s'approcher de lui. Certaines glissaient sur leur ventre, d'autres rampaient, s'aidant de leurs griffes pour avancer. Mais les plus nombreuses se déplaçaient à quatre pattes, et le regardaient méchamment de leurs yeux jaunes et brillants. Une bête à écailles se rua sur lui et bondit. Il avança au contact et lui transperça la poitrine d'un grand coup d'épée. Elle aussi disparut aussitôt.

Il recula le long de la pente en direction du sommet. À présent il y avait près d'une centaine de ces créatures, et pourtant d'autres encore arrivaient. Toutes avaient une apparence démoniaque, mais elles arboraient pourtant des caractéristiques humaines ; certaines dans leurs yeux, d'autres dans leurs traits ou leurs membres. La flamme brûlait toujours sur la poitrine de l'homme, mais il ne se sentait pas faible pour autant. En revanche la douleur était intense. Le sol poussiéreux sous ses pieds était d'un gris cadavérique et tourbillonnait comme de la fumée autour de ses chevilles. Il ne se rappelait pas comment il était arrivé ici, ni quelle était sa vie avant. Tout ce qu'il savait, c'est qu'il était là, sur le flanc de cette montagne sombre, sous un ciel gris sans étoiles ni lune, et qu'il était en danger.

Les bêtes s'étaient rapprochées. Il recula. Il savait que bientôt elles seraient assez près pour se jeter sur lui et qu'il n'avait aucune chance de pouvoir les tuer toutes. Leur haine l'enveloppa comme une brume invisible, froide et implacable. L'homme reculait toujours vers le sommet lorsque son dos heurta un mur de verre noir et brillant, tranchant comme une dague. Il ne pouvait plus reculer. Il ressentit la joie impie des créatures au milieu de leur brume de haine. Elles se rassemblèrent pour former un demi-cercle autour de lui.

Puis, elles se ruèrent à l'attaque.

Au même moment, une lumière vive éclata sur la scène, et, alors que l'homme tranchait et taillait de toutes parts, il sentit une présence à ses côtés, le protégeant. Du coin de l'œil, il vit une épée de lumière fendre les ténèbres. Une fois encore, les bêtes reculèrent. Son sauveur les poursuivit à grands pas et alla ficher son épée dans la terre grise, traçant une longue ligne incurvée dans la poussière. Un feu ardent jaillit le long de cette ligne, jusque dans les airs, formant un demi-cercle de flammes dorées à travers lesquelles les bêtes ne pouvaient pas passer. Puis, le guerrier lumineux se retourna vers lui. L'homme vit que ce guerrier était entièrement humain ; c'était un homme grand, large d'épaules, aux cheveux blonds, avec des yeux bleus amicaux.

— Tu ne devrais pas être ici, jeune Faucon, lui dit-il. Ce n'est pas un endroit pour les vivants.

Délicatement il posa la main sur la flamme qui dévorait la poitrine de l'homme. Le feu mourut aussitôt, la douleur disparut et la peau guérit instantanément.

Une grande lassitude submergea le jeune homme qui s'écroula sur le sol. Il posa son épée par terre et s'adossa à la falaise de verre noir.

— Je ne sais pas comment j'ai fait pour me retrouver ici, déclara-t-il. Où sommes-nous ? Pourquoi m'appelles-tu Faucon ?

— Je t'appelle Faucon parce que c'est ton nom d'âme, répondit le guerrier en s'asseyant à côté de l'homme. Quant à cette terre maudite, c'est le Val des Perdus, un endroit pour damnés. Tes ennemis étaient autrefois des hommes. À présent, ils errent ici, maudits et désespérés.

— Pourquoi m'ont-ils attaqué ?

— C'est toi qui les as attirés, mon garçon. Tu es vivant. Ton esprit les brûle, en leur rappelant ce qu'ils ont perdu. Ils doivent te détruire pour mettre un terme à leurs souffrances.

L'homme dévisagea le grand guerrier.

— Et toi ? Pourquoi es-tu ici ?

Le guerrier aux cheveux blonds sourit.

— C'est toi qui m'as attiré ici, Bane. C'est moi qui t'ai donné ton nom d'âme, et lorsque ton âme s'est trouvée en danger, je l'ai senti. Est-ce que tu sais qui tu es ?

— Tu m'as appelé Faucon – et maintenant Bane. Ces noms me sont familiers, mais je n'arrive pas à savoir où je les ai déjà entendus.

— Cela arrive parfois, ici, lui dit l'homme. Reste assis un moment. Laisse ton esprit se détendre un peu. Pense à une montagne, avec des flancs verdoyants, un manteau d'arbres, des pics enneigés, comme le crâne blanc d'un vieillard. Est-ce que tu arrives à te la représenter ?

— Oui, j'y arrive.

— Donne-lui un nom.

— Caer Druagh, dit Bane. (Ce fut comme si un rayon de soleil avait tout à coup transpercé les recoins les plus sombres de sa mémoire.) Je suis Bane, des Rigantes, déclara-t-il. J'étais avec Banouin et nous voyagions. Et… et…

Il poussa un gémissement.

Le grand guerrier posa sa main sur l'épaule de Bane.

— Oui, da, et tu as essayé de les sauver.

— Je n'ai pas pu le vaincre.

— Mais tu as essayé, mon garçon. Tu y as presque laissé ta vie. Je suis fier de toi.

— Fier de mon échec ?

Bane éclata d'un rire amer.

— Oui, fier, répéta le guerrier. Une action héroïque ne devrait jamais être jugée sur sa réussite ou son échec, mais sur le cœur, la passion et le courage qui l'ont inspirée.

— Tu es le Grand Homme, dit Bane.

— Je suis Ruathain.

— J'ai entendu parler de toi, lui confia Bane. Tu as traité ma mère avec bonté. (Soudain, Bane sourit.) J'ai toujours voulu te connaître, Grand Homme.

Ruathain lui asséna une bonne claque sur l'épaule.

— Il n'y a rien qui me ferait plus plaisir que de rester là pour parler avec toi, petit-fils, mais l'épée de flamme ne durera plus longtemps, et tu dois faire un choix. Tu peux rester, et je guiderai ton âme jusqu'aux Havres, ou tu peux essayer de retourner dans le monde des vivants.

— Alors, je ne suis pas mort ?

— Pas encore.

— Comment puis-je y retourner ?

Ruathain désigna d'un geste la falaise en verre.

— Tu dois l'escalader, Bane, jusqu'au sommet. Cela sera impitoyablement dur. Atroce. Le verre tranchant va te couper les mains et t'arracher la peau. La plupart des hommes échoueraient. Mais pas toi. Ton courage et ton esprit combattant te porteront jusqu'au sommet, malgré la souffrance. Est-ce que tu me crois ?

— Je te crois, Grand Homme.

— Alors va, mon fils, dit Ruathain en aidant Bane à se relever.

Le guerrier spirite prit Bane dans ses bras et le serra fort, lui tapant le dos. Puis, il le relâcha. Bane sentit une vague d'émotions fortes menacer de le submerger. Personne, à part sa mère, ne l'avait jamais pris dans ses bras. Il regarda Ruathain dans les yeux.

— Je suis content que nous nous soyons rencontrés, dit-il.

— Et moi donc. À présent, grimpe – retourne au soleil et à la vie de l'autre côté.

Laissant son épée par terre, Bane essaya de trouver une première prise. Puis, il commença son ascension. Au début, cela fut facile, mais son pied glissa et le verre déchira sa botte et lui coupa la peau. La douleur le fit presque lâcher prise. Il serra les dents et se ressaisit. Ce ne furent tout d'abord que de petites entailles et autres égratignures, mais chacune le piquait autant que du sel sur une blessure. Au bout d'un moment, sa chemise et son pantalon furent en lambeaux, et ses chaussures en morceaux. Il avait des entailles plus profondes sur le torse et le ventre, et il laissait une traînée de sang le long de la falaise. Il baissa la tête. Ruathain n'était plus là et l'épée de feu avait disparu. Une énorme meute de créatures s'était agglutinée au pied de la falaise, mais aucune ne semblait vouloir le poursuivre.

À présent, la douleur était devenue intense, troublant ses pensées, emplissant son esprit. Il leva les yeux mais ne discerna pas le sommet. Il redoubla d'effort. La chair de ses bras avait été arrachée et il pouvait voir ses tendons, ses muscles et la blancheur de ses os. Chaque prise provoquait une agonie plus intense, et son esprit lui hurlait de lâcher tout, d'abandonner une bonne fois pour toutes cette escalade insensée. Il ferma les yeux et sentit son courage l'abandonner.

— Courage, petit-fils, dit la voix de Ruathain.

Bane grimpa de plus belle.

Il n'avait maintenant plus de chair sur les doigts, seulement des os et quelques ligaments. Des bouts de peau pendaient de ses bras, de ses cuisses et de son ventre, et son corps le brûlait de toutes parts. Il s'arrêta une nouvelle fois comme ses forces l'abandonnaient. S'il grimpait davantage, il serait réduit en miettes. Il ne resterait bientôt plus rien de lui.

Mais la voix de Ruathain résonna de nouveau à son oreille :

— L'homme qui a semé la mort dans la maison d'Appius est toujours en vie, Bane. Il se nomme Voltan. On dit que c'est le meilleur épéiste au monde. Je l'ai vu rire lorsqu'il t'a embroché !

La colère jaillit en Bane et balaya la douleur. Il se hissa de plus belle, douloureusement.

Finalement, il passa son corps mutilé de l'autre côté de la falaise. Il sentit un courant d'air frais sur son visage et regarda autour de lui. Il se tenait sur une section de verre plate de six mètres carrés tout au plus.

— Je suis fier de toi, mon garçon, dit la voix de Ruathain.

Et Bane se réveilla.

Oranus attendit que le chariot mortuaire arrive pour monter à côté du conducteur. Deux brancardiers étaient assis à l'arrière sur un cercueil en bois, vide. Le soleil brillait fort dans le ciel. Le conducteur fit claquer les rênes au-dessus des deux poneys et le chariot avança dans les rues.

— Quelle belle journée, déclara Oranus.

Le conducteur cenii le regarda bizarrement et opina en signe d'approbation. Alors que le chariot continuait sa progression, Oranus vit la vieille sorcière ceniie sortir par une porte. Il l'appela, mais elle ne l'entendit pas et se fondit dans les ombres d'une ruelle. Un corbeau croassa bruyamment et s'envola d'un toit en direction du nord.

— Comment s'appelle-t-elle ? demanda Oranus au conducteur.

— Qui ça ? répliqua l'homme.

— Cette vieille femme que nous venons de voir.

— Je n'ai vu personne, capitaine.

Le chariot fit une embardée en quittant la seule section pavée d'Accia pour gravir la route pleine d'ornières qui menait à la maison de Barus. Oranus laissa le chariot et le conducteur devant la grille de derrière et guida les brancardiers dans la maison, enjambant les flaques de sang séché pour emprunter l'escalier. Le capitaine fit une pause devant la chambre, se préparant à la vue du jeune Rigante décédé. Puis, il poussa la porte et entra. Il s'arrêta si brusquement que l'un des brancardiers le bouscula, et baragouina des excuses.

Bane était assis dans le lit, le visage pâle, mais les yeux grands ouverts. Oranus regarda les sutures et les hématomes autour. C'était impossible qu'il soit toujours en vie. Il resta interdit un moment, ne sachant que faire. Alors, il prit une profonde inspiration et demanda aux brancardiers de l'attendre en bas. Il alla ensuite au chevet du lit, tira une chaise et s'assit.

— Tu devrais être mort, déclara-t-il. Ton poumon était perforé.

— C'est que ton chirurgien a fait du bon travail, répondit Bane d'une voix faible.

Il avait du sang séché sur le menton et le cou.

— Ce n'était pas mon chirurgien. Une vieille sorcière ceniie s'est occupée de toi.

— Elle était très douée. Qu'est devenu l'homme que j'ai combattu ? Est-ce que tu l'as attrapé ? Il a tué Appius et... sa fille.

Oranus vit la peine dans ses yeux.

— Je l'ai vu. C'était un Chevalier de Roc. Il avait ordre d'exécuter le général et sa famille. Je ne pouvais rien faire. Il a pris un bateau la nuit dernière en direction de Goriasa.

Bane ferma les yeux et resta silencieux un instant.

— Je vais le retrouver, dit-il enfin.

— Il ne vaudrait mieux pas, jeune homme. Regarde ce qui t'est arrivé la première fois.

Oranus retira son heaume. Il y avait un pichet d'eau et trois gobelets sur une table non loin. Il en remplit un.

— Bois ça, dit-il. Tu as perdu beaucoup de sang.

Bane ouvrit les yeux et tendit la main pour attraper le gobelet. Il grimaça quand le geste tira sur ses points de suture. Puis, il but à grandes gorgées. L'effort sembla l'épuiser et il s'affala contre son oreiller.

— Tu dois reprendre des forces, lui expliqua Oranus. Je vais engager une infirmière pour s'occuper de toi, et te faire livrer à manger.

— Pourquoi fais-tu ça ?

— En l'honneur du général, répondit Oranus aussitôt. Et parce que tu t'es bien battu pour le sauver.

— Qui est Voltan ? s'enquit Bane.

Oranus soupira.

— C'est un ancien gladiateur. Il a tué quarante hommes dans l'arène et a aussi gagné plus d'une centaine de duels qui n'ont pas fini par la mort de son adversaire. Qui t'a dit son nom ?

— Je l'ai rêvé, soupira Bane.

Il se tut et Oranus vit qu'il s'était endormi.

Le capitaine de la Garde quitta la chambre, descendit l'escalier, paya les brancardiers et demanda à l'un d'eux de se rendre à l'hôpital de campagne afin que le chirurgien, Ralis, et une infirmière viennent ici. Il donna une pièce d'argent au deuxième et lui demanda de courir jusqu'au marché pour y acheter du pain, du fromage, du lait et des fruits. Ensuite il sortit dans le jardin et alla sous l'auvent pour regarder la tache de sang sur le sol. Bane avait été blessé trois fois par un maître épéiste. Un coup terrible lui avait perforé le poumon. Il n'y avait aucun doute là-dessus. La blessure dans le bas de son dos devait avoir endommagé au moins un rein. Et pourtant Bane était vivant, et ses blessures semblaient guérir.

Oranus avait entendu parler des talents des sorcières keltoïes, mais n'y avait pas cru, pensant qu'il s'agissait d'histoires à dormir debout. À présent, il devait bien penser le contraire.

Il rentra dans la maison et se rendit à la cuisine. Le lait était en train de cailler dans une jarre, mais il restait encore plusieurs œufs dans le garde-manger. Il était sur le point d'allumer la cuisinière lorsqu'il entendit des gens se déplacer dans l'entrée. Il y avait là quatre femmes portant des balais et des seaux. Oranus se souvint d'avoir donné des ordres pour que la maison soit nettoyée, aussi alla-t-il à leur rencontre. Elles étaient toutes ceniies, et elles regardaient en silence le sang sur les murs, le sol et les tapis.

Quand il entra dans la pièce, elles s'inclinèrent.

— Il y en a encore plus là-haut sur le palier, leur apprit-il, et dans la chambre du fond.

Les femmes étaient collées les unes aux autres et regardaient nerveusement autour d'elles.

— Qu'est-ce qui ne va pas ? leur demanda Oranus. Ce n'est que du sang. Cela ne va pas vous faire du mal.

— Est-ce que la Vieille Femme est toujours ici ? s'enquit l'une d'entre elles.

— Non, elle est partie.

— Est-ce qu'elle va revenir ?

— Je ne sais pas. Qui est-ce ?

Les femmes restèrent silencieuses, mais échangèrent des regards. La plus âgée d'entre elles, une femme d'une cinquantaine d'années, fit un pas en avant.

— Les soldats ont dit qu'elle avait un corbeau avec elle. Qu'il s'est posé sur le muret lorsqu'elle est entrée dans le jardin. Est-ce que c'est vrai, capitaine ?

— Oui, il y avait bien un corbeau. La mort les attire toujours. (Les femmes se mirent à parler en keltoï, une langue qu'Oranus n'avait jamais été capable de maîtriser correctement.) Qu'est-ce qui vous arrive ? cracha l'officier. C'était une sorcière ceniie, et elle a sauvé le jeune homme. Rien de plus que cela.

— Très bien, capitaine, répondit la plus âgée. Nous allons nous mettre au travail.

Oranus les laissa à leur tache et alla s'asseoir dans le jardin pour attendre Ralis et l'infirmière. Au bout d'un moment il entendit un chariot approcher. Un jeune médecin militaire et une frêle jeune femme brune passèrent la grille.

Oranus se leva.

— Où est Ralis ? demanda-t-il.

— Des affaires urgentes requéraient son attention, répondit le jeune homme après avoir salué. Il a dû rester chez lui pour la journée. Où se trouve le mourant ?

— Il n'est pas mourant, expliqua Oranus. Une sorcière l'a guéri.

Le jeune homme se mit à rire dédaigneusement.

— Alors ses blessures n'étaient pas aussi graves qu'on le pensait.

— Je l'ai vu, répliqua Oranus avec une pointe de colère dans la voix. Il s'étouffait avec son propre sang. (Il désigna les pavés maculés.) C'est là qu'on l'a trouvé.

— Oui, capitaine, acquiesça le jeune médecin.

Mais Oranus vit bien qu'il était sceptique.

— Il est en haut. Examine ses blessures.

Il se tourna vers l'infirmière et lui demanda de préparer un repas pour le blessé.

— Tu veux que je reste avec lui, capitaine ? lui demanda-t-elle brusquement.

Son joli visage exprimait clairement le mépris.

— Oui.

— C'est un Barbare, n'est-ce pas ?

— Oui.

— Je suis citoyenne de Roc, et je ne devrais pas avoir à m'occuper de ces sauvages. Je resterai avec lui pour la journée, mais j'espère bien qu'une Ceniie sera engagée dès demain.

Oranus connaissait la jeune femme. Elle avait été chassée de Roc pour racolage illégal et extorsion de fonds. Toutefois, depuis qu'elle était arrivée à Accia, elle s'était comportée en citoyenne modèle, se rendant au temple et travaillant comme volontaire à l'hôpital de campagne.

— Comme tu veux, lui répondit-il. Je te remercie déjà pour ton aide. C'est un brave jeune homme qui s'est battu pour sauver deux citoyens de Roc.

— Deux traîtres, fit-elle remarquer.

— Oui, mais il ne le savait pas. Il y a des œufs dans la cuisine et du pain. Je te serais reconnaissante si tu pouvais également me préparer un déjeuner.

— Mais bien sûr, capitaine, dit-elle avant de s'en aller.

Le jeune médecin revint quelques minutes plus tard.

— Comme tu me l'as dit, capitaine, il n'est pas mourant mais il a perdu beaucoup de sang. (L'homme se mit soudain à glousser.) J'ai entendu les femmes de ménage parler entre elles. Elles croient qu'une déesse seidhe l'a guéri. « La Morrigu » disent-elles. Ce doit être l'explication logique. (Il éclata de rire.) Je dois m'en aller.

— Merci d'être passé, docteur.

— Assure-toi qu'il boive beaucoup d'eau et qu'il mange de la viande rouge. Il devrait commencer à reprendre des forces d'ici une semaine ou deux.

— J'y veillerai.

Le jeune homme repartit vers le chariot qui l'attendait et Oranus retourna dans la maison en direction de la cuisine. L'infirmière, Axa, avait fait des œufs brouillés. Elle les répartit sur deux assiettes, en tendit une à Oranus et monta l'autre au premier. Oranus s'assit dans la cuisine et mangea son déjeuner. Les œufs étaient bons. Il se coupa deux tranches de pain et les tartina allégrement de beurre.

Il se sentait différent aujourd'hui. Il s'était à moitié attendu à ce que le sentiment d'allégresse qu'il avait ressenti disparaisse progressivement comme un rêve, mais c'était en fait le contraire. *Je me sens de nouveau fort*, pensa-t-il. En repensant aux horreurs de la plaine de Cogden, il réalisa qu'il pouvait revoir toutes les images sans trembler.

Axa revint avec l'assiette vide et s'assit face à lui.

— Je m'excuse, capitaine, dit-elle. Je pense avoir été un peu dure tout à l'heure. J'accomplirai ma tache et resterai avec Bane jusqu'à ce qu'il aille mieux.

Il la dévisagea et vit qu'elle avait les joues rouges.

— C'est gentil de ta part, lui dit-il.

Lorsqu'il retourna dans la chambre à coucher, il constata que les femmes de ménage avaient fini leur travail. Bane s'était de nouveau assoupi, mais il se réveilla lorsqu'Oranus franchit la porte.

— Je me sens aussi faible qu'un veau qui vient de naître, déclara le Rigante.

— Tes forces vont te revenir un peu plus chaque jour, lui expliqua Oranus.

Bane sourit.

— Je te remercie pour ta bonté. Est-ce que tu sais ce qu'est devenu mon ami ?

— Ami ?

— J'étais ici avec Banouin. C'est aussi un Rigante. Nous nous rendions à Roc ensemble.

— Non, je ne l'ai pas vu. Je vais me renseigner.

— Dis-moi, qu'est-ce qu'un gladiateur ?

— Un homme qui se bat pour divertir le public dans les stades. Certains sont d'anciens soldats, d'autres des criminels. Ils s'entraînent tous les jours pour peaufiner leur talent. Ils peuvent devenir très riches – s'ils survivent. La plupart meurent.

— Et c'est cet entraînement qui a rendu Voltan si dangereux ?

— Je crois qu'il l'était avant. Mais, oui, l'entraînement a dû améliorer son niveau.

— Comment devient-on gladiateur ? s'enquit Bane.

Un vent glacé soufflait sur le sol de l'arène, charriant des flocons de neige sur le sable. Persis Albitane souleva sa grosse carcasse du siège qu'il occupait dans l'enclos du propriétaire et regarda la maigre foule serpenter jusqu'aux sorties. Moins de quatre cents personnes avaient payé leur entrée, ce qui signifiait que, avec seulement deux représentations dans les jours à venir, le cirque Orises allait être en déficit pour la deuxième année consécutive.

Persis n'était pas de bonne humeur. Les dettes s'accumulaient, et son capital qui diminuait à vue d'œil allait tout juste permettre de les rembourser. Comme les derniers spectateurs sortaient, le gros bonhomme déambula le long de l'allée principale jusqu'au petit bureau, ouvrit la serrure, jeta un coup d'œil à la pile de factures sur son bureau, referma la porte et s'en alla dans le couloir jusqu'à une deuxième pièce plus grande, garnie de quatre divans, six fauteuils rembourrés et un bureau en chêne. Une fresque maladroitement peinte, représentant des scènes de courses de chevaux et des scènes de lutte et de duels de gladiateurs, décorait les murs. Persis détestait cette fresque. *L'artiste devait être saoul*, songea-t-il. Les chevaux ressemblaient à des cochons sur des échasses. Il soupira. Le feu n'était pas allumé, et une des fenêtres qui faisait face à l'ouest cognait sous la force du vent, laissant entrer un peu de neige à l'intérieur. Persis avança jusqu'à la fenêtre. Dans le port de Goriasa, en contrebas, il distingua trois navires de pêche qui s'élançaient sur la mer grisonnante. *Je n'aimerais pas être à leur place*, pensa-t-il. Tout au loin, il apercevait les falaises blanchâtres de la côte en face. Deux de ses oncles étaient morts là-bas, des officiers qui servaient sous les ordres de Valanus. Un autre de ses oncles avait survécu, mais il n'avait plus jamais été le même. Ses yeux semblaient tourmentés et la peur se lisait constamment dans son regard.

Persis essaya de fermer la fenêtre, mais le loquet était brisé – aussi le vent l'ouvrit-il une fois de plus. Plusieurs jetons de jeu en bois furent jetés sur le sol. Persis se pencha et en ramassa un pour caler la fenêtre. Puis, il se rendit jusqu'au petit placard mal fichu posé contre le mur du fond. À l'intérieur se trouvaient quatre cruches. Il les secoua une par une. Les trois premières étaient vides, mais la quatrième contenait encore un peu d'uisge ; il s'en versa dans une coupe en cuivre. Il faisait froid dans ce salon, mais l'uisge le réchauffa un peu. Il s'écroula dans l'un des fauteuils, étendit ses jambes et essaya de se détendre.

— Joyeux anniversaire, se dit-il à voix haute en levant sa coupe.

Il poussa un petit juron et se mit à rire. Persis avait toujours cru qu'à vingt-cinq ans il serait gras, riche, et installé dans une superbe villa sur les coteaux de Turgon, peut-être même une de celles qui surplombaient une anse de mer. Et il le serait certainement devenu s'il n'y avait pas eu cette entreprise qui drainait tout son argent. À dix-huit ans, avec les dix pièces d'or que lui avait données son père, il avait investi dans un chargement de soie en provenance de l'est. Il avait doublé sa mise et acheté immédiatement cinq parts dans un navire marchand. À l'âge de vingt ans, il possédait trois navires, deux entrepôts et une usine de confection à Roc. Deux ans plus tard, il avait mis suffisamment d'argent de côté pour s'acheter un petit vignoble turgon.

Devenu usurier, il avait ainsi fait croître sa fortune. Et ce jusqu'à ce qu'il fasse la connaissance du vieux Gradine, alors propriétaire du cirque Orises de Goriasa. Il lui avait prêté de l'argent et lorsque celui-ci n'avait pas pu rembourser, Persis s'était emparé de la moitié du stade et du cirque en guise de dédommagement. Lorsque Gradine était mort d'une attaque l'année suivante, Persis s'était retrouvé l'unique propriétaire. Il gloussa en son for intérieur. L'unique propriétaire d'un cirque en quasi cessation d'activité, avec une montagne de dettes et, pour seuls actifs, Norwin, le petit esclave, et Rage, le gladiateur vieillissant.

J'aurais dû fermer, pensa-t-il.

Au lieu de cela, dans son arrogance, il avait voyagé de Roc à la cité portuaire keltoïe de Goriasa, pensant faire du cirque Orises la mine d'or que Gradine avait toujours espéré qu'il deviendrait : une entreprise capable de rivaliser avec le cirque Palantes.

Dès le début, Persis avait su que cela était voué à l'échec, mais il avait persévéré, injectant des capitaux, achetant de nouveaux spectacles, payant les réparations des gradins du stade qui menaçaient de s'écrouler. Une par une, il avait vendu ses autres affaires afin de financer ce projet. La première à partir avait été le vignoble, puis ça avait été les entrepôts, puis les navires.

Espèce d'idiot, se dit-il.

Gras et riche à vingt-cinq ans. Cela le fit sourire. Il se tapa sur le ventre.

— Déjà la moitié de faite, dit-il à haute voix.

Un courant d'air glacial passait sous la porte. Persis se leva et alla se verser le reste d'uisge avant de sortir de la pièce.

Une équipe d'ouvriers gaths se déplaçait dans le stade, nettoyant les déchets laissés par les spectateurs de Roc. Un jeune garçon travaillait non loin. Persis réalisa qu'il ne portait qu'une maigre tunique de laine et que ses bras et son visage étaient tout bleus.

— Petit ! lança-t-il. Viens ici ! (L'enfant avança timidement vers lui.) Où est ton manteau ? lui demanda Persis. Il fait trop froid pour être habillé ainsi.

— Je n'ai pas de manteau, répondit le garçon en claquant des dents.

— Va au sous-sol et trouve Norwin. Dis-lui que Persis veut qu'il te donne un manteau. Tu as compris ?

— Oui, seigneur.

Persis regarda l'enfant s'éloigner et retourna dans son bureau où un feu brûlait dans l'âtre. Il s'assit à son bureau et contempla d'un œil torve la montagne de dettes étalée devant lui. Il restait suffisamment d'argent pour en payer la plus grande partie, et les deux représentations à venir paieraient le reste. Mais la saison suivante risquait d'être une toute autre affaire. Persis examina un instant les différents papiers, en faisant des piles bien ordonnées. Ainsi classés, ils semblaient moins menaçants.

La porte s'ouvrit et l'esclave, Norwin, entra. À peine grand d'un mètre cinquante, et les cheveux gris se raréfiant sur son crâne, Norwin frissonnait de froid malgré son gros manteau en peau de chèvre.

— Dis-moi que ce sont de bonnes nouvelles, déclara Persis.

Le petit homme sourit.

— Les acrobates équestres nous quittent, l'informa-t-il. Le cirque Palantes leur a offert un contrat pour deux saisons.

— Un jour, il faudra que tu me donnes ta définition de « bonne nouvelle », répliqua Persis.

— Kalder s'est foulé un tendon au jarret et ne pourra pas se battre pendant au moins six semaines. Au fait, le chirurgien dit que tu n'as pas payé sa facture et qu'à moins que tu ne le fasses d'ici demain, il ne travaillera plus pour nous.

— J'ai connu des épidémies qui étaient de meilleurs compagnes que toi, grommela Persis.

— Oh, et j'ai été content d'apprendre que nous sommes dans une situation où nous pouvons offrir des manteaux. Dès demain nous aurons tous les mendiants et leurs frères qui viendront taper à notre porte, j'en suis sûr. Peut-être que nous devrions monter une échoppe ?

— Dis-moi, dit Persis, est-ce que tu t'es une fois dans ta vie comporté comme un esclave ? Oui, maître, non maître, vos désirs sont des ordres, maître… Tu sais, ce genre de choses ?

— Non. Je n'ai plus qu'une année à tirer, expliqua Norwin, et ensuite je serai libéré de mon obligation, mes dettes payées. Il faudra m'offrir un salaire. Enfin, si le cirque existe toujours à ce moment-là. Tu sais que Rage approche de la cinquantaine ? Combien de temps encore crois-tu qu'il attirera les foules ?

— Oh, comme tu es d'humeur radieuse aujourd'hui.

Norwin soupira.

— Je m'excuse, mon ami, dit-il. Nous avons empoché moins de quatre-vingt-dix pièces d'argent aujourd'hui et sans les acrobates nous risquons de faire moins encore la prochaine fois. As-tu réfléchi à l'offre de Palantes ?

— Non, répondit Persis.

— Peut-être que tu devrais. La foule adore le sang.

— Je sais. C'est l'une des raisons pour lesquelles je déteste cette chère humanité – moi inclus. Mais l'offre de Palantes nous mettrait sur la paille. Nous avons quinze gladiateurs – et ce sont tous des vétérans. Palantes en a plus de cinquante, et tous sont jeunes et ambitieux. Est-ce que tu imagines ce qui se passerait si nos vieillards se retrouvaient dans l'arène face aux tueurs surentraînés de Palantes ?

— La majorité de nos hommes mourraient, répondit froidement Norwin. D'un autre côté nous attirerions plus de trois mille spectateurs à coup sûr, et nous pourrions rembourser nos dettes et quitter ce stade pour investir dans une entreprise rentable.

— Es-tu si insensible que ça, Norwin ? Sacrifierais-tu nos gens pour de l'argent ?

Le petit esclave retira son manteau et s'assit près du feu.

— Ils ont choisi de devenir gladiateurs. Ils vivent pour le combat ; c'est tout ce qu'ils savent faire. Dans l'état actuel des choses, nous ne pourrons pas payer leurs salaires cet hiver, ce qui signifie que pendant trois mois ils devront aller quémander du travail sur les docks ou aller couper du bois à la scierie.

Persis contempla la masse de papiers devant lui et soupira.

— Je ne veux pas que mes gens se fassent tuer, dit-il.

— Ce ne sont pas tes gens, Persis. Ce sont des artistes qui travaillent pour toi.

— Je le sais bien. Je sais également que Rage n'acceptera jamais de participer à un autre combat à mort. Je ne lui en veux pas. Il l'a fait pendant dix ans.

Norwin rajouta plusieurs bûches dans le feu.

— Rage se fait vieux et il veut une pension. Cela pourrait être sa chance. Il a de l'argent de côté. Il pourrait miser la totalité sur lui. S'il gagne, il pourra enfin se retirer.

— S'il gagne, insista Persis.

— S'il ne gagne pas, il n'aura plus à s'inquiéter de sa pension, rétorqua Norwin.

— Tu es un homme dur, mais à tort ou à raison, je m'inquiète pour les gens du cirque Orises et leur vie.

— Comme je te l'ai déjà dit, ce sont des vies qu'ils ont choisies, fit remarquer le petit homme.

— C'était vrai - par le passé. Mais ils ont rejoint le cirque Orises parce que nous ne faisons pas de duels à mort.

Norwin s'approcha de la table et souleva la première pile de papiers.

— À Baggia, le mois dernier, dit-il, le cirque Palantes a attiré plus de dix-huit mille personnes – et a fait payer le double du prix d'entrée habituel. Tout le monde voulait voir le combat entre Jaxin et Brakus.

— Je sais.

— Eh bien, penses-y, lui conseilla Norwin. Parles-en aux gladiateurs. Qu'ils prennent leur décision.

— Je vais en parler à Rage, répondit Persis.

Persis Albitane s'assit du mieux qu'il put sur son siège et contempla le grand bâtiment de bois. Il n'avait jamais aimé venir dans l'établissement de Garshon. Il pensait que c'était un lieu fréquenté par des voleurs et des coupe-jarrets. Quelques citoyens de Roc se trouvaient là. Au fond du bâtiment, une vente aux enchères de chevaux avait lieu dans une arène de sable entourée de bancs en bois. Non loin, plusieurs prostituées essayaient d'appâter de nouveaux venus. Leur parfum flottait dans l'air, mélangé à l'odeur des chevaux, de la paille humide et de la sueur.

L'odeur était cependant moins forte dans le restaurant où il se trouvait, car plusieurs fenêtres étaient ouvertes, permettant à l'air iodé de la mer de pénétrer. Persis trouva également que l'arôme des viandes qu'on grillait compensait largement l'odeur de la salle principale. Il y avait plus de cinquante tables avec des bancs dans la partie restaurant et la plupart étaient occupées – un gage de la qualité de la nourriture qui était servie ici. Une serveuse déguenillée s'approcha de lui, mais Persis lui expliqua qu'il attendait un invité. Puis, il s'installa, le regard rivé sur les portes à double battant de l'entrée.

Lorsque Rage arriva, il fut aussitôt happé par une foule d'admirateurs enthousiastes qui lui tapèrent dans le dos alors qu'il se frayait un chemin parmi eux. *Il est rare de voir un homme de Roc aussi apprécié des Gaths,* pensa Persis. Il sourit. Malgré ses traits sinistres, Rage était un personnage charismatique. Il portait une écharpe rouge autour de son crâne rasé – sa marque distinctive. Sa charpente musclée était vêtue d'une chemise moulante de satin noir sous un lourd manteau de laine noire également. Il ressemblait toujours, des pieds à la tête, au guerrier qui avait combattu dans quatre-vingts duels, dont trente-trois jusqu'à la mort. Persis avait vu le dernier. Il s'était déroulé très exactement douze ans plus tôt. Son père, en guise de cadeau d'anniversaire, l'avait emmené au Stade Géant où, après la course de chevaux et la représentation scénique, le grand gladiateur, Rage, devait se battre face à Jorax, le guerrier invaincu. Les deux hommes défendaient alors les couleurs des deux plus grands cirques de l'époque, Palantes et Occian. De grosses sommes avaient été pariées et, lorsque les deux gladiateurs étaient entrés dans l'arène, la foule s'était tue. Ce souvenir fit frissonner Persis de plaisir. Rage avait revêtu l'armure en bronze clair de Palantes, et son heaume arborait un aigle noir. Celui de Jorax était en fer poli comme de l'argent. Au centre de l'arène, des esclaves avaient creusé un fossé de neuf mètres de long sur six de large, qu'ils avaient rempli de charbons ardents. Une plate-forme étroite avait été installée trois mètres au-dessus afin que les deux hommes puissent s'y affronter.

Ils avaient gravi ensemble les marches qui menaient à la plate-forme, puis ils avaient dégainé leurs épées courtes et salué le seigneur des jeux. Persis ne se souvenait pas de qui il s'agissait ce jour-là, mais cela avait très bien pu être Jasaray. Les épées avaient été abaissées et les trompettes avaient alors retenti. Les deux hommes s'étaient avancés sur la plate-forme et le combat avait commencé. La foule avait hurlé de joie, chacun encourageant son favori, et Persis n'avait pas pu entendre le choc des épées ; en revanche, il avait vu les coups fuser de toutes parts, les fentes, les parades, les estocs et les coups de taille.

Cela avait duré ainsi quelques minutes, puis Jorax avait glissé et était tombé dans le fossé aux charbons. Il avait fait une roulade et en était sorti avec la peau des bras et des jambes toute cloquée. Rage avait sauté de la plate-forme. Puis il avait écarté les charbons et s'était rué sur le blessé. Jorax s'était défendu brillamment pendant un moment jusqu'à ce que le glaive de Rage passe sous sa garde et lui tranche le biceps droit. Jorax avait laissé tomber son épée. Il avait essayé de la ramasser de la main gauche, mais avait reçu aussitôt un direct en plein menton. Il s'était affalé lourdement sur le sol. Rage avait posé son épée contre la gorge de son adversaire et Jorax était resté immobile.

La foule, y compris Persis, s'était mise à hurler pour qu'il en finisse.

— Mort ! Mort ! Mort ! hurlaient-ils tous.

Rage était resté imperturbable un instant puis il avait enfoncé d'un coup sec son épée dans le sable avant de quitter l'arène.

La foule, devenue hystérique, lançait les sièges dans l'arène. Il avait ridiculisé le combat ! Les autorités du stade avaient retenu sa bourse – six mille pièces d'or – et tous les paris avaient été annulés le temps qu'une enquête soit menée. Celle-ci avait conclu que Rage avait vilipendé l'intégrité du combat de gladiateurs, et il fut condamné à une amende de dix mille pièces d'or. Il paya son amende et quitta le cirque Palantes et l'arène.

Un an plus tard, Jorax avait été sacré Gladiateur Un, titre qu'il avait conservé trois ans, avant d'être taillé en pièces par Voltan. On avait alors offert à Rage des sommes astronomiques pour qu'il revienne dans l'arène et affronte le nouveau champion, mais il avait décliné toutes les propositions.

Pourtant, quelques années plus tard, Rage était retourné dans l'arène afin de combattre dans ce qu'on appelait des « démonstrations de maniement d'épée et autres compétences martiales ». Pendant des années, il avait ainsi attiré du public pour le compte du cirque Orises. Aujourd'hui encore plusieurs centaines de spectateurs se déplaçaient pour voir Rage en armure intégrale.

Persis fit un signe à Rage qui l'aperçut. Le grand guerrier ôta son manteau et s'installa confortablement sur le siège d'en face. Persis le regarda droit dans ses yeux de nuit.

— Comment te sens-tu depuis le combat ? Pas de muscles froissés, j'espère ?

— Non. Aucun problème.

La voix de Rage était profonde et presque musicale.

La serveuse revint en apportant une assiette de pain et un pavé de beurre salé. Persis commanda du gibier : des pigeons, du canard et de l'oie, préparés dans une sauce à la framboise. Rage demanda un steak bleu, accompagné de légumes crus.

— De quoi voulais-tu me parler ? demanda Rage dès que la fille fut partie.

— Nous avons reçu une offre du cirque Palantes.

— Pas de combats à mort, répliqua Rage.

Persis resta un instant silencieux.

— Le cirque Orises est au bord de la faillite, lui dit-il. Je n'aime pas l'idée de combats à mort, moi non plus, mais j'ai pensé que je devais quand même t'en parler. Tu possèdes un cinquième du cirque, et si nous ne trouvons pas un moyen d'attirer les foules, cette part ne vaudra plus rien. Comment va ta ferme ?

— Nous avons eu une sale année, répondit Rage.

— Une grosse foule – disons cinq mille personnes – et nous pourrions rembourser toutes nos dettes, voir même faire des bénéfices. Je pourrais alors te racheter ta part pour une somme raisonnable.

— D'autres pourraient être intéressés, dit Rage.

Persis détourna le regard.

— Ils n'attireraient pas le public autant que toi. (Il essaya de paraître impassible avant de regarder de nouveau Rage dans ses yeux noirs.) Je comprends ton objection morale en ce qui concerne le fait de tuer, mais…

— Tu ne me comprends pas du tout, rétorqua Rage sans aucune colère dans la voix. Je n'ai de toute façon pas besoin qu'on me comprenne. Qu'a proposé Palantes ?

— Cinq mille pièces d'or à acceptation, mais ils prendront les deux tiers des gains du public.

— Quels gladiateurs ont-ils annoncés ?

— Ils disent qu'ils n'emploieront que de nouveaux combattants, aucun Nom – et aucun des combats ne comptera pour le championnat.

Rage jaugea l'information.

— Ils souhaitent trier le bon grain de l'ivraie, dit-il enfin. Ils ne veulent pas prendre le risque d'envoyer de mauvais combattants dans les grandes arènes. Ils vont donc les amener ici, dans le trou du cul de l'empire afin de s'entraîner avec des guerriers sur le déclin dont personne ne se soucie. (Rage secoua la tête.) C'est toujours la même histoire. Bien, j'en parlerai aux autres.

— Ils demandent que tu participes, Rage. Tu fais partie intégrale de leur offre, expliqua Persis. Ils n'amèneront pas leurs guerriers à moins que tu acceptes de prendre part au tournoi.

Rage plissa les yeux en signe de colère. Lorsqu'il parla, sa voix était d'un calme absolu :

— Évidemment. Ils vont tenter de m'opposer à leur meilleur nouveau talent et ils pourront ainsi le présenter par la suite comme « l'homme qui a tué Rage ». Ainsi vont les vieilles loyautés. Est-ce qu'Abiscus possède toujours Palantes ?

— Oui.

— C'est un homme qui m'a dit qu'il m'apprécierait toujours. Il m'a dit que j'avais contribué à la richesse de Palantes et qu'il était heureux que j'aie survécu jusqu'à ma retraite. Il m'a présenté ses meilleurs vœux – bien qu'il ne m'ait pas aidé lorsque les autorités m'ont pris toutes mes économies. Et aujourd'hui, pour une poignée de pièces, il veut envoyer un jeunot me tuer.

— Tu es toujours le meilleur, dit Persis.

— Ne parle pas comme un débile ! s'exclama Rage. Dans deux ans, j'aurai cinquante ans. J'étais le meilleur, à présent je ne suis plus que bon. Dans cinq ans, je serai une gêne. Aucun homme ne peut aller à l'encontre du temps qui passe, Persis. Il te dévore tel un cancer.

Le bruit d'une bagarre résonna dans le lointain. Persis se retourna pour voir la cause du vacarme. Un jeune Barbare blond était attaqué par trois hommes. Le premier d'entre eux fut cueilli par un crochet du droit fulgurant ; le deuxième attrapa le jeune homme mais fut envoyé au loin d'une projection des hanches. Le troisième asséna un direct du gauche au visage du Keltoï blond, le faisant partir en arrière en titubant. Alors que l'agresseur se précipitait pour lui porter le coup fatal, le Barbare bondit en avant, encaissant au passage deux autres coups, mais réussissant quand même à s'emparer de la tunique de son adversaire et à lui décocher un furieux coup de boule. Le troisième homme plia les genoux. Au même instant, Persis vit le deuxième agresseur se relever derrière le Barbare, une dague luisant dans sa main. Le propriétaire du cirque était sur le point de crier un avertissement lorsqu'il vit Rage se lever, une assiette en bois à la main. Son bras jaillit en avant dans un arc de cercle. L'assiette fendit l'air et percuta l'homme au couteau en pleine tempe ; celui-ci s'écroula comme une masse.

Le jeune homme blond s'agenouilla près du premier homme et récupéra une bourse. Puis, il traversa la salle jusqu'à Rage.

— Joli lancer, lui dit-il. Je n'avais encore jamais vu une assiette à pain servir d'arme.

— Voilà qui est fait, répondit Rage en lui tournant le dos et en allant se rasseoir.

Persis regarda le jeune homme et vit son visage devenir livide de colère.

— Je suis Persis Albitane, dit-il en se levant, la main tendue.

Le jeune homme hésita un instant puis se tourna vers lui pour accepter la poignée de main. Persis vit que ses yeux étaient de couleurs différentes, l'un vert, l'autre fauve.

— Tu t'es bien battu.

— Il s'est battu comme un idiot, déclara Rage. Et maintenant, est-ce qu'on pourrait finir notre conversation ?

— Je commence à ne pas t'aimer, dit le jeune homme en se tournant vers Rage.

— Oh, mon pauvre cœur est terrorisé, répondit Rage.

— Peut-être voudrais-tu sortir dehors, espèce de vieux salaud, que je t'explique ce que signifie être terrorisé, rétorqua Bane.

Persis fit le tour de la table pour s'interposer.

— Allons, allons, dit-il. N'oublions pas que mon ami t'a sauvé la vie.

Une bagarre entre vous deux n'a pas de raison d'être.

— Ouais, et à ce que j'en ai vu, elle serait bougrement courte, ajouta Rage.

L'un des hommes au sol se releva et se rua sur Bane qui se retourna pour lui asséner une gauche qui lui brisa la mâchoire et l'envoya rouler par terre, dans la sciure. Il ne se releva pas.

— Au moins, là, tu viens de montrer un peu de talent, fit remarquer Rage. Ton minutage était bon, tout le poids de ton corps était sur tes pieds, et tu as bien accompagné le geste.

— Je suis content que ça t'ait plu, grommela le Barbare.

— Ce n'est pas une question de plaisir ou non, mon garçon. C'est une question de survie. Tu viens d'affronter trois hommes. Tu t'es bien débarrassé du premier, mais celui que tu as projeté par-dessus ton épaule n'était pas assommé et tu l'as oublié. Dans un pugilat, on penserait que tu es imprudent. Mais là, en plus, il avait une dague, ce qui porte la chose au-delà de l'imprudence, tout droit dans le domaine de la stupidité. Et la leçon s'arrêtera là pour aujourd'hui.

Le Barbare sourit.

— C'était une bonne leçon – et je t'en remercie. (Il se tourna vers Persis.) Je me nomme Bane, dit-il. Je te cherchais. J'ai une lettre de ton oncle, Oranus. Il m'a dit que tu pourrais m'aider à devenir gladiateur.

Chapitre 5

Une fine averse de neige tombait sur la colline que Bane gravissait. Il fit une pause au sommet et scruta la ferme blanche en forme de L située de l'autre côté en contrebas. Le jeune Rigante était nerveux. Persis Albitane lui avait dit de se présenter devant Rage un peu après l'aube aujourd'hui même, et le vieux gladiateur déciderait si Bane pouvait rejoindre le cirque Orises. Il n'était pas venu à l'idée de Bane qu'il aurait à prouver quelque chose. C'était un guerrier et il avait déjà tué des hommes au combat. *Cela doit être suffisant,* avait-il pensé. Mais non. Après leur rencontre, Persis avait fait quelques pas dans la ville avec lui avant de le conduire au cirque Orises, et lui avait expliqué que Rage prendrait la décision finale.

— Il ne m'aime pas, avait objecté Bane comme ils s'asseyaient dans le petit bureau du gros bonhomme.

— Rage n'aime personne, avait répliqué joyeusement Persis. Il ne faut pas que cela t'inquiète.

— J'ai besoin d'apprendre l'art des gladiateurs, avait répondu Bane. C'est important pour moi.

— Rage t'évaluera honnêtement, jeune homme. Je peux te l'assurer. Rends-toi de bonne heure à sa ferme, demain – un peu après l'aube. Il évaluera ta force, ta rapidité, ton endurance et tes talents de guerrier. S'il pense que tu es doué, alors nous ferons un contrat.

À présent qu'il se trouvait dans le petit froid matinal de l'hiver, Bane descendait péniblement le chemin qui menait à la ferme. Il ne se sentait pas très en confiance. En approchant du bâtiment, il vit le gladiateur en sortir. Rage portait une chemise noire sans manche, un pantalon ample de laine noire et de fins mocassins de cuir. L'âpreté du temps ne semblait pas le préoccuper. Rien qu'à le regarder, Bane eut encore plus froid.

Rage ne lui adressa aucune parole de bienvenue. Il se contenta de regarder le jeune homme approcher, le visage inexpressif. D'un geste, il invita Bane à le suivre jusqu'à l'arrière de la ferme sur une portion de terre recouverte de neige, où d'étranges formes en bois avaient été disposées.

— Est-ce que tu comprends ce qu'est la discipline ? demanda soudainement le gladiateur.

— La discipline ? Je le pense. Dans une guerre il y a des officiers et des soldats. Il est important que les soldats suivent les ordres des officiers.

— Je parlais d'autodiscipline, expliqua Rage.

— Se donner des ordres à soi-même ? Je ne suis pas sûr de compr…

Au même moment, Rage lui asséna une claque en plein visage. Bane fut projeté sur le côté. Paralysé par le choc, il resta interdit un instant, puis la colère prit le dessus. Il se jeta sur Rage, qui s'écarta de sa trajectoire et le fit trébucher d'un croc-en-jambe. Bane fit une roulade et se releva aussitôt, la main posée sur la dague à sa ceinture. Rage fit un pas en avant, lui attrapa le bras et l'envoya une nouvelle fois au sol. Bane heurta violemment la terre, mais se releva de nouveau – pour découvrir que Rage était assis calmement sur un tabouret en bois et le regardait.

— Le cœur et la tête, dit doucement Rage. C'est un équilibre difficile à trouver. Sans cœur et sans passion, un guerrier ne peut pas donner son maximum, mais sans tête il ne peut pas survivre. Tu sais pourquoi on m'a appelé « Rage » ?

Bane prit une profonde inspiration, afin d'essayer de se calmer. Il ne pensait qu'à une seule chose : tuer ce fils de pute arrogant.

— Non, répondit-il, gardant néanmoins la main près de la garde de son couteau.

— Parce que je ne m'énerve jamais. Tu vois, c'était une blague. Parce que je garde tout à l'intérieur, déclara-t-il en se tapant sur la poitrine. À l'extérieur, je suis lisse, et je laisse mon corps faire ce pour quoi il a été entraîné.

— Grand bien te fasse, rétorqua Bane, qui tremblait toujours sous le coup de l'émotion contenue.

— Calme-toi, mon garçon. C'est pour cela que je t'ai demandé si tu comprenais la signification d'« autodiscipline », expliqua Rage. Sans elle, tu échoueras. J'ai quarante-huit ans, et je viens de te battre deux fois de suite. La première fois parce que je t'ai pris par surprise, la deuxième parce que tu as réagi avec ton cœur et pas avec ta tête. Je sais que tu as du cran. Je l'ai vu tout de suite chez Garshon. J'ai aussi vu que tu étais rapide et que tu as une bonne coordination.

Rage se leva, sortit un morceau de soie rouge de la poche de sa chemise noire et l'attacha autour de son crâne rasé.

— Je te remercie pour tes compliments, dit froidement Bane. Mais, maintenant que je suis prêt, j'aimerais bien voir si tu es capable de me vaincre.

— Tu ne comprends pas du premier coup, mon garçon, hein ? lui demanda Rage. Très bien. Quand tu veux.

Bane avança prudemment et se jeta sur le grand costaud. Rage l'attrapa par le bras, pivota sur son talon et le projeta par-dessus sa hanche. Il conserva sa prise sur le bras de Bane, le retourna sur le ventre et posa son index sur la gorge du jeune homme.

— Si c'était un couteau, tu pisserais le sang.

Bane s'assit.

— Je suis convaincu. Comment puis-je acquérir cette… autodiscipline ? s'enquit-il.

— Ce n'est qu'un talent parmi d'autres, répondit Rage. As-tu déjà petit-déjeuné ?

— Non. Persis m'a dit de me présenter juste après l'aube.

— Bien. Tu peux courir ?

— Bien sûr que je peux courir.

— Combien de temps ?

— Autant qu'il le faut.

— Alors, allons-y, dit Rage qui s'élança en petite foulée vers les collines orientales.

Bane retira son manteau et le pendit à l'une des formes en bois. Puis il courut pour rejoindre son aîné.

— Où allons-nous ? lui demanda-t-il en arrivant près de lui.

— Dans les collines, répondit Rage.

— Pourquoi courir si lentement ?

— Pour nous échauffer les muscles. Nous nous arrêterons au premier sommet pour nous étirer un peu, ensuite le vrai travail pourra commencer.

Bane cala sa course sur celle de Rage. Quand ils furent arrivés au sommet, le gladiateur se mit à marcher, puis à faire une série d'exercices pour s'étirer. Bane l'observa. Ses jambes étaient minces et il n'y avait pas une once de graisse sur son corps imposant.

Les deux hommes coururent ensuite sur plusieurs kilomètres, à une allure agréable. Des hauteurs où ils se trouvaient, Bane pouvait voir le port de Goriasa. D'après Frère Solstice, c'était autrefois l'une des plus affreuses villes de la Grande Terre : une masse de bâtiments en bois construits maladroitement, collés les uns aux autres, sillonnée par des ruelles étouffantes et sinueuses. Lors de sa conquête par les armées de Roc seize ans auparavant, une bonne partie de la ville avait été brûlée et aujourd'hui, il y avait des temples en pierre taillée, des maisons, des commerces, tous reliés par une série de rues partant de l'avenue principale située au centre de la ville. Il y avait maintenant plus de trois mille citoyens de Roc vivant ici au milieu de vingt-cinq mille Gaths.

Rage et Bane coururent le long des crêtes des collines orientales et bifurquèrent à un moment vers une vallée boisée. Rage accéléra son allure et Bane l'imita, respirant toujours avec aisance. À présent, ses jambes commençaient à fatiguer un peu et ses mollets le brûlaient. Après que la sorcière ceniie l'eut guéri, il avait vite récupéré ses forces, puis il avait contracté une fièvre. Celle-ci l'avait laissé littéralement décharné et privé de forces ; il avait dû passer trois mois à Accia pour récupérer. Il avait cru avoir retrouvé son endurance d'avant, mais il réalisait maintenant qu'il s'était trompé.

Rage coupa par la gauche pour gravir une pente glissante. Bane tomba et roula sur le sol. Il se releva tant bien que mal et se lança à la poursuite du vieil homme. De retour sur le plat, Rage augmenta à nouveau son allure. Bane se mit à respirer fort et dut lutter pour garder le pas. Rage s'aperçut de son désarroi et lui sourit. La colère monta en Bane, infusant des forces nouvelles dans ses membres.

Ils continuèrent de courir ainsi pendant cinq kilomètres avant d'arriver à un muret qui redescendait vers la ferme aux murs blancs. Quand ils furent arrivés, Rage s'étira de nouveau tandis que Bane s'effondrait sur un banc, aspirant tout l'air qu'il pouvait.

— Ôte ta chemise, lui dit Rage.

— Pourquoi ?

Rage resta silencieux un instant.

— Écoute-moi bien, mon garçon, dit-il. Persis m'a demandé de t'évaluer. Comme une faveur. Je lui ai dit que je le ferais – si tu acceptais de jouer le jeu. Or, quand tu es avec moi, tu es mon élève. Quand je te dis de faire quelque chose, tu le fais. Immédiatement. C'est ainsi qu'on acquiert de l'autodiscipline. Comme je pense que tu es un garçon intelligent, je voudrais que tu comprennes ce que je vais te dire : désobéis-moi une fois encore et je te renvoie ; il te faudra trouver une autre ville pour réaliser ton rêve. J'ai été clair ?

Bane le regarda dans ses yeux sombres.

— Oui, da, tu as été très clair, répondit-il.

— Alors, retire ta chemise et lève-toi.

Bane s'exécuta. Rage l'observa sous toutes les coutures, le faisant se tourner pour examiner ses muscles.

— Il va falloir travailler tes biceps et tes épaules, fit-il remarquer.

Mais tu es bâti pour être rapide et fort. Tu viens d'une bonne souche. (Il s'arrêta un instant pour regarder la cicatrice sur la poitrine de Bane.) Épée courte. Elle aurait dû te perforer le poumon et te tuer. Comment as-tu survécu ?

— Je ne sais pas, répondit Bane. Un coup de chance.

— Ta blessure dans le dos provient aussi d'un glaive. Est-ce que ces blessures datent de la même bagarre ?

— Oui.

— Plus d'un assaillant ?

— Non. Rien qu'un.

— Il t'a d'abord frappé dans le dos ?

— Non, répondit Bane. Ici, montra-t-il en désignant sa cicatrice sur la hanche.

— Ah, je vois. Tu t'es précipité sur lui. Il a fait un pas de côté et t'a touché dans le dos au moment où tu le dépassais. Puis, tu t'es retourné pour te défendre, et il t'a fini d'une allonge en pleine poitrine. L'homme était habile. Très habile.

— Oui, da, tu peux le dire, grommela Bane.

— Un gladiateur ?

— On m'a conseillé d'être prudent lorsque je parlais... de mes blessures, déclara Bane.

— C'est un bon conseil, confirma Rage. Très bien, renfile ta chemise, qu'on se mette au travail.

Il guida Bane jusqu'à l'un des assemblages en bois. Une barre ronde avait été suspendue entre deux portants à trois mètres du sol. Rage leva les bras, sauta en souplesse et agrippa la barre, puis il se hissa jusqu'à ce que son menton touche la barre. Il répéta le mouvement une vingtaine de fois, puis se laissa tomber sur le sol.

— À toi, dit-il.

Bane trouva l'exercice facile – les dix premières tractions. Les cinq suivantes furent plus difficiles et les cinq dernières épuisantes.

Pendant l'heure qui suivit, Rage fit faire une série d'enchaînements douloureux au jeune homme. Bane les exécuta tous jusqu'à ce qu'épuisé il s'affale sur le sol.

— C'est l'heure de déjeuner, dit Rage.

— Je ne crois pas que je pourrai avaler quoi que ce soit, se plaignit Bane.

Rage haussa les épaules.

— C'est toi qui vois, répondit-il avant de rentrer dans la ferme.

Bane le rejoignit et s'assit pour se reposer le temps que Rage prépare une casserole de lait et d'avoine qu'il plaça sur une cuisinière en fer.

— Pourquoi te bats-tu toujours dans l'arène ? demanda Bane au guerrier qui remuait le contenu de la casserole.

— Pourquoi pas ?

— Persis dit que, comme combattant, tu as gagné une fortune.

— C'est vrai. J'ai presque économisé dix mille pièces d'or. Mais on m'a tout confisqué lorsque j'ai démissionné. Il ne m'est resté que cette ferme.

— Pourquoi t'ont-ils pris ton argent ?

— J'ai jeté l'opprobre sur la noble profession de gladiateur. Et toi, dis-moi, pourquoi veux-tu devenir gladiateur ? La gloire, la fortune, la vengeance ?

Il regarda le jeune homme blond.

— Oui, un de ces trucs-là.

— Je m'en doutais, répliqua Rage. Tu veux trouver l'homme qui a failli te tuer et te prouver que tu es meilleur que lui.

— Non, cracha Bane. Je veux tuer ce fils de pute pour ce qu'il m'a pris.

— Intéressant, commenta Rage. Mais le conseil de ton ami tient toujours. N'en parlons plus pour le moment.

La porte s'ouvrit et une jeune fille entra dans la cuisine. Bane lui donna dans les treize ans. Elle était très fine, avec de longs cheveux blanc-blond et portait une robe de nuit en coton marron ; elle bâilla en venant se mettre à table.

— Bonjour grand-père, dit-elle encore endormie.

— Tu te lèves tard, princesse, dit Rage. Tu as fait de beaux rêves ?

— Je ne me souviens jamais de mes rêves, répliqua-t-elle. Tu le sais bien.

C'est alors qu'elle remarqua Bane et se tourna vers lui. Elle avait de grands yeux bleu foncé. Bane lui fit un sourire, mais elle ne le lui retourna pas.

— Qui es-tu ? lui demanda-t-elle.

— Je suis Bane, de la tribu des Rigantes.

— Je suis Cara, répondit-elle en s'asseyant face à lui. Tu as l'air épuisé.

— C'est le cas.

Bane trouva sa franchise à la fois charmante et déstabilisante.

Rage leur servit une épaisse bouillie dans des assiettes en bois, qu'il posa ensuite sur la table.

— Il y a du miel, du sucre et du sel, au choix, dit-il à Bane.

Bane secoua la tête et ramena une assiette vers lui.

— Ça doit être très chaud, déclara Cara. Tu ferais mieux de le laisser refroidir un peu. Ou alors rajoute du lait. Sinon, tu vas te brûler la langue.

Bane gloussa en secouant la tête.

— Qu'est-ce qui te fait rire ? lui demanda-t-elle. J'ai dit quelque chose de drôle ?

— Je me disais simplement que tu ressembles beaucoup à ton grand-père, princesse, répondit-il.

— Je ne suis pas une princesse, rétorqua-t-elle d'un ton grave. C'est grand-père qui m'appelle comme ça. Mais tu peux m'appeler « princesse » si ça te chante.

— Alors je le ferai, dit Bane. Est-ce que ta mère dort encore ?

— Ma mère est morte, répondit Cara en versant du lait dans son assiette.

— Je suis désolé.

— Pourquoi ? s'enquit Cara. Tu la connaissais ?

— Non. Je voulais dire que j'étais désolé pour toi. Ma mère est morte en début d'année. Elle me manque.

— La mienne ne me manque pas, dit Cara. J'étais un bébé quand elle est morte. Je ne me souviens pas d'elle.

— Ton père aussi est mort ?

— Non. Il est parti. Il est peut-être mort à présent. On ne sait pas, n'est-ce pas, grand-père ?

— Non, nous n'avons pas de nouvelles de lui, affirma Rage.

— Vous vivez tous les deux tout seuls ici ? s'enquit Bane.

— Nous avons quatre gardiens de troupeau qui vivent dans des chambres de l'autre côté de la ferme, expliqua Rage, et deux serviteurs qui habitent au pied de la colline.

Après le déjeuner, Rage envoya Cara dans sa chambre pour se laver et s'habiller. Puis, après avoir nettoyé la casserole et les assiettes, il emmena Bane à l'extérieur.

— J'accepte de t'entraîner, lui dit-il. Tu vas t'installer ici. Je vais te faire préparer une chambre. Cette semaine, nous irons courir et nous nous entraînerons tous les matins. La semaine prochaine, nous nous attaquerons au maniement de l'épée. À présent, je vais devoir m'absenter. Je dois m'occuper de mon élevage laitier.

Sur ce, il repartit dans la maison. Bane récupéra son manteau, le passa autour de ses épaules et retourna à Goriasa.

Après avoir payé sa chambre à l'auberge, Bane sella son gris et arriva à la ferme un peu avant midi. Une grosse Gathe entre deux âges le conduisit dans une chambre spartiate orientée à l'ouest. Il y avait un lit étroit, un petit coffre pour ses affaires et deux chaises en bois. Les murs étaient blancs et nus, à l'exception d'une petite étagère vide à droite de la porte. La chambre était vaste, six mètres de long sur cinq de large, avec une grande fenêtre aux volets peints en rouge qui s'ouvraient vers l'extérieur. Un feu brûlait dans l'âtre.

— Si tu as besoin de quoi que ce soit, il suffit de demander, lui dit la femme. Je m'appelle Girta. Je fais le ménage et la cuisine trois fois par semaine.

— Merci, Girta, dit Bane.

— Tu es Rigante, c'est ça ? demanda Girta.

— Oui.

— J'ai un cousin qui habite chez les Rigantes aujourd'hui. Il est parti il y a des années avec Osta et d'autres guerriers pour rejoindre Connavar. J'ai souvent pensé traverser l'eau pour le rejoindre. C'est un peu tard à présent. Et je n'ai plus envie de voir ni guerres ni morts.

Bane ne répondit pas et Girta sortit dans le couloir.

— Les autres seront là dans une heure environ, lança-t-elle. Le déjeuner sera prêt.

— Les autres ?

— Les autres gladiateurs, lui expliqua-t-elle.

Puis, elle referma la porte derrière elle et Bane l'entendit s'éloigner. Il ôta son manteau et le posa sur le dossier d'une chaise avant d'ouvrir la fenêtre. Il apercevait les collines boisées et au loin la route pavée qui menait à Goriasa. Le ciel était dégagé au-dessus des collines, mais de gros nuages noirs s'amoncelaient à l'horizon, sur la mer.

Fatigué par les efforts du matin, il retira ses bottes et s'allongea sur le lit. Il pensa à Banouin et se demanda pourquoi son ami l'avait ainsi abandonné. Oranus lui avait dit que Banouin s'était embarqué sur un navire le lendemain des meurtres. Le jeune Rigante ne comprenait pas pourquoi. Ils avaient pourtant été amis. *L'aurais-je toujours mal jugé ?* se demanda-t-il.

Il somnola et rêva au Caer Druagh et à Lia. Il lui tenait la main sur la montagne et lui montrait du doigt le village de Trois-Ruisseaux. Puis, elle se mit à flotter et s'éloigna de lui. Il lui courut après mais elle s'envolait toujours plus haut comme une feuille portée par le vent jusqu'à ce qu'elle disparaisse dans les nuages.

De légers coups à la porte le tirèrent de son sommeil.

— Entrez, dit-il.

Cara poussa la porte. À présent elle était habillée d'une tunique bleu vif qui descendait jusqu'à ses genoux.

— Ce n'est pas l'heure de dormir, le gronda-t-elle.

Il lui sourit.

— Ah, mais c'est que je suis vieux et fatigué, expliqua-t-il.

— Tu n'es pas vieux. Grand-père est vieux et il ne dort pas pendant la journée. Enfin bon, Polon et Telors sont arrivés. Tu veux les rencontrer ?

Bane enfila ses bottes.

— Ce sont des gladiateurs ?

— Oui. Grand-père a organisé une réunion.

Bane descendit l'escalier derrière la jeune fille ; ils passèrent par la cuisine et débouchèrent dans une grande pièce où avaient été disposés une dizaine de chaises et six divans. Deux hommes attendaient là : l'un grand et large d'épaules, avec une barbe finement taillée et parsemée de poils argentés, l'autre plus petit, avec des cheveux sable et des yeux gris et rapprochés. Cara courut vers le barbu qui, avec un grand sourire, la souleva de terre et l'embrassa sur la joue après l'avoir serrée dans ses bras. Bane s'arrêta sur le pas de la porte.

— Telors, dit Cara, voici Bane. Grand-père lui apprend à devenir un guerrier.

L'homme à la barbe poivre et sel reposa l'enfant au sol et s'approcha de Bane, la main tendue. Bane la lui serra.

— Ravi de te rencontrer, déclara Telors.

— Tu ne vas pas faire fortune chez Orises, intervint l'autre sans lui tendre la main.

Telors secoua la tête.

— Polon n'est pas de bonne humeur aujourd'hui, dit-il. Il a passé la nuit à parier et maintenant il n'a plus un sou en poche.

Polon lui lança une insulte.

— Ce n'est pas joli, le gronda Cara. C'étaient de vilains mots.

— Oui, mais c'est un vilain, lui aussi – et un très mauvais joueur, dit Telors en souriant à pleines dents. Et si tu allais nous chercher des boissons chaudes, princesse ?

Une fois que la fillette fut partie, l'expression de Telors se durcit.

— Tu ne devrais pas utiliser ce langage devant elle, déclara-t-il d'une voix grave.

— J'en ai rien à foutre, rétorqua Polon en s'approchant de la fenêtre.

Telors reporta son attention sur Bane.

— Tu es Gath ?

— Non. Rigante.

— Cela risque d'attirer les foules. Surtout de Roc. Ce sont de vrais guerriers démons, les Rigantes. À ce qu'on dit.

Tout en prononçant ces mots il se fendit d'un sourire aimable et Bane se prit aussitôt d'affection pour lui.

— Les voilà, dit Polon.

Bane regarda par la fenêtre et vit cinq cavaliers approcher de la ferme. Un serviteur s'occupa de leurs chevaux et les hommes entrèrent dans la maison. Ils approchaient tous de la quarantaine ; c'étaient des hommes minces à l'air sinistre. Personne ne présenta Bane, aussi alla-t-il s'asseoir contre un mur pour observer le groupe. Ils portaient tous des habits de bonne facture, mais usés, et leurs bottes étaient abîmées. Dans les minutes qui suivirent, trois nouveaux cavaliers firent leur apparition. Puis quatre autres. Girta et Cara apportèrent des tasses de tisane, et les posèrent sur la table au centre de la pièce. Telors en prit une mais les autres les ignorèrent. Finalement, lorsque les quatorze hommes furent là, Rage fit son entrée. Il était vêtu de simples habits de fermier, un gilet en cuir sans manches sur un maillot en laine et un pantalon en cuir. Pourtant, il créa aussitôt un pôle magnétique dans la pièce. Bane le regarda. Il émanait de la puissance et de la détermination de cet homme. Toutes les conversations s'arrêtèrent tandis qu'il approchait de l'âtre pour se tenir le dos au feu.

— Vous êtes tous au courant de l'offre de Palantes. Persis Albitane doit leur envoyer une réponse. Donc… parlons-en. Qui veut commencer ?

— Combien ? s'enquit Polon.

— Cinq mille pièces d'or garanties au cirque, plus un tiers des entrées. Je pense que nous pourrions avoir quatre mille spectateurs environ. Persis a accepté de donner un dixième de ses gains aux huit qui participeront. Ce qui devrait faire dans les deux cents pièces d'or par combattant.

— Pour les survivants, tu veux dire ? objecta un homme basané au visage maigre, du fond de la pièce.

— Oui, Goren, pour les survivants évidemment, précisa Rage. L'argent gagné par ceux qui mourront sera versé à leurs proches – ou à n'importe quelle personne qu'ils auront désignée avant les combats.

— C'est honnête, fit Telors. J'ai une ex-femme et deux filles. Si je devais… échouer… je souhaiterais que mon dixième leur soit remis.

— Mais elle t'a quitté, mon vieux, renifla Polon. Elle ne mérite pas un sou.

Telors l'ignora.

— Est-ce qu'ils envoient des Noms ? s'enquit un autre homme.

— Pas de Noms, lui apprit Rage. Ce ne sera que des jeunes gladiateurs qui doivent faire leurs preuves dans l'arène. Mais nous parlons de Palantes, et ils n'engagent pas de lâches. Ils auront tous été soldats par le passé et auront mérité leur place après des démonstrations.

— Qu'est-ce que tu en penses, Rage ? demanda un homme trapu aux cheveux blonds coupés court et au nez aplati.

— Je suis contre, Toris. Mais si sept d'entre vous acceptent, je ferai le huitième. Que les choses soient bien claires : le cirque Orises est encore en déficit cette saison, et il n'y aura pas d'argent pour payer nos cachets cet hiver. Certains d'entre vous avaient trouvé un emploi sur les docks l'an passé, d'autres dans des scieries. Cette année, avec les mauvaises récoltes, il y a six mille ouvriers de plus dans la ville à la recherche d'un travail. Cela ne va pas être facile d'en trouver. Si l'offre de Palantes est acceptée, chacun touchera la moitié de son cachet jusqu'au printemps prochain.

— Ça ne m'intéresse pas, dit Goren. J'ai quitté ce circuit dans l'arène il y a maintenant dix ans. Je savais que je n'étais plus assez fort ni assez rapide. Je n'aurais jamais tenu une saison de plus. Aujourd'hui j'ai dix ans de plus et je suis encore moins rapide. Je ne veux pas mourir sur le sable.

— Je comprends ton point de vue, répondit Rage, et même je le partage. C'est ce que j'appelle du bon sens. Nous ne sommes plus jeunes...

— Lui, il a l'air jeune, dit Polon en désignant Bane.

— Il n'est pas prêt, rétorqua Rage, et il ne peut pas prendre part au vote. Je pense que vous devriez tous méditer les paroles de Goren. Nous ne sommes plus, depuis longtemps, à notre meilleur niveau, et Palantes n'aurait jamais fait cette offre sans avoir d'abord envoyé des observateurs. Je pense que – si nous acceptons cette proposition – peu d'entre nous survivront pour réclamer leur or. Votons à main levée. Combien d'entre vous pensent que nous devrions refuser ce tournoi à mort ?

Il leva sa propre main et Goren l'imita. Les autres restèrent immobiles. Bane vit qu'ils étaient mal à l'aise. Rage baissa le bras.

— Qui est pour ?

Les treize autres levèrent la main.

— Très bien. À présent la question est de savoir qui va combattre ?

De nouveau, personne ne bougea. Rage secoua la tête en souriant. Son geste provoqua la honte chez les guerriers.

— Moi, je me battrai, déclara Polon. Les dieux savent à quel point j'ai besoin d'argent.

— Moi aussi, dit Telors.

Cinq autres levèrent la main, dont Toris.

— J'ai pas envie de supplier qu'on me donne du travail cet hiver, dit-il.

Il y eut un instant de flottement jusqu'à ce que Telors s'adresse à Rage.

— Mais toi, mon frère, pourquoi te bats-tu ? demanda-t-il. Tu n'es peut-être pas riche avec ta ferme, mais elle te nourrit bien.

Rage haussa les épaules.

— Palantes a un nouveau combattant qu'ils cherchent à promouvoir. Ils pensent que, s'il me tue, cela fera grandir sa réputation.

— C'est la fierté qui te pousse ? s'enquit Goren. Ou est-ce que tu te crois immortel ?

— J'espère bien le découvrir, répondit Rage.

Les conversations continuèrent encore un peu, puis Rage congédia les gladiateurs qui s'en allèrent en file indienne. Telors fut le dernier à partir. Il s'approcha de Rage et lui serra la main.

— Sale journée, mon frère, lui dit-il tristement.

— La pauvreté nous rend bêtes, répliqua Rage.

Une fois qu'ils furent tous partis, Rage s'assit dans un grand fauteuil et but sa tisane qui avait refroidi. Puis, il regarda Bane.

— Bienvenue dans le monde réel, mon garçon, déclara-t-il. Basses besognes sur les docks ou mort dans l'arène, voilà notre choix.

— Pourquoi accepter ? l'interrogea Bane.

— C'est tout ce qu'ils savent faire.

— Je parlais de toi.

Rage prit une profonde inspiration.

— Sans moi il n'y aurait pas de tournoi. Je suis encore un Nom. L'homme qui me tuera en deviendra un à son tour. (Il s'enfonça dans son fauteuil.) Palantes est le plus grand – et le plus riche – de tous les cirques. Au cours des vingt dernières années, ils ont eu pendant dix-sept ans dans leurs rangs le Gladiateur Un – le meilleur de tous les combattants. Je faisais partie de Palantes, tout comme Voltan, et aujourd'hui Brakus. Mais pour conserver son niveau, Palantes doit avoir de nouveaux guerriers ; de jeunes hommes en bonne santé et capables. Brakus approche de la trentaine, et on dit qu'il a été salement blessé au cours de son dernier combat. Ils doivent donc tester de nouveaux combattants – les préparer aux hurlements de la foule, à la tension et à la peur. Quelle meilleure façon que de les emmener dans des villes frontières pour s'entraîner face à de vieux hommes fatigués qui ont oublié ce que se battre pour leur vie signifie ?

— Tu es amer.

— Oui, un peu.

Il se passa la main sur le visage et retira son écharpe de soie rouge. *Sans elle, il a l'air plus âgé*, pensa Bane.

— Donc, dit Rage, comment as-tu trouvé ta première matinée ?

— C'était dur. J'ai été… malade pendant longtemps. Je suis plus faible que je ne le pensais.

Rage acquiesça.

— J'ai pas mal réfléchi à ton sujet, Bane. Il y a trois mois, nous avons entendu dire que deux Chevaliers de Roc avaient trouvé la mort au cours de l'exécution du général Appius de l'autre côté de l'eau. Un troisième chevalier a mené à bien la mission – et ce faisant il a tué le jeune Barbare qui avait assassiné ses camarades. Cela s'est passé à Accia. Tu viens d'Accia. Suis-je en droit de penser que le jeune Barbare n'est pas mort ?

— Oui da, admit Bane.

— Il s'est battu pour protéger un général de Roc – du moins c'est ce qu'on dit. Pourquoi aurait-il fait ça ?

— Peut-être qu'il l'aimait bien. Ou peut-être qu'il aimait sa fille.

Rage resta un instant silencieux.

— A-t-il sauvé la fille ?

— Non. Il est arrivé pour voir le tueur lui plonger sa lame dans le cœur.

— Connaissait-il le nom du tueur ?

— Pas à l'époque.

— Le connaît-il à présent ?

— Oh oui, il le connaît.

— Suis-je également en droit de penser que ce jeune Barbare va essayer de retrouver Voltan pour le défier ?

Bane regarda Rage droit dans les yeux.

— D'après toi ?

— Voltan est le meilleur combattant que j'aie vu de ma vie. Il est étonnant. Presque mystique. Il a le don – comme l'hermine avec le lapin – de faire ressentir à son adversaire qu'il est mortel. C'est comme s'il lui jetait un sort. Il devient maladroit, ou inconscient.

— Pourquoi a-t-il quitté l'arène ?

Rage haussa les épaules.

— Il n'avait plus d'adversaires à sa taille. Puis Nalademus, l'Ancien de Roc, lui a proposé de devenir le seigneur des Chevaliers de Roc. Voltan a accepté. Il a obtenu un titre, des terres en Turgonie, et la possibilité de tuer sans être inquiété.

— Il va avoir des raisons de s'inquiéter, dit Bane. Je…

— Pas un mot de plus, mon garçon ! gronda Rage. Je n'ai pas envie de connaître ton sentiment à ce propos. Si le Barbare dont nous parlons est à la recherche de Voltan, j'espère au moins qu'il aura l'intelligence de s'entraîner d'abord et d'écouter ce que ses aînés auront à lui enseigner. Et c'est tout ce que, moi, j'ai à dire sur le sujet.

— Pourquoi devons-nous être si prudents ? s'enquit Bane.

— Nous vivons des temps difficiles. Il y a des espions partout. Certains travaillent pour Jasaray, d'autres pour Nalademus. Je ne m'intéresse ni à la politique ni à la religion, et donc je ne risque rien. Je ne veux pas me faire embarquer dans un complot et je ne tiens pas non plus à mentir. Alors, moins j'en saurai, mieux ce sera.

Pendant cinq jours, Rage entraîna Bane par une série d'exercices plus exténuants les uns que les autres. Il débutait sa journée de travail par une course de dix kilomètres avec des poids en plomb dans des bracelets et des chevillières en cuir. Bane était fatigué en permanence. Au matin du sixième jour, juste après la course obligatoire – pour une fois sans poids et à une cadence raisonnable – Rage fit rentrer Bane dans la maison.

— On va arrêter pour aujourd'hui, dit-il.

Bane cacha son plaisir.

— Pourquoi ? demanda-t-il.

— Le corps a besoin d'un peu de répit pour se remettre d'un exercice intense. Aujourd'hui, c'est une journée de repos. Travaille cinq jours, repose-toi une journée.

— Est-ce que tous les gladiateurs s'entraînent avec la même méthode ?

— Non, répondit Rage. La plupart se concentrent sur ce qu'ils croient être leurs aptitudes naturelles ou leur force physique. Telors court presque tous les jours, mais les autres... (Rage écarta les mains.) Ils ne voient pas l'intérêt de s'infliger cette punition.

— Mais toi, si.

— Oui, moi j'en vois l'intérêt. Je l'ai toujours vu.

Dehors le ciel s'assombrit et de gros flocons de neige se mirent à tomber. La ferme était déserte, Cara prenant des leçons chez un professeur en ville et les serviteurs n'étant pas encore arrivés.

— Il va falloir que tu songes à t'acheter une armure, dit Rage. Persis proposera de t'en faire faire une, mais il emploie un armurier médiocre, qui n'a aucune fierté. As-tu de l'argent ?

— Oui.

— Alors, réponds à Persis que tu souhaites choisir ton armurier tout seul. Personnellement, je te conseille Octorus. C'est l'un des meilleurs. Tu vas avoir besoin d'un bon plastron, de jambières, d'un kilt de bronze renforcé par des lanières de cuir, de poignets de force et d'un heaume qui t'aille bien.

— Pas de cotte de mailles ?

— Elles sont bannies dans l'arène, tout comme les torques. Il est également interdit de porter son plastron dans un duel à mort. Ces combats doivent être sanglants. C'est ainsi que la foule s'amuse. Rien ne lui plaît davantage que de voir un brave s'écrouler, le sang giclant d'une artère tranchée.

— As-tu toujours autant méprisé ta profession ? lui demanda Bane.

— Toujours, répondit Rage. Et ce n'était pas une profession. Je suis entré dans l'arène parce que c'était le seul moyen que j'avais trouvé pour me faire de l'argent. Mais je n'ai jamais aimé ça.

Vers midi, l'averse de neige se calma, et Bane sella son gris. Il suivit les indications de Rage pour trouver Octorus. Celui-ci vivait à trois kilomètres au nord de Goriasa, dans un petit village composé d'une vingtaine de maisons en pierre, près d'un fort de garnison. Comme Bane gravissait la colline qui menait au village, il aperçut des enfants qui faisaient une bataille de boules de neige. L'une manqua le gris de justesse ; il s'effraya légèrement et faillit trébucher sur la glace.

— Désolé, cria un jeune garçon aux cheveux roux.

Bane lui décocha un sourire, puis pénétra dans un paddock situé derrière la forge. Un jeune homme en sortit et vint prendre les rênes du cheval, demandant à Bane s'il comptait rester pour la nuit. Bane lui répondit que non, et entra dans la forge.

La chaleur était presque insupportable à l'intérieur. Deux fournaises brûlaient et plusieurs hommes martelaient du métal rougeoyant. Bane demanda à parler à Octorus, et l'un des forgerons lui indiqua, d'un geste du pouce, la porte qui se trouvait au fond de la forge. Bane se rendit à la porte, la sueur au front, et l'ouvrit.

Il y avait une galerie derrière celle-ci, contenant des armures, des heaumes et des armes de toutes sortes, allant de l'épée longue à la hache, en passant par la lance et la pique. Tout au fond de la galerie, un vieil homme polissait avec soin un joli casque aux rebords dorés.

Bane s'approcha de lui. Le vieil homme leva la tête. Il était encore costaud pour son âge, avec un gros cou et des avant-bras impressionnants. Ses yeux étaient couleur ardoise, ses cheveux encore bien bruns, et sa peau sèche et ridée.

— Qu'est-ce que tu veux ? demanda-t-il.

— J'ai besoin qu'on me confectionne une armure.

— Alors, retourne à Goriasa. Il y a là-bas des artisans plus adaptés à tes finances.

— On m'a dit que tu étais le meilleur.

— Je suis le meilleur, déclara Octorus. Mais le meilleur coûte plus cher et je n'ai pas de temps à perdre avec des Barbares fauchés.

Bane éclata de rire.

— Rage m'a dit que tu étais un vieil enfoiré acariâtre, mais que je ne devrais pas y faire attention par égard pour ton talent.

Octorus posa le casque délicatement sur un chiffon.

— Si c'est Rage qui t'envoie, alors, tu ne dois pas être aussi pauvre que tu en as l'air, dit-il. (Il jeta un coup d'œil à l'épée courte de Bane et eut un reniflement moqueur.) En revanche, tu n'as pas deux sous de discernement à voir la broche à cochon que tu portes.

— Elle m'a bien servi jusqu'ici, répliqua Bane.

— Oui, pour te battre avec d'autres sauvages qui ne portent pas d'armure. Trois coups sur n'importe laquelle de mes armures et cette… chose serait soit tordue, soit cassée. Alors, de quoi as-tu besoin ?

Bane le lui dit. Octorus écouta en silence. Puis il se rendit vers le mur occidental, indiquant à Bane de venir avec lui. Pendant les minutes qui suivirent, il montra différents plastrons et heaumes, mettant en avant les avantages et les inconvénients de chacun.

— Celle-ci pourrait résister à une charge de lancier, expliqua-t-il, mais elle est bien trop lourde pour l'arène. Elle te ralentirait. Celle-ci est suffisamment légère pour un cavalier, mais ne tiendrait pas longtemps face aux assauts répétés d'un guerrier qui sait ce qu'il fait. Bon, essayons-en quelques-unes pour voir comment elles te vont.

Au bout d'une heure, Bane s'était décidé pour un heaume en fer poli, un plastron aux pectoraux et abdominaux modelés dans le fer, une paire de jambières en bronze, et une épée au tranchant d'acier.

— Cela te fera vingt-cinq pièces d'or, lui dit Octorus.

— Je ne pensais pas que j'achetais la forge en prime, grommela Bane en ouvrant sa bourse et en en vidant le contenu dans sa paume ouverte.

— Il est encore temps de changer d'avis, répliqua Octorus.

Bane sourit.

— J'aime ton ouvrage. Il vaut son pesant d'or, affirma-t-il en comptant les pièces.

— Persis t'en rendra huit, lui apprit le vieil homme. À ce que je sais, c'est ce qu'il paie d'habitude. Je te ferai livrer ton armure. À présent, buvons un coup pour fêter la transaction.

Octorus le guida à travers la galerie pour déboucher dans la maison située à l'arrière. Les deux hommes s'assirent au coin du feu pour siroter un bon verre d'uisge.

— Alors, dit Octorus, tu vas participer à ce tournoi à mort ridicule ?

— Non. Rage dit que je ne suis pas prêt.

Octorus secoua la tête.

— Personne ne l'est vraiment un jour, répondit-il. J'ai participé à douze tournois. La bouche sèche, la vessie pleine à exploser. Lorsque les portes s'ouvrent et que tu entres dans l'arène, tu ne te sens jamais assez prêt.

— Tu as survécu, lui fit remarquer Bane.

— Oui, j'ai survécu. Mais de justesse. Ce salaud m'a perforé le poumon – juste avant que je lui tranche la gorge. J'étais doué, mais loin d'être brillant. Et, après ça, je n'étais même plus bon. Je n'avais plus assez de souffle. Mon poumon ne s'est jamais bien remis. (Il vida son verre d'une traite et s'en servit un autre.) Rage, lui, il était brillant. Et mortellement dangereux. Je n'ai jamais vu un homme capable de rester concentré comme lui. Au début, la foule ne l'aimait pas. Il était trop rapide. Il sortait dans l'arène, saluait, attendait les trompettes, et attaquait. (Octorus claqua des doigts.) Le temps de faire ça et l'adversaire était déjà mort, et Rage sortait de l'arène. Pas vraiment de valeur côté divertissement. Alors, évidemment, les gens se sont mis à parier sur la vitesse avec laquelle Rage allait se débarrasser du prochain. Après la trompette, un tambour frappait la cadence, et lorsque le pauvre type mis face à Rage mourait, on comptait le nombre de coups qui s'étaient écoulés. Mais je ne crois pas qu'il y aura de tambour, cette fois. (Octorus secoua la tête.) Rage est bête d'y retourner. On ne peut pas se battre contre les ans. Ils progressent petit à petit, et te volent une partie de toi à chaque saison qui passe. Est-ce qu'on sait qui doit l'affronter ?

— Non, répondit Bane.

— Ce sera Vorkas.

— Vorkas ?

— Le cirque Palantes l'a engagé cette saison. C'est un vétéran qui a servi cinq ans pendant les guerres à l'est. Son premier duel à mort a eu lieu au printemps. Il affrontait un homme capable – un Nom. Il l'a tué en vitesse. Depuis, il a participé à six – peut-être même sept – tournois. Mais il a besoin de la mort d'un grand pour attirer plus de monde.

— Pourquoi est-ce que ce serait lui, d'après toi ?

— Il m'a commandé un glaive. Il m'a demandé de ne pas le livrer – il viendra le chercher lui-même. Je ne pense pas que Vorkas aurait fait tout ce chemin depuis Roc simplement pour rester spectateur.

— Est-ce que Rage le sait ?

— Il est peut-être vieux, mais sa cervelle fonctionne encore. Il doit avoir deviné.

Lorsque Bane quitta le village sur son gris, la neige tombait drue et le froid devenait mordant. Il resserra son manteau sur ses épaules et fit avancer sa monture sur la route. Lorsqu'il atteignit la dernière crête avant la ferme, ses mains et son visage étaient tout bleus. Il aperçut un point noir qui se déplaçait sur le flanc d'une des collines. C'était Rage, qui courait sur leur chemin d'entraînement. Bane fit repartir le gris et mit pied à terre en bas de la colline. Il mena son cheval à l'écurie, ôta la selle et le bouchonna. Puis, il l'installa près d'un râtelier à foin et rentra enfin dans la maison.

Cara était assise sur le rebord de la fenêtre dans la pièce principale, fouillant du regard les collines enneigées à la recherche de Rage. Elle tourna la tête lorsque le jeune homme entra.

— C'est toi qui devrais te battre – pas mon grand-père, dit-elle, la colère dans ses yeux bleus.

— Il ne veut pas que je le fasse, Cara. Et, de toute façon, sans lui, il n'y aurait aucun combat.

— Je sais, répondit-elle. Le cirque Palantes veut qu'il meure afin de gagner plus d'argent. Je les déteste !

— Il est très fort et très coriace, dit Bane en retirant son manteau pour aller le pendre à une patère près de la porte. Peut-être que tu ne devrais pas trop t'inquiéter.

Tout en les prononçant, il sentit que ses mots étaient boiteux, mais il ne savait pas quoi dire d'autre.

— Grand-père est un vieil homme. Il est extrêmement vieux.

Son visage s'affaissa et elle se mit à pleurer. Bane ne savait plus où se mettre.

— C'est un homme, et il fait ses choix en son âme et conscience, dit Bane.

— C'est un grand homme, confirma-t-elle en s'essuyant les yeux avant de reporter son attention sur les collines. Il va bientôt rentrer. Je vais lui préparer de la tisane. Il boit toujours une tisane après l'entraînement.

Elle sauta du rebord de la fenêtre et sortit de la pièce.

Bane avança jusqu'à la fenêtre et vit Rage arriver en courant dans la cour, puis ralentir, et enfin faire des étirements. Il retira sa chemise et son pantalon et s'allongea. Puis, il se roula dans la neige et se releva pour s'étirer les bras. Il vit Bane et le salua d'un geste. Il remit son pantalon et rentra dans la maison. Cara lui apporta une tisane bien chaude qu'il alla boire dans un grand fauteuil près de la cheminée. Cara s'assit sur l'accoudoir, la main posée sur l'épaule de Rage.

— Je croyais que c'était une journée de repos, fit observer Bane.

— Pour toi, mon garçon. Moi je me suis reposé toute la semaine en te dorlotant. J'avais besoin d'une vraie course pour me libérer l'esprit. As-tu vu Octorus ?

— Oui. Il m'a presque pris tout mon argent.

— Tu ne le regretteras pas. Ses armures sont les meilleures. (Il s'adressa alors à Cara). Est-ce que tu voudrais bien aller me chercher un peu à manger, princesse ?

Elle sourit joyeusement et s'en alla. Rage finit sa tisane et se leva.

— Il m'a dit que tu allais affronter un nommé Vorkas.

— Ça ne me surprendrait pas, répondit Rage. La rumeur veut que Palantes le prépare pour le championnat de l'an prochain.

Il retira son écharpe rouge et s'approcha de la fenêtre pour l'ouvrir. Il prit une poignée de neige sur le rebord extérieur et se frotta le crâne avec.

— Est-ce que je peux faire quelque chose pour t'aider ? demanda Bane.

— M'aider ? Comment ça ?

— Eh bien, tu as dit que je te ralentissais. Peut-être que je devrais m'entraîner seul.

Rage resta silencieux un moment et sourit.

— Ne t'inquiète pas, mon garçon. Ce n'est pas ton problème. Et je plaisantais à moitié. Tu t'en sors pas mal. Je t'ai vu en train de parler à Cara en arrivant. Elle a l'air fâché.

— Très fâchée… et effrayée.

— Je lui parlerai.

Rage retourna à son fauteuil et s'écroula. *Il a l'air au bout du rouleau*, pensa Bane. Le jeune Rigante observa le guerrier vieillissant et nota les nombreuses cicatrices qui zébraient ses bras et son torse.

— Je serais fasciné, déclara Bane, d'écouter ce que tu vas lui dire. Tu sais que tu ne devrais pas participer à ce tournoi. C'est de la folie.

— Mais tout n'est que folie, Bane, répliqua tristement Rage. Cela a toujours été comme ça. Je ne peux pas changer la façon dont le monde fonctionne. La ferme est au bord de la faillite et mes parts d'Orises ne valent rien. Ma seule richesse, c'est mon Nom. L'argent que je vais gagner assurera une vie confortable à Cara – au moins jusqu'à ce qu'elle se marie. J'ai désigné Goren comme son tuteur ; il prendra soin d'elle.

— Tu parles comme si tu t'attendais à mourir.

— Je mourrai ou pas – mais quoi qu'il arrive, Cara sera en sécurité.

Chapitre 6

Persis Albitane s'était toujours senti mal à l'aise en présence des Prêtres Pourpres. Non pas qu'il ait quoi que ce soit à se reprocher, pensa-t-il hâtivement, mais ils avaient le don de le faire croire à n'importe qui. Il jeta un coup d'œil à l'homme devant lui et fut déstabilisé de constater que celui-ci l'observait. Comme tous les Prêtres, il avait le crâne rasé et une barbe fourchue, teinte en rouge sang. Il était vêtu d'une tunique or pâle qui descendait jusqu'à ses chevilles, et portait pour seule parure un pendentif en pierre grise sertie dans du fer.

— Tu es sûr que tu ne veux pas t'asseoir ? demanda Persis. Ils ne vont pas arriver tout de suite.

— Je suis bien comme ça, Persis Albitane, répondit le Prêtre.

En entendant son nom, Persis frissonna intérieurement.

— Si j'ai bien compris, dit-il en se forçant à sourire, c'est la première fois que tu viens à Goriasa ?

— Non. Je suis venu arrêter deux traîtres au printemps dernier.

— Ah oui, c'est vrai. Je m'en souviens. Et comment vont les choses à Roc ?

— Les choses ?

Persis sentit des gouttes de sueur couler le long de sa colonne vertébrale.

— Cela fait longtemps – presque deux ans – que je n'ai pas vu la grande cité. Je me demandais…

Qu'est-ce que je me demandais ? pensa-t-il au bord de la panique. *Combien d'innocents as-tu tirés du lit pour les mener au bûcher ? Quels nouveaux degrés as-tu atteints dans l'horreur et la cruauté ?*

— Tu te demandais ? le pressa le Prêtre.

— La cité me manque, répliqua Persis en essayant de retrouver une contenance, les théâtres, les restaurants, les fêtes et les célébrations. Le temps passe vite, et je me demandais si les choses étaient toujours comme dans les cellules dorées de ma mémoire. J'aime toujours qu'on me parle de Roc. Cela me rend moins triste à l'idée d'être si loin de chez moi.

— La cité est toujours aussi belle, lui apprit le Prêtre, mais le cancer de l'hérésie est partout. Nous devons le traquer et le supprimer.

— Absolument, convint Persis.

— Combien y a-t-il de membres du Culte de l'Arbre à Goriasa ? s'enquit le Prêtre.

— Je n'en connais aucun, mentit Persis.

— Ils sont ici. Je peux sentir leurs vilenies.

Les portes s'ouvrirent et Norwin, le petit esclave, entra. En voyant le Prêtre, il s'inclina très respectueusement. Puis, il se tourna vers Persis.

— Les représentants de Palantes sont en bas, déclara-t-il.

Un sentiment de soulagement s'empara du gros propriétaire du cirque.

— Fais-les monter, demanda-t-il.

Norwin s'inclina une nouvelle fois devant le Prêtre et quitta la petite pièce à reculons. Tous les contrats de plus de mille pièces d'or devaient à présent être ratifiés en présence d'un Prêtre, qui empochait alors deux pour cent de la somme.

— On m'a dit que Rage allait de nouveau combattre, dit le Prêtre.

— Mais oui. Tu t'intéresses aux jeux ?

— Le courage est ce qui fait de notre civilisation une grande civilisation, affirma le Prêtre. Il est bon que nos citoyens voient des manifestations de courage martial.

La porte s'ouvrit une fois de plus et Norwin fit entrer deux hommes. Ils étaient entre deux âges et portaient de riches vêtements. Leurs manteaux étaient bordés d'hermine. En découvrant le Prêtre, ils s'inclinèrent à l'unisson. Persis fut ravi de constater qu'ils étaient aussi perturbés que lui par sa présence. *Qui ne le serait pas ?* se dit-il. En dix ans, ils étaient passés du stade d'ordre scolastique rédigeant l'histoire de Roc à celui de l'organisation la plus redoutée du continent.

Le premier des deux hommes, puissamment bâti avec une longue queue-de-cheval noire, produisit deux rouleaux de parchemin qu'il tendit à Persis. Ce faisant, il s'inclina une nouvelle fois.

— Le seigneur Abiscus t'envoie ses salutations. Je suis Jain, premier esclave de Palantes. Voici mon collègue, Tanyan.

Même leurs esclaves sont mieux habillés que moi, pensa Persis en voyant la qualité de la longue tunique de laine bleue de Jain, brodée d'or, avec sur la poitrine un aigle en soie noire, brodé.

Persis les invita à s'asseoir avant de dérouler les parchemins. Il s'agissait de contrats standard, stipulant les sommes à payer et les conditions. Il lut lentement chacune des clauses. Il hésita vers la fin puis leva les yeux vers Jain.

— Il est dit ici que le cirque Orises devra payer les frais de transport et d'hébergement pour l'équipe de Palantes. Cela n'avait pas été évoqué dans nos négociations antérieures.

— Un oubli, certainement, dit Jain d'une voix suave.

— Je veux que cette clause soit retirée, déclara Persis.

— Ce n'est pas possible, répliqua Jain. Vous allez recevoir une somme rondelette pour prendre part à cette... petite aventure. Le seigneur Abiscus m'a fait comprendre qu'il ne voulait pas changer quoi que ce soit aux termes du contrat.

— Ah, bon, dit Persis, alors si c'est comme ça.

Il regarda Jain droit dans ses yeux noirs et vit l'éclat de triomphe et le mépris à peine voilé. Persis tourna la tête vers le Prêtre et lui adressa un sourire attristé.

— Je suis désolé de t'avoir fait perdre ton temps, Prêtre.

Sur ce, il se leva, prit son manteau et s'approcha de la porte.

— Où vas-tu ? s'enquit Jain.

— Aux bains, répondit Persis. Je vais aller faire une longue trempette et ensuite je me ferai masser. Transmets mes meilleurs souvenirs au seigneur Abiscus.

— Mais tu n'as pas signé le contrat !

Persis s'arrêta sur le seuil.

— Il n'y a pas de contrat, dit-il avant de sortir.

— Attends ! brailla Jain en se levant si vite qu'il renversa sa chaise.

Il courut à la poursuite de Persis et le rattrapa au bout du couloir.

— Attends, reviens, lui dit-il, nous sommes des gens raisonnables. Négocions.

— Il n'y a rien à négocier, rétorqua Peris. Soit nous retournons dans la pièce, nous rayons la clause et je signe, soit je m'en vais.

Jain s'approcha de lui et Persis put sentir l'huile qui enduisait ses cheveux.

— Parlons franchement. Tu es endetté et au bord de l'insolvabilité. Ce contrat va te sauver la vie. Tu ne veux pas réellement dire non.

— Au revoir, lui dit Persis en ouvrant la porte qui donnait sur l'extérieur. Puis il sortit au soleil.

— Je suis d'accord ! cria Jain. Nous allons faire sauter cette clause ! Et maintenant, si nous allions conclure notre affaire ?

Persis resta immobile un instant et revint à l'intérieur.

Plus tard, lorsque tous les visiteurs furent partis, Norwin le rejoignit dans le bureau.

— Si tu étais aussi bon pour la gestion du cirque que pour la négociation, nous ne nous serions pas retrouvés embarqués dans cette histoire, lui dit-il.

— Mais voilà qui ressemble presque à un compliment, remarqua Persis.

— Que je sois damné si c'est le cas, rétorqua Norwin. Ça n'a pas dû sortir comme je le voulais.

Persis lui décocha un sourire.

— Demain, tu feras en sorte que toutes nos dettes soient payées. Pour les plus anciennes, essaie de verser des intérêts. Il faut que nous nous attirions les bonnes grâces de nos créanciers pour la saison prochaine.

— Il faudra davantage que leurs bonnes grâces, commenta Orwin. Si Rage se fait tuer, il n'y aura plus de cirque Orises. Qu'est-ce qui te prend, Persis ? Tu es un homme intelligent. Tu étais un marchand florissant. Pourquoi ne vois-tu pas qu'Orises est une entreprise condamnée ?

— Mais je le vois, expliqua Persis. C'est juste que je n'y peux rien. J'aime ce cirque, j'aime que les foules applaudissent, j'aime voir leurs mines réjouies lorsque les chevaux courent et que les athlètes s'affrontent. Je prends plus de plaisir à ça qu'à faire des bénéfices. Je rêve de voir ce stade bondé – que les gens crient de joie.

Norwin pinça l'arrête de son long nez fin.

— Oui, oui, dit-il, c'est un beau rêve. Mais regardons plutôt un moment la réalité. Goriasa est une cité keltoïe conquise, habitée principalement par des Gaths, qui ne s'intéressent pas franchement au cirque. Nous avons moins de trois mille compatriotes ici. Il n'y a simplement pas assez de citoyens de Roc pour remplir ce stade. Et en ce qui concerne les courses de chevaux, dois-je te rappeler que Palantes nous a volé nos acrobates équestres ?

Persis était perdu dans ses pensées.

— C'est ça ! dit-il subitement.

— Des acrobates équestres ?

— Non. Remplir le stade. Nous devons faire des spectacles pour les Gaths. Trouver des choses qu'ils ont envie de voir.

— Branler des boucs a un certain attrait, proposa Norwin.

— Sois sérieux, mon ami, le réprimanda Persis. Les Keltoïs ne sont pas les barbares que nous prétendons qu'ils sont. Leur ferronnerie est exquise, et leur culture plus vieille que la nôtre.

— C'est vrai, répondit Norwin. Mais réfléchis deux secondes : les Gaths sont une race de guerriers, et même lorsque nous faisions encore des duels à mort ils ne se déplaçaient pas nombreux.

— Je sais. Ils ne voulaient pas payer pour voir des hommes de Roc s'entre-tuer. Mais ils le feraient pour voir l'un des leurs affronter un homme de Roc jusqu'à la mort.

Norwin resta silencieux un moment.

— Voilà qui demande réflexion, murmura-t-il enfin.

Le magistrat Hulius Marani s'ennuyait. Personne ne le voyait dans la salle, car rien ne semblait échapper à son regard perçant et broussailleux ; de plus, tout en donnant l'impression qu'il écoutait – intensément – son visage conservait une expression sérieuse à l'énoncé de chacune des preuves. De temps à autre, son regard se posait toutefois sur le sablier ornementé et sur le sable qui s'écoulait.

Il faisait semblant d'être concentré sur le cas qui lui était présenté ce jour-là : un jeune fermier gath prétendait qu'un citoyen de Roc lui avait volé ses terres. Le cas était bien argumenté, mais comme le citoyen avait déjà versé une grosse somme d'argent à Hulius, l'issue du jugement ne faisait aucun doute. Le Gath était idiot. Hulius l'avait invité chez lui et lui avait fait comprendre par tous les moyens possibles qu'il pouvait lui offrir un gros pot-de-vin, mais l'homme – comme la majorité des Barbares – n'avait pas compris comment les gens civilisés règlent généralement leurs différends. Il s'était contenté de se plaindre de la justice et des pratiques commerciales déloyales – tout comme il le faisait à présent.

Hulius attendit que l'homme finisse de présenter son cas – c'était la moindre des politesses – et rejeta sa plainte. L'homme hurla à l'abus et Hulius demanda aux gardes de la cour de le faire sortir de la salle, le condamnant au passage à vingt coups de fouet pour impertinence.

Après cette petite effervescence, l'ennui l'enveloppa de nouveau comme un suaire.

En tant que Premier Magistrat de Goriasa – bénéficiaire d'un cinquième de toutes les amendes – Hulius Marani aurait déjà dû être riche, même sans la forte concentration de Gaths. Il avait fait venir de Turgonie par bateau une cargaison de marbre précieux afin de se faire construire une belle maison au sud du port. Il avait une épouse fidèle, une belle maîtresse gathe, et était traité avec respect et courtoisie partout où il allait. Cela le changeait du temps où il était simple clerc dans une entreprise de transport maritime à Roc, travaillant toute la journée dans un bureau exigu, pour un quart de pièce d'argent par jour. Hulius y avait travaillé deux ans avant de découvrir sa voie dans la magistrature et de connaître ainsi la célébrité.

Lors de voyages en mer tumultueux, souvent des balles de tissu étaient endommagées par l'eau salée et devenaient de ce fait invendables. Elles étaient alors tout simplement jetées près des entrepôts. Un jour, Hulius en avait ouvert une et s'était aperçu que seules les premières couches étaient abîmées. Au milieu de la balle, il avait trouvé vingt-cinq rouleaux de soie en parfait état. Il les avait vendus, faisant ainsi ses premiers bénéfices. Au cours des mois, grâce à ce stratagème, il avait gagné dix fois son salaire. Cela lui avait également permis de nouer des relations dans l'industrie locale. Un soir, le capitaine d'un navire l'avait vu examiner les balles et l'avait fait entrer pour lui proposer une association. Tous les marchands acceptaient un pourcentage de perte au cours des voyages. Pour la bonne somme, le capitaine accepterait de mettre de côté des balles en bon état et les marquerait comme endommagées pour Hulius.

Cela avait marché au-delà de toute espérance.

En moins d'un an, Hulius s'était acheté une parcelle de terrain et avait engagé la construction d'une maison. Sa femme, Darnia, avait été ravie de voir la fortune de son mari augmenter ainsi. Mais cela n'avait pas été le cas de ses employeurs qui avaient fait une descente en compagnie de dix soldats de la Garde un jour où Hulius supervisait le chargement d'un chariot avec dix balles indemnes.

Le capitaine aussi avait été arrêté. Il avait été pendu quatre jours plus tard. Mais il faut dire qu'il n'avait pas d'amis haut placés. Hulius, lui, s'était servi d'une partie de ses bénéfices pour financer la carrière politique d'un cousin de sa femme – un homme qui à ce moment-là s'était frayé un chemin jusque dans le gouvernement de Jasaray. Ainsi, une somme avait été payée à l'employeur, et on avait offert à Hulius la place de Premier Magistrat de Goriasa. À présent il était sur le point de devenir riche – même si une grande partie de l'argent qu'il touchait était reversée au puissant parent de Darnia.

Mais, malgré sa fortune et son train de vie, Hulius s'ennuyait avec les affaires banales et interminables de Goriasa : contrats rompus, disputes matrimoniales, litiges sur la propriété terrienne. Les restaurants et autres établissements de plaisir du quartier central de Roc lui manquaient, les prostituées de qualité, les musiciens, et les plats savamment préparés selon des recettes venant de plus de dix cultures différentes.

Hulius lut la liste qu'il avait devant les yeux. Encore une affaire et il pourrait se rendre chez sa maîtresse.

Trois hommes pénétrèrent dans la salle d'audience et vinrent s'incliner devant l'estrade où Hulius était assis dans sa grande robe blanche symbolisant la justice. Puis, ils allèrent prendre position à droite des deux pupitres de bois gravé. Hulius reconnut Rage, le gladiateur, ainsi que Persis Albitane, le propriétaire du cirque. Entre les deux se tenait un Gath, un jeune homme blond, mince et musclé, avec des yeux d'une étrange couleur. La porte du fond s'ouvrit et un Prêtre Pourpre fit son entrée. Il ne s'inclina pas devant l'estrade mais alla prendre place à gauche des pupitres. Hulius remarqua l'expression de surprise sur le visage de Persis Albitane, et sentit son estomac se nouer légèrement.

Le magistrat regarda le document qu'il avait sous les yeux et prit la parole :

— Inscription du Barbare Bane afin qu'il soit autorisé à prendre part aux représentations martiales du cirque Orises, lut-il à voix haute. Qui se porte garant de cet homme ?

— Moi, dit Persis.

— Et qui se porte témoin pour s'assurer de sa bonne foi ?

— Moi, répondit Rage d'une voix solennelle.

Hulius dévisagea Bane.

— Et toi, Bane, jures-tu de suivre les plus hautes traditions de courage et…

— Je m'oppose à cette procédure, intervint le Prêtre Pourpre.

De la sueur se mit à couler sur le front d'Hulius.

— Pour quel motif, frère ?

— La loi. Il est interdit aux Gaths de porter une épée, pour quelque raison que ce soit, à l'exception des éclaireurs de l'armée de Roc.

— C'est ma foi vrai, approuva Hulius trop heureux que l'affaire puisse être réglée facilement. (Il n'avait pas envie d'offenser un Prêtre.) Par conséquent…

— Bane n'est pas Gath, déclara Persis Albitane. C'est un Rigante, qui m'a été recommandé par Oranus, le capitaine de la Garde d'Accia. En tant que Rigante, il n'est pas soumis aux lois qui gouvernent les Gaths.

Hulius se sentit mal et jeta un regard nerveux au Prêtre Pourpre.

— Il n'en reste pas moins, reprit le Prêtre, que cet homme est un Barbare, et qu'il est indigne d'un honnête citoyen de vouloir l'employer en qualité de gladiateur.

— On peut effectivement dire que c'est « indigne », rétorqua Persis, mais en aucun cas illégal. Par conséquent, je demande respectueusement à la cour de bien vouloir rejeter l'objection qui est faite. Aucune loi n'interdit à un étranger d'être employé par un citoyen de Roc. D'ailleurs, il y a eu par le passé et il y a encore aujourd'hui un grand nombre de gladiateurs venus de pays étrangers.

Hulius aurait adoré statuer contre Persis Albitane, mais les comptes rendus d'audiences étaient écrits et envoyés à Roc, et il ne s'agissait pas ici du jugement d'un magistrat – qu'on pouvait toujours acheter – mais d'une loi de Roc. Hulius resta silencieux un instant, l'esprit en ébullition, à la recherche d'un moyen pour satisfaire le Prêtre. Mais il n'arrivait pas à trouver une faille, une zone d'ombre à exploiter. L'affaire était on ne peut plus simple.

Hulius scruta le gros faciès de Persis Albitane. Peut-être restait-il un moyen.

— J'aurais pensé qu'un citoyen loyal à Roc accéderait à la requête du vénérable ordre des Prêtres Pourpres, dit-il mielleusement. Tu as raison de dire que les Rigantes ne tombent pas sous la juridiction de Roc, mais ils sont quand même Keltoïs, et l'esprit de la loi est – à mon humble avis – la seule chose qui préoccupe le frère.

Persis ne pouvait que comprendre ce qu'il venait de dire. Personne ne voulait tomber sous la surveillance du Temple. Hulius contempla le propriétaire du cirque et vit que celui-ci transpirait. Persis prit la parole.

— Malgré tout le respect que je te dois, magistrat, il n'existe pas de créature appelée « l'esprit de la loi », déclara-t-il. Les lois de Roc ont été établies par des gens intelligents et clairvoyants – parmi lesquels des doyens du Temple Pourpre. Si tu penses que la loi a été établie avec négligence, tu devrais écrire au Conseil, séance tenante. Toutefois, il a déjà été démontré que ma requête d'aujourd'hui n'enfreint aucune loi, et je souhaite donc soumettre une nouvelle fois le nom de Bane.

À ce moment précis, Hulius comprit le vrai plaisir de l'ennui. S'ennuyer, c'était être loin de tout danger, loin de toute activité périlleuse.

— Je suis d'accord, dit-il misérablement. Reprenons le serment où nous en étions restés.

Le Prêtre Pourpre quitta la salle sans dire un mot.

Hulius Marani écouta le serment, signa les documents nécessaires, apposa le cachet de cire de la Justice et se leva de sa chaise.

Sa journée avait été gâchée et il n'avait plus aucune envie d'aller voir sa maîtresse.

Le stade Orises n'avait jamais eu plus belle allure, pensa Persis en arpentant l'arène où du sable frais avait été déposé. Durant deux semaines – au grand dam de Norwin qui voyait les dépenses s'accumuler – des charpentiers et des ouvriers avaient travaillé d'arrache-pied pour réparer les sections les plus délabrées des gradins. Le stade avait été construit à la hâte onze ans plus tôt, principalement avec du bois renforcé par des colonnes en pierre. L'ancien propriétaire, Gradine – un homme à l'ambition démesurée et aux capitaux inexistants – n'avait pas été en mesure de faire faire les embellissements élémentaires – des statues, des fresques dans les emplacements réservés aux nobles, des salles pour dîner, et des urinoirs publics. Au mieux, le stade Orises était fonctionnel. D'un diamètre de soixante mètres, il était entouré par un mur de deux mètres cinquante, derrière lequel se trouvaient vingt rangées de bancs fatigués. La majorité d'entre eux étaient bancals ou fendus. Persis abrita ses yeux et regarda les charpentiers travailler sur la dernière section. Les nouveaux bancs lustrés à l'huile de lin brillaient sous le soleil.

Norwin traversa l'étendue de sable pour rejoindre son maître.

— Eh bien, tu as réussi encore une fois à batailler pour rester pauvre, déclara-t-il. J'ai terminé les comptes. Après avoir payé la plupart de nos dettes, versé la moitié de leurs gages aux gladiateurs cet hiver, et – dans l'hypothèse où nous aurons trois mille spectateurs et l'équivalent de mille autres en revenus – nous serons sans le sou au premier jour du printemps.

— Le printemps est bien loin, répondit joyeusement Persis. Regarde le stade, Norwin. Il commence à ressembler à quelque chose.

— À une putain de soixante-dix ans, les cheveux teints et le visage peinturluré, rétorqua Norwin. Enfin bon, l'attelage est arrivé. J'ai demandé au conducteur de patienter. Est-ce que tu es prêt ?

Persis contempla le ciel bleu et dégagé. La journée était fraîche, mais pas tant que ça.

— Nous devrions avoir du public sur le Champ, dit-il.

— Évidemment qu'il va y avoir du monde, répondit Norwin. C'est entrée libre, et tu as dépensé une fortune en cracheurs de feu, acrobates, jongleurs et nourriture. Évidemment qu'il y aura du public. Mais ils seraient venus sans ça. Palantes a amené un éléphant avec eux.

— Un éléphant ? Ah, ce que cela doit être bon d'être en fonds. Est-ce que tu imagines combien de personnes nous attirerions si nous avions un éléphant ?

Norwin secoua la tête. Puis il sourit.

— Tu es un homme bon et doux, Persis, et je t'aime comme un frère. Mais tu manques cruellement de clairvoyance. Combien de fois quelqu'un a-t-il envie de voir un éléphant avant que cela ne l'intéresse plus ? Si nous avions une telle bête, le public ne viendrait qu'une seule fois. Ensuite, il nous resterait des coûts de nourriture prodigieux. Sans compter les gages des cornacs et les abris spéciaux que nous devrions faire construire. Lorsque nos créanciers nous traqueraient comme des loups enragés, je te pousserais à vendre la bête. Et tu me répondrais non parce que tu te serais mis à l'aimer.

— C'est vrai, répondit Persis d'un ton affable. Mais un éléphant !

— Rejoignons l'attelage, suggéra Norwin, avant que je ne trouve un gourdin et que je t'assomme une bonne fois pour toutes.

Persis éclata de rire et les deux hommes traversèrent l'arène jusqu'à l'entrée ouest des gladiateurs. Là, ils pénétrèrent dans les ténèbres de la salle des épées et du pavillon du chirurgien, avant de s'engouffrer dans l'escalier qui menait à l'air libre.

L'attelage était un chariot habilement camouflé tiré par deux chevaux. Persis grimpa les marches à l'arrière et s'assit à l'intérieur.

— J'aurais dû amener mon coussin, fit-il remarquer à Norwin qui venait s'asseoir à ses côtés. Et ne t'avais-je pas demandé de louer le chariot aux dorures de bronze de la garnison ?

— Si fait. Mais Palantes était passé avant moi. J'en remercie d'ailleurs la Source, car son prix était exorbitant.

— Tu ne devrais pas mentionner la Source en public, le gronda Persis.

Norwin acquiesça.

— Ma langue a fourché. En même temps, cela me fait mal de devoir être si secret tout le temps. Parfois, j'ai l'impression que je trahis la Source en n'en parlant pas, en cachant sans cesse ma foi.

— À Roc, ils brûlent les hérétiques, murmura Persis. Ou alors ils les jettent dans l'arène afin qu'ils soient déchiquetés par des animaux sauvages. Ta religion est bien dangereuse, mon ami. Ta foi pourrait bien te coûter la vie.

— C'est vrai. Cela m'effraie parfois. Mais la nuit dernière je suis allé écouter la Dame au Voile, et elle nous a insufflé le pouvoir de l'esprit. Elle a aussi guéri un homme, Persis. Elle a posé ses mains sur lui et toutes ses douleurs ont disparu. Tu devrais venir l'écouter.

— Il n'y a rien au monde que je voudrais moins faire, dit Persis. Un jour, les Prêtres viendront en force à Goriasa. Je n'ai pas envie de devenir du combustible pour leurs feux. As-tu vu Rage aujourd'hui ? demanda-t-il pour changer de sujet.

— Non, mais il sera là.

— Ce sera sûrement Vorkas. J'avais espéré que les rumeurs seraient infondées.

— C'est Rage qui a pris la décision, pas toi, Persis. Il est maître de son destin.

— J'ai peur qu'il ne soit en colère après moi pour Bane.

— Rage ne se met jamais en colère. Et puis, de toute façon, la nouvelle qu'un Keltoï va affronter un gladiateur a déjà fait le tour de la ville. Cela devrait attirer beaucoup de monde.

Sur la route, le vent était devenu plus froid et Norwin tira un chapeau d'une des poches de son manteau. Il le mit sur son crâne et regarda son maître.

— Bane a plus de chances de survivre que l'homme qu'il remplace. Bane lui-même était ravi de se battre. C'est un Keltoï. Ils vivent pour se massacrer les uns les autres à grands coups d'épée.

En atteignant la grande route le chariot ralentit, car celle-ci était bondée de personnes qui se dirigeaient vers le Champ. Persis pouvait apercevoir des tentes et des étals de nourriture un peu partout. Il y avait déjà plus d'un millier de spectateurs réunis, la plupart agglutinés dans la section est.

— Le voilà ! s'exclama Persis. Voilà l'éléphant !

— J'ai déjà vu des éléphants, lui dit Norwin.

— C'est vraiment grand.

— Voilà qui est étonnant, rétorqua Norwin. J'aurais cru qu'ils amèneraient un de ces fameux petits éléphants.

Kall Manorian n'avait en tout et pour tout participé qu'à deux combats à mort, le premier contre un jeune criminel condamné à se battre dans l'arène, le second contre un jeune gladiateur du cirque Poros. Kall sentit un frisson le parcourir lorsqu'il se remémora ce second duel. L'homme avait été plus habile, plus rapide, et Kall avait lu dans ses yeux une cruauté et une confiance qui l'avaient glacé jusqu'à la moelle.

Le fait que Kall vivait toujours était dû à la négligence d'un employé du cirque qui n'avait pas recouvert correctement de sable une flaque de sang du combat précédent. L'adversaire de Kall avait glissé dessus, au moment même où Kall l'attaquait. Il était littéralement tombé en biais sur la lame de Kall, qui l'avait transpercé sous le menton, lui tranchant la jugulaire. Juste après, Kall était allé faire une offrande au Dieu de Roc – et il avait quitté l'arène.

Souvent, depuis lors, il avait fait des cauchemars à propos de ce combat. Aujourd'hui, à trente-sept ans, il s'était de nouveau défilé. Lorsque Rage avait parlé de l'offre de Palantes, Kall s'était porté volontaire. Cela avait été en partie pour tester son courage, mais aussi – en toute honnêteté – parce qu'il avait cru que d'autres se seraient portés volontaires et que Rage ne l'aurait alors pas sélectionné. Mais les autres ne s'étaient pas manifestés en nombre suffisant et Kall était rentré chez lui cette nuit-là dans un état proche de la terreur.

Trois jours plus tard, il avait rendu visite en secret à Persis Albitane. Il avait prévu de lui mentir, de dire qu'on le rappelait à Roc à la suite d'un deuil familial. Mais, au lieu de cela, il avait confié toutes ses peurs, bafouillant même. De honte, il s'était mis à pleurer. Il avait toujours éprouvé un léger mépris pour Persis, mais ce jour-là, il avait réalisé que cet homme était plus qu'attentionné. Persis s'était levé de derrière son bureau et en avait fait le tour pour venir lui taper sur l'épaule.

— Tu es un homme bon, Kall, lui avait-il dit, et brave qui plus est. Tu as prouvé ton courage dans l'arène. À présent calme-toi. Il n'y a pas de honte à connaître ses propres limites. (Persis lui avait servi un gobelet de vin et s'était assis sur le bord de son bureau.) J'ai un plan. Je pense que le jeune Bane aimerait se battre. Je vais lui poser la question aujourd'hui même. S'il est d'accord, je dirai à Rage que tu es remplacé. Je ne lui dirai pas que tu l'as demandé. Personne n'a besoin d'être au courant de notre conversation.

Le soulagement avait été total.

Mais maintenant qu'il était assis dans la tente des armures, Kall se sentait misérable. Les autres gladiateurs passaient leurs armures, prêts à partager la Coupe du guerrier, et plusieurs d'entre eux étaient venus le voir, pour le plaindre, lui disant qu'ils trouvaient que Persis n'avait pas été juste avec lui en l'excluant de l'équipe.

Kall était parti dans un coin pour cacher sa honte. Il vit Rage boucler son plastron et attacher son fourreau sur sa hanche. De l'autre côté de la pièce, Rage le regarda, le visage inexpressif. Kall détourna les yeux. Rage était un vieil homme, et demain il serait mort. Pourtant il ne s'était pas défilé. Même lorsqu'il avait appris qu'il allait affronter Vorkas. Kall frissonna.

Il avait vu Vorkas quelques instants plus tôt, en compagnie des gladiateurs de Palantes. On aurait dit un lion dans une meute de loups. Palantes avait dit qu'il n'emmènerait pas de Noms – aucun combattant inscrit sur les listes du championnat de la saison prochaine. Techniquement, c'était peut-être le cas, mais il restait encore un mois avant la clôture des inscriptions, et il ne faisait aucun doute que Vorkas ferait partie des inscrits d'ici là. Sept duels à morts remportés, et chacun avec une facilité déconcertante. On parlait de lui comme du nouveau Voltan.

Kall regarda ses mains.

— Viens faire un tour avec moi, lui demanda Rage.

Kall sursauta ; il n'avait pas entendu le colosse approcher. Il se leva et suivit Rage à l'extérieur, sous les derniers rayons de soleil. Il y avait du monde partout, aussi Rage le conduisit-il à l'arrière d'une tente.

— Tu veux parler ? lui dit Rage en nouant son écharpe rouge autour de sa tête.

— De quoi ?

— De ce qui te tracasse, Kall.

Kall ferma les yeux.

— J'aimerais être comme toi, déclara-t-il. Mais ce n'est pas le cas. Je ne l'ai jamais été et ne le serai jamais. (Il prit une profonde inspiration.) En tout cas, je n'aime pas tromper mes amis. Ils me disent tous à quel point ils sont désolés pour moi de la façon dont j'ai été traité. Mais je n'ai pas été maltraité, Rage. Je suis allé voir Persis et je lui ai dit que j'avais trop peur pour me battre. Voilà ! C'est dit !

— Oui, murmura Rage. C'est dit. Tu penses que tu es lâche ?

— Je suis un lâche. Je viens de le prouver.

— Écoute-moi, Kall, et fais bien attention à ce que je vais te dire : tu n'es pas un lâche. Si j'étais encerclé par des ennemis, je serais plus que soulagé de te savoir à mes côtés. Et tu serais à mes côtés, Kall. Car tu es un homme d'honneur – un homme sur qui on peut compter. Et cette… cette farce n'a rien à voir avec l'honneur. C'est une histoire d'argent. Palantes veut que ses lionceaux goûtent un peu de sang – et sans trop de risques. Il a dépensé des fortunes pour promouvoir ces jeunes hommes, et il espère bien – si possible – gagner grâce à eux cent fois son investissement. Alors, arrête de te punir. Tu m'entends ?

Kall acquiesça. Au même instant, le jeune Barbare, Bane, arriva de ce côté de la tente.

— Persis te demande, dit-il à Rage.

Le vieux gladiateur tourna les talons et s'en alla. Kall regarda le Keltoï, et remarqua sa nouvelle armure. Elle avait l'air cher. Kall n'avait jamais pu se payer un tel plastron ou un tel heaume.

— Est-ce que tu sais qui est ton adversaire ? s'enquit-il.

Bane haussa les épaules.

— On m'a donné le nom de quelqu'un. Ça n'a aucune espèce d'importance.

— Quel nom ?

— Un certain Falco.

— Trois combats, déclara Kall. Pas une seule égratignure.

Bane avait l'air de s'en moquer royalement. Puis il se pencha vers Kall.

— Pourquoi devons-nous les rencontrer aujourd'hui ? lui demanda-t-il. Et pourquoi sommes nous habillés pour la guerre ?

— Rage ne t'a pas expliqué ?

— Il m'a dit que nous devions partager la Coupe du guerrier. Que nous étions ici pour boire avec nos adversaires. Pourquoi devrions-nous boire avec des gens que nous allons tuer ?

— C'est un rituel, lui répondit Kall. Cela montre à la foule que nous nous respectons les uns les autres, et qu'il n'y a pas de haine dans nos cœurs. (Il sourit.) Ça aide aussi à vendre des tickets.

— Ah, fit Bane. Ça, je comprends.

Les deux hommes retournèrent ensemble dans la tente. Dehors, sur le Champ, une trompette retentit et la foule devint silencieuse. Deux hommes grimpèrent sur un chariot. La voix du premier retentit, en turgon, afin de saluer les citoyens. La deuxième se fit entendre quelques instants plus tard, en keltoï, répétant le message. Puis, ils présentèrent le premier gladiateur du cirque Palantes. Le guerrier, dans une armure étincelante, sortit de la tente Palantes pour aller se poster devant une longue table où étaient disposés seize gobelets en or, remplis jusqu'à ras bord de vin coupé d'eau. Ce fut au tour de Polon d'être appelé.

Le guerrier aux cheveux sable, son casque sous le bras, s'avança jusqu'à la table en saluant la foule de la main.

Un par un, les gladiateurs furent appelés. Kall se sentit une nouvelle fois soulagé de ne pas être parmi eux. Puis ce fut au tour de Falco. Kall regarda de l'autre côté du Champ et vit un homme grand avancer. Il se déplaçait avec aisance. Soudain la voix retentit de plus belle :

— Et son adversaire, Bane, de la tribu des Rigantes.

Un hurlement prodigieux s'éleva depuis la section keltoïe de la foule. Bane les salua et se rendit à la table.

Ce fut ensuite au tour de Vorkas d'être appelé. Kall sentit un frisson de peur le parcourir en voyant l'homme. Vorkas était impressionnant, large d'épaules et mesurant plus d'un mètre quatre-vingts.

Rage vint en dernier. Une fois encore la foule fit une ovation, mais Rage ne lui répondit pas. Il alla se placer en face de Vorkas. Alors, tous les guerriers levèrent leur gobelet et saluèrent leur adversaire.

Kall fit demi-tour pour rentrer dans la tente des armures.

Pour Bane, le rituel du Champ était dur à avaler. Les ennemis étaient des gens qui cherchaient à vous tuer. Ce n'étaient pas des hommes avec lesquels trinquer ou à qui serrer la main. Il scruta l'homme en face de lui. Falco était leste et mince, les os de son visage plats, sa bouche une fine ligne presque invisible. Ses yeux étaient bleu clair, et semblaient presque doués de parole. Les gladiateurs autour de lui levèrent leurs verres.

— Au courage ! crièrent-ils à l'unisson.

Des applaudissements fusèrent dans la foule. Bane goûta le vin. Il avait un goût amer.

Le Rigante jeta un coup d'œil sur sa droite et vit la masse musculeuse de Vorkas se pencher en avant.

— Par Roc, tu as l'air vieux et fatigué, dit-il à Rage. Je ne vais prendre aucun plaisir à te tuer. Ce serait comme tuer mon grand-père.

Rage sourit et ne répondit pas. Il but lentement son vin et reposa le gobelet sur la table.

— Je peux voir la peur dans tes yeux, reprit Vorkas.

La cérémonie terminée, les gladiateurs s'éloignèrent de la table. Bane s'approcha de Rage.

— Tu aurais dû lui casser la figure, dit-il.

— Pourquoi ça ?

— Il t'a insulté.

— Il essayait de m'intimider. Dis-moi, qu'as-tu remarqué de ton adversaire ?

Bane réfléchit un instant à la question avant de répondre.

— Il a des yeux bleus, répondit-il.

— Il est gaucher, cracha Rage. Bon, allons retirer ces armures et rentrons à la maison. Nous avons du pain sur la planche.

— Je croyais que nous étions censés nous promener au milieu de la foule afin que les gens puissent nous voir.

— Ils nous ont vus, rétorqua Rage. Et nous n'avons pas de temps pour ces enfantillages.

Une heure plus tard, de retour à la ferme, Rage alla chercher deux épées en bois et conduisit Bane sur le terrain d'entraînement. Il lança l'une des deux armes au jeune homme et se mit en position de combat, les jambes bien écartées.

Cela faisait plusieurs jours qu'ils s'entraînaient ainsi et Bane avait appris bien des secrets. Le premier – comme Rage le lui avait expliqué – était que chaque gladiateur avait son rythme et sa manière. Plus un combat durait longtemps, plus ceux-ci étaient visibles pour un homme qui avait l'œil.

— Certains hommes, lui disait Rage, plisseront les yeux avant de passer à l'attaque, d'autres auront une épaule qui s'affaisse ou s'humecteront les lèvres. Ces actes sont inconscients, et si tu sais les détecter, tu auras toujours une fraction de seconde d'avance sur ton adversaire. Les meilleurs gladiateurs prennent un peu de temps au début de leurs duels pour déceler les gestes de leurs adversaires.

— Mais pas toi, avait répondu Bane. Octorus m'a dit qu'on jouait du tambour lorsque tu te battais, et que les paris se faisaient sur le nombre de coups qu'il y aurait avant que tu ne tues ton adversaire.

Rage secoua la tête.

— Non, en fait, je me rendais dans le cirque concurrent et allais m'asseoir au milieu du public. J'observais mes futurs adversaires, puis je rentrais chez moi pour tout noter.

— As-tu déjà vu Vorkas ? lui avait demandé Bane.

— Non – mais je sais comment il va se battre.

— Comment ?

— Il va essayer de faire durer le combat, pour m'épuiser – une entaille par ci, une égratignure par là. Mais il ne le fera pas durer trop longtemps non plus. Il ne va pas vouloir que le public pense qu'il a des problèmes avec un vieillard ; ce qui ne l'empêchera quand même pas de savourer le moment.

— Tu n'as pas l'air trop inquiet.

— Je m'inquiète – mais pour toi, mon garçon. N'as-tu pas encore compris pourquoi, lorsque nous nous entraînons, aucune de tes estocades ne passe ?

Bane sourit.

— Je croyais que c'était parce que tu étais trop rapide et trop habile pour moi.

— C'est ta main gauche qui te trahit. Tes doigts s'ouvrent légèrement avant l'attaque.

— Je vais travailler dessus.

— L'important c'est que tu en sois conscient, mais ne change rien. Falco va commencer par s'en apercevoir. Puis – au moment de ton choix – serre le poing gauche, de toutes tes forces, et passe à l'attaque. Cette mauvaise information risque de te faire gagner.

Et, jour après jour, ils s'étaient entraînés. Bane avait progressé rapidement.

Une fois de plus Rage se tenait face à lui – sauf que cette fois il tenait l'épée en bois de la main gauche.

— Attaque-moi, dit le plus âgé des deux.

Bane avait commencé depuis quelque temps à lire les gestes de Rage – du moins c'est ce qu'il croyait. Il se rapprocha soudainement et envoya un coup d'estoc en direction de la poitrine du gladiateur. Au lieu de parer le coup, Rage pivota sur sa gauche, et son épée de bois vint s'écraser contre l'oreille de Bane. Ce dernier tituba en avant, retrouva l'équilibre et se retourna pour faire face à Rage.

— Inutile de te mettre en garde, Bane, déclara doucement Rage. Tu es mort. Les gauchers sont de vrais poisons. Ils ont un grand avantage en ce sens que la plupart de leurs adversaires sont droitiers, donc ils sont habitués à ce genre de combat. En revanche, leurs adversaires sont obligés de repenser tous leurs déplacements et leurs attaques.

— Comment le combattre ? s'enquit Bane en se frottant l'oreille.

— Généralement on attaque un gaucher sur sa droite, et en tournant autour de son bras d'arme. Mais je ne connais pas le style de cet homme. Attaque-moi encore.

Pendant près d'une heure les deux hommes s'entraînèrent. À plusieurs reprises, Bane réussit à percer les défenses de Rage et le toucha même une fois à la gorge avec son épée en bois.

— Bien joué, lui dit Rage, mais que cela ne te monte pas à la tête. Je ne suis pas gaucher. Faisons une petite pause, et puis nous travaillerons sur une petite stratégie dont je me suis servi une ou deux fois face à des gauchers.

Rage alluma le feu à l'intérieur de la ferme et les deux hommes mangèrent un repas léger composé de pain grillé et de bœuf froid, le tout arrosé d'eau.

— Es-tu inquiet pour demain ? s'enquit Bane.

— Non. Et toi ?

— Non.

Rage sourit, ce qui était plutôt rare.

— Alors c'est que nous sommes une paire d'imbéciles heureux. As-tu parié, au moins ? (Bane secoua la tête.) Tu devrais le faire. Tu as une bonne cote. Quatre contre un.

— Une cote ?

— Les Rigantes ne jouent pas.

— Si, da.

— Mais pas pour de l'argent.

— Non. En tout cas pas dans mon village.

— Je vois, dit Rage. Eh bien, ici, nous parions sur tout et n'importe quoi. Les cotes ne sont que le reflet des chances de succès qu'on t'accorde. Quatre contre un signifie que, si tu mises une pièce d'or sur toi et que tu gagnes, tu en récupéreras quatre en plus de ta mise d'origine. En d'autres termes tu commences avec une pièce d'or et tu finis avec cinq.

— Quelle est ta cote ? s'enquit Bane.

— Dix contre un.

— Ce qui signifie qu'on estime que tu n'as qu'une chance sur dix de survivre.

— Oui. Vorkas est jeune et fort.

— Il est aussi arrogant – et je ne l'ai pas aimé du tout, déclara Bane.

— Moi aussi, j'étais arrogant, autrefois – alors je suis un peu plus indulgent. Allez, remettons-nous au travail.

Ils s'entraînèrent une heure de plus, mais la neige se remit à tomber. Bane était fatigué, mais reconnaissant au vieux guerrier pour le temps qu'il lui consacrait. Alors qu'ils finissaient leurs exercices, deux cavaliers apparurent sur le flanc de la colline et s'approchèrent d'eux. Telors et Polon mirent pied à terre, conduisirent leurs chevaux à l'étable et rejoignirent Bane et Rage qui les attendaient.

— Vous avez manqué une sacrée rigolade, dit Telors. L'éléphant a brisé ses chaînes et s'est rué dans la foule. La dernière fois qu'on l'a vu il se dirigeait vers les collines, pourchassé par une dizaine d'esclaves de Palantes.

— Des blessés ? s'enquit Rage.

— Pas de morts, commenta Polon avec un large sourire. Tu aurais vu la foule se disperser !

— Tu as l'air de bonne humeur, lui dit Rage.

— Ah, oui. L'homme que je dois affronter a la peur dans les yeux. J'ai donc passé toute la matinée à me demander à quoi j'allais dépenser mon or. Telors et moi allons chez Garshon ce soir nous trouver des putains. Tu veux venir ?

— Non, répondit Rage.

— Cela te détendrait, dit Telors.

— Je suis détendu, mes amis. Et je le serai encore plus lorsque je serai au lit et dormirai comme un bébé.

Ils restèrent silencieux un moment puis Telors s'approcha et offrit sa main.

— Bon, eh bien, une fois de plus, nous lui crachons à la figure, déclara-t-il doucement.

— Une fois de plus, convint Rage en agrippant la main de son ami.

Polon se joignit à eux et les deux hommes retournèrent à leurs chevaux et quittèrent la ferme.

— À la figure de qui ? demanda Bane.

— La mort, dit Rage.

Bane était assis dans la salle des épées qui se trouvait sous le stade. La pièce n'avait pas de fenêtre et était faiblement éclairée par deux lanternes fixées au mur. Il pouvait voir, dans la salle d'à côté, le corps de Polon. Le sang avait arrêté de couler de ses blessures à la gorge et sur le torse, mais il gouttait toujours de la table où on l'avait allongé. Chaque goutte faisait un bruit de clapotis en tombant dans la petite mare de liquide noirâtre située sous celle-ci. La tête de Polon avait roulé sur la gauche et personne n'avait pensé à lui fermer les yeux.

Son combat avait duré assez longtemps, et les hommes rassemblés dans la salle des épées, Bane, Rage et Telors, s'étaient mis à croire que Polon pourrait bien être le premier gladiateur du cirque Orises à sortir victorieux de ce tournoi. Quatre hommes d'Orises avaient déjà trouvé la mort ; leurs corps avaient été traînés hors de l'arène à travers la salle des épées et mis hors de vue.

Puis les portes qu'on appelait « l'entrée des gladiateurs » s'étaient ouvertes de nouveau et le soleil s'était répandu dans les ténèbres. Deux hommes étaient entrés, portant le cadavre de Polon et le déposant sur la table de la pièce d'à côté. Alors Telors s'était levé et avait enfilé son heaume en fer. Le torse nu, il avait cependant enroulé un fin bandage autour de son ventre afin que ses entrailles ne se répandent pas sur le sable en cas de blessure. Rage s'était levé en même temps que lui. Le vieux gladiateur n'avait pas dit un mot, et les deux hommes s'étaient serré la main. Puis Telors était sorti dans la lumière. Les deux esclaves l'avaient suivi, refermant les portes derrière eux, plongeant de nouveau la pièce dans l'obscurité.

Un nouveau personnage entra dans la salle par l'arrière. C'était Landis, le chirurgien, un chauve corpulent, avec un cou de bœuf et des épaules rondes. Il vint s'asseoir tranquillement, un sac en toile contenant ses outils sur les genoux.

Des trompettes retentirent, puis le rugissement de la foule emplit la pièce. Des coups d'épée qui s'entrechoquent parvinrent sporadiquement jusqu'aux hommes qui attendaient là. Bane trouva la situation bizarre. Il s'était déjà battu. Et même, il avait déjà tué. Mais cela avait toujours été avec passion. Ici, dans la semi-pénombre, en compagnie des morts, il y avait une sorte de calme insolite. Il jeta un coup d'œil à Rage qui était en train d'attacher son écharpe rouge. Le grand gladiateur se leva pour aller s'étirer à l'autre bout de la pièce.

Bane prit une profonde inspiration et ferma les yeux. Une énorme exclamation jaillit de la foule, puis le silence. Il remarqua que le sang ne coulait plus de la table sur laquelle était allongé Polon. Il se leva, enfila son casque en fer bruni et attendit. Son cœur battait de plus en plus vite. Il avait le souffle court.

Les portes s'ouvrirent et Telors entra, enlevant son heaume et le jetant contre le mur. Le casque tinta comme une cloche et roula sur le sol. Du sang coulait de plusieurs blessures en haut de ses bras et il avait une entaille au-dessus du genou gauche. Comme il pénétrait dans la salle, le chirurgien se leva et lui fit signe de le suivre dans la pièce d'à-côté. Telors obéit.

Bane dégaina son épée courte et avança vers les portes. La voix de Rage l'arrêta :

— Reste concentré. Fais abstraction de la foule et concentre-toi sur ton adversaire. N'utilise pas notre stratégie trop tôt.

Bane avait la bouche sèche. Les portes s'ouvrirent et il sortit à l'air libre, sous le soleil. Le bruit de la foule était assourdissant. Onze mille spectateurs étaient venus. Bane s'arrêta et scruta la foule. Il n'avait jamais vu autant de personnes réunies au même endroit et l'espace d'un instant il resta impressionné par cette multitude. Les Gaths étaient venus par milliers pour voir un Rigante se battre face à un guerrier de Roc. Bane respira profondément. Le ciel au-dessus de lui était bleu et dégagé, il n'y avait pas une once de vent. Bane reprit sa marche vers la section surélevée où se trouvaient Persis Albitane et ses invités. L'entrée est des gladiateurs s'ouvrit et Falco apparut. Bane ne le regarda pas et fixa les yeux sur le petit groupe d'hommes dans l'enceinte des propriétaires.

Persis était assis à côté d'un homme maigre portant une robe mauve, et autour d'eux se trouvaient leurs invités, les dirigeants de Goriasa. Il y avait plusieurs hommes en armure intégrale, et Bane supposa qu'il s'agissait des officiers de la garnison. Le magistrat Hulius était là lui aussi. Plusieurs enfants se tenaient contre la rambarde. Bane trouva leur présence malsaine. Les enfants ne devraient pas voir des hommes s'entre-tuer et mourir.

Il essaya d'oublier ces pensées en approchant de l'arène et attendit que Falco le rejoigne.

Alors, les deux hommes levèrent leurs épées pour saluer les invités, et Bane répéta les mots que Rage lui avait appris :

— Ceux qui vont mourir vous saluent !

Il se tourna vers Falco et lui tendit la main. L'homme de Palantes la serra. Puis, ils se détournèrent et rejoignirent le centre de l'arène pour attendre. Persis se leva et fit un geste aux trompettes. Trois notes retentirent.

La foule rugit. Falco attaqua. L'espace d'une seconde, Bane ne réagit pas, puis il para sauvagement, et fit une pirouette de côté afin d'éviter l'assaut meurtrier de son adversaire. Leurs lames s'entrechoquèrent à nouveau, et encore, et encore. Tout comme Rage l'avait prédit, affronter un gaucher s'avérait plus difficile, et Bane se sentait maladroit et désordonné.

Il essaya de ne pas prêter attention aux beuglements de la foule et se concentra sur son adversaire. Falco se déplaçait bien, et toujours en équilibre. Il était rapide et confiant, tant et si bien que Bane avait du mal à contenir ses attaques. Une partie du Rigante fut pleine de gratitude pour l'entraînement que lui avait fait subir Rage, car, sans celui-ci, il aurait déjà été tué.

Ils bataillèrent furieusement un moment. Aucun des deux combattants ne réussit à entailler son adversaire dans les premiers échanges, car les deux hommes étaient trop occupés à essayer de lire les mouvements de l'autre. Rage avait dit à Bane, et l'avait répété sans cesse, qu'un duel est comme une danse. Qu'il a un rythme qui lui est propre. L'épaule droite de Falco s'affaissa légèrement et il lança un long coup d'estoc plongeant. Bane para. Falco en profita pour passer son pied droit derrière le talon de Bane et le balaya. Bane s'écroula sur le sol. Falco se précipita pour le coup fatal. Bane fit une roulade et l'épée de Falco se planta dans le sable. Bane se releva vite. Il bloqua une nouvelle attaque et frappa Falco au visage d'un grand coup de poing, ce qui le fit reculer sérieusement. Bane chargea – et faillit mourir. Falco avait récupéré presque immédiatement et, voyant l'attaque, avait aussitôt enchaîné un coup d'estoc. Bane pivota sur sa droite en catastrophe, abattant rapidement son épée vers le bas. La lame ricocha sur les poignets de force de Falco. Ce dernier asséna un uppercut au ventre de Bane et les deux hommes s'écartèrent l'un de l'autre pour se tourner autour.

Bane bondit et lança un vilain coup de taille en direction de la gorge de Falco. Le gladiateur esquiva et son glaive jaillit et entailla le haut de l'épaule de Bane. Du sang gicla de la blessure et la foule explosa.

— Le début de la fin, dit Falco. J'ai assez joué avec toi, sauvage.

L'homme de Roc attaqua avec une énergie nouvelle, et son maniement de l'épée était tout bonnement incroyable. Bane resta calme et bloqua chaque attaque, attendant le bon moment. L'épaule droite de Falco s'affaissa. Bane joignit les mains et fit passer son glaive dans sa main gauche. Falco plongea. Bane para l'attaque à l'aide de son poignet de force. L'espace d'une seconde, Falco reconnut le mouvement qui allait lui être fatal. Ses yeux s'écarquillèrent d'effroi. Le glaive, à présent dans la main gauche de Bane, s'enfonça dans son ventre nu et lui transperça le cœur. Falco s'effondra contre son tueur. Bane le repoussa et dégagea son glaive.

Falco n'avait pas encore touché le sol que des esclaves avaient surgi pour emporter le corps et nettoyer le sang.

Bane leva son épée dégoulinante et s'abreuva aux cris d'une foule gathe en délire. Bane resta ainsi de précieuses secondes, au comble de l'allégresse. Puis, il nettoya son épée sur le sable. La blessure à son épaule était peu profonde et il n'avait aucune envie de retourner dans les ténèbres de la salle des épées. Il traversa l'arène, le bruit des applaudissements emplissant ses oreilles, et grimpa les gradins pour aller s'asseoir. Des hommes l'entourèrent aussitôt, lui tapant dans le dos. C'est alors qu'il vit Rage fouler le sable.

Toute sa joie l'abandonna aussitôt. Il n'avait connu cet homme que peu de temps, mais il avait déjà beaucoup d'estime pour lui. Voilà qu'il était à présent parcouru par un sentiment de peur maladive. Il ne l'avait pas remercié, ni ne lui avait dit au revoir. Il ne lui avait même pas souhaité bonne chance.

Rage traversa l'arène, l'épée au fourreau, son casque sous le bras, son écharpe rouge aussi brillante que du sang au soleil. Vorkas arriva de l'autre côté de l'arène. Bane se leva et agrippa la rambarde. Il regarda les deux hommes se présenter devant Persis et ses invités. Ils saluèrent et reculèrent.

Rage essuya son casque et le mit sur sa tête. Vorkas se positionna en face de lui. Les trompettes retentirent.

Une seconde plus tard, Vorkas était étendu mort, sur le sol.

Rage rengaina son arme et retourna dans la salle des épées.

La foule était muette. Tous les spectateurs regardaient fixement Vorkas, et virent que du sang giclait à gros bouillons de sa gorge. Même Bane n'avait pas vu le coup fatal. Il repassa l'enchaînement dans son esprit. Vorkas avait donné un coup d'estoc haut et Rage avait paré. Quand le Rigante réalisa ce qui s'était passé, ce fut un choc. Rage avait tué Vorkas avant de parer. Tandis que l'épée de Vorkas fondait vers Rage, ce dernier était venu au contact, lui avait tranché la gorge d'un coup de taille, et la lame avait continué son parcours pour venir bloquer l'attaque. C'était une manœuvre désespérée.

Des citoyens de Roc se mirent à hurler leur mécontentement face au manque de spectacle. D'autres restaient simplement assis à se demander ce qui venait de se passer. Bane sauta dans l'arène et courut jusqu'aux portes ouest. Il pénétra dans la salle des épées. Rage était en train d'enlever ses poignets de force.

— Tu as été magnifique, lui dit Bane.

Rage ne répondit pas. Il défit son baudrier et le posa à côté de ses poignets et de ses jambières. Puis il fit tomber son kilt en cuir et le jeta sur un siège à côté.

— Tu vas bien ? s'enquit Bane.

Rage lui fit face, le visage tendu, essayant de retenir ses émotions.

— Cinq de mes amis sont morts, mon garçon.

— Mais tu es en vie, répondit doucement Bane.

— C'est vrai.

— Tu avais prévu ce mouvement depuis le début, avoue ? Tu as dit toi-même que Vorkas essaierait de faire durer le combat. Qu'il n'entamerait pas par une attaque fatale. Tu as tout risqué sur cette stratégie.

— C'est pour ce risque que nous sommes payés, Bane. Est-ce que tu as changé ton épée de main comme prévu ?

— Oui. Il l'a vu trop tard.

— Il serait temps que tu t'occupes de ta blessure. Ne laisse pas Landis la nettoyer, le flot de sang s'en est déjà chargé.

Telors entra dans la pièce, ses blessures suturées. Le guerrier à la barbe noire leur adressa un sourire las.

— Je suis content de te voir en vie, mon ami, dit-il à Rage.

Une fois de plus, les deux hommes se serrèrent la main.

— As-tu misé sur toi ? lui demanda Rage.

— Non, répondit Telors. Je pensais qu'il était meilleur que ça. (Il soupira.) En fait, il l'était – mais il manquait de cœur à l'ouvrage. Si j'avais eu une once de son talent, je serais devenu Gladiateur Un. (Telors s'écroula sur un banc et regarda le cadavre de Polon dans l'autre pièce.) Il savait qu'il allait mourir. Je l'ai vu dans ses yeux la nuit dernière, déclara-t-il.

Landis, le chirurgien, entra, vit la blessure de Bane et l'appela dans l'arrière-salle. Il ne parla pas mais fit asseoir le jeune homme avant de prendre une aiguille et du fil. Rapidement et de façon experte, il recousit Bane. Puis, alors qu'il coupait le fil, il regarda le Rigante droit dans les yeux.

— Eh bien, mon garçon, c'était ton choix. Es-tu content de toi ?

— Je suis en vie, répondit Bane.

— Et huit hommes sont morts, répliqua Landis. Huit âmes chassées de ce monde. Davantage de mères qui pleurent, davantage d'enfants qui connaîtront le chagrin. Est-ce que c'est la vie que tu souhaites ?

— Non, pas vraiment, rétorqua Bane. Mais il faut ce qu'il faut.

— C'est faux ! Tout est une question de choix. Ensuite, il faut accepter les conséquences.

Bane le remercia et retourna dans la salle des épées pour y retirer son armure. Après quoi, il enfila son pantalon, une tunique, et un gilet à liseré de fourrure. Rage et Telors étaient déjà prêts.

— Partons d'ici, dit Rage. J'ai besoin de revoir la ferme.

Lorsque les trois gladiateurs atteignirent les écuries, la foule n'avait pas fini de quitter le stade. Les spectateurs poussèrent une ovation en apercevant Bane, qui les remercia d'un geste de la main.

Alors qu'ils approchaient de la ferme, des nuages lourds de neige s'accumulaient dans le ciel. Cara était assise sur le seuil, une grosse couverture en laine bleue autour des épaules. En les voyant descendre la colline, elle jeta la couverture et se précipita à leur rencontre. Rage tira sur ses rênes et mit pied à terre. Cara se jeta dans ses bras. Il la serra contre lui.

— Je vais bien, princesse. Je vais bien, murmura-t-il.

— Plus de combats, supplia-t-elle. Plus de combats, grand-père.

— Plus de combats, promit-il.

Bane mena les montures à l'écurie tandis que Telors, Rage et Cara entraient se réchauffer. Bane dessella les chevaux et les bouchonna ; ensuite, il remplit leurs mangeoires de fourrage. Puis, il grimpa jusqu'au grenier à foin et s'assit pour contempler les collines. Il se sentait vidé, mais pas fatigué. Le souvenir de l'arène l'obnubilait : le rugissement progressif de la foule, le regard de Falco au moment où la lame le transperçait, l'exaltation lorsque son adversaire était mort. Et derrière tout cela, le visage souriant de Voltan.

— Je te retrouverai, murmura Bane. Et je te tuerai.

Il descendit du grenier et rentra dans la ferme. Rage était assis dans un grand fauteuil, Cara sur ses genoux. La fillette avait passé ses bras autour du cou du gladiateur, et ses yeux bleus reflétaient encore la peur qu'elle avait éprouvée. Tant Rage que Telors étaient silencieux, et Bane eut le sentiment d'être un intrus. Il les laissa profiter de ce moment d'amitié paisible.

Le feu avait été allumé dans sa chambre, et celle-ci était illuminée par le rougeoiement chaleureux des flammes. Il retira ses vêtements et se faufila sous les couvertures, reposant sa tête sur l'oreiller. Les sutures à son épaule le tiraient et la blessure le démangeait.

Il essaya de faire abstraction de la gêne et pensa plutôt à Lia et à tout ce qui aurait pu être.

Il était minuit passé et Bane ne trouvait toujours pas le sommeil. Excédé, il repoussa les couvertures et se leva. Le feu était presque mort et à présent il faisait froid dans la pièce. Il s'approcha de l'âtre et souffla doucement sur les braises afin de les raviver, puis il ajouta quelques brindilles. De petites flammes jaillirent autour du bois et lorsqu'elles eurent bien pris, il rajouta des bûchettes. L'odeur de la fumée était forte, aussi se rendit-il à la fenêtre pour ouvrir les volets. La lune était haute dans le ciel et les étoiles bien visibles. Une brise fraîche et glacée courut sur son visage et son torse. Il entendit les ronflements de Telors venant de la chambre d'à côté.

Maussade, Bane contempla les collines enneigées. Rien ne bougeait dans le silence de la nuit. Il frissonna et alla passer une grosse chemise en laine et un pantalon. Des pensées mélancoliques continuaient de l'assaillir – son échec à sauver Lia était ce qui le minait le plus, mais il pensait également à la mort de sa mère. D'une certaine manière, les deux événements paraissaient liés, et Bane éprouva un sentiment de honte, comme un poids sur sa nuque. S'il avait été plus intelligent et capable de lire et écrire, peut-être aurait-il trouvé un moyen de gagner la reconnaissance de Connavar. Mais, même ainsi, le roi aurait-il été réconcilié avec Arian ? C'était le désespoir qui l'avait tuée, alors, si Connavar était venu, peut-être serait-elle encore en vie et heureuse à l'heure qu'il était. Quant à Lia, si seulement il l'avait emmenée loin, pensa-t-il, au Caer Druagh. Ou s'il s'était mieux battu, ou avait attaqué Voltan plus rapidement, alors la lame mortelle n'aurait pas mis un terme à sa vie.

Ressentant le besoin de marcher et de penser, il enfila ses bottes et passa son nouveau manteau fourré autour de ses épaules. Il descendit en silence l'escalier. Une fois dehors, il fut surpris de découvrir des empreintes de pas fraîches qui s'en allaient vers les collines. Il pouvait toujours entendre les ronflements de Telors à l'étage supérieur ; il se demanda donc pourquoi Rage était parti se promener dans la nuit.

Les traces de pas le menèrent à travers le terrain d'entraînement et dans les collines jusqu'à une petite grotte où Rage se trouvait assis devant un feu. En entendant Bane approcher, le vieux gladiateur leva la tête.

— Tu préfères rester seul ? lui demanda Bane.

— Je suis seul, que tu sois là ou pas.

Rage fit signe à Bane de s'asseoir à côté de lui sur un tronc d'arbre mort.

— Tu serais mieux devant un feu chez toi, lui fit remarquer Bane en tendant ses mains vers les flammes.

— C'est une maison en pierre. Elle empêche le monde extérieur d'entrer. J'avais envie de ne faire plus qu'un avec ces collines, de contempler les étoiles au-dessus de moi. Tu as déjà ressenti ça ?

— Non.

Rage soupira et Bane sentit l'odeur de l'uisge dans son haleine.

— Les Keltoïs sont pourtant censés être en communion avec la nature et marcher sur le chemin de l'esprit. Mais toi, tu ne sais pas de quoi je parle, c'est ça ?

— C'est important ?

— Non, sans doute pas. Est-ce que ta journée t'a plu ?

— Oui. J'ai éprouvé une sorte de jubilation lorsque mon ennemi est mort. Et les vivats de la foule étaient aussi doux que du bon vin. Je sais que ce n'est pas la même chose pour toi. Est-ce que tu as jamais ressenti ça un jour ?

Rage plongea sa main derrière le tronc et souleva une outre d'un litre d'uisge. Il en retira le bouchon et but une grande gorgée, puis, il passa l'outre à Bane.

— Je n'aurais pas dû me battre aujourd'hui, déclara Rage. C'était une erreur née de l'arrogance. J'ai essayé de me persuader que je le faisais pour le cirque, pour mes camarades. Mais la vérité, c'est que j'étais... contrarié. Avant, je combattais pour Palantes. Ils ont gagné une montagne d'or avec mes duels. Aujourd'hui, ils voulaient se faire quelques pièces de cuivre en plus sur la mort du vieux fermier. J'aurais dû leur dire d'aller... se faire voir. C'est ce qu'aurait fait un homme. Aucun ego meurtri ne vaut la peine que j'ai faite à Cara.

— Mais tu leur as fait du mal, quand même, pointa Bane. Tu as tué leur meilleur jeune espoir.

— Bah, cela n'a aucune importance pour eux. Ils en trouveront un autre. Ma fierté ne valait pas qu'un homme perde la vie. En tout cas, cela ne valait certainement pas la mort de cinq de mes camarades.

Il but une nouvelle gorgée et regarda le ciel. Il manqua de tomber du tronc, mais Bane le rattrapa.

— C'est de là qu'on vient, marmonna-t-il.

— D'où ça ? Du ciel ?

— De quelque part par là, dit Rage en agitant la main en l'air. C'est une voyante – une femme sage – qui me l'a dit. Nous ne sommes que de la poussière d'étoiles. Elle était très sage, cette femme.

— Je dirais plutôt que c'était une idiote, protesta Bane. Je suis le fruit de l'excitation d'un homme qui a abusé de ma mère.

— De la poussière d'étoiles, répéta Rage. (Il posa sur Bane des yeux bouffis.) Il y a longtemps – très, très longtemps – une étoile a explosé, et sa poussière s'est répandue dans les cieux. Cette poussière magique a recouvert la terre, et c'est de là que sont venues toutes les formes de vie. Les poissons et... les trucs. Arbres. Et lorsque ces trucs vivants meurent, la poussière magique est libre à nouveau, et fait de nouveaux arbres et... et...

— Des poissons ? l'aida Bane.

— Oui. Des poissons. (Il soupira.) J'ai ressenti beaucoup de peine pour Vorkas. Il n'aurait pas dû perdre, et il l'a su au moment de sa mort. Il s'attendait à ce que je sois sur la défensive, à ce que je lise ses mouvements. Lorsque mon épée lui a tranché la gorge, ses yeux ont changé. Il avait l'air d'être redevenu un enfant, perdu et déconcerté.

Rage prit plusieurs grandes gorgées.

— Je croyais que tu ne buvais pas, vieil homme.

— C'est vrai. Je ne supporte pas l'alcool. As-tu déjà vu un fantôme ?

— Je crois. J'ai fait un rêve quand j'étais blessé. Mon grand-père venait me voir.

— Moi je vois son fantôme de temps en temps, déclara Rage. Sa robe est couverte de sang et elle tient un couteau à la main. Ce soir elle se tenait au pied de mon lit. J'ai vu sa bouche bouger, mais je n'ai pas compris ses mots. Puis elle a disparu. (Il frissonna.) C'est moi ou il commence à faire froid ? demanda-t-il.

Bane trouva une petite réserve de bois non loin et tisonna le feu.

— Est-ce que tu sais qui est ce fantôme ?

— Oui, je la connaissais.

— C'était ta femme ?

— Ma femme ? Je n'ai jamais été marié, mon garçon. J'ai été soldat pendant dix ans, ensuite je suis devenu gladiateur. J'ai jamais eu le temps de me marier. Mais des prostituées, ça oui. Plein. De gentilles filles, pour la plupart.

— Comment se fait-il que tu aies une petite-fille, alors ?

Rage souleva l'outre et la secoua.

— Y en a pu, dit-il. Elle était pleine et maintenant elle est vide. (Il gloussa.) C'est la vie.

— Tu as bu tout ça ? s'exclama Bane soudain inquiet.

Le jeune homme connaissait des gens qui étaient morts après avoir ingurgité une telle quantité d'uisge.

— Je crois que je vais dormir, marmonna Rage.

Il se pencha en arrière et tomba du tronc. Bane essaya de le secouer, mais le vieil homme était inconscient. Il le prit par les bras et tenta de le soulever par-dessus son épaule afin de le porter chez lui. Mais Rage était un homme plutôt grand et trop lourd comme poids mort. Bane le laissa glisser au sol.

Il faisait en dessous de zéro, et le petit feu ne pouvait pas vraiment rivaliser face à un tel froid. S'il n'arrivait pas à ramener Rage, celui-ci risquait de mourir. Bane poussa un juron. Puis, il rapprocha Rage du feu et le couvrit avec son propre manteau. Il allait devoir rentrer à la ferme et réveiller

Telors. En y repensant, il savait pertinemment que Rage risquait de mourir de froid avant leur retour. Il jeta un rapide coup d'œil autour de lui et rajouta dans le feu tout le combustible qu'il put trouver. La température continuait à baisser et Bane, frissonnant, se recroquevilla près des flammes.

Tout à coup, le froid disparut. Bane sentit comme une brise de printemps souffler dans son dos. Un corbeau vint se poser près de Rage et se mit à observer le vieux gladiateur inconscient. Bane se retourna lentement.

Une vieille femme avec un long bâton sortait des bois.

— Salut à toi, Rigante, dit-elle d'une voix étouffée par l'épais voile qu'elle portait.

La vieille femme vint s'asseoir sur le tronc d'arbre et approcha une main du feu. Les flammes jaillirent et se mirent à danser autour de ses doigts, puis sur sa paume. Elle referma les doigts sur les flammes et Bane vit que son poing brillait comme une lanterne. Il tourna de nouveau la tête et regarda le chemin par où elle était arrivée. Il n'y avait pas d'empreintes dans la neige. La peur s'empara soudain de lui. Tous les Rigantes connaissaient les Seidhs, les dieux de la forêt. Mais de tous, c'était la Morrigu qu'on craignait le plus, et peu parmi les Keltoïs osaient prononcer son nom à voix haute. On disait que cela portait malheur.

— Tu es la Vieille Femme de la forêt, finit-il par dire. Tu es venue voir Banouin lorsque nous étions dans la plaine de Cogden. Tu as fait apparaître des fantômes.

— Je ne les ai pas fait apparaître, répliqua-t-elle.

Elle pencha sa tête voilée pour regarder Rage.

— C'est un homme bon, lui dit Bane. Et mon ami. N'essaie pas de lui faire du mal.

— Je n'ai pas envie de lui faire du mal, mon enfant.

Le corbeau sautilla sur le sol jusqu'à atteindre la tête du vieux gladiateur. Bane dégaina son couteau.

— Si cet oiseau de malheur lui donne ne serait-ce qu'un coup de bec, je lui tranche sa maudite tête, affirma-t-il.

— C'est incroyable ce que tu ressembles à ton père, lui dit-elle. Tu te sers de la colère pour noyer la peur. Tu es là, le cœur battant à tout rompre, les membres tremblotants, et pourtant tu me défies. Toutefois, ton couteau est inutile.

— Que veux-tu ? Je n'ai pas besoin qu'un de tes cadeaux viennent me faire souffrir et mourir.

— Que les hommes sont arrogants, dit-elle. Lorsque les Seidhs sont nés, le monde était encore en ébullition et des tempêtes ravageaient la planète ; des tempêtes d'une violence inimaginable pour toi. De la roche en fusion giclait de montagnes brisées, et la terre tremblait et s'entrechoquait toute seule. Les Seidhs étaient déjà là, Bane. Nous avons assisté à la mort d'étoiles et à la naissance de l'homme. Nous avons vu vos ancêtres, les mangeurs de limaces, ramper hors de leurs cavernes et lentement, oh, si lentement, commencer à apprendre. Et nous vous avons aidés, inspirés. Nous vous avons fait sortir de la boue pour vous montrer le ciel, et les étoiles. Nous avons nourri votre esprit. Ainsi vous avez grandi. Mais vos esprits sont toujours petits et mesquins. Vous rabaissez tout afin de compenser votre manque de compréhension. Te faire souffrir ? Te voir mourir ? Mon enfant, j'ai vu ton arrière-grand-père mourir, et son arrière-grand-père. Quelles souffrances pourrais-je t'infliger que tu ne ressentes déjà ?

— Je sais ce qu'on raconte sur toi, contra Bane. Tes cadeaux sont dangereux.

Elle se tourna pour lui faire face. En entrapercevant la corruption sous le voile, il blêmit.

— De temps en temps, lorsque tu cours dans ces collines avec ton ami, tu écrases un insecte sous ton talon. Comment les autres insectes perçoivent-ils le sens de ta vie, Bane ? Est-ce qu'ils se disent : « Il a été créé pour nous détruire » ? Pensent-ils que tu es un terrible démon invoqué pour détruire leur race ? Mon but sur cette terre n'est pas de faire souffrir les hommes. Je me moque des hommes. Nous vous avons inspiré une compréhension de la beauté du monde. Mais nous n'avons pas réussi à changer votre nature. Vous êtes des tueurs. L'avidité et la luxure vous embrouillent, créant en chaque homme une guerre que l'esprit ne remporte que rarement. (Elle se tut un moment.) Je ne suis pas ton ennemie, Bane. Je ne suis pas non plus l'ennemie de l'homme.

Rage poussa un grognement dans son sommeil.

— Ses rêves sont agités, déclara la Morrigu.

Rage serra les poings et grogna de plus belle. Doucement, elle le toucha du bout de son bâton. Le gladiateur soupira et se rendormit paisiblement.

— Dors bien, Vanni, murmura-t-elle. Dors d'un sommeil sans rêves.

Il y avait presque de la tendresse dans le ton de la Morrigu, si bien que Bane fut surpris.

— Tu le connais ?

— Je le connais depuis plus longtemps que toi, Bane. La première fois que je l'ai vu c'était encore un jeune soldat. Quatre de ses camarades avaient traîné une jeune Keltoïe dans les bois afin de la violer avant de la tuer. Vanni les en a empêchés. J'ai vu beaucoup d'actes de bonté chez cet homme. Et puis il y a eu Palia.

— Palia ?

— L'enfant qu'il a élevée comme sa fille. La mère était une prostituée, ce que les soldats de Roc appellent « la putain du régiment ». Elle suivait les armées en campagnes et s'était retrouvée attachée au régiment de Vanni. Elle est tombée enceinte et a décidé de garder le bébé. Le régiment a payé son retour à Roc. Ils plaisantaient entre eux pour savoir qui était le père. Cela aurait pu être n'importe lequel des vingt soldats qui avaient payé ses services – dont Vanni.

» Puis la vraie bataille a commencé. Elle fut terrible et féroce. Le régiment de Vanni s'est retrouvé pris au piège dans les montagnes et a été presque anéanti. Vanni a réussi à s'échapper en portant sur son dos le seul autre survivant, blessé. Ce dernier est mort sous le bistouri du chirurgien. Lorsque Vanni est rentré à Roc, il a recherché la prostituée pour découvrir qu'elle avait été tuée par un malfaiteur dans une allée sombre. L'enfant qu'elle avait mise au monde était élevée par la femme du propriétaire du bordel où elle vendait ses charmes. Vanni a racheté l'enfant et l'a placée dans une bonne famille. Il a payé ses habits, sa nourriture, son logement et son éducation.

— Pourquoi a-t-il fait ça ? s'enquit Bane. Il ne savait pas qui était le père.

— Pourquoi as-tu sauvé le cheval dans la rivière ? rétorqua-t-elle.

— Tu étais là ?

— Je suis partout, Bane. Mais je parlais de Vanni. Il a appelé l'enfant Palia, et elle est devenue une très belle fille, tant de corps que de nature. Mais son âme était fragile. Elle est tombée amoureuse d'un homme qui s'est servi d'elle et l'a rejetée lorsqu'elle est tombée enceinte. Son esprit est devenu dérangé après ce qu'elle considérait comme une trahison, et peu de temps après que son enfant est venue au monde, elle a pris un couteau et s'est tranché les veines.

— C'est le fantôme que voit Rage, murmura Bane.

— Oui, da, le fantôme.

— Il a donc fait tout ça pour rien, commenta Bane.

— Jeune imbécile ! siffla la Morrigu. De tels actes de bonté et de gentillesse ne sont jamais inutiles ! Ils nourrissent le monde ! Comme une pierre qui tombe dans un étang, ils envoient des ondes dans toutes les directions. Ils inspirent et, ce faisant, font croître l'esprit.

— Est-ce que Rage a tué l'homme qui l'avait trahie ?

— Non. L'homme était un soldat. Son seul crime a été de séduire Palia. Il ne lui avait fait aucune promesse, et de plus il avait déjà quitté la ville avec l'armée pour partir en campagne. À cette époque, Vanni était déjà devenu Rage, le Gladiateur Un. Mais la mort de Palia a failli le détruire. Il a continué à se battre un certain temps, mais son cœur était brisé. Puis, le jour est venu où il n'a plus pu se battre. Il a quitté l'arène et a emmené sa petite-fille avec lui, à Goriasa.

— Tu dis que tu l'aimes bien, fit remarquer Bane, pourtant c'est un tueur. N'est-ce pas contradictoire ?

— Vous êtes tous des tueurs, répondit la Morrigu. Mais il y a chez Vanni une recherche de l'esprit et une bonne mesure de bonté, de gentillesse et de compassion. Il est ce que nous autres, Seidhs, appelons « une grande âme ».

Bane baissa les yeux vers Rage qui dormait toujours. Le froid de l'hiver roula sur la neige et Bane frissonna.

— Ah, vous voilà, dit Telors qui émergeait d'entre les arbres.

Bane jeta un coup d'œil à droite. La Morrigu n'était plus là. Le gladiateur avança difficilement dans la neige et vint s'agenouiller à côté de Rage.

— Je savais qu'il ferait ça, déclara-t-il. C'est pour cela que je suis resté cette nuit.

Ensemble, ils relevèrent Rage. Telors se baissa et fit passer l'homme endormi sur son épaule. Il tituba sous le poids et entama la longue marche de retour jusqu'à la ferme. À mi-parcours, Telors était épuisé, aussi Bane prit-il la relève. Lorsqu'ils atteignirent enfin la ferme, les deux hommes étaient à bout de forces. Bane allongea Rage sur le tapis devant l'âtre de la pièce principale. Telors prit un coussin sur l'un des divans et le plaça sous la tête du vieux gladiateur. Pour finir, ils le couvrirent et allèrent dans la cuisine. Telors alluma une lanterne et se servit un verre d'eau.

— Il a beaucoup bu, l'informa Bane. J'ai entendu dire qu'on pouvait mourir après avoir bu une telle quantité.

— Je vais rester avec lui.

Bane se coupa une tranche de pain et la tartina de beurre avant de s'asseoir à la table avec Telors.

— Je croyais qu'il ne buvait pas d'alcool fort, dit Bane.

— Normalement, non. Il a commencé à Roc après… une tragédie personnelle. Les duels à mort le touchaient énormément. Après chaque combat, il allait se saouler et disparaissait quelque part. Mais j'arrivais toujours à le retrouver pour le ramener chez lui.

Telors se leva et se rendit à un petit placard d'où il sortit une petite cruche d'uisge. Il en versa une goutte dans son gobelet d'eau. Il passa la cruche à Bane qui la porta à ses lèvres et en but plusieurs gorgées.

— Est-ce qu'il a beaucoup parlé ? lui demanda Telors.

— De quoi ?

— Oh, de la vie…, de son passé ?

Bane vit le regard inquiet de Telors.

— Non. Il a dit quelque chose comme quoi nous viendrions des étoiles. C'est tout.

Telors eut l'air soulagé.

— Il ira mieux demain matin. Cara lui préparera un bon petit déjeuner. C'est une gentille fille. Je ne voudrais pas qu'elle ait de la peine.

Bane comprit alors l'angoisse de Telors. Cara ne savait rien du suicide de sa mère, ni la vérité sur son passé. Bane prit une nouvelle rasade d'uisge. La boisson était très forte et il en ressentit presque aussitôt les effets.

— Rage a été magnifique dans son duel, hier, dit-il pour changer le sujet. Rapide, sûr et précis.

— C'est tout Rage, ça, dit Telors dont le sourire détendait le visage.

— Est-ce qu'il aurait pu battre Voltan ?

— Je vois que tu apprends ton histoire. Eh bien, la réponse est que je ne sais pas vraiment. Les deux étaient impressionnants au même âge. Je dirais que, si je devais miser tout mon argent sur un combattant, je choisirais Voltan. Mais si quelqu'un devait se battre pour ma vie, je voudrais que ce soit Rage. Est-ce que cela répond à ta question ?

Bane tangua sur son siège et la pièce se mit à tourner. Telors éclata de rire.

— Tu ferais mieux d'aller te coucher, mon garçon. Je suis trop fatigué pour te porter dans l'escalier.

Chapitre 7

Bane flottait dans une mer de rêves, des visages et des images défilaient dans son esprit, se fondant et se transformant. Il vit sa mère, Arian, puis Vorna, Parax le vieux chasseur, et Falco le gladiateur... Un flot incessant de gens s'écoulait devant lui. Il essaya de les toucher, mais ses doigts passaient à travers les images, les faisant onduler comme si elles étaient faites d'eau. Il se réveilla en sueur et repoussa ses couvertures. La pièce était froide, de la glace avait obstrué les volets.

Il se redressa et gémit. Des marteaux incandescents tambourinaient sous son crâne. Il se leva et s'habilla en vitesse puis sortit de sa chambre. Dans la cuisine, Cara aidait la grosse Gathe, Girta, à laver les assiettes du petit déjeuner.

— Tu as dormi tard, lui dit Cara. Je peux te faire griller un peu de pain d'hier, si tu veux ?

— Il serait le bienvenu, dit Bane.

Le martèlement dans sa tête se calma un peu, mais une douleur sourde le prit derrière les yeux. Il s'assit et se massa les tempes. Les veines sous sa peau étaient aussi dures que du fil de cuivre. Girta déposa un sachet en mousseline dans une tasse et versa ensuite de l'eau chaude. Un doux arôme emplit la pièce. Elle plaça la tasse devant lui.

— Attends un peu, lui conseilla-t-elle, et bois-le. Cela te fera du bien.

Bane se força à sourire.

— J'ai l'air d'aller si mal que ça ?

— Tu es très pâle, et tu as des cernes sous les yeux. Des cernes d'uisge.

Elle lui sourit. Bane se frotta les yeux. Il pensait n'avoir pris que quelques gorgées d'uisge, mais à présent il se souvenait de la force du breuvage. Il avait eu l'impression d'avaler du feu.

Quelques minutes plus tard, Cara revint avec une assiette de tartines chaudes et beurrées. Bane la remercia et but sa tisane. Girta avait raison. Sa tête se dégagea presque aussitôt.

— Où sont Rage et Telors ? demanda-t-il.

— Ils ont pris leur petit déjeuner il y a une heure et sont partis courir un peu, l'informa Cara. Telors m'a dit de ne pas te réveiller parce que tu avais bu de l'uisge. (Elle lui adressa un regard accusateur.) Grand-père dit que les gladiateurs ne devraient pas boire d'alcool fort. C'est comme un poison, dit-il.

— C'est un homme très sage, fit observer Bane.

— Il ne va plus jamais se battre, lui apprit la jeune fille. Plus jamais.

— Je suis ravi de l'apprendre.

Elle regarda Girta.

— Cela a été une journée affreuse hier, n'est-ce pas, Girta ? À rester assises là, sans savoir si grand-père… Une journée affreuse.

— Mais aujourd'hui ce n'est pas si terrible, dit Bane.

— Aujourd'hui c'est mon anniversaire, lui apprit Cara. J'ai quatorze ans. Grand-père et moi allons aller en ville. Il va m'acheter un cheval. Pas un poney ! Un cheval. Et nous allons aussi racheter du bétail. Grand-père est riche à présent. C'est pour cela qu'il n'a plus besoin de se battre.

Comme Bane finissait son petit déjeuner, Rage et Telors arrivèrent au pas de course sur le terrain situé derrière la cuisine. Bane passa la tête par la fenêtre. Telors lui fit un signe de la main et marcha jusqu'à la fenêtre pour s'accouder au rebord.

— Les jeunes, ça ne résiste pas à la boisson, dit le gladiateur en souriant.

— Ce n'était pas la boisson, rétorqua Bane. C'est tes ronflements qui m'ont empêché de dormir toute la nuit.

Telors lui lança un peu de la neige qui se trouvait sur le rebord. Puis le bruit d'un cavalier qui approchait le fit se retourner. L'homme portait un riche manteau bordé d'hermine et des bottes d'équitation fourrées. Son cheval était une belle bête, bien pansée et à l'œil vif. Rage alla à sa rencontre. Bane resta à la fenêtre.

— Qui est-ce ? demanda-t-il à Telors.

— À en juger par l'aigle brodé sur sa tunique, je dirais qu'il vient de chez Palantes, répondit Telors avant d'aller rejoindre Rage.

Bane se dirigea vers la pièce principale et alla s'asseoir près du feu. Son mal de crâne avait presque disparu, mais il se sentait vidé de son énergie. Le fauteuil était profond et confortable. Il allongea les jambes et ferma les yeux.

— Quelqu'un pour toi, lui dit Rage.

Bane se redressa. Le visiteur, un homme grand et gros, inclina légèrement la tête en guise de salut. Bane discerna une odeur de parfum.

— Je suis Jain, premier esclave du cirque Palantes, déclara le nouveau venu d'une voix suave et mélodieuse. C'est un plaisir de te rencontrer.

Bane se leva et serra la main offerte. La poigne de l'esclave était molle et ses doigts moites.

— Je t'ai regardé combattre, hier. Tu as été très impressionnant. (Bane ne répondit pas.) J'ai parlé de toi avec Persis Albitane et lui ai fait une offre pour racheter ton contrat. En d'autres termes, le cirque Palantes serait désireux de te commanditer.

— Me commanditer ?

— Ils veulent que tu te battes pour eux, traduisit Rage.

— Cinq cents pièces d'or à la signature et deux cents pièces garanties à chaque combat. Ton logement et tes dépenses personnelles seront à la charge du cirque ; nous te fournirons même des armures et des armes.

Bane regarda Rage.

— Est-ce que c'est une offre honnête ?

— Oui, mais sans plus.

— Que me conseilles-tu ?

— D'y réfléchir, répondit Rage.

Bane toisa l'homme de Palantes.

— Je te donnerai ma réponse demain, dit le jeune Rigante.

— Tu ne recevras pas de meilleure offre, l'informa Jain tout en conservant son sourire.

— Demain, répéta Bane.

— Oui, oui, bien sûr. Eh bien, comme je le disais, c'était un plaisir, et félicitations pour ton duel. (Il se tourna vers Rage.) Félicitations à toi aussi. Nous pensions tous que Vorkas était destiné à devenir Gladiateur Un. Tu nous as montré notre erreur de jugement.

— Au revoir, dit Rage en lui ouvrant la porte.

L'homme quitta la ferme, grimpa en selle et s'en alla.

— Comme je te le disais, dit Rage, Palantes ne pleure jamais longtemps. Il y a toujours un guerrier prêt à se faire embarquer.

— Je n'aime pas cet homme, répliqua Bane. Pourtant, son offre me rapproche de ma… quête.

— Oui, da, c'est vrai, répondit Rage. C'est un cirque structuré, avec de bons entraîneurs et des installations de qualité : ils ont leurs propres bains, masseurs, chirurgiens. Ils ont même un bordel à eux réservé aux gladiateurs et aux propriétaires. Ils te loueront une maison et te paieront jusqu'à quatre serviteurs, ainsi qu'un entraîneur particulier.

— Dans ta bouche, cela a l'air tentant, dit Bane. Et maintenant dis-moi pour quelles raisons je devrais refuser.

— Je n'en vois aucune, mon garçon. Tu rêves de vengeance. Voilà qui t'aidera à te préparer pour ce jour. Ou bien tu mourras dans l'arène.

— Le cirque Palantes voulait ta mort, lui rappela Bane.

— Oui, c'est vrai. Mais il n'y avait aucune méchanceté derrière cela. Aucune passion, quelle qu'elle soit. Simplement la volonté de gagner plus d'argent. De telles gens ne méritent pas la haine, seulement le mépris. Si c'était à refaire, je ne me battrais pas pour eux. Mais nous ne parlons pas de moi, mais de toi. Tu n'as aucune raison de mépriser Palantes. Ils font ce qu'ils doivent faire. C'est dans leur nature. (Rage s'approcha de la porte.) À présent j'ai besoin de prendre un bain et ensuite je devrai me préparer pour emmener Cara en ville. Réfléchis à ce que je t'ai dit. Parles-en avec Persis. Je pense qu'il sera ici dans l'heure.

Deux heures plus tard, alors que Bane revenait d'une bonne course dans les collines, il aperçut deux chevaux attachés à l'extérieur de la ferme. Il ralentit son allure et s'arrêta enfin pour s'étirer. Il laissa le vent froid de l'hiver sécher la transpiration sur sa peau. Sa blessure à l'épaule, brûlée par le sel de sa sueur, le démangeait ; en revanche son mal de crâne était parti. Les événements de la nuit revenaient sans cesse le hanter. Pourquoi la Morrigu lui était-elle apparue ? Quel était son but ? Mais, par-dessus tout, il ressentait une profonde tristesse pour Rage. Au cours des semaines où il avait connu ce gladiateur vieillissant, il en était venu à l'apprécier, et il avait cru – malgré quelques pointes d'amertume – que c'était un homme heureux. Aujourd'hui il savait que Rage portait en lui un terrible chagrin.

Il frissonna ; le froid lui transperçait la peau. Il rentra dans la cuisine. Girta était là et préparait le repas du soir.

Elle lui sourit et lui indiqua d'un signe de tête la pièce principale.

— Tu as deux visiteurs, lui dit-elle. Tu es devenu très populaire.

Bane monta à l'étage, enleva ses habits et s'essuya avec une serviette. Il enfila un pantalon et une chemise propres, des bottes, et redescendit.

Persis Albitane, le visage radieux, se leva en le voyant entrer et alla, à grandes enjambées, lui serrer la main.

— Tu as l'air d'aller bien, mon ami, remarqua Persis. Laisse-moi te présenter Horath, qui représente le cirque Occian. Il était au stade hier.

L'homme avait à peine la vingtaine. Il était fin, avait les cheveux bruns et des yeux marron profondément enfoncés dans son visage. Ses vêtements valaient une fortune : une grosse chemise en soie grise qui brillait comme de l'argent, un pantalon en épaisse laine noire bordé de cuir lustré. À la taille, il portait une dague incrustée de joyaux avec un pommeau en or.

Bane accepta la poignée de main de cet homme, qui fut brève mais ferme, et alla s'asseoir sur une chaise près du feu.

— Horath est venu me voir ce matin, lui expliqua Persis. Il voulait savoir ce qu'il en était de ton contrat avec le cirque Orises.

— Je suis manifestement très demandé, observa Bane.

— C'est exact, Bane, confirma Horath en retournant à son siège. Le public de Roc se précipiterait pour voir un guerrier rigante.

— Quelle est ton offre ?

Horath eut un sourire et l'humour qui s'en dégageait était réel.

— La même chose que Jain, quoi qu'il ait proposé, plus une pièce d'or, déclara-t-il.

— Je suppose que le cirque Occian me tient en grande estime et que je serai traité là-bas comme un fils prodigue ?

Cette fois, Horath éclata de rire.

— Certains risquent de dire cela, mot pour mot, dit-il. Mais la réalité, comme tu dois t'en douter, c'est que tu seras une valeur marchande et traité comme tel. Lorsque tu gagneras tu seras loué et admiré, et le cirque Occian s'enrichira. Lorsque tu perdras, ton corps sera jeté dans une fosse commune et tu seras oublié au bout de quelques jours. Je serai alors envoyé à la recherche d'un guerrier pour te remplacer.

— Dans ta bouche, cela a l'air tentant, dit Bane. J'ai particulièrement apprécié que tu fasses référence à la fosse commune.

— Je n'aime pas tromper les gens, lui confia Horath. Je n'apprécie que moyennement les mensonges ridicules et la flatterie hypocrite. Même si, bien entendu, je m'en sers. Dans les cercles les plus hauts de Roc, c'est une pratique courante. Mais, si je peux éviter de le faire, je préfère. Je pense sincèrement que tu serais une acquisition de choix pour notre cirque et qu'en plus tu permettrais de remplir davantage le stade.

— Les gens viendraient voir le Barbare sauvage ? s'enquit Bane.

— Exactement.

— Qu'en penses-tu ? demanda Bane à Persis.

Le gros bonhomme écarta les mains.

— Il n'y a que trois grands cirques : Palantes, Occian et Poros. Deux d'entre eux te veulent déjà. Les deux sont respectés et t'offrent une chance de devenir un grand – et riche – gladiateur. C'est à toi de décider, Bane.

— Et le cirque Orises ? Est-ce qu'il souhaite que je reste ?

Persis sourit.

— Je ne ferai plus de duels à mort. Cela m'a fait plaisir de voir le stade rempli, mais je n'ai pas aimé voir des gens mourir pour en amuser d'autres. Non, j'ai d'autres projets. Si tu veux rester, tu es le bienvenu, mais je dois t'avouer qu'avec l'argent que je vais recevoir pour le rachat de ton contrat, je vais pouvoir développer le cirque dans d'autres directions. En bref, je ne suis pas la bonne personne à qui demander conseil, car je vais grandement profiter de ton départ. (Il gloussa et se tourna vers Horath.) Bon sang, mais ton honnêteté est contagieuse.

Bane se cala sur sa chaise. Afin de tuer Voltan, il devait apprendre à se battre aussi bien que ce Chevalier de Roc. La meilleure solution était de rejoindre un grand cirque. Finalement, il regarda Horath.

— Si tu engages Rage et Telors comme mes entraîneurs personnels, j'accepte ton offre. S'ils refusent, alors, je refuserai aussi.

— Tes services ne sont pas bon marché, répondit Horath, mais rien ne l'est dans ce monde. Très bien, je parlerai à Rage. Je dois avouer que le cirque Occian serait ravi de l'avoir en son sein.

Il se leva de son siège et passa son manteau autour de ses épaules. Lui et Bane échangèrent une poignée de main et les trois hommes sortirent. La luminosité était faible. Bane se tourna vers Persis.

— Alors, que vas-tu faire avec tout l'argent que tu as gagné ? s'enquit-il.

— J'ai l'intention d'acheter un éléphant, répondit joyeusement Persis.

Rage était mal à l'aise et bougeait sans cesse sur sa chaise. Telors était allongé sur un divan, ses longues jambes étendues devant lui.

— Qu'en pensez-vous ? leur demanda Bane. Est-ce que ça vous intéresse ?

— Moi, ça m'intéresse, dit Telors en jetant un regard vers le vieux gladiateur. Et toi, Vanni ?

— Je ne sais pas bien. J'aimerais revoir Roc, et ce ne serait pas une mauvaise chose que je fasse inscrire Cara dans une bonne école afin qu'elle soit prête à vivre dans la cité.

— Mais ? fit Telors.

Rage eut un sourire crispé.

— Je voudrais accepter pour de bonnes raisons, pourtant, au plus profond de moi, je ne vois là qu'une manière de faire payer Palantes.

— Y a rien de mal à vouloir se venger, déclara Telors.

— Cela ternit l'esprit, répliqua Rage en regardant Bane droit dans les yeux. Que vas-tu faire si je refuse cette offre ?

— Je vais rester ici en espérant que tu acceptes de continuer à m'entraîner. Je pense que tu es le meilleur, et j'apprendrai plus de toi que de n'importe qui d'autre.

— Ce n'est pas vrai, Bane. L'entraînement ne peut t'emmener que jusqu'à un certain point. La réalité du combat t'apprendra bien plus. Commençons par le commencement : tu es un guerrier talentueux, avec du cœur et de la rapidité. Il se pourrait que tu aies en toi le potentiel pour devenir un grand guerrier. Je ne sais pas encore si c'est le cas. En revanche, je sais que tu es loin d'avoir le niveau requis pour… accomplir ta quête. Si j'accepte de t'entraîner, je veux ta promesse que tu ne chercheras pas à accomplir ce que tu souhaites tant que je ne t'aurai pas dit que tu es prêt.

— Je ne suis pas sûr de pouvoir tenir cette promesse, objecta Bane.

— Si tu ne peux pas, alors nos routes se séparent ici.

— Est-ce que vous seriez plus à l'aise pour parler si je n'étais pas ici ? leur demanda Telors. J'ai l'impression que vous tournez tous les deux autour du pot.

Rage regarda Bane sans rien dire. Bane se tourna alors vers Telors.

— Un homme de Roc a tué une femme que j'aimais. J'étais là quand c'est arrivé. J'ai vu son épée lui transpercer les côtes. J'ai l'intention de traquer cet homme et de le tuer.

— C'est compréhensible, répliqua Telors. Quel est le problème ?

— L'homme en question est Voltan, avoua Rage.

— Oh ! Je vois.

Telors se frotta la barbe et se cala au fond de son siège en regardant le plafond.

— Je sais qu'il est bon, dit Bane.

Telors éclata de rire.

— Il faudrait qu'il perde la moitié de son talent pour n'être que bon. As-tu envisagé de le poignarder dans le dos ?

— Non, je veux l'affronter face à face.

— J'ai vu des centaines de guerriers, dit Telors. Des bons, des mauvais, des médiocres. Certains étaient même excellents. Mais je n'ai jamais vu que deux hommes à l'habileté quasi divine. L'un est Vanni, l'autre est Voltan. Les hommes comme eux sont rares, jeune homme. Ils sont de l'étoffe dont on fait les légendes. Il y a quelques années, Voltan était censé affronter un jeune prétendant au titre. Quelqu'un avait réussi à empoisonner son vin. Voltan a failli y passer. Deux jours plus tard, bien qu'ayant perdu cinq kilos et le corps affaibli par la fièvre, il est allé dans l'arène et a tué cet homme.

— Je me moque de savoir s'il est bon, excellent ou divin, rétorqua Bane. Si je le trouve, je le tue.

Telors écarta les mains et jeta un coup d'œil à Rage.

— Qu'en penses-tu ?

— Je vais accepter l'offre – du moins si tu fais la promesse que je t'ai demandée, dit Rage à Bane.

— Combien de temps va-t-il te falloir pour savoir si oui ou non je peux le battre ?

— Un an. Peut-être deux.

Bane resta silencieux un instant.

— Très bien. Je te fais la promesse d'attendre au maximum deux ans. Après ça, je prendrai ma propre décision. Ça te va ?

— Oui, répondit Rage.

— Roc m'a manqué, dit Telors. Il y a un bordel au bout de l'avenue Galiban qui n'a pas son pareil. Le paradis ne pourrait pas être plus satisfaisant qu'une nuit passée dans cet endroit.

— Alors c'est d'accord, convint Rage. Nous irons à Roc avec toi.

Banouin quitta la Grande Bibliothèque et s'en alla par le petit sentier de gravier blanc bordé d'arbres qui menait au lac artificiel. Une fois sur place, il s'installa sur son banc en pierre favori, situé sous un grand saule pleureur. Les branches tombaient autour de lui, leurs vrilles caressant l'herbe, comme un voile verdâtre. C'était un endroit d'une beauté silencieuse et Banouin, à chaque fois, avait l'impression d'être dans un rêve, libre de tous les soucis et tracas du monde. Pendant des années, lorsqu'il était enfant, il avait imaginé un endroit aussi calme et tranquille où se réfugier. Au plus profond du désespoir il avait toujours pensé à ce parc. Lorsque Forvar et les autres le tourmentaient, il rêvait de s'y abriter. Et aujourd'hui encore – près de deux ans après son départ des terres rigantes – le parc de Phésus restait à ses yeux un endroit d'harmonie particulier. Il ne s'en lassait jamais, même en hiver, lorsque le lac était gelé et que la neige recouvrait le sol. Il s'habillait chaudement et venait s'asseoir sur ce banc semi-circulaire pour rêvasser.

Et pourtant… ? Il devait bien s'avouer qu'il lui manquait quelque chose. Banouin réalisait qu'il était, dans l'ensemble, content, mais jamais heureux. Comme chez les Rigantes il ne s'était pas fait d'amis à Roc. Il y avait bien des gens qu'il appréciait – comme le vieux Sencra, son tuteur en histoire, et Menicas, le Gardien des Textes – mais aucun jeune. Banouin connaissait les noms de la plupart de ses camarades d'études, il leur souriait et les saluait même. Pourtant, aucun ne l'avait invité à l'une de leurs fêtes ou réunions, ni d'ailleurs cherché à avoir une relation plus intime avec lui. Banouin en était venu à penser que Bane avait certainement eu raison à son sujet. C'était un solitaire, et les gens le remarquaient – et donc l'évitaient. Mais il savait que cette raison ne suffisait pas, à elle seule, à expliquer ce manque de bonheur chez lui. Il en avait l'intime conviction. Pourtant il ne désirait pas essayer d'analyser la vraie raison.

Ces deux années dans la cité avaient été plutôt bonnes pour lui. Les lettres d'introduction d'Appius lui avaient permis d'entrer à l'université, et, grâce à la bienveillance du général Barus, il avait pu demander la citoyenneté de Roc ; celle-ci lui avait été rapidement accordée. Puis, son tuteur, Sencra, lui avait offert un emploi de scribe. Le salaire n'était pas faramineux, mais il permettait à Banouin de louer une chambre près de l'université. Heureusement il n'avait pas des goûts de luxe, ni l'envie d'aller dans des restaurants, au théâtre ou au stade. Banouin se contentait simplement d'étudier, de recopier d'anciens textes, d'errer dans la cité à s'extasier devant son architecture : les grandes rues et les larges avenues, les structures colossales, les statues superbes et les parcs.

Il s'asseyait souvent tout seul dans la section Antiquités de la Grande Bibliothèque, et cette solitude le déconcertait. Là étaient entreposées les histoires et les philosophies de plus d'une race disparue. Pourtant, peu d'érudits de Roc se préoccupaient de les étudier. Banouin y avait trouvé une carte des étoiles, un parchemin si friable qu'il se déchira presque entre ses doigts. Il l'avait recopié avec soin et avait ensuite replacé l'original dans sa niche. Il y avait d'autres cartes de pays lointains, et des parchemins écrits dans des langues que plus personne ne parlait. Il peina dessus, essayant de déchiffrer les glyphes et les barres. Quel savoir était contenu là ? se demandait-il. Sencra avait gloussé lorsqu'un jour il lui avait amené l'un de ces parchemins.

— C'est certainement l'histoire d'un héros surnaturel, lui avait-il dit. C'est sans intérêt.

— Mais comment peut-on en être sûr ?

— C'est assez simple, mon garçon. Nous savons que Roc est la plus grande cité jamais bâtie et que notre culture est la plus parfaite au monde. Par conséquent, les anciens écrits ne peuvent pas nous intéresser beaucoup. Nos propres philosophes sont bien plus avancés que tous ceux des âges passés.

Banouin n'avait pas trouvé l'argument convaincant, mais n'avait pas insisté auprès de Sencra. Le vieil homme était un bon tuteur. Mais il réagissait très mal à la critique.

Banouin, sous son saule, se mit à penser au Caer Druagh. Il regarda autour de lui pour s'assurer qu'il n'y avait personne et, une fois rassuré, il s'adossa à l'arbre et ferma les yeux. Son esprit s'extirpa de son corps et flotta à travers l'arbre. C'était l'une des raisons pour lesquelles Banouin adorait cet endroit. Ici – et rien qu'ici – il pouvait libérer son esprit de la prison de la chair. Lorsque ce Talent s'était manifesté, il s'était fait très peur, mais il avait rapidement découvert qu'en souhaitant simplement réintégrer son corps, son esprit retournait dans la chair. La première année il s'était aventuré toujours un peu plus loin, et finalement, un jour, il avait volé jusqu'au Caer Druagh pour survoler le village de Trois-Ruisseaux. La joie qui s'était emparée de lui en voyant les maisons de bois familières l'avait étonné.

Cette fois, il vit qu'il y avait un nouveau bâtiment, grand et de forme conique, au nord du village. Banouin flotta à l'intérieur. C'était manifestement une sorte de salle des fêtes ; plusieurs centaines de Rigantes y étaient réunis autour d'un festin. Le demi-frère de Connavar, Braefar, un petit homme blond aux yeux vifs et perçants, était assis au bout de la table. Il riait à une blague et buvait dans un gobelet en or.

Banouin ressortit et se rendit à la maison de sa mère. Vorna somnolait près du feu, la tête contre un oreiller. *Elle a l'air fatiguée*, pensa Banouin.

Les yeux de Vorna s'ouvrirent aussitôt et elle regarda son fils droit dans les yeux. Elle bâilla, s'étira et se leva.

— Vas-tu bien, mon fils ? lui demanda-t-elle.

— Très bien, lui répondit-il. Mais toi, tu as l'air fatiguée.

— Je suis revenue de Vieux-Chênes la nuit dernière. Il y a une épidémie. Quarante morts. Je crois que j'ai réussi à nettoyer le village. Tu as des nouvelles de Bane ?

— Non. Je sais qu'il est en train de devenir célèbre. Déjà six morts à son actif et quinze autres victoires en moins de deux ans. Il est devenu un Nom.

— Tu devrais faire la paix avec lui. C'était un bon ami pour toi.

— C'est un tueur d'hommes et nous n'avons rien en commun.

— Tu le crois vraiment ? Vous êtes tous les deux rigantes, nés dans l'ombre du Caer Druagh.

— Je suis un citoyen de Roc, mère, lui rappela-t-il.

— Ah oui, ça tu l'es. Mais c'est par choix. Tu es rigante par le sang, et ton nom d'âme a été entendu dans les montagnes et le Bois de l'Arbre à Souhaits.

— Nous avons déjà eu cette conversation, dit-il en souriant. Je ne l'ai pas accepté à l'époque et je ne l'accepterai pas davantage aujourd'hui. Je suis content, mère. Je suis ce que je suis.

— Tu ne sais pas encore qui tu es, lui répondit-elle. Être content ne suffit pas.

— Je suis content que tu ailles bien, rétorqua-t-il.

Il ouvrit les yeux dans le parc de Phésus. Comme toujours après un voyage astral, il revenait revigoré et curieusement remonté. Il se leva du banc, écarta les branches du saule et se rendit au bord du lac artificiel. Il regarda les poissons multicolores se faufiler sous la surface. Il leva les yeux et vit au loin les tours et les toits de Roc qui brillaient d'une aura blanchâtre sous le soleil de l'après-midi.

Roc représentait le futur. Un jour, il y aurait des cités semblables sur toute la surface de la terre, des endroits culturels d'une grande beauté. La guerre n'aurait plus sa place que dans les textes historiques.

Il entendit un bruit de course et se retourna brusquement. Un jeune homme courait le long du chemin bordé d'arbres. Il était pourchassé par plusieurs cavaliers. Celui de tête arriva à sa hauteur et le fit tomber. Alors, les autres sautèrent de leur monture et vinrent rouer de coups le jeune homme avec des gourdins. Banouin resta immobile. Ils portaient les capes noires et les armures des Chevaliers de Roc. L'un d'entre eux l'aperçut.

Les Chevaliers soulevèrent le jeune homme de terre. Ils lui attachèrent les mains et le forcèrent à marcher devant les chevaux. Le Chevalier qui avait aperçu Banouin s'éloigna du groupe et s'approcha de lui au trot.

Des ondes de pensées violentes irradiaient du cavalier, submergeant presque Banouin ; son esprit se révulsa et il eut un haut-le-cœur. Il invoqua son Talent et déclencha une vague de calme et d'harmonie qu'il concentra sur le Chevalier.

— Tu connais cet homme ? lui demanda le cavalier.

Banouin secoua la tête.

— Je l'ai déjà vu à la bibliothèque, seigneur, mais j'ignore son nom.

Banouin plaça le centre de son champ d'harmonie autour du cavalier et sentit que sa colère se calmait peu à peu.

— Et quel est ton nom ?

— Banouin, seigneur. Je suis un étudiant et un scribe.

— Banouin, hein ? Es-tu un loyal citoyen, Banouin ?

— Oui, seigneur. Et fier de l'être.

Le Chevalier fit tourner bride à sa monture et rejoignit ses camarades au galop. L'odeur spirituelle de la violence flottait toujours dans l'air et Banouin frissonna. Il rentra d'un pas lourd à la bibliothèque. La semaine précédente deux tuteurs et une dizaine d'étudiants avaient été arrêtés et traînés hors de l'université. On n'avait plus entendu parler d'eux depuis. Banouin ne s'intéressait ni à la politique ni à la religion, et il n'avait aucune envie de rentrer dans le débat. Lorsque le vieux Sencra avait évoqué le sujet, dans son bureau, un soir, cela l'avait effrayé.

— As-tu déjà rencontré le Culte de l'Arbre, jeune homme ?

— Non, tuteur. Et je n'en ai pas envie.

— Ils ont des idées fort intéressantes, même si je trouve leurs arguments spécieux et le pacifisme positivement révoltant.

— Je ne souhaite pas parler d'eux, tuteur.

Sencra avait gloussé.

— Tu as peur que les Prêtres viennent te tirer du lit en pleine nuit, hein ? Eh bien, tu n'as peut-être pas tort – si tu rejoignais le culte. Mais ce n'est pas encore un crime d'en parler. Tu es keltoï. Tu crois aux esprits et à ce genre de choses ? Les Seidhs ? C'est comme cela que vous les appelez.

— Oui, tuteur.

— Sont-ils bienveillants ou malveillants ?

— Ils peuvent être les deux, avait répondu Banouin, plus détendu comme la conversation s'éloignait du Culte de l'Arbre. Ils vivent à l'écart des humains. Dans des bois et d'autres endroits magiques. Les hommes ne s'y aventurent pas.

— Ce sont des créatures de l'esprit, je me trompe ?

— Non, tuteur, tu as raison. Néanmoins, ils peuvent apparaître en chair et en os afin de nous parler. Le roi Connavar a reçu l'aide du Thagda et de la Vieille Femme de la forêt.

— Le Thagda… ah, oui, l'Homme Arbre. Je me souviens d'avoir lu quelque chose à son sujet. Il a un corps en écorce, et du lichen en guise de barbe. (Sencra avait gloussé.) Et la Vieille Femme… la Morrigu, c'est ça ?

Banouin avait frissonné.

— Il vaut mieux ne pas dire son nom, tuteur. Cela porte malheur.

— J'ai l'impression qu'il y a des similitudes entre le Culte de l'Arbre et les croyances des Keltoïs. Les deux parlent de l'esprit et de la matière, et de la nécessité de trouver l'harmonie entre les deux. D'après ce que je comprends, le principe est que le corps est un vaisseau imparfait pour l'esprit, et que l'esprit ne peut pas fonctionner à son plein potentiel tant que le corps est guidé par des désirs, ou la colère, ou la haine. Qu'en penses-tu ?

— Malgré tout le respect que je te dois, je pense que nous ne devrions pas en parler, avait protesté Banouin. C'est dangereux.

— On dit pourtant que les Keltoïs sont très courageux, et de grands guerriers, avait répliqué Sencra. Tu me déçois. Très bien, discutons plutôt des œuvres de Habidaes, et de la Loi de fer.

Banouin se remémorait cette conversation tout en marchant vers la bibliothèque. Il était maintenant un citoyen de Roc, plus un Keltoï, et cela le blessait de constater que son origine tribale lui était jetée ici au visage.

La bibliothèque était gigantesque. C'était une masse blanche de deux cents pièces sous un dôme soutenu par cinquante piliers massifs. Des statues parfaites avaient été disposées tout autour du bâtiment, et d'autres sculptures magnifiques décoraient les murs et les nombreuses niches creusées dans les colonnes. Banouin grimpa les quarante-deux marches qui menaient aux portes principales et entra dans le hall de la Nature. Là, sur des socles, se trouvaient des dizaines d'animaux et d'oiseaux empaillés de toutes les espèces. Un énorme éléphant, recouvert de fourrure, se trouvait tout au fond, la trompe relevée, immortalisé en train de barrir. Ses défenses faisaient plus de trois mètres de long. Il y avait également des crocodiles, des tortues, plusieurs ours – un blanc albinos – et d'autres créatures de terres lointaines :

un cheval à rayures, un énorme lion tacheté, et un animal avec un long cou vertigineux. Ce dernier était représenté en train de se hisser sur ses pattes arrière, ses lèvres mortes mâchouillant les feuilles d'un arbre artificiel situé dans la galerie du deuxième niveau.

Banouin grimpa les marches jusqu'au niveau trois et la section des antiquités. En entrant, il fut surpris de la présence de quatre jeunes hommes dans un coin de la salle, assis ensemble. Ils levèrent la tête à son entrée, l'observèrent, et retournèrent à leurs murmures.

Il prit un rouleau de parchemin sur l'étagère des Keltoïs et alla s'installer à une petite table contre le mur. Il l'ouvrit minutieusement et se mit à lire. L'auteur de ce texte était mort depuis deux cents ans, et la majorité de ce qu'il relatait sur les Keltoïs était inexact. Dans un passage, il parlait de sacrifices humains et d'anthropophagie, prétendant que cette pratique était rituelle pour ce peuple. Banouin n'avait jamais entendu parler de sacrifices humains chez les Keltoïs. Contrarié par ce manque de savoir, Banouin alla remettre le parchemin à sa place et en piocha un autre.

Entre autres choses, celui-ci parlait des croyances spirituelles des Keltoïs et de leur vénération pour les arbres. Le texte affirmait, avec un grand sérieux, que c'était un peuple enfantin, incapable de réflexions intellectuelles, et qui croyait que le tonnerre était le fait de dieux entrechoquant leurs boucliers. Toutefois, l'auteur faisait remarquer que, traités avec discipline, les Keltoïs faisaient de bons esclaves.

Banouin alla également ranger ce parchemin. Au fond de l'étagère il vit un rouleau un peu passé qui avait roulé hors de sa niche. Il le dégagea avec soin. Le parchemin était attaché avec un vieux ruban, aux extrémités rongées. Il contenait, sous forme de notes, la description d'un rituel keltoï, dans lequel un druide bénissait les champs d'un fermier infestés par le mildiou depuis qu'il les avait achetés trois ans auparavant. Le druide expliquait qu'une bataille s'était tenue à cet endroit cent ans plus tôt, et que l'esprit avait abandonné le lieu. De façon à faire revenir l'esprit, le druide avait organisé un repas de mariage dans les champs. Des centaines de Keltoïs avaient été invités ; ils avaient dansé, chanté et fait la fête toute la journée et une bonne partie de la nuit. L'auteur, un marchand de Roc, avait ajouté un post-scriptum sur le parchemin, disant que la saison suivante, le fermier avait fait une excellente récolte.

L'écriture était nette, autoritaire et captivante. Il n'y avait aucun commentaire sur les scènes dont le rédacteur avait été le témoin, simplement un compte rendu d'observations détaillé. Banouin voulait continuer sa lecture, mais il fut soudain conscient d'une tension grandissante dans la salle. Elle émanait du petit groupe de jeunes dans le coin. Il y avait de la peur, mais aussi une immense tristesse. Il aurait voulu pouvoir sortir de son corps et flotter près d'eux pour écouter leur conversation, mais il était impossible de faire cela ici. Pour que son esprit prenne vie, il lui fallait être près du saule pleureur.

Il s'efforça d'écouter ce qu'ils disaient, mais n'arrivait pas à discerner leurs mots. Finalement, ils se levèrent pour partir. Banouin retourna à ses études mais leva la tête comme ils passaient devant lui. Le dernier d'entre eux, un grand et beau jeune homme aux cheveux bruns coupés court, s'arrêta devant sa table.

— Tu es Banouin le Guérisseur ? lui demanda-t-il.

Banouin sentit son cœur se serrer. Il avait aidé son tuteur, Sencra, en lui enlevant un énorme abcès dans le dos, et par deux fois maintenant le vieil homme l'avait recommandé à des amis. Dans chaque cas, Banouin avait caché l'utilisation de ses pouvoirs en appliquant d'abord des cataplasmes odorants, aux herbes aromatiques, comme la menthe ou la lavande. Ensuite, il avait fermé les yeux et soigné la blessure. Pour Sencra cela avait été un abcès, avec les deux autres personnes plus âgées cela avait été des inflammations des articulations dues à de l'arthrite. Banouin aurait préféré ne jamais se servir de son Talent, parce qu'il ne voulait vraiment pas attirer l'attention sur lui à Roc. Il voulait le calme et l'anonymat.

— J'ai quelques talents avec les herbes, expliqua-t-il. Sans plus.

— Maro, fils de Barus, dit le jeune homme en tendant sa main.

— Ton père s'est montré bon avec moi lorsque je suis arrivé ici, répondit Banouin. Présente-lui mes respects.

Maro sourit.

— Il est reparti à la guerre, à l'étranger – mais j'essaierai de m'en souvenir pour son retour.

Malgré le sourire, Banouin se doutait que le jeune homme était inquiet pour son père. La tension et la peur émanaient toujours du jeune homme, ainsi que de ses camarades, qui attendaient dehors dans le couloir.

— C'est la première fois que je te vois ici, lui dit Banouin. Qu'est-ce que tu étudies ?

— L'histoire, manifestement. Pourquoi serais-je là, autrement ?

— Non, je voulais dire, quelle période ? répliqua mielleusement Banouin.

— Les débuts de la cité, répondit Maro. Nous avons tous un examen au printemps. Et toi ? Qu'est-ce qui t'amène ici ?

— Je suis payé pour recopier les plus vieux et les plus fragiles parchemins. C'est étrange, franchement, car la plupart n'ont pas été ouverts depuis des années. Il y en a même dans des langues que plus personne ne parle. Enfin bon, je les recopie aussi fidèlement que possible.

Maro se détendit un peu.

— Eh bien, peut-être qu'on se reverra. Ça m'a fait plaisir de te rencontrer.

Banouin essaya de se replonger dans ses études, mais le cœur n'y était pas.

Voir les Chevaliers battre et arrêter l'étudiant lui avait rappelé son dilemme. Autant il appréciait l'architecture de la cité, ses bibliothèques et ses musées, autant il ne pouvait plus rester aveugle devant la terreur qu'éprouvaient un grand nombre de ses habitants. Des rafles avaient lieu tous les jours et les membres du Culte étaient ensuite conduits aux oubliettes du Temple Pourpre. Beaucoup étaient pendus, d'autres brûlés vifs. Rien que la semaine passée, une quarantaine de personnes avait été emmenée au stade du cirque Palantes ; là, on les avait attachées à des pieux au milieu de fagots aspergés d'huile. Puis, on y avait mis le feu. Apparemment, la foule avait commencé à hurler de joie dès les premiers cris des victimes.

Banouin n'aurait pas voulu voir le mal à Roc. Mais il était partout autour de lui.

Tu dois éviter les ennuis, se disait-il. *Ne prends pas part à des débats religieux. Un jour, la Terreur sera finie. Jusqu'à ce jour, reste à l'écart du danger.*

Trois jours plus tard, le vieux Sencra fut arrêté. Quatre Chevaliers en cape noire firent irruption à l'université, traversant la salle de lecture pour tirer Sencra de son estrade. Au début, le vieil homme avait été furieux, leur hurlant de le lâcher. Puis un Chevalier l'avait frappé à l'oreille et il s'était écroulé par terre. À présent, les cris de Sencra étaient devenus pitoyables.

Banouin faisait partie des cent étudiants réunis pour écouter le tuteur et il n'arrivait pas à en croire ses yeux. Assis comme toujours près de la porte, il se surprit lui-même à se lever sur le passage des Chevaliers qui traînaient derrière eux le vieil homme qui hurlait.

— De quoi est-il accusé ? s'entendit dire Banouin d'une voix qui résonna dans toute la salle.

Le premier des Chevaliers le regarda de haut.

— Tu cherches des ennuis ? lui demanda-t-il.

— De quoi est-il accusé ? répéta Banouin. Sencra est un bon citoyen et un excellent professeur.

Le Chevalier regarda Banouin droit dans les yeux.

— Il a été dénoncé comme adepte du Culte de l'Arbre. Nous le conduisons au Temple pour l'interroger.

— C'est une erreur, décréta Banouin. Sencra a toujours dit qu'il était contre ce genre de culte.

— C'est vrai ! C'est vrai ! gémit Sencra. C'est une erreur !

Le Chevalier s'approcha de Banouin.

— Tu commences à abuser de ma patience, jeune homme. Je n'ai pas de temps à perdre en débats.

Banouin était sur le point de répondre lorsque l'homme lui asséna un grand coup en pleine tempe, l'envoyant rouler au sol. Il resta allongé là, à moitié inconscient. Des mains l'aidèrent à se relever et il fut conduit hors de la salle dans une petite pièce où quelqu'un le fit asseoir sur une chaise.

Maro alla chercher une compresse humide qu'il lui appliqua sur la tempe. Banouin fut surpris de voir du sang sur le morceau de tissu.

— Je dois me rendre au Temple, dit Banouin. Ce n'est pas juste.

— Reste assis, lui dit Maro. La justice n'a rien à voir avec ce qui vient de se passer.

— Mais il ne fait pas partie du Culte, protesta Banouin.

— Bien sûr que non. Mais il a été dénoncé quand même.

Un autre jeune homme fit son entrée, portant une coupelle d'eau qu'il tendit à Banouin. Celui-ci but par petites gorgées. Il avait mal à l'estomac et sa tête le lançait.

— Il faut… que je m'allonge, murmura-t-il.

Une fois encore on l'aida à se lever. La pièce se mit à tourner et il dut s'accrocher à Maro.

Ils le conduisirent dans le couloir jusqu'à une pièce sans fenêtre et l'allongèrent sur un lit de camp. Banouin perdit connaissance presque aussitôt. Lorsqu'il revint à lui, une lanterne avait été allumée sur le mur du fond. Il resta immobile. Il avait encore mal à l'estomac, mais plus à la tête. Il se toucha la tempe. Il avait une bosse, et une croûte s'était formée sur la plaie.

— Comment te sens-tu ? lui demanda Maro.

Banouin roula sur le côté et vit que le jeune homme brun était assis à son chevet.

— Ils l'ont emmené ? dit Banouin.

— Oui.

Banouin ferma les yeux.

— Pourquoi ?

— Roc est aux mains de la Terreur. Il ne sert à rien de se demander pourquoi un innocent de plus a été capturé. Il n'y a jamais eu plus d'un millier de membres du culte à Roc. Pourtant, plus de quatre mille personnes ont déjà été exécutées au cours de ces trois dernières années : pendues, brûlées, ou décapitées. Certains parmi les plus riches et les plus influents des citoyens ont été autorisés à prendre du poison.

Banouin ne répondit pas. Il sentait les brumes de son esprit se dissiper. Il avait voulu croire si fort en Roc et en tout ce que cet idéal représentait qu'il s'était aveuglé lui-même et n'avait pas vu la vérité en face. En ne parlant pas de la Terreur – en n'y pensant même pas – il s'était créé l'image d'une cité parfaite, un lieu de culture et d'enseignement.

— Je veux rentrer chez moi, dit-il en faisant un effort pour s'asseoir.

— Où habites-tu ?

— J'ai une chambre près de la place Blanche.

— Je vais t'aider, déclara Maro en lui prenant le bras.

Banouin se leva et tangua. Maro l'aida à traverser le couloir et l'université déserte jusqu'à la grande avenue. La nuit était presque tombée et l'air frais raviva Banouin. Il réussit à marcher sans soutien. Au bout de quelques minutes ils atteignirent la place Blanche. Le soleil couchant faisait danser des arcs-en-ciel autour des grandes fontaines, et les premiers dîneurs étaient déjà assis aux terrasses des restaurants. Des serveurs allumaient des lanternes colorées et les suspendaient à des cordes tirées entre les bâtiments. Un éclat de rire jaillit de l'un des petits groupes attablés.

Banouin alla s'asseoir sur le bord d'une des fontaines. Maro l'imita.

— Qu'est-ce que ces… ces meurtres apportent à l'empereur ? s'enquit Banouin.

— Au début ils lui étaient profitables, car les premiers arrêtés furent les partisans de la république. En gros, il s'agissait des ennemis de Jasaray. Mais aujourd'hui ? Je ne crois pas qu'il y gagne quoi que ce soit. Ce serait même plutôt l'inverse. Nalademus devient de plus en plus fort, chaque jour qui passe.

— Mais pourquoi Jasaray ne l'arrête-t-il pas ?

— Il ne peut pas. La plupart de ses Panthères sont engagées dans les guerres à l'est. Il y a aujourd'hui plus de Chevaliers dans la cité que de soldats loyaux. Si, à l'heure actuelle il devait s'opposer à Nalademus, il perdrait. Il perdra de toute façon. Jasaray a plus de soixante ans, pas de femme, ni d'enfants. Il sera sans doute renversé avant la fin de l'année.

— Et Nalademus deviendra empereur ?

— C'est ce que je crois. Mais mon père dit que Jasaray est un vieux renard, et que ce serait une erreur de le sous-estimer.

— Est-ce que ton père sait que tu es membre du Culte de l'Arbre ? lui demanda Banouin à voix basse.

— Je ne le suis pas – même si j'ai écouté leur enseignement. Je crois que leur philosophie d'amour et d'harmonie est merveilleuse, mais je n'ai pas le courage d'y adhérer. Je n'ai pas non plus envie de prendre mes ennemis dans mes bras et de m'en faire des amis. J'affronterai mes ennemis l'épée à la main, et le bras fort. Mais il est vrai qu'en écoutant la Dame au Voile, j'aurais presque pu y croire.

Un cabriolet vide tiré par un poney passa devant eux. Banouin héla le conducteur, lui demandant si le cabriolet était à louer. L'homme tira sur les rênes.

— Où veux-tu aller ? lui demanda le conducteur.

— Au Temple Pourpre.

— Monte donc, jeune maître, lui dit l'homme.

— Es-tu fou ? murmura Maro en agrippant Banouin par le bras.

— Je dois aller défendre Sencra, expliqua-t-il.

Maro secoua la tête.

— Mon père dit que vous autres, Rigantes, poussez le courage jusqu'à la folie. Je vois qu'il a raison.

— Je ne suis pas courageux, Maro. Toute ma vie j'ai été un lâche. Mais je dois faire au moins cela.

— Tu dois vraiment aimer le vieil homme.

— Même pas – même si je l'apprécie grandement.

— Alors, pourquoi ? s'enquit Maro confus.

— Parce que c'est juste, répondit Banouin. S'ils décident de le brûler et que je ne défends pas sa cause, ce sera comme si j'avais allumé le bûcher moi-même. Tu comprends ?

— Tu ne peux pas le sauver, mon ami.

— L'important n'est pas de le sauver, lui. C'est de me sauver, moi, déclara Banouin en grimpant à l'arrière du cabriolet.

Le conducteur fit claquer son fouet et le véhicule s'élança dans l'avenue.

Calé au fond du siège capitonné, Banouin regardait la ville de Roc défiler lentement devant lui. Une foule se déplaçait le long de l'avenue à la recherche d'endroits où dîner avant de se rendre au théâtre ; des dizaines de cabriolets et attelages circulaient à vive allure, occupés, pour la plupart, par des nobles richement vêtus. De grosses lanternes fixées à des poteaux en fer étaient allumées le long de cet axe majeur, tandis que d'autres plus petites étaient suspendues à des cordes dans les rues adjacentes.

La nuit, Roc était un joyau étincelant. Mais ce soir, le jeune Rigante était insensible à cette beauté. Assis dans son cabriolet, il avait le cœur gros.

— À quelle entrée du Temple dois-je te déposer ? demanda le conducteur.

— Je ne sais pas. Combien y en a-t-il ?

— Il y a l'entrée principale qui donne sur la rue du Lion, mais elle sera bientôt fermée. Sinon il y a le centre administratif, le musée et la caserne des Chevaliers.

— J'ai un ami qui a été arrêté à tort aujourd'hui.

Le conducteur se raidit. Banouin pouvait sentir la peur monter chez cet homme.

— Alors le mieux serait la prison, dit-il.

Le cabriolet continua sa route, tournant à droite dans les jardins du Souvenir, passant sous l'Arc de triomphe, s'enfonçant davantage au cœur de la cité. Il n'y avait pas autant de monde dans cette partie de la ville, et moins de lanternes étaient allumées.

Le mal de tête de Banouin se réveilla, et il se sentit légèrement malade. Il pensa avoir recours à une vision. Il n'avait pas utilisé ce Talent depuis ce jour affreux à Accia lorsqu'il avait vu les Chevaliers de Roc venir pour Appius et sa fille et qu'il avait su ce qu'ils s'apprêtaient à faire. De la sueur lui coula sur le front et son estomac se serra. Ceux qui n'avaient pas le Talent ne pourraient jamais comprendre la panique qui s'était emparée de lui ce jour-là. S'asseoir avec des gens en vie qui pourtant étaient déjà morts, les regarder rire et sourire, et savoir que le lendemain ils hurleraient à l'agonie, leur vie arrachée. Avoir des pouvoirs – et être pourtant impuissant. Banouin avait été consumé par l'envie de courir, de s'enfuir, de laisser la vision derrière lui. Il avait voulu se sauver lui, et sauver son ami.

Mais Bane était un Rigante, et savoir qu'une mort certaine l'attendait ne l'avait pas empêché d'essayer de sauver Lia et Appius. Comme Banouin enviait ce courage !

— Voilà l'entrée, dit le conducteur en arrêtant le poney à quelques mètres des portes.

Banouin le paya et descendit du cabriolet. Le conducteur fit faire demi-tour à son attelage et s'en alla rapidement.

Banouin s'approcha du bâtiment. Comme toutes les grandes structures de Roc, celui-ci était en marbre blanc et décoré avec des statues. Les énormes portes de bronze étaient ouvertes et deux Chevaliers munis de lances à pointe de fer montaient la garde devant elles. Leurs capes étaient blanches, indiquant qu'ils étaient des membres de la garde personnelle de Nalademus, l'élite de leur ordre.

Le jeune Rigante s'approcha du premier.

— Je cherche un responsable, déclara-t-il.

— Tu souhaites dénoncer des traîtres ? demanda l'homme.

— Non. Mon tuteur a été arrêté aujourd'hui et je souhaiterais parler en sa faveur.

— S'il a été arrêté, c'est que c'est un traître, répliqua le garde. Tu souhaites parler en faveur d'un traître ?

— Ce n'est pas un traître. Il a été injustement accusé.

— Tiens donc ? dit le garde avec mépris. Tu m'en diras tant. Attends ici.

L'homme passa les portes de bronze et frappa avec sa lance une cloche du même métal, à l'extérieur du poste de garde. Un serviteur entre deux âges sortit du bâtiment, parla à la sentinelle, et courut vers le bâtiment principal. Banouin attendit patiemment. Quelques instants plus tard, deux autres Chevaliers apparurent, des hommes à l'air sinistre et au regard vide de toute émotion.

Le garde à qui Banouin avait parlé s'approcha de lui.

— Ces hommes vont t'emmener là où tu pourras porter plainte, lui dit-il.

— Merci beaucoup.

Banouin suivit les deux Chevaliers le long d'un sentier de gravier, à travers un verger, et par une porte qui menait dans un petit couloir étroit. Le bruit de leurs pas résonna dans tout le bâtiment. Ils montèrent des escaliers, tournant d'abord à gauche, puis à droite, et bientôt Banouin se trouva perdu dans un dédale de couloirs et de salles. Finalement, ils s'arrêtèrent devant une double porte que les soldats ouvrirent. Derrière se trouvait une grande salle avec de hautes fenêtres en arches. Les murs étaient nus, mais un superbe motif en mosaïque avait été disposé sur le sol : une série de lignes en or scintillant entrelacées sur fond blanc. Au centre de la pièce se trouvait une table semi-circulaire derrière laquelle était assis un Prêtre. Il avait la tête rasée et sa barbe avait été teinte en rouge sang. Il leva la tête en entendant entrer les Chevaliers. Puis, il se cala au fond de sa chaise, en tripotant le pendentif gris pâle qui pendait à son cou.

— Si j'ai bien compris, tu es venu défendre un traître ? déclara-t-il d'une voix sifflante.

Banouin s'immobilisa et ouvrit les portes de son Talent. Il ressentit aussitôt les émotions des deux gardes qui l'encadraient. Tous deux se délectaient de la scène et attendaient le moment où ils allaient le traîner hurlant vers un cachot. Il toucha l'esprit du Prêtre et eut un mouvement de recul. Il ne pensait qu'à la torture et au mal. Banouin était sur le point de parler lorsqu'il sentit la présence d'un quatrième homme, caché quelque part. Il affûta son Talent. L'homme observait la rencontre, dissimulé derrière un rideau de velours. Banouin sentit un esprit froid et calculateur ainsi qu'une personnalité puissante et magnétique. L'observateur était également en proie à la douleur et luttait pour en faire abstraction.

— Eh bien, as-tu perdu ta langue ? demanda le Prêtre derrière la table.

— Non, mais je dois dire que je suis un peu surpris. J'avais cru comprendre qu'après une arrestation, un suspect est toujours entendu afin qu'on puisse décider de sa culpabilité ou de son innocence. Or, alors que vous ne savez pas pour quel suspect arrêté je viens, il semble que vous ayez déjà décidé de sa culpabilité. Comment cela se fait-il ?

Le visage du Prêtre s'empourpra.

— Tu oses me questionner ? Quel est ton nom !

— Je suis Banouin le Guérisseur, étudiant de Sencra, qui enseigne l'histoire à l'université.

— Je n'aime pas ton attitude, Banouin. Elle manque de respect. Manquer de respect à un Prêtre de Roc, c'est manquer de respect à Roc même. Cela est considéré en soi comme de la trahison. Quant à ton maudit maître… Son audience a eu lieu il y a deux heures de cela. Il a été jugé coupable et en subira les conséquences.

Le rideau de velours à l'autre bout de la pièce s'écarta et un homme imposant, portant un sceptre en or et une robe rouge volumineuse apparut. Le Prêtre Pourpre se leva et s'inclina. Les deux gardes baissèrent la tête. Banouin s'inclina également, mais regarda le visage gonflé de cet homme. Il était énorme, et ses cheveux blancs faisaient penser à la crinière d'un lion. Il marchait à grand-peine et la douleur pouvait se lire sur ses traits. Le Prêtre Pourpre libéra la chaise et la silhouette enrobée de rouge posa toute sa masse dessus.

— Tu te prétends guérisseur, dit le nouveau venu d'une voix grondante comme le tonnerre lointain. Que guéris-tu ?

— La douleur, seigneur, lui répondit Banouin, et je peux aussi guérir certaines maladies.

— La douleur ?

— Oui, seigneur.

— Quel âge as-tu ?

— Vingt et un, seigneur.

— Vingt et un, répéta l'homme. Et où as-tu appris ces disciplines fascinantes ? À l'université ?

— Non, seigneur. Je suis né parmi les Rigantes. Ma mère était une guérisseuse et elle m'a enseigné la connaissance des plantes et leurs mystères. Elle m'a également appris à faire des diagnostics.

Le gros homme se pencha en avant pour poser ses bras massifs sur la table et grimaça sous l'effort.

— Et quel diagnostic établirais-tu en me voyant, Banouin le Guérisseur ?

— Tu souffres d'anasarque, seigneur. Ton corps est gonflé d'eau – un signe que ton cœur, ton foie ou tes reins ne fonctionnent pas correctement. Est-ce que tu dors déjà debout ?

— Oui, je m'étrangle si je m'allonge.

— Alors c'est ton cœur qui est faible, seigneur.

— Est-ce que… tes herbes peuvent lui redonner de sa force ?

— Je peux te guérir en dix jours, affirma Banouin.

— Dix jours ? Tu as si confiance en toi que ça ?

— Oui, seigneur.

— Et si je te disais que si tu échoues, je te ferai crever les yeux avec des tisons ardents, arracher la langue et scier les membres, est-ce que tu serais toujours aussi confiant ?

Les mots avaient été prononcés avec une jouissance glaciale, et Banouin regarda le gros homme droit dans les yeux.

— Tu es atteint d'une maladie, seigneur. Je peux te guérir, dit-il doucement. Je ne mens pas. Tout comme je ne mentais pas en disant que mon tuteur, Sencra, n'est pas disciple du Culte. Celui qui l'a dénoncé est un menteur. Il m'a souvent parlé de la stupidité des membres de ce culte. Sans parler de l'admiration qu'il a pour votre œuvre, seigneur, mentit allégrement Banouin.

— Es-tu en train de me dire que tu ne me guériras que si je libère ton ami ?

Les mots planèrent un instant et Banouin sut qu'il devait faire attention à sa réponse.

— Non, seigneur, je te guérirai parce que je peux le faire. Ce que je dis, c'est que Sencra est innocent.

— Je vais jeter un coup d'œil à cette affaire. De quelles herbes as-tu besoin ?

— D'une petite quantité de graines de scrofulaire, de feuilles de différentes plantes à fleur, comme des soucis. J'aurai aussi besoin d'orties. Et d'huile, parfumée à la lavande. Je reviendrai avec tous ces ingrédients demain, et nous pourrons commencer les soins.

Nalademus se leva.

— Mes gardes vont t'accompagner et tu reviendras avec tout ça dans l'heure. Les soins débuteront ce soir.

Un peu moins de deux heures plus tard, Banouin fut introduit brutalement dans les somptueux appartements privés de Nalademus, le doyen de Roc. Des rideaux en velours pendaient aux fenêtres, et il y avait des objets décoratifs en or et en argent un peu partout sur les étagères et les tables. Les divans étaient recouverts de riche soie brodée. Même les lanternes avaient des reflets dorés.

Nalademus était assis sur un divan, la tête soutenue par des coussins. À la lumière de la lanterne, son visage avait une couleur cireuse. Il avait ôté sa robe pourpre et la peau nue de ses épaules semblait gonflée et tirée dans des proportions incroyables.

Banouin déposa son sac à médecines sur une table.

— As-tu trouvé tout ce dont tu avais besoin ? s'enquit Nalademus.

— Oui, seigneur. Même si l'apothicaire a été terrorisé de voir deux Chevaliers de Roc à sa porte.

— La Terreur a son utilité, répondit le malade. (Les deux gardes se postèrent près de la porte et attendirent en silence.) Tu as parlé de scrofulaire tout à l'heure. C'est bien des graines dont tu veux te servir ?

— Oui, seigneur. Cela aidera le cœur.

— Je pensais que ces graines étaient un poison mortel.

— C'est vrai, convint Banouin. Une dose trop forte et le patient meurt. Mais je n'en utiliserai pas beaucoup.

Nalademus cala mieux sa tête contre les coussins.

— Ce que je t'ai dit à propos des tisons ardents n'était pas des paroles en l'air. Tu as bien compris ?

— J'ai compris. En revanche tu dois comprendre qu'il faut que tu te détendes. Ton corps subit actuellement une grande tension, ce qui n'aide pas ton cœur. Que t'ont prescrit tes chirurgiens ?

— On m'a saigné constamment et j'ai dû avaler plusieurs litres de potions infectes. Et voilà que tu vas m'en préparer une autre.

Banouin mélangea différentes graines avec de la poudre de camomille et du sureau, dans un gobelet d'eau qu'il tendit à Nalademus. Le doyen des Chevaliers de Roc l'avala d'une traite.

— Pose ta tête sur les oreillers, lui dit Banouin, et ferme les yeux.

Nalademus s'exécuta. Banouin prit son bras droit. La chair était chaude et moite. Banouin ferma les yeux à son tour et rassembla son Talent. Puis, il le laissa pénétrer dans le corps malade devant lui. Comme il l'avait craint, le cœur était très faible et les reins étaient sur le point de lâcher. Il attendit que la digitale fasse effet. Celle-ci avait deux effets immédiats, comme le lui avait enseigné Vorna des années auparavant. Les battements de cœur seraient renforcés, mais ralentis. Cela donnerait plus de puissance à ce muscle et davantage de relaxation entre chaque battement. Avec Nalademus il y aurait également un troisième avantage. La pression d'un cœur plus fort enverrait plus de sang dans ses reins, renforçant l'effet diurétique. Dans des circonstances normales et malgré la digitale, il n'aurait plus eu que quelques semaines à vivre.

Tenant toujours le bras du malade, Banouin revitalisa les reins et concentra ensuite son énergie sur le foie, qui était proche de la phase terminale.

— Je sens que ça marche, souffla Nalademus. J'ai moins mal. Tu as bien travaillé.

— J'ai besoin que tu t'allonges sur le sol, seigneur, dit Banouin.

— Je ne pourrai plus respirer.

— Mais si. Ton cœur est déjà plus fort. Il faut que je puisse faire sortir l'eau qui noie tes tissus musculaires.

C'était un mensonge. Néanmoins, il était important que Nalademus croie que la guérison était due à la médecine et à des pratiques naturelles. Banouin n'avait pas envie qu'on s'aperçoive de ses pouvoirs.

Il aida Nalademus à s'allonger sur un épais tapis et plaça un coussin sous sa tête. Puis, à petits coups, il débuta une série de massages sur le torse de l'homme, ses épaules et ses bras. Finalement, il posa les mains sur les tempes du doyen et pressa doucement la peau du bout de ses doigts. Nalademus ferma les yeux et sa respiration se fit plus profonde.

Banouin se leva et s'étira le dos. Puis il appela les gardes pour venir l'aider à remettre Nalademus sur ses pieds afin de le conduire dans sa chambre. Nalademus se coucha.

— Cela fait du bien de pouvoir à nouveau s'allonger sur un lit, déclara-t-il. Cela fait des semaines que je dors sur une chaise.

— Ne te fatigue pas trop demain, seigneur. Tu es plus fort à présent, mais tes reins vont avoir besoin de temps pour récupérer.

— Je ne m'étais pas senti aussi bien depuis des mois, Banouin. Mais je suivrai tes conseils.

— Je crois aussi, seigneur, qu'il serait plus prudent que je reste dans les parages pour les semaines à venir. Une rechute est toujours possible.

Nalademus sourit.

— J'ai déjà fait préparer une chambre à ton intention.

Il se releva en poussant un grognement et disparut dans un couloir exigu. Banouin attendit un long moment que le doyen de Roc revienne.

— Par Roc, s'exclama-t-il, je n'avais pas pissé comme cela depuis cinq ans.

Banouin se força à sourire.

— Cela risque de se reproduire souvent dans les prochains jours, seigneur. Il y a une grande quantité de liquide à évacuer.

Nalademus s'assit sur son lit.

— C'est un jour de chance pour moi, jeune homme. Mais aussi pour ton tuteur, Sencra. J'ai réexaminé les preuves et il sera libéré sous peu.

— Merci, seigneur. Tu es trop bon.

— Ma bonté est légendaire, répondit froidement Nalademus. À présent, mes gardes vont te conduire à ta chambre.

Des lanternes avaient été allumées dans la suite qui lui avait été assignée. Banouin, sur le pas de la porte, s'émerveilla devant l'opulence de l'intérieur. Une fresque magnifique avait été peinte sur tout le mur de la pièce principale :

une vigne avec de grandes feuilles et de belles grappes. Elle semblait presque vouloir sortir du mur, et les grappes étaient si bien faites qu'il avait envie d'aller cueillir des grains de raisin sur le plâtre pour les manger. Le mobilier était élégant, et les tapis sous ses pieds en soie tissée.

Banouin entra dans la chambre et les gardes refermèrent la porte derrière lui. Il n'y avait pas d'âtre dans cette pièce, pourtant de l'air chaud circulait à travers deux grilles métalliques sur le sol et la température était agréable en dépit des portes ouvertes qui menaient sur le balcon.

Il alla dehors et vit qu'il se trouvait au-dessus de la caserne des Chevaliers et des portes de bronze par lesquelles il était entré avec agitation quelques heures plus tôt. Maintenant qu'il était enfin seul, il se détendit un peu. Ses mains se mirent à trembler. Il y avait un siège incurvé sur le balcon et il s'y écroula avec soulagement. Alors seulement le doute l'assaillit. Il était heureux que Sencra soit libre et ressentit même un peu de fierté à l'idée d'en être responsable. Mais d'un autre côté, il savait qu'il était sur le point de sauver la vie à un monstre. Toucher les chairs gonflées de Nalademus avait été très difficile pour lui. Le mal émanait tellement de cet homme, comme une brume invisible et pénétrante, prête à tout corrompre sur son passage. Banouin frissonna et retourna au chaud dans la pièce.

Il y avait beaucoup de petits objets de décoration sur les tables et les étagères, principalement des statuettes en porcelaine et des objets en verre coloré. Banouin les contempla un moment. Il réalisa alors qu'il s'agissait d'affaires personnelles appartenant à un homme – ou une femme – qui aimait la beauté délicate de ces objets. Il s'approcha d'une petite armoire contre le mur du fond et l'ouvrit. Les étagères et les cintres étaient vides, mais, dans un coin, presque invisible, se trouvait une seule sandale. Il fit le tour de la suite et ouvrit tous les tiroirs, mais ne put y trouver un seul autre objet oublié. Quiconque habitait ici était parti à la hâte sans prendre le soin d'emporter la belle porcelaine. *Peut-être qu'on viendra les reprendre*, pensa-t-il.

Quelqu'un frappa à la porte de la pièce principale. Banouin traversa son appartement. Un jeune homme attendait à l'extérieur, un plateau d'argent chargé de viande et de légumes dans les mains, ainsi qu'une carafe d'eau. Le serviteur inclina la tête et entra dans la suite pour déposer le plateau sur une table laquée.

— Qui habitait ici avant moi ? lui demanda Banouin.

Le serviteur s'inclina une nouvelle fois mais Banouin eut le temps de lire la peur dans ses yeux. Le jeune homme ne répondit pas et se dépêcha de regagner la porte.

— Merci, lui lança Banouin.

Quelques instants plus tard on frappa de nouveau à la porte. Cette fois-ci il s'agissait de deux serviteurs plus âgés. L'un portait des habits pliés et l'autre un seau en cuivre rempli d'eau chaude. Banouin réalisa qu'il s'agissait de ses propres vêtements. Le premier serviteur alla les ranger dans l'armoire vide et s'en alla. Le deuxième se dirigea vers une pièce que Banouin n'avait pas encore vue, derrière un panneau en bois. Banouin le suivit et le regarda verser l'eau chaude dans une baignoire en forme de coquillage géant. D'autres serviteurs entrèrent dans la pièce, portant tous des seaux. En quelques minutes le coquillage fut rempli aux trois quarts. Le premier serviteur réapparut avec des serviettes propres et une fiole de parfum qu'il versa dans l'eau. Puis tous s'en allèrent. Pas un seul n'avait prononcé un mot.

Banouin ôta sa tunique et ses sandales et grimpa dans la baignoire. L'eau monta autour de lui et le doux arôme du parfum emplit ses narines. La sensation était exquise. Il s'aspergea le visage d'eau, se lava les cheveux et s'allongea, restant dans le bain jusqu'à ce que l'eau devienne tiède. Quand il sortit, son pied toucha quelque chose au fond de la baignoire. Il plongea la main dans l'eau et posa les doigts sur une sorte d'anneau en métal. Il serra le poing et tira dessus. Aussitôt l'eau se mit à s'écouler à gros bouillons dans le trou. Paniqué, il essaya de remettre le bouchon de peur d'inonder les appartements en dessous. Il entendait l'eau tomber de l'autre côté de la fenêtre de la salle de bains. Il s'y rendit pour regarder. Un tuyau d'écoulement saillait du mur, laissant l'eau tomber sur le sol en bas. Banouin sourit et retourna à la baignoire pour retirer le bouchon métallique. Puis il courut à la fenêtre et se pencha afin de regarder l'eau s'échapper à grande vitesse. Pour une raison qu'il ignorait, cette petite activité lui redonna le moral. Il retourna dans la pièce principale pour manger la nourriture qu'on lui avait apportée. Il se sentait terriblement las, aussi passa-t-il ensuite dans la chambre à coucher. Le lit était en bois doré ; curieusement le matelas était un peu trop grand et dépassait du sommier. Il s'allongea et aussitôt son anxiété le reprit. Il s'assit rapidement et réalisa que quelque chose avait touché son Talent. Il se rallongea et essaya de se concentrer.

Il eut aussitôt la vision de deux soldats penchés au-dessus du lit et du visage gonflé de Nalademus derrière eux. Les soldats avaient des poignards à la main et essayaient de l'attraper. Il se redressa d'un bond sous le coup de la terreur.

La vision disparut de son esprit.

Il sortit du lit, attrapa une extrémité du matelas et le tira. À la lumière des lanternes, il vit une tâche humide sur les lattes du sommier et en dessous. Lorsqu'il la toucha il vit que c'était gluant. Banouin examina sa main et constata que c'était du sang. Il courut à la salle de bains pour s'essuyer les doigts et jeta ensuite la serviette ensanglantée sur le sol. Son cœur battait la chamade et son esprit était en proie à la panique.

L'homme qui vivait ici avait été tué dans son lit sous les yeux de Nalademus. Puis des serviteurs avaient retiré le matelas et l'avaient remplacé par un autre un peu trop grand. La victime n'avait pas été tuée rapidement car le sang avait dû couler suffisamment pour s'infiltrer dans le matelas et goutter sur le sommier en dessous. *Quel crime lui a-t-on imputé ?* se demanda Banouin.

De retour dans la pièce principale, il but un peu d'eau et contempla une nouvelle fois les figurines en porcelaine. Quand la fatigue fut trop forte, il retourna vers le lit et remit le matelas en place.

Puis, il dormit par intermittences sur un divan.

Un cauchemar le réveilla en pleine nuit. Tremblant de peur, il s'assit. Le souvenir du rêve coulait de sa conscience comme de l'eau entre ses doigts. Tout ce dont il se souvenait c'était de couteaux pointus qui lui piquaient la peau.

Banouin se leva pour aller sur le balcon. Les étoiles étaient visibles dans le ciel et il sentit une partie de son angoisse disparaître. Il aurait voulu pouvoir fermer les yeux et laisser son esprit s'envoler, mais c'était impossible dans cet environnement de pierre. Un vent froid se leva et Banouin retourna sur son divan, passant une couverture autour de ses épaules. Un sentiment d'étouffement le prit, comme si les murs se refermaient sur son esprit. Il repartit sur le balcon et s'assit sous les étoiles pour contempler la cité de Roc.

De là où il était, il pouvait voir au clair de lune les tours de l'université et le majestueux palais de la République où habitait maintenant l'empereur. *C'est beau Roc, la nuit,* pensa-t-il. Il fut à la fois triste et honteux. C'était la cité de ses rêves, et cela l'avait aveuglé. Oui, Roc était belle, mais d'une beauté sépulcrale ; son apparence extérieure glorieuse cachait en fait la corruption et la pourriture à l'intérieur.

Les bâtiments avaient été construits par des hommes au talent incroyable, avec les meilleurs matériaux. Ceux-ci avaient été achetés en massacrant les races et les civilisations voisines. Roc était bâtie sur le sang. Chaque colonne, chaque statue, chaque pavé de rue en était imprégné.

La colère monta en Banouin, alimentée par une haine de lui-même. *Pourquoi ne l'ai-je pas vu ?* se demanda-t-il. La vérité était aussi visible que la lune au-dessus de lui. Il l'avait bien vue mais avait préféré la repousser dans un recoin sombre et oublié de son esprit, se concentrant plutôt sur les aspects positifs de la vie citadine : l'université et le Grand Musée, les bibliothèques et l'architecture. Ainsi son rêve égoïste était resté intact. Mais venir ici, au Temple, dans ce lieu du mal incarné, avait allumé une torche et sous son éclat les vilenies de Roc étaient mises à nu.

Il aurait voulu s'enfuir, retourner au parc de Phésus pour s'asseoir sous le saule et laisser son esprit s'envoler dans la douceur et la pureté de la nuit.

— Viens t'asseoir avec moi, Banouin, dit une voix.

Banouin se releva d'un bond et se retourna. Les portes qui menaient à la pièce principale avaient disparu. À la place de l'encadrement se trouvait maintenant une épaisse tonnelle de chèvrefeuille puissamment odorante. Il vit la Morrigu, avec son voile, assise sur une souche juste derrière le chèvrefeuille. Un feu brûlait dans un cercle de pierres juste à côté d'elle. Banouin pouvait discerner tous les arômes musqués de la forêt : la terre mouillée et les feuilles pourrissantes.

La Morrigu lui fit un signe et il s'approcha du feu pour s'asseoir. Il toucha la terre avec ses mains. Les senteurs et les bruits de la forêt le pénétrèrent, comblant son esprit. Il leva les mains et les regarda. Puis, il prit une profonde inspiration.

— Regarde-toi, citoyen de Roc, lui dit la Morrigu, en train de gratter la terre comme un animal. Est-ce que la crasse te manque, Banouin ?

— Tu peux te moquer de moi, ma dame, je le mérite sans doute. Mais je n'ai jamais senti d'odeur aussi douce de toute ma vie.

— Sais-tu pourquoi ?

— Oui, répondit-il. Dans la terre, il y a de la vie, une vie vibrante. Il y a des graines qui attendent leur heure pour pousser et des insectes qui se creusent un chemin. Elle est riche et fertile, et n'aspire qu'à croître. C'est magnifique, s'exclama-t-il.

— Alors, peut-être voudrais-tu en ramener une poignée avec toi à la cité. Tu pourrais l'amener à l'université et dire à tout le monde : « Regardez, le jeune Rigante vous a rapporté de la boue. » Et ils te couvriront de colliers de fleurs, et peut-être même décréteront-ils un jour de fête en ton honneur.

— Tu es de sale humeur aujourd'hui, lui dit-il.

— Je t'ai mis au monde, Banouin. Tes petits yeux étaient fermés face à la violente lumière de la lanterne. Et, depuis ce jour, ils sont restés fermés. Ils commencent à peine à s'ouvrir. Tu veux que j'applaudisse ? Tu tiens cette terre dans ta main et tu parles de fertilité. Tout cela est vrai. Mais pourquoi est-ce que cela te touche maintenant ? Pourquoi est-ce que cela te revigore ? Réponds !

— Je… Je ne sais pas.

— Imbécile. Ce n'est pas ta chair qui s'en nourrit. C'est ton esprit. Et de ton esprit naît ta force. Je t'ai observé dans Roc, courant jusqu'au vieux saule pour pouvoir t'envoler jusqu'au Caer Druagh. Oh, comme tu avais l'air heureux. T'es-tu jamais demandé pourquoi le vieux saule t'apportait la liberté ? Ou pourquoi tu ne pouvais utiliser ton Talent à son plein potentiel nulle part ailleurs dans Roc ? Non, bien sûr que non. Tu étais tellement obnubilé par tes rêves égoïstes. Le vieux saule se trouve sur le dernier endroit sacré de ces cinq collines. Toutes les autres sont recouvertes aujourd'hui. Enterrées. Et l'esprit de la terre se recroqueville et se meurt petit à petit.

— Je le sais à présent, répliqua Banouin. Je comprends que Roc est une cité maléfique. Je suis désolé qu'il m'ait fallu si longtemps pour m'en apercevoir.

— Crois-moi, mon enfant, tu n'as pas encore réalisé la signification de tout cela. Ce monde – tous les mondes – ne survivent que grâce à l'harmonie entre la matière et l'esprit. La terre que tu tiens dans tes mains est lourde d'esprit, frais, entier et merveilleusement magique. Sans cet esprit elle serait sans vie. Aucune graine ne pousserait, aucun insecte n'y creuserait un chemin. Autrefois – lorsque j'étais jeune – ce monde foisonnait d'esprit. Il suffisait de jeter une graine en l'air et, où qu'elle retombe, elle germait et poussait. Les Seidhs y prospéraient – ainsi que des dizaines de milliers d'autres créatures de l'esprit. Les hommes nous appelaient des « dieux » et nous vénéraient. En retour nous aidions les hommes. Nous les avons fait sortir de la boue et nous leur avons appris à regarder les étoiles. L'avons-nous fait par amour de la race ? Non. Mais parce que nous avions vu en l'homme une créature capable de nourrir l'esprit du monde. Chaque acte désintéressé, chaque acte d'amour, de courage, de compassion, ajoutait un peu d'énergie au monde. (Elle émit un rire lugubre et jeta une bûchette dans le feu.) Bien sûr, chaque acte égoïste ou maléfique spolie l'esprit. Cela ne te surprendra absolument pas d'apprendre que les hommes mauvais dévorent l'esprit beaucoup plus vite que les hommes bons ne le ravivent. Ce doit être comme une statue. Un bon sculpteur peut faire un chef-d'œuvre en quatre ou cinq ans. Un idiot avec un marteau peut la détruire en quelques secondes.

» Nous avons travaillé longtemps pour trouver le bon équilibre. Nous avons lutté pour montrer à l'homme ses erreurs. C'est simple, nous avons échoué. Une par une, les créatures de l'esprit ont quitté ce monde à la recherche d'autres endroits plus accueillants. Nous sommes d'autant plus stupides d'être restés derrière à essayer d'enseigner encore quelque chose à cette humanité arrogante et dévoyée. Et comme l'esprit se recroqueville de plus en plus, nous ne tarderons pas à disparaître. Tu m'as demandé un jour pourquoi j'avais choisi cet aspect physique. Je ne l'ai pas choisi, Banouin. C'est toi. Toi et ta race.

— Je suis désolé, dit-il.

Mais les mots étaient boiteux et complètement inadéquats.

— Inutile de me dire à quel point tu es désolé, Banouin. Montre-le-moi !

Le monde vacilla. Banouin ouvrit les yeux. Il était assis de nouveau sur le balcon. Il n'y avait pas de chèvrefeuille à l'encadrement des portes ni de feu mourant dans un cercle de pierres.

Mais sur ses mains, il y avait toujours l'odeur de la terre fraîche.

Durant trois jours la santé de Naladемus s'améliora à vue d'œil. Mais au quatrième, un terrible mal de tête s'empara de lui. Banouin l'entendit lancer de la vaisselle à travers la pièce, hurlant des insultes à un serviteur. Il se précipita dans le couloir.

— Je vais t'arracher les yeux, espèce de balourd maladroit ! hurlait Nalademus au domestique qui se tenait tremblant près de la porte, la tête dans ses mains.

Banouin sentit la rage de Nalademus comme un coup de poing qui le fit presque reculer. Au lieu de cela, il s'empara de l'émotion, la calma et la renvoya à son propriétaire, adoucie et changée. Le doyen de Roc se tenait devant le serviteur, le dominant de toute sa carrure ; il desserra les poings et secoua son énorme tête.

— Sors d'ici, dit-il à l'homme effrayé. Va-t'en.

Le serviteur ne se fit pas prier et s'enfuit dans le couloir. Nalademus se tourna vers Banouin.

— J'ai un horrible mal de crâne.

— Assieds-toi, seigneur, je vais le faire passer.

Le colosse se laissa tomber dans un grand fauteuil et Banouin alla se placer derrière lui. Nalademus se raidit.

— Je ne te ferai pas mal, seigneur, dit doucement Banouin en posant ses doigts sur les tempes du doyen.

Le Rigante ferma les yeux et fit partir la douleur, soulageant au passage les muscles du cou et des épaules.

— Ça fait du bien, murmura Nalademus. Je n'ai presque plus mal.

— J'ai peur que ce soit ma faute, seigneur. Certaines des herbes que j'ai utilisées peuvent avoir des effets secondaires. Je vais réduire les doses.

Banouin s'éloigna du doyen, mais Nalademus le fit asseoir en face de lui.

— Tu es très doué, jeune homme. Comment puis-je te témoigner ma gratitude ?

— C'est déjà fait, seigneur, en libérant Sencra. Avec ta permission, je vais rester encore deux jours ici jusqu'à ce que tu sois complètement guéri, et puis je retournerai à mes études et à mon travail à l'université.

— Tu vas vivre ici, Banouin, lui dit Nalademus. Tu recevras un bon salaire et un attelage t'emmènera à l'université quand tu le désireras.

— Merci, seigneur, dit Banouin désespéré.

— Et maintenant parle-moi de Bendegit Bran.

La mâchoire de Banouin s'affaissa.

— Mais pourquoi, seigneur ? bégaya-t-il.

— Il est arrivé dans la cité il y a une dizaine de jours, à l'invitation de l'empereur. Lui et une brute de général du nom de Fiallach. Ils sont venus sous bonne escorte depuis Goriasa. Ils résident dans une villa surplombant la baie. Je devrai sans doute les rencontrer moi-même, et j'apprécierais si tu pouvais me parler un peu d'eux.

Banouin essaya de réunir ses pensées.

— Bran est le demi-frère de notre roi, Connavar, seigneur. Il est également le général des archers montés et gouverne les terres du nord des Pannones. C'est un homme bon qui s'est toujours montré gentil avec moi et ma mère.

— Est-il marié ?

— Oui. Lorsque j'ai quitté le Caer Druagh, il avait deux enfants.

— Quelles sont ses ambitions ? Souhaite-t-il prendre le pouvoir ?

— Je ne crois pas, seigneur. Il est entièrement dévoué à Connavar. Puis-je connaître la raison de l'invitation de l'empereur ?

— Seul l'empereur le sait, Banouin. De simples serviteurs comme toi ou moi ne sont pas dans la confidence. (Banouin sentit la colère sous-jacente.) Et Fiallach ?

— C'est un puissant guerrier – probablement l'homme le plus fort de tout le territoire rigante. Il doit avoir plus de cinquante ans à présent, mais il est impressionnant : un mètre quatre-vingt-quinze environ, avec d'énormes épaules. Dans une bataille il est redoutable, sans peur et sans merci. C'est l'un des trois généraux à la tête des divisions de Loups de fer, la cavalerie lourde de Connavar.

— Tu l'aimes bien ? s'enquit Nalademus.

— C'est un homme qu'il est dur d'aimer, seigneur. Mais je ne le déteste pas.

— Et tu le rangerais parmi les gens loyaux à Connavar.

— Complètement. Ils étaient ennemis autrefois, lorsque Connavar était jeune. Ils aimaient tous les deux la même fille et elle a choisi Connavar. Mais ils sont maintenant amis depuis plus de vingt ans.

— Et Braefar ?

— Est-il là également, seigneur ?

— Non, mais j'ai entendu parler de lui.

— Il est le laird de Trois-Ruisseaux ; c'est un autre demi-frère de Connavar. Un homme très intelligent.

— Est-ce que j'ai cru entendre un « mais » ?

— Je crois qu'il pense qu'il devrait avoir de plus grandes responsabilités. Il se plaint ouvertement que ses talents ne sont pas utilisés à leur juste valeur.

— Est-ce vrai ? s'enquit doucement Nalademus.

— Je ne crois pas, répondit Banouin. Chaque fois que Connavar lui a donné plus de pouvoir quelque chose est allé de travers. Braefar a toujours accusé les autres de cet état de fait et n'a jamais reconnu sa responsabilité pour ses erreurs ou ses fautes.

— Intéressant, observa Nalademus. Je te remercie pour le temps que tu m'as accordé. À présent je dois retourner travailler. Un attelage t'attendra pour te conduire à l'université. Transmets mon salut à Sencra.

— Je n'y manquerai pas, seigneur, répondit Banouin en se levant. Et je reviendrai à la tombée de la nuit pour préparer les remèdes.

Banouin s'inclina et laissa le doyen des Chevaliers de Roc à ses occupations.

Une heure plus tard, il arpentait le hall principal de l'université ; il se rendit au parc de Phésus.

Une bruine tombait, mais Banouin n'y prêta pas attention. Il courut le long du sentier blanc jusqu'au saule. Il écarta les branches et s'assit sur le banc pour se détendre un peu. Son esprit s'envola et partit au-dessus de la ville. Il survola en vitesse la baie et flotta par-dessus les jolies villas qui avaient vue sur les flots. Il passa à travers chacune à la recherche de ses compatriotes.

Et enfin il les trouva, en train de marcher ensemble dans un jardin suspendu. Bran avait l'air inquiet ; il écoutait son compagnon le visage crispé. Fiallach avait vieilli, il avait des cheveux blancs dans sa natte blonde et des reflets gris dans sa moustache tombante. Banouin était heureux de les voir et il réalisa soudain à quel point les montagnes lui avaient manqué. Il voulait écouter leur conversation mais décida que cela serait grossier, aussi réintégra-t-il son corps.

Il ouvrit les yeux et découvrit Maro penché au-dessus de lui.

— Je croyais que tu t'étais évanoui, lui dit-il. Tu vas bien ?

— Oui, ça va.

— En ne te voyant pas revenir, nous avons craint le pire. Et puis Sencra est revenu et nous a expliqué que tu étais allé intercéder en sa faveur auprès de Nalademus en personne. C'est un beau geste, Banouin.

— Il était innocent. Je n'ai fait que le dire, c'est tout.

— Les héros devraient toujours rester modestes, déclara Maro. Enfin, c'est ce que me dit toujours mon père. Viens, allons à la bibliothèque. Tu pourras me raconter tes aventures.

Chapitre 8

Bendegit Bran s'inclina respectueusement devant l'empereur. Le général Fiallach qui se tenait derrière lui l'imita. Bran se redressa et invita Fiallach, d'un geste de la main, à faire un pas en avant ; il portait dans les mains une boîte en bois richement décorée.

— Je t'apporte les salutations de mon roi, déclara Bran, ainsi qu'un cadeau.

Jasaray, assis sur son trône en or, demanda au Rigante de s'approcher. Bran remarqua que les gardes en armure d'argent, qui se tenaient non loin, se raidirent aussitôt, prêts à bondir au moindre signe de trahison. *Il fallait s'y attendre*, pensa Bran. Fiallach était un colosse, avec des yeux bleus féroces et une haine durable – et bien entretenue – envers Roc. De son côté, Jasaray avait l'air détendu. Fiallach ouvrit le couvercle du coffret. À l'intérieur, sur un lit de velours, se trouvait une dague magnifique à lame d'argent et manche en or, incrusté de gemmes bleu pâle. Une énorme opale noire était placée dans le pommeau ; elle avait été admirablement taillée en forme de tête de panthère. Jasaray tendit la main et sortit la dague de la boîte. Bran trouva qu'il y avait quelque chose d'incongru dans cette vision du vieil homme ainsi armé ; il comprit à ce moment-là pourquoi ses hommes l'appelaient « l'Érudit ». Jasaray n'aurait pas pu ressembler moins à un empereur guerrier qu'en cet instant. Il était maigre et rond d'épaules, perdait ses cheveux, et son visage était long et ascétique. Il ressemblait davantage à un philosophe ou à un professeur qu'au plus brillant général qu'avait produit Roc.

— C'est un objet charmant, dit Jasaray à Bran, ignorant Fiallach. Transmets, je te prie, toute ma gratitude à ton frère, Connavar.

Bran regarda l'empereur dans les yeux et éprouva un sentiment de peur. Car, dans ce regard, il vit toute l'intelligence de cet homme.

— Mon roi m'a dit de te dire qu'il se souvient avec beaucoup d'affection du temps passé en ta compagnie durant la campagne perdiie ; il sera ravi d'apprendre que tu es en bonne santé.

— Comme tu le vois, seigneur Bran. Ce qui, à ce que j'ai compris, n'est pas ce qu'on peut dire de ton frère. Comment vont ses blessures ?

— Je n'avais pas réalisé que les nouvelles avaient voyagé si loin, Majesté. Connavar va bien, ses blessures étaient légères. En revanche, les agresseurs ne s'en sont pas aussi bien sortis. Il en a tué trois lui-même. Le quatrième a été capturé et soumis à la question.

— Tu veux dire « torturé » ? s'enquit Jasaray tout en continuant d'examiner l'arme.

— Non, Majesté. Nous avons un druide très talentueux. Il a parlé avec l'homme et a obtenu de lui la vérité.

— Ah, la vérité. Et quelle est-elle ?

— Lui et ses compagnons avaient été engagés par un marchand pour tuer le roi.

— Des créatures étranges, ces marchands, fit observer Jasaray en reposant la dague dans son écrin. Ils ne vivent que pour l'argent. Je présume que le roi lui avait refusé une requête ?

— Cela reste encore à établir, Majesté. Le marchand a traversé l'eau pour se réfugier à Roc.

— Eh bien, il va falloir me donner son nom ; je le ferai rechercher afin qu'il soit jugé. (Jasaray se leva de son trône.) Mes hommes vont vous guider, toi et ton aide, jusqu'à vos quartiers, où vous pourrez prendre un bain si le cœur vous en dit. Cet après-midi, vous serez tous les deux mes invités au stade Palantes. Nous pourrons parler de politique plus tard.

— Merci, Majesté, dit Bran en s'inclinant une nouvelle fois.

Il attendit ainsi le temps que Jasaray quitte la pièce. L'un des gardes vint chercher la boîte. Puis, Bran et Fiallach suivirent un autre garde en armure d'argent jusqu'à une suite de chambres. Une fois à l'intérieur, Bran s'assit dans un grand fauteuil, tandis que l'autre retirait sa cape pour aller s'allonger sur un divan.

— C'est un homme froid, déclara le géant en keltoï.

— Oui, da, mais il est rusé. Il n'a pas réagi lorsque nous avons parlé du marchand. Peut-être n'était-il pas au courant.

Fiallach ne répondit pas. Frère Solstice les avait prévenus tous les deux qu'il existait des pièces secrètes derrière les murs où des espions pouvaient les écouter et noter leurs conversations.

Il y avait un jardin derrière la pièce principale et Bran fit signe à Fiallach de l'y suivre. Une fois à l'extérieur, ils empruntèrent un sentier habilement pavé qui serpentait entre des massifs de fleurs, que les deux hommes regardèrent à loisir, s'arrêtant fréquemment. Bran jeta un coup d'œil autour de lui afin de s'assurer que personne ne pouvait les écouter.

— Garde ton calme, mon ami, dit-il.

— Peut-être que je deviens plus sage en vieillissant, répondit Fiallach, mais la colère se lisait dans ses yeux.

— Ils savent qui tu es et connaissent ton habileté. Ils ont sans doute aussi entendu parler de ton caractère légendaire. Il est vital que tu ne réagisses pas en cas de... manque de courtoisie.

— Je sais, Bran. Par Taranis, tu as insisté sur ce point pendant tout le voyage !

Bran sourit.

— Tu as raison. Excuse-moi. Je me demande si Nalademus sera présent lors de la réunion.

— Je me moque de savoir qui sera là, déclara Fiallach. Je ne comprends toujours pas pourquoi Conn a accepté cette invitation. Il y a fort à parier que nous serons retenus en otages.

Bran acquiesça. Les deux hommes continuèrent leur promenade. Ils arrivèrent à un petit étang artificiel qu'enjambait un pont. Bran s'accouda à la rambarde et baissa la tête, contemplant son reflet sur l'eau calme. Pas plus qu'à Fiallach, ce voyage ne lui faisait plaisir ; Gwen et leurs trois enfants lui manquaient affreusement. Il pensait sans cesse à eux, se demandant si le petit Orrin avait vaincu sa peur des chevaux, si l'aîné, Ruathain, avait récupéré ses forces depuis la mauvaise fièvre qu'il avait développée. Il avait été si affaibli. Frère Solstice s'était bien occupé de lui, mais Bran savait qu'une rechute pouvait souvent être fatale.

— Nous ne pouvons pas refuser l'invitation, lui avait dit Connavar. Cela serait perçu comme un acte de faiblesse et d'hostilité à la fois. Jasaray a besoin de nous pour une raison ou une autre. Essaie de découvrir ce dont il s'agit et fais-moi un rapport.

— Pourquoi ne pas envoyer Aile ? avait demandé Bran en faisant référence à leur frère sous son nom d'âme, Aile sur l'Eau. Il sait bien parler et un voyage à Roc lui ferait sans doute plaisir. De plus, il n'a ni femme ni enfant. Et puis il dit toujours qu'il s'ennuie.

— Tu conviens mieux pour cette mission, Bran. Prends Fiallach avec toi.

Cela avait surpris Bran. Fiallach était connu pour sa haine envers tout ce qui avait rapport, de près ou de loin, avec Roc.

— Est-ce que cela ne risque pas de passer pour une insulte, frère ?

Après Cogden, Fiallach a fait couper les têtes de trente officiers de Roc et les a fait planter sur des piques à la frontière. D'après Frère Solstice, il n'y a que deux Rigantes qui sont connus des habitants de Roc – toi et Fiallach.

— C'est bien pour cela qu'il doit y aller, avait répondu Connavar. Mais tu te trompes. Il y en a un troisième. La plupart des marchands qui cherchent à gagner mes faveurs m'ont parlé d'un guerrier rigante qui se bat dans les arènes de Roc.

Bran avait entendu ces histoires, mais n'en avait pas touché mot à Connavar.

— Tu veux que j'aille le voir ? avait-il alors demandé.

— Non. Il vit sa vie, aussi stérile soit-elle.

— Je l'aimais bien, avait déclaré Bran.

L'espace d'un instant, Connavar avait plissé les yeux pour scruter le visage de Bran à la recherche d'une quelconque critique. Puis, il avait soupiré, et le regard tourmenté que Bran connaissait maintenant bien depuis la mort de Tae, des années auparavant, avait abandonné le roi un moment.

— J'aurais pu l'aimer également, avait-il dit enfin. C'est l'un de mes nombreux regrets. Si je pouvais remonter le temps et revivre ma vie, je la vivrais autrement. J'emmènerais Tae au lac. Il n'y aurait pas de guerre avec les Pannones.

— Tu sais, Conn, c'est quelque chose que je n'ai jamais compris. Tu es mon frère et je t'aime. Mais combien de temps encore vas-tu porter cette culpabilité ? Prends-toi une femme, fais des enfants. Tu te le dois bien – ainsi qu'au peuple. Tu dois avoir un héritier, Conn.

Connavar avait souri.

— Tu es mon héritier, Bran. Et tes fils te succéderont.

Connavar était allé à la fenêtre pour contempler le paysage. Des nuages projetaient des ombres tachetées de lumière sur le flanc des montagnes.

— Tu devrais inviter Bane à revenir ici, lui avait dit Bran.

Connavar s'était retourné brusquement, le visage de nouveau fermé, le regard dur.

— Le sujet est clos.

— Tes désirs sont des ordres, mon roi, avait rétorqué Bran.

Connavar en avait été aussitôt gêné.

— Je m'excuse, frère. J'avais cru que la douleur s'amoindrirait avec le temps. Mais elle me ronge l'âme comme un cancer.

— Ah, bon sang ! Je m'excuse aussi, Conn. Je n'en parlerai plus. Bon, alors, d'après toi, que nous veut Jasaray ?

— Difficile à dire. Il a beaucoup d'ennuis. La guerre à l'est signifie qu'une bonne partie de ses troupes est loin de Roc. Frère Solstice me dit qu'il y a maintenant plus de Chevaliers de Roc dans la cité que de soldats loyaux.

Apparemment, Jasaray croit que Nalademus lui est fidèle – et c'est peut-être le cas. Mais la situation politique est fragile. L'arrivée d'ambassadeurs rigantes va faire sensation et peut-être détourner l'attention de la critique de sa campagne à l'est. En résumé, frère, je n'en sais rien.

Cela faisait maintenant dix jours que Bran était à Roc ; lui et Fiallach avaient attendu, cantonnés dans une villa au sud de la ville, que Jasaray les reçoive. Voilà qui était fait et pourtant aucuns pourparlers n'avaient eu lieu.

Un serviteur arriva en courant sur le sentier.

— Vos bains sont prêts, seigneurs, leur apprit-il. Nous avons envoyé chercher vos vêtements à la villa et j'ai pris la liberté de les faire laver. Ils sont actuellement en train de sécher.

— Très aimable de ta part, lui répondit Bran.

Les bains privatifs faisaient douze mètres de long avec un bassin assez grand pour accueillir une vingtaine de personnes. Bran et Fiallach se déshabillèrent et allèrent s'asseoir dans l'eau parfumée pour se détendre. Fiallach soupira et plongea la tête sous la surface. Il l'en ressortit en crachant un jet d'eau, ses nattes et sa grande moustache blonde et argent dégoulinant. Bran gloussa.

— Une telle décadence est en train de te corrompre, dit-il.

— Cela soulage mes douleurs dans le dos, répondit Fiallach. Je ne suis plus aussi jeune qu'avant. Je ne guéris plus aussi vite.

Ils paressèrent ainsi un long moment, jusqu'à ce que deux serviteurs se présentent, portant des serviettes chaudes. Les guerriers rigantes sortirent de leur bain et s'essuyèrent avant de passer dans la salle de massage où deux jeunes hommes les attendaient.

Bran s'allongea sur le ventre et sentit un filet d'huile tiède couler sur son dos. Il se détendit aussitôt. De façon experte, le masseur lui pétrit les muscles des épaules et du cou, évacuant la tension. Bran jeta un coup d'œil à Fiallach qui était dans la même position que lui, mais les yeux fermés. Lorsque le massage prit fin et qu'on leur eut retiré l'excédent d'huile avec des couteaux arrondis en ivoire, les deux hommes se levèrent, s'habillèrent, et retournèrent dans leurs chambres. De la nourriture les y attendait : de la viande rôtie froide, des pâtisseries et deux cruches, l'une de vin, l'autre d'eau. Ils mangèrent et attendirent ensuite que Jasaray les convoque.

— On en viendrait presque à aimer cet endroit, fit remarquer Fiallach.

La porte s'ouvrit et deux guerriers en armure d'argent entrèrent.

— Votre chariot vous attend, dit le premier, d'une voix faisant écho au mépris de son regard.

Fiallach se leva et alla se planter devant lui de toute sa stature. Il observa le guerrier attentivement.

— C'est incroyable, dit-il à l'intention de Bran. Tu te souviens de la première tête de Roc que j'ai plantée sur une lance ? Elle était exactement comme celle-ci, même si je pense que son cou à lui est un peu plus épais. Il faudrait certainement que je m'y reprenne à deux fois pour le trancher.

Le soldat devint livide et s'humecta les lèvres nerveusement. Fiallach lui sourit.

— Ne t'inquiète donc pas, petit homme. Aujourd'hui, je suis de bonne humeur.

Horath s'inclina respectueusement devant l'empereur et son entourage qui pénétraient dans l'enceinte royale pour s'asseoir sur des sièges surplombant le sable doré de l'arène. Le soleil brillait. Le stade était quasiment rempli – douze mille citoyens de Roc attendant de voir les duels à mort du jour.

Horath guida l'empereur jusqu'à sa chaise à haut dossier, recouverte de velours. Il y avait deux Keltoïs avec Jasaray ; l'un beau, avec des cheveux d'or mais imberbe, l'autre un colosse à la longue moustache tombante. Le géant avait l'air terrifiant et de nombreuses cicatrices étaient visibles sur ses bras nus. *Il aurait pu devenir gladiateur*, pensa Horath.

Six guerriers en armure d'argent les suivaient et se mirent sur un rang derrière l'empereur. Jasaray s'assit et se cala contre le dossier rembourré. Il leva alors la tête vers Horath.

— Tu as l'air d'aller bien, jeune homme, dit-il.

— Merci, Majesté. Tu honores le cirque Occian par ta présence.

— Puis-je te présenter mes invités ? Voici Bendegit Bran, un seigneur rigante, et son aide, Fiallach.

— C'est un plaisir de vous rencontrer, messieurs, dit Horath en s'inclinant légèrement. Êtes-vous venus voir votre camarade se battre ? (Il lut la surprise sur leurs visages.) Bane se bat aujourd'hui, ajouta-t-il rapidement. Il est déjà devenu Gladiateur Sept ; c'est un magnifique combattant et une grande fierté pour notre cirque. Il doit affronter Dex, du cirque Palantes. Dex est Gladiateur Quatre. Cela devrait être un affrontement épique. Si vous souhaitez miser, je serai ravi de placer vos paris à la banque du cirque. (Bendegit secoua la tête et échangea un regard avec Fiallach.) Eh bien, j'espère que vous vous amuserez, messieurs.

Après avoir salué respectueusement Jasaray, Horath rejoignit son propre siège. Toutes les minutes il jetait un coup d'œil nerveux vers la porte. Il avait également invité Nalademus et le seigneur Voltan dans l'enceinte, mais n'avait pas reçu de réponse. Néanmoins, des chaises avaient été préparées pour eux. Ce qui avait causé du souci car Nalademus était un homme très corpulent et il avait besoin d'une grande chaise. Ce qui n'aurait pas posé de problème en soi si l'empereur n'avait pas insisté pour avoir une chaise à dossier droit pour lui, avec un seul coussin. Horath ne pouvait pas faire asseoir Naladeмus sur une chaise supérieure à celle de l'empereur ; il avait donc fait installer un divan au fond de l'enceinte. Malheureusement, cela signifierait, si jamais Naladeмus venait, qu'il serait placé derrière Jasaray et ses invités. Horath se rassura en pensant à la rumeur selon laquelle le doyen de Roc était malade depuis quelque temps ; il était de fait peu probable qu'il vienne.

Des trompettes résonnèrent et six cavaliers firent irruption dans l'arène. La foule les ovationna pendant qu'ils faisaient faire le tour de la piste à leurs montures blanches. Puis, à l'unisson, les cavaliers levèrent les pieds et se hissèrent en douceur sur le dos de leur cheval. Les montures se rangèrent en ligne. Les cavaliers sautèrent de l'une à l'autre, se réceptionnant toujours en souplesse, chaque saut étant minuté à la perfection. Puis, ils se remirent en selle et quittèrent l'arène. La foule les applaudit. Horath regarda les deux guerriers rigantes. Ils semblaient imperturbables, les bras croisés sur la poitrine. Soudain la porte de derrière s'ouvrit et Horath jura à voix basse.

Le doyen de Roc, Naladeмus, venait d'arriver, appuyé sur un long sceptre en or. Horath se leva d'un bond.

— Bienvenue, seigneur, lui dit-il. Tu nous honores par ta présence.

Naladeмus acquiesça et regarda le divan. Jasaray se leva.

— Je suis content de te voir, mon ami, dit-il chaleureusement. Je t'en prie, viens t'asseoir à mes côtés. Horath, apporte une autre chaise.

Horath se dépêcha de faire un geste à deux serviteurs et leur donna des instructions. Ils revinrent quelques instants plus tard portant un superbe fauteuil sculpté avec des dorures, qui était plus grand et plus large que la chaise de l'empereur.

— Vous devriez le prendre, Majesté, fit remarquer Naladeмus comme on installait le fauteuil à côté de Jasaray.

— Ne dis pas de bêtises, mon ami. Tu as été malade et ton bien-être m'importe plus que des soucis d'ego mesquins. Assieds-toi. Mets-toi à l'aise.

Naladeмus s'inclina et laissa descendre son immense carrure dans le fauteuil.

Horath eut un soupir de soulagement et retourna à sa place. On présenta les autres invités à Naladeмus et l'assemblée put s'intéresser de nouveau à ce qui se passait dans le stade. Un numéro de cavalerie d'adresse suivit une chasse au lion. Deux bêtes furent lâchées dans le stade, et deux cavaliers, armés d'arcs de chasse, se lancèrent à leur poursuite. Le premier lion fut tué rapidement, mais le second, blessé et enragé, chargea un cavalier. Le cheval se cabra, désarçonnant l'homme qui tomba sur le sable. Le lion fut aussitôt sur lui et d'un coup de griffes lui ouvrit le dos. Le rugissement de satisfaction qui s'éleva de la foule fit sursauter le fauve qui tourna la tête au moment où le deuxième cavalier fondait sur lui, lui décochant une flèche en plein cœur.

Le public applaudit à tout rompre. Des esclaves se précipitèrent dans l'arène pour évacuer le cavalier mutilé et traîner les cadavres des lions. D'autres esclaves vinrent à leur tour avec des seaux de sable et de grands râteaux pour recouvrir le sang.

— Ces cavaliers ont beaucoup de courage, fit remarquer Horath à Bendegit Bran.

— Les lions étaient affamés, répliqua ce dernier, et presque à bout de forces.

Horath sourit et tourna la tête pour regarder la foule. Deux mille personnes de plus que lors de la dernière représentation, trois semaines auparavant. Le cirque Occian était sur le point de devenir le cirque le plus rentable de tout Roc. *Ah*, pensa Horath, *comme cela doit avoir un goût de poison pour les propriétaires de Palantes.* Une grande partie de ce succès était due au Barbare, Bane, qui était devenu extrêmement populaire auprès du public. Mais la vraie raison était l'influence de Rage qui entraînait à présent tous les gladiateurs, leur menant la vie dure, les rendant plus forts et plus rapides. Il était rare maintenant qu'un combattant d'Occian perde un duel à mort.

Les trompettes sonnèrent l'entracte. L'assemblée se retira dans la longue chambre, où de la nourriture et des rafraîchissements avaient été disposés sur une table de plus de six mètres de long. Nalademus engagea la conversation avec Bendegit Bran, tandis que Jasaray parlait avec Fiallach. Horath papillonnait non loin, près des gardes silencieux qui formaient une ligne devant la porte.

— J'ai cru comprendre que tu as des enfants, dit Nalademus à Bran.

— Trois, pour l'instant, répondit Bran. Que des garçons. Le plus jeune a tout juste quatre mois.

— Les enfants sont notre avenir, répliqua le doyen de Roc. Nous devons les chérir.

— Absolument, convint Bran, qui semblait se détendre. C'est une joie de les voir grandir et apprendre. As-tu des enfants ?

— Malheureusement, non. La prêtrise demande l'abstinence totale de tout désir de la chair. C'est une source de regrets pour moi, ce qui explique peut-être pourquoi je prends plaisir à la joie d'un père de famille comme toi.

Horath s'éloigna. Le miel qui coulait de la bouche de Nalademus allait le rendre malade. Une autre personne fit irruption dans la pièce et les gardes s'écartèrent d'elle. L'homme était grand, large d'épaules, et vêtu d'une armure noir et argent. Horath se précipita à sa rencontre.

— Seigneur Voltan, je te remercie mille fois d'avoir pris sur ton temps pour être présent parmi nous. Le cirque Occian est honoré par ta présence.

— Apporte-moi du vin, lui répondit le grand guerrier.

— À l'instant, dit Horath en conservant son sourire.

En remplissant le gobelet, Horath eut soudain conscience d'un changement d'atmosphère dans la pièce. Il releva la tête pour regarder dans la direction de l'ancien gladiateur. Les gardes lui jetaient des regards nerveux et semblaient mal à l'aise ; même l'empereur le regardait avec insistance. Jasaray s'approcha de Voltan. L'espace d'un moment, Horath crut que le Chevalier de Roc n'allait pas s'incliner devant l'empereur, mais finalement il pencha légèrement la tête. Jasaray convoqua le capitaine de ses gardes. L'homme fit un pas en avant.

— Le seigneur Voltan est un ami loyal et droit, déclara Jasaray, et je peux voir à la poussière sur sa cape qu'il a chevauché sans relâche pour être parmi nous aujourd'hui. C'est pourquoi je l'excuse de paraître en ma présence armé d'une épée. Dans la hâte de venir me présenter ses devoirs, il a sans doute oublié de l'enlever. Mais, dis-moi, je te prie, quelle est ton excuse pour l'avoir autorisé à entrer ici ?

— Je suis désolé, Majesté, s'excusa l'homme. Cela ne se reproduira pas.

— Effectivement. Je te renvoie de mon service. Va te présenter devant ton commandant et attends mon bon vouloir.

— Oui, Majesté, répondit l'homme en s'inclinant profondément avant de reculer.

— Avant de partir, lui lança Jasaray, sois gentil de bien vouloir prendre l'arme dont nous venons de parler.

Avec une rapidité qui fit cligner des yeux Horath, l'épée de Voltan jaillit dans sa main, et l'espace d'une seconde l'air fut chargé de danger. Puis, Voltan retourna la lame et la présenta au capitaine en disgrâce qui quitta rapidement la pièce. Horath s'avança et donna le gobelet à Voltan qui l'accepta sans un remerciement. Nalademus le présenta aux invités et Horath vit le regard de l'ancien gladiateur se fixer sur celui du puissant Fiallach.

— Ah oui, dit Voltan, tu as combattu dans la plaine de Cogden. J'ai entendu parler de toi. Es-tu ce fameux général qui a fait décapiter les officiers de Roc capturés et planter leurs têtes sur des pieux à la frontière ceniie ?

— En personne, répondit Fiallach.

— Une bonne stratégie, intervint Jasaray. La terreur est une arme puissante dans une guerre. Placer les têtes à la frontière a envoyé un message concis à l'ennemi, tout en lui instillant de la peur au passage. Mais profitons à présent des rafraîchissements avant que les épreuves majeures ne débutent.

Bane grogna lorsque Telors examina sa blessure aux côtes. Du sang coulait toujours de l'entaille de dix centimètres au côté gauche.

— Une côte de cassée, observa Telors. Tu as eu de la chance, Bane.

— Oh, oui, je me sens vraiment verni, rétorqua Bane en grimaçant, comme Telors nettoyait le sang.

— Il a été imprudent, oui, cracha Rage. J'ai passé des heures et des heures à observer Dex, et je t'avais dit qu'il était très rapide dans les contre-attaques. Est-ce que tu as lu les notes que je t'ai laissées la nuit dernière ?

— Oui, je les ai lues, mentit Bane. Et je n'ai pas échoué. Dex est mort, non ?

— Oui, il est mort, convint Rage, mais quelqu'un de meilleur que lui t'aurait transpercé les côtes pour t'éventrer. Quelqu'un comme Brakus, par exemple.

Bane sourit.

— Tu n'es jamais content, pas vrai ? Après mon dernier duel, tu m'as dit que si je me battais de la même manière face à Dex, il me trancherait la tête. Et avant tu m'avais dit ça pour le puissant Kespus. Et aujourd'hui, les deux sont morts.

— Nous devons arriver à la perfection, mon garçon, lui expliqua Rage.

— Personne n'y arrive jamais, intervint Telors. Tu le sais bien, Vanni.

Rage soupira.

— Si on y arrivait, cela ne vaudrait pas le coup d'essayer. L'enjeu est de s'en approcher le plus possible. (Il regarda Bane.) Tu t'es bien battu durant la majeure partie du duel. Bon jeu de jambes, bonne concentration. Mais au tout début, il t'a trompé avec une feinte. Seule ta rapidité t'a sauvé, et malgré ça il t'a quand même cassé une côte. S'il y avait eu un peu plus de force dans le coup, la côte aurait pu te percer un poumon.

Telors ouvrit un petit sac à médecines en cuir et en retira une aiguille en croissant de lune et du fil noir. Il essaya un moment d'enfiler l'aiguille mais en vain. Finalement, Bane la lui arracha des mains et l'enfila lui-même, puis la lui rendit.

— Mes yeux ne sont plus aussi bons qu'avant, grommela Telors.

— C'est parce que tu te fais vieux, lui dit Rage.

— J'ai dix ans de moins que toi, rétorqua Telors.

Rage lui sourit.

— C'est vrai.

Le grand homme s'assit à côté de Bane.

— Ne fais pas attention à moi, mon garçon. Tu m'as flanqué la frousse dehors. L'espace d'un instant, j'ai bien cru qu'il t'avait.

— Je l'ai cru aussi, admit Bane. Et tu as de toute façon raison. J'ai été imprudent. Mais le choc de voir Bendegit Bran et Fiallach assis avec l'empereur m'a déconcentré.

Il poussa un juron quand Telors serra la première suture.

— Un peu de courage, petit soldat, lui dit Telors en souriant.

Rage lui tapota l'épaule.

— Eh bien, te voilà Gladiateur Quatre à présent, et presque à ton meilleur niveau. Tu t'es bien débrouillé, Bane.

— Assez bien ?

— Pour te mesurer à Voltan ? Je ne crois pas. Repose-moi la question dans trois mois. Si tu bats Brakus, nous en reparlerons.

— Je t'ai promis de rester deux ans. J'ai tenu ma promesse.

— Encore trois petits mois, lui dit Rage. Donne-moi juste ça et ensuite tu pourras prendre ta décision.

Telors finit de recoudre la blessure et coupa le bout du fil. Bane baissa enfin le bras.

— Qu'est-ce qui te préoccupe réellement, Rage ? Sois honnête avec moi.

— Il y a un temps pour l'honnêteté, mon garçon, mais pas maintenant. Nous avons été invités à rencontrer l'empereur et ses invités.

— Je ne sais pas si j'en ai envie, répondit Bane.

— Nous n'avons pas le choix, mon ami.

Bane se leva et s'en alla à travers la salle des épées et les bains. Telors rangea son aiguille et jeta un coup d'œil à Rage.

— Qu'y a-t-il, Vanni ?

— Le garçon est doué. Très bon ; rapide, fort, courageux. Mais il n'est pas prêt pour Voltan.

— Pourquoi ne le lui dis-tu pas ?

— Cela ne servirait à rien, mon ami. Un jour ou l'autre il l'affrontera. Je ne veux pas briser sa confiance en lui.

— Tu te trompes peut-être, Vanni.

— Espérons-le.

— Suis-je également invité auprès de l'empereur ?

Rage éclata de rire.

— Pourquoi voudrait-il rencontrer un horrible salaud comme toi ?

Telors gloussa et s'attela à nettoyer l'épée et le casque de Bane avant de les ranger avec ses poignets de force et ses jambières. Bane réapparut quelques minutes plus tard. Il avait peigné ses cheveux blonds et les avait attachés en queue-de-cheval. Il portait une tunique bleu pâle, un pantalon gris et des bottes d'équitation en cuir souple. À la taille, il avait une ceinture à bords argentés où pendait un couteau de chasse à manche en corne sculpté.

— Il va falloir laisser le couteau ici, lui dit Rage. Personne ne peut être armé en présence de l'empereur.

Bane retira le couteau de sa ceinture et le tendit à Telors. Puis, les deux hommes quittèrent la pièce, grimpant l'escalier jusqu'au deuxième niveau pour déboucher sur le sable. Les derniers spectateurs sortaient le long des allées. Bane et Rage se dirigèrent vers l'enceinte royale, située en haut des gradins. Plusieurs personnes reconnurent Bane et l'appelèrent. Il leur répondit d'un geste de la main accompagné d'un sourire.

Un garde en armure d'argent les arrêta à la porte de l'enceinte et les fouilla en quête d'armes avant de les faire entrer rapidement. Un deuxième garde les conduisit le long d'un couloir, à travers une salle à manger, jusque dans des appartements privés. Le sol en mosaïque était couvert de riches tapis et il n'y avait pas moins de dix divans somptueux disposés le long des murs. L'empereur était allongé sur l'un des divans, situé sous une grande fenêtre cintrée en vitrail. Bendegit Bran et Fiallach étaient assis de chaque côté de lui. Sur le divan opposé, un personnage énorme aux cheveux blancs, dans une grande robe pourpre, était assis. Et derrière lui se tenait Voltan.

Bane se raidit et inconsciemment porta sa main au fourreau vide accroché à sa ceinture. Rage lui agrippa le bras.

— Incline-toi devant l'empereur ! murmura-t-il.

Bane avait les mains qui tremblaient, mais il se contrôla, fit deux pas en avant et s'inclina respectueusement devant Jasaray.

— J'ai pensé que tu aimerais voir des compatriotes en visite à Roc, lui dit Jasaray.

— C'est fort… aimable de ta part, Majesté, répondit Bane.

— Je suis content de te revoir, mon garçon, dit Bran en se levant, la main tendue.

Bane la serra. Fiallach resta assis, les bras croisés sur son énorme poitrine. Jasaray se leva de son divan.

— Laisse-moi te présenter mon ami Nalademus.

Il prit Bane par le bras et lui fit traverser la pièce. Bane s'inclina devant le doyen de Roc.

— Un duel très divertissant, jeune homme, lui dit Nalademus. On peut dire que tu n'es pas ennuyeux à regarder.

— Et voici le seigneur Voltan, dit Jasaray. Il dirige les Chevaliers de Roc.

— Nous nous sommes déjà rencontrés, déclara Bane d'une voix glacée.

— Ah bon ? s'enquit Voltan. Je ne m'en souviens pas.

— Nous n'avons pas beaucoup parlé, répliqua Bane d'une voix tremblante d'émotion réprimée. Ton épée était enfoncée dans le cœur d'une jeune fille à ce moment-là.

Voltan l'examina de près.

— Tiens, tiens, dit-il. Le petit Barbare d'Accia. Ne t'avais-je pas dit que tu avais du potentiel ? (Il eut un large sourire.) Et te voilà déjà devenu le nouveau Gladiateur Quatre. J'ai toujours été doué pour juger les gens.

— Tu ne peux pas savoir à quel point j'avais envie de te revoir, lui dit Bane.

— C'est gratifiant de savoir qu'on pense à vous, répliqua Voltan.

Bane se tendit, mais, alors qu'il était sur le point d'attaquer, la main de Rage se referma sur son épaule.

— Il y a un temps et un lieu pour tout, mon garçon. Le temps n'est pas encore venu, et ce n'est pas exactement le bon lieu.

— Je ne savais pas qu'il y avait un passif entre vous, fit remarquer Jasaray. Comme c'est intéressant. Cependant, j'ai peur que nous ne négligions nos autres invités. Viens, Bane, assieds-toi avec tes amis.

Jasaray l'accompagna jusqu'aux deux Rigantes et retourna discuter avec Rage.

— Qu'est-ce que c'est que cette histoire ? s'enquit Bendegit Bran en se penchant pour lui parler à l'oreille.

— C'est mon ennemi, lui expliqua Bane. Une affaire personnelle.

— Tu as toujours eu le don de te faire des ennemis, Bane, déclara Fiallach.

Bane observa le regard hostile du géant et sentit soudain toute tension l'abandonner.

— Il fut un temps où je t'aurais tué avec joie. Et je l'aurais fait sans le moindre regret. Aujourd'hui, je suis un peu plus vieux et un peu plus sage. (Il prit une profonde inspiration pour se calmer et reporta son attention sur Bran.) Pourquoi êtes-vous ici ?

— L'empereur a demandé à Connavar d'envoyer des ambassadeurs pour parlementer. Le roi a accepté. Cela fait dix jours que nous sommes là, cependant nous n'avons pas encore parlé. Mais, et toi, Bane ? Comment se passe la vie ici ?

Bane haussa les épaules.

— Je suis riche, mais les montagnes me manquent. Lorsque j'aurai accompli ce que je suis venu faire, je rentrerai chez moi.

— Tu ne seras pas le bienvenu, commenta Fiallach.

— Je ne l'ai jamais été, rétorqua Bane.

Bane resta silencieux durant le trajet de retour. Il était assis au fond du siège en cuir de l'attelage ouvert et regardait les rues de la cité. Derrière lui, Rage ne parlait pas non plus et semblait perdu dans ses pensées.

Comme l'attelage arrivait sur l'avenue principale menant à la colline et à la villa de dix-huit chambres, une petite animation survint dans la foule devant eux. Des lanternes avaient été allumées et, à leur lumière, Bane vit des Chevaliers en armes tirer des hommes et des femmes de chez eux. Quelqu'un dans la foule cria :

— Brûlez les traîtres !

Mais, dans l'ensemble, les gens regardaient en silence les prisonniers se faire emmener.

— Ils ne réussiront pas, déclara Rage alors que l'attelage continuait sa route.

— Qui ça ? s'enquit Bane.

— Les Chevaliers. Naladenus. La religion est une bête étrange. Elle prospère quand on la persécute. Après trois années de bûchers, de pendaisons et de tortures, il y a probablement aujourd'hui plus de membres du Culte de l'Arbre qu'au commencement.

— Cela n'a pas de sens, fit remarquer Bane.

— Je suis d'accord. Pourtant c'est le cas. Les religions qui meurent sont celles qui sont récupérées par les dirigeants des sociétés, pas celles qu'ils damnent.

— Mais pourquoi donc ? l'interrogea Bane. Le message est certainement le même, il est seulement sans risques.

— C'est peut-être une partie de la réponse. Nous n'avons pas beaucoup d'estime pour ce qui est sans risques. Mais, plus important, une fois que la société a assimilé une religion et l'a acceptée, les dirigeants s'emploient à en faire changer subtilement le message. Et cela se passera ici aussi.

— Et les gens vont l'accepter ?

— Bien sûr. Le Culte de l'Arbre pense qu'il n'est pas bon de prendre une vie. Tuer, c'est mal, disent-ils. Dans quelques années, un haut responsable du Culte, dûment élu par ses pairs, déclarera que ce n'est pas tuer qui est mal, mais le meurtre. Il prendra l'exemple d'un homme défendant sa famille d'une attaque ou sa fille d'un viol. Il dira : « Il est évident que la Source ne s'attend pas à ce que l'homme reste assis à ne rien faire. » Et la plupart des pères de famille tomberont d'accord avec cet argument. Ils commenceront à parler de Roc comme d'une « grande famille » et des nations autour d'eux comme « d'hostiles Barbares maléfiques ». Cela justifiera qu'on les attaque afin de « sauver la famille de Roc ». (Rage se mit à rire, mais il n'y avait pas là une once d'humour.) C'est comme du vin coupé avec de l'eau, Bane. Tant que les proportions sont bonnes, la boisson est savoureuse et fait du bien tant à l'estomac qu'au cœur. Mais si tu ajoutes trop d'eau, le vin ne sera bientôt plus qu'un souvenir.

— Tu es cynique – lorsque tu es sobre, dit Bane.

— Je préférerais ne pas l'être. J'aime assez ce que j'ai entendu dire sur le Culte de l'Arbre, sur le fait qu'il faut être bon les uns envers les autres, et aussi qu'il ne faut pas se faire happer dans le cercle de la haine. Est-ce que tu sais qu'à la veille de leur exécution, ils se réunissent pour prier afin de pardonner à leurs accusateurs ?

Bane eut un large sourire.

— Je ne comprends pas ça. Si un homme te déteste et cherche à te tuer, il faut soit t'enfuir, soit le tuer avant qu'il ne le fasse. Il n'y a pas de troisième solution.

— Tu peux devenir son ami, déclara Rage. Ainsi, il ne sera plus ton ennemi.

— Euh, tu te moques de moi, non ? s'exclama Bane. Tu crois que je pourrais devenir ami avec Voltan après ce qu'il a fait ?

— Pas si tu es déjà dans le cercle de la haine, lui expliqua Rage. Tu dois d'abord lui pardonner.

— Tu lui aurais pardonné, toi ?

Rage se tourna vers lui.

— Je l'ai déjà fait, mon garçon. Il est le père de Cara et à cause de lui une enfant que j'adorais s'est tuée. (Il tapota l'épaule de Bane.) Les circonstances sont différentes, je sais bien. Mais il n'a pas cherché à tuer Palia, même si le résultat a été le même. J'ai perdu quelqu'un que j'aimais. Toi aussi.

— Je lui pardonnerai, dit Bane d'une voix tremblante de colère, au moment où il sera mort à mes pieds.

Rage se tut. L'attelage progressait lentement sur la colline. Un serviteur ouvrit les grilles en fer forgé de la villa et le conducteur se lança sur le chemin en gravier pour s'arrêter devant l'entrée principale. Rage le paya et les deux hommes entrèrent dans la maison.

Cara vint à leur rencontre.

— Pourquoi n'es-tu pas à l'école ? s'enquit Rage en la serrant dans ses bras et en l'embrassant sur la joue.

— C'est les vacances du milieu de trimestre. Tu n'es pas content de me voir ?

— Si, toujours, lui répondit Rage.

Elle se tourna vers Bane.

— Et toi, Barbare ? lui demanda-t-elle.

Bane sourit et la regarda. Elle portait une robe en soie bleue qui lui descendait aux chevilles, froncée à la taille par une large ceinture en cuir gris, attachée par deux fils en or. Ses cheveux blonds étaient tirés en arrière, à l'exception de deux mèches qui tombaient sur ses tempes.

— Tu es très belle, princesse, lui dit-il en s'inclinant devant elle.

— Plus personne ne m'appelle princesse à présent. C'est un surnom d'enfant, le gronda-t-elle. Tu me prends pour une enfant ?

— Loin de là, répondit Bane en essayant de ne pas regarder ses seins ronds et la courbure de ses hanches. Bienvenue chez toi, Cara.

— Viens faire un tour avec moi dans le jardin, lui dit-elle en s'avançant pour venir passer son bras sous le sien.

— Avant c'était mon bras, grommela Rage.

Cara lui sourit.

— Je t'adore, grand-père, mais il y a quelque chose dont je voudrais parler à Bane.

Des lanternes avaient été installées sur des perches le long du sentier dans le jardin. Les deux jeunes gens marchèrent lentement vers le bassin circulaire à l'arrière de la maison.

— Eh bien, que voulais-tu donc me dire ? demanda Bane.

Cara regarda rapidement derrière elle.

— Je voulais te montrer quelque chose, dit-elle en se dirigeant vers un rosier jaune en fleur. Mais d'abord tu dois me promettre de n'en parler à personne.

— C'est promis.

Cara s'agenouilla devant le rosier et scruta les fleurs.

— Celle-ci, dit-elle enfin en montrant du doigt une fleur qui se fanait, la tige tordue, les pétales tombant.

Bane s'agenouilla à côté d'elle. Cara prit la fleur dans ses mains et ferma les yeux. Bane la regarda faire un moment. Soudain, la tige se redressa et la fleur se releva. Lentement, les pétales mourants gonflèrent comme s'ils possédaient une nouvelle vie. Lorsque Cara retira ses mains, la rose se tenait là, droite et fière, et son parfum était enivrant.

— Un joli tour, fit remarquer Bane. Comment as-tu fait ?

Cara regarda autour d'elle pour s'assurer qu'ils étaient seuls.

— Je suis allée voir la Dame au Voile. Elle m'a touché le front et m'a dit que j'avais un Talent latent qu'elle a libéré. Je pourrais devenir une guérisseuse, a-t-elle déclaré.

Bane sentit un nœud au creux de son estomac.

— Tu n'aurais pas dû faire ça, déclara-t-il. Tu ne sais donc pas que c'est dangereux ?

— Bien sûr que je le sais, cracha-t-elle. J'y suis allée avec trois amies et j'étais très nerveuse. Et puis je l'ai entendue parler, Bane. Je l'ai vue guérir des gens rien qu'en les touchant. C'était extraordinaire. Puis elle est passée au milieu de nous. Elle porte un voile noir, on ne peut pas bien voir son visage, mais, en revanche, j'ai vu ses mains et elles sont jeunes. Je ne crois pas qu'elle soit beaucoup plus vieille que moi !

— Tu ne dois pas y retourner, Cara.

Elle se releva et essuya la poussière sur sa robe.

— Je ne pensais pas que tu serais aussi lâche, lui dit-elle.

Il se leva à son tour.

— Je pense surtout à Rage et à ce que cela lui ferait si jamais tu étais arrêtée et emmenée dans l'arène pour y être brûlée.

— Je serai prudente, promit-elle. Mais je ne peux pas oublier ce que j'ai vu, entendu et ressenti. Rien qu'en me tenant ici, je peux sentir la vie de ce jardin, dans chaque arbre ou chaque plante, dans chaque fleur et chaque arbuste. J'en fais partie. Et toi aussi.

À la lumière des lanternes, il observa son visage et y vit soudain Voltan : les mêmes yeux couleur de bleuet, les mêmes traits. Il recula d'un coup.

— Que se passe-t-il ? demanda-t-elle.

— Rien. Nous ferions mieux de rentrer.

— Oh, Bane, tu me déçois tellement, lui dit-elle. J'avais tellement envie de te raconter tout ça. J'ai cru qu'en tant que Keltoï tu aurais pu comprendre ce que je ressens. J'ai cru que j'aurais pu partager ça avec toi. J'ai cru...

La tristesse apparut dans ses yeux et elle lui tourna le dos.

— Qu'as-tu cru ? lui demanda-t-il.

— J'ai cru que tu accepterais de venir la voir avec moi.

— Oh, Cara ! J'ai tué un homme aujourd'hui. Pour distraire les foules, je lui ai plongé une épée dans le cœur. Tu crois que cette Dame au Voile aimerait qu'un gladiateur vienne la voir ?

— Mais peut-être que tu ne voudrais plus être gladiateur si tu l'entendais parler.

— Alors je ne tiens pas à l'entendre, rétorqua-t-il.

— Va-t'en, laisse-moi seule, lui dit-elle en s'en allant.

Bane alla s'asseoir sur un banc. Ses points de suture le faisaient souffrir, et sa côte le lançait affreusement. Pourtant, ce n'était rien comparé à la peur qu'il ressentait intérieurement. Cara avait toujours été une jeune fille volontaire et têtue. Elle venait de s'engager sur un chemin qui la mènerait sûrement à la mort. Tout comme Lia.

Une brise froide souffla sur le jardin, souvenir de l'hiver encore proche.

Bane soupira en se remémorant la dernière fois qu'il avait vu Lia dans la maison de Barus et les terribles événements qui avaient suivi. Et cela allait recommencer. Il voulait se persuader que, cette fois, il ne serait pas impuissant, qu'il pourrait l'empêcher, mais, au fond de lui, il savait bien que non. Si les Chevaliers venaient chercher Cara, Rage et lui ne pourraient pas faire grand-chose, à part se battre et mourir. Et ils le feraient.

L'amertume s'empara de lui. Il avait l'impression que toute sa vie les événements s'étaient enchaînés pour lui faire volontairement du mal : le rejet perpétuel de Connavar, la mort déchirante et avant l'heure d'Arian, le meurtre de Lia, l'abandon de Banouin. La seule différence aujourd'hui était qu'il savait à l'avance qu'une tragédie se préparait.

Il resta assis un moment jusqu'à ce qu'il entende le pas de Rage qui avançait sur le sentier.

— Vous vous êtes disputés ? lui demanda le vieux gladiateur en s'asseyant à côté de lui.

— Pas vraiment. Nous avons eu une divergence d'opinions.

— Elle s'en remettra, lui dit Rage. Que cette nuit est belle !

Bane regarda les étoiles.

— Oui, da, elle est belle. Dis-moi, est-ce que Goriasa te manque ?

— Parfois, admit Rage. Mais Roc fait beaucoup de bien à Cara. Je m'attends à ce qu'elle ait des prétendants incessamment sous peu. Elle aura seize ans dans trois jours.

— Il va falloir que ce soit un homme fort, déclara Bane, autrement elle le croquera tout cru.

Rage gloussa.

— Je l'ai élevée de façon à ce qu'elle soit indépendante et qu'elle puisse penser par elle-même. Je me dis que j'ai peut-être un peu trop bien fait mon travail. Mais pourquoi parlais-tu de Goriasa ?

— Comme ça. J'y pensais.

— Ah, fit doucement Rage. Je croyais que tu avais entendu pour Persis.

— Qu'est-ce qu'il a ?

— Lui et Norwin ont été arrêtés il y a deux mois. On vient de les ramener à Roc pour les exécuter.

Bane jura.

— Je l'aimais bien, dit-il. C'était un homme bon.

— Tu sais que finalement le cirque Orises a réussi ? Persis a organisé des jeux gaths : des courses de vitesse et de fond, du dressage de chevaux et de la lutte. Il remplissait chaque fois le stade. La dernière fois que j'ai entendu parler de lui, je crois qu'il était redevenu riche. (Rage secoua la tête.) Mais qu'est-ce qui a bien pu prendre à cet homme de rejoindre le Culte ? Il n'était pourtant pas stupide. Il devait connaître les risques.

— Il est impératif que nous agissions rapidement, dit Voltan à voix basse alors que les fenêtres étaient pourtant fermées et que de lourds rideaux avaient été tirés. La guerre à l'est est gagnée. Une dizaine de Panthères risquent de revenir à Roc dans moins d'un mois.

Nalademus était assis à son bureau, sa grosse tête appuyée sur le haut du dossier de sa grande chaise en cuir, les bras croisés sur l'estomac. Les yeux fermés, il écoutait attentivement le rapport de Voltan.

— Comment une telle catastrophe a-t-elle pu arriver ? s'enquit-il.

— Par stupidité, siffla Voltan. Au lieu d'utiliser notre argent pour acheter des mercenaires ou des armes, Dalios a versé une énorme somme à un roi rival afin d'épouser sa fille. Puis il a dépensé une somme colossale pour faire un banquet de mariage dans sa capitale. Par les dieux, c'est à vous dégoûter ! Cet idiot a demandé à tous ses généraux d'être présents. Barus a eu vent du banquet et a mené trois Panthères dans un raid. Ils ont pillé la capitale, capturé Dalios, et amené ensuite le reste de l'armée pour écraser toute résistance.

— Capturé Dalios ? cracha Nalademus, en se redressant d'un coup.

— Ne t'inquiète pas, mon ami, lui dit Voltan. Je l'ai fait empoisonner. Personne n'est au courant de notre implication.

— Il y a toujours quelqu'un qui est au courant, répliqua Nalademus. Tu as donc raison. Nous devons agir rapidement. Une fois que les Panthères seront revenues à Roc, Jasaray redeviendra invincible.

— Laisse-moi faire, mon ami, déclara Voltan. Jasaray sera mort d'ici la fin de la semaine.

— Une mort accidentelle, insista Nalademus. Autrement, nous risquons une nouvelle guerre civile.

Fiallach suivit Jasaray et Bendegit Bran dans le labyrinthe compliqué ; il sentait monter sa colère petit à petit. Bran discutait amicalement avec l'empereur et ne semblait pas préoccupé que chaque tournant et chaque allée ressemblent exactement aux précédents. Les deux mètres cinquante de mur de verdure oppressaient Fiallach qui suait abondamment. Les mains croisées derrière le dos, il suivait les deux hommes et luttait pour ne pas céder à la panique.

Enfin, ils débouchèrent au cœur du labyrinthe où plusieurs bancs et des tables en pierre avaient été installés autour d'un grand bassin en marbre. Fiallach prit une profonde respiration. Au moins, de là, il pouvait voir les murs des bâtiments avec leurs balcons et leurs fenêtres.

Jasaray s'assit et fit signe aux Keltoïs de l'imiter.

— J'ai fait construire cet endroit après l'une de nos campagnes occidentales, leur apprit-il. C'est la réplique d'un motif que j'ai trouvé dans l'une des cités vaincues.

— À quoi est-ce que ça sert ? lui demanda Fiallach.

— Pour moi, cela symbolise la vie, expliqua Jasaray. Nous errons en nous demandant où nous allons et nous ne pouvons que rarement revenir en arrière pour réparer nos erreurs. Je viens ici la nuit, assez souvent, et j'erre dans le labyrinthe. Cela m'aide à penser.

— Moi, cela me donne envie de passer à travers à grands coups de hache, grommela Fiallach.

— Cela provoque cette réaction chez certaines personnes, convint Jasaray.

Soudain, un peu plus loin, un affreux rugissement retentit. Fiallach se retourna à la vitesse de l'éclair, sa main posée sur son fourreau vide.

— Calme-toi, lui dit Jasaray. On nourrit mes animaux. Il n'y a aucun danger. Je te les montrerai plus tard. (Le soleil du matin éclairait le toit du palais et se réverbérait en direction des hommes assis.) Je suis désolé de vous avoir fait attendre si longtemps, leur dit l'empereur, mais il y avait énormément d'affaires urgentes qui requéraient mon attention. (Il plongea délicatement une main dans le bassin et se passa un peu d'eau sur le visage.) J'ai l'espoir, dit-il, que nous trouvions un accord avec le peuple rigante.

— Quel genre d'accord ? demanda Bran.

— Une union amicale, répondit Jasaray. Cela fait maintenant trente ans que Roc est en guerre, avec des ennemis étrangers ou intérieurs. Je crois qu'il est temps d'avoir une période de calme et de stabilité. Comme vous devez le savoir à présent, j'en suis sûr, les armées coûtent cher. Connavar a combattu dans trois guerres civiles ces deux dernières années, contre des rebelles norviis et pannones. Et pourquoi ? Parce qu'il a besoin de lever des impôts pour payer son armée régulière. Et chaque année qui passe sans qu'elle soit nécessaire rend le peuple désenchanté. Ici, nous voyons les armées de Connavar et nous nous demandons s'il va s'en servir contre nous ; par conséquent, nous taxons également les civils afin qu'ils paient pour nos soldats. C'est une perte sèche pour nos deux économies.

— Que suggères-tu ? s'enquit Bran.

— Je suggère un traité étroit entre nos deux nations qui nous permettra de réduire nos forces de chaque côté. La guerre à l'est nous a coûté énormément, et nous commençons à avoir des problèmes avec nos voisins du nord, notamment le roi des Vars, Shard. Il a également des armées régulières et de légers affrontements ont déjà eu lieu avec nos troupes.

— Shard est un ennemi puissant, convint Bran. Ma première bataille fut face aux Vars, il y a vingt ans de cela. Shard avait envahi le nord de nos terres et s'était allié à une armée pannone pour nous attaquer.

— Et Connavar l'a vaincu, dit Jasaray. Il me semble que ton père a trouvé la mort dans cette campagne.

— Il est mort, oui, répondit Bran. Son cœur a lâché après la bataille.

— La guerre amène trop de tragédies, déclara Jasaray. Je déteste la guerre.

— Alors comment se fait-il que tu sois si doué pour la faire ? lui demanda Fiallach.

— Une bonne question – même si je ne crois pas avoir la réponse. J'étais un érudit, puis un professeur. On m'a fait entrer dans l'armée pour organiser les réserves et aider à la logistique. Il est alors apparu que j'avais des talents encore inconnus en matière de tactiques. J'ai découvert que dans la vie les hommes gravitent toujours autour de ce pour quoi ils sont faits. Je suis un bon soldat. Cela ne signifie pas, toutefois, que j'aime les massacres ni faire couler le sang. C'est même le contraire. C'est un effroyable gâchis. Je n'ai pas envie de mener une armée en territoire rigante. Les frontières de l'empire de Roc sont déjà bien assez vastes. Une expansion supplémentaire serait dangereuse. Voilà le message que je veux que vous rapportiez à Connavar.

— Supposons un instant que nous acceptions cette offre, dit Bran. Qu'offrez-vous – en termes matériels – pour cet accord, et que voulez-vous en échange ?

— Un accès libre à nos marchands, un passage sans encombre pour nos navires commerciaux, la liberté de nous développer en territoire cenii, construire des routes, des villes et ainsi de suite. En retour, je vous offrirai vingt mille pièces d'or afin d'aider à la réduction de l'armée, pour que les hommes retournent s'occuper de leurs terres, ou qu'ils apprennent un nouveau métier.

— Et nous sommes censés te faire confiance ? cracha Fiallach.

— Crois-en tes yeux, répliqua Jasaray sans une once de colère. J'approche les soixante-dix ans. Penses-tu vraiment que je voudrais m'embarquer dans une nouvelle campagne, à dormir sous la tente, à marcher sous la pluie ou dans la neige ? Si j'avais soif de ce genre d'activité, ne serais-je pas, en ce moment même, dans l'est, en train de mener mes armées face à l'ennemi ? Les gens changent en vieillissant, Fiallach. Est-ce que les champs de bataille et les lits froids te manquent ?

— Je me bats aussi bien qu'avant.

— Ce n'est pas ce que je t'ai demandé.

Fiallach soupira.

— Non, ils ne me manquent pas. Je veux regarder mes petits-enfants grandir.

— Exactement. Il est temps que nous fassions cela. Connavar se prépare à une invasion qui n'aura pas lieu. La plaine de Cogden a été sa grande victoire – et je ne tiens pas à la lui retirer. Je ressens une grande fierté à avoir participé à son entraînement pour la guerre. Mais Cogden a eu lieu il y a près de vingt ans. Je vais demander à mes clercs de vous préparer un accord provisoire afin que vous puissiez le transmettre à Connavar. J'attendrai votre réponse. (Jasaray se leva.) Venez, que je vous montre mes petits animaux.

Fiallach eut un pincement au cœur en entrant une nouvelle fois dans le labyrinthe, mais cette fois Jasaray se déplaça rapidement et les fit ressortir par une entrée à l'ouest. Il y avait là de nombreuses grandes cages contenant des animaux venus des quatre coins de l'empire : un ours noir géant, deux lions, trois fines panthères et, à l'écart des autres, un autre lion, mais avec de curieuses marques sur son pelage. Son corps fauve était couvert de rayures noires. Fiallach ne comprenait pas qu'on ait voulu peindre un tel animal ainsi, et le fit remarquer à l'empereur.

— Ce n'est ni de la peinture ni de la teinture, répondit Jasaray. C'est un tigre, et ce sont des marques naturelles. Il est plus gros et plus rapide qu'un lion et possède une force prodigieuse. D'un coup de patte, il peut fracasser le crâne d'un bœuf. D'un coup de mâchoire, il peut arracher une jambe à un homme.

— Pourquoi as-tu tous ces animaux ici ? lui demanda Bran.

— Une fois que la guerre à l'est sera terminée, je les offrirai à un cirque, et la foule pourra les voir se faire chasser et tuer.

— D'où provient cette créature ? s'enquit Bran.

— De plus de trois mille kilomètres d'ici. Ça a été une aventure de la garder en vie jusqu'ici.

— Je m'en doute, répondit Bran. Le coût pour la faire venir a dû être énorme.

— Absolument.

— Et tout ça pour que des gens la voient se faire tuer ? C'est ce que moi j'appellerais du gâchis, Majesté.

— Peut-être bien, convint Jasaray. (Il sourit.) Mais je serais un bien piètre dirigeant si je ne dépensais pas un peu d'argent pour que mes sujets soient heureux. Un peuple satisfait ne pense jamais à renverser son empereur.

Voltan disait souvent que les regrets étaient bons pour les faibles. Il pensait que c'était une vérité indiscutable. Les hommes forts réussissaient ce qu'ils entreprenaient, tandis que les faibles échouaient, et accusaient des forces extérieures d'être responsables de leurs échecs. La chance était contre eux, ou ils étaient victimes d'un sabotage de la part de malveillants qui enviaient leurs talents. *Des mauviettes, tous autant qu'ils sont !* Pourtant, malgré ce principe de fer, Voltan n'avait jamais été capable de se défaire du grand regret de sa vie.

Vêtu d'une simple toge à capuche et de sandales, il se déplaçait, dans les ombres de la fin d'après-midi, à l'entrée des catacombes et dans les tunnels rocheux qui serpentaient sous Agra, la quatrième colline de la cité. Un jeune homme attendait à l'entrée et le regardait approcher.

— Bonsoir, mon ami, dit-il.

— Bonsoir à toi, répondit Voltan en joignant les mains pour faire le signe de l'Arbre.

— Entre et sois béni, lui dit l'homme.

Voltan pénétra dans le tunnel sombre. Il apercevait un peu plus loin, sur les parois, des torches coincées dans des crochets grossiers, à l'endroit où le tunnel débouchait sur une large chambre voûtée. Il faisait frais ici. Voltan se fraya un chemin entre des stalagmites acérées et rejoignit la foule qui attendait patiemment à la lueur des torches.

Des agents du Temple avaient localisé le repaire de la Dame au Voile qu'ils s'apprêtaient à arrêter le lendemain. Toutes les pièces s'emboîtaient à la perfection. D'ici à la fin de la semaine, l'empereur décati serait remplacé par Nalademus, le Culte de l'Arbre allait disparaître peu à peu et Voltan se retrouverait chargé de l'armée. À trente-sept ans, sa destinée l'attendait, il n'était plus qu'à quelques centimètres de la récompense suprême.

Curieusement, il ne se sentait ni excité, ni comblé, ni satisfait. C'était irritant à l'extrême, mais il avait toujours été comme ça. Il n'arrivait jamais à atteindre le contentement ou le bonheur. *Je serai heureux lorsque je serai Gladiateur Un*, s'était-il dit. Une fois le jour venu, il avait éprouvé un réel plaisir ainsi qu'un sentiment d'accomplissement. Mais cela n'avait duré qu'une heure.

Voltan se fraya un chemin dans la foule et s'assit sur un rocher, se demandant une fois encore pourquoi il était venu. *Qu'espères-tu trouver ?* se demandait-il. *Un groupe d'idiots, souhaitant la mort, écoutant un autre idiot qui sera brûlé vif d'ici quelques jours.* Il restait là, au milieu de ces presque morts, à songer à l'assassinat de Jasaray. Aucun plan n'était sûr à cent pour cent, mais, satisfait d'avoir envisagé tous les imprévus, il se détendit un peu. Il vit la foule s'agiter et se leva.

À l'extrémité de la chambre, une jeune femme, dans une robe bleu pâle et portant un voile noir, était entrée, flanquée de trois hommes aux cheveux blancs. Les gens dans la foule levèrent les bras. Voltan les imita.

— Que la source te guide, te bénisse et te reçoive, scandèrent-ils.

La jeune femme leva les mains à son tour, joignant les paumes, et ouvrit les bras comme pour embrasser toute la foule.

— Que voyons-nous dans ce monde qui nous entoure ? demanda-t-elle. Que voyons-nous dans l'arbre et dans le cours d'eau, dans la montagne ou la vallée ? Qu'éprouvons-nous lorsque nous regardons les étoiles et la lune argentée ? Que vivons-nous lorsque le soleil touche notre peau de sa chaleur ?

— La joie ! répondit la foule à l'unisson.

— Et lorsqu'un ami nous prend dans ses bras, ou qu'un enfant nous sourit, ou que nous recevons un acte de bonté invisible ?

— La joie !

— Et de quel puits profond vient cette joie, mes amis ?

— De la Source ! crièrent-ils.

— De la Source de Toutes Choses, leur dit-elle.

Elle baissa la tête et resta silencieuse un instant. La foule s'assit à même le sol, sur des rochers saillants ou des stalagmites brisées.

— Il y a tellement de mal en ce monde, dit-elle. Il est gouverné par des hommes dont l'esprit a été carbonisé par le feu et asphyxié par la fumée de leur avidité et de leur désir. Nous devrions avoir pitié de ces hommes car ils sont vides à présent et, à leur mort, ils arpenteront le Vide, perdus et effrayés, condamnés à ne jamais voir la Lumière Étincelante, ni connaître la joie du Paradis Trouvé. Leurs courtes vies s'éteindront pour faire place à une éternité de regrets. Ils pensent qu'ils sont de grands hommes. Ils entrevoient leurs vies comme glorieuses et riches. Ce n'est pas le cas. En vérité, je vous le dis, ils sont – tout comme nous – de simples graines dans la terre meuble. Nous ne pouvons pas voir le soleil, ni la superbe beauté du ciel. Nous vivons sous terre, et nous aspirons à ce que nous ne pouvons pas voir. Ceux qui servent le mal croient que seule la terre existe au-dessus d'eux, et ils l'embrassent, la tirant à eux comme une couverture. Pour eux, croire en un soleil qu'ils ne peuvent voir est idiot ; ils attendent donc de pourrir dans le sol. Ceux d'entre nous qui ont la foi souhaitent pousser. Et nous poussons, mes amis. Nous déployons des racines d'amour et de bonté, et nous montons à travers la terre ; bientôt nous verrons le soleil et le ciel. Mais les hommes malfaisants, eux, ne les verront pas. Aussi, lorsqu'ils vous tireront de vos foyers, ayez de la peine pour eux. Lorsqu'ils vous attacheront sur le bûcher, pardonnez-leur. Leurs vies ne sont rien, ne valent rien, elles sont mortes.

Elle se tut à nouveau. Puis elle se déplaça dans la foule, posant la main sur la tête des gens, leur murmurant des bénédictions. Voltan recula derrière une grande stalagmite, mais elle venait petit à petit dans sa direction. Il avait une grande dague cachée dans les replis de sa toge. Il jeta un rapide coup d'œil dans le tunnel derrière lui. Si elle le démasquait, il la tuerait et s'enfuirait. Mais il ne voulait pas que cela arrive. Nalademus serait furieux si on ne la prenait pas vivante.

La plus grande partie de la foule était à genoux, aussi Voltan l'imita-t-il, la tête basse. Il entendit la Dame au Voile approcher et sentit sa main se poser sur sa tête.

— Je te pardonne, lui murmura-t-elle avant de repartir se fondre dans la foule. Je dois bientôt vous quitter, leur dit-elle. (Des « non ! » retentirent mais elle calma les protestations d'un geste doux de la main.) On va bientôt m'arrêter, déclara-t-elle, et me conduire au bûcher sous les huées de la foule. Je le sais. J'en ai eu la vision. Mais ne craignez rien pour moi. Cela va arriver parce que je le veux bien. Et si la Source décrète que mon heure est venue de quitter cette existence terrestre, alors je l'accepte avec joie.

Un silence angoissant tomba sur l'assemblée. Certains se mirent à pleurer.

— Il y a ici un homme..., commença-t-elle. (Voltan se raidit et passa la main sous sa toge afin de refermer ses doigts sur le manche de sa dague.)... un homme qui ne comprend pas les mystères de la vie, ou le sens du mot « joie ». Pour cet homme, j'ai un message. Rends-toi au marché de Stanos et tiens-toi près de l'étal à la bâche jaune. Tu n'attendras pas longtemps, et tu apprendras une grande vérité. À présent, mes amis, je dois vous dire adieu. Que la Source vous bénisse et vous protège.

Elle fit demi-tour et quitta la salle.

Voltan resta immobile. La foule défila devant lui et il la rejoignit. Il y avait plusieurs sorties et il se retrouva bientôt en train d'errer dans les ruelles au pied de la colline en direction du quartier de Stanos. Il avançait avec prudence. C'était sûrement un piège ; il devait y avoir des agents prêts à lui sauter dessus dès qu'il atteindrait l'étal à la bâche jaune. Mais ils ne lui faisaient pas peur. Il était Voltan, et, rien qu'avec une dague, il pouvait tuer quiconque essaierait de l'attaquer.

Il n'y avait pas grand monde sur la place du marché. La plupart des marchands remballaient leurs produits. Devant lui, il aperçut la tente jaune au-dessus d'une échoppe vendant des bijoux, principalement à base de jade vert. Il scruta les gens autour de lui ; personne ne semblait s'approcher de l'étal. Aucun des hommes qu'il voyait ne portait une arme. La plupart marchaient avec leur femme ou leur amante à leur bras. Il alla jusqu'à l'étal et regarda les objets exposés.

Une jeune femme, aux cheveux blonds et aux yeux bleu pâle, s'approcha à son tour et se mit à examiner un plateau où étaient présentées des boucles d'oreilles. Il y avait quelque chose chez elle qui fit vibrer une corde sensible chez l'ancien gladiateur et il se demanda s'il ne l'avait pas déjà rencontrée.

— Excuse-moi, dit-il.

Elle leva la tête. L'esprit de Voltan remonta le cours du temps, jusqu'au moment précis où, dans une petite cour d'immeuble, il faisait ses adieux à une jeune femme en pleurs.

— Oui ?

— Est-ce qu'on ne s'est pas déjà rencontrés ? réussit-il à dire.

— Je ne crois pas.

— Je me nomme Voltan, et j'ai… l'impression de te connaître.

— Enchantée, je suis Cara, lui répondit-elle avec un sourire, et, crois-moi, je m'en souviendrai.

— D'où viens-tu, Cara ?

— Je vis ici avec mon grand-père.

— Peut-être que je le connais lui, dit-il. Peut-être que je t'ai déjà vue lorsque tu étais enfant.

— C'est possible, convint-elle. Mon grand-père est célèbre. Il a été Gladiateur Un et, aujourd'hui, il entraîne les combattants du cirque Occian.

Voltan sentit comme un coup de poignard en plein cœur.

— Tu es la petite-fille de Rage ?

— Oui. Tu le connais ?

— Nous nous sommes… rencontrés.

— Alors tu devrais venir nous rendre visite. Nous vivons dans une grande villa maintenant. Mais nous n'avons presque jamais d'invités.

— Peut-être que je viendrai, répondit-il, incapable de détacher son regard des yeux bleus de la fille.

Elle lui sourit à nouveau.

— Mais, moi, je t'ai déjà vu, il y a une heure de cela.

Elle leva ses mains et dessina un arbre dans les airs. Elle sourit une dernière fois et s'en alla. Il la regarda quitter le marché.

Il retourna en vitesse au Temple et dépêcha un serviteur pour qu'on lui apporte le dossier de Rage. Il le consulta dans la lumière évanescente du jour avant de l'étaler sur le bureau devant lui. Il se leva pour aller à la fenêtre et regarda le soleil mourant tomber derrière les collines.

Il avait dix-neuf ans lorsqu'il avait quitté Roc pour rejoindre la campagne orientale avec la Panthère Dix-Neuf. Palia avait pleuré et l'avait supplié de rester, mais des envies de guerre et de gloire l'obnubilaient. Une fois en campagne, il avait souvent pensé à elle et au bon temps qu'ils avaient passé ensemble. Pas simplement aux moments charnels, mais aux moments où ils s'étaient tenu la main sous les arbres, où ils étaient allés s'asseoir bras dessus, bras dessous sur un banc, sous la tonnelle de rosiers. Il avait toujours en mémoire le parfum de ses cheveux.

Voltan était parti un an et, à son retour, il s'était précipité à la maison de Rage en priant pour que Palia n'ait pas pris un amant. Il avait été reçu par des étrangers qui lui avaient expliqué que Rage ne vivait plus à Roc, mais s'était exilé dans une partie reculée de l'empire à la suite du suicide de sa fille. Voltan était reparti en titubant, désespéré et perdu.

À présent, dans la pénombre, il repensait à la fille près de l'étal, à son sourire chaleureux et à ses yeux bleus. Voltan eut la gorge nouée et un énorme poids s'abattit sur sa poitrine.

— J'ai une fille, souffla-t-il.

Il se rappela le signe qu'elle avait fait et, pour la première fois de sa vie, il connut la peur.

Demain, la plus grande rafle dans l'histoire de la cité allait avoir lieu. Des agents, des espions et autres informateurs avaient fourni près d'un millier de noms. Les listes avaient déjà été distribuées aux équipes de chasseurs, et Voltan n'avait aucun moyen de savoir si Cara avait été dénoncée. Il entendit qu'on frappait à la porte. Quelqu'un entra et se faufila dans les ténèbres.

— Tout est prêt, seigneur, dit l'homme. Nous tuons donc l'empereur ce soir.

— Oui, ce soir, répondit Voltan.

Chapitre 9

Jasaray avait toujours insisté sur le fait qu'accéder au pouvoir n'était pas sans risques. Ce fut la première pensée qui lui vint à l'esprit lorsqu'il ouvrit les yeux et sentit une douleur à la tempe. En y portant la main, il trouva une bosse de la taille d'un œuf et la peau éclatée. Il était allongé derrière un banc en marbre au cœur de son labyrinthe. Il fit un effort pour s'asseoir et essaya de se souvenir de l'homme qui avait surgi de l'ombre pour l'assommer. *Je devrais être mort*, pensa-t-il. Il se releva en s'aidant des bras et poussa un grognement, comme une douleur, nouvelle, tambourinait sous son crâne. *Peut-être qu'il a cru m'avoir tué*, se dit-il en s'asseyant sur le banc. *Ce n'est pas logique.*

Il remarqua soudain que sa toge claire était trempée de sang. *J'ai été poignardé !* Il défit le vêtement et examina sa poitrine et son ventre. Sous le clair de lune, il ne vit aucune blessure ; en tout cas, il ne ressentait aucune douleur, à l'exception de son mal de crâne.

Bon sang, réfléchis !

Jasaray se calma. Cela faisait quelques mois qu'il se savait en danger, depuis que Nalademus et ses chevaliers avaient gagné en puissance. Mais, avec ses armées à l'est, il avait été incapable de s'opposer à son vieil ami et de régler le problème. Il avait donc attendu patiemment, permettant à Nalademus de s'emparer d'un peu plus de pouvoir chaque jour, tandis qu'en même temps, il organisait de subtils mouvements de troupes, ramenant plusieurs de ses loyales Panthères à faible distance de la cité. La première d'entre elles se trouvait à moins de dix kilomètres de Roc, prête à se mettre en marche sur son ordre. À cet instant précis, Jasaray aurait bien voulu avoir donné cet ordre, mais il avait plutôt décidé d'attendre encore quelques jours. Il aurait ainsi pu faire entrer neuf mille soldats dans la cité, arrêter Nalademus et Voltan et dissoudre les Chevaliers de Roc.

— Ce délai risque de me coûter cher, dit-il à voix haute.

Pourquoi suis-je encore vivant ? Où est l'assassin ? Pourquoi ai-je été assommé et pas tué ? D'où provient tout ce sang ?

Jasaray avait cru être seul dans le labyrinthe. Son agresseur l'y avait attendu armé d'un gourdin. Pas d'une épée ni d'un couteau. Est-ce que cet homme était un idiot ? Ou allait-il revenir pour matraquer Jasaray à mort ?

Le tigre rugit de l'autre côté du labyrinthe. Est-ce que cela signifiait que le tueur revenait ? Jasaray se leva et quitta le cœur du labyrinthe pour s'engouffrer dans les allées sombres. L'assassin allait devoir être très bon pour le retrouver à présent.

Le tigre poussa un nouveau rugissement. Cette fois, le son semblait plus proche. *Ce doit être un effet du labyrinthe*, pensa Jasaray ; *le son est déformé par les épais murs de verdure.* Il avança un peu, mais le coup à la tempe l'avait rendu faible et sa tête tournait. Il dut s'asseoir sur un petit banc en bois dans le renfoncement d'une haie.

Il aurait dû faire entrer les soldats dans la ville et essayer de prendre Nalademus par surprise, pensa-t-il. *Quel idiot je suis ! J'ai laissé passer le bon moment,* se dit-il tristement. *Mais je ne suis pas encore mort. Si j'arrive à rejoindre mes gardes et que j'envoie un message au commandant de la Panthère...*

Il entendit le tigre gronder une fois encore. Cette fois-ci, la bête n'était pas loin. Jasaray s'immobilisa en entendant le bruit de pas feutré sur l'herbe et une respiration forte provenir de l'autre côté de la haie.

Alors il comprit. Le sang sur la toge ! Ce n'était pas le sien. Il en avait été aspergé pour attirer le tigre.

D'un seul coup, Jasaray oublia la douleur et arracha sa toge pour la lancer de l'autre côté d'une haie. Puis il se mit à courir le long du couloir, prenant à gauche puis à droite.

L'Érudit n'avait jamais connu la panique de toute sa vie, et même maintenant, en proie à une terrible peur, il reconnut le génie de ce plan. L'empereur tué par un animal sauvage alors qu'il faisait un tour dans son labyrinthe. En tant que Premier Magistrat, Nalademus prendrait naturellement le pouvoir et appointerait rapidement des hommes à lui à la tête des Panthères. Le risque de guerre civile serait alors moindre, et il n'y aurait personne à accuser, à part peut-être le pauvre gardien des animaux qui avait mal fermé la cage.

Oh, que cela était écœurant.

Il entendit le tigre pousser un rugissement quelque part derrière lui.

Le bruit fut suivi d'un autre, celui d'un vêtement qu'on déchiquette. Jasaray courut de plus belle en direction de la sortie est. En arrivant près de l'arche, il ralentit le pas et se mit à plat ventre. Lentement il avança jusqu'au coin de la haie et passa la tête. L'arche était bloquée par un panneau en bois. Il distingua des ombres en train d'attendre derrière. Jasaray se releva et repartit dans l'allée. Les quatre sorties devaient être bloquées.

L'empereur sourit soudainement et secoua la tête. *C'est ainsi que cela finit,* pensa-t-il. *L'homme qui a créé les Panthères tué par un tigre.*

— C'en est presque drôle, murmura-t-il.

Bane ouvrit grands les yeux et se redressa d'un bond dans son lit. Tout était silencieux dans la chambre à coucher éclairée par la lune, située dans l'aile ouest du Palais. Bane jeta un coup d'œil dans le lit d'à-côté où dormait Rage, près du balcon. Le grand homme dormait à poings fermés sur le ventre, un bras tombant du lit, l'autre autour de son oreiller.

La soirée lui avait paru interminable, assis à la table du dîner d'adieu en compagnie de Jasaray, Bendegit Bran, Fiallach et Rage. Ils avaient principalement parlé de politique et de traités, et même lorsque la discussion s'était radicalement éloignée de ces sujets abrutissants, Bane était resté mal à l'aise, souhaitant être ailleurs. N'importe où. Parce qu'ils avaient parlé de Connavar, de sa vie, de sa légende et de sa grandeur. Bane avait dû ravaler sa colère. À un moment, l'empereur s'était tourné vers lui.

— As-tu déjà rencontré le roi ? lui avait-il demandé.

— Brièvement, avait répondu Bane. J'ai gagné une course. Il m'a remis le prix.

Jasaray l'avait observé attentivement avant de reporter son attention sur Bendegit Bran.

— Mes agents me disent que le roi Shard est de nouveau en train de construire une immense flotte, avait-il déclaré. Est-ce que Connavar est au courant ?

— Nous sommes tous conscients de la menace, avait dit Bran. Shard déteste Connavar et a juré de lui trancher la tête.

— Quelle est l'origine de cette haine ? avait demandé Jasaray.

Bran avait jeté un coup d'œil à Fiallach.

— Tu étais là, mon ami. Peut-être que tu devrais raconter l'histoire.

Le géant aux cheveux blonds avait acquiescé. Bane avait alors vu comme une pointe de tristesse s'emparer des traits sombres de Fiallach.

— Un groupe de pillards vars – mené par Shard – a attaqué mon village. Ils venaient enlever une jeune fille nommée Tae afin de demander une rançon. Elle était la fille d'un puissant laird et Shard pensait pouvoir en tirer une somme importante en or. Il avait sans doute raison. La plupart des guerriers du village avaient été attirés au loin avant l'attaque. Nous étions en train de chasser un lion dans les bois à plus de vingt kilomètres de là. Mais Connavar n'étant pas loin, il a traqué les pillards et libéré Tae.

— Il a fait cela tout seul ? avait demandé Jasaray.

— Oui, da, tout seul, avait confirmé Fiallach. C'est une source de honte pour moi de ne pas avoir été là.

— Mais comment a-t-il fait ?

— Les pillards s'étaient séparés pour semer la confusion chez leurs poursuivants. Connavar a tué les hommes qui accompagnaient Tae et l'a conduite au plus profond des bois. L'un des morts était le frère de Shard. Shard a juré sur le sang de son frère qu'il vengerait sa mort.

— Les grands hommes se font toujours des ennemis, avait déclaré Jasaray. J'ai été peiné d'apprendre la mort de Tae qui, si je me rappelle bien, a résulté également d'une querelle de sang. Pourquoi est-ce que Connavar ne s'est jamais remarié ?

Les Keltoïs avaient été désarçonnés par la question et ce fut Bran qui avait finalement répondu :

— Il est marié à la cause keltoïe, et n'a pas de temps pour les recherches personnelles. Un peu comme toi, Majesté.

— C'est vrai, avait déclaré Jasaray.

La discussion était repartie sur les traités et les liens plus forts à tisser entre les deux peuples et les deux cultures.

Lorsque l'empereur avait enfin décidé que la soirée était finie, Bane avait déjà presque perdu l'envie de vivre. Lui et Rage étaient retournés dans leurs quartiers. Le vieil homme s'était mis aussitôt au lit. Bane avait bu un peu de vin sur le balcon en regardant les étoiles. Puis, il s'était endormi à son tour.

Le cauchemar avait été violent et terrifiant à la fois.

Le cœur de Bane battait encore la chamade, mais le cauchemar disparaissait peu à peu dans sa mémoire. Il se souvint que Banouin était dans ce rêve. Son ami essayait de lui dire quelque chose. Bane n'arrivait pas à se rappeler de ce dont il s'agissait. Quelque chose à propos d'une vision ! La vision d'un démon en train de le pourchasser ? Il se remémora alors la nuit dans la maison de Barus à Accia lorsque les cris de Banouin l'avaient réveillé. Il avait couru au chevet de son ami.

— Les murs sont vivants ! avait hurlé Banouin, le visage brillant de sueur. Et voilà le démon qui te pourchasse, Bane. Ah ! Je le vois. Des griffes et des crocs. Il vient pour toi.

Qu'avait-il dit d'autre ? Dans la quiétude de la chambre, Bane essaya de visualiser la scène.

— Tu marchais dans... dans des couloirs, mais les murs étaient vivants et bougeaient. Tu portais une épée courte, et il y avait un homme avec toi, un homme âgé. Et le démon te traquait. Une bête terrible, d'une force et d'une rapidité incroyables.

Bane se leva et sortit sur le balcon. Il faisait meilleur à présent ; une brise fraîche venait de la mer. Il baissa les yeux, vers les jardins privés de l'empereur et le labyrinthe éclairé par la lune. Il vit quelque chose bouger. C'était l'empereur. Il était nu et se déplaçait à vive allure le long d'une allée. Bane sourit. C'était une étrange vision comique. *Enfin bon,* pensa-t-il, *quand un homme gouverne un empire aussi puissant que celui de Roc, il a le droit de se comporter bizarrement.* Bane bâilla et survola du regard les jardins. Soudain il aperçut autre chose. Il cligna des yeux. La scène avait été si rapide qu'il n'arrivait pas à croire ce que son cerveau venait d'enregistrer.

Une bête à rayures était entrée à pas de velours dans le cœur du labyrinthe, et avait presque aussitôt disparu de son champ de vision. Bane plissa des yeux et scruta attentivement l'endroit où il avait vu apparaître la chose. Des lanternes étaient allumées tout le long du labyrinthe, aussi se demanda-t-il s'il n'avait pas été victime d'un jeu d'ombres et de lumières. C'est alors qu'il vit de nouveau la bête. Elle était énorme – et elle chassait.

Bane rentra en vitesse dans la chambre et réveilla Rage.

— L'empereur est en danger, lui dit-il.

— Quoi ?

— Il y a une bête qui le pourchasse dans le labyrinthe.

Bane ressortit sur le balcon et estima la chute de cinq mètres jusqu'à l'herbe en dessous. Puis, il enjamba la balustrade, se suspendit du bout des bras et se laissa tomber, atterrissant avec une roulade sur le sol. Il se releva au moment où Rage se laissait tomber à côté de lui. Le vieil homme se réceptionna en poussant un grognement. Aucun des deux n'avait d'arme. Seuls les gardes impériaux avaient le droit d'être armés dans le palais.

Ils coururent jusqu'au périmètre ouest du labyrinthe – et se retrouvèrent nez à nez avec quatre hommes armés. Le premier, muni d'une épée, se rua sur Bane, l'épée tendue vers sa poitrine. Bane fit un pas de côté, agrippa l'homme par le poignet, et lui asséna un coup de tête au visage. Puis, tout en maintenant fermement son poignet, il lui tordit le bras d'un coup sec. L'homme poussa un hurlement et lâcha son épée. Rage la rattrapa et bondit en avant pour tuer le deuxième épéiste, lui tranchant la gorge d'un coup de glaive. Un homme brandissant un couteau se précipita vers Bane, qui se baissa avant de se jeter sur lui. Ils roulèrent au sol. Bane lui décocha un crochet à la mâchoire. Le dernier assassin fit demi-tour et s'enfuit. Rage lui lança le glaive, qui alla se ficher dans son dos. Bane frappa son agresseur deux fois encore et se releva. L'homme qu'il avait désarmé courait vers le palais.

Une barrière en bois avait été placée pour bloquer l'entrée du labyrinthe. Rage l'enleva.

— Prudence, lui dit Bane. La bête est une sorte de lion. Énorme !

Rage retira le glaive du dos de l'assassin mort et le lança à Bane, puis il ramassa pour lui la deuxième épée. Les deux hommes pénétrèrent dans le labyrinthe.

— Au nom du ciel, mais comment faire pour savoir où nous allons ? s'enquit Rage. Toutes les allées se ressemblent.

— Suis-moi, dit Bane.

— Tu saignes, mon garçon, remarqua Rage. Est-ce qu'il t'a blessé ?

Bane examina sa tunique. Du sang perlait sur le vêtement.

— Non, mes sutures ont lâché. Ce n'est rien.

Il s'élança à grandes enjambées dans le dédale. Rage était juste derrière lui. Bane tourna à gauche, puis à droite, visualisant le labyrinthe dans son esprit tel qu'il l'avait vu depuis le balcon. La magie de Vorna avait été incapable de l'aider à apprendre à lire et écrire, mais elle lui avait dit que la nature contrebalançait toujours tout.

Tu as une mémoire prodigieuse, Bane, bien supérieure à la moyenne. Tu trouveras cela beaucoup plus pratique que de savoir déchiffrer des symboles.

Ses côtes lui faisaient mal. En courant, sa tunique frottait les chairs enflammées. Soudain, un grondement retentit. Bane fit un écart ; le bruit venait de l'autre côté de la haie. Le tigre rugit et se mit à donner des grands coups de griffes à la haie. Bane resta immobile. La haie faisait près d'un mètre de large et, bien que les branches soient fines, il y en avait des centaines. Il faudrait un peu de temps, même à une telle créature, pour passer à travers.

Malgré la lune, Bane ne pouvait pas encore voir le fauve. Une patte gigantesque apparut à travers le feuillage, semblant briser du petit bois. Comme les branches s'écartaient, Bane aperçut – un bref instant – la tête du tigre. Il se retrouva en face d'une paire d'yeux dorés maléfiques. Dressée sur ses pattes arrière, la bête interrompit son assaut acharné pour regarder l'homme. Le temps s'arrêta et Bane rendit son regard à l'animal. Il perçut toute sa puissance, sa force, son énergie et sa terrible faim. Puis le moment passa. Le tigre poussa un rugissement furieux et attaqua de plus belle la haie, qui s'affaissa peu à peu.

— Il est temps de partir, proposa Rage.

Bane acquiesça.

— Encore un instant, répondit-il. Jasaray ! cria-t-il. C'est Bane. Va au centre ! Nous t'y retrouverons.

Les deux hommes reprirent leur course. De derrière eux arriva le bruit du bois qui craquait, comme le tigre réussissait à passer.

Ils tournèrent encore deux fois à gauche et une fois à droite avant de déboucher au cœur du labyrinthe. Jasaray, nu, se tenait là, immobile, les mains dans le dos. Il avait l'air imperturbable. Bane courut jusqu'à lui. Jasaray prit une profonde inspiration et ferma les yeux.

— Nous sommes ici pour t'aider, Majesté, lui dit Rage. Pas pour te tuer.

Jasaray ouvrit les yeux et se fendit d'un petit sourire.

— Voilà qui fait plaisir à entendre, répondit-il d'une voix sans peur.

Le tigre apparut dans l'entrée. Alors qu'il avançait, sa tête oscillait de gauche et de droite. Bane le regarda dans ses yeux jaunes. Puis, lui et Rage s'écartèrent légèrement. Le tigre les observait tout en s'approchant. Soudain, sa queue eut un soubresaut. Et il chargea Bane.

Le Rigante tint bon. Le tigre bondit sur lui. Bane mit un genou à terre et enfonça son glaive dans le ventre de la bête. Le tigre le frappa, le catapultant au sol. Bane pouvait sentir l'haleine fétide du tigre ; ses crocs n'étaient qu'à quelques centimètres de son visage. Du bras gauche, il essaya de repousser la bête. Rage se précipita. Le vieux gladiateur se jeta sur le dos du fauve et passa un bras autour de la gorge de l'animal afin de tirer sa tête en arrière. Puis, il lui enfonça sa lame dans le flanc.

Le tigre rua et se tourna vers Rage. Bane, à présent désarmé, se releva d'un bond et chercha du regard quelque chose qui pourrait lui servir d'arme. Son glaive était enfoncé profondément dans le corps de la bête. La queue de la créature eut un nouveau soubresaut ; le tigre se jeta sur Rage. Celui-ci ne cilla pas. Bane se lança sur le tigre, le percutant d'un coup d'épaule. Rage en profita pour planter un nouveau coup d'épée dans le cou de la créature. Celle-ci se contorsionna pour donner un coup de griffes à Bane. Le Rigante se jeta en vitesse sur le côté, mais pas assez rapidement. Des griffes lui labourèrent l'épaule dans une gerbe de sang. Le tigre était incroyablement rapide. Bane n'était pas encore tombé que la bête était déjà sur lui. Il roula sur le dos et lui asséna un coup de poing dans la gueule. C'était comme taper contre un mur. Les crocs fondirent sur son visage. Une fois de plus, il lança son bras en avant et son coude se logea contre le cou de la bête, empêchant l'attaque. Rage asséna une nouvelle pique au fauve. Le corps du tigre fut agité d'un spasme. L'animal poussa un rugissement étouffé et du sang se mit à couler à grands bouillons de sa gueule. Pourtant, il essayait toujours d'atteindre Bane. Le Rigante faisait tout son possible pour le repousser. De la main droite, il chercha son arme. Ses doigts se refermèrent sur le manche du glaive qui saillait du ventre de la bête. Faisant appel à toutes ses forces, il enfonça plus profondément l'arme.

Le tigre cessa de lutter. Bane se trouva une nouvelle fois face aux yeux dorés. L'espace d'une seconde, ce fut comme si leurs âmes communiquaient. Puis la tête du tigre tomba sur le côté. Rage dégagea Bane. Le jeune Rigante s'agenouilla près du tigre et posa la main sur le flanc de la créature. Elle respirait encore. Bane sentit une grande tristesse s'abattre sur lui.

— Je suis désolé, mon ami, dit-il en caressant la fourrure. Tu as parcouru un long chemin pour venir mourir ici.

La tête du tigre eut un soubresaut et, l'espace d'un instant, les deux hommes crurent qu'il allait se relever. Puis la lumière disparut de ses yeux.

Rage s'agenouilla à côté du jeune homme pour examiner les entailles sur son épaule.

— Elles ne sont pas très profondes, remarqua-t-il en aidant Bane à se relever.

— Il y a des assassins dans le périmètre, les informa Jasaray. Je ne sais pas combien.

— Trois de moins en tout cas, répondit Rage. Nous allons te ramener au palais.

— Laisse-moi d'abord une minute pour réfléchir, dit Jasaray. L'entrée par laquelle vous êtes venus était gardée, hein ?

— Oui, Majesté, confirma Rage. Nous en avons tué trois, mais un quatrième a réussi à s'échapper.

— Il y a deux autres entrées. Nous devons supposer qu'elles sont également gardées. Nous devons également supposer, étant donné le nombre d'assassins ayant eu accès à mes jardins privés, qu'une partie de mes gardes ont été soudoyés. (Jasaray s'assit sur le banc en marbre et regarda le cadavre du tigre.) L'heure est venue d'enfumer les termites, déclara-t-il. Mais d'abord, nous devons nettoyer ma propriété des traîtres. (Il regarda Bane.) Peux-tu encore te battre ? l'interrogea-t-il.

— Je peux.

— Alors, allons chercher les autres tueurs.

Jasaray guida Bane et Rage vers la première sortie. En y arrivant, ils virent que la cage du tigre avait été coincée entre les haies. Rage s'approcha des barreaux et regarda à travers. Il n'y avait aucun bruit ni aucun mouvement de l'autre côté. Lui et Bane poussèrent la cage. Trois hommes sortirent en courant de l'ombre. Rage en tua deux en autant de secondes. Bane bloqua un coup de couteau du troisième, lui fit un balayage et, alors qu'il tombait, lui enfonça son glaive dans la gorge. Jasaray sortit du labyrinthe.

— Joli coup, lui dit-il.

La troisième entrée était bloquée par deux tables retournées. Il n'y avait pas d'assassins en vue. Lentement, ils firent le tour du labyrinthe. Les lieux étaient déserts.

Une heure plus tard, Bane et Jasaray grimpaient un petit escalier secret qui donnait sur une porte close.

— Es-tu sûr de vouloir faire comme ça ? murmura Bane.

— Une vie sans risques n'est pas une vie, répondit Jasaray.

Il leva le loquet et les deux hommes débouchèrent dans le couloir, à une dizaine de mètres des appartements privés de l'empereur. Trois gardes se tenaient devant l'entrée. En voyant apparaître Jasaray, ils restèrent un moment interdits, bouche ouverte, puis ils se mirent au garde-à-vous. À présent, l'empereur portait une tunique gris pâle et des sandales. Il s'approcha des gardes. Bane était à ses côtés, l'épée à la main.

— La soirée a été des plus intéressantes, leur dit Jasaray. Est-ce que quelqu'un m'a demandé ?

Le premier garde se léchait les lèvres nerveusement.

— Nous pensions que tu dormais, Majesté, déclara-t-il.

Son regard se posa sur l'arme ensanglantée que tenait Bane.

— Non, je ne dormais pas, répondit l'empereur. J'essayais d'échapper à l'attention d'un tigre affamé ainsi qu'à un groupe d'assassins armés en liberté dans mon palais.

La porte des appartements s'ouvrit et Voltan apparut. Il portait son armure noir et argent et tenait un glaive.

— Tu es dur à tuer, Majesté, fit-il remarquer.

Les gardes s'écartèrent et dégainèrent leurs armes. Mais ils ne firent aucune tentative pour arrêter Voltan.

— Tu es un homme minutieux, lui dit doucement l'empereur. Combien de mes gardes as-tu retournés contre moi ?

— Ces trois-là seulement, répondit Voltan. Tu as bien choisi les autres. Singulièrement loyaux et incroyablement bêtes.

Bane attendait impassible, se préparant à l'attaque qui allait suivre. Mais Jasaray n'avait pas l'air de s'en préoccuper.

— Tu aurais au moins pu attendre ma mort pour investir mes appartements, dit-il à Voltan. C'est vraiment grossier de ta part.

— Je m'en excuse, Majesté, répondit Voltan en souriant. Cela m'ennuierait que tu me croies mal élevé. J'avais cru qu'un tigre et une dizaine d'hommes suffiraient. Es-tu prêt à mourir à présent ?

— Je ne crois pas qu'on puisse jamais l'être, Voltan. Dis-moi, comment vas-tu t'y prendre maintenant pour faire passer cela pour un accident ?

Voltan éclata de rire.

— J'admire tellement la bravoure chez les autres, dit-il. Tu as toujours su rester calme face au danger. Je te tuerai d'un seul coup, ensuite je te lacérerai la peau de façon à ce que cela ressemble à des coups de griffes. Souillon, je sais, mais je n'ai pas d'autre choix. On te fera des funérailles nationales, et des milliers de personnes suivront ton cortège en pleurant. Je suis persuadé qu'on t'érigera de nouvelles statues et que les gens parleront pendant des générations de ta grandeur.

Soudain, il passa à l'attaque, son épée fondant vers Jasaray dans un sifflement. Bane bloqua le coup et tira l'empereur derrière lui. Pratiquement dans le même mouvement, le Rigante déclencha une riposte sauvage. Voltan fit un bond en arrière et gloussa.

— Je n'ai pas le temps de te donner une autre leçon, déclara-t-il. Tuez-le, ordonna-t-il aux gardes.

Les hommes s'écartèrent légèrement et s'avancèrent.

Au même instant, des bruits de course résonnèrent dans l'escalier. Des dizaines de soldats apparurent, l'épée au clair, et remplirent le couloir à chaque extrémité. Rage arriva à son tour.

Jasaray, les mains croisées derrière le dos, toisa les gardes corrompus.

— Jetez vos armes, leur dit-il, et vos morts seront nettes et rapides. Gardez-les et je vous promets de vous faire crever les yeux, après que vous aurez vu vos parents, vos amis, tous les gens que vous aimez ainsi que vos enfants, se faire massacrer.

Il n'avait pas élevé la voix, pourtant le venin était perceptible dans chaque syllabe. Les trois gardes, le visage grisâtre, lâchèrent leurs armes, qui tintèrent sur le sol.

À présent Voltan était seul, l'épée à la main.

— Rusé, rusé, l'Érudit, dit-il. Je t'ai sous-estimé.

— Comme la plupart des gens, répondit Jasaray. Lâche ton épée.

— Peut-être que je préfère mourir en combattant, répliqua Voltan.

— Comme il se doit, dit l'empereur. Et je ferai en sorte que ce soit le cas – si tu me fournis des preuves contre Nalademus. Je te laisserai mourir, l'épée à la main, dans l'arène, devant la foule. Sinon, je demanderai à mes hommes de te prendre vivant. On te coupera les mains et les jambes avant de te relâcher dans la rue où tu pourras mendier jusqu'à la fin de tes jours. Décide-toi !

— Je pourrais te tuer et en finir d'un coup, rétorqua Voltan, une lueur dans les yeux.

— C'est possible, convint Jasaray, mais mes ordres tiendraient toujours. Tu te vois en train de mendier des miettes ?

Voltan resta immobile un instant puis jeta son épée par terre. Des soldats s'élancèrent et lui maintinrent les bras dans le dos en l'emmenant.

— Attendez ! lança-t-il en passant devant Rage. Je dois parler à cet homme.

Les gardes jetèrent un regard vers l'empereur qui donna sa permission d'un hochement de tête.

— Que veux-tu ? s'enquit Rage.

— Des ordres ont été donnés pour arrêter les Cultistes. Des équipes de chasseurs partiront à l'aube. Éloigne Cara de la villa.

— Cara ?

— Elle fait partie du Culte. Elle a été voir la Dame au Voile hier.

— Je te remercie, dit doucement Rage.

Les gardes emmenèrent Voltan. Jasaray convoqua un officier.

— Protégez le périmètre du palais. Fais relever tous les gardes et consigne-les dans leur caserne. Que personne n'apprenne ce qui s'est passé ici ce soir. Et trouve-moi un scribe. J'ai besoin d'envoyer différents messages.

— À tes ordres, Majesté, répondit l'homme.

— Fais également venir un chirurgien pour mon jeune ami ici présent.

L'officier salua et partit. Jasaray poussa les portes de ses appartements et fit signe à Rage et à Bane de le suivre à l'intérieur. L'empereur s'assit sur un superbe divan, beau et simple à la fois, recouvert de cuir noir, souple et brillant. Il s'appuya contre un coussin brodé et ferma les yeux.

— Tu dois être fatigué, fit observer Rage. Nous devrions peut-être te laisser te reposer.

Jasaray eut un petit sourire.

— Ce n'est pas une nuit pour dormir. Viens plutôt t'asseoir. (Il regarda Bane.) Il y a des serviettes dans la chambre du fond. Bande ta blessure. Je ne tiens pas à ce que tu mettes du sang sur mes meubles.

— Puis-je poser une question ? demanda Rage alors que Bane était parti à la recherche des fameuses serviettes.

— Bien sûr, mon ami.

— Si tu suspectais Nalademus de trahison, pourquoi lui as-tu permis d'avoir autant de pouvoir ?

Jasaray réfléchit à la question.

— La réponse sera difficile à comprendre pour toi. Tu es un homme honnête. Tu ne cherches pas de haute fonction ou le pouvoir. Les hommes pour qui c'est le cas sont d'une ambition sans limites. Ils ont une foi inébranlable en eux. C'est ce qui les rend si efficaces. De tels hommes sont nécessaires. Aucun empire ne peut grandir sans eux. Ils ne font que copier l'ordre naturel, mon ami. Dans une meute de loups, il n'y a qu'un chef, mais autour de lui se trouvent une dizaine de mâles qui cherchent à prendre sa place. Je n'en veux pas à Nalademus pour sa trahison. Ce qui le condamne, c'est qu'il ait échoué. À présent, il doit en subir les conséquences. Toutefois, l'homme que je désignerai pour lui succéder sera tout aussi ambitieux que lui. Lui aussi essaiera un jour de me supplanter. C'est l'ambition de ces hommes qui donne cette vitalité à Roc, et son but.

— En d'autres termes, tu t'entoures de futurs traîtres, conclut Rage. C'est un mode de vie périlleux, Majesté.

Bane réapparut, un linge blanc passé autour de l'épaule. Au même moment un scribe entra avec une trentaine de parchemins vierges dans les mains et une petite boîte contenant de l'encre et des plumes. L'homme s'inclina respectueusement. Jasaray se leva et alla s'asseoir à son bureau près de la fenêtre.

— Vous m'avez rendu un fier service, messieurs, dit-il à Bane et à Rage. Je ne l'oublierai pas. Venez me voir demain et demandez-moi ce que vous voulez. Je vous l'accorderai. Mais, pour l'instant, retournez dans vos chambres. Je vous ferai envoyer le chirurgien.

Tout en marchant dans le couloir, Bane réalisa à quel point il était fatigué. Il descendit l'escalier qui menait à leurs appartements et se rendit compte en arrivant en bas des marches que Rage n'était pas avec lui. À l'intérieur de leurs quartiers, la plupart des lanternes étaient éteintes, mais une brillait encore vivement. Il y avait une jarre d'huile dans l'un des placards. Bane remplit les lampes pour les rallumer ensuite et alla enfin se mettre au lit. Si fatigué… Sa blessure à l'épaule le brûlait. Un chirurgien militaire, petit et chauve, entra, suivi de Rage. Le chirurgien examina les marques de griffes.

— Il va falloir nettoyer ça, déclara-t-il. Les griffes des grands félins sont souvent empoisonnées. J'ai pu l'observer au cours de différentes campagnes.

— Ce ne sont pas les griffes, expliqua Bane, mais les crocs. De la nourriture avariée s'y trouve souvent coincée et c'est à cause de cela que les blessures s'infectent.

— De la nourriture, répéta le chirurgien sur un ton méprisant. Mais d'où tirez-vous de telles idées, vous autres Barbares ?

— La vraie question serait de savoir pourquoi nos blessures ne s'infectent pas, rétorqua Bane. Contente-toi de me recoudre. Le flot de sang a déjà nettoyé la plaie.

— C'est ta responsabilité, dit le chirurgien.

Il fallut onze points de suture. Le chirurgien en profita pour refaire deux points à la blessure aux côtes de Bane qui s'était rouverte.

— Tu dois te reposer au moins deux semaines, dit-il.

Bane le remercia et l'homme partit. Rage s'assit sur le lit.

— Eh bien, dit-il, cela ne s'est peut-être pas passé comme tu le voulais, mais Voltan est maintenant condamné à mort. Ta quête est finie.

Bane regarda les yeux sombres du vieux gladiateur.

— Elle ne sera finie que lorsque j'entrerai dans l'arène pour lui arracher le cœur.

Rage soupira et posa une main sur l'épaule indemne de Bane.

— Tu es un jeune homme bien et courageux aussi, un épéiste brillant et, au combat, tu es sans peur. Mais tu ne peux pas le battre. C'est une anomalie de la nature, grand et rapide comme l'éclair. Je comprends pourquoi tu as besoin de le voir mort. Il a tué quelqu'un que tu aimais. Mais il est déjà mort, Bane. Pourquoi gâcher ta vie alors que le destin a déjà décidé de la sienne ?

— Parce que j'ai juré de le tuer un jour. Je n'ai vécu que pour cet instant.

— Je suis désolé que tu le prennes comme ça, mon garçon. (Il resta silencieux un moment.) Tu n'as jamais eu de père et je n'ai jamais eu de fils. D'une certaine manière, je crois que chacun de nous a comblé un vide dans la vie de l'autre. Et, comme n'importe quel père, je ne veux pas voir mon fils mourir pour rien. Pense à ce que je t'ai dit.

Les murs des cachots, construits pour une vingtaine de prisonniers au maximum, étaient humides, l'air moite et fétide. Il y avait là plus de cinquante personnes agglutinées dans cette pièce puante, sans aération. Norwin était assis dans un coin, les bras autour des genoux. À côté de lui, Persis Albitane attendait sans rien dire, le visage et les habits sales, un gros abcès rouge sur le cou, le visage marqué de coups, et un vilain œil au beurre noir gonflé du côté droit. Norwin prit le bras de son ami. Ils n'échangèrent pas un mot, mais Persis sourit quand même.

L'ancien esclave ferma les yeux, se remémorant le jour où il avait été capturé alors qu'il priait avec d'autres dans les bois au nord de Goriasa. Des soldats avaient déboulé, armés de gourdins et de bâtons. Une trentaine de disciples avaient essayé de s'enfuir, mais ils avaient été rattrapés et sauvagement battus. Puis, ils avaient été ligotés et jetés pour la nuit dans la prison de Goriasa. Le lendemain matin, ils avaient été amenés en masse à la cour des magistrats ; un Prêtre Pourpre était assis sur la Chaise du Jugement. Norwin avait jeté des regards alentour et avait vu que la galerie du public était bondée. Il avait reconnu certaines personnes, dont des adeptes du Culte. Les autres n'avaient dû venir que pour le plaisir douteux de voir des hommes et des femmes condamnés à mort.

Les prisonniers avaient été amenés en file devant le Prêtre Pourpre qui leur avait appris leur crime contre la nation. Un homme avait essayé de parler, mais un Chevalier lui avait aussitôt asséné un coup sur la tempe, lui faisant éclater la peau.

— Silence ! avait rugi le Prêtre Pourpre. Cette cour n'a pas envie d'entendre les propos dégradants d'un traître.

— Alors, pourquoi appelle-t-on cela une cour ? avait dit une voix dans la galerie.

Les mots avaient flotté dans la salle. Norwin avait jeté un coup d'œil au Prêtre et avait vu le choc sur son visage.

— Qui a parlé ? avait-il hurlé.

— Persis Albitane, avait répondu la voix.

Norwin en avait eu le souffle coupé. Il avait tourné la tête pour voir le gros Persis se lever de son siège.

— Je suis un citoyen de Roc, avait déclaré Persis, avec tous ses droits et ses privilèges. Je vois qu'il y a devant toi au moins sept personnes que je connais. Tous sont des citoyens de l'empire. Comment oses-tu détourner la loi ? Dans les premiers articles de la cité il a été écrit que tout citoyen a le droit de parler pour sa défense ou d'avoir quelqu'un pour le représenter. Cette cour bafoue la justice de Roc.

Le silence dans la salle d'audience avait été presque palpable. Norwin avait regardé le Prêtre. Il avait d'abord cru que celui-ci allait exploser de colère, mais au lieu de ça, il avait plissé les yeux et s'était calé au fond de sa chaise.

— Avance, Persis Albitane, avait-il dit. Avance et viens parler pour ces traîtres.

Persis l'avait fait. Il s'était frayé un chemin entre les spectateurs pour venir planter son imposante carrure devant la Chaise du Jugement.

— Je ne connais pas tous les accusés, avait-il commencé par dire. Mais ceux que je connais ont toujours été de bons citoyens : ils n'ont jamais parlé en mal de l'empereur, ni cherché à nuire à l'empire. Cet homme, avait-il déclaré en désignant Norwin du doigt, est mon ancien esclave. C'est l'un des hommes les meilleurs que j'ai eu la chance de rencontrer. Je ne l'ai jamais vu ni mentir, ni voler, ou faire du mal à qui que ce soit. Son seul crime, d'après ce que j'ai compris, c'est d'être allé prier tranquillement dans des bois en compagnie d'autres personnes. Appeler cela un crime est grotesque.

— Ce n'est pas *appelé* un crime. *C'est* un crime, avait insisté le Prêtre. Les adeptes du Culte ont été accusés de trahison par le doyen de Roc en personne, et cette décision a été confirmée par la loi. Le simple fait d'être membre du Culte est passible de mort. Es-tu membre du Culte, Persis Albitane ?

Persis était resté immobile un moment et Norwin l'avait vu respirer profondément.

— Si tu m'avais posé la question il y a quelques instants, je t'aurais répondu – en toute honnêteté – que je n'ai jamais été disciple du Culte et que je n'ai jamais participé à l'une de ses réunions. Mais en te regardant et en voyant tout le mal que tu représentes, je me dis que j'ai eu tort de les éviter. Je n'étais pas un adepte. Mais tu viens de me convaincre que je devrais l'être. Je t'en remercie, Prêtre.

— Condamné par ta propre bouche ! s'était écrié le Prêtre. Tu connaîtras la même fin que ces traîtres. (Il s'était levé brusquement, le visage presque aussi cramoisi que sa barbe, et avait jeté un regard malveillant sur la galerie.) Est-ce que quelqu'un d'autre souhaite parler en faveur de ces ennemis de Roc ?

Personne n'avait bougé et les prisonniers, dont Persis, avaient été ramenés dans leurs cellules. Ils y étaient restés enfermés trois jours, puis conduits dans les fers jusqu'à Roc. Norwin et Persis avaient été séparés la plus grande partie du voyage, et n'avaient été réunis qu'aujourd'hui, lorsqu'on les avait finalement emmenés dans des cachots situés sous le Temple de Roc à cet endroit sous le cirque Palantes. L'un des gardes avait pris un malin plaisir à leur dire ce qui allait leur arriver.

— Vous enseignez que vous allez illuminer le monde, leur avait-il dit avec un grand sourire. Eh bien, demain ce sera le cas. Vous serez habillés d'oripeaux couverts d'huile et cloués aux bras et aux jambes à des poteaux tout autour de l'arène. Ensuite, mes amis, on vous mettra le feu. Vous allez crier et brûler.

— Tu es un homme triste, lui avait dit Persis. Je te plains de tout mon cœur.

Le garde avait lancé un juron et s'était précipité sur Persis. Il l'avait frappé au visage, le faisant tomber au sol. Il l'avait ensuite roué de coups de pied sauvages. Finalement calmé, il s'était détourné et avait quitté le cachot. Norwin avait aidé Persis à s'asseoir.

— Oh, mon ami, que t'es-tu infligé à toi-même ? Tu ne devrais pas être ici.

— Personne ne devrait y être, Norwin.

— Pourquoi as-tu pris notre défense ? As-tu entendu l'appel de la Source ?

— Je n'ai rien entendu, avait répondu Persis.

— Alors, pourquoi ?

Persis avait appuyé sa tête contre la pierre froide derrière lui.

— Je n'en sais rien – sauf que j'ai éprouvé de la honte en voyant ce qui se passait. (Il s'était efforcé de sourire.) Enfin bon, je t'aurais manqué, sinon.

— Oui, c'est vrai, avait répondu tristement Norwin. Tu es un homme de bien, Persis. Meilleur encore que tu ne l'imagines.

De longues heures s'étaient écoulées. Les prisonniers n'avaient pas parlé entre eux. Ils étaient restés assis, perdus dans leurs pensées.

Puis, la porte s'ouvrit et une jeune femme fut jetée dans le cachot. Elle atterrit lourdement, se cognant la tête contre le sol. Persis et Norwin s'approchèrent d'elle alors qu'elle tentait de se relever à grand-peine. Elle était jeune, brune, et avait le visage tuméfié. De longues coulées de sang avaient taché le dos de sa robe, et Norwin aperçut des marques de fouet sur le haut de ses épaules.

— Elle n'a plus l'air aussi sainte à présent, pas vrai ? se moqua le garde. Sans son voile, elle n'est plus qu'une catin comme les autres. Vous auriez dû l'entendre hurler à chaque coup de fouet.

Persis la prit dans ses bras, en essayant d'éviter de toucher son dos meurtri. Elle perdit connaissance, sa tête affaissée sur la poitrine du gros propriétaire de cirque. Il n'y avait pas d'eau dans le cachot pour nettoyer ses blessures, ni de bandages pour les panser. Aussi, Persis la maintint-il contre lui, lui murmurant des paroles apaisantes. Elle se blottit contre son corps comme une enfant et il lui caressa les cheveux.

Au bout d'un moment, elle ouvrit les yeux.

— Qui es-tu ? soupira-t-elle.

— Persis Albitane. Repose-toi.

— Bientôt.

Il l'aida à s'asseoir, mais elle retomba sur lui, à bout de forces.

— Je ne te connais pas, Persis Albitane, lui dit-elle.

— Moi non plus. Cela n'a pas d'importance à présent.

Elle s'endormit de nouveau. Norwin la contempla à la lueur des torches.

— Elle est si jeune, remarqua-t-il. À peine plus qu'une enfant.

Dans le coin opposé, un homme se mit à psalmodier. Lorsqu'il eut terminé, le silence retomba sur le cachot, mais un sentiment de calme était maintenant présent.

— J'aurais bien voulu en savoir plus sur le Culte, déclara Persis. J'aurais bien voulu savoir pour quoi je vais mourir.

— Tu auras tout le temps d'apprendre, mon ami, répondit Norwin. Après le bûcher.

Nalademus n'avait pas fermé l'œil de la nuit. Il avait arpenté ses appartements, son humeur oscillant entre l'extase et la peur. Maintenant que les premières lueurs de l'aube baignaient la ville, il était fatigué et irrité. Où était Voltan ? Pourquoi ne lui avait-il pas fait parvenir de nouvelles sur la mort de Jasaray ?

Il ouvrit les portes de son balcon et sortit. L'air était doux et frais. La cité s'étendait devant lui, pâle et belle. C'était son jour, un jour de gloire et de purification. Seize mois de préparation, des milliers de noms recueillis. Aujourd'hui, le Culte allait être détruit une bonne fois pour toutes, et avec lui le faible Jasaray.

Ses Chevaliers quittaient leurs casernes par centaines. Il les regarda avec plaisir se fondre dans la ville, colonne après colonne, les officiers munis de listes de traîtres. Ils allaient être tirés de leurs lits et ramenés au Temple. Ils seraient trop nombreux pour les cachots. On les entasserait sur la place d'Armes avant de les acheminer dans les différentes arènes pour leur exécution. De plus en plus de Chevaliers quittaient les casernes. Nalademus les regarda avec fierté. Dès demain, le peuple de Roc marcherait vers son destin.

Mais où était donc Voltan ?

Nalademus scruta l'avenue déserte, dans l'espoir d'apercevoir le seigneur des Chevaliers de Roc galopant en direction du Temple. Il lança un juron et rentra dans ses appartements. L'une des lanternes était sur le point de s'éteindre et de la fumée noire s'élevait de la mèche. Nalademus souffla dessus. Sur la table se trouvaient les restes de son repas de la veille et une carafe de vin vide. Il ramassa un quignon de pain. Il était moisi. Il le jeta par terre. Son énorme estomac criait famine. Il appela un de ses gardes et l'envoya lui chercher à manger avant de s'écrouler dans un grand fauteuil en cuir. Sa faim grandissait. Voltan était devenu incroyablement arrogant ces derniers temps. Le moment serait bientôt venu de se passer de ses services. Mais pas encore. Avec la mort de Jasaray, il y avait quand même un risque de guerre civile.

Le garde revint avec une assiette de viande froide et une carafe de vin.

— Va me chercher Banouin, lui demanda Nalademus en prenant l'assiette et en engloutissant une poignée de tranches de jambon.

Quelques instants plus tard, on tapa à la porte et le fin Rigante brun entra.

— J'ai des palpitations, lui dit Nalademus. Prépare-moi une tisane.

— L'empereur est vivant, lui répondit Banouin d'une voix douce, presque triste.

Nalademus sursauta. Sa grosse tête se releva et il posa ses yeux sur le jeune Barbare.

— Que sais-tu de cette affaire ?

— Tout, seigneur. Je suis un voyant. Parmi mon peuple, je serais devenu un druide. La nuit dernière j'ai eu une vision. Je l'avais déjà eue il y a quelques années. Mon ami Bane se déplaçait dans d'étranges couloirs aux murs vivants et bruissants. Une bête le pourchassait. Il y avait un homme âgé avec lui – un homme que je ne connaissais pas alors. Mais je sais qui c'est aujourd'hui. Son nom est Rage. La nuit dernière, un groupe de tueurs a tenté d'assassiner l'empereur en libérant un fauve dans le labyrinthe de ses jardins. Une énorme créature – un lion à rayures. Elle avait été affamée exprès. L'un des assassins a assommé l'empereur d'un coup à la tête et l'a aspergé de sang afin que le lion le retrouve. Par chance pour Jasaray, mon ami Bane et son camarade Rage sont entrés dans le labyrinthe et ont tué la bête. Puis, Jasaray a convoqué ses gardes loyaux et Voltan a été arrêté.

Nalademus était sous le choc. Son esprit essayait de démêler ce que le garçon disait.

— Si cela s'est passé la nuit dernière, déclara-t-il, pourquoi est-ce que les gardes de l'empereur ne sont pas encore venus m'arrêter ?

Banouin passa devant lui et regarda depuis le balcon les derniers Chevaliers qui s'engouffraient dans la cité. Nalademus entendit des bruits de pas claquer sur les pavés. Son cœur s'arrêta. Jasaray était au courant pour la rafle. Il attendait que le Temple soit vide.

Nalademus sortit en titubant sur le balcon et hurla à ses troupes :

— Revenez !

Mais personne n'entendit. Il resta un moment interdit, ses gros doigts boudinés serrant la rambarde en pierre du balcon, les phalanges exsangues. Puis, il contempla le visage placide du jeune homme à côté de lui.

— Qu'est-ce que je peux faire, Banouin ?

Banouin soupira.

— Je rentre chez moi, seigneur. Auprès de mon peuple. Je n'aurais jamais dû venir ici.

— Aide-moi !

— Personne ne peut plus t'aider.

Banouin fit demi-tour et se dirigea vers la porte. Nalademus se précipita et lui attrapa le bras.

— C'est toi ! hurla Nalademus. Tu m'as trahi !

Banouin leva la main et effleura la poitrine du mastodonte du bout des doigts. La main du doyen de Roc eut un soubresaut et relâcha son étreinte. Banouin reprit sa route vers la sortie. Nalademus prit une profonde inspiration, prêt à crier aux gardes de tuer le jeune homme, qu'ils l'abattent devant lui. Banouin le regarda droit dans les yeux et Nalademus sentit quelque chose lui serrer la gorge. Puis, le Rigante n'était plus là.

Nalademus, le cœur battant la chamade, se rua tant bien que mal sur le balcon. Il avait la tête qui tournait et se sentait sur le point de s'évanouir. Sur l'avenue, il vit un détachement de soldats s'approcher de la caserne ; le soleil se réverbérait sur leurs armures d'argent à panache blanc. La Garde Impériale de Jasaray.

Naladеmus recula d'un pas, se prit le pied dans ses robes et s'étala par terre. Il se mit à genoux et se releva. Il courut jusqu'à la table et prit un couteau. Il se trancha le poignet. Mais celui-ci était trop gras et le couteau trop émoussé.

Les Gardes Impériaux franchirent les grilles de la cour extérieure.

Nalademus ouvrit brutalement la porte de ses appartements. Deux de ses gardes se trouvaient là.

— Donne-moi ton épée ! ordonna-t-il au premier.

— Mon épée ?

Nalademus saisit la garde du glaive de l'homme et retira l'arme du fourreau d'un coup sec. Un vacarme se fit entendre dans les étages inférieurs, et des bruits de voix s'élevèrent. Nalademus retourna en vitesse dans ses appartements et regarda les riches tentures et les décorations, les étagères surchargées de livres, les gobelets en or. Par la porte-fenêtre du balcon, il vit la cité dans toute sa splendeur blanchâtre.

Il se mit à genoux et retourna l'épée. Il défit ensuite ses robes et appliqua la pointe du glaive contre sa poitrine et coinça l'arme contre le sol. Il se laissa tomber en avant. La garde glissa et la lame ne fit que déchirer la peau au-dessus du sternum pour se loger juste en dessous de son omoplate. Alors, des mains l'attrapèrent et le relevèrent.

— Non ! gémit-il. Non !

Durant les quatre jours qui suivirent l'arrestation de Nalademus et la fin du pouvoir des Prêtres Pourpres, de grandes festivités éclatèrent dans tous les quartiers de la ville. Des milliers de disciples du Culte furent libérés et purent rentrer chez eux. De nombreux Prêtres Pourpres se rasèrent la barbe et fuirent la cité. D'autres attendirent avec défi, en continuant leur travail, certains que l'enthousiasme ne tarderait pas à retomber. La plupart de ceux-là furent arrêtés, jugés sommairement, et exécutés rapidement.

Les prisonniers des cachots sous l'arène du cirque Palantes ignoraient tout des grands événements qui se passaient au-dessus de leurs têtes. Ils furent les derniers à être libérés et lorsque les portes des cellules s'ouvrirent, ils crurent que c'était pour qu'on les mène au bûcher. Beaucoup se mirent à supplier qu'on les épargne.

— Silence ! gronda le garde. Vous êtes libérés par ordre de l'empereur.

Les prisonniers, agglutinés les uns contre les autres, refusèrent de le croire. Ils pensaient qu'on essayait de les tromper afin qu'ils se rendent sans protestations sur le lieu de leur exécution. Un conseiller en robe blanche apparut sur le seuil de la porte, un mouchoir sur la bouche afin de se protéger de la puanteur des lieux.

— Ce que vous dit le garde est vrai, leur apprit-il. Nalademus a été arrêté et condamné. Vous êtes tous libres de rentrer chez vous, où que ce soit.

Persis Albitane entendit ces mots et sentit une gigantesque vague de soulagement le submerger. Il se leva à grand-peine et se tourna pour aider la Dame au Voile à se relever à son tour. Elle avait le visage livide et brillant de sueur. Sa peau était brûlante au toucher, ses yeux fiévreux.

— Laisse-la où elle est, dit le garde. Elle n'est pas libérée.

— Pourquoi ? demanda Persis.

La majorité des adeptes du Culte étaient déjà partis, anxieux de quitter cet endroit maudit sans même jeter un regard à la femme. Seuls Norwin et Persis étaient restés avec elle.

— Pourquoi ? insista Persis.

— J'en sais rien, répondit le garde. Allez, à présent allez-vous-en.

— Elle est malade et a besoin d'aide, dit Persis.

— Eh bien, reste avec elle, si ça te chante, rétorqua le garde. Ça ne me dérange pas que tu meures avec elle.

— Ils ne peuvent pas rester, intervint le conseiller.

Persis s'agenouilla devant la pauvre femme.

— Je suis désolé, lui dit-il.

Les yeux de la Dame au Voile s'éclaircirent l'espace d'une seconde et elle lui sourit. Aucun mot ne fut échangé, mais elle caressa son visage hirsute. Au contact, Persis sentit une grande chaleur se propager en lui. La souffrance atroce que lui procurait son abcès au cou disparut, et toutes les douleurs dues aux plaies et aux entailles sur son corps et son visage s'évanouirent. La chaleur grandissait encore, comme si la lumière du soleil s'infiltrait sous sa peau pour se diffuser dans ses veines. Et, avec cette lumière, vint une compréhension qui transcendait tout raisonnement rationnel. Leurs regards se croisèrent et des larmes coulèrent des yeux du gros homme. Elle retira sa main.

Persis Albitane lui caressa les cheveux. Il sentait l'énergie circuler en lui. Les trois hommes encore dans la cellule restèrent interdits en voyant une faible lueur envelopper la jeune femme mourante. Les affreuses marques de fouet suppurantes se résorbèrent et disparurent sans laisser de cicatrices. La peau de son visage se mit à briller de santé et tous ses hématomes s'évanouirent. La lumière diminua et Persis se releva. Il regarda le garde dans les yeux.

— Ne me fais pas de mal, lui dit l'homme en reculant.

— Comment pourrais-je t'en faire plus que tu ne t'en fais déjà ? lui demanda Persis.

Il regarda de nouveau la jeune femme. Elle lui sourit et lui fit signe de partir.

— As-tu son voile ? interrogea Persis. (Le garde acquiesça sans mot dire.) Alors, va le chercher. Trouve-lui également des habits propres et de la nourriture. D'accord ?

— Oui. Je le jure, répondit le garde toujours effrayé.

— Alors, que la Source te bénisse ! dit Persis.

Il jeta un dernier regard à la femme dans la cellule et prit Norwin par le bras. Ils entrèrent dans un long couloir et se dirigèrent vers la lumière du jour.

Nalademus fut jugé par le conseil de Jasaray. Le premier témoin de la défense était Voltan, qui avoua la tentative d'assassinat et admit également que des fonds du Temple avaient servi à aider les ennemis de Roc à l'est afin de prolonger la guerre. Juste avant que ne soit rendue la sentence, Nalademus fut autorisé à parler. Il critiqua d'abord Jasaray – qui n'était pas présent – l'accusant de faiblesse et de politiques qui semaient la discorde, nuisant à la grande destinée de Roc. Mais lorsque la condamnation à mort tomba, il s'évanouit et dut être porté dans sa chambre.

Bane gravissait la colline en courant, sautant par-dessus un arbre tombé, pour ralentir ses foulées en entrant dans les bois. Ses blessures à l'épaule gauche et aux côtes guérissaient rapidement. Rage avait enlevé les sutures la veille. Les deux hommes ne s'étaient pas parlé tout de suite.

— Tu es toujours en colère après moi, lui avait dit Bane alors que Rage coupait le dernier point et retirait le fil.

— Pas en colère, déçu, avait rétorqué Rage.

— Je crois que tu te trompes. Je peux le vaincre.

Rage avait haussé les épaules.

— Là n'est pas la question. Tu n'as plus besoin de l'affronter et de risquer ta vie. Ce n'est plus une question de vengeance ou de justice. Ce n'est que de l'orgueil. Il t'a battu et tu veux prouver qu'aujourd'hui tu es meilleur que lui. La vie vaut plus que ça, Bane.

Alors qu'il courait, les mots résonnaient encore dans son esprit. Il ne pouvait pas expliquer la profondeur de son ressentiment à Rage, ni le désespoir qu'il avait ressenti durant la majeure partie de sa jeune vie. Lia avait été un arc-en-ciel après l'orage, la grande chance de voir son destin changer enfin. Lorsque Voltan l'avait tuée, il avait planté dans son cœur une graine de haine qui avait poussé et fleuri. Pas une nuit ne passait sans que le visage de Voltan apparaisse flottant au-dessus de lui alors que le sommeil venait. Pas un matin sans qu'il pense à l'impitoyable gladiateur et à la lame qui avait propulsé l'âme de Lia loin de ce monde. Pendant plus de deux ans, cette haine l'avait dévoré, et Bane pensait qu'elle ne passerait que s'il affrontait le guerrier, face à face, l'épée à la main. C'était l'usage rigante.

Bane baissa les épaules et gravit une nouvelle colline avant de s'engager sur un chemin serpentant qui descendait vers une vallée boisée. Une brume légère s'élevait des fougères et Bane ralentit encore sa course, incapable de voir le sol devant lui. La dernière chose dont il avait besoin maintenant, c'était de se fouler une cheville contre une racine ou un caillou, à la veille du combat. Au loin, il aperçut deux hommes en train de traîner un tronc d'arbre le long d'une pente. L'un était vieux et manchot, l'autre était un adolescent. Ils semblaient avoir du mal. Une branche cassée s'était prise dans un rocher qui saillait du sol. Le manchot coupa la branche avec une hachette, et les deux hommes se remirent au travail. Bane vint les aider. Il sourit au vieil homme et s'empara du bout de la corde. Le tronc glissait bien mieux à présent et ils parvinrent facilement à lui faire descendre toute la pente jusqu'à une chaumière près d'un cours d'eau.

— Je te remercie, dit le vieil homme. Nous aurions réussi tout seuls, mais, par les dieux, quel effort ç'aurait été.

— Tu es Bane, dit le jeune homme brun. Je t'ai vu affronter Dex.

Le vieil homme se rapprocha et regarda Bane.

— Oui, da, tu as l'allure d'un épéiste, dit-il d'une voix moins amicale.

— C'est vrai que tu vas te battre avec Voltan ? s'enquit le plus jeune.

— Oui, c'est vrai.

— J'espère que tu vas le tuer lentement !

— Suffit ! gronda le vieil homme. Je ne veux pas voir d'hommes mourir, pas même une créature aussi malfaisante que lui. Il y a déjà eu bien assez de morts comme ça.

— Comment peux-tu dire ça ? demanda le jeune homme. C'est l'un de ceux qui ont tué nos amis, qui les ont condamnés au bûcher. Il mérite de mourir en souffrant.

Le vieil homme s'assit sur le tronc d'arbre et enleva la coupelle en cuir qui recouvrait son moignon. Il gratta la cicatrice plissée. Puis, il leva les yeux vers Bane.

— Comme je te l'ai déjà dit, je te remercie. Je t'en prie, reprends ton entraînement.

Bane resta immobile un instant avant de reprendre sa course, remontant la colline pour rejoindre une piste de cerfs. En arrivant sur les hauteurs, il vit la cité en dessous de lui qui brillait sous les premières lueurs du jour. Ses jambes commençaient à fatiguer. Ses mollets le brûlaient.

Les bains du cirque Occian étaient déjà ouverts, même si l'eau n'était pas encore chaude. Bane se rendit sur le nouveau terrain d'entraînement conçu par Rage. Plusieurs des plus jeunes gladiateurs y étaient déjà, soulevant des poids sous l'œil de Telors. Bane s'étira. Ses muscles lui faisaient mal.

Puis, il grimpa à la corde, allant toucher plusieurs fois le haut du portique et redescendant.

Telors le rejoignit.

— N'en fais pas trop, lui conseilla-t-il. Garde un peu de forces pour demain.

— Tu penses que je me conduis comme un imbécile ?

— Je n'ai pas d'opinion. Ou plutôt, je me la garde. Les hommes font ce qu'ils doivent faire. Personnellement, j'aurais demandé à l'empereur une montagne d'or et mon bordel privé.

Telors haussa les épaules.

— Tu l'as déjà vu se battre, dit Bane. Rage pense que je ne peux pas gagner.

— Vanni regrette de t'avoir dit ça. Il ne voulait pas dire quoi que ce soit qui puisse te faire douter de ton habileté. Il espérait juste te faire oublier ce combat.

— Qu'en penses-tu ? Dis-moi la vérité.

— Je ne peux pas te donner de vérité, Bane, seulement mon opinion. Une fois, j'ai vu un grand soldat, en armes, avec un plastron, un bouclier et une épée, se faire tuer par un enfant qui portait une lance en bois improvisée. Lorsqu'on se bat, tout peut arriver. (Il eut un sourire sauvage.) Et je ne vais pas non plus te dire à quel point Voltan est doué – pas la veille de votre affrontement. Je peux te dire, en revanche, à quel point tu es bon. Tu es de taille à affronter quasiment n'importe qui. Tu as la rapidité, la force et, plus important encore, le cœur. Je serai avec toi, demain. Je vais bien affûter ton épée et je lustrerai ton plastron.

— Mon plastron ? C'est un duel à mort.

Telors avait l'air mal à l'aise.

— L'empereur a suspendu les règles normales. Voltan se battra sans aucune armure.

— Alors, moi aussi. C'est un duel, pas une exécution.

— Je savais que tu dirais ça, admit Telors. C'est tout à ton honneur. Rage aurait dit la même chose.

Un serviteur vint les prévenir que l'eau était chaude. Bane entra.

Le bain faisait cinq mètres de long sur trois mètres de large. De la vapeur montait de la surface de l'eau, parfumée à la lavande. Bane se déshabilla et entra dans l'eau ; il nagea sous la surface d'un bout à l'autre du bain. Là, il alla s'asseoir sur le bord et posa sa tête contre la rambarde en cuivre qui entourait le bassin. Ses muscles se relâchèrent petit à petit.

Il resta un long moment dans le bain et sortit pour s'essuyer. Puis il passa dans la salle de massage où un esclave d'Occian lui passa de l'huile sur tout le corps et s'occupa de ses muscles du bas du dos et des jambes. Bane somnola un peu. Lorsqu'il se réveilla, il constata qu'il était seul. L'esclave lui avait mis une serviette chaude sur le corps et l'avait laissé dormir. Il se leva et se rendit à son casier. Il enfila une tunique propre, un pantalon, et retourna pieds nus jusqu'au bain. Il donna ses affaires d'entraînement à un esclave pour qu'il les lave, enfila ses bottes et sortit.

C'était une très belle journée. Il emprunta les avenues qui le menèrent jusqu'à la villa. À présent, une grande partie des festivités étaient terminées, mais il y avait toujours un air de fête dans la cité. À la villa, les jardiniers travaillaient d'arrache-pied à semer les parterres. Bane aperçut Cara, vêtue d'une robe vert pâle, au milieu des rosiers. Un beau jeune homme brun marchait à ses côtés. Cara vit Bane et lui fit un signe. Il alla les rejoindre.

— Je te présente Maro, dit Cara. C'est le fils du général Barus. (Bane lui serra la main.) Il était venu voir grand-père, continua Cara, malheureusement celui-ci est toujours en train de courir.

— Il a dû prendre la route ouest, dit Bane. Je ne l'ai pas vu de la matinée.

— Maro et moi allons nous marier, déclara Cara.

— Si ton grand-père est d'accord, précisa Maro.

Bane sourit.

— Je suis sûr que oui – si c'est ce que tu désires, princesse. Toutefois, je suis profondément blessé. J'ai toujours cru que tu te gardais pour moi.

— Tu es trop vieux, rétorqua-t-elle avec un sourire espiègle. Et pas assez beau.

Bane posa une main sur son cœur.

— Les femmes sont tellement cruelles. Méfie-toi, Maro !

Puis, il s'inclina et s'en alla. Cara lui courut après et le prit par le bras.

— Toi et grand-père devriez mettre un terme à votre querelle, lui dit-elle.

— Quelle querelle ? demanda-t-il.

— Allons, tu ne me regardes plus jamais dans les yeux, dit-elle soudainement. Pourquoi ?

— C'est absurde ! se défendit-il en se forçant à croiser son regard.

Elle avait les yeux bleus et pâles. Les yeux de Voltan. Il détourna le regard.

— Tu négliges ton invité, dit-il.

— Est-ce que je t'ai fait du mal, Bane ?

— Absolument pas.

Il se sentait mal à l'aise dans cette discussion.

— Tu comptes toujours te battre demain ? demanda-t-elle.

— Oui.

— Je l'ai rencontré, tu sais. Voltan. Je l'ai rencontré sur la place du marché. Je l'ai bien aimé. Oh, je sais que les gens disent de lui qu'il est mauvais, mais je l'ai vu à l'une de nos réunions. La Dame au Voile a touché sa tête et l'a béni. Il ne peut donc pas être si mauvais.

Bane soupira.

— Je ne sais pas s'il est si mauvais que ça. Il a tué quelqu'un que j'aimais. Et pour cela, il doit mourir, et pas pour des... intrigues politiques.

— Il mourra de toute façon, Bane. Nous mourrons tous. C'est dommage que tu ne puisses pas lui pardonner.

— Certaines choses ne peuvent pas être pardonnées.

— Je ne suis pas d'accord.

— C'est parce que tu n'as jamais souffert, répliqua-t-il avec une note de colère dans la voix. C'est tellement simple pour vous autres, qui vivez dans le luxe, avec des serviteurs qui s'occupent de vos moindres désirs. Qu'as-tu à pardonner ? Un cuisinier t'a fait une bouillie trop épaisse ? Oh, moi je te pardonne. Mais les femmes des Gaths qui ont vu leurs bébés arrachés de leurs bras par les soldats de Roc, et leurs petites têtes éclatées contre les murs de leurs maisons, elles savent, elles, ce que souffrir veut dire. Tu crois qu'elles vont leur pardonner ? J'ai vu Voltan enfoncer son épée dans le cœur de la femme que j'aimais. Il a ri en le faisant. Et tu me demandes de lui pardonner ? Regarde autour de toi ! Tout ce que tu as ici – tout ce qu'il y a dans cette cité – est bâti sur le sang de peuples massacrés. Peut-être qu'un jour ils vous pardonneront. Mais j'en doute.

À présent furieux, il s'en alla à grands pas.

En arrivant devant la maison, il aperçut deux hommes sur le chemin en gravier.

— Persis ! cria-t-il, et il alla à leur rencontre.

Les deux hommes étaient vêtus d'oripeaux immondes qui puaient horriblement.

— Je suis content de te revoir, mon garçon, dit Persis d'une voix lasse. Y a-t-il un endroit où nous pourrions nous laver de l'arôme du cachot ?

— Bien sûr. Suivez-moi.

Persis était trop gros et Norwin trop petit pour les vêtements de la maisonnée. Tandis qu'ils prenaient un bain, Bane envoya un serviteur au marché pour leur acheter des vêtements. Cara et Maro, qui avaient vu les deux hommes arriver, rejoignirent Bane qui attendait dans le salon principal à l'est.

— Est-ce que c'était bien Persis ? demanda la jeune femme.

— Oui. Ils ont été libérés hier, mais, sans amis ni argent ici, ils nous ont cherchés.

— Je suis heureuse qu'ils l'aient fait. Je vais demander au cuisinier de leur préparer à manger.

Elle quitta la pièce et Maro resta seul. Bane l'invita à s'asseoir.

— Je connais un de tes amis, dit Maro. Banouin.

— Ce n'est pas un ami. C'est quelqu'un que je fréquentais autrefois.

— Oh ! Je ne savais pas. Il parle tout le temps de toi en termes élogieux.

— J'ai toujours préféré les actes aux mots, précisa Bane. Comment va-t-il ?

— Il a quitté la cité ce matin. Il retourne chez lui. Il va me manquer.

Bane n'avait pas envie de parler de son ancien ami, aussi changea-t-il de sujet :

— Comment as-tu rencontré Cara ?

Maro sourit.

— Je pense que nous pouvons le dire sans danger aujourd'hui. Je l'ai vue à l'une des réunions de la Dame au Voile. Nous avons commencé à parler… (Il écarta les mains.) Et je suis tombé amoureux d'elle. J'aurai dix-neuf ans dans trois semaines. Nous avons l'intention de nous marier juste après.

— C'est une fille bien.

— Je sais.

— Quels sont tes projets ?

— Je vais devenir soldat, comme mon père.

— Un soldat ? s'étonna Bane. Je croyais que les adeptes du Culte ne croyaient pas en la guerre.

— Je n'appartiens pas au Culte. Je ne faisais qu'assister à ses réunions. Il y a beaucoup de choses dans sa philosophie que j'admire. Mais ce monde n'est pas parfait et il regorge de dangers. Je suis tout à fait d'accord pour accueillir mon prochain avec amour, générosité et bienveillance, mais je le ferai avec une épée au côté, au cas où ces sentiments ne seraient pas réciproques.

Bane hocha la tête.

— Et comment Cara le prend-elle ?

— D'après toi ? répondit Maro avec un grand sourire.

Chapitre 10

— Puis-je compter sur ton soutien ? demanda Jasaray à Bendegit Bran alors que les deux hommes se voyaient pour la dernière fois sur les marches du palais impérial.

Fiallach attendait près des chevaux en compagnie de la garde d'honneur composée de dix hommes qui devait les accompagner jusqu'aux portes de la cité.

— J'ai beaucoup apprécié notre visite, Majesté, dit Bran, et ce fut un vrai privilège de pouvoir te rencontrer. Bénis soient les dieux que tu aies survécu à cette tentative d'assassinat. Je suis honoré que ce soit un guerrier rigante qui t'ait aidé en cette nuit maudite. Je rendrai compte fidèlement à mon roi de tout ce que tu m'as dit, et j'espère fortement que les jours d'inimitié entre nos peuples toucheront vite à leur fin.

Jasaray le prit par le bras et descendit les marches avec lui.

— Les guerres sont parfois nécessaires, et souvent inévitables, lui dit l'empereur. Mais Roc a des ennemis bien plus proches que Connavar des Rigantes. Dis-lui ça. Et assure-le de mes meilleurs sentiments à son égard.

Bran s'inclina et se mit en selle. Fiallach s'inclina à son tour. Jasaray regarda le guerrier droit dans les yeux.

— Je pense que tu dois être content de rentrer chez toi, dit-il. J'ai peur que la vie de la cité ne soit pas à ton goût.

— Les montagnes me manquent, admit Fiallach.

— On dit que le Caer Druagh est magnifique, déclara Jasaray.

— Si tu viens nous voir en ami, je t'emmènerai faire un tour à cheval dans nos campagnes, les bois supérieurs et les vallées, lui promit Fiallach.

— J'aimerais beaucoup, répondit Jasaray.

Bran éperonna sa monture et ils quittèrent au pas le palais, la garde d'honneur en armure d'argent marchant derrière eux. Une heure plus tard ils franchirent les portes et lancèrent leurs montures au petit galop en direction des collines occidentales. Lorsqu'ils en atteignirent le sommet, Bran tira sur ses rênes pour s'arrêter et contempler encore une fois la cité de Roc.

— Tu as l'air soucieux, mon ami, observa Fiallach.

— Tu peux le dire. La guerre va venir, Fiallach.

— Mais Jasaray a dit…

— Peu importe ce qu'il a dit. Il se conduit comme un érudit et un homme qui cherche la paix. Mais il vit pour la guerre et la conquête. Je l'ai su en voyant le tigre dans les jardins. Est-ce que tu peux imaginer un instant combien cela a dû coûter de transporter cette bête sur des milliers de kilomètres ? Et pour quelle raison ? Pour que Jasaray l'envoie se faire tuer dans l'arène afin de divertir la foule de Roc, avec du sang. Est-ce que c'est là l'acte d'un érudit ? Non, il a gagné dans l'Est et a détruit ses ennemis chez lui. À présent, il va chercher à gagner l'approbation du peuple en s'attaquant au seul ennemi que Roc n'a jamais vaincu.

— Mais pourquoi nous a-t-il parlé du roi Shard et de son armée en expansion ? Shard est manifestement une plus grande menace pour Roc. Il n'a pas besoin de traverser la mer pour affronter Jasaray. Ses armées pourraient envahir Roc en quelques jours.

— C'est exact, convint Bran. Mais j'ai l'intuition que Jasaray et Shard ont conclu une alliance. Shard nous envahira par le Nord et Jasaray par le Sud. Nous aurons une guerre sur deux fronts.

Bran fit tourner bride à son cheval et s'élança vers l'ouest.

Fiallach galopa à sa poursuite. Il respectait Bran plus que quiconque, à part peut-être Connavar. Bran était plus qu'un général, et même le roi s'en remettait à lui en matière de tactique et de stratégie. Son esprit était plus affûté qu'une dague et ses talents dans une bataille presque mystiques. Connavar avait souvent dit de Bran qu'il pouvait déchiffrer une bataille comme le commun des mortels déchiffre un texte.

— Il est dommage que le bâtard l'ait sauvé, fit remarquer Fiallach tandis qu'ils faisaient descendre leurs montures le long de la colline qui menait à la grande route de l'Ouest.

Bran regarda le géant.

— L'acte de Bane était héroïque. Je ne peux pas lui en tenir rigueur.

— Moi si, rétorqua Fiallach avec ressentiment. C'est un bon à rien, Bran. Il est né de la traîtrise et celle-ci coule dans son sang.

— J'ai déjà entendu ce genre de remarque à propos d'autres bâtards, répliqua Bran, et je ne suis pas d'accord. C'est le sang de Connavar qui coule dans ses veines. Par Taranis, il lui ressemble même comme deux gouttes d'eau ! Il a du courage et de la force ; il mérite mieux que le traitement que lui accorde mon frère. Cela m'attriste de voir que tu le hais à ce point.

— Je n'aime pas t'entendre critiquer Connavar, dit Fiallach avec une pointe de colère dans la voix.

— Les rois ne sont pas au-dessus des critiques, mon ami. À dire vrai, je m'en veux également. J'aurais dû aller parler à Conn il y a longtemps pour défendre Bane. J'ai honte. Mon père m'a éduqué dans l'amour de la famille. D'après lui, cette valeur était primordiale pour un Rigante. C'est ainsi que j'ai vécu avec mes enfants. Je suis l'oncle de Bane et j'aurais dû me conduire avec lui comme tel.

— Il t'aurait éconduit, dit tristement Fiallach, comme il m'a éconduit. Lorsqu'il était adolescent – vers treize ans, je crois – je lui ai envoyé une invitation pour qu'il vienne passer l'été avec nous à Sept-Saules. Il m'a écrit une réponse insultante. Cette insulte à elle seule témoigne de sa vraie nature. Je ne lui donnerai pas de seconde chance.

— Voilà qui est curieux, rétorqua Bran, car Frère Solstice m'a dit que Bane n'avait jamais réussi à apprendre à lire et à écrire. Je trouve étrange qu'il t'ait écrit sa réponse.

— Eh bien, en fait, il ne l'a pas vraiment écrite, expliqua Fiallach. C'est Braefar qui m'a écrit pour me rapporter ce qu'avait dit Bane. Mais cela revient au même. Il m'a dit qu'il n'avait aucune envie de passer du temps en ma compagnie et qu'il ne me considérait pas comme étant de sa famille. S'il avait été un homme à l'époque, et pas un morveux, je crois que je l'aurais tué pour son impertinence.

Bran secoua la tête.

— Cela ne finira jamais de me surprendre à quel point le nom de Braefar revient dans des malentendus, des désaccords ou des querelles.

— Tu crois qu'il m'aurait menti ? C'est ridicule ! Dans quel but ?

— Je n'ai pas de réponse, dit Bran. Je n'ai jamais compris. Il y a beaucoup d'amertume chez lui, et je crois qu'il prend un malin plaisir à faire naître cette même amertume chez les autres. Je te le dis comme je le pense, Fiallach, je ne sais pas ce que Bane a pu dire et peut-être que Braefar t'a rapporté fidèlement ses propos. C'est juste que j'en suis venu à regarder mon frère et ses motivations avec une grande méfiance.

— Je crois que tu es injuste envers lui, répliqua Fiallach. Il a toujours été courtois envers moi. Son seul grief est que Connavar ne lui donne pas des missions plus en accord avec ses talents. Braefar est un homme intelligent, pourtant il ne commande aucun régiment ; il est cantonné à diriger Trois-Ruisseaux et les terres frontalières des Norviis.

— Je suis content que tu l'aimes bien, déclara Bran. Restons-en là !

Assis dans la salle des épées sous le cirque Palantes, Bane était d'humeur sombre. Non loin de lui, Telors affûtait lentement le glaive du Rigante. Une silhouette imposante apparut sur le pas de la porte, éclairée de dos par une puissante lanterne. L'espace d'un instant, Bane crut qu'il s'agissait de Rage. L'homme pénétra dans la pièce. Bane réalisa alors qu'il s'agissait de Brakus, le Gladiateur Un, et il leva les yeux vers le grand guerrier blond. Brakus passa à côté de lui pour se rendre aux casiers contre le mur du fond. Il sortit une petite clé de son gilet en cuir et l'inséra dans la serrure de l'un d'eux. Bane le vit retirer deux flasques recouvertes de cuir et un petit rouleau de parchemin entouré d'un ruban. C'était un colosse, plus grand que Rage, pourtant il se déplaçait avec la même grâce féline.

Il allait quitter la pièce lorsque Telors l'interpella :

— On ignore les vieux amis à présent, hein, Brak ?

Le gladiateur s'arrêta net et sourit.

— Par le ciel, Telors, mais depuis quand portes-tu cette affreuse barbe ? Dans mes souvenirs tu étais jeune et beau. (Telors gloussa et les deux hommes échangèrent une poignée de main.) J'ai entendu dire que toi et Vanni entraînez les combattants d'Occian. Vous avez fait du bon boulot.

— Je suis content d'être de retour ici, lui dit Telors. Mais je pensais que tu aurais déjà pris ta retraite. Tu dois avoir une montagne d'or.

Brakus haussa les épaules.

— À chaque combat, je me fais la promesse que ce sera le dernier. Et puis un jeune guerrier arrogant sort de l'ombre pour me dire que je suis vieux et qu'il va me tuer. Alors, l'orgueil prend le dessus. (Il jeta un regard à Bane.) Tu as envie de me dire que je suis vieux et au bout du rouleau, mon garçon ? lui demanda-t-il.

— Tu m'as plutôt l'air fort et en forme, répondit Bane.

Brakus acquiesça.

— Je le suis. Dis-moi, pourquoi as-tu voulu ce duel ? Tu es déjà suffisamment célèbre, tu n'en avais pas besoin. Et Voltan n'est pas une proie facile.

— C'est personnel, intervint Telors. Voltan a tué une femme qu'il connaissait.

— Oh, je vois. Eh bien, bonne chance, Bane. Peut-être nous reverrons-nous ?

— J'en doute, dit le jeune homme. C'est mon dernier combat. Demain, je retourne dans mon pays.

Brakus sourit.

— Alors toutes les notes que j'ai prises sur toi ne servent plus à rien. (Il s'en alla, mais, arrivé sur le pas de la porte, il s'arrêta et se retourna.) Tu as l'habitude de serrer le poing gauche avant d'attaquer. Voltan le remarquera vite.

— Merci. C'est une manie dont m'a parlé Rage. Je n'arrive pas à m'en défaire.

— Voltan est très rapide en riposte. Perds cette manie aujourd'hui ou tu ne reverras pas ton pays. (Il regarda Telors.) Cela m'a fait plaisir de te revoir, mon ami. Je donne une petite fête dans trois jours, à l'occasion de mon anniversaire. Passe à la maison. Amène Vanni.

— Promis, dit Telors.

Brakus s'en alla pour de bon et Telors se remit à affûter le glaive.

— J'espérais que Rage viendrait, déclara Bane.

— Oui, eh bien, tu sais ce qu'il pense de tout ça.

— Je sais. Il pense que je vais mourir. Il se trompe.

— Ça lui est déjà arrivé. Ça nous arrive à tous. (Telors regarda la bougie à encoches sur l'étagère et estima le temps qu'il restait.) Un peu moins d'une heure avant le début du combat. Comment te sens-tu ?

— Bien.

Bane s'assit et regarda autour de lui. Cette pièce était bien différente de la salle des épées du cirque Orises. Des fresques aux couleurs lumineuses décoraient les murs où des bustes des plus grands héros de Palantes avaient été disposés dans des niches. Bane scruta tous les visages.

— Où est Rage ? demanda-t-il.

— Les Palantes ont fait retirer le buste lorsque Rage a été disgracié.

Bane se cala au fond de son siège. Habituellement, avant un combat, il n'avait pas de mal à vider son esprit et à oublier ses soucis, mais aujourd'hui c'était différent. Des souvenirs et des pensées fusaient dans sa tête, réclamant chacun une attention particulière.

Et s'il mourrait aujourd'hui, est-ce que cela le dérangerait ? Son ami Banouin l'avait abandonné, son père ne l'avait jamais reconnu, et maintenant Rage ne venait même pas le voir affronter sa pire épreuve. Il regarda Telors. Il l'aimait bien mais ne se sentait pas proche de lui. Si l'on traînait le corps de Bane hors de l'arène, Telors se contenterait de hausser les épaules, irait boire quelques verres, dirait quelques banalités gentilles sur le Rigante et reprendrait sa vie comme si de rien n'était.

Bane se sentit soudain seul au monde. La peur en profita pour s'instiller en lui. *Qu'ai-je fait de ma vie ?* se demanda-t-il. *Qu'ai-je accompli ?* Il secoua la tête. Ce n'étaient pas de bonnes réflexions juste avant un combat à mort. Il se leva, alla à la table et souleva une flasque en cuir. Il brisa le sceau de cire et retira le bouchon. Tous les gladiateurs préparaient eux-mêmes leurs boissons et les scellaient ensuite afin qu'aucun adversaire ne pût les droguer avant le combat. Il porta la flasque à ses lèvres et but à grandes gorgées. Le breuvage à base de fruits écrasés descendit comme de la soie le long de sa gorge.

— Pas trop, le prévint Telors. Il ne faut pas que tu sois ballonné.

Bane s'assit. La nuit précédente, il avait rêvé que la Morrigu venait le voir. Il avait été réveillé par le bruissement du vent dans les feuilles et le murmure des branches. Il s'était assis et avait réalisé que son lit était au milieu d'une clairière de chênes. La Morrigu était là, assise sur une souche.

— Des draps en satin, avait-elle dit. Comme tu es devenu riche.

Un corbeau était passé en planant au-dessus du lit pour aller se poser sur une branche à côté de la Morrigu.

— Qu'est-ce que tu me veux ? lui avait-il demandé.

— Considérant la folie dans laquelle tu t'es embarqué, je croirais plus sage de te demander ce que tu veux de moi.

Bane s'était levé de son lit et avait pris une profonde respiration. Il avait senti l'air frais venant des montagnes.

— Je n'aurais voulu qu'une seule chose de toi, Vieille Femme. J'aurais voulu que tu sauves la vie de Lia. À présent, je ne veux plus rien. Je gagnerai demain, ou je perdrai.

— Oui, oui, avait-elle répondu, tu n'as pas réussi à sauver ton unique amour. La vie est souvent comme ça, Bane. Mais ta vie à toi ? Si tu me le demandes, je pourrai te donner la force et la vitesse nécessaires pour vaincre Voltan.

— J'ai déjà tout ça.

— Mais non. Vanni te l'a dit. Voltan est plus grand, plus fort et plus rapide. Il est plus dangereux que toi. Allez, demande-moi !

— Non !

— C'est l'orgueil qui t'en empêche ?

Il avait réfléchi un instant à la question.

— Peut-être bien, mais je n'aurai pas recours à la magie face à lui. Je ne veux pas qu'on m'aide. Je l'affronterai d'homme à homme, à égalité.

— Que c'est noble, avait-elle répliqué. Est-ce que tu crois une seconde que Voltan ferait la même chose ?

— Je ne suis pas responsable de ce que fait – ou ne fait pas – Voltan. Je veux qu'il paie pour la mort de Lia et je veux qu'il sache pourquoi il meurt.

— Et qu'est-ce que cela changera, Bane ? Est-ce que tu crois que cela lui importe ? Est-ce que tu penses faire naître en lui ne serait-ce qu'une minuscule étincelle de sentiment de culpabilité ?

Bane secoua la tête.

— Mais ce n'est pas lui le problème. C'est moi. Une fois que je l'aurai tué, je connaîtrai enfin la paix.

— Ah, je vois. C'est Bane, le problème. Pas Lia, ni le mal que représente Voltan. Seulement Bane.

— Oui, seulement Bane, avait-il répondu méchamment. Et pourquoi pas ? Qui s'est jamais battu pour moi ? J'ai toujours été seul. J'aimais ma mère et je crois qu'elle m'aimait aussi lorsque j'étais enfant. Mais quand j'ai grandi, chaque fois qu'elle me regardait, elle avait un peu plus l'impression de voir Connavar. Elle s'est éloignée de moi. (Il éclata d'un rire creux qui fit battre le corbeau des ailes.) Où sont donc les amis, les êtres chers ? Le seul ami que je croyais avoir m'a abandonné lorsqu'il a cru que j'allais mourir. Oui, Bane est le seul problème. Si je meurs demain, qui me pleurera ?

— On peut se poser la question, avait-elle rétorqué. Eh bien, je ne vais pas rester si je ne suis pas utile. Retourne dans ton lit, Rigante. Dors.

Cela avait été un étrange rêve, né de ses doutes et de ses peurs, mais qui le hantait encore à cet instant.

— Il est temps de t'assouplir les muscles, lui conseilla Telors.

Deux soldats en armure d'argent entrèrent dans la salle des épées.

— L'empereur exige ta présence, dit le premier à Bane.

— Il a besoin de se préparer, protesta Telors.

— Suis-nous, ajouta le second sans se soucier du gladiateur.

Bane enfila une chemise de soie noire et suivit les gardes dans le dédale de couloirs souterrains jusqu'à un escalier qui les menèrent au deuxième niveau. Une fois à l'air libre, il regarda autour de lui et constata que le stade était bondé. Des rangées de citoyens attendaient les festivités de l'après-midi. Le cirque Palantes pouvait accueillir près de trente mille spectateurs assis, et des centaines d'autres étaient debout dans les allées.

— Il y a foule, déclara le premier garde.

— Mais que cela ne te monte pas à la tête, confia le second à Bane, ils sont surtout venus pour voir brûler la Dame au Voile. Ils se demandent si elle va accomplir un miracle et s'envoler dans le ciel. (Il émit un petit rire cruel.) Il y en a qui ne doutent de rien.

— Je croyais que tous les membres du Culte avaient été libérés, fit remarquer Bane.

— Pas elle. Elle doit monter sur le bûcher à côté de Nalademus. Sacrée blague, pas vrai ? Je me demande ce qu'ils vont pouvoir se raconter ?

Les gardes se remirent en route et Bane suivit. Ils grimpèrent ainsi les marches jusqu'au troisième niveau et l'entrée de l'enceinte royale. On poussa Bane à l'intérieur. Il réalisa aussitôt que Jasaray y était seul. L'empereur était vêtu d'une robe blanche et une longue cape violette. Il portait un chapeau de paille à large bord qui lui protégeait le visage du soleil.

— Viens t'asseoir, mon garçon, lui dit Jasaray.

— Merci, Majesté, répondit Bane, mais je suis censé me préparer pour mon combat.

— Chaque chose en son temps.

Au bord de l'arène, un trompettiste laissa échapper une longue note. La foule prit place. De la porte ouest émergea un épéiste qui se dirigea vers le centre de l'arène à peine les grilles franchies, sous les huées de la foule. Bane baissa les yeux ; il ne pouvait croire ce qu'il voyait.

L'épéiste n'était autre que Voltan.

— Je dois y aller, Majesté ! s'exclama-t-il.

— Arrête ! lui ordonna Jasaray.

— Mais je dois l'affronter. Tu me l'as promis !

— C'est exact, jeune homme. Et je tiens toujours mes promesses. En revanche, je ne t'ai pas promis que tu l'affronterais le premier.

La porte est du stade s'ouvrit, et un autre épéiste foula le sable. Torse nu, vêtu seulement d'un kilt en cuir, l'homme sortit une écharpe en soie rouge de sa ceinture et l'attacha autour de sa tête chauve.

C'était Rage.

Bane n'en croyait pas ses yeux.

— Pourquoi ? murmura-t-il.

— Je me suis demandé exactement la même chose lorsque Rage m'a fait part de son souhait, déclara Jasaray. C'était la nuit du tigre. Je vous avais dit à tous les deux que vous pouviez me demander ce que vous vouliez. Rage est resté en arrière et m'a demandé à être le premier à affronter Voltan. Le lendemain, tu es venu me parler à ton tour. C'est là que j'ai eu ma réponse. Et je crois que tu l'as également à présent.

Bane avait envie de vomir. Il se pencha par-dessus le balcon et agrippa la rambarde de l'enceinte de toutes ses forces. Oui, il connaissait la réponse. Rage faisait cela pour lui. Les paroles du vieil homme lui revinrent à l'esprit : « Tu n'as jamais eu de père et je n'ai jamais eu de fils. D'une certaine manière, je crois que nous avons comblé un vide dans la vie de l'autre. Et comme n'importe quel père, je ne veux pas voir mon fils mourir pour rien. Pense à ce que je t'ai dit. »

La honte s'empara du jeune homme. Son désir égoïste de vengeance mettait en danger le seul homme qui lui avait jamais témoigné réellement de l'amitié. Son esprit se noya devant l'énormité de la chose ; toute l'amertume, l'apitoiement sur soi de sa jeunesse se dissolvaient d'un seul coup, ainsi que les exclusions, la solitude, les chagrins et les déceptions. Tout cela n'était plus rien comparé au sacrifice que cet homme allait accomplir pour lui. Rage était persuadé que Bane ne pouvait pas battre Voltan, mais il savait que lui, aussi vieux soit-il, il pouvait le fatiguer, peut-être même le blesser avant son duel avec Bane, offrant ainsi une meilleure chance de survie au jeune homme.

— Ce n'est pas ce que je voulais, dit Bane.

— Je ne le pense pas non plus, convint Jasaray, mais c'est un geste magnifique.

Il y avait de la fierté dans la voix de l'empereur, de la fierté mais également une pointe d'étonnement, car bien qu'il ressentît la grandeur de l'acte, il n'arrivait pas à en comprendre la raison.

L'empereur se leva, retira son chapeau de paille et l'agita en l'air. Une trompette retentit et les deux hommes croisèrent le bout de leurs épées en guise de salut. Puis ils se mirent à tourner. Voltan attaqua le premier. Sa rapidité était effrayante, mais Rage bloqua et para le coup, décochant au passage une riposte qui força Voltan à reculer d'un bond. La foule se fit silencieuse et regarda les deux hommes s'affronter. Peu de personnes parmi les trente mille ici présentes étaient à même d'apprécier pleinement le niveau de maîtrise qui était déployé devant elles, mais toutes savaient qu'elles regardaient deux combattants extraordinaires. Les spectateurs sentaient que ce duel épique entrerait dans l'histoire, et que dans les années à venir, ils parleraient à leurs enfants et à leurs petits-enfants de ce fameux jour où ils avaient vu Voltan et Rage se battre à mort dans l'arène du cirque Palantes.

Bane observa le combat, partagé entre l'émerveillement et l'horreur. Rage ne s'était pas trompé. Bane n'aurait jamais pu battre cet adversaire. Malgré sa carrure, Voltan était d'une rapidité surprenante. Son jeu de jambes était parfait, lui assurant un équilibre constant, qu'il soit en train de bondir à l'attaque ou de se défendre sauvagement. Le rythme du combat était quasiment inhumain, les deux hommes semblaient pris dans un duel qui ressemblait à une danse. Bane regardait, les yeux écarquillés, la respiration rapide et légère. Il avait la bouche sèche et serrait tellement fort la rambarde que ses phalanges en étaient exsangues. Quoi qu'il advienne en ce jour, il sut qu'il serait pour toujours changé par le sacrifice de Rage. Plus jamais il ne se plaindrait de la vie et de ses injustices. Car en cette chaude après-midi, on lui avait offert quelque chose de plus fort que toutes les douleurs qu'il avait ressenties jusqu'ici.

L'épée de Voltan entailla la poitrine de Rage, provoquant une giclée de sang. Bane gémit, mais son exclamation fut couverte par les cris de la foule. Voltan se rua pour porter le coup de grâce. Mais le vieux gladiateur se déporta légèrement vers la droite. Son épée jaillit. Voltan se jeta en arrière, mais pas assez rapidement. L'épée de Rage le blessa juste au-dessus de la hanche droite. Les deux hommes se tournèrent autour de façon plus prudente. Rage avait été touché à la poitrine, juste sous l'omoplate, et du sang coulait jusque sur son ventre. La blessure de Voltan coulait, elle aussi, abondamment, inondant son kilt et ses jambières. Les deux hommes se précipitèrent une nouvelle fois l'un sur l'autre. Leurs lames s'entrechoquèrent à plusieurs reprises. Comme ils étaient presque au corps à corps, Voltan asséna soudainement un coup de poing à la tempe de Rage qui recula d'un pas. Comme il avait bien accompagné le coup, ce dernier réussit à parer un estoc enchaîné de Voltan destiné à l'éventrer. Ils se remirent à se tourner autour.

À présent, le duel était moins violent, plus mesuré, chacun cherchant la faiblesse de l'autre. Mais il n'était pas pour autant moins tendu ; la foule restait anormalement silencieuse. Pour Bane, ce fut comme si le temps s'était ralenti. Il observa Voltan, à la recherche d'une faille, la moindre chose qui permettrait une ouverture à Rage. Mais il ne vit rien. Voltan était le guerrier le plus abouti qu'il ait jamais vu.

Et Rage se fatiguait. Malgré sa grande forme et les interminables heures d'entraînement qui en étaient à l'origine, l'âge était en train de parler. Voltan s'en était aperçu lui aussi, et le combat se transforma rapidement en un jeu du chat et de la souris. Voltan bloqua une fente brusque et d'une riposte entailla l'épaule de Rage. Son attaque suivante manqua de faire tomber le vieux gladiateur. L'épée de Voltan fondit sur lui, mais Rage se jeta de côté et la lame ne fit que ricocher contre sa tempe. Le vieil homme avait le visage en sang.

Voltan tenta une feinte suivie d'un coup d'estoc en plein cœur. Rage para et asséna un revers qui toucha Voltan au biceps gauche, lui coupant la peau. Le rythme reprit de la vitesse, les deux hommes frappant et taillant de toutes parts, bloquant et esquivant. Bane avait compris que Voltan essayait d'épuiser son adversaire déjà fatigué. Et il était en train de réussir. Le bras d'arme de Rage n'était plus aussi rapide qu'avant, et la lame de Voltan se fraya un chemin jusqu'à l'épaule gauche du vieux gladiateur. Rage recula. Bane vit son immense poitrine se soulever à répétition tandis qu'il cherchait à reprendre son souffle. Bien que saignant abondamment, Voltan, lui, ne semblait pas trop souffrir.

Il y eut de l'agitation dans les gradins à droite de l'enceinte royale. Bane tourna la tête et vit Telors écarter des spectateurs afin d'enjamber un petit muret. Arrivé de l'autre côté, il arracha un grand tambour en peau de cuir des mains d'un spectateur interdit. Puis, il posa le tambour sur le mur et se mit à battre la mesure, sur un rythme lent et régulier qui résonna tel un tonnerre lointain dans toute l'arène.

Dans l'arène, les deux duellistes s'arrêtèrent un instant en entendant les premiers battements.

Voltan était plus fatigué qu'il ne le laissait paraître. Le temps passé chez les Chevaliers de Roc avait été très enrichissant, mais un duel dans l'arène nécessite un entraînement spécial qu'il n'avait pas suivi depuis des années. Son bras d'arme pesait une tonne. Toutefois, son adversaire était encore plus fatigué que lui et Voltan prendrait au moins plaisir à le tuer. Il s'était toujours demandé à quel point Rage était bon. À présent il avait la réponse, et, au fond de lui, il était heureux de ne pas l'avoir affronté plus tôt. Les réflexes du vieil homme étaient incroyablement aiguisés, comme d'ailleurs la rapidité de ses contre-attaques.

Le soleil était haut et chaud. Une brume de chaleur s'élevait du sable. Voltan tourna autour de son aîné.

— Pourquoi as-tu voulu te battre avec moi ? lui demanda-t-il. (Rage ne répondit pas.) Trop fatigué pour parler, vieillard ? le nargua-t-il.

Rage se contenta de sourire. Irrité, Voltan bondit à l'attaque. Rage para. Voltan lui décocha un direct du gauche. Rage esquiva le coup et asséna un crochet du gauche foudroyant à la mâchoire de Voltan. Ce dernier accompagna le coup et fit une pirouette pour se mettre hors de portée du glaive de Rage qui fendait l'air en sifflant. Le vieil homme suivit son attaque pour porter le coup fatal. Voltan para l'estoc et se fendit vers l'avant. Sa lame ricocha contre la boucle de ceinture de Rage.

— Cocu ! Cocu ! lui dit Voltan pour essayer de le déstabiliser.

Mais Rage restait concentré et ne s'embarrassait pas de répondre. Seuls ses mouvements trahissaient sa fatigue croissante.

— Il ne te reste plus beaucoup de forces, Rage, fit remarquer Voltan. Quel effet cela te fait-il de savoir que tu vas mourir ?

Toujours pas de réponse. Cela commençait à énerver Voltan. Il avait toujours trouvé un moyen de déstabiliser ses adversaires, de les rendre imprudents ou de briser leur concentration. Mais pas avec Rage. Il avait l'impression d'affronter une statue faite homme, une créature sans sentiments ni émotions.

Pourtant, Voltan gagnait. Ce n'était qu'une question de temps. Alors qu'ils continuaient de tourner, il remarqua que Rage tenait son épée un peu moins haut qu'auparavant, comme si son poids tirait vers le bas. Le vieil homme respirait fort.

— Tu devrais peut-être te reposer un peu, proposa Voltan sur le ton de la conversation. Recule-toi et reprends ton souffle.

À peine eut-il fini sa phrase qu'il attaqua, prenant presque Rage par surprise. L'épée du vieil homme monta plus lentement qu'avant et la lame de Voltan glissa contre elle, percutant les côtes de Rage et lui arrachant la peau. Rage pivota sur ses talons, fit un tour complet, et laissa partir un ample coup de taille. Voltan ne le bloqua que partiellement et la lame lui trancha la chair à l'épaule. Il fit un bond en arrière. Rage n'avait pas suivi et Voltan sourit en réalisant que le vieil homme était, finalement, arrivé au bout de ses forces.

C'est alors que le tambour résonna. Voltan cligna des yeux et scruta la foule où il repéra Telors et sa barbe noire.

Comme le martèlement se répercutait dans le stade, la foule, connaissant la légende de Rage, se mit à taper dans ses mains en écho au tambour. Voltan reporta son attention sur Rage et vit que le vieux gladiateur s'était redressé ; il y avait dans ses yeux une lueur là où quelques secondes plus tôt il n'y avait que fatigue. Voltan poussa un juron. Il allait lui falloir un peu plus de temps que prévu pour tuer ce vieux salaud.

Rage prit une grande inspiration et s'avança.

— Cara t'embrasse, dit-il doucement, d'une voix amicale et chaude.

L'espace d'une seconde, Voltan fut paralysé. Et Rage fut sur lui. Voltan para en désespoir de cause, mais l'épée de Rage lui avait déjà transpercé le ventre pour remonter par un poumon et ressortir dans son dos. Voltan s'affaissa contre Rage, lâchant son épée et posant sa tête contre l'épaule de son tueur.

— Rusé…, souffla-t-il.

— Il le fallait, mon garçon, lui dit Rage en le faisant s'allonger par terre.

La foule applaudit à tout rompre et une ovation gigantesque retentit dans tout le stade.

— Je… crois… que ça leur fait plaisir de me voir mourir. (Voltan s'efforça de sourire.) Tu devrais… faire panser tes blessures.

— Je vais attendre un peu, répondit Rage.

Voltan resta un instant immobile. Il n'avait pas mal et, curieusement, il se sentait en paix.

— Est-ce que… Cara… sait pour moi ? s'enquit-il.

— Non. Et elle ne saura jamais. Mais c'est une gentille fille, forte, courageuse et loyale. N'importe quel homme serait fier d'être son père.

— Je l'aurais été… si j'avais su.

La tête de Voltan roula sur le côté. Il se retrouva à regarder deux poteaux d'exécution érigés au centre de l'arène, pieux saillant de monticules de brindilles aspergées d'huile.

— Elle m'a pardonné, murmura-t-il.

Mais Rage ne l'entendit pas.

Bane s'affaissa contre la rambarde en voyant Rage qui se relevait, près de Voltan. Le vieux gladiateur leva son épée en salut à l'empereur et sortit de l'arène à grands pas, sous les applaudissements assourdissants de la foule. Des esclaves se précipitèrent sur le sable et tirèrent le corps de Voltan par les chevilles à travers le stade.

À l'autre extrémité de l'arène surgit un groupe de soldats encadrant deux personnes. La première était Nalademus. Dès qu'il aperçut les poteaux, il se débattit, puis il se jeta finalement au sol. Les soldats le relevèrent sans ménagements et le traînèrent jusqu'au bûcher. Il cria et hurla tant qu'il put ; la foule se moqua de lui.

Un peu en retrait venait la Dame au Voile. Elle était petite et fine. Sa robe bleu pâle avait été aspergée d'huile et brillait. Deux soldats la tenaient par ses bras nus, mais elle ne résistait pas. Elle marchait la tête haute et voilée.

— Brûlez-les ! Brûlez-les ! Brûlez-les ! scandait la foule.

— Je crois, dit Jasaray, que je devrais t'accorder un autre souhait puisque Rage t'a volé ta vengeance. Demande-moi quelque chose et je te l'accorderai. Veux-tu les propriétés de Voltan ? D'autres terres ? Des coffres remplis d'or, peut-être ?

Bane scrutait l'arène.

— Je la veux, elle, dit-il doucement. Offre-moi sa vie.

— Comment ? Tu la connais ?

— Non.

— Alors, réfléchis, Bane. Elle est le cœur des disciples du Culte, et, si je l'amnistie, il y aura une émeute.

— Tu m'as dit que je pouvais te demander n'importe quoi, Majesté, lui rappela Bane.

L'expression de Jasaray se durcit.

— À cet instant, Bane, je suis ton ami. C'est bien d'avoir un ami empereur. Mais si tu t'entêtes, tu deviendras mon ennemi et il n'y aura pas de place pour toi ni à Roc ni dans aucune région contrôlée par Roc. Pourquoi faire de moi ton ennemi pour une femme que tu ne connais même pas ?

Bane observa la femme et écouta les braillements de la foule. Tandis que Nalademus criait et suppliait, elle se tenait droite, fière et distante à la fois ; les hurlements de la foule semblaient ne pas avoir prise sur elle.

— Elle a du courage, répondit-il d'une petite voix. Et malgré tout le respect que je te dois, Majesté, je pense que sa vie vaut bien plus que ton amitié.

Jasaray se leva et avança jusqu'au bord du balcon. Les soldats qui tenaient les prisonniers n'attendaient que son ordre. Il désigna la femme du doigt et fit signe aux gardes de la faire avancer. Il se tourna vers Bane, le visage serein ; mais la colère se lisait dans ses yeux.

— Va chercher ton prix, lui dit-il. Tu as deux jours pour quitter Roc ; ne reviens jamais.

Bane s'inclina et sortit de l'enceinte.

Dans l'arène, Nalademus continuait de hurler tandis qu'on le conduisait au poteau. Bane descendit en vitesse l'allée qui menait au premier niveau et sauta par-dessus le parapet, quatre mètres plus bas. Il se réceptionna sur le sable et s'approcha des gardes.

— L'empereur lui a accordé la liberté, déclara-t-il.

Les soldats levèrent la tête vers Jasaray qui opina. Aussitôt, ils lâchèrent les bras de la Dame au Voile.

Une trompette retentit et le feu fut allumé sous Nalademus. Ses cris effroyables étaient devenus pitoyables. La foule le siffla et l'injuria. La Dame au Voile se retourna vers le supplicié et leva la main. Le doyen de Roc leva la tête et regarda la frêle femme en bleu à travers les volutes de fumée. Il cessa de crier et appuya sa tête contre le poteau. Un mur de fumée s'éleva des flammes et le recouvrit.

— Qu'as-tu fait ? demanda Bane à la femme.

— J'ai supprimé la douleur, répondit-elle.

Sans les cris d'agonie, le spectacle devenait moins intéressant et la foule vociférante se mit à réclamer la mort de la Dame au Voile. Bane la prit par le bras et lui fit traverser l'arène jusqu'à l'entrée de la salle des épées. Ses habits étaient gorgés d'huile à lanterne, il en émanait une odeur douce et forte à la fois. Elle marchait tranquillement derrière lui, sans un mot. Lorsque la foule réalisa qu'elle n'allait pas être brûlée, les protestations fusèrent dans les gradins. Une bagarre éclata dans la section ouest. Des soldats se dépêchèrent d'intervenir. Des sièges de pierre furent arrachés et quelqu'un jeta un coussin dans l'enceinte royale. De plus en plus de soldats se déversèrent dans les gradins. Bane pénétra dans la salle des épées et fit vite entrer la Dame au Voile.

Rage était assis là, un chirurgien recousait ses blessures. Il avait le visage gris et tenait une serviette imprégnée de sang sur sa plaie à la poitrine. La Dame au Voile alla près de lui. Elle prit la serviette et la laissa tomber par terre ; puis, elle posa sa fine main sur la blessure de Rage. Celle-ci se referma aussitôt. Le chirurgien recula sous la surprise, car là où se trouvait quelques secondes plus tôt une profonde entaille qui saignait abondamment il n'y avait plus maintenant qu'une longue cicatrice blanche parfaitement refermée. La femme fit la même chose pour la coupure sur la tempe du vieux gladiateur et pour sa blessure à l'épaule. Bane vit que Rage reprenait des couleurs.

— Je te remercie, dit Rage en prenant la main de la jeune femme et en y déposant un baiser.

— Moi aussi, Vanni, répondit-elle, car, sans ton sacrifice, j'aurais fini sur le bûcher.

Elle se tourna vers Bane et leva son voile.

Il eut le souffle coupé et manqua tomber à la renverse.

— Dieux du ciel ! murmura-t-il.

Il se mit à trembler et dut s'asseoir sur un banc.

La Dame au Voile était Lia.

La porte s'ouvrit à la volée et Telors arriva en courant, suivi de Brakus.

— Il y a une émeute dehors, déclara Telors. La foule bloque toutes les sorties. Ils exigent sa mort. Les soldats ont été rappelés de la caserne.

Rage se leva et alla prendre son épée.

— Il n'y aura pas besoin d'arme, déclara Lia. Fais-moi confiance !

Rage resta immobile un instant avant de se tourner vers Bane, effondré sur le banc.

— Tu te sens bien, mon garçon ?

Bane l'ignora, incapable de détourner son attention de la jeune femme dans la robe luisante.

— Je t'ai vue mourir, dit-il. J'ai vu son épée te transpercer le cœur.

Lia vint s'asseoir à côté de lui et lui prit la main.

— Je me souviens d'avoir été poignardée par Voltan. Lorsque j'ai rouvert les yeux, j'étais dans un chariot avec le chirurgien, Ralis. Le seul visage dont je me souvienne ensuite est celui d'une vieille femme, avec un voile. C'était un rêve. Nous marchions dans la forêt, un endroit d'une beauté exquise. Il y avait quelqu'un d'autre, une silhouette lumineuse, dont je n'arrivais pas à voir le visage. La silhouette lumineuse s'est approchée de moi pour toucher la blessure au-dessus de mon cœur. La blessure s'est refermée et j'ai senti quelque chose couler dans mes veines. J'avais l'impression de n'avoir été qu'un puits asséché toute ma vie et qu'une nouvelle eau de vie venait me remplir. Je me suis réveillée dans la maison de Ralis. Il m'a dit que la vieille femme était venue me voir à la morgue et m'avait sauvée.

— Pourquoi n'es-tu pas venue me voir ? demanda Bane en lui agrippant fermement la main.

— Ralis m'a dit que tu avais été tué. Deux jours plus tard, je me suis embarquée sur un navire en partance pour Goriasa. Lorsque j'ai entendu parler de toi, tu étais devenu un tueur dans l'arène, un homme assoiffé de sang. Nos chemins ont bifurqué, Bane. Lorsque j'ai vu mon père se faire assassiner, je n'ai souhaité qu'une chose : mettre fin à la violence. Et je m'y suis employée. Lorsque tu m'as vue être poignardée, tu n'as voulu que le sang, la vengeance et la mort.

— Je t'aime, dit Bane, les larmes aux yeux. Depuis que je t'ai rencontrée, pas un jour ne passe sans que je pense à toi.

— Moi aussi, je t'aime. Et rien ne changera jamais cela.

— Alors tu vas venir avec moi dans les montagnes, comme nous l'avions projeté ?

Elle ne répondit pas tout de suite et, dans ce silence, Bane comprit qu'il l'avait perdue une seconde fois.

— Je ne peux pas être la femme d'un tueur. Je vais continuer mon travail, déclara-t-elle. Pas à Roc, car un autre a déjà pris ma place. Je vais partir ailleurs pour porter la bonne parole. Je trouverai bien un peuple qui aspire à l'esprit et je partagerai avec lui les joies que j'ai apprises.

— J'ai essayé de te sauver, fit remarquer Bane. Je n'étais simplement pas assez fort à l'époque.

— Mais tu m'as sauvée, murmura-t-elle. Je suis désolée, Bane. Je suis désolée pour nous deux.

Elle lui passa les bras autour des épaules. Il la serra contre elle et l'embrassa sur la joue.

— Où vas-tu aller ? lui demanda-t-il.

— Loin au nord. Il y a là-bas un peuple qui vit dans les montagnes Blanches. Je lui apporterai la Source.

— J'ai entendu parler de cet endroit, intervint Brakus. Même les Vars évitent de s'y rendre. Le peuple des montagnes Blanches est réputé pour sa férocité. On dit même qu'ils mangent le cœur de leurs ennemis.

Lia sourit.

— Alors ils ont grand besoin de ce que je peux leur apporter.

Elle se leva et se dirigea vers la porte.

— La foule risque de t'écarteler, dame, objecta Telors. Nous ferions bien de venir avec toi.

Lia secoua la tête.

— Personne ne me verra, et personne ne me fera de mal. Pas encore. Que la Source vous bénisse tous.

Sur ce, elle quitta la pièce en direction de la foule en furie.

Bane avait la tête qui tournait. Pendant deux ans, il n'avait vécu qu'avec une seule idée à l'esprit : venger la mort de Lia. Il s'était entraîné dur, rejetant tous les conforts et tous les plaisirs de la jeunesse. Bane n'avait pas profité de la maison close d'Occian, ni des fêtes endiablées données par le cirque. Toutes les propositions qu'il avait reçues de femmes superbes, mariées ou non, afin qu'il les rejoigne dans leurs loges privées, avaient été refusées poliment. Chaque nuit, en se mettant au lit, il voyait le visage de Voltan et rêvait au jour où il pourrait se faire justice.

Il contemplait tristement le sol en marbre.

Rage vint s'asseoir à côté de lui.

— Parle-moi, mon garçon, dit-il au jeune homme en lui posant la main sur l'épaule.

— Tout ça pour rien, soupira Bane.

— Nous devrions partir avant que la foule ne dévaste tout, intervint Telors. Comme la Dame au Voile leur a échappé, ils risquent de se retourner contre toi, Bane. Ils t'ont vu la conduire hors de l'arène.

— Habille-toi, lui dit doucement Rage. Nous parlerons mieux à la villa. Allez.

Il tira Bane par le bras et le força à se lever. Encore sous le choc, le jeune Rigante retira son kilt de gladiateur et ses jambières, pour enfiler machinalement son pantalon en cuir et sa chemise en laine épaisse bleue à liserés d'argent. Il passa son baudrier et suivit Brakus, Telors et Rage. Le chirurgien, qui s'occupait de Rage lorsque la Dame au Voile l'avait guéri, le retint.

— Quelle était cette déesse ? murmura-t-il.

Bane haussa les épaules et rattrapa les autres. Ils traversèrent l'arène déserte et s'engouffrèrent dans le grand couloir qui menait à la sortie est. Les grilles étaient ouvertes et Bane vit tout de suite l'immense foule qui attendait à l'extérieur. Brakus passa en premier, suivi de Telors et de Rage. Les trois hommes formèrent un bouclier devant Bane, mais quelqu'un dans la foule l'aperçut.

— Le voilà ! C'est le Barbare qui l'a libérée !

La foule se précipita sur eux. Quelqu'un poussa Brakus qui répliqua aussitôt d'un coup de poing, clouant l'agresseur au sol. Alors que la scène était sur le point de dégénérer, Rage leva les bras.

— Silence ! gronda-t-il.

Sa voix était impérieuse et la foule lui obéit instantanément. Rage attendit quelques secondes que le bruit diminue.

— L'empereur a accordé son pardon à la Dame au Voile, déclara-t-il. Elle n'est plus ici. Aucun de nous ne sait où elle se trouve. Alors, laissez-nous passer !

Aussitôt il se mit en marche et la foule s'écarta devant lui. Brakus, Telors et Bane traversèrent la foule derrière lui jusqu'à la place et arrêtèrent un attelage à deux chevaux qui passait. En s'asseyant, Bane aperçut une femme en robe bleu pâle qui se frayait un chemin dans la masse. Personne ne faisait attention à elle ou ne regardait dans sa direction. Elle le vit et lui fit un signe de la main, puis elle traversa la grande artère et disparut dans une contre-allée.

Une demi-heure plus tard l'attelage arriva à la villa. Persis Albitane et

Norwin les attendaient devant les portes principales. Bane, Rage et Telors descendirent du véhicule. Brakus se pencha vers eux.

— Une journée des plus intéressantes, dit le gladiateur blond. (Telors sourit et lui serra la main.) Je vous attends tous les trois à mon anniversaire.

Il fit signe au conducteur de repartir, et se cala au fond de la banquette dès que la voiture se mit en branle.

— C'est un gars bien, dit Telors à Bane. Je suis content que tu n'aies pas à l'affronter.

Bane ne répondit pas et se dirigea vers la villa. Persis essaya de lui parler, mais Bane l'ignora. Il grimpa l'escalier jusqu'à sa chambre et s'installa devant la fenêtre pour regarder la baie.

Rage le rejoignit quelques minutes plus tard.

— Ce n'était pas pour rien, lui dit gentiment le vieux gladiateur. Si tu n'avais pas été à Roc, elle serait morte. Tu t'es torturé pendant deux ans parce que tu n'avais pas été assez fort pour la sauver. Voilà qui est fait.

Bane se retourna.

— Elle t'a remercié, mon ami. Et elle avait raison. Je l'ai sauvée par défaut, parce que l'empereur m'a accordé un second souhait. Si Voltan t'avait tué, je l'aurais affronté et elle, Lia, serait morte. Mon désir de vengeance l'aurait tuée, et je ne l'aurais jamais su.

— Mais ce n'est pas arrivé, lui fit remarquer Rage. Tu es un homme, Bane, et un homme doit faire des choix et en accepter ensuite les conséquences. J'ai entendu ce qu'elle a dit à votre propos, que vos chemins avaient bifurqué. Oui, tous les gladiateurs peuvent être critiqués pour ceux qu'ils ont tués au nom de la gloire, du sport, ou dans l'espoir de devenir riche et célèbre. Mais les hommes que nous tuons ont les mêmes buts que nous, et c'est volontairement qu'ils entrent dans l'arène. Il n'y a pas de méchanceté d'un côté ou de l'autre. Tu n'as pas demandé que Voltan bouleverse ta vie en attaquant ceux que tu aimais. Son acte était maléfique. Tes actes depuis lors seraient compris par n'importe quel héros ayant foulé cette terre. (Rage soupira et s'assit sur le lit.) Tu sais, je suis allé écouter les sermons du Culte, et j'aime la plupart des choses qu'ils racontent. Oui, j'arrive même à croire à la puissance supérieure dont ils parlent. Il n'y a pas de place pour la haine dans mon cœur, et – comme ils l'enseignent – je suis prêt à tendre la main de l'amitié à tous ceux que je rencontre. Mais si jamais des hommes pénétraient chez moi et menaçaient de faire du mal à Cara ou aux serviteurs, je les abattrais sans l'ombre d'un remords. Et si j'avais été à ta place, à Accia, moi aussi j'aurais parcouru le monde entier pour retrouver l'homme responsable de la mort des gens que j'aimais. Alors débarrasse-toi de ce poids sur tes épaules ! La fille est vivante. Nous sommes tous vivants.

— Et j'en remercie les dieux, répliqua Bane. De tout mon cœur. (Il regarda Rage.) Je n'oublierai jamais ce que tu as fait pour moi. Cela restera pour toujours dans mon cœur.

— Tu n'es donc pas furieux qu'on t'ait volé ta vengeance ?

— Furieux ? Oh, Rage, je ne pourrais pas en être plus éloigné. Lorsque je vous ai vus tous les deux, j'ai compris ce que tu essayais de me dire. Lui – et toi – êtes des gens à part. Je n'ai jamais vu une telle concentration, une telle débauche d'énergie. Je devrais être mort dans l'arène à l'heure qu'il est. Je le sais avec certitude. Je ne pourrai jamais être aussi bon que vous.

— Ce n'est pas vrai, le détrompa Rage. Tu as quoi... dix-neuf ans ? Tu n'es pas encore à ton plus fort potentiel. Dans cinq ou six ans tu seras aussi rapide et dangereux que nous l'étions. (Il éclata soudain de rire.) Tous les jeunes gladiateurs du pays devraient se réjouir que Bane ne fasse plus partie du métier. As-tu réfléchi à ce que tu vas faire à présent ? Il existe de nombreuses entreprises commerciales dans lesquelles tu pourrais investir une partie des richesses que tu as gagnées. Tu pourrais devenir gras et paresseux.

— Je vais rentrer chez moi, mon ami, répondit Bane. L'empereur m'a donné deux jours pour quitter Roc.

— Voilà ce qu'il en est de la gratitude des chefs, hein ? grommela Rage.

Bane haussa les épaules.

— C'est un homme froid, et je ne pouvais en attendre moins. Je vais retourner au Caer Druagh. J'ai besoin de revoir les montagnes et de sentir l'herbe sous mes pieds. Pourquoi ne viens-tu pas avec moi afin de me montrer comment tenir une ferme ?

— Je te rendrai peut-être visite, mais Cara doit se marier dans quatre mois et j'aimerais assister à la cérémonie. J'aimerais aussi voir mon arrière-petit-enfant grandir. J'espère que ce sera un garçon. Les filles sont formidables, mais j'aimerais bien un peu de changement. (Il se leva et prit Bane dans ses bras.) Tu sais, tu devrais peut-être aller voir ton père et faire la paix avec lui.

Pour la première fois Bane embrassa Rage sur la joue. Puis, il se dégagea de l'étreinte.

— Je n'ai pas de père. Si je pouvais en choisir un, ce serait toi.

— Cela me fait plaisir de l'entendre, et je t'en remercie. À présent, rejoignons les autres en bas avant de devenir complètement mièvres. Je suis affamé.

— Une dernière chose, dit Bane. Est-ce que tu vas te saouler ce soir ?

Rage gloussa.

— Probablement. Je n'aime pas tuer – même des hommes mauvais comme Voltan.

— Alors, nous boirons ensemble. Nous pourrons parler des étoiles et des esprits, et radoter sur le sens de la vie.

— Quelle horreur ! Faisons ça, dit Rage.

La neige virevoltait sur la plaine. Le jeune druide était accroupi au pied d'un menhir et regardait le vent disperser les braises de son petit feu, privant son corps frigorifié des bienfaits de la maigre chaleur. Le dos contre la pierre gelée, Banouin sentit le poids de l'échec l'enfoncer dans le sol. À quatre reprises au cours de ces six derniers mois, il avait essayé de libérer les fantômes de la plaine de Cogden. Mais, à chaque tentative, ils l'avaient ignoré pour continuer leur bataille insensée.

La dernière fois, il avait essayé de raisonner l'ombre de Valanus en lui faisant remarquer que la bataille de Cogden avait eu lieu en plein jour alors que là c'était la lune qui éclairait le champ de bataille. Valanus lui avait ri au nez et avait montré le ciel du doigt.

— Mais il est là, ton soleil, avait-il crié. Et le ciel est bleu. Je n'ai pas de temps à perdre avec toi, démon. Allez, les gars, une dernière charge et la victoire est à nous.

Le vent tomba, et Banouin, tremblant de la tête aux pieds, rajouta du bois sec dans le feu mourant. Des flammes s'élevèrent et il tendit les mains vers la chaleur.

Le roi lui avait autorisé une dernière tentative – trois semaines de permission. Et il avait échoué. Demain il lui faudrait revenir à Vieux-Chênes comme il l'avait promis.

— Je m'inquiète pour ces âmes, lui avait confié Connavar, mais, en vérité, je m'inquiète davantage pour les vivants. Les informations que tu nous donnes sur les troupes de Jasaray sont vitales pour nous. Personne d'autre n'a ton Talent, Banouin. Tu es les yeux des Rigantes.

Tout cela était vrai, mais les fantômes de la plaine de Cogden étaient une dague dans l'âme de Banouin. La terre hurlait son envie d'être libérée de ce massacre nocturne. L'herbe ne poussait plus sur cette plaine. Pas une seule mauvaise herbe n'était visible sur cette terre marron, morte. Banouin regarda, caché derrière la grande pierre. Les fantômes se battaient toujours sur le champ enneigé. Le désespoir s'empara de lui.

Les armées de Roc se rassemblaient de l'autre côté de l'eau et déjà quatre Panthères – douze mille hommes – avaient franchi le petit bras de mer pour venir camper chez les Ceniis. Un grand nombre de Ceniis s'étaient engagés dans l'armée en tant qu'éclaireurs pour la campagne que tous savaient venir au printemps – d'abord une poussée en territoire norvii, puis ce serait au tour des Rigantes. De nouvelles batailles allaient avoir lieu et de nouvelles âmes allaient continuer une guerre éternelle, drainant l'esprit de la terre.

— Je dois trouver un moyen, dit Banouin à voix haute.

Frère Solstice lui avait dit que la vérité avait un pouvoir en soi, pourtant il avait essayé de dire la vérité à ces esprits martiaux et ils l'avaient ignorée. *Que puis-je faire de plus ?* se demanda-t-il.

— Morrigu ! cria-t-il. Où es-tu ?

Pas de réponse. Mais le vent se leva de nouveau, dispersant les braises. Banouin, malheureux au possible, s'assit, son manteau en peau de chèvre autour de lui, la capuche sur la tête. Il se remémora la première fois où il était venu près de ce cercle de pierres avec Bane. Cela lui semblait remonter à une éternité aujourd'hui, à un autre temps, un autre monde. Il se dirigeait alors vers son rêve et son cœur était léger et plein d'espoir.

Bane lui manquait. Il aurait tellement voulu aller le voir à Roc pour lui demander pardon de l'avoir abandonné. À présent, Bane était de retour dans les montagnes et il n'était toujours pas allé le voir. Il était revenu riche, et avait acheté une parcelle de terre près de la forêt de Narian, à une trentaine de kilomètres au sud-ouest de Trois-Ruisseaux. On lui avait vendu ces terres pour une misère, car il y avait de nombreuses bandes de hors-la-loi dans la région ; elles étaient d'ailleurs responsables de la mort des deux derniers propriétaires. Connavar avait dépêché des troupes dans la forêt afin de les en déloger, mais la région était vaste et ses hommes n'avaient trouvé personne. La plupart des habitants de Trois-Ruisseaux avaient pouffé lorsque Bane avait acheté ces terres, persuadés que son bétail serait volé et sa maison pillée.

Ils ne riaient plus aujourd'hui. Le bétail de Bane broutait la meilleure herbe et pas un seul voleur ne s'en était pris à lui.

— Il est de mèche avec les bandits, disaient-ils.

Et leur mépris à son égard grandit. Bane ne fit aucun effort pour les faire changer d'avis.

Puis, une petite force de pillards des mers avait débarqué près de Sept-Saules. Des combattants s'étaient réunis pour les affronter. Tout le monde savait que Bane était un grand guerrier aussi lui avaient-ils envoyé un messager. Il avait répondu à cet homme de quitter sa propriété.

— Lorsque les pillards des mers attaqueront mes terres, je les tuerai, lui avait-il dit. Et je ne demanderai l'aide de personne.

Le mépris était vite devenu de la haine. Les hommes s'étaient remémoré la façon dont il avait tué Forvar et les deux amis de Fiallach.

— C'est un enragé, disaient-ils. On devrait le chasser d'ici.

Une délégation était allée voir Braefar, afin de lui demander de prendre des mesures. Braefar, bien que convenant que le comportement de Bane était honteux, avait fait remarquer qu'il payait ses taxes à l'heure, et que ces taxes servaient à financer l'armée de Connavar.

— Il n'a enfreint aucune loi, leur avait expliqué Braefar, et a payé un tribut pour les hommes qu'il a tués après la mort de sa mère. Toutefois, si vous ne souhaitez pas lui vendre de fourrage pour son bétail, ni de provisions pour ses hommes, ni de fers pour ses chevaux, cela vous regarde.

Et c'est ce qu'ils avaient fait. Bane fut forcé d'acheter aux Pannones, dans le Nord, à un prix exorbitant. Pourtant, son exploitation avait continué de prospérer. Lorsqu'une épidémie avait détruit la moitié des troupeaux du roi et ruiné un grand nombre de fermiers, le bétail de Bane s'en était sorti indemne. Les gens avaient été contraints d'acheter chez lui, et ses prix étaient élevés.

Le plus triste dans tout ça, pour Banouin, était que la plupart de ces gens qui détestaient Bane étaient des gens bien, ayant du cœur. Ils ne faisaient que mal réagir face à un homme qui ne voulait rien avoir à faire avec eux – un peu comme ils l'avaient fait avec Banouin autrefois. Bane ne les aidait plus à construire une grange, ne participait plus aux festins les jours de fête, ne se joignait plus aux parties de chasse, ou ne s'entraînait plus avec la milice. Chacune de ses actions était perçue – plus ou moins avec raison – comme une injure envers la nation rigante tout entière.

Sous la pression de leur famille, la plupart des jeunes qui travaillaient pour lui avaient quitté son service. À présent, il employait des étrangers, des renégats ou des fuyards : des hommes qui – à l'instar de Bane – ne portaient aucun manteau d'allégeance. Pas une seule fois, on ne l'avait vu arborer le damier bleu et vert aux couleurs des Rigantes.

Banouin frissonna. Le froid de l'hiver s'infiltrait dans ses bottes et à travers son pantalon. Il se leva et tapa des pieds.

Je ne devrais pas haïr l'hiver, pensa-t-il.

Lorsqu'il serait fini, la guerre viendrait.

Jasaray arriverait par le Sud ; le roi Shard des Vars avait rassemblé plus de trois cents navires prêts à lancer une invasion dans le Nord. Les Jours de Sang n'étaient plus très loin. *Et me voilà assis là,* songea Banouin, *à m'inquiéter pour les âmes perdues d'une vieille bataille.*

— Morrigu ! cria-t-il de nouveau.

Il entendit un mouvement et scruta la nuit. Un cheval avançait lentement dans la neige, son cavalier encapuchonné courbé sur sa selle. Le cavalier fit entrer sa monture dans le cercle de pierres et releva sa capuche.

— Tu ne sais toujours pas où il faut allumer un feu, imbécile, dit Bane.

Le guerrier descendit de cheval, attacha l'animal et retira un fagot de bois sec attaché par deux lanières à l'arrière de sa selle. Puis il se rendit de l'autre côté du cercle, où l'une des pierres géantes s'était fendue et cassée en deux. Il prépara rapidement un feu contre la pierre. Il vint chercher une branche enflammée dans le feu de Banouin et alluma le sien qui prit aussitôt vie. À l'abri du vent, le feu dégagea beaucoup de chaleur et les flammes se réverbérèrent vite sur la pierre. Bane s'assit et invita d'un geste Banouin à le rejoindre.

— Je l'aurais bien fait là aussi, expliqua Banouin en s'agenouillant, mais je n'aurais pas pu voir la bataille. Cela m'aurait peiné.

— Est-ce qu'ils se battent en ce moment ? demanda Bane.

— Oui.

— Préviens-moi quand ce sera fini.

— Pourquoi ?

— Je t'aiderai à libérer les âmes.

— Tu n'es pas un mystique. Comment pourrais-tu m'aider ?

— Tu n'as jamais su parler à des guerriers, répondit Bane. Moi si.

— C'est la Morrigu qui t'a envoyé, pas vrai ?

— Non. Ta mère m'a rendu visite à la ferme. Elle m'a demandé de t'aider. (Il regarda Banouin droit dans les yeux.) Vorna a toujours été mon amie. J'aide toujours mes amis, dès que je le peux.

Banouin détourna le regard.

— Je suis désolé pour ce qui s'est passé à Accia, dit-il.

— Bah, c'est du passé. Oublié.

— C'est vrai ? demanda Banouin qu'un nouvel espoir gagnait.

— Mais non, ce n'est pas vrai, cracha Bane. J'essayais simplement d'être poli. Bon, parle-moi de cette bataille d'âmes.

— Il n'y a pas grand-chose à dire. Elles revivent éternellement la bataille de la plaine de Cogden sans savoir que celle-ci est finie depuis longtemps. Leurs esprits sont emprisonnés ici, dans une toile de haine et de violence. J'ai bien essayé de parler avec Valanus. Il m'entend, mais ne croit pas ce que je lui dis.

— En quoi est-ce important pour toi qu'il te croie ? lui demanda Bane.

— C'est pour la terre, Bane. Elle souffre autant qu'eux. Toute la vie a été drainée hors de cet endroit ; c'est comme une tache qui grandirait un peu chaque jour. Cela doit prendre fin. Les morts doivent connaître la paix.

— Pourquoi ne vivraient-ils pas la même chose que les vivants ? l'interrogea Bane. Quand est-ce que nous connaissons la paix, nous autres ?

— Tu as l'air toujours aussi amer.

Bane éclata de rire. C'était un rire de franche bonne humeur.

— Ah, tu te trompes sur mon compte, Banouin. Je ne suis plus l'homme que tu as connu. J'ai trouvé un ami à Roc, un vrai ami, un homme qui a risqué sa vie pour moi. Cela m'a changé. Je me sens mieux à présent. Je me moque du rejet de Connavar et de la haine de mes compatriotes. Je vis ma vie et ne dois rendre de comptes à personne.

— Comme une feuille dans le vent, fit remarquer Banouin. Les Rigantes sont ton peuple.

Bane secoua la tête.

— Mon peuple, ce sont les vingt hommes qui travaillent pour moi. Et les amis qui m'ont soutenu : Vorna, Rage et Telors. Les autres peuvent toujours crever la gueule ouverte. Comment se passe la bataille ?

Banouin tourna la tête et frissonna.

— Elle en est à son point culminant. Cela va encore durer comme cela une bonne heure. Puis tout va recommencer.

Bane rajouta du bois dans le feu. Banouin le regarda. Il avait toujours les cheveux longs et une fine natte blonde tombait de sa tempe, mais il portait à présent une barbe dorée taillée de près au menton. Il avait également l'air plus large d'épaules.

— Mère m'a dit que Lia était vivante et que tu l'avais sauvée, dit-il.

— Oui, da, je l'ai sauvée.

— J'en suis heureux.

— Eh bien, voilà qui est plaisant à entendre.

— Je t'en prie, ne me déteste pas, Bane. Ce que j'ai fait était mal et lâche, mais j'essaie de m'amender.

— La robe de druide te va bien, répondit Bane. On dit que tu es un grand guérisseur ainsi qu'un prophète. Je suis content pour toi. Et je ne te déteste pas. Je n'éprouve plus un seul sentiment pour toi, ni haine ni amour. Tu es simplement un homme que je connais.

— Mais nous étions amis autrefois, non ?

— Je ne crois pas que nous l'ayons jamais été. Enfin bon, tout cela n'a plus d'importance à présent. Comment va le roi ? J'ai cru comprendre qu'on avait de nouveau tenté de mettre fin à sa vie.

— Oui. Deux Pannones l'ont attaqué pendant qu'il était à la chasse. Ils ont tué son cheval et l'ont blessé. La blessure n'était pas profonde ; je l'ai guérie.

— On ne peut pas en vouloir aux Pannones, fit remarquer Bane. Ils n'ont pas demandé à tomber sous le joug des Rigantes.

— La majorité des Pannones ont foi dans le roi, répliqua Banouin. Comme la plupart des Norviis et des autres petites tribus sous sa bannière. Mais il y en aura toujours pour regretter les jours d'antan.

Bane se mit à rire.

— Par « jours d'antan », tu fais référence au temps où ils étaient libres de prendre leurs propres décisions sans payer de taxes à un roi étranger ?

— Ce n'est pas un étranger, rétorqua Banouin. C'est un Keltoï, qui se bat pour préserver nos traditions et notre mode de vie face à une terrible menace.

Bane secoua la tête.

— Cela ne te paraît pas étrange que la protection de notre mode de vie le transforme à en devenir méconnaissable ? Les citoyens de Roc paient des taxes. Les Keltoïs ne l'avaient jamais fait. Les Rigantes, les Pannones et les Norviis ont franchi l'eau il y a des siècles afin de fonder une nation où il n'y aurait pas de roi. Ils voulaient être des hommes libres. Ils n'avaient pas d'armée. Et lorsque des ennemis arrivaient, tout le monde prenait les armes pour défendre le pays. Il n'y avait pas de collecteurs d'impôts, par de clercs, et seulement quelques lois plutôt simples. Quelles libertés avons-nous aujourd'hui ? Si je tenais ces propos à Trois-Ruisseaux, je serais arrêté comme protestataire.

— Sans l'unité forgée par Connavar, cette terre tout entière serait sous la férule impie de Roc, contra Banouin.

— Comme il en sera un jour, sans doute, quoi qu'il arrive, dit Bane.

— Pas tant que Connavar vivra.

— Alors, puisse-t-il vivre longtemps, dit Bane.

Les deux hommes se turent, perdus dans leurs pensées. La neige se remit à tomber, mais dru cette fois ; de gros flocons éclatèrent sur les flammes du feu. Bane remit sa capuche et s'adossa à la pierre. Banouin jeta du bois dans le feu ; il se retournait de temps à autre pour voir où en était la bataille. Celle-ci touchait à son terme. Il donna un coup de coude à Bane qui se réveilla aussitôt.

— Donne-moi ta main, lui dit-il en se penchant vers lui.

— Pourquoi ?

— Si tu dois m'aider avec les fantômes, tu dois devenir un fantôme. Donne-moi ta main et je ferai sortir ton esprit de ton corps.

Bane s'exécuta et une rafale glacée l'engloba comme s'il avait plongé dans un lac gelé. Il frissonna et se leva, nu, aux côtés de l'esprit de Banouin.

— Comment veux-tu être habillé ? s'enquit Banouin qui portait toujours sa robe blanche immaculée de druide.

— Je peux choisir n'importe quoi ? demanda Bane.

— Oui, tout ce que tu veux.

— Alors, habille-moi en officier de Roc, avec un plastron doré et un heaume.

Tout en parlant, il sentit l'armure l'envelopper ; un kilt renforcé en bronze apparut autour de sa taille et deux jambières se placèrent sur ses mollets.

— Où est l'épée ? demanda Bane.

— Tu penses que tu en auras besoin ? rétorqua Banouin.

Les deux armées fantomatiques prenaient position au sommet de collines opposées. Bane et Banouin s'avancèrent dans la plaine. Bane baissa les yeux. Ses pieds bottés ne laissaient pas de marques dans la neige ; pareillement, il ne sentait pas le vent froid de l'hiver. Les deux esprits s'approchèrent des rangs silencieux de Roc qui brillaient de mille feux au clair de lune. Bane s'extasia devant les soldats devant lui. On les aurait cru taillés à même la brume, et rendus translucides par la lune. Le bruit d'ordres criés de loin leur parvint.

— Panthère Trois en formation. En rangs par sept !

Un tambour résonna et ses battements sourds et réguliers se déversèrent dans la plaine. Bane vit les soldats s'activer et se positionner par rangées de sept. Lui et Banouin continuèrent leur ascension de la colline. Les esprits des soldats de Roc les ignorèrent, affairés à leurs préparatifs pour la bataille.

Lorsque Bane fut à moins de dix mètres de la première ligne, il s'arrêta. Puis, il cria d'une voix forte :

— Appius, où es-tu ?

Les esprits l'aperçurent enfin et il sentit leurs regards froids se poser sur lui.

— Appius, appela-t-il à nouveau. (Puis il ajouta :) Oranus, où es-tu ? Parle-moi, Oranus !

La première ligne s'ouvrit et un officier apparut. C'était un bel homme assez grand ; son plastron était sculpté, comme ses jambières, son heaume et ses poignets de force.

— C'est Valanus, murmura Banouin.

— Appius ! criait toujours Bane.

— Qui es-tu ? demanda l'officier en s'approchant de lui, l'épée à la main.

— Je suis Bane, le fils du roi Connavar.

— Sornettes ! Je connais Connavar. C'est un jeune homme qui ne doit pas être plus âgé que toi.

— Appius ! cria Bane.

— Il n'est pas ici, répondit hargneusement Valanus. À présent, dis-moi ce que tu veux et pourquoi tu portes une armure de Roc. Parle ou je te tranche la tête, impudent.

— Pourquoi Appius n'est-il pas là ? s'enquit Bane. Ne sommes-nous pas dans la plaine de Cogden ? Appius n'est-il pas ton second dans la chaîne de commandement ?

Valanus resta interdit ; la confusion se lisait sur son visage.

— Il est parti, répondit-il au bout d'un moment.

— Parti ? répéta Bane. Comment peut-il être parti ? La bataille n'a pas encore commencé.

— Il est parti, bon sang ! Qu'est-ce que tu veux ?

— Les Rigantes sont en train de charger ! siffla Banouin.

Bane l'ignora et continua de regarder Valanus droit dans les yeux.

— Alors où se trouve Oranus ? dit-il. N'est-il pas ton aide de camp ? Où est Oranus ?

— Quel est ce piège ? cria Valanus.

— Ce n'est pas un piège, répondit Bane. (Il jeta un coup d'œil à Banouin.) Vite, habille-moi en guerrier rigante, lui demanda-t-il. Dépêche-toi !

Instantanément, l'armure de Roc disparut pour être remplacée par une cape virevoltante à damier bleu et vert et une cotte de mailles étincelante.

Bane fit demi-tour sur ses talons et attendit que les Rigantes se rapprochent.

— Connavar ! cria-t-il. Que Connavar se montre ! (La charge ralentit.) Fiallach ! Où es-tu ? Bendegit Bran, montre-toi ! Govannan, avance-toi !

Bane alla à la rencontre des Keltoïs qui chargeaient tout en criant les noms de leurs généraux. Les esprits ralentirent leur progression pour finalement marcher en regardant nerveusement tout autour d'eux. Un noble rigante se fraya un chemin jusqu'à la première ligne.

— Pourquoi appelles-tu Connavar ? demanda-t-il. Es-tu un agent de l'ennemi ? Veux-tu négocier une trêve ?

— Où est Connavar ? demanda Bane.

L'homme hésita et regarda autour de lui, scrutant les rangs fantomatiques.

— Il n'est pas avec nous, répondit l'officier.

— Comment est-ce possible ? lui demanda Bane. Nous sommes dans la plaine de Cogden. C'est ici que le roi Connavar a remporté sa plus grande victoire. Fiallach chevauchait à ses côtés, tout comme Bendegit Bran et Govannan.

Bane dévisagea l'homme. Il n'était plus jeune : il perdait ses cheveux et on pouvait voir de profonds sillons sur son visage indiquant le passage des années.

— Maccus aussi chevauchait avec eux, récita Bane en se remémorant les récits. Maccus qui avait plus de soixante ans et qui a mené la charge qui a renversé l'aile gauche de l'ennemi.

— Je suis Maccus. Je me souviens de cette charge.

— Ce fut un grand moment de gloire, lui dit Bane. Mais alors pourquoi es-tu ici ?

— Ici... ? Je suis là pour affronter l'ennemi.

— Pourquoi te battre sans Connavar ? Sans Fiallach et les autres ?

— Je ne sais pas. Mais je sais que l'ennemi est devant nous.

L'esprit de Valanus approcha de Bane.

— Que se passe-t-il donc ici ?

— Une dernière charge, les gars. Une dernière charge et la victoire est à nous, dit doucement Banouin.

Valanus eut l'air d'avoir été foudroyé. Il se tourna brusquement vers le jeune druide.

— Pourquoi as-tu dit ça ? Pourquoi ces mots ?

— N'étaient-ce pas les mots que tu as prononcés juste avant ce dernier valeureux assaut ?

— Si… non. La bataille n'a pas encore eu lieu.

— Regarde autour de toi, soldat, dit Bane. Voici Maccus qui est mort en menant la charge sur ton aile. Une lance lui a transpercé la gorge. (Il se tourna vers le vieux Rigante.) Tu te souviens de cette lance, seigneur Maccus ?

— Je me souviens.

— Si une lance t'a transpercé la gorge dans la plaine de Cogden, pourquoi es-tu toujours ici ?

— Je… Je ne sais pas.

Banouin s'approcha du général rigante.

— Quelqu'un t'attend, seigneur Maccus. Elle t'a attendu longtemps. Tout le monde connaît l'histoire de ton amour pour ta femme. Lorsqu'elle est morte, une partie de toi est morte avec elle. Elle t'attend à présent – dans un endroit bien meilleur que celui-ci.

— Alors… je suis… mort ? dit Maccus. La lance n'était pas un rêve ? Je me rappelle être allongé sur le sol, incapable de respirer. Je me rappelle…

Son esprit disparut.

— Nous ne sommes pas morts ! hurla Valanus. C'est un piège rigante.

— Vous êtes les morts de la plaine de Cogden, cria Banouin. Et vous avez déjà livré mille fois cette bataille. Vous êtes des ombres, des fantômes, des esprits. Voilà pourquoi ni Connavar ni Appius ne sont là. Ils ont survécu à cette bataille. Réfléchissez ! Réfléchissez tous autant que vous êtes ! Souvenez-vous de ce jour affreux et de ce terrible massacre. Rappelez-vous votre mort !

Valanus recula.

— Je ne peux pas perdre une nouvelle fois, déclara-t-il. Je suis un général de Roc. Nous sommes invincibles. Je continuerai de me battre. J'aurai ma victoire.

Une par une les ombres rigantes disparurent. Valanus leur courut après en agitant son épée.

— Ce n'est pas fini ! leur cria-t-il. Revenez, bande de lâches ! Revenez vous battre !

Banouin cria en direction des soldats de Roc, mais cette fois en turgon.

— Allez en paix, soldats ! leur dit-il. Vous êtes morts vaillamment, mais vous n'avez pas besoin de mourir encore et toujours. Il est temps de mettre un terme à ceci. Partez d'ici. Cherchez un meilleur endroit qui vous accueillera !

Valanus se retourna et vit sa propre armée disparaître.

— Soldats de Roc ! cria-t-il. Tenez bon. Une dernière charge... une dernière...

Sa voix s'éteignit.

Il était seul.

Bane s'approcha de lui.

— Tu t'es bien battu, Valanus. Ton nom est célèbre dans le monde entier. Va à présent, cherche le repos.

— Je ne suis pas mort ! hurlait Valanus. C'est de la magie rigante ! Mes hommes vont revenir ! Écartez-vous de moi. Je vais attendre mes hommes !

Il fit demi-tour sur ses talons et s'enfuit en courant pour se perdre dans la neige tourbillonnante.

Bane se réveilla dans le cercle de pierres. Banouin rajouta du bois dans le feu mourant. Bane s'assit et se frotta les mains pour les réchauffer un peu.

— Je n'avais pas pensé à appeler les vivants, dit Banouin. C'était une très bonne idée. Merci.

— Ce n'était pas grand-chose, répondit Bane en se levant pour rejoindre son cheval.

— Tu pars maintenant ? s'enquit Banouin.

— Bien sûr. J'ai fait ce pour quoi j'étais venu.

Banouin, malheureux, regarda Bane seller son hongre.

— Me pardonneras-tu un jour ? lui demanda-t-il.

Bane soupira.

— Je te pardonne, Banouin. Je te le jure. Je te souhaite d'être heureux.

— Mais tu ne peux pas oublier ce que j'ai fait ? Le mettre de côté.

— Non, je ne peux pas oublier.

Bane sauta en selle, fit tourner bride à sa monture et sortit du cercle de pierres.

Chapitre 11

De mémoire d'homme ce fut l'hiver le plus rigoureux. Les bêtes, déjà décimées par une épidémie, périrent par centaines et, sans les greniers du roi, des milliers de Rigantes seraient morts de faim. Malgré cela, dans les lieux les plus reculés, isolés par le blizzard, des communautés entières subirent de lourdes pertes, notamment parmi les plus jeunes et les plus âgés. Dans certains endroits, les gens mangeaient même l'écorce des arbres afin de remplir leurs estomacs vides.

Les habitants de Trois-Ruisseaux connurent de sévères privations, car Braefar n'avait pas fait remplir les greniers, ayant préféré vendre le surplus de la récolte aux Ceniis durant l'automne. Connavar lui retira le titre de laird et installa Govannan à sa place.

Pour Bane, sa ferme se trouvant dans les Lowlands, l'hiver ne fut pas aussi éprouvant. Lui et ses hommes avaient engrangé suffisamment de fourrage pour nourrir toutes les bêtes et il ne connut finalement que quelques pertes. Govannan vint le trouver au milieu de l'hiver et lui acheta du bétail afin de nourrir la population de Trois-Ruisseaux. Bane demanda – et reçut – le prix fort pour ses bœufs, et exigea d'être payé en or.

Comme les intempéries empiraient, il envoya une trentaine de bêtes supplémentaire au village, mais sans les faire payer.

Une révolte éclata chez les Pannones du Nord, menée par un noble du nom de Guern. Plusieurs entrepôts et greniers du roi furent pillés. Connavar dépêcha ses Loups de fer afin de faire taire la rébellion. Mais Guern évita toute confrontation directe ; lui et ses hommes restaient cachés et, une fois tous ses hommes rassemblés, ils attaquaient des avant-postes isolés. Bendegit Bran fut nommé à la tête des Loups et il tendit un piège à Guern et à ses hommes. Ceux-ci moururent par dizaines, mais Guern réussit à s'échapper. La situation aurait pu dégénérer davantage, car le pillage des greniers conduisit à la famine chez les Pannones. Guern aurait pu accroître sa popularité en redistribuant le blé qu'il avait volé. Mais au lieu de cela, il choisit de le revendre pour acheter des armures et des armes. Connavar fit venir de la nourriture par bateau depuis les terres ostros et gathes afin d'approvisionner les Pannones et la révolte mourut dans l'œuf. Toutefois, tout cela avait coûté extrêmement cher et les réserves de nourriture avaient été terriblement entamées.

Puis, au premier jour du printemps, dans la quarantième année de Connavar, trois cents longs navires accostèrent près de Sept-Saules, sur la côte est. Quinze mille Vars, menés par le roi Shard, envahirent les terres rigantes. Simultanément, au sud, l'empereur Jasaray, à la tête de huit Panthères, réunissant vingt-quatre mille soldats, débarquait en territoire cenii.

Bane fit prudemment avancer son cheval le long de la colline verglacée et réussit à atteindre le sommet. Il s'arrêta un instant pour observer les Lowlands et la forêt de Narian qui s'étendait à perte de vue. À l'orée est se trouvait la ferme rectangulaire en pierre, avec ses deux granges, et la dizaine de petites maisons rondes qui servaient d'habitations à ses hommes. La route en pente brutale qui l'attendait était glacée et dégradée. Il mit pied à terre et guida son cheval sur la longue route qui menait à la maison. La capuche de Bane était couverte de neige et des cristaux de glace s'étaient formés dans les poils de sa barbe.

Le premier jour du printemps, pensa-t-il. *Quelle bonne blague.*

Le cheval glissait sur le verglas ; Bane dut choisir son chemin avec précaution. Il avait les pieds froids et engourdis, les mains et les doigts gelés, et ce malgré ses moufles en peau de lapin. De la fumée sortait des deux cheminées de la maison principale, et Bane s'imagina assis devant le feu. Il avançait lentement, soucieux de ne pas suer sous l'effort. La transpiration se transformerait en glace entre sa peau et son épaisse tunique, son gilet et son manteau, ce qui risquerait de le rendre somnolent et faible. Il serait tenté de croire que son corps se réchauffait alors qu'en fait il mourrait de froid. Bane savait qu'il était vital de résister à l'appel du froid, le chant des sirènes d'un hiver mortel.

Tandis qu'il marchait, son esprit vagabondait. Il repensa à Banouin et à la libération des esprits. Si seulement il pouvait oublier ce qui s'était passé entre eux et prendre son ami dans ses bras comme il le faisait autrefois. Il avait aimé Banouin comme un frère, et avait risqué sa vie pour lui. Pourtant, au moment où il avait eu le plus besoin de lui, Banouin l'avait abandonné, et rien de ce qu'il trouvait dans son âme ne pouvait l'effacer de sa mémoire. Son amitié avec Banouin appartenait au passé et ne serait plus jamais exhumée. Cette pensée l'attrista, comme son rejet de tout héritage rigante.

Bane trébucha et se releva. Il avait plus chaud – et savait donc qu'il courait un grand danger. Les derniers quinze kilomètres avaient sapé ses forces et son endurance. Il était tenté de monter en selle et de laisser faire le cheval, mais il résista à cette envie. La piste était trop traîtresse, et sa monture méritait un meilleur traitement que cela. Il continua d'avancer, l'esprit enclin aux rêves et aux souvenirs. Il se revoyait, enfant, aux chutes de Riguan en train de prendre un bain de minuit avec sa mère. Elle avait allumé un feu et l'avait pris dans ses bras pour le cajoler.

Bane cligna des yeux et regarda autour de lui. Il était assis sur un rocher. *Pourquoi ne suis-je pas en train de marcher ?* se demanda-t-il. Il se releva à grand-peine. Il était las et aurait bien aimé se reposer un petit peu pour dormir. *Je pourrais reprendre des forces,* pensa-t-il. *Crétin ! Dépêche-toi d'arriver à la ferme, oui,* se fustigea-t-il. *Tu es en train de te laisser mourir !*

Il ne sentait plus ses jambes ; ses membres tremblaient de manière incontrôlable. Le soleil allait bientôt passer derrière les montagnes et la température baissait doucement, même si Bane ne s'en rendait plus compte. Il avait fait beaucoup d'efforts la semaine précédente, mais il s'était toujours assuré de pouvoir installer son camp avant que le froid ou la fatigue ne le tue. Aujourd'hui, il avait cru pouvoir faire cent kilomètres d'une seule traite. Quelle erreur ! À travers ses yeux mi-clos, il apercevait encore la ferme au loin. Il n'était plus qu'à une demi-heure de sa destination, mais il était à bout de forces. Il avait dû lâcher les rênes à un moment, car le cheval était déjà un peu plus loin sur la piste. Bane, d'un pas chancelant, se lança à sa poursuite.

Il tomba deux fois. La deuxième fois, il roula sur lui-même et fut arrêté par un rocher saillant couvert de neige. La violence du choc lui fit pousser un grognement. Il s'appuya sur ses bras pour essayer de se relever. Il avait vraiment chaud et était à moitié endormi. Il jura et sous le coup de la colère réussit à se mettre à genoux.

— Je ne vais pas mourir ici, déclara-t-il d'une voix inarticulée.

— Ah, ça non ! répondit une grosse voix.

Une main énorme l'attrapa par le bras et le releva pour l'asseoir sur le rocher. Bane cligna des yeux et vit qu'on lui tendait une flasque. Il la prit et en avala le contenu. Le feu de l'uisge coula en lui. Il leva la tête et se trouva nez à nez avec le visage à barbe rousse de Gryffe, son gardien de troupeau en chef. Le hors-la-loi lui sourit.

— Tu es aussi faible qu'un chiot de trois jours, lui dit-il.

Bane but une nouvelle gorgée et essaya de reboucher la flasque. Mais c'était au-dessus de ses forces. Gryffe prit la fiole et la reboucha, puis il la rangea dans une des poches de son gilet.

— Allons te porter au coin du feu, dit-il, en faisant passer le bras de Bane autour de son cou et en le hissant sur ses pieds.

Vingt minutes plus tard, une fois retirés ses vêtements gelés et son corps enveloppé dans une grande couverture chaude, il était effectivement assis sur une chaise devant un feu de bûches. Un vrai calvaire. Il avait l'impression qu'on lui transperçait la peau en continu avec des aiguilles chauffées à blanc. Il rebut de l'uisge, mais Gryffe lui retira la flasque.

— C'est bien d'en prendre un peu quand on a froid, mais il ne faut pas en abuser.

La femme de Gryffe, Iswain, une personne au visage quelconque et au corps bien dodu, sortit de la cuisine, portant une assiette de bouillon épaissi à la viande.

— Mange ! lui ordonna-t-elle. Tu as besoin de te réchauffer le ventre.

Bane s'exécuta sans broncher et se sentit mieux quelques instants après ; les sensations de piqûres disparaissaient peu à peu. Iswain retira la couverture qu'il avait autour du cou et lui frictionna les épaules, les bras et le dos avec de l'huile tiède.

— Merci, dit-il en lui prenant sa grosse main calleuse et en y déposant un baiser.

— Arrête tout de suite ! s'écria Gryffe. Tu vas me la pourrir !

— Cela ne te ferait pas de mal d'apprendre les bonnes manières, protesta Iswain en remettant la couverture autour des épaules de Bane. (Elle fit le tour de la chaise pour s'accroupir devant le jeune Rigante et le regarda droit dans les yeux.) Tu m'as l'air d'aller mieux, remarqua-t-elle. Une bonne nuit de sommeil te fera le plus grand bien. Tu as eu de la chance de ne pas attraper de gelures. C'était pas très malin !

— Vas-y, ma fille, dis-lui son fait ! s'écria Gryffe.

Bane sourit et regarda Iswain.

— J'aurais pu arriver plus tôt, expliqua-t-il, mais je voulais que tu me maternes un peu.

Elle sourit à son tour ; elle avait les dents du bonheur.

— Tu n'es qu'un idiot, comme tous les hommes, répondit-elle. Je vais te refaire un peu de bouillon.

— Je n'en peux plus, se plaignit Bane.

— Tu vas faire ce qu'on te dit, rétorqua-t-elle sèchement. J'ai connu des hommes qui revenaient gelés comme toi et qui mouraient dans leur lit. Reste assis devant le feu et mange jusqu'à ce qu'on te dise de faire autre chose.

— Mais oui, il va rester ici, intervint Gryffe. Et si cela ne te dérange pas, j'aimerais bien un peu de bouillon. Moi aussi, j'étais dehors.

— Non, plus pour toi, déclara Iswain. Je n'aime pas les gros et tu vas bientôt faire éclater ta ceinture.

— C'est ma couche pour l'hiver, protesta Gryffe. Elle me protège du froid. Comme les ours.

— Oui, da, sauf qu'on est au printemps à présent, lui dit-elle, et il est temps que l'ours se réveille.

Elle alla dans la cuisine. Bane se cala au fond de sa chaise.

— Que s'est-il passé ? s'enquit-il.

— Bah, nous en parlerons demain, répondit Gryffe. Tu ne dois pas être d'humeur pour les histoires ennuyeuses.

— Ennuie-moi, dit Bane.

Iswain revint avec du bouillon. Bane en prit plusieurs cuillerées et regarda Gryffe.

— Raconte-moi, insista-t-il.

Gryffe jura et leva les yeux vers Iswain.

— Il t'a posé une question, dit-elle.

— Lorca et sa bande sont sortis de la forêt il y a trois jours de cela. Ils ont volé vingt bouvillons et un bon vieux taureau. Boile et Cascor ont essayé de les en empêcher en leur rappelant les accords qu'ils avaient passés avec toi. Lorca a dit qu'il était venu renégocier. Cascor a essayé de protester. Lorca l'a accusé d'être déloyal – et lui et ses hommes l'ont tué.

Bane termina le bouillon et reposa l'assiette en bois.

— J'irai trouver Lorca demain, dit-il.

— Il a plus de soixante-dix hommes avec lui à présent. Je pense que c'est pour cela qu'il a besoin de bœufs supplémentaires. Il serait peut-être prudent de laisser passer pour une fois.

— Je peux me permettre de perdre des bœufs, répondit Bane. Mais personne ne vient chez moi pour tuer mes hommes sans en subir les conséquences.

Grale était assis sur le seuil de sa petite maison ronde, écoutant les discussions des différents groupes d'hommes accroupis autour du feu central. Il était depuis trop peu de temps dans la bande de Lorca pour avoir son mot à dire. Asha, l'une des trois prostituées du campement, vint s'asseoir à côté de lui. Elle avait les cheveux gras et sales et ses habits étaient tout tachés.

— Tu as l'air d'avoir besoin d'un peu de compagnie, dit-elle.

Il scruta ses yeux marron foncé. Il n'y avait aucune étincelle de vie en eux.

— C'est gentil. Peut-être plus tard.

— Si tu n'as pas d'argent, tu me paieras une autre fois – après une razzia.

Il se tourna vers elle.

— Reviens dans un petit moment, ma douce, lui dit-il. Après le coucher du soleil.

Elle s'en alla. Grale gratta l'orbite vide de son œil gauche. Il lui faisait encore mal de temps en temps, assez pour le réveiller en pleine nuit ; généralement, il étouffait un cri en revoyant le druide libérer l'orbe mutilé à l'aide d'un couteau et lui coudre la paupière.

— Nous n'avons pas besoin de Bane, entendit-il dire Lorca. Ce n'est pas comme s'il était populaire chez les Rigantes. Nous pourrions nous rendre à sa ferme, rassembler tout son bétail et le conduire jusqu'en territoire pannone. Ils connaissent la famine et le cours du bœuf a explosé.

— Je te l'accorde, répliqua un hors-la-loi connu simplement sous le nom de Wik, un homme mince au visage émacié qui avait l'air minuscule comparé à Lorca, mais que ferons-nous ensuite ? En laissant la ferme tranquille, nous nous assurons un approvisionnement régulier en nourriture. Bane a toujours été honnête en faisant affaire avec nous.

— Honnête ? railla Lorca. Nous lui fournissons les hommes qui s'occupent de son bétail. Nous lui garantissons qu'il ne sera pas attaqué. Et pour quoi ? Un dixième de ses bénéfices. Tu appelles ça être honnête ?

Grale, qui n'en perdait pas une miette, se demanda si à un moment ou un autre l'un des six hommes autour du feu allait simplement dire les faits : Lorca avait rompu l'accord en attaquant la ferme et en tuant un des hommes de Bane. Il ne fut pas surpris de constater que personne n'abordât finalement le sujet. Lorca était un homme à l'humeur capricieuse qui avait tendance à se laisser aller à des actes soudains de violence gratuite.

— Et les hommes au service de Bane ? s'enquit Valian, un petit homme trapu avec de longs cheveux blonds et gras, et une moustache tombante.

— Ce sont nos hommes, Val, lui répondit Lorca. S'ils l'ont oublié, ils iront nourrir les vers, comme Cascor.

— Je pense que certains d'entre eux ne seront pas d'accord, estima Wik. Je parlais justement à Gryffe l'autre jour. Il aime bien Bane. Il aime aussi sa nouvelle vie de gardien de troupeau. Il parle même d'épouser Iswain la prochaine fois qu'un druide passera.

— Comme c'est touchant ! répliqua Lorca sur un ton méprisant. Je présume qu'il projette de passer le reste de sa vie à nettoyer de la bouse à grands coups de pelle pendant que sa femme pondra de nouvelles bouches à nourrir. La peste soit de Gryffe et de tous ceux qui s'opposeront à nous ! Nous avons soixante-treize hommes ici et davantage nous rejoignent chaque jour. Suffisamment en tout cas pour nous occuper de Bane et de quiconque sera à ses côtés.

Grale passa en revue l'immense clairière et ses quarante maisons rondes mal bâties. Des hommes et des femmes en guenilles étaient assis – comme lui – un peu partout dans les immondices et la puanteur. À la rivière, une femme lavait des couvertures, les battant avec une pierre, certainement pour essayer de tuer les puces qui y pullulaient. Du côté de la hutte la plus éloignée, il aperçut Asha, à quatre pattes, un gros gars barbu derrière elle, en train de la prendre, au vu et au su de tous. Personne n'y prêtait attention. Grale en eut un pincement au cœur. Il baissa les yeux pour contempler sa main gauche mutilée et se remémora le temps béni, avant qu'un glaive de Roc ne le prive de trois doigts. Il était un homme à cette époque. Un héros. Malgré la douleur, la victoire dans la plaine de Cogden l'avait rendu heureux. Si à cet instant précis on lui avait dit que des années plus tard il se retrouverait dans un endroit aussi immonde à écouter des gens parler de vols et de meurtres, il aurait ri aux éclats. Mais à présent il ne riait plus.

Un homme entra dans le camp en courant.

— Des cavaliers arrivent ! cria-t-il.

Aussitôt, chaque homme à portée de voix se précipita dans sa hutte pour en ressortir avec une arme. Certains avaient des dagues, d'autres des épées ou des haches.

Lorca se leva.

— Combien ? demanda-t-il.

— Deux. Bane et Gryffe.

— Deux, espèce de misérable crotte de bique ? Tu alarmes tout le camp pour deux cavaliers ?

Au même moment, Bane et Gryffe émergèrent d'entre les arbres. Grale sourit en se remémorant sa première rencontre avec Bane, plusieurs années auparavant, dans la clairière où le mystique lui avait rappelé la plaine de Cogden et sa gloire passée.

Les cavaliers galopèrent jusqu'à Lorca et mirent pied à terre. Bane portait une longue lance de chasse et deux épées courtes à la taille. Il passa devant Lorca sans s'arrêter et se rendit à sa hutte. Là, il retourna la lance et enfonça d'un grand coup le manche dans la terre gelée.

— Qu'est-ce que tu fais ? lui demanda Lorca. Je n'ai pas besoin de lance.

Ce qui suivit fut si soudain que tous les hommes dans la clairière restèrent paralysés pour le compte. Bane se tourna vers Lorca et dégaina une de ses épées courtes. Avant que le chef des hors-la-loi ne puisse réagir, la lame s'enfonça dans son cou, brisant les vertèbres et ressortant aussi vite qu'elle était entrée. Alors que le corps de Lorca allait tomber, Bane frappa de nouveau. Cette fois-ci, la tête sauta. Bane la souleva par les cheveux et alla l'enfoncer sur la pointe en fer de la lance. Puis, il recula pour regarder son travail. La lance oscillait de droite à gauche ; du sang, coulant de la tête, tranchait sur le blanc du sol. Finalement, il retourna vers le corps décapité et essuya son épée sur les habits du mort avant de rengainer son arme.

Les hommes et les femmes du camp de Lorca regardaient médusés la tête au bout de la lance. C'était comme si on leur avait jeté un sort. Grale scruta le groupe.

— Y a-t-il quelqu'un d'autre ici qui souhaite renégocier nos accords ? s'enquit Bane d'une voix glaciale.

Wik fut le premier à réagir.

— Et si c'était le cas ? demanda-t-il.

— Tu obtiendrais la même réponse que celle que je viens de donner à feu Lorca.

— Nous sommes plus de soixante-dix ! Tu penses réussir à nous tuer tous ? dit Wik en intimant d'un geste à ses hommes d'avancer.

— Est-ce que je vais avoir besoin de le faire ? l'interrogea Bane en se rapprochant de lui. N'avez-vous pas bien mangé cet hiver ? Que ferez-vous lorsque je serai mort ou parti ? Tu dis que vous êtes soixante-dix. Pourquoi êtes-vous aussi nombreux aujourd'hui ? C'est parce qu'il y a de la nourriture et la plupart des derniers à vous rejoindre crevaient de faim chez eux. Sans ma ferme et mon bétail, combien vont rester d'après toi, Wik ? Vingt ? Moins ? (Il éclata de rire.) Assez parlé, déclara-t-il. Décide-toi.

Son épée apparut de nouveau dans sa main. Wik fit un bond en arrière. L'imposante silhouette de Gryffe s'approcha, une épée large dans les mains, et vint se planter à côté de Bane. Grale devina les intentions de Wik. Ce chef était orgueilleux et il était sur le point de donner à ses hommes l'ordre d'attaquer.

— Attendez ! cria Grale en avançant à grandes enjambées au milieu du groupe. Ce qu'il dit est logique. Nous sommes régulièrement approvisionnés en nourriture. Lorsqu'il a vendu ses bœufs à Govannan, il nous a reversé un dixième du prix de la vente. Ou, pour être plus précis, il l'a reversé à Lorca. Nous avions un accord avec Bane. Lorca l'a rompu et a payé pour sa trahison. Restons-en là.

— Tu n'as pas ton mot à dire ! gronda Wik. Tu n'es pas le chef, ici.

— Non, c'est vrai, répondit Grale. (Il se tourna et montra du doigt la tête plantée sur la lance.) C'est lui le chef ! On devrait lui demander ce qu'il en pense, non ? Moi, je dis qu'on vote à main levée. (Il éleva la voix.) Qui veut ne plus être approvisionné ? (Personne ne leva la main.) Alors c'est réglé, dit-il en tournant le dos à tout le monde pour repartir dans sa hutte.

L'espace d'un moment, un silence plana dans la clairière et, avec ce silence, la tension disparut peu à peu. Les soixante-dix hors-la-loi, l'arme à la main, attendirent un ordre de Wik. Wik regarda Bane et haussa les épaules.

— La plupart d'entre nous n'étaient pas d'accord avec les actions de Lorca, avoua-t-il. Cascor était un bon gars et il ne méritait pas de mourir. Est-ce que notre accord tient toujours ?

— Bien sûr. Sauf que je vais avoir besoin de quelqu'un pour remplacer Cascor au printemps.

Wik hocha la tête.

— Je te proposerais bien celui-ci, dit-il en montrant Grale, mais il n'a qu'une seule main valide.

— Je le prends quand même, répondit Bane. S'il veut bien travailler pour moi. (Il sourit.) Peut-être préfère-t-il rester ici et devenir votre chef ?

Wik prit un air renfrogné et finalement éclata de rire.

— Tu es un homme peu banal, Bane. Qu'est-ce qui t'a fait croire que tu pouvais venir tuer Lorca et repartir d'ici vivant ?

— Je ne pensais pas repartir, admit Bane. (Il scruta les hommes qui attendaient autour d'eux.) Vous devriez réfléchir à vous limiter en nombre, ajouta-t-il. Ou alors pensez à créer une nouvelle tribu. Vous ne pourrez jamais nourrir plus de monde que ça.

— Je me disais la même chose, convint Wik.

La double invasion fut un vrai cauchemar logistique pour Connavar et ses généraux. Fiallach fut dépêché dans le Sud avec mille Loups de fer et six cents archers montés. On lui donna l'ordre de recruter des guerriers chez les Norviis.

— Ne cherche pas le conflit direct avec Jasaray, insista Connavar. Évite à tout prix une bataille rangée, peu importe ce que l'ennemi essaie de faire. Détruis plutôt sa cavalerie et tue ses éclaireurs.

— Tu peux avoir confiance en moi, répondit Fiallach.

— Mais j'ai confiance, mon ami. Sauf que Jasaray est un ennemi rusé et sans merci. Il ne reculera devant rien pour te forcer à le combattre de front.

Pendant ce temps, Bendegit Bran réunissait des troupes dans tout le Nord afin de marcher contre Shard et ses quinze mille Loups des mers.

À Vieux-Chênes, Connavar devait affronter un problème grandissant. Les cinq mille habitants de Sept-Saules et des environs avaient été évacués avant l'invasion grâce au Talent de Banouin qui avait vu les navires de Shard lever les voiles. Si grâce à cela des vies rigantes avaient été sauvées, les réserves de nourriture autour de Vieux-Chênes – déjà bien maigres – étaient maintenant quasiment épuisées. Afin d'alléger la consommation, un grand nombre de femmes et d'enfants avaient été envoyés dans des villages plus à l'ouest ou au sud, où greniers et entrepôts regorgeaient encore de provisions.

Meria, la mère du roi, ainsi que les femmes et les jeunes enfants de Bendegit Bran et Fiallach, faisaient partie des centaines de personnes qui se rendirent dans le Sud, à Trois-Ruisseaux, au cours de la deuxième semaine du printemps. Elles voyagèrent avec une escorte de vingt Loups de fer sous le commandement de Finnigal, le fils aîné de Fiallach. C'était son premier commandement et il essayait de cacher sa déception de se voir confier une tâche aussi modeste. Il avait supplié qu'on le laisse chevaucher aux côtés de son père ou, au moins, qu'on le laisse aider Bran avec l'armée du Nord. Mais le roi en personne avait décidé de son rôle, et il allait manquer les deux batailles.

— Est-ce que je suis puni ? avait-il demandé au roi.

Connavar avait secoué la tête.

— Tu es un brave soldat, Finn, et tu ne mérites pas de punition. Il y a des bandes de hors-la-loi et de voleurs dans les environs de Trois-Ruisseaux. Ta présence les dissuadera de se lancer dans des razzias. Tu penses que je punirais quelqu'un en lui demandant de veiller sur ma mère et sur les femmes et les enfants de mes meilleurs amis !

— Non, Majesté. C'est juste que je vais manquer les batailles.

Connavar avait éclaté de rire.

— Tu parles en digne fils de Fiallach. Mon garçon, tu as dix-sept ans. Tu as toute la vie devant toi pour les batailles. Crois-moi.

Finnigal pivota sur sa selle et regarda derrière lui le long cortège de chariots. Le vieux traqueur, Parax, était assis sur le banc du conducteur du premier, à côté de Meria, mais c'était elle qui menait l'attelage et commandait aux chevaux. Le vieil homme était avachi sur son siège, la tête sur la poitrine. Finnigal s'approcha du chariot.

— Veux-tu qu'un de mes hommes te remplace ? demanda-t-il nerveusement à Meria.

La mère du roi était une femme sinistre avec une longue natte couleur fer et des yeux verts, durs et froids.

— Tu penses que je suis incapable de conduire un chariot ? rétorqua-t-elle.

— Non, bien sûr que non.

— Alors, occupe-toi de tes affaires, capitaine Finnigal !

Orrin, le fils de cinq ans de Bendegit Bran, passa la tête sous la bâche du chariot.

— On est arrivés, oncle Finn ? cria-t-il.

L'humeur de Finnigal s'améliora en voyant la frimousse couverte de taches de rousseur et les cheveux en bataille du petit garçon.

— Pas encore, lui répondit-il en souriant. On arrive bientôt. Comment va Ruathain ?

— Il s'est rendormi, répondit Orrin. Il est brûlant.

Finnigal fit tourner bride à son cheval et repartit en tête de convoi. Ruathain était en train de mourir et c'était difficile à accepter. L'an passé, alors âgé de dix-sept ans, il était encore large d'épaules et fort comme un jeune taureau. Aujourd'hui il n'avait plus que la peau sur les os, et n'était que l'ombre de lui-même. Ses yeux étaient creusés et la peau autour d'eux noire et gonflée ; il avait l'air d'un vieillard. Finnigal frissonna en se remémorant que lui aussi avait autrefois eu la fièvre jaune ; mais il s'en était remis en quelques semaines. Ce n'était pas le cas du pauvre Ruathain.

Une heure plus tard, juste après la tombée de la nuit, Finnigal franchit la colline qui surplombait Trois-Ruisseaux et il observa le village. C'était là que son père et sa mère s'étaient rencontrés. C'était là que le roi Connavar était né. Il se retourna. Peut-être qu'ici Meria allait retrouver le sourire, pensa-t-il. Mais sa propre stupidité le fit rire. Si Meria devait sourire de nouveau, son visage éclaterait en mille morceaux sous l'effort.

À cent kilomètres de là, au nord, quatre des longs navires de Shard accostaient dans une baie et deux cent cinquante pillards débarquaient sur la rive.

Leur chef, Snarri Dague-claire, était un vétéran de plus d'une razzia. Véritable colosse avec des yeux enfoncés dans le visage et une bouche tordue – résultat d'une ruade de la part d'un cheval quelques années auparavant qui lui avait fait sauter les dents de devant et aplati le nez – c'était le genre de mission qu'il appréciait tout particulièrement. L'informateur de Shard l'avait assuré que la plupart des guerriers rigantes seraient actuellement soit au Nord, pour affronter l'armée des pillards des mers, soit au Sud, face à Jasaray. Il ne resterait derrière que les vieux et les femmes. Snarri sentit son sang s'enflammer à la pensée des femmes, des jours sanglants à venir, des viols et des incendies.

Il fit traverser la plage à ses hommes jusqu'aux bois, s'arrêtant à l'orée afin de scruter les alentours.

— Où allons-nous frapper en premier ? lui demanda Dratha, son second.

Snarri désigna l'ouest.

— Trois-Ruisseaux.

— Il doit y avoir des villages plus proches, fit remarquer Dratha.

— Oui, mais Shard dit que la mère de Connavar, dame Meria, y sera. C'est également là qu'est né Connavar. Si on la tue et qu'on brûle Trois-Ruisseaux, ce salaud de Rigante aura l'impression de se faire fouetter par des lanières enflammées.

Cela avait toujours été une source de tristesse pour Vorna la Sorcière que, quelle que soit la puissance de la magie, on ne puisse jamais changer le cœur d'un être humain. Pas le cœur qui n'était qu'un muscle géant propulsant le sang dans les capillaires, les veines et les artères, mais le cœur invisible au centre de toute âme humaine.

Vorna était assise à sa fenêtre et regardait les réfugiés quitter leurs chariots et être accueillis par la population de Trois-Ruisseaux. Meria, accompagnée de sa cohorte de femmes et d'enfants, se rendit à la vieille maison que lui avait bâtie Ruathain ; bientôt de la fumée s'éleva des âtres et s'échappa par les cheminées. Vorna vit deux soldats aider le jeune Ruathain à descendre du chariot. Ses jambes étant toutes repliées ; ils durent le porter jusqu'au bâtiment.

Lorsque les chariots étaient arrivés, Vorna se tenait sur le pont. Elle avait aperçu Meria qui conduisait le premier, mais celle-ci avait tourné la tête en passant devant sa vieille amie. Cela avait fait beaucoup de peine à Vorna. Il n'y avait aucune raison pour que Meria se conduise comme cela avec elle. N'avait-elle pas sauvé le fils de Meria d'une mort certaine ? N'avait-elle pas, grâce à sa magie, maintenu son mari Ruathain en vie, longtemps après que son cœur aurait dû lâcher ?

Elle était rentrée chez elle, avait mis la bouilloire sur le fourneau et s'était fait une tisane de camomille.

Il y avait eu de l'amertume dans le cœur de Meria depuis que son premier amour, Varaconn, avait trouvé la mort. Elle avait ensuite épousé Ruathain et cette amertume avait fleuri, causant l'échec de leur mariage. Lorsque la quasi-tragédie les avaient rapprochés, Meria avait semblé devenir une autre femme. Elle riait souvent et ne se souciait plus de grand-chose ; ses yeux verts paraissaient vivre d'espoirs et de rêves. Puis Ruathain était mort dans la première grande bataille face aux Vars. Meria n'avait plus ri depuis.

Mais Vorna ne comprenait pas pourquoi elle refusait de parler à l'une de ses plus anciennes amies ; et cela lui faisait mal. Surtout en voyant que l'un de ses petits-enfants était au seuil de la mort. Meria savait que Vorna était une guérisseuse, pourtant sa haine apparente était telle qu'elle préférait laisser son petit-fils mourir plutôt que de venir trouver la seule personne qui avait une chance de le sauver. Vorna finit sa tisane et s'éloigna de la fenêtre. Elle savait que Banouin avait essayé de guérir Ruathain, et l'espace de quelques jours on avait pu penser qu'il avait réussi. Mais le jeune homme avait fait une rechute, et la fièvre était revenue.

— Je n'y comprends rien, avait dit Banouin à sa mère lors d'une visite. C'est comme si la maladie émanait de son corps, comme s'il était en guerre avec lui-même. Chaque fois que j'ai guéri un organe interne, il s'est affaibli juste après, plus qu'auparavant.

Vorna n'avait pas été capable de le conseiller, mais avait pensé à ce problème pendant les semaines qui avaient suivi. Sachant que le jeune homme allait bientôt arriver à Trois-Ruisseaux, elle avait espéré pouvoir l'examiner, en passant dans son flux sanguin sous forme éthérée, afin d'identifier la cause de la maladie. Mais, à présent, elle avait compris qu'on ne viendrait pas lui demander son aide.

— Mais qu'est-ce que je t'ai fait, Meria ? demanda-t-elle à haute voix. Quel crime ai-je bien pu commettre contre ta famille ?

Quelqu'un frappa à la porte. Vorna posa sa tasse et invita le visiteur à entrer. Un jeune soldat poussa la porte. Ses cheveux longs et noirs, nattés, pendaient entre ses omoplates. Vorna sourit en reconnaissant tant Gwydia que Fiallach dans les traits du jeune homme.

— Bienvenue, Finnigal, lui dit-elle.

— Tu me connais ? demanda-t-il.

— Tu ressembles à ton père, répondit-elle, grand et fort avec le même regard féroce.

Il sourit.

— D'habitude, on dit que je ressemble à ma mère, dit-il.

— Ce n'est pas faux non plus. Que puis-je faire pour toi, soldat ?

— On m'a demandé de contacter le dénommé Bane, afin de lui acheter de la viande pour nourrir les réfugiés. J'ai cru comprendre que tu étais son amie et que ma requête passerait mieux si j'allais le voir en ta compagnie.

— Viens t'asseoir, lui dit-elle. Désires-tu boire quelque chose ? De la bière, de l'uisge ou une tisane apaisante ?

— Je ne dis pas non à une tisane, répondit-il en enlevant son baudrier et sa cape.

— Sucrée ? dit-elle depuis la cuisine.

— Oui, merci. Je suis plutôt gourmand.

Elle revint avec une tasse qu'elle lui tendit avant de s'asseoir à son tour, face à lui.

— Bane est ton cousin. Pourquoi aurais-tu besoin de mon aide pour parler à un membre de ta famille ?

— Mon père ne l'aime pas et, bien que je n'aie jamais rencontré Bane, j'ai pensé qu'il risquait de rejeter ma requête du fait de l'inimitié qui les oppose.

— Rassure-toi, Finnigal. Bane ne laisserait pas des enfants mourir de faim à cause de sa querelle avec Fiallach.

— On dirait que tu l'aimes bien.

— Mais c'est le cas. Il a été traité par sa famille de façon honteuse. (Elle vit le visage de Finnigal se raidir.) Réserve ton jugement pour après, quand tu l'auras rencontré.

— Je ne le juge pas, répondit le jeune homme. Je ne le connais pas. Dame Meria dit qu'il est maudit – comme son nom l'indique, d'ailleurs. La malchance tombera sur quiconque cherchera sa compagnie. Elle dit que le sang d'un bâtard est clair, et, qu'au fond, tous les bâtards sont des mesquins et des traîtres.

— Ah, bon, je m'incline devant son jugement, rétorqua froidement Vorna. Elle en sait plus sur la mesquinerie que n'importe qui d'autre que j'ai rencontré.

Finnigal se leva.

— Je ne suis pas venu ici pour entendre insulter la mère du roi, dit-il. M'aideras-tu avec Bane ?

— Non. Tu n'auras pas besoin de moi. Traite-le avec respect et il acceptera ta requête. Mais attention, jeune homme, si tu te montres discourtois avec lui, tu le paieras très cher.

— On m'a éduqué pour me montrer courtois envers tout le monde, déclara Finnigal.

— Alors tu n'auras aucun problème avec Bane, répondit-elle.

Finnigal se fendit d'un petit hochement de tête, attacha son baudrier, remit sa cape sur ses épaules et quitta la maison.

Vorna resta assise, recherchant la paix intérieure qui continuait à lui échapper.

Gwenheffyr avait toujours été réservée ; une enfant paisible qui était devenue une femme timide en grandissant. De sa douce nature irradiait l'harmonie, et personne ne l'avait jamais entendue élever la voix. Enfant, elle avait souvent été malade et avait failli mourir en trois occasions.

« Elle ne fera pas de vieux os, disait-on. Elle est bien trop fragile. »

Petite et mince, ses longs cheveux noirs accentuaient la pâleur de son visage ; Gwen était considérée par tous comme une petite nature. Cela avait d'ailleurs surpris tout le monde qu'elle puisse donner le jour à trois bébés vigoureux.

Elle était assise au chevet de Ruathain, le petit Orrin à ses côtés. Son plus jeune enfant, Badraig, dormait non loin dans son berceau.

— Pourquoi ne va-t-il pas mieux ? demanda Orrin en regardant à la lueur de la lanterne le visage étrangement pâle et couvert de sueur de Ruathain.

— Je suis sûre qu'il ira mieux... bientôt, répondit Gwen en passant son bras autour d'Orrin et en lui déposant un baiser sur le haut du crâne.

Orrin prit la main squelettique de Ruathain dans la sienne et se mit à faire tourner l'anneau en or blanc orné d'une pierre de lune que son grand frère avait au doigt.

— Il va bientôt tomber, fit remarquer l'enfant.

Gwen acquiesça et des larmes apparurent aux coins de ses yeux. Elle dut prendre une profonde inspiration.

— Il est grand temps que tu ailles dormir, petit homme, lui dit-elle.

— Je ne suis pas fatigué, m'man, protesta Orrin.

— Alors va simplement t'allonger un peu, et puis tu pourras venir nous rejoindre devant la cheminée, répondit Gwen en emmenant Orrin jusqu'au second lit.

Le petit garçon grimpa sur le sommier et glissa ses jambes entre les draps.

— Je vais pas réussir à dormir, dit-il.

— Alors je te verrai bientôt près du feu, dit Gwen en se penchant pour l'embrasser sur la joue.

Elle jeta un dernier coup d'œil à Ruathain et sortit de la chambre. Meria était assise devant le feu, un châle blanc autour des épaules. Gwen se rendit à la porte d'entrée et prit une paire de chaussures. Puis, elle décrocha une cape qui se trouvait sur le portemanteau près de la porte.

— Où vas-tu ? demanda Meria.

— Je pensais aller voir Vorna, répondit doucement Gwen, pour qu'elle vienne s'occuper de Ruathain.

Meria leva la tête, les traits tendus.

— Pour quoi faire ? reprit-elle. Son fils est un grand guérisseur – bien plus grand qu'elle. S'il n'a pas pu soigner le garçon, la faire venir, elle, ne sera qu'une perte de temps.

— Pourtant...

— Et ce n'est pas une amie de la famille, cracha Meria. Je ne veux pas qu'on l'invite dans ma maison. Le sujet est clos.

Gwen soupira et reposa sa cape sur le portemanteau. Puis, elle alla s'asseoir sur la chaise en face de Meria. L'espace d'un moment, elle se contenta de regarder fixement les flammes, songeant combien Ruathain avait été un jeune homme fort et en bonne santé avant cette terrible maladie. Le chagrin la submergea.

— Je pense qu'il va mourir, déclara-t-elle les larmes aux yeux. Vorna connaît peut-être un remède qui...

— J'ai dit que le sujet était clos !

La colère de Meria fit trembler Gwen. Elle n'avait jamais supporté les cris ou les disputes. Elle ferma les yeux et pensa à Bran, se demandant comment une âme aussi chaleureuse et compatissante avait bien pu naître d'une femme aussi dure et insensible que Meria. Gwen aurait bien voulu connaître le père de Bran, le premier Ruathain. Tout le monde l'évoquait encore avec tendresse, et parlait de son amour de la famille et de son rapport avec les enfants. Meria n'avait jamais pris l'un des fils de Gwen dans ses bras, ni ne leur avait accordé le moindre geste d'affection. Gwen ne comprenait pas. Elle ouvrit les yeux et observa la vieille femme. Celle-ci semblait somnoler. Gwen se leva et retourna dans la chambre.

Orrin dormait à poings fermés, le pouce dans la bouche. Ruathain était immobile ; sa peau brillait dans l'éclairage de la lanterne. Elle lui caressa le front. La peau était chaude, mais il avait l'air plus calme. Gwen s'assit à ses côtés en lui tenant la main.

Elle était toujours là, deux heures plus tard, lorsque sa respiration se fit plus légère. Soudain, il ouvrit les yeux. Il regarda Gwen et lui sourit. Il lui serra les doigts.

Puis il mourut.

Bane n'arrivait pas à dormir. Il repoussa les couvertures et sortit du lit. Il enfila une tunique en laine gris pâle qui lui descendait jusqu'aux genoux et se rendit dans la pièce principale. Le feu était presque mort, aussi souffla-t-il sur les braises et rajouta-t-il un peu de combustible. Il n'arrivait pas à oublier les événements de la journée. Ce qu'il avait fait au camp de Lorca était d'une imbécillité suicidaire et il était furieux contre lui. Sans Grale, le guerrier infirme, il serait mort et son corps servirait de nourriture aux renards et aux vers de la forêt.

Il entendait Gryffe ronfler dans la chambre à coucher du fond. Le bruit était presque rassurant, même si pour une raison qu'il ne comprenait pas bien, Bane avait d'autant plus l'impression d'être seul et isolé. Il s'assit et profita un peu de la chaleur du feu. En fait, Rage et Telors lui manquaient. Lorsqu'il était à Roc, il pensait constamment aux montagnes et aux forêts du Caer Druagh avec une tendresse enrobée de la chaleur du mot « maison ». Et maintenant qu'il était ici, la même chaleur l'enveloppait lorsqu'il songeait à Rage. C'était un peu comme si le bonheur était toujours ailleurs, flottant devant lui tel un spectre, lui faisant signe mais s'échappant toujours.

Il entendit le léger grincement des lattes d'un lit et des pas feutrés sur un tapis. Il leva les yeux et vit Iswain entrer dans la pièce, refermant doucement la porte de la chambre à coucher derrière elle.

Elle s'approcha de lui.

— Tu veux que je te prépare quelque chose à manger ? lui demanda-t-elle à voix basse.

Il scruta le visage rond et amical jusqu'à ce qu'il croise son regard. À la lumière des flammes, il semblait y avoir énormément de tristesse dans les yeux noirs d'Iswain.

— Ça va ? demanda-t-il.

— Oui, je vais bien. Tu veux une tisane ?

— Non. Je n'ai besoin de rien.

Ils restèrent assis en silence un moment. Iswain prit le tisonnier en fer et remua les bûches.

— Parle-moi, dit Bane doucement. Qu'est-ce qui te préoccupe ?

Elle prit une profonde inspiration et sembla sur le point de répondre. Mais finalement elle secoua la tête.

— Tout va bien à présent. Mon homme dort dans le lit. Le garde-manger est rempli. Pas d'ennemis aux alentours. Qui peut demander mieux que ça ?

— C'est vrai, dit-il.

— Gryffe m'a dit que la prochaine fois qu'un druide passera, nous marcherons jusqu'à l'Arbre. Il m'a dit que dès que l'été arrivera, il m'achètera un anneau et qu'un jour nous aurons peut-être notre propre ferme. C'est un homme bien, Gryffe.

— Je sais.

— Ah bon ? rétorqua-t-elle d'une voix accusatrice. Vraiment ?

— Bien sûr. Pourquoi en doutes-tu ?

— Il dort dans le lit, répéta-t-elle. Mais aujourd'hui, il aurait bien pu mourir à tes côtés au lieu de ronfler près de moi. Tu l'as mené à la mort. Tu ne lui avais pas dit ce que tu comptais faire. Tu es entré dans le camp pour tuer Lorca. Et mon homme était à tes côtés. Est-ce que tu as pensé cinq secondes à lui ?

Bane ne répondit pas tout de suite.

— Non, avoua-t-il enfin. Non, pas une seconde.

— Je m'en doutais. (Elle soupira.) C'était un hors-la-loi – un moins que rien ! Tu lui as apporté le respect de soi. Et pour cela, je t'aime, Bane. Mais mon homme mérite mieux que de mourir pour ton orgueil.

— Je lui ai dit que j'y allais seul, Iswain, mais il n'a rien voulu savoir.

— Évidemment, cracha-t-elle. Es-tu aveugle ? Tu ne vois donc pas ce que cela représente pour tous ces hommes que tu les aies sortis de la forêt ? Tu ne sais donc pas ce que ta confiance représente pour eux ? Tout le monde pensait qu'ils n'étaient que des bons à rien. Ils ont été bannis de leurs tribus ou de leurs communautés. La majorité d'entre eux étaient convaincus d'être effectivement des bons à rien. Et puis tu es arrivé et tu leur as redonné confiance. Tu les as traités de nouveau en hommes. Tu les as appréciés, tu leur as fait confiance. Pourquoi crois-tu que le jeune Cascor est mort ? Ce n'était pas le plus brave d'entre eux, mais il s'est insurgé contre Lorca en ton nom. Pourquoi ? Parce que son chef lui avait donné l'ordre de protéger le bétail.

— Je ne suis pas un chef, Iswain, ni un laird, ni un meneur d'hommes. Ces hommes ne sont ni mes serfs ni mes esclaves. Ils peuvent rester ici aussi longtemps qu'ils le veulent et ils sont payés pour leur travail.

— Bah ! Tu ne comprends donc rien aux hommes ? Tu crois que Cascor est mort pour cinq pièces de cuivre par mois ? Tu penses que mon homme se tenait à tes côtés dans le camp de Lorca pour ses deux pièces d'argent ? Tu es un roi, ici, Bane. Et un roi – même s'il a du pouvoir – a des responsabilités envers ceux qui le servent. J'aime Gryffe… (Sa voix se mit à trembler et Bane vit des larmes couler sur ses joues.) Voilà, c'est dit ! Iswain la putain est amoureuse ! Et Iswain veut l'anneau que lui a promis Gryffe – même s'il est en fer ou en cuivre. Iswain veut sa petite ferme.

Il la prit par la main.

— Je suis désolé, Iswain, dit-il. Tu as raison. Ces hommes ont fait preuve d'une loyauté au-delà du salaire que je leur donne. Je saurai me souvenir de ce que tu m'as dit. Je te le promets.

Elle essuya ses larmes et prit à son tour sa main dans les siennes.

— Tu m'as aussi fait sortir de la forêt, Bane, dit-elle. Je ne voulais pas te crier dessus.

Il sourit.

— Crie-moi dessus dès que tu en auras envie. Nous devons toujours être honnêtes entre nous, Iswain. Cela a beaucoup d'importance pour moi. À présent, retourne te coucher.

— Tu es sûr que tu ne veux pas de tisane ?

— Certain.

Elle se leva, l'embrassa sur la joue et retourna dans sa chambre.

Quelques minutes plus tard, vêtu d'un pantalon chaud, de bottes de fourrure, et un manteau noir sur les épaules, Bane sortit dans la nuit. Il y avait des plaques noires sur les collines, là où la neige avait fondu, et une chaleur dans l'air qui annonçait la mort de l'hiver. Le ciel s'éclaircissait et l'aube s'éveillait.

Il marcha d'un pas lourd dans la neige et passa devant le nouveau corral, la grange en rotonde et les huttes silencieuses des ouvriers. Sur les collines éloignées, il pouvait voir une dizaine de ses bouvillons. Plusieurs s'étaient levés et broutaient de l'herbe fraîche.

Un chien à museau gris gambada jusqu'à lui. Bane lui tapota le crâne et lui caressa les flancs. Le chien s'assit à côté de lui et lorsque Bane prit la direction des bois, le chien le suivit. L'animal était apparu quelques semaines auparavant, crevant à moitié de faim, et portant plusieurs vieilles blessures purulentes sur les côtes. Cascor, le gardien de troupeau, l'avait recueilli, nourri, et avait nettoyé ses plaies avec un mélange de vin et de miel.

En atteignant les bois, Bane se retourna pour regarder sa ferme et la forêt silencieuse qui s'étendait derrière. Il se sentait plus calme, plus serein qu'il ne l'avait jamais été au cours de sa vie. C'était un sentiment agréable et il s'y attacha.

Le vent se leva, murmurant à travers les branches au-dessus de lui. Son manteau se mit à tournoyer, ce qui alarma le chien qui aboya et s'écarta précipitamment de lui. Soudain, Bane entendit son nom porté par le vent, et se retourna d'un bond. Personne.

— Bane !

— Qui va là ? cria-t-il en s'enfonçant dans les bois.

À l'est, les premiers rayons de soleil avaient transformé le ciel en or pâle. Bane continua d'avancer.

Un corbeau passa à côté de lui et alla se poser sur une branche tordue. Il pencha la tête et regarda le guerrier.

— Où es-tu, Vieille Femme ? cria Bane. Montre-toi !

Il n'y eut pas de réponse. Mais le corbeau s'envola de sa branche et s'engouffra plus profondément dans les bois. Bane poussa un juron et le suivit, le chien sur ses talons. À quelque cinquante mètres de là, le corbeau l'attendait, perché sur un rocher derrière un petit plan d'eau rocailleux. Bane scruta les arbres à la recherche de la Morrigu.

— À quoi joues-tu ? lança-t-il.

L'eau boueuse se mit à bouillonner. Une brume s'éleva, pour fusionner et former un globe qui flotta dans les airs, au-dessus de l'eau. Bane le regarda. La brume s'aplatit jusqu'à ce que le globe devienne un bouclier étincelant de la couleur du fer poli. Un rayon de soleil vint le frapper.

L'espace d'un instant, le bouclier devint un miroir où Bane aperçut son reflet. Puis l'image disparut. Il crut d'abord que la brume se levait. Mais elle ne fit que s'éloigner du centre pour créer un cercle dans les airs. À l'intérieur du cercle, Bane vit un ciel bleu et des nuages défiler. Il s'approcha et discerna une baie. Quatre longs navires y avaient accosté. La scène changea et il découvrit environ deux cents pillards des mers en train de marcher dans la neige. Ils devenaient de plus en plus petits, comme si Bane volait de plus en plus haut au-dessus d'eux. À présent, il apercevait les montagnes du Druagh et la brume qui s'accrochait à leurs pentes. Au loin, à moins de cent kilomètres des pillards, le village de Trois-Ruisseaux.

Le cœur de Bane se mit à battre plus rapidement et il dut prendre une profonde inspiration. Dans combien de temps les pillards allaient-ils atteindre le village ? Deux jours ? Trois ? Étaient-ce cent kilomètres ou moins ? La panique s'empara de lui.

Puis, la scène dans l'anneau de brume changea de nouveau ; cette fois il se trouvait au-dessus du village. Des centaines de personnes étaient réunies sur une colline. Bane vit un corps enveloppé et attaché dans une couverture qu'on portait en terre. Il reconnut la plupart des gens présents – son grand-père, Nanncumal, le forgeron, se tenait à côté de sa fille, Gwydia. Neruman le tanneur était présent, ainsi que le forestier Adlin. Une femme au visage sévère s'approcha de la tombe et jeta une poignée de terre dans le trou. Derrière elle, une jeune femme brune avait le visage dans les mains et pleurait, tandis qu'un petit garçon blond la tenait par sa robe. Une vingtaine de soldats se trouvaient non loin, portant les cottes de mailles et le casque des Loups de fer de Connavar. Un peu plus loin, dans la foule, un châle noir autour des épaules et ses cheveux aux mèches argentées dans le vent, se tenait Vorna.

Lentement, son image devint plus grande, comme si Bane s'approchait d'elle.

— Vorna ! cria-t-il.

Elle sursauta et le regarda droit dans les yeux. Il entendit sa voix résonner dans sa tête, alors que ses lèvres ne bougeaient pas.

— Bane ? Où es-tu ?

— Je suis dans les bois, près de ma ferme.

— Comment fais-tu cela ?

— Je ne sais pas, Vorna. Le corbeau de la Morrigu est ici. Mais ce n'est pas important. Écoute-moi : il y a une force importante de Loups des mers qui se dirige vers Trois-Ruisseaux depuis l'est. Je pense qu'ils sont à trois jours du village, mais ils arriveront peut-être plus tôt. Combien de soldats y a-t-il avec vous ?

— Vingt. Ils sont sous les ordres de Finnigal, le fils de Fiallach.

— Ce ne sera pas suffisant – les pillards sont dix fois plus nombreux. Tu dois convaincre les habitants de quitter le village et de partir vers l'ouest en direction de ma ferme et de la forêt de Narian. Embarquez toute la nourriture que vous pourrez prendre dans les chariots et brûlez le reste. Ne laissez rien pour les pillards. Je vous rejoindrai dès que possible. Est-ce que tu peux faire ça ? Est-ce que tu peux les convaincre ?

— Pas tous, répondit la voix de Vorna dans son esprit. Il y a plus de onze cents réfugiés ici ; la plupart sont âgés ou alors ce sont des femmes avec des enfants en bas âge. Sans preuve de l'invasion, beaucoup vont préférer rester à l'abri de leur communauté plutôt que de risquer une marche forcée dans la neige et le froid. Mais je vais faire de mon mieux.

La vision se dissipa. L'anneau de brume réapparut. Le corbeau croassa en battant des ailes et s'envola plus haut que les arbres jusqu'à ce que finalement Bane ne puisse plus le voir.

Le jeune guerrier rentra en courant chez lui, réveilla Gryffe et l'envoya dans la forêt avec ordre de trouver Wik et de le ramener à la ferme avec le plus de hors-la-loi possible.

— Pourquoi viendraient-ils ? demanda Gryffe, les yeux bouffis de sommeil.

— Dis à Wik qu'il y a de l'or à la clé pour chaque homme. Il viendra. Mais dis-leur aussi d'être prêts à se battre.

La première personne que Vorna approcha fut le jeune Finnigal ; elle l'interpella alors qu'il quittait les funérailles de Ruathain. Le soldat hésita, ne voulant pas discuter avec elle, mais alla quand même la voir.

— Que veux-tu ? lui demanda-t-il d'une voix polie mais froide.

— Marche un peu avec moi, lui ordonna-t-elle avant de s'écarter de la foule en direction du premier pont.

Il lui emboîta le pas.

— Je n'ai pas le temps de bavasser, dit-il. J'ai beaucoup de choses à faire.

— Je crois que tu vas avoir encore moins de temps que tu ne le penses, rétorqua Vorna en avançant sur le pont voûté en bois.

Elle s'arrêta au milieu et alla s'accouder à la rambarde pour contempler l'eau qui coulait en dessous. Des morceaux de glace portés par le courant venaient se briser contre les piles. Il y avait à peine quelques jours de cela, le ruisseau était complètement gelé et les enfants du village jouaient dessus.

Vorna se tourna vers le grand soldat et soutint son regard.

— Quand tu étais devant la tombe de ton ami, tu t'es rappelé la fois où vous chassiez et où le cheval de Ruathain avait trébuché, le propulsant dans un buisson de ronces entre deux rochers. Il s'est relevé hilare en frottant ses égratignures et tu lui as fait remarquer que s'il avait percuté l'un des rochers, il serait mort. Il t'a répondu qu'il comptait bien vivre éternellement. Je me trompe ?

Le jeune homme recula d'un pas, le visage empourpré.

— Je ne savais pas que tu étais une mystique, déclara-t-il. Ce ne sont pas des manières de rentrer ainsi dans l'esprit d'un homme.

— C'est vrai, admit-elle, et je m'en excuse. Mais c'était nécessaire, Finnigal, pour que tu donnes un peu de crédit à ce que je vais te dire à présent. Et, crois-moi, j'ai passé des années à garder ce Talent secret. Il ne peut y avoir que quelque chose d'extrêmement important pour me forcer à le révéler.

Elle tourna la tête et regarda la foule rentrer chez elle. Une vieille femme que l'arthrite rendait presque infirme était portée par deux soldats. Vorna soupira.

— Dis-moi ce que tu as à dire, concéda Finnigal.

— Il y a des Loups des mers à l'est d'ici. Ils sont en route pour Trois-Ruisseaux.

— Quoi ? C'est impossible !

— Et pourtant, c'est vrai, Finnigal. Deux cents, peut-être même plus. Ils seront là d'ici trois jours.

Le jeune homme se tourna vers l'est et scruta l'horizon comme s'il s'attendait à voir surgir les pillards.

— Deux cents ? souffla-t-il. Tu en es sûre ?

— Certaine.

— Mais pourquoi ici ? Il y a des villages plus proches de la mer.

— Je ne sais pas. En revanche, je sais qu'ils viennent. Nous devons organiser un repli et nous diriger vers l'ouest, vers la forêt de Narian. Les pillards transportent leurs provisions avec eux. Ils n'auront pas de quoi nous suivre plus loin.

Finnigal regarda Trois-Ruisseaux.

— Nous avons une soixantaine de chariots. Il est impossible de transporter tous les réfugiés. Narian est à... quoi... trente kilomètres au sud. Le temps se dégage mais la terre est toujours gelée. Nous ne pourrons pas couvrir cette distance en une journée, ce qui signifie dormir à la belle étoile. Et lorsque nous arriverons là-bas, quel genre d'abri trouverons-nous pour les vieillards et les plus jeunes ? Par les dieux, femme, combien vont mourir de froid ?

— Moins que s'ils restent ici, rétorqua Vorna. Nous devrions faire route vers la ferme de Bane. Il a des dépendances et plusieurs granges ; il y a également de grandes clairières dans la forêt.

— Sans parler des hors-la-loi, fit remarquer Finnigal. Des assassins et des coupe-jarrets qui s'en prennent aux faibles.

— Oui, aussi.

Finnigal resta silencieux et Vorna devina qu'il était en train de calculer le temps qu'il faudrait à un cavalier pour atteindre Vieux-Chênes et revenir avec des renforts. Plus d'une semaine. Et ce, seulement s'il y avait des renforts disponibles, vu que le roi et son armée étaient partis pour Sept-Saules afin d'affronter Shard et ses quinze mille Vars. Finnigal regarda cette fois vers le sud. Son père devait être à plus de cent cinquante kilomètres à présent, préparant les défenses face à l'armée de Roc. La peur le prit au ventre et il s'humecta nerveusement les lèvres.

— Je n'aime aucune des deux possibilités, dit-il doucement. Partir signifie des morts de froid et la destruction de Trois-Ruisseaux. Rester risque de causer le massacre des gens que je suis censé protéger.

Vorna lut le dilemme dans ses yeux.

— Je sais que ce ne doit pas être facile pour toi, Finnigal. C'est ton premier commandement et il nécessite beaucoup de force. Tu as cette force en toi. Je le sais.

Il sourit au compliment, mais son visage était livide.

— Je crois qu'il est temps de convoquer les doyens du village.

En moins d'une heure, les trente élus étaient assis dans la rotonde construite par Braefar. Ils écoutèrent dans un silence de mort Finnigal leur apprendre qu'il avait eu vent d'une force vare à l'Est. Mais le silence s'interrompit dès qu'il leur parla d'évacuation. La première voix à protester fut celle de Nanncumal, le forgeron.

— S'ils sont à cent kilomètres, qu'est-ce qui te fait croire qu'ils viennent par ici ? demanda-t-il.

Finnigal jeta un coup d'œil à Vorna qui était assise en retrait.

— Je suis convaincu que nous courons un grand danger, répondit-il enfin. Je pense qu'ils projettent d'attaquer le village.

— Tu penses ? répliqua Adlin, le forestier à la barbe brune. Sans vouloir te manquer de respect, Finnigal, tu es encore jeune et inexpérimenté. Pourquoi devrions-nous risquer la vie de nos gens sur une simple supposition de ta part ? Il y a au moins cinq villages plus près des côtes.

— C'est vrai, convint Finnigal, mais celui-ci est le plus riche et les Vars doivent savoir qu'il y a peu de troupes pour protéger la région. De plus, Trois-Ruisseaux est le lieu de naissance de notre roi, et il porte cet endroit dans son cœur. Oui, il y a des risques à partir. Je le sais et cela me peine. Mais si nous restons, les risques sont encore plus grands.

— C'est ce que tu dis, intervint Neruman, le tanneur, un homme maigre et rond d'épaules, mais qu'en est-il de Lorca et de ses hors-la-loi ? Lorca est une vile créature qui ne vit que pour le viol et le pillage. Et tu suggères que nous entrions allégrement chez lui ?

D'autres doyens se mirent à crier des questions à la volée. Dame Meria vint au centre du cercle et leva les mains pour demander le silence.

— Ce que j'aimerais savoir, dit-elle, c'est comment tu as appris leur arrivée, capitaine Finnigal. Quelle est ta source, l'information est-elle digne de confiance ?

Vorna vit tout de suite que la question avait pris le jeune homme au dépourvu. Il n'avait pas mentionné la vision de Vorna et elle lui était reconnaissante pour l'effort qu'il faisait à cacher son secret. Aussi, Vorna se leva-t-elle de son siège.

— C'est moi qui le lui ai dit, déclara-t-elle.

Toutes les têtes se tournèrent vers elle.

— Ah, dit Meria, et comment, je te prie, as-tu eu vent de cette nouvelle ?

— Par une vision, répondit l'ancienne sorcière.

— Je vois, répliqua Meria avec dédain. Tu as fait un mauvais rêve et aussitôt le village doit aller mourir dans la neige ou se faire tuer par des hors-la-loi ? Tu as perdu tes pouvoirs il y a des années de cela.

— Oui, c'est vrai, répondit Vorna que la colère gagnait. Je les ai perdus en sauvant ton fils, espèce de salope ingrate ! (Elle se fraya un chemin entre les doyens jusqu'à se trouver à moins d'un mètre de Meria et de Finnigal.) Vous me connaissez tous, reprit-elle. J'ai soigné vos femmes, vos maris et vos enfants. J'ai aidé vos bébés à naître. Je suis Vorna et je ne mens jamais. Je ne fais pas non plus de mauvais rêves. Je vous affirme que les Loups des mers arrivent. Je vous conseille de quitter ce village.

— Et moi, gronda Meria, je vous dis qu'elle est folle. Et, en ce qui me concerne, je n'ai pas l'intention de quitter mon foyer sur les délires d'une folle.

— Moi non plus ! s'exclama Nanncumal.

D'autres se joignirent à eux, et la discussion reprit de plus belle. Des voix s'échauffèrent et la réunion finit dans un combat à qui crierait le plus fort. Vorna regarda Meria et vit l'étincelle d'une sombre victoire dans ses yeux.

— Comment as-tu pu devenir une créature aussi vile et méprisable ? demanda Vorna.

Puis elle sortit de la rotonde sans attendre la réponse, le bruit de la discorde résonnant à ses oreilles.

Le soir venu, la réunion se termina sans que le problème soit résolu.

Gwen avait été ravie que Meria aille à la réunion, car elle trouvait la compagnie de la vieille femme dérangeante. Elle irradiait la discorde. Gwen n'aimait pas penser du mal de qui que ce soit et elle avait vraiment essayé d'aimer la mère de son mari. Mais c'était très difficile. Meria n'avait qu'une seule passion dans sa vie, son fils aîné, Connavar. Cette seule obsession lui avait fait largement oublier ses deux autres fils. Et Braefar en avait souffert le plus. Gwen se sentait triste pour lui. Il avait maintenant trente ans passés et ne s'était toujours pas marié. Elle avait compris, à la différence de tout le monde, qu'il avait désespérément besoin de l'affection d'une mère. Et c'était lui qui ressemblait le plus à Meria. Jusque dans son amertume qui rongeait éternellement ses meilleures qualités.

Gwen porta Badraig, son bébé, à sa poitrine et sentit la chaleur du petit corps contre le sien. Le garçon tétait fort et elle grimaça sous la douleur soudaine qui attaquait son téton.

— Doucement, doucement, lui murmura-t-elle en lui caressant le haut du crâne.

Elle se mit à penser à Bran. Pas d'amertume là, ni de jalousie en voyant son frère gagner en célébrité de jour en jour jusqu'à devenir roi. Elle visualisa son large visage et se sentit submergée par un torrent de tristesse. Il allait être bouleversé par la mort de Ruathain – même s'ils s'y étaient tous les deux attendus. Les yeux de Gwen étaient gonflés de larmes et elle dut cligner des paupières pour les chasser. Badraig avait fini de manger et s'était endormi, la tête posée sur la poitrine. Gwen se leva du fauteuil à bascule et alla le mettre dans son berceau, l'allongeant délicatement et le recouvrant d'une couverture en laine douce. Elle regarda Orrin dans son lit et vit qu'il dormait encore. Le garçon s'était plaint de ne pas aller bien et Gwen en avait déduit que cela était dû au chagrin et à la tension des funérailles. Il valait mieux qu'il dorme plutôt que de penser aux événements de la journée.

Elle retourna dans la pièce principale et observa les murs, les étagères et les placards. Une impression de paix et de bonheur se dégageait de cet endroit, qui devait certainement venir du second mari de Meria, Ruathain. En tout cas, cela ne pouvait être le fait de Meria. La maison de Gwen, à Roches-Dorées, ressemblait beaucoup à celle-ci ; elle avait été bâtie avec soin et remplie d'objets qui parlaient d'amour et de dévotion. Sur le mur du fond de la pièce principale de sa maison se trouvait un morceau de chêne poli, sculpté en forme de cœur, qui portait son nom. C'était le premier cadeau que lui avait fait Bran, dix-huit ans et demi auparavant. Ils s'étaient rencontrés au cours du festin de Samain. Gwen, étant timide, s'était assise en retrait de la foule et Bran l'avait aperçue. Il était venu la voir. Lorsqu'elle avait vu le jeune homme blond venir vers elle, Gwen avait eu peur. Elle ne voulait voir personne, aussi avait-elle détourné la tête en espérant qu'il allait continuer son chemin sans s'arrêter. Mais non.

Il s'était arrêté devant elle et lui avait demandé, poliment, s'il pouvait s'asseoir. Au début, sa timidité naturelle avait rendu toute parole impossible, elle s'était donc contentée de hocher la tête. Les danses avaient débuté près du feu et la musique des cornemuses avait retenti.

— Est-ce que tu danses ? lui avait-il demandé. (Elle avait secoué la tête.) J'aime danser, parfois, avait-il expliqué d'une voix douce, presque musicale. La semaine dernière, j'étais à cheval dans les collines au-dessus du loch, et la lumière du soir est venue embraser la surface de l'eau, la changeant en or. J'ai eu envie de sauter de mon poney pour danser de joie.

— Et l'as-tu fait ? s'était-elle retrouvée à demander.

— Mais oui, da. Je devais avoir l'air d'un imbécile à faire des pirouettes dans l'herbe. Mon cheval me regardait et j'ai vu dans ses yeux qu'il me prenait pour un fou. Mais bon, c'est un vieux cheval et il a un regard assez cynique sur le monde.

— Comment peut-on dire qu'un cheval est cynique ? avait-elle demandé.

Il était assis près d'elle et regardait le feu. Cela avait mis Gwen plus à l'aise car elle n'aimait pas qu'on la regarde. Il avait un beau profil et elle remarqua cette douceur dans ses traits qui manquait généralement aux Rigantes.

— Eh bien, avait-il fini par dire, mon cheval et moi discutons beaucoup. Je lui parle de mes rêves et de mes espérances tout en chevauchant, et lui se contente d'écouter. Parfois lorsque je lui parle de sujets plus romantiques, il remue la tête et renifle. C'est sa manière à lui de me dire que le monde n'est pas comme je voudrais qu'il soit.

— Il a l'air très sage, ton cheval.

— Il l'est.

Ils étaient restés assis en silence un instant et Gwen avait été surprise de constater que sa présence n'était pas envahissante. Ni pression ni inquisition. Il s'était contenté de regarder les danseurs de feu qui sautaient et bondissaient au-dessus des flammes. Elle avait voulu lui demander son nom mais cela aurait signifié un début de conversation, alors elle avait regardé, elle aussi, les danseurs.

Un peu plus tard, il avait de nouveau parlé.

— Est-ce que tu connais la région après Roches-Dorées, où les bois remontent le long des collines de grès et où la rivière s'élargit ?

— Oui, avait-elle répondu. C'est très joli par là.

— J'ai l'intention d'y bâtir une maison. Je compte la faire en pierre.

— En pierre ? Mais pourquoi veux-tu une maison en pierre ?

— Je veux qu'elle dure. Je veux que mes enfants et les enfants de mes enfants puissent y venir afin d'y connaître la joie que j'ai ressentie. J'ai l'intention de mettre une grande fenêtre du côté ouest afin que le soleil couchant éclaire mon âtre. J'en ai parlé à mon cheval et il n'a pas reniflé une seule fois.

— Alors, il faut que tu le fasses, avait-elle dit. S'il est si sage que ça, tu ne mises pas sur le mauvais cheval à lui faire confiance.

Il avait éclaté de rire et elle avait souri. Cela avait été la première fois que Gwen faisait un jeu de mots, et bien qu'il n'ait pas été très bon, cela avait été un immense pas pour elle. Elle aurait bien voulu qu'il lui dise son nom.

— Est-ce que tu as d'autres animaux aussi sages ? lui avait-elle demandé.

— Non. J'ai un chien, mais il est très bête. On l'appelle Le Vieux. Il n'aime pas les autres chiens, et lorsqu'il gambade dans le pré, le matin, il laisse les lapins tranquilles. Ils sont tellement habitués à lui maintenant qu'ils ne s'arrêtent même plus de manger lorsqu'il arrive. Il aime bien les lapins, manifestement. Un autre de mes chiens – un jeune coquin nommé Piga – est parti un matin à la chasse aux lapins. Le Vieux l'a chargé, lui a mordu l'épaule et l'a chassé du pré. Puis il est allé s'asseoir dans l'herbe et tous les lapins sont sortis de leurs terriers pour se remettre à manger. Tous mes amis se moquent de moi à cause des pitreries du Vieux.

Une femme rousse s'était approchée d'eux.

— Te voilà donc, avait-elle dit. Allons, viens, Bran, en tant que maître du festin tu dois présider à table.

Il lui avait répondu d'un geste de la main.

— Voici ma mère, Meria. Autoritaire, non ? Enfin bon, je dois partir, le devoir m'appelle.

Il s'était levé et était parti.

Gwen avait ressenti un manque alors qu'il venait à peine de la quitter pour rejoindre sa table. Tout à coup, il s'était retourné et était revenu sur ses pas.

— Viens, lui avait-il dit en lui tendant la main. Nous pouvons dîner ensemble.

La peur avait ressurgi aussitôt, mais elle avait quand même pris sa main et s'était levée. Ils s'étaient mariés cinq semaines plus tard.

À présent, alors qu'elle regardait l'intérieur de la maison où Bran avait grandi, Gwen ne ressentait plus que de la tristesse. Son fils avait été si fort, si rapide et tellement plein de vie. Cela l'avait sidérée de voir à quelle vitesse ses forces l'avaient abandonné. Et maintenant, il n'était plus.

La porte s'ouvrit et Meria entra.

— Croiras-tu la stupidité de cette femme ? déclara-t-elle.

Aussitôt l'atmosphère de calme disparut de la pièce.

— Quelle femme ? s'enquit Gwen en retournant à sa chaise.

— Vorna. Elle a rêvé que des Loups des mers se dirigeaient actuellement vers Trois-Ruisseaux et a suggéré que nous nous enfuyions dans la nature en abandonnant tout derrière nous. Je suis sûre que certains vont l'écouter. Tous des idiots autant qu'ils sont.

— Il paraît qu'elle avait un grand pouvoir avant.

— Oui. Mais ce n'est plus le cas.

— Pourquoi la hais-tu autant ? demanda Gwen.

— Elle s'est liée d'amitié avec le bâtard, Bane – l'homme qui a juré de tuer Connavar. Tu peux y croire à ça ? Une telle traîtrise ? On aurait dû la faire pendre !

Gwen ne répondit pas. Elle retourna dans la chambre à coucher, pressée de fuir Meria et sa méchanceté débordante. Orrin dormait toujours. Cela faisait près de quatre heures à présent, et c'était rare qu'il dorme aussi longtemps dans la journée. Gwen s'assit au bord du lit et le secoua gentiment par l'épaule.

— Il est l'heure de te lever, mon petit. Je vais aller te faire griller du pain.

Pas de réaction. Gwen le retourna sur le dos. Il avait des cernes noirs autour des yeux et sa peau brillait de sueur.

— Non ! souffla-t-elle. Orrin ! Orrin ! se mit-elle à crier.

Meria entra dans la chambre.

— Mais qu'est-ce que c'est que ce vacarme ? demanda-t-elle. (Elle aperçut alors la silhouette immobile de l'enfant.) Oh, non ! fit-elle en se précipitant à son chevet. Ce n'est pas possible ! (Elle posa ses doigts sur la gorge de l'enfant à la recherche du pouls.) Il est vivant, déclara-t-elle. Mais son cœur bat à tout rompre !

— C'est ce qu'avait mon Ru, cria Gwen.

Meria ne répondit pas. La chose était évidente.

Gwen prit l'enfant dans ses bras et le souleva du lit.

— Qu'est-ce que tu fais ? lui demanda Meria.

— Je l'emmène chez Vorna.

— Je te l'interdis ! hurla Meria en se levant d'un bond.

— Un de mes fils est déjà mort, rétorqua Gwen. Je n'en perdrai pas un second à cause de toi.

Elle prit Orrin dans ses bras et traversa le champ sous le crépuscule en direction de la maison de Vorna.

Chapitre 12

Vorna installa l'enfant comateux sur son lit et leva la tête vers la mère ; la peur se lisait dans ses yeux.

— Va dans la cuisine, lui dit-elle. Fais bouillir de l'eau pour une tisane.

— Il ne peut pas boire, répondit Gwen.

— Non, mais nous, si. Fais ça pendant que je l'examine.

— Je t'en prie, fais qu'il ne meure pas ! s'exclama Gwen en fondant en larmes.

— Je vais faire ce que je peux. Va. Fais-nous une tisane. Je prends la mienne sans sucre. Tu trouveras de la camomille dans la jarre bleue à côté du four.

Vorna lui tourna le dos et posa sa main sur le crâne de l'enfant. Elle ferma les yeux et laissa son esprit entrer dans le corps du jeune garçon. Il était en train de mourir. Il n'y avait aucun doute, tous ses organes étaient sur le point de lâcher. Vorna ne trouva aucune raison à son état, aussi s'enfonça-t-elle davantage, ne faisant plus qu'un avec le flot de sang qui coulait dans ses veines. Ses reins semblaient la principale source d'inquiétude. Vorna y concentra ses pouvoirs, renforçant les tissus. Tout en guérissant ces organes, elle les sentit se faire de nouveau attaquer. Exactement ce que Banouin lui avait dit à propos de Ruathain. Chaque fois qu'une zone était guérie, elle s'affaiblissait presque aussitôt.

Le cœur d'Orrin, soumis à une grande pression, lâcha d'un seul coup. Vorna lui décocha une rafale d'énergie. Il sursauta et se remit à battre.

Vorna affûta sa concentration et se rendit plus loin encore dans le flux sanguin. Elle ne trouva pourtant aucun signe de maladie connue. Le foie lâcha et Vorna le renforça. Puis, les reins rechutèrent et de nouveau elle leur insuffla de l'énergie. Elle commençait à se fatiguer et n'avait toujours aucun indice sur la maladie de l'enfant.

Vorna se retira du corps du garçon. Il avait de meilleures couleurs et sa respiration était plus régulière. Gwen revint dans la chambre, portant les tisanes. Vorna la vit se réjouir dès qu'elle aperçut son fils.

— Ne te fais pas trop d'illusions, Gwen, dit tristement Vorna. Je n'arrive pas à identifier la source de sa maladie. Assieds-toi tranquillement et quoi qu'il arrive, ne me parle pas à moins que je te le demande. Tu as compris ?

— Oui, répondit faiblement Gwen.

Vorna scruta la peau cireuse de l'enfant. *Réfléchis,* se dit-elle. *Ce qui provoque cette maladie est incroyablement puissant, alors pourquoi n'est-il pas mort plus tôt ?* Si c'était une maladie, il aurait dû l'attraper de Ruathain il y a déjà quelque temps. Tout comme la mère, d'ailleurs, et n'importe qui ayant été à son contact. Par conséquent, ce n'était pas une épidémie ou une maladie contagieuse. Il devait quand même bien y avoir un lien.

Le cœur de l'enfant s'arrêta de nouveau. L'esprit de Vorna se faufila une fois de plus sous la chair et lança une rafale d'énergie à l'organe en perdition. Le corps d'Orrin se convulsa et le cœur repartit une fois encore. Vorna se retira et regarda Gwen.

— Tu dis que la maladie ne s'est déclarée qu'aujourd'hui ? Pas de symptômes avant ça ?

— Aucun. Il a toujours été en bonne santé. Tu vas pouvoir faire quelque chose ?

— Je suis déjà en train de faire quelque chose, Gwen. Calme-toi !

Vorna reporta son attention sur l'enfant. Il avait la peau chaude et son corps se battait pour faire baisser la fièvre. Vorna s'enfonça plus profondément, réparant une fois de plus les reins et le foie. Elle n'avait jamais rien vu de tel. C'était comme si la maladie envahissait en permanence le corps du garçon.

Elle lutta une heure de plus mais se fatiguait rapidement à présent. Elle se retira du corps et s'écroula sur sa chaise pour boire sa tisane froide. Ce qui avait tué Ruathain était en train de détruire son frère. Elle se tourna à nouveau vers Gwen.

— Combien de temps Ruathain a-t-il été malade ?

— Presque un an. Au début, il était juste faible et avait perdu l'appétit. Il dormait tout le temps. Puis, au fur et à mesure que les mois passaient, il est devenu de plus en plus faible. Il s'est remis un peu après que Banouin se fut occupé de lui – mais pas longtemps. Pourquoi est-ce que cela s'est attaqué à Orrin de façon si foudroyante ? Il ressemble à mon Ru, à la fin.

— Orrin est plus jeune. Peut-être que c'est là l'explication. Peut-être qu'un jeune homme costaud peut résister... à cette maladie avec plus de force qu'un enfant. Mais il y a un lien logique que nous devons trouver. Sinon, il ne passera pas la nuit.

Elle ferma les yeux et entra de nouveau dans le corps, mais cette fois, au lieu de Fusionner avec le flot sanguin, elle flotta juste sous la surface de la peau afin de faire tomber la fièvre. Lorsqu'elle atteignit la poitrine, elle ressentit une brûlure soudaine qui la fit réintégrer aussitôt le sanctuaire de son corps. Elle se leva de sa chaise et se rendit jusqu'au grand coffre situé sous la fenêtre, sur lequel se trouvaient des pelotes de laine et une grande paire de ciseaux. Elle retourna au chevet de l'enfant et découpa sa tunique.

Un anneau en or blanc, avec une pierre de lune en son centre, et attaché au cou par une lanière en cuir, était posé sur sa petite poitrine.

— Qu'est-ce que c'est que ça ? demanda Vorna en coupant la lanière et en récupérant l'anneau.

— C'est l'anneau de Ruathain. Orrin doit l'avoir pris en souvenir de son frère.

Vorna posa l'anneau sur le sol et retourna dans l'enfant pour soigner les tissus endommagés ; il n'y avait plus d'attaques secondaires. Les battements de cœur d'Orrin se firent plus forts et sa fièvre diminua.

Vorna l'enveloppa dans une couverture.

— Il a l'air d'aller un peu mieux, observa Gwen.

— Il va bien, lui dit Vorna. Le mal n'est plus en lui.

Elle souleva l'anneau à l'aide des ciseaux et l'examina. C'était un objet magnifique.

— Où Ruathain s'est-il procuré ceci ? s'enquit-elle.

— Meria le lui a donné. À l'origine c'était un cadeau à Connavar de la part d'un marchand de Roc, mais le roi ne porte pas d'anneau. Meria l'a donc offert à Ru. Pourquoi ?

Vorna se rendit à la cuisine et revint avec un morceau d'ardoise noire qu'elle posa sur le coffre près de la fenêtre. Elle prit une lanterne accrochée au mur et la plaça sur l'ardoise. Puis, elle lâcha l'anneau sur la surface noire et brillante. Gwen regarda Vorna passer sa main au-dessus de l'anneau et l'entendit murmurer un mot de Pouvoir. La température dans la chambre baissa rapidement et de la glace se forma aussitôt sur l'ardoise. La pierre de lune brilla vivement et éclata. Un liquide gris suinta de la pierre et se répandit sur l'ardoise. Vorna claqua des doigts et la température remonta. Gwen contempla l'anneau détruit.

— C'est du poison, lui expliqua Vorna, distillé par une maîtresse d'œuvre. Elle a fendu la pierre et a creusé le centre. Puis, elle a fait des petits trous quasiment imperceptibles sur la surface de la pierre. Elle en a ensuite rempli le milieu de poison, a refermé la pierre et l'a encastrée dans un anneau d'or blanc. Au contact de la peau, la pierre de lune instillait lentement du poison dans le sang. Manifestement, c'était dans le but de tuer Connavar.

— Alors, tout ce que j'avais à faire pour sauver Ru, c'était de lui enlever l'anneau ? déclara Gwen. Oh, par tous les dieux du ciel !

— Tu n'as pas à t'en vouloir, Gwen. Tu ne pouvais pas savoir. Ce n'est pas ta faute.

— Mais si, répondit Gwen. Je voulais venir te voir pour que tu t'occupes de mon fils. Mais je ne l'ai pas fait. Si j'étais venue, mon Ru serait toujours en vie.

— M'man ! fit Orrin. M'man !

Gwen s'approcha du lit.

— Bonjour, mon petit, dit-elle en essuyant ses larmes. Comment te sens-tu ?

— Je vais bien, m'man. J'étais avec Ruathain et il y avait une grande lumière. Et puis j'me suis réveillé. (Il regarda autour de lui.). Où on est, m'man ?

— Tu as été malade, mon tout petit, mais Vorna t'a guéri. Voici Vorna. Dis-lui merci.

— Merci, Vorna, dit le garçon obéissant.

— Tout le plaisir était pour moi, jeune homme.

Orrin ferma les yeux et s'endormit. Gwen repoussa ses cheveux et l'embrassa tendrement sur le front.

— Les mots me manquent pour exprimer ma gratitude, dit-elle. Que puis-je faire pour te remercier ?

— Pars d'ici dès demain avec ceux qui se rendent à l'ouest, répondit Vorna. La mort est en route pour Trois-Ruisseaux et mes pouvoirs ne peuvent rien faire pour l'empêcher.

Le premier hors-la-loi sortit de la forêt quatre heures après que Bane ait eu sa vision. Pendant ce temps, il avait eu le temps d'ordonner qu'on tue un bouvillon et qu'on le cuise à la broche ; les hommes arrivèrent les uns après les autres et furent accueillis par un fumet de bœuf rôti.

Le premier à arriver fut Wik, accompagné d'une quarantaine d'hommes, la plupart armés d'arcs et de dagues. Bane les salua et Iswain leur découpa de la viande. Comme il n'y avait pas assez d'assiettes, Iswain alla chercher des morceaux d'ardoise qu'elle empila sur la table.

— Combien encore devraient venir ? s'enquit Bane.

Wik haussa les épaules.

— Valian fait le tour des petits campements. Peut-être une soixantaine. Peut-être moins. Que se passe-t-il ?

— Allons parler à l'intérieur, répondit Bane.

Les deux hommes se rendirent à la ferme. Bane ne le connaissait pas bien mais Wik ne lui faisait pas une bonne impression. Wik était le genre d'homme à détester le travail sous toutes ses formes. Fainéant et indigne de confiance, il préférait vivre dans la misère en crevant la faim pendant des mois dans l'espoir d'un vol important plutôt que de travailler pour sa pitance quotidienne. Selon Bane, il possédait une sorte d'intelligence animale et le talent de réunir autour de lui des gens qui pensaient comme lui. Ce n'était pas qu'il était bête, mais il n'était pas aussi intelligent qu'il voulait le croire. Bane regarda Wik déchiqueter la viande avec ses doigts crasseux.

— Alors ? demanda le chef des hors-la-loi tandis que du jus de viande coulait le long des poils de sa barbe.

— Je veux t'embaucher, toi et tes hommes, expliqua Bane. Pour cinq jours.

Wik rota.

— Tu as quelque chose à boire ? demanda-t-il.

— De la bière ou de l'uisge ?

— De l'uisge ne serait pas de refus.

Bane prit une carafe dans un placard et versa une dose généreuse dans une coupe en grès. Wik la descendit d'une traite.

— Les embaucher pour quoi ? demanda-t-il.

— Pour se battre, évidemment.

— Contre qui ?

— Des Loups des mers. Ils se dirigent vers Trois-Ruisseaux.

Wik finit son repas et se lécha les doigts.

— Combien de Loups ?

— Deux… peut-être trois cents.

Wik éclata de rire et secoua la tête.

— Tu es fou ! Au plus, nous serons une centaine. Tous des étrons flottants. Sans parler des lâches.

— Mais toi, tu n'es pas un lâche, suggéra Bane.

— Je ne suis pas un idiot non plus. Où sont les soldats de Connavar ? Ses fameux Loups de fer ?

— Il y en a vingt à Trois-Ruisseaux, les autres sont près de Sept-Saules pour affronter le roi des Vars et son armée.

Wik réfléchit un moment.

— Nous devrions d'abord piller Trois-Ruisseaux. Mes hommes peuvent s'occuper de vingt Loups de fer.

— J'ai l'intention d'offrir à chacun de tes hommes deux pièces d'or pour ces cinq jours.

Wik écarquilla les yeux.

— Bon sang, mais c'est une fortune ! Tu as autant d'or que ça ici ?

— Bien sûr que non, répondit Bane. Mais pas loin d'ici, enterré à l'abri. Toi, tu recevras dix pièces d'or.

— Tu es plus riche que je ne le pensais, Bane. Par Taranis, pourquoi vis-tu dans un tel endroit ? Tu pourrais avoir un palais !

— Je suis là où j'ai envie d'être. En fait, l'important est plutôt de savoir où toi tu as envie d'être.

— Ce qui signifie ?

— C'est très simple. Parmi les habitants de Trois-Ruisseaux, se trouve la famille du roi. Sa mère est là, ainsi que l'épouse de Bendegit Bran et leurs enfants. Celui qui les sauvera des Loups des mers – et celui-là, c'est toi, Wik – recevra une grosse récompense. Tes crimes te seront pardonnés et tu recevras à coup sûr plus d'or que tu ne pourras en dépenser. Finis les camps boueux dans la forêt. Tu auras enfin le palais de tes rêves.

Wik réfléchit un moment.

— Un mort n'a pas besoin de palais. J'ai déjà combattu une fois les Loups des mers lorsque j'étais encore pannone. Ces salauds malfaisants savent se battre. Et ils ne lâcheront pas facilement l'affaire.

— La richesse et la gloire ne viennent jamais facilement, répondit Bane. Demande-toi plutôt combien de fois dans ta vie tu auras l'occasion de sauver la mère du roi – et de devenir un héros au passage. Au pire, tu sortiras de cette aventure avec dix pièces d'or – plus deux par homme qui mourra.

— Je reprendrais bien un peu d'uisge, dit Wik. (Bane lui versa une autre rasade qui disparut encore plus vite que la première.) Quel est ton plan ?

— J'espère que les habitants de Trois-Ruisseaux évacueront le village. Nous formerons alors une arrière-garde pour les couvrir. Nous n'attaquerons pas les Loups des mers de front, mais par escarmouches afin de les épuiser.

— Pas de bataille rangée, donc ?

— Pas si on peut l'éviter.

Wik tendit sa coupe à Bane qui la remplit.

— Et si tu te fais tuer, Bane ? Comment aurons-nous notre argent ?

— Je vais prendre des dispositions afin que tout le monde soit payé, que je survive ou non.

— Oh, et je suis censé te faire confiance, c'est ça ?

— Mais oui, Wik. Pour te prouver ma bonne foi, je vais te payer cinq pièces d'or d'avance.

Bane décrocha la petite bourse à sa ceinture et en versa le contenu sur la table. Les cinq pièces roulèrent lourdement sur le bois. Wik les regarda un instant et les ramassa. Il en laissa tomber quatre dans sa bourse et prit sa dague pour entailler la cinquième afin de l'examiner. Satisfait, il l'ajouta aux autres.

— Nous sommes donc d'accord ? demanda Bane.

— Oui, nous sommes d'accord. Nous défendrons les habitants de Trois-Ruisseaux pendant cinq jours.

À la tombée de la nuit, plus de quatre-vingt-dix hors-la-loi étaient rassemblés dans le corral. Wik et Valian se déplaçaient au milieu d'eux. Finalement Bane sortit de la ferme, vêtu de son plastron et de son casque, deux épées courtes à la taille. Il grimpa sur une table à tréteaux et demanda aux hors-la-loi de s'approcher.

— Vous me connaissez tous, dit-il. Je suis Bane. Vous savez également que j'ai promis deux pièces d'or à tout homme qui marcherait à mes côtés, ces cinq prochains jours. J'espère que vous ne vous sentez pas insultés par cette offre, car vous êtes des Keltoïs, et je sais que la plupart d'entre vous marcheraient volontairement pour rien face à n'importe quel ennemi menaçant la vie de femmes et d'enfants keltoïs. La raison pour laquelle je vous ai fait cette offre est simple. Les soldats du roi sont payés pour se battre pour le roi. Et pour les cinq jours à venir, vous êtes des soldats rigantes. Alors, ne méprisez pas cet or, mes amis. Gagnez-le ! Nous partirons deux heures avant l'aube.

Il sauta de la table et retourna à la ferme. Gryffe le rejoignit.

— Un joli discours, fit-il remarquer. Néanmoins la plupart ne sortiraient pas leur mère d'un fossé à moins qu'elle ne les paie d'avance.

Bane sourit et entra. Iswain attendait à l'intérieur.

— Alors vous voilà tous des soldats du roi, dit-elle, la voix lourde de chagrin.

— Gryffe va rester ici, lui dit Bane, pour organiser l'arrivée des réfugiés de Trois-Ruisseaux.

— Quoi ? rugit Gryffe.

Les yeux d'Iswain s'enflammèrent.

— Comment oses-tu insulter mon homme ? gronda-t-elle. C'est moi qui vais m'occuper des préparatifs. Les autres femmes du camp m'aideront. Tu ne vas pas faire honte à Gryffe en le laissant derrière.

Bane leva les mains.

— Je vous présente mes excuses à tous les deux, dit-il. Je n'avais pas l'intention de vous offenser. Rien ne me ferait plus plaisir que d'avoir Gryffe à mes côtés. Mais j'ai pensé que…

— Qu'as-tu pensé ? demanda Gryffe en colère. Quelle raison pourrais-tu bien avoir de me laisser derrière ?

Bane aperçut le regard d'Iswain et y lut de la peur. Si Gryffe apprenait qu'elle était venue lui parler à propos du danger que lui avait fait courir Bane, il serait encore plus furieux.

— J'ai pensé, dit-il prudemment, que j'avais besoin de quelqu'un de confiance pour surveiller la ferme en mon absence. Et, bien sûr, c'était te manquer de respect, Iswain, car tu en es plus que capable. (Il se tourna vers Gryffe.) Je ne voulais pas vous insulter, mon ami. Je peux te l'assurer. Au contraire, cela me met du baume au cœur de savoir que tu seras à mes côtés.

— Ah, y a pas d'mal, répondit Gryffe avec un large sourire. Bon, je vais aiguiser mon épée.

Sur ce, il disparut au fond de la maison.

— Tu m'as mal comprise, lui dit alors doucement Iswain. Ce que je voulais te dire ce matin, c'est que je ne veux pas que mon homme risque inutilement sa vie. Mais c'est un homme – un homme bon et brave. Ce n'est pas inutile d'aller aider des femmes et des enfants en danger.

— Je ne ferai plus cette erreur, lui promit Bane.

— Essaie surtout de me le ramener sain et sauf, lui demanda-t-elle. Et ne t'inquiète pas pour la ferme et les réfugiés. Je m'occupe de tout.

Bane se pencha légèrement près de son oreille.

— Il y a autre chose que tu pourrais faire pour moi, lui susurra-t-il. Au fond de la première étable, il y a un vieux coffre qui contient diverses choses que j'ai ramenées de Roc. En dessous, à cinquante centimètres dans le sol, j'ai enterré un autre coffre. Celui-ci est rempli d'or. Si pour une raison ou une autre je ne revenais pas, déterre-le et paie aux survivants les deux pièces d'or que je leur ai promises. Le reste – il ne restera pas grand-chose – tu pourras le garder pour toi.

— Tu me fais confiance avec autant d'or ? s'enquit Iswain.

— Évidemment, répondit-il en souriant.

— Ah, Bane, dit-elle en venant l'embrasser sur la joue, tu es vraiment un imbécile parfois, mais qu'est-ce que je t'aime !

Alors que la nuit était déjà bien avancée, Gwen rentra chez Meria. Elle avait laissé Orrin dormir paisiblement chez Vorna et, à présent, un châle autour des épaules, elle s'abandonnait au flot des émotions qui s'entrechoquaient en elle. La mort de Ru et la guérison d'Orrin s'étaient passées de manière tellement rapprochée qu'elle ne savait plus réellement ce qu'elle ressentait. La tristesse et la joie se livraient bataille dans son esprit. En tout cas, ce dont elle était sûre, c'est que si le petit Badraig ne s'était pas trouvé chez Meria, elle aurait demandé à Vorna s'il était possible de passer la nuit chez elle. La dernière personne qu'elle avait envie de voir à cet instant était bien la terrible Meria.

Gwen n'était pas une revancharde et elle n'avait aucune envie de punir la mère de Bran. Elle aurait simplement voulu aller n'importe où ailleurs que dans cette maison de la discorde. Elle songea à prendre Badraig pour retourner chez Vorna, mais elle avait tant à empaqueter pour le lendemain qu'elle renonça. C'est donc le cœur gros qu'elle s'approcha de la porte et l'ouvrit. Meria était assise près du feu et se leva en sursautant dès que Gwen entra.

— Il est mort ? demanda-t-elle d'une voix apeurée.

— Non. Vorna l'a guéri.

— Mais... elle n'a plus de pouvoirs à présent.

— Je l'ai vue tendre la main au-dessus de l'anneau empoisonné et de la glace s'est formée sous ses doigts. L'anneau a craqué et s'est brisé. Je pense qu'elle a toujours ses pouvoirs, Meria.

Gwen se dirigea vers la chambre.

— Mais de quoi parles-tu ? Un anneau empoisonné ? Quel anneau empoisonné ?

— Cela n'a plus d'importance, dit Gwen. Tout ce qui compte c'est qu'Orrin aille bien et qu'il dorme à poings fermés. Restons-en là ! Je suis épuisée.

— Je veux savoir ce qui s'est passé dans cette maison, insista Meria en venant se planter devant Gwen qui, après un soupir, accepta d'aller s'asseoir sur une chaise près du feu.

Elle raconta alors à Meria tout ce qui s'était passé et comment Orrin avait dû prendre l'anneau de Ruathain et se le passer autour du cou.

— Vorna pense que l'empoisonneur visait en fait Connavar. C'était un poison lent, et c'est pour cela qu'il a mis des mois à tuer mon Ru.

— Il ne pouvait pas être empoisonné..., commença Meria.

— Assez ! s'exclama Gwen. Je ne suis pas une sotte, Meria. Lorsque la pierre de lune s'est fendue en deux, j'ai vu la saleté qui en suintait. J'ai constaté que la pierre avait été creusée. Dès qu'on l'a enlevée du cou d'Orrin, il s'est tout de suite senti mieux et a repris des forces. Ce que tu crois ou pas ne regarde que toi. Je sais, moi, ce qui a tué mon fils. Ce n'était la faute de personne – à part du meurtrier qui en voulait à Connavar. Personne ne s'était mis en tête de supprimer Ruathain. Et je ne t'en veux pas de lui avoir offert l'anneau. (Elle se leva de sa chaise.) C'est tout ce que j'ai à dire – sinon que je pars demain avec mes deux fils. Je fais confiance à Vorna quand elle dit que les pillards arrivent. Tous ceux qui resteront ici mourront, et j'ai vu trop de fois la mort dernièrement.

Meria resta immobile, et Gwen vit la dureté disparaître de ses traits ; l'espace d'un instant elle retrouva un semblant de ce qui avait dû faire sa grande beauté autrefois.

— Je t'ai empêchée d'aller chercher Vorna. J'ai tué mon petit-fils.

— Pas volontairement, répliqua Gwen. Et j'aurais pu te désobéir.

Elle l'abandonna sur cette phrase et se rendit dans la chambre à coucher. Badraig se réveilla en l'entendant entrer. Gwen le prit dans son berceau et le serra dans ses bras.

Pour Finnigal cette nouvelle journée était un vrai cauchemar de frustrations et de coups de colère maîtrisés. Elle avait pourtant commencé de façon plutôt raisonnable, la majorité des réfugiés ayant quitté leurs maisons à l'aube pour charger leurs chariots. Mais la première dispute éclata au bout de quelques minutes, lorsque Finnigal remarqua plusieurs personnes en train de charger de gros coffres à l'arrière des chariots. Il alla leur dire que seuls les gens et la nourriture partiraient le jour même puisqu'il n'y avait pas assez d'attelages. L'une des personnes, un vieux marchand rigante, l'insulta avec véhémence et refusa de décharger ses affaires. Finnigal essaya de le raisonner, mais dut finalement demander à deux soldats de rapporter les coffres dans la maison. Le marchand, le visage livide de colère, refusa alors de quitter Trois-Ruisseaux, disant que si on lui prenait tout son argent, il ferait tout aussi bien de mourir.

Et ce ne fut que le début. Des bagarres éclatèrent. Un autre réfugié, une grosse Pannone, frappa l'un de ses soldats. Finnigal fit de son mieux pour calmer la situation, mais – il en avait bien conscience – il ressemblait trop à son père, Fiallach, et la colère n'était jamais loin sous la surface. Pourtant, il s'efforça de rester calme, essayant de faire son devoir. Au bout de deux heures, comme le premier chariot partait enfin pour l'ouest, Finnigal avait un affreux mal de tête. Puis il se mit à pleuvoir des cordes, une pluie torrentielle qui transforma la terre de la première colline en gadoue ; les chariots les plus lourds se retrouvèrent vite embourbés. Les gens descendirent des attelages et, bien que patinant et glissant, essayèrent de les pousser jusqu'au sommet.

Finnigal, la cotte de mailles et les habits trempés – la pluie s'infiltrait derrière la garde en fer au niveau de son cou et coulait le long de son maillot –, s'en alla à pas lourds chez Meria. Dame Gwen et ses enfants étaient déjà partis ; il trouva Meria assise confortablement au coin du feu en train de broder.

— Il va bientôt être temps de partir, dame, lui dit-il.

— Eh bien, partez tous. Je ne voyage pas avec vous.

Finnigal tint bon.

— Tes actes sapent mon autorité, dame. Des centaines de villageois restent à cause de toi. Et si tu restes, alors, mes soldats et moi-même, nous serons contraints de rester également, ce qui veut dire que personne ne pourra défendre la colonne de réfugiés face aux hors-la-loi.

— Tu as fini ? lui demanda-t-elle. Parce qu'avec la porte ouverte, il y a un courant d'air et je n'ai pas envie d'attraper froid.

Furieux, il fit demi-tour et s'élança sous la pluie.

À midi, l'orage avait cessé, mais la piste vers l'ouest était devenue un vrai bourbier. Seuls six cents des onze cents habitants de Trois-Ruisseaux avaient pu partir et il ne restait plus que vingt chariots. La plupart des villageois partaient maintenant à pied, portant de la nourriture et des vêtements dans des sacs à dos. Mais il en restait encore beaucoup qui attendaient.

Le soleil perça entre les nuages, ravivant momentanément le moral de Finnigal, mais le sentiment ne fut que de courte durée. Des gens redescendaient en courant de la colline, laissant tomber leurs provisions, criant et agitant les bras. Finnigal retira son heaume de fer afin de pouvoir les entendre.

— Des bandits ! entendit-il un homme hurler. Il y en a des centaines ! Fuyez !

Finnigal jura et appela son sergent, un vétéran depuis vingt ans nommé Prasalis. Le soldat accourut depuis la forge de Nanncumal.

— Rassemble les hommes, lui ordonna Finnigal.

— Les voilà, capitaine, dit Prasalis en dégainant son épée.

Finnigal se rendit dans la rue principale et dépassa l'Ancien Arbre, un chêne colossal. Il vit un homme avec un plastron de fer étincelant à la tête des hors-la-loi. La panique sur la colline avait l'air de se calmer, car ces hommes ne semblaient pas avoir l'intention d'attaquer. Prasalis vint se poster au côté de son jeune capitaine.

— J'en compte cent trois, dit-il.

Les Loups de fer arrivèrent au pas de course et se répartirent sur une ligne autour de Finnigal, l'épée au clair.

Les hors-la-loi continuaient d'avancer. Finnigal observa leur chef et en resta bouche bée. Plus il approchait, plus il ressemblait à Connavar ! C'en était stupéfiant ! Même les yeux étaient identiques, l'un vert et l'autre fauve. Son identité ne faisait aucun doute : Bane, le bâtard. Aucun des bandits n'avait dégainé son arme. Les archers avaient même retiré les cordes de leurs arcs afin de les garder au sec.

— Que venez-vous faire ici ? demanda Finnigal.

Bane sourit.

— Détends-toi, capitaine ! Nous sommes venus vous aider.

— Je n'ai pas besoin de l'aide d'un misérable…

Bane leva la main.

— Pas un mot de plus, capitaine, lui conseilla-t-il. Viens, faisons un tour.

Bane lui tourna le dos et se rendit vers la forge. Il ne se retourna même pas pour voir si Finnigal le suivait.

— Au moindre signe suspect, attaquez-les, dit Finnigal à Prasalis.

Puis, il rejoignit Bane qui l'attendait devant la barrière de la forge.

— Si vous êtes venus ici pour vol…

— Ferme-la, mon garçon, cracha Bane, et écoute ce que je vais te dire. Il y a deux cents Loups des mers qui approchent et nous n'avons pas le temps de nous chercher querelle. J'ai l'intention d'ouvrir l'armurerie de Nanncumal et d'y prendre des cottes de mailles, des épées et des boucliers pour mes hommes. Ensuite, nous vous aiderons pour l'évacuation et nous nous mettrons sous tes ordres pour former une arrière-garde. J'ai soixante archers et quarante hommes qui peuvent se battre indifféremment à la hache ou à l'épée. Cela nous donne une chance de pouvoir défendre les réfugiés. Tu as compris ?

— Je présume que le prix que tu vas demander pour cela sera très élevé, répliqua Finnigal.

Le regard de Bane devint dur et froid ; Finnigal sentit la peur le gagner.

— Oui, da, répondit Bane, mon prix sera élevé. As-tu un éclaireur à l'est ?

— Bien sûr.

— Alors il devrait pouvoir nous prévenir dès que les pillards seront proches. (Bane scruta le village.) Pourquoi reste-t-il tellement de monde ici ?

— Dame Meria refuse de partir. Et d'autres l'imitent.

— Sans blague ? Nous allons nous en occuper tout de suite. Mais d'abord je vais faire armer mes hommes. Aie l'obligeance de demander aux tiens de ranger leurs armes et de continuer l'évacuation.

Finnigal s'empourpra.

— C'est ce que tu entendais par te mettre sous mes ordres ?

Bane s'arrêta et lorsqu'il reprit la parole, ses mots surprirent le jeune officier :

— Tu as tout à fait raison, capitaine. Comment veux-tu que nous procédions ?

Finnigal se sentit tout à coup idiot et un peu honteux. Si les Loups des mers étaient proches, il aurait besoin de tous les combattants disponibles. Il regarda Bane et vit que celui-ci contenait sa colère.

— La journée a été dure pour moi, dit-il en guise d'excuses. Emmène tes hommes à la forge et arme-les. (Il se tourna vers ses soldats.) Rangez vos armes et reprenez l'évacuation.

Bane laissa les archers à l'extérieur et conduisit les autres par l'arrière de la forge jusqu'à l'armurerie. Le chauve Nanncumal vint se planter devant les portes.

— Que fais-tu ici, Bane ? s'enquit-il. Tu es venu jeter un peu plus de honte sur la famille ?

— Et comment ! rétorqua Bane. Toutefois, nous n'avons pas le temps d'en débattre, grand-père. L'ennemi approche et j'ai besoin d'armes et d'armures.

— Tu le laisses faire ? demanda Nanncumal à Finnigal.

— Je lui en ai même donné l'ordre, répondit le jeune capitaine. Bane et ses hommes sont sous mes ordres.

— C'est de la folie, persista Nanncumal. Ces hommes sont des voleurs et des assassins.

— Écarte-toi, grand-père, dit doucement Bane.

— Obéis ! rugit Finnigal.

Nanncumal fit un pas sur sa gauche et Bane entra dans l'armurerie, ses hommes sur ses talons. Finnigal s'approcha du vieux forgeron.

— Ils ont prêté serment de défendre les réfugiés et nous avons vraiment besoin d'eux, lui expliqua-t-il.

— Mais il n'y a pas un seul Loup des mers à l'horizon, protesta Nanncumal. Dame Meria nous a expliqué que Vorna s'est trompée.

— Je l'espère, répondit Finnigal, malheureusement je ne le crois pas.

Des cris de joie et des rires retentirent dans l'armurerie.

— Tu sais combien valent ces armures ? lui demanda Nanncumal. Chaque cotte de mailles coûte dix onces d'or et tu les leur donnes comme ça. Tu en répondras.

— J'en doute, rétorqua Finnigal. Je suis responsable de la protection de dame Meria. Si elle reste, moi aussi. Il y a de fortes chances que je sois mort d'ici à la tombée de la nuit.

Le vieil homme le regarda et son expression changea.

— Tu es un bon garçon, Finnigal, lui dit-il. (D'autres éclats de rire retentirent.) Je ferais mieux d'aller voir ce qu'ils prennent.

Finnigal acquiesça et retourna dans la rue principale.

L'évacuation avait repris, à une cadence plus rapide à présent. Finnigal sourit. Si la plupart des gens doutaient de l'imminence d'une attaque vare, ils ne voulaient certainement pas rester dans un village avec une centaine de hors-la-loi.

Prasalis le rejoignit.

— Cela n'est peut-être pas très prudent, capitaine, lui dit-il. Je connais certains de ces hommes. L'archer là-bas, le type assez mince, près du mur, c'est Wik. Un tueur à sang froid. Il trancherait la gorge à son grand-père si cela pouvait lui rapporter une pièce de cuivre. Et puis il y a le Norvii, là, Valian. Le roi a lancé un mandat d'arrêt contre lui pour viol et meurtre. Et j'en vois une dizaine d'autres qui n'ont pas les tripes pour une escarmouche où ils risquent de se faire éclater le crâne.

— Quoi qu'il en soit, répondit Finnigal, ce matin nous n'avions que vingt hommes, et une cinquantaine de volontaires quinquagénaires pour faire face à une force de plus de deux cents guerriers. À présent nous sommes cent soixante-dix. Certains sont peut-être des couards, mais au moins ils sont là, sergent.

— Et si c'était un piège et qu'ils soient venus en fait pour piller et tuer ?

— Alors j'aurai fait une terrible erreur. Mais je ne crois pas que ce soit le cas. J'ai regardé Bane droit dans les yeux. Je ne crois pas que ce soit un traître.

— Ce n'est pas parce qu'il ressemble au roi qu'il se comportera comme lui, fit remarquer Prasalis.

— Par les dieux, j'ai l'impression d'être un soldat, s'exclama Gryffe en tendant les bras pour admirer sa cotte de mailles sans manches.

Il gloussa et inspecta les armes accrochées au mur. Il se tourna vers Nanncumal.

— Pas de haches de guerre ?

— Pas de haches, répondit Nanncumal.

Gryffe souleva une épée longue.

— Ça fera l'affaire.

— Non, fit Nanncumal en s'avançant pour arracher l'arme des mains de Gryffe. C'est une épée de cavalier. Tu n'y connais donc rien ? C'est une arme lourde qu'on abat au niveau de la selle. (Il replaça l'épée dans son râtelier et alla chercher une épée longue avec une poignée en cuir et des quillons incurvés.) Tiens, abruti ! lui dit-il. Teste un peu l'équilibre de celle-ci !

Gryffe empoigna l'arme.

— Je dois admettre que je l'ai mieux en main, remarqua-t-il.

Nanncumal soupira.

— Et tu veux que ces hommes tiennent face aux Loups des mers ?

demanda-t-il à Bane. Les Vars naissent prêts à se battre. Ils sont d'une férocité incroyable. Dieux du ciel, tu sais tout ça. Tu les as affrontés toi-même !

— C'est vrai, grand-père, répondit Bane. Nous allons envoyer un message aux Vars et leur demander d'attendre une semaine le temps de leur trouver de meilleurs adversaires.

Il avait dit tout cela en souriant et le vieil homme avait fini par glousser. Mais son expression était vite redevenue sévère.

— J'avais cru... espéré que cette histoire de Vars n'était qu'une idiotie rêvée par Vorna. Mais ce n'est pas le cas, pas vrai ?

— Malheureusement, non. Est-ce que tu peux aider mes hommes à choisir des armes qui leur conviennent ? Il faut que j'aille voir Finnigal.

— Oui, da, je vais les aider. J'ai l'impression de donner du lard aux cochons – ce qui est une occupation intéressante mais inutile.

— Il ne mâche pas ses mots, hein ? fit remarquer Gryffe.

Bane acquiesça et quitta la forge. Finnigal se tenait sous l'Ancien Arbre. Des centaines d'habitants de Trois-Ruisseaux défilaient devant lui en direction de l'ouest.

— J'ai repéré certains endroits où nous pourrons tendre des embuscades aux Vars, déclara Bane. Tu veux peut-être aller les voir par toi-même ?

— Inutile, répondit Finnigal. Je ne viens pas avec vous.

— Mais alors, comment vais-je pouvoir suivre tes ordres, capitaine ? s'enquit Bane avec un large sourire.

Finnigal éclata d'un rire sans humour.

— Tu ne pourras pas. Tu vas prendre le commandement. Depuis votre arrivée, une grande partie des bonnes gens de Trois-Ruisseaux est revenue sur sa décision de rester ici. Mais pas dame Meria, ni une cinquantaine d'autres. Mes hommes et moi resterons pour affronter les Vars. Avec un peu de chance nous réduirons leur nombre d'une bonne trentaine. Et comme il y a des jeunes femmes parmi ceux qui restent, les Vars vont peut-être attendre un peu avant de vous donner la chasse.

— Ce que cela peut être bête, commenta Bane. Tu devrais les forcer à partir.

— Comment pourrais-je forcer la mère du roi à quoi que ce soit ? Ce n'est pas un soldat, elle n'est donc pas sous mes ordres. Sois sérieux un instant, Bane. La vieille dame a pris sa décision. Je n'arrive pas à la faire changer d'avis.

Bane resta silencieux un instant.

— Nous allons gâcher une vingtaine d'hommes valeureux, déclara-t-il. Mais il y a peut-être une alternative. Je vais te demander de me faire confiance. Plus tard – s'il y a un plus tard – tu pourras me réprimander publiquement.

— Quel est ton plan ?

— Il vaut mieux que tu ne le saches pas. Ainsi, on ne pourra pas t'accuser de connivence. Je te suggère de partir avec tes vingt cavaliers sur la colline afin d'inspecter le terrain pour trouver des endroits où nous battre. Pendant ce temps, je vais me charger de l'évacuation.

Le soldat retira son heaume de fer et ôta sa capuche de mailles.

— Dame Meria, lui apprit-il, est partie à la rotonde avec ceux qui ont décidé de rester. Certains sont sur le point de changer d'avis et elle essaie de les persuader de ne pas partir. (Il secoua la tête.) Ah, Bane, je pense qu'il est temps que j'aille faire un tour avec mes hommes.

— Fais d'abord venir un chariot près de la rotonde, lui répondit Bane.

Finnigal s'éloigna et Bane retourna à la forge. Ses hommes étaient en train de se rassembler à l'extérieur. À présent, ils portaient tous des plastrons et des casques, des épées et des boucliers ronds cerclés de fer.

Il appela Wik. Le chef des hors-la-loi n'avait pas de cotte de mailles mais un arc long et un carquois plein.

— Emmène les hommes au sommet de la colline et attends-moi là, lui demanda Bane.

— Jusqu'ici je n'avais jamais gagné d'or aussi facilement, déclara Wik.

— La journée n'est pas finie, lui fit remarquer Bane.

Bane garda Gryffe, Valian et Grale avec lui et se rendit à l'Ancien Arbre. Il attendit que deux Loups de fer aient conduit le chariot à la rotonde. Une fois leur mission accomplie, ils descendirent de l'attelage et montèrent sur leurs chevaux. Finnigal et dix-sept cavaliers les rejoignirent et toute la troupe s'élança en direction de la colline, à l'ouest.

— Il est temps que j'aille présenter mes respects à un membre de ma famille adorée, déclara Bane. Grale, sois prêt à conduire le chariot. Vous deux, venez avec moi.

Bane gagna la double porte de la rotonde, flanqué de ses compagnons. Il ouvrit la porte à la volée et les trois hommes pénétrèrent à l'intérieur. Un groupe important était réuni autour de l'âtre principal au centre de la salle et dame Meria discourait. Elle se tut en voyant Bane approcher. Il la regarda droit dans les yeux et y lut à la fois de la colère et de l'étonnement.

— Grand-mère, cela me fait plaisir de pouvoir enfin te rencontrer, lança Bane.

— Hors de ma vue ! cria-t-elle.

Il fut surpris qu'après le premier coup d'œil, elle tourne la tête pour ne pas le regarder en face.

Bane sourit et scruta les visages dans la foule. La plupart des personnes présentes étaient âgées, mais il y avait quand même quelques jeunes femmes et des enfants à côté d'elles.

— Les Vars seront bientôt ici, leur dit-il. Ils tueront les vieillards, les enfants et les bébés. Ils ne tueront pas les jeunes femmes. Pas tout de suite. Mais une fois qu'ils en auront fini avec elles, ils leur trancheront la gorge. C'est ce que font les Vars avec les prisonniers qu'ils ne peuvent ramener chez eux.

— Il n'y a pas de Vars, objecta un vieil homme. Dame Meria nous a assuré…

— Si dame Meria a raison, alors vous n'êtes bons que pour passer quelques journées inconfortables et quelques nuits à la belle étoile. Si elle a tort, vous êtes tous morts, affirma Bane.

— Sors d'ici tout de suite ! lui ordonna Meria. Tu n'es pas le bienvenu ici !

Il s'inclina.

— À tes ordres, dame Meria.

Il fit un pas en avant, se baissa, passa un bras autour de la taille de Meria et la hissa sur son épaule. Elle hurla et le roua de coup dans le bas du dos. Il l'ignora et se tourna vers la foule indignée, dont un bon nombre s'était levé à la suite de son acte.

— Lorsque les Vars arriveront, gronda-t-il, j'espère que vous aurez le courage de tuer vos enfants rapidement.

Et il s'en alla.

— Où l'emmènes-tu, sale brute ? cria une femme entre deux âges.

— En sécurité, femme. Et je te conseille de nous suivre.

Sur ce, il porta Meria, qui se débattait, à l'extérieur de la rotonde et la posa à l'arrière du chariot.

— Écoute bien ce que je vais te dire, dit-il d'une voix dure et froide. Si tu essaies de t'échapper, je te rattraperai et je t'attacherai au chariot. Pour l'instant, tu n'as perdu qu'un peu de dignité. Mais tu en perdras davantage si je dois te traîner dans la boue pour te lier les mains et les pieds.

— Tu paieras cela de ta vie ! siffla-t-elle.

La foule sortait lentement de la rotonde et s'agglutinait autour du chariot. Au même moment, un cavalier en armure arriva de l'est au triple galop. Son cheval franchit le deuxième pont dans un bruit de tonnerre. Il s'arrêta devant la rotonde.

— Où est le capitaine Finnigal ? leur demanda-t-il.

— Il est sur la colline, en train d'étudier le terrain, répondit Bane. As-tu repéré les Vars ?

— Oui. Ils sont au moins deux cents. Ils sont à mes trousses.

— Par les dents de Bara, mais jusqu'où étais-tu allé en éclaireur ?

— Le capitaine m'avait dit de ne pas aller au-delà de deux kilomètres. J'ai attendu près de la Dent du Géant jusqu'à ce que je les aperçoive.

Bane jura à pleins poumons un bon moment. S'il avait été dépêché un peu plus loin, l'homme aurait aperçu les Vars plus tôt et la nouvelle aurait forcé les civils à s'activer davantage. Mais il était inutile de pleurer sur le lait versé. Bane s'adressa à la foule :

— Nous pouvons transporter les quinze personnes les plus âgées et les plus infirmes dans le chariot, dit-il. Les autres, je vous conseille de courir à toutes jambes.

Les Vars avaient parcouru un peu moins de cent kilomètres en trois jours, pourtant ils ne montraient aucun signe de fatigue. Snarri Dague-claire marchait à la tête de sa petite armée, Dratha, son second, derrière lui.

— Encore deux petits kilomètres, dit Snarri en léchant ses lèvres difformes.

La pluie s'était arrêtée et le soleil brillait entre les nuages. Snarri n'était jamais venu aussi loin en territoire rigante auparavant. Le paysage était luxuriant et la terre fertile, pas comme les étendues rocailleuses de son pays. Le bétail qu'ils apercevaient – malgré l'âpreté de l'hiver passé – s'engraissait déjà grâce à la nouvelle herbe. Snarri pensa à sa ferme. *Plus de roc que de terre,* se dit-il, *les récoltes sont maigres et périssent vite.* En voyant tant de verdure, il comprit plus que jamais pourquoi Shard voulait conquérir ce pays.

Il jeta un coup d'œil à ses hommes ; leurs cottes de mailles étincelaient sous les rayons du soleil. Lors de la première journée de marche, les Vars s'étaient sentis mal à l'aise. Malgré les propos rassurants de Shard, ils avaient scruté l'horizon en permanence, s'attendant à voir surgir une force rigante. Au deuxième jour, ils s'étaient détendus un peu. Snarri leur avait promis des femmes et du butin, ainsi qu'une bonne moisson pour les dieux du sang.

— Je n'ai jamais pris de femme rigante, avait dit Dratha le second jour.

— Ce sont des harpies, toutes autant qu'elles sont, lui avait répondu Snarri. À moins de les assommer, il faut se mettre à trois pour les tenir au sol. Elles griffent, elles cognent, elles ruent et mordent. Impossible de les faire supplier et elles te regardent avec une envie de meurtre dans les yeux. Ah, mais c'est une expérience à savourer !

Dratha avait réfléchi à cette information.

— Je croyais que le vieux Lars avait épousé une Rigante autrefois ?

— Nan, elle était perdiie, beaucoup plus docile. Après avoir été ramenée d'une razzia, elle s'était très bien accoutumée. Lars m'a dit qu'elle n'avait eu besoin du fouet que deux ou trois fois. Et après, elle s'était calmée. Par contre, j'ai connu un homme qui avait essayé d'épouser une Rigante – il l'avait prise au cours d'une razzia lui aussi. Il n'a eu que des ennuis avec elle. Elle s'est enfuie trois fois. Il l'a fouettée, battue – il lui a même cassé un bras si je me souviens bien. Une nuit, elle lui a tranché la gorge, coupé les couilles et les a clouées au mur.

— Je m'en souviens, avait dit Dratha. Je devais avoir dix ans. Elle ne s'est pas jetée d'une falaise ou quelque chose comme ça ?

— Oui. On avait réussi à la coincer, mais elle s'est enfuie jusqu'au sommet de la falaise. Elle s'est jetée directement dans le vide. Une chute de cent mètres. C'était marée basse. Quand on l'a retrouvée, c'était pas joli à voir. (Il éclata de rire.) En tout cas, elle était plus jolie que ce à quoi elle aurait ressemblé si on l'avait prise vivante. Non, suis mon conseil, Dratha, lorsqu'on arrivera dans le village, choisis une femme mariée avec un petit enfant. Elles feraient n'importe quoi pour protéger leurs rejetons.

Snarri décréta une halte au pied de la dernière colline et rassembla ses hommes autour de lui.

— Trois-Ruisseaux se trouve juste de l'autre côté de cette montée, leur expliqua-t-il. Nous devrons aller vite. Tuez tout homme et toute vieille femme que vous trouverez. Capturez les jeunes femmes. Interdit de prendre du plaisir avant que le périmètre ne soit entièrement contrôlé. Tout le monde a bien compris ?

Il scruta les visages graves de ses combattants. Personne ne broncha.

— Bien. Il y a une vieille femme qui doit être prise vivante. Son nom est Meria. Elle mesure environ un mètre soixante-cinq. Elle a de longs cheveux argentés et les yeux verts. Ne tuez aucune femme avec des yeux verts. Attrapez-les et attachez-les.

— Et les soldats ? demanda un homme près de lui.

— Une troupe de vingt Loups de fer voyage avec Meria. Il faudra qu'on s'occupe d'eux en premier. Il y a deux autres choses à retenir : des villageois risquent de s'enfuir dans les collines. Ne les poursuivez pas. Deuxièmement, il est interdit de commencer le pillage avant que je n'en donne l'ordre. Quand tous les Rigantes seront morts – à part peut-être quelques femmes pour des plaisirs ultérieurs – nous pourrons piller leurs maisons. Nous diviserons le butin en parts égales. Y a-t-il d'autres questions ?

De nouveau, personne ne broncha. Snarri dégaina son épée.

— Alors, que le massacre commence, dit-il.

Il mena ses hommes le long de la montée. La pluie avait rendu le terrain glissant et, plus ils grimpaient, plus cela s'accentuait. Un homme à l'arrière trébucha dans la boue et dévala toute la pente sur le dos. Les Vars le conspuèrent et le guerrier les rejoignit, honteux.

Snarri atteignit le haut de la colline – et vit aussitôt une colonne de réfugiés qui partaient vers l'ouest. Il poussa un juron. Un chariot, rempli de femmes, gravissait difficilement la colline opposée. L'une des occupantes était une femme entre deux âges aux cheveux argentés. Elle portait une jolie robe à bords dorés. Snarri jura de nouveau.

— La première part du butin ira à qui capturera ce chariot, cria-t-il.

Il se lança à la charge, l'épée au clair, et tous les Vars l'imitèrent.

Les quatre chevaux avaient du mal à tirer le chariot le long de la pente boueuse. Les roues à cerclage de fer s'enfonçaient trop profondément. Bane, Gryffe et Valian poussaient à l'arrière, mais le chariot arrêta d'un seul coup sa progression.

— Tout le monde descend ! hurla Bane. (Il regarda les quarante mètres qui les séparaient du sommet.) Il va falloir finir à pied.

Les passagers descendirent péniblement de l'attelage. Une vieille femme glissa et se mit à dévaler la pente. Gryffe se jeta par terre et réussit à la rattraper par sa robe. Ils glissèrent un instant tous les deux, mais Gryffe enfonça sa main dans la boue pour freiner leur chute. Sa main trouva par hasard une pierre et s'y accrocha. Valian revint en arrière pour aider la vieille femme à se relever. Trois cents mètres derrière eux, les Vars venaient de pénétrer dans le village et se ruaient à l'assaut de la colline. Libéré de sa charge, le chariot bondit en avant. Un vieil homme glissa juste à côté. Bane le releva et l'aida à grimper la côte. Arrivé au sommet, Bane demanda aux archers de former une ligne sur la crête. Il regarda Wik ; celui-ci était très pâle et il avait les yeux écarquillés de peur.

— Ne tire pas avant qu'ils aient atteint la colline, lui cria Bane. Ils ne vont pas pouvoir aller vite. Dès que vous aurez vidé vos carquois, repliez-vous.

— Et comment qu'on va se replier ! s'exclama Wik en se léchant nerveusement les lèvres.

— Les autres, rangez-vous derrière les archers ! cria Bane.

Les hors-la-loi se mirent en rang. Bane se tourna vers Gryffe.

— Tu penses qu'ils vont tenir ? murmura-t-il.

Gryffe haussa les épaules.

— Impossible à dire. Mais moi, oui !

Finnigal et ses dix-neuf Loups de fer avaient attaché leurs chevaux à une cinquantaine de mètres du sommet. Le capitaine mena ses hommes en avant et, une fois au sommet, il regarda la charge des Vars. Bane se rapprocha du jeune officier.

— Un petit conseil, capitaine ? dit-il à voix basse.

— J'écoute.

— Répartissez vos hommes le long du rang. Certains hors-la-loi sont terrifiés. Cela les aidera s'il y a un Loup de fer à côté d'eux.

— Très bonne idée, convint Finnigal. (Il sourit.) Je me sens un peu terrifié moi aussi.

Les Vars atteignirent le bas de la colline et poussèrent un rugissement à glacer le sang. Wik, l'arc baissé, les regardait avancer. Bane vit que ses mains tremblaient.

— Visez – et ne tirez que sur mon ordre ! cria Bane. (Les cinquante hors-la-loi bandèrent leur arc.) Maintenant !

Cinquante traits fendirent les airs. La plupart des Vars portaient des boucliers à bords métalliques et une grande partie des flèches vinrent s'y ficher, ou rebondirent sur leurs casques en fer. Un homme tomba, une flèche en plein front. D'autres furent touchés à la jambe ou au bras.

— Encore ! hurla Bane. Tirez toutes vos flèches !

La deuxième volée fut bien plus mortelle que la première, car la charge avait ralenti comme les Vars peinaient à gravir le flanc glissant de la colline. À présent, les hommes qui tombaient sous la pluie mortelle glissaient sur la route de ceux qui suivaient, les fauchant ou les obligeant à baisser leurs boucliers. Bane estima qu'ils venaient d'en abattre une vingtaine.

— Continuez ! beuglait-il.

Volée après volée, les flèches trouvèrent leurs cibles. Mais plus les Vars se rapprochaient, moins les tirs étaient précis, passant au-dessus d'eux ou se plantant à leurs pieds.

— Doucement ! cria Bane. Doucement !

Comme l'ennemi approchait du sommet, Bane vit que la ligne d'attaque des Vars était suffisamment large pour encercler les défenseurs. Il recula pour aller ordonner à ses hommes de se disperser davantage sur les côtés.

Tout à coup, Wik recula, se retourna, et s'enfuit à toutes jambes. Il avait encore des flèches dans son carquois. Les autres archers le virent s'enfuir et reculèrent à leur tour derrière les guerriers en cotte de mailles.

— En avant ! cria Finnigal en dégainant son épée.

Au centre de la ligne, Bane dégaina ses deux épées courtes et avança.

Les Vars avaient atteint la crête. Bane bondit en avant, transperçant d'un coup d'estoc la gorge d'un homme et tailladant le visage d'un second. Les deux tombèrent à la renverse, gênant les suivants. Gryffe poussa un cri de guerre tonitruant et se jeta sur les Vars, en faisant tournoyer son épée à deux mains. Elle s'encastra dans un bouclier relevé en hâte, mais la force du coup était telle que le porteur se retrouva les quatre fers en l'air.

Le bruit de l'acier qui s'entrechoque résonna dans l'air, ainsi que les hurlements des blessés, les grognements et les rugissements des combattants, le bruit des os qui se brisaient et celui de la chair qui cédait. Glissant et trébuchant sur le sol boueux, les Vars ne purent pas tout de suite tirer avantage de leur nombre pour se frayer un passage. Jusqu'à ce que Snarri et Dratha prennent enfin position au sommet. Snarri décocha un coup de taille à la cuisse sans protection d'un défenseur. Le sang gicla et l'homme tomba. Snarri continua sa progression sans se préoccuper de lui. En revanche, Dratha lui enfonça sa hache dans le crâne. Les Vars avaient pris la colline.

Snarri vit devant lui la femme aux cheveux argentés. Elle attendait à côté d'un chariot et regardait la bataille. Elle était assez proche pour que Snarri voie qu'elle avait les yeux verts. Lui et Dratha se ruèrent en avant.

Bane, en repérant la brèche dans sa ligne de défense, recula pour venir combler le trou. Il tua deux Vars et donna un bon coup de pied à un troisième qui venait d'atteindre le sommet. L'homme glissa et tomba, roulant sur ses camarades. Gryffe courut rejoindre Bane. Une lame lui rentra dans les côtes. La cotte de mailles empêcha la lame de lui déchirer la chair, mais Gryffe sentit quand même une côte se briser sous l'impact. Il lâcha son épée et se jeta sur son assaillant, lui assénant un coup de poing en pleine figure. Puis, il l'attrapa par la gorge et les parties et le souleva afin de le jeter sur un groupe de Loups des mers qui allaient atteindre la crête. Gryffe ramassa ensuite son épée, poussa un beuglement furieux et se jeta sur les Vars qui chargeaient. Son épée s'abattit sur un heaume en fer, le fendant en deux, et la lame fit éclater le crâne en dessous. Finnigal et deux Loups de fer se joignirent à lui pour refermer la brèche.

Comme Snarri et Dratha se ruaient vers la femme à côté du chariot, un guerrier assez mince vint les intercepter. Snarri vit que l'homme était entre deux âges et n'avait qu'un œil. Le chef des Vars passa à l'attaque. Mais au lieu de reculer ou de parer, le borgne se baissa pour éviter le coup d'épée et riposta d'un furieux coup d'estoc vers le haut et le visage de Snarri. L'énorme Var esquiva de justesse le coup et donna un coup de pied au genou du guerrier borgne. Le Rigante tituba. Dratha se précipita et lui asséna un coup de hache à l'épaule. Un bruit d'os brisé retentit, suivi d'un hurlement de douleur. Mais le Rigante se releva d'un bond, la hache toujours enfoncée dans son épaule. Dratha essaya de sauter en arrière mais l'épée du guerrier lui trancha la gorge avant qu'il n'ait le temps de le faire. Une gerbe de sang vola. Snarri essaya de trancher la tête du borgne, mais il avait mal calculé son coup, et la lame vint ricocher contre le casque du Rigante, le délogeant de sa tête. Étourdi, le Rigante fit une tentative pour se tourner, mais le revers en taille de Snarri lui réduisit le crâne en bouillie.

Un autre guerrier se dressa devant Snarri qui cligna des yeux. Cet homme portait un plastron en fer, un casque et des jambières dans le style de Roc. Et il portait deux épées courtes. Son visage et ses bras étaient couverts de sang. Snarri attaqua, mais ce guerrier était plus rapide que du vif-argent ; il para le coup et lui rentra dedans. L'épaule du Rigante cueillit Snarri en pleine poitrine, le faisant partir à la renverse. Le Var lutta pour retrouver l'équilibre, et vit, à la dernière seconde de sa vie, une épée argentée passer devant ses yeux. Celle-ci le prit à la mâchoire, traversa son cou, trancha dans l'os, les tendons et les veines. Lorsque la deuxième lame vint percuter son cou de l'autre côté pour lui trancher complètement la tête, Snarri était déjà mort.

Sur la crête, la bataille était chaotique et d'une rare violence. Des deux cents Vars qui étaient arrivés à la colline, seulement cent dix avaient atteint le sommet. Et plus de la moitié étaient morts. Mais il en était de même pour les défenseurs. Gryffe, couvert de sang des pieds à la tête, se battait toujours tel un forcené, tout comme Finnigal. Mais ils perdaient du terrain. Bane se jeta dans la mêlée. Ses talents de gladiateur redonnèrent du courage aux défenseurs ; il tuait Var sur Var.

Finnigal tomba. Un Loup des mers armé d'une hache de guerre se dressa au-dessus de lui. Bane se jeta sur lui, les pieds en avant, le catapultant au sol. Finnigal roula sur le côté et écrasa son épée sur le visage du Var. Le capitaine se releva difficilement pour voir Bane se jeter, seuls, sur trois ennemis. À moitié assommé, Finnigal se précipita à son aide.

À cet instant, des hommes surgirent derrière lui et se jetèrent sur les Vars, les poignardant à coup de dagues et de couteaux de chasse. C'étaient les archers qui s'étaient enfuis un peu plus tôt. Finnigal reprit son souffle et les regarda achever les Loups des mers à bout de forces. Il jeta un coup d'œil autour de lui et vit le chef des hors-la-loi, Wik, bander son arc et décocher un trait. La flèche aller se planter dans le torse d'un grand Var aux épaules impressionnantes. Son corps tomba de l'autre côté de la colline et glissa jusqu'en bas. D'autres flèches suivirent – et certains survivants vars se mirent à dévaler la colline en courant. Sur la crête, quelques derniers guerriers ennemis se battaient toujours furieusement. Bane se rua sur eux, Gryffe et Valian sur ses talons. Finnigal essaya de les suivre, mais une grande fatigue s'empara de lui et il dut s'asseoir.

En quelques minutes, la bataille était terminée ; son sergent, Prasalis, jetait au sol le dernier Var, et l'achevait à l'aide d'une vicieuse série de coups sur le crâne. Il se releva et aperçut Finnigal assis seul non loin et courut jusqu'à lui.

— Es-tu blessé ? s'enquit-il en s'agenouillant.

— Oui, mais je survivrai…, je crois, dit Finnigal.

Du sang coulait de plusieurs blessures à ses jambes et sur le haut de ses bras ; il avait aussi une grosse entaille sur le front et du sang lui coulait dans les yeux. Prasalis sortit un morceau de tissu de sa ceinture et épongea la blessure.

— Ce n'est pas bien profond et apparemment tu n'as pas l'air d'avoir le crâne fêlé.

— Combien avons-nous eu de pertes ? demanda Finnigal.

— Je vais me renseigner, capitaine, dit Prasalis en s'éloignant.

Bane, ses épées rengainées, son casque perdu, rejoignit Wik qui contemplait le village. Le hors-la-loi avait une drôle d'expression sur le visage que Bane n'arrivait pas à déchiffrer.

— Cela me fait plaisir de te voir, lui dit Bane avec un sourire. Je croyais que tu nous avais abandonnés.

— Je l'ai fait, répondit Wik. Je me suis pissé dessus de peur.

— Alors, pourquoi es-tu revenu ?

Wik haussa les épaules.

— Je me suis posé la même question. Les cinq autres pièces d'or, sans doute.

— Balivernes, répliqua Bane. Tu es revenu parce que tu es un homme. Ne te rabaisse pas. Comment te sens-tu ?

— Franchement ? Je me sens triste, et je ne sais pas pourquoi.

Bane lui posa la main sur l'épaule.

— Aujourd'hui, nous avons sauvé des centaines de vies. Nous avons tenu bon et nous avons gagné. Mais, si tu veux savoir, moi aussi, je me sens triste. (Il sourit.) Et je ne sais pas non plus pourquoi. Nous en reparlerons plus tard. Pour l'instant, allons voir nos hommes.

Prasalis revint faire son rapport à Finnigal et aida son capitaine à grimper dans un chariot.

— Il serait bon de faire recoudre cette blessure, lui dit son sergent, sinon tu vas te vider de tout ton sang.

— Nos pertes ?

— Onze de nos hommes et soixante hors-la-loi tués ou mourants. Les Vars ont perdu cent soixante-quatre hommes. Les survivants se sont enfuis vers l'est.

Finnigal s'adossa à un côté du chariot. Il vit Bane s'approcher et s'agenouiller près du cadavre d'un hors-la-loi.

— Qui était-ce ? lui demanda Finnigal.

— Il s'appelait Grale, répondit Bane. J'avais failli le tuer il y a quelques années. Un ami m'a dit qu'autrefois il avait été un des héros de la plaine de Cogden. (Bane regarda le visage silencieux de Meria.) Il est mort pour toi, dame, lui dit-il. J'espère que tu auras la grâce de te souvenir de son nom.

Des collines à l'ouest apparurent les réfugiés de Trois-Ruisseaux. Vorna et un groupe de femmes vinrent s'occuper des blessés.

Bane appela Gryffe et Valian puis retourna voir Finnigal.

— Avec ta permission, capitaine, je vais emmener quelques hommes à la poursuite des Vars, afin qu'ils ne traînent pas en chemin.

Finnigal tendit le bras et serra la main de Bane.

— J'apprécie tout ce que tu as fait. Je n'ai jamais commandé dans cette bataille, mais je n'oublierai pas ta courtoisie. Va ! Donne-leur la chasse. Et lorsque tu reviendras, nous irons boire un verre ensemble..., cousin.

Chapitre 13

Les prévisions funestes de Prasalis, donnant soixante hors-la-loi morts ou mourants, auraient pu s'avérer justes sans l'arrivée de Vorna. Dix-huit hommes mortellement blessés furent sauvés in extremis, ainsi que trois Loups de fer. Il n'y eut aucun survivant parmi les Vars, car les hors-la-loi s'empressèrent de tuer tous les blessés qui respiraient encore. Les habitants de Trois-Ruisseaux dépouillèrent les cadavres de leurs armes et de leurs armures et, sur ordre de Finnigal, les quarante-deux hors-la-loi tués furent enterrés dans une fosse commune et les cadavres des Vars furent brûlés sur un énorme bûcher funéraire. Bane et ses vingt cavaliers retournèrent au village à la tombée de la nuit après avoir poursuivi les Vars, n'en laissant que trois en vie qui s'étaient échappés dans les bois à l'ouest. Bane ne resta pas à Trois-Ruisseaux, et rentra aussitôt à sa ferme.

Chez elle, Vorna somnolait près du feu, rêvant aux jours anciens, lorsque le soleil brillait plus fort et que le monde était infiniment moins périlleux. Son mari, Banouin, était à ses côtés, et ils marchaient dans les collines près du Bois de l'Arbre à Souhaits. Cela se passait quelques jours après qu'elle eut ramené Connavar d'entre les morts, après le combat avec l'ours ; lorsque les terres des Rigantes étaient majoritairement paisibles et que des hommes bons comme le puissant Ruathain, Banouin et le Long Laird semblaient immortels, éternels.

Mais rien ne dure jamais, pensa Vorna en sortant de sa torpeur. *Même les montagnes ne seront plus là, un jour. Elles disparaîtront sous les glaces ou seront avalées au fond des océans.* Elle repensa aux hommes qu'elle avait soignés aujourd'hui. Elle avait Fusionné avec eux afin de guérir leurs blessures et avait touché leurs âmes. Beaucoup d'entre elles étaient sombres et tordues et, pourtant, en ce jour, une étincelle luisante y vivait. Vorna se demanda si cette étincelle pourrait prendre afin que la lumière jaillisse en eux, ou si elle allait s'éteindre rapidement, et si ces hommes retourneraient à ce qu'ils étaient avant.

Elle savait que seul un petit pas séparait en l'homme le bien et le mal. Connavar, le roi, était considéré par tous comme un homme bon, consacrant sa vie au bien-être des Keltoïs de ce côté-ci de l'eau. Pourtant, un jour – aveuglé par la rage et le désespoir – il s'était rendu à cheval dans un village pannone, et avait massacré hommes, femmes et enfants. Une grande tristesse s'empara de Vorna et les larmes lui montèrent aux yeux.

Cela ne sert à rien de pleurer sur le passé, se dit-elle.

On frappa à sa porte. Vorna prit une profonde inspiration. Elle savait qui venait la voir chez elle, et cette visite ne l'enchantait pas vraiment.

— Entre, Meria, dit-elle.

La mère du roi se déplaça avec hésitation dans la pièce éclairée par le feu de bois. Sous la douce lumière des flammèches, elle avait l'air plus jeune et ressemblait davantage à la femme que Vorna avait connue. Mais elle n'était plus cette femme, se rappela Vorna.

— J'espère que tu ne m'en veux pas de passer si tard, dit Meria.

— Que veux-tu ? demanda Vorna d'une voix qu'elle garda neutre.

— Je... voulais te remercier d'avoir sauvé mon petit-fils.

— Assieds-toi, dit Vorna, qui savait que ce n'était pas la seule raison.

Meria ôta sa cape à damier vert et bleu et s'assit face à Vorna. Elle plia minutieusement sa cape et la posa sur ses genoux.

— Je me suis comportée bêtement, Vorna, déclara-t-elle sans regarder la sorcière, les yeux rivés sur le feu. De toute ma vie, je n'ai vraiment aimé qu'un seul homme. Mon Varaconn.

— Mais pas Ruathain qui est pourtant mort pour toi, répliqua durement Vorna.

— Non, admit Meria. Pas Ru, qui méritait mieux. (Elle poussa un gros soupir.) Il paraît que les gens de Roc ont trois mots pour parler d'amour. Je ne les connais pas, mais Frère Solstice m'a expliqué leurs différents sens, un jour. Il y a l'amour de sa famille et de ses amis, il y a l'amour sauvage et protecteur qu'on a pour ses enfants, et enfin l'amour érotique et effréné qui brûle avec des flammes de dévotion et d'adoration. Peut-être n'est-ce pas entièrement vrai de dire que je n'aimais pas Ru. Parce que je l'aimais autant qu'on peut aimer un grand frère. Mais Varaconn était mon amour et ma vie. Lorsqu'il est mort, une part de moi – peut-être la meilleure – est partie dans la tombe avec lui. (Le feu commençait à mourir, aussi Meria ajouta-t-elle une bûche dans les flammes.) Je croyais bien me souvenir de son visage, de sa silhouette et de son sourire. Quand je pensais à lui, je voyais Connavar, sauf que sa barbe et ses cheveux étaient blonds. Mais je me trompais, Vorna. Avec le temps, j'avais oublié à quoi il ressemblait vraiment.

— Et tu as vu Bane, dit Vorna.

— Oui, j'ai vu Bane. Et j'ai vu Varaconn en lui. C'était comme s'il avait surgi des portes du temps. Oh, Vorna ! Qu'ai-je fait de ma vie ? (Des larmes se mirent à couler.) J'ai laissé mourir mon petit-fils. J'ai failli condamner tout le village. Je suis devenue une harpie que plus personne n'aime. Mais pire, pire que tout, j'ai tourné le dos au seul fils de Connavar.

— Tout cela est vrai, répondit froidement Vorna, et tu ne peux rien y changer. Tout acte a des conséquences que l'on doit assumer. Aujourd'hui, tu dois assumer les tiens.

Meria essuya ses larmes.

— Tu ne me facilites pas les choses, Vorna.

— Non.

— Tu me hais donc tant que ça ?

— Je ne hais personne, lui expliqua Vorna. Autrefois, nous étions amies, et je chéris ces souvenirs. À présent, nous ne le sommes plus. Mais j'aimerais bien savoir pourquoi tu as choisi de mettre un terme à cette amitié.

— C'était une erreur de ma part, répondit Meria. Je l'ai fait par faiblesse et mesquinerie, juste après avoir appris que Ruathain était mort dans la Grande Bataille. Frère Solstice m'a dit que Ru souffrait d'une maladie de cœur et que tu t'étais occupée de lui. Il m'a dit que tu avais prévenu Ru de ne pas se battre. Mais, moi, j'ignorais son état. Tu te rappelles de la *geasa* de mon fils ?

— Bien sûr. C'est moi qui l'ai prédite. Il mourra le jour où il tuera le chien qui l'aura mordu.

— Exactement. Et Conn a été mordu par un chien. Les dents du molosse se sont prises dans un de ses poignets de force et n'ont pas touché la peau. Lorsque je l'ai raconté à Ru, celui-ci m'a dit qu'il ne s'agissait pas d'une vraie morsure. Mais je ne l'ai pas écouté. J'étais tellement terrorisée à l'idée que Conn se fasse tuer le lendemain dans la bataille, que j'ai supplié Ru d'aller avec lui et de le défendre. Je lui ai dit – que les dieux me pardonnent ! – qu'il avait autrefois juré de protéger Varaconn et qu'il avait échoué ; je lui ai dit que cette fois il ne devait pas échouer.

— Il n'a pas échoué, répliqua Vorna. Il s'est battu toute la journée aux côtés de Connavar. Son cœur a lâché après la bataille. Mais pourquoi est-ce que tu me hais, moi ?

— Je n'avais pas le courage de m'en vouloir pour sa mort, répondit Meria. Je me suis donc persuadée que si tu m'avais confié dans quel état il se trouvait, je ne l'aurais jamais envoyé se battre. Ainsi, sa mort était de ta faute et pas de la mienne. Et lorsque tu t'es liée d'amitié avec Bane, cette haine a grandi. En regardant ce que je suis devenue, je ne ressens que de la honte, Vorna.

— Alors change, répondit la sorcière, mais tu dois avoir conscience que c'est trop tard.

— Trop tard ? Comment cela ?

— Il est trop tard pour forger une relation avec Bane. Il avait besoin de toi à sa naissance et pendant toute son enfance. Aujourd'hui, ce n'est plus le cas. Et il ne veut pas de toi.

— Mais tu es son amie, Vorna. Tu pourrais lui expliquer…

— Que pourrais-je expliquer à ce guerrier de vingt ans qui a grandi seul dans le mépris, rejeté par sa famille ? Il n'a pas besoin d'explications. Il sait. Il a vu sa mère mourir avant l'heure, sous le poids du dédain de la part des autres qui la rendaient seule responsable de la perte de Connavar. Aujourd'hui, c'est un homme, et du fait de ses déceptions d'enfant, il ne recherche pas l'affection familiale. Le temps de forger une relation avec Bane est passé depuis longtemps. Mais si tu souhaites changer, alors change avec les enfants qui peuvent encore profiter de toi, tes petits-enfants, Orrin et Badraig.

— Tu ne veux donc pas m'aider ? dit Meria, le visage se durcissant, ses yeux verts luisant dans les flammes.

Vorna éclata de rire.

— Revoilà la Meria que je connais.

Meria s'affaissa sur sa chaise et la colère disparut de ses yeux.

— Ce doit être vrai, dit-elle. Mais je ne veux plus être cette femme. Ce soir, j'ai essayé de faire un câlin à Orrin et il s'est enfui en courant. Il a eu peur.

— Tout cela prend du temps, répondit Vorna d'une voix plus douce. (Elle se leva de sa chaise.) Je vais aller faire une tisane, ensuite nous pourrons évoquer des jours meilleurs.

Trois jours passèrent sans la moindre nouvelle de la grande bataille qui se déroulait entre les Vars et les Rigantes près de Sept-Saules. Les habitants de Trois-Ruisseaux vaquaient à leurs occupations, mais l'appréhension grandissait. Et si Connavar perdait ? Et si – après avoir vaincu quelques centaines de Vars – dix mille autres apparaissaient en haut de la colline ? Des éclaireurs furent dépêchés pour observer l'est, et beaucoup de gens ne déballèrent pas leurs affaires afin de pouvoir évacuer le village au plus vite.

Au matin du quatrième jour, un cavalier passa la colline au galop. Au fur et à mesure qu'il approchait, on réalisa qu'il s'agissait de l'un des archers montés de Bendegit Bran ; sa cotte de mailles brillait au soleil et il avait un arc attaché à sa selle. Son cheval franchit en trombe le premier pont et se dirigea vers le centre du village. Les gens sortirent de leurs maisons en courant, anxieux d'avoir des nouvelles. Il attendit que les cinquante premiers curieux arrivent.

— Victoire ! leur cria-t-il. Les Vars sont vaincus, leur roi est mort.

Une ovation retentit et la nouvelle se répandit comme un feu de prairie dans tout le village. Les hommes et les femmes se pressèrent autour du cavalier. Son cheval devint nerveux et se cabra. Les gens reculèrent aussitôt. Le cavalier calma sa monture et l'emmena dans le corral longeant la forge.

— Où se trouve dame Meria ? demanda-t-il.

Des hommes lui indiquèrent sa maison et le cavalier s'y rendit à pied, suivi par la foule. Il se retourna.

— Je ferai un compte rendu détaillé à la rotonde dans une heure. Je dois d'abord porter un message à la mère du roi et à la femme de Bendegit Bran.

Il abandonna là les villageois. La porte de la maison était ouverte et Gwen se tenait sur le seuil.

— Est-ce que Bran est vivant ? demanda-t-elle.

Le cavalier retira son casque de cuir noir et s'inclina.

— Il est vivant et se porte bien, dame. Je suis Furse, fils d'Ostaran, et j'ai une lettre pour toi.

Il ouvrit une sacoche à sa hanche et en sortit deux lettres scellées à la cire. Il tendit la première à Gwen.

Meria sortit de la cuisine, de la farine sur les mains.

— J'ai entendu les cris, dit-elle. J'en déduis que mon fils a remporté une nouvelle grande victoire ?

— Exactement, dame Meria.

— Gwen, va donc chercher une chope de bière pour notre invité. Il doit être assoiffé après une telle chevauchée. Ensuite, il pourra s'asseoir pour nous donner toutes les nouvelles.

Meria scruta le cavalier de près comme Gwen passait devant elle pour se rendre à la cuisine. Il était mince et pas très grand, ses cheveux pâles étaient coupés à la mode de Roc.

— Ne t'ai-je pas déjà vu quelque part, jeune homme ? l'interrogea Meria.

— Si, dame. Je suis Furse. Mon père…

— Ah oui, Ostaran le Gath. Je l'aime bien. Il me fait rire. Assieds-toi donc.

Gwen revint avec une chope remplie à ras bord. Furse la remercia et but à grandes gorgées. Enfin, il s'assit et se fendit d'un large sourire.

— Nous les avons écrasés, déclara-t-il. Bendegit Bran avait organisé le déploiement des troupes. C'était sa stratégie. Nous les avons attaqués sur trois fronts et les avons acculés sur les collines Sacrées. Alors, Connavar, à la tête de ses Loups de fer, s'est concentré sur le flanc gauche, séparant leur armée en deux. Ils se battent bien, ces Vars, mais la victoire fut aisée. Ils ont essayé de garder la crête, mais nous les avons repoussés. Finalement, le roi Shard a mené un dernier assaut, dans le but, je crois, de fuir jusqu'à ses navires. Mais Bran l'avait devancé, et les archers montés de mon père ont coupé la retraite vare.

» Ah, mesdames, ce fut surtout la fin qui fut grandiose. Shard – un homme puissant de plus d'un mètre quatre-vingt-quinze – s'est retrouvé seul à défendre un pont. Tous ses hommes étaient morts ou s'enfuyaient du champ de bataille. Mais lui, il est resté là, fort et courageux, à nous haranguer, demandant qu'un champion vienne l'affronter d'homme à homme. Il en a tué trois avant que le roi Connavar n'arrive au trot. Shard l'a vu et l'a interpellé : "Enfin un ennemi digne de ma lame", lui a-t-il dit.

» Le roi a dégainé son épée, a mis pied à terre, et est allé l'affronter. Le combat fut bref, mesdames, mais merveilleux. Lorsque Shard est tombé, le roi s'est agenouillé à côté de lui. Je me trouvais à proximité, aussi me suis-je rapproché pour écouter ce qu'ils se disaient. Shard parlait, mais il murmurait, et je n'ai pas réussi à discerner ses mots. Puis, Shard a pris la main du roi et l'a serrée. J'ai alors entendu Connavar lui dire : "Et en ce jour, il n'y aura pas de haine entre nous." Puis Shard est mort.

— Quelles sont nos pertes ?

— Plus de deux mille tués, dame. Et au moins cinq mille blessés. Comme je vous l'ai dit, ces Vars se battent bien. Le roi a décrété une journée de repos, mais ensuite l'armée se rendra dans le Sud pour affronter Jasaray. Nos éclaireurs rapportent que l'armée de Roc est composée de plus de trente mille fantassins et de trois mille cavaliers.

— Mon fils les vaincra, déclara Meria. C'est sa destinée.

— Oui, dame, répondit Furse. (Puis il se rappela la lettre qu'il avait pour Meria et la lui tendit.) Je crains que le contenu ne t'attriste. Je vais donc te laisser lire en privé.

Il se leva, mais Meria lui intima d'un geste de s'asseoir.

— Si mes fils sont en vie et que la victoire est à nous, je ne vois rien qui puisse me rendre triste, dit-elle.

Elle décacheta le sceau et lut la lettre qu'elle tenait à bout de bras, plissant les yeux pour arriver à déchiffrer les grosses lettres. Elle finit de lire et se renfonça sur sa chaise, fermant les yeux.

— Que se passe-t-il ? s'enquit Gwen.

Meria se contenta de secouer la tête avant de se lever pour quitter la pièce. Gwen se tourna vers Furse.

— Sais-tu ce que contenait la lettre ?

— Je crois que oui, dame. Il y avait des rebelles pannones parmi les Vars – environ trois cents. Ils étaient conduits par Guern, un noble du Grand Nord. Lui et sept de ses hommes ont réussi à s'échapper, mais nous les avons rattrapés. (Furse détourna le regard.) Il y avait quelqu'un d'autre avec eux. On l'a vu s'enfuir du champ de bataille. Nos éclaireurs auraient pu le capturer, mais ils furent tellement surpris qu'ils le laissèrent partir. (Furse soupira.) C'était le frère du roi, Braefar. Il est passé à l'ennemi.

Wik vida une nouvelle coupe d'uisge. Il avait espéré se saouler, mais l'alcool ne semblait pas avoir d'effet sur lui aujourd'hui. Les soixante survivants de la bataille sur la colline de Trois-Ruisseaux n'étaient pas retournés dans la forêt ; ils campaient chez Bane et partageaient les huttes des ouvriers. On avait offert à Wik une chambre dans la maison principale qu'il avait acceptée. Le lendemain, Bane et Gryffe sortirent un grand coffre d'une des granges et payèrent à chaque survivant la somme convenue. Wik avait, lui, reçu plus de cent pièces, les cinq restantes qu'on lui devait plus deux par homme tombé au combat. C'était plus d'or que Wik n'en avait vu au cours de ses trente et un printemps. Il le distribua, le répartissant équitablement entre les survivants. Cet acte le surprit lui-même, et aujourd'hui encore, un jour plus tard, il n'arrivait toujours pas à comprendre pourquoi il l'avait fait. Le sentiment de tristesse né après la bataille ne l'avait toujours pas quitté et même l'alcool n'arrivait pas à l'en débarrasser.

Bane le trouva assis dans le grenier à paille de la première grange en train de contempler les collines. Le jeune guerrier portait un pichet d'uisge et une lanterne allumée ; il grimpa dans le grenier et s'assit à côté du chef des hors-la-loi. Le soleil tombait lentement derrière les montagnes et le paysage qui s'étendait devant eux luisait dans la pénombre grandissante.

Bane suspendit la lanterne à une patère et remplit la coupe de Wik puis la sienne.

— Si nous étions restés à Trois-Ruisseaux, lui dit-il, ils auraient certainement fait un festin en notre honneur.

— La peste soit des festins, répliqua Wik.

Bane éclata de rire.

— Je ne t'ai jamais vu aussi amer, lui fit-il remarquer. Es-tu toujours ainsi après un acte héroïque ?

— Comment le saurais-je ? rétorqua Wik. C'était mon premier.

— Alors qu'est-ce qui te préoccupe ?

— Si seulement je le savais. (Il jeta un coup d'œil à l'homme à côté de lui.) À la fin, le coffre était presque vide, Bane. Es-tu pauvre à présent ?

— Il me reste autant qu'à toi, répondit-il en souriant.

— Alors nous ne sommes qu'une paire d'imbéciles heureux, dit Wik. (Les collines éloignées se transformèrent en or le temps d'un dernier rayon de soleil.) Ah, c'était très joli, ma foi, poursuivit-il. (Et les ténèbres tombèrent.) Tu sais que la plupart de ceux qui sont morts étaient des nouveaux venus. Ce n'étaient pas vraiment des hors-la-loi, seulement des pauvres sans nourriture pour l'hiver. Certains étaient pannones, d'autres norviis. Il y avait même un jeune Cenii. Pourtant, ils ont tous enfilé l'armure que tu leur as donnée et se sont battus comme… comme…

— Des héros, fit Bane.

— Oui, da, des héros. (Wik renifla et cracha à l'extérieur.) Et pour quoi ? Pour des gens qui ne leur auraient pas donné un quignon de pain, même s'ils mouraient de faim. J'ai vu Boile tomber. Ils lui avaient presque tranché le bras et pourtant il continuait à se battre. C'était un idiot, ce Boile. Il avait même peur du noir. L'été passé, sa hutte a été réduite en cendres parce qu'il avait oublié d'éteindre son feu. (Wik se mit à rire.) Il est sorti de là les jambes en flammes. (Son sourire s'estompa.) Mais, par Taranis, qu'est-ce qui lui a pris de se comporter comme ça dans la bataille ?

— Et toi, pourquoi es-tu revenu ? s'enquit Bane.

Wik haussa les épaules.

— Je n'en ai pas la moindre idée. Est-ce que tu as vu Grale défendre la mère du roi ? Ah oui, bien sûr. Tu as tué le deuxième assaillant. (Wik secoua la tête.) Une part de moi aimerait ne jamais t'avoir écouté, Bane. J'aurais dû rester dans la forêt. Je savais qui j'étais alors.

— Qui étais-tu ?

Wik réfléchit à la question.

— Je n'étais rien, mais je ne le savais pas. Aujourd'hui je le sais.

— Que vas-tu faire ? Retourner dans la forêt ?

— Je n'ai pas encore décidé. (Soudain, Wik s'abrita les yeux de la lueur de la lanterne et scruta l'extérieur.) Des cavaliers approchent, dit-il. Des soldats !

Il poussa un juron et se releva. Dans sa hâte il manqua tomber mais Bane le rattrapa.

— Je ne crois pas qu'ils soient venus pour t'arrêter, dit Bane. Assieds-toi. Je vais aller voir ce qu'ils veulent.

Ils descendit les marches en bois et sortit de la grange. D'autres hors-la-loi avaient aperçu les soldats et Bane vit qu'ils étaient nerveux. Il les calma et leur demanda de continuer les préparatifs du festin.

Il y avait trente soldats, tous vêtus de l'armure noir et argent des Loups de fer. Mais à leur tête chevauchait un homme avec une cape à damier.

Bane sentit son estomac se nouer. La lune était haute dans le ciel et éclairait l'homme. Bane ne bougea pas d'un millimètre, les yeux rivés sur le roi légendaire. Il était imposant, large de carrure, et ses longs cheveux rouges et argents tombaient librement sur ses épaules, sa barbe à la fameuse rayure blanche était taillée de près. Il chevauchait plein d'aisance, bien droit sur sa selle. Bane sentit la colère monter en lui, mais il la maîtrisa.

Les cavaliers atteignirent le bas de la colline, longèrent le corral et s'arrêtèrent. Le roi mit pied à terre et s'approcha du jeune guerrier qui l'attendait. Bane contempla les yeux aux couleurs étranges qui reflétaient les siens.

— Que viens-tu faire ici ? lui demanda-t-il.

— Nous devons parler, répondit Connavar en passant devant lui pour se rendre à la maison.

Maintenant furieux, Bane lui emboîta le pas.

Connavar poussa la porte et entra dans la pièce principale. Gryffe et Iswain étaient assis devant le feu. Ils se levèrent en voyant Connavar entrer. L'énorme guerrier à la barbe rousse regarda le nouveau venu, le reconnut et s'inclina.

— C'est le roi, siffla-t-il à Iswain.

La grosse femme croisa les bras sur sa poitrine.

— Ce n'est pas le mien, déclara-t-elle.

Bane entra à son tour. Connavar ôta sa cape et la jeta sur le dossier d'une chaise. Puis il s'approcha du feu pour se réchauffer les mains. Gryffe jeta un coup d'œil à Bane qui lui fit signe de quitter la pièce avec Iswain. Ils obéirent. Comme ils fermaient la porte derrière eux, Bane prit la parole.

— Sois bref, déclara-t-il, car tu n'es pas le bienvenu dans ma maison.

Connavar se redressa et se retourna.

— C'est compréhensible, répondit-il, et, crois-moi, je ne souhaitais pas venir ici.

— Alors pourquoi y es-tu ?

— Pour deux raisons. J'ai apporté de l'or pour les hors-la-loi qui ont aidé Finnigal à défendre Trois-Ruisseaux. J'ai cru comprendre que tu leur avais promis deux pièces d'or à chacun. Je double la somme et je te rembourse au passage. Il ne sera pas dit que quelqu'un y perde à défendre ma famille.

— Tu comptes leur pardonner leurs crimes ?

— Est-ce le prix qu'ils ont demandé pour leur aide ? s'enquit le roi avec du mépris dans la voix.

Bane eut un sourire glacial.

— Ils ne te demandent rien du tout, espèce de salaud arrogant ! Et moi non plus. Garde ton or et étouffe-toi avec ! Ce que j'ai fait, je ne l'ai pas fait pour Meria ni pour les bonnes gens de Trois-Ruisseaux. Mais pour Vorna. Pour son amitié. Quant aux hors-la-loi, oui, ils sont venus parce que je leur avais promis de l'or, mais ils sont restés et ils sont morts parce que c'étaient des hommes. À présent, dis-moi ce que tu as à me dire et va-t'en !

Les yeux de Connavar s'enflammèrent.

— Prudence, mon garçon, ma patience a des limites.

— Comme ta gratitude, rétorqua Bane. Je n'espérais aucun remerciement de ta part. J'espérais plutôt ce que j'ai toujours reçu. Rien. J'aurais cru, en revanche, que tu aurais rassemblé ces hommes qui se sont battus pour toi afin de les remercier. Car, sans eux, ta mère serait morte à l'heure qu'il est, et ton cher Trois-Ruisseaux réduit en cendres.

L'espace d'un instant, il crut que le roi allait passer à l'attaque, tant la rage était visible dans son regard. Mais Connavar resta immobile, et Bane le vit lutter pour garder son calme.

— Tu n'as pas entièrement tort, Bane, dit-il enfin. Et tu me prends en faute sur un point. Rassemble tes hommes, je vais leur parler. Le deuxième point attendra un peu plus tard.

Bane n'eut pas besoin de rassembler les hors-la-loi. Le mot était passé que le Roi des Batailles était à la ferme. Le fameux Démone-Lame était parmi eux. Comme Connavar franchissait le seuil, ils étaient tous agglutinés devant la porte. Ils reculèrent et lui ouvrirent un passage jusqu'aux rôtissoires. Les hommes regardaient sa cape à damier, aux symboles des cinq tribus : le bleu pâle et le vert des Rigantes, le noir des Gaths, le jaune et le vert des Pannones, les rayures bleues des Norviis, et même le cercle rouge sur fond jaune des Ceniis méridionaux. À elle seule, la cape disait tout – cet homme était au-delà de toute querelle de tribus. Cet homme était le Haut Roi des Keltoïs.

Les flammes des braseros se reflétèrent sur son plastron et ses jambières, et les anneaux de sa cotte de mailles brillèrent de mille feux rouges. Pendant qu'il passait parmi eux, les hommes restèrent silencieux. Gryffe sortit de la maison et rejoignit Bane.

— Ça donne des frissons, pas vrai ? murmura-t-il.

Lorsque Connavar parla, ce fut d'une voix grave et basse, mais elle gronda comme le tonnerre dans le silence.

— Il y a deux jours, dit-il, nous avons livré une grande bataille face aux Vars. Douze mille Rigantes, Pannones et Norviis contre quinze mille Loups des mers. L'herbe du champ de bataille devint rouge et les rivières pourpres. Ce fut une journée d'héroïsme – des deux côtés ! Des hommes courageux, des hommes de valeur, des hommes portant des montagnes sur leurs épaules.

Nous étions en sous-nombre, mais nous nous battions pour notre terre et nos foyers, afin de protéger nos femmes et nos enfants. Car c'est dans la nature des vrais hommes.

» Mais vous, mes amis, vous ne vous êtes pas battus pour défendre les vôtres ou vos maisons. Vous vous êtes dressés face à un adversaire qui n'était pas votre ennemi. Vous vous êtes battus pour des gens qui n'étaient pas des parents. À Trois-Ruisseaux, on m'a dit que vous l'aviez fait pour de l'or. J'ai déjà vu des hommes se battre pour de l'argent. Au premier revers, ils cessent le combat et fuient. Pourtant bon nombre de vos compagnons ont donné leur vie dans ces collines. Et ils n'ont pas fui. Et ils n'ont pas supplié. Ils se sont battus ! Vous vous êtes battus ! Et ce faisant, vous avez sauvé la vie de ma mère, de la femme et des enfants de mon frère, Bendegit Bran, et du fils de mon plus cher ami, Fiallach. Je suis fier de vous, tous autant que vous êtes, et à chacun d'entre vous, je veux offrir mes remerciements.

» Tous mes soldats reçoivent un salaire pour leur service. Et vous, en ce jour de courage, vous avez été mes soldats. Par conséquent, je vous ai apporté de l'or. Et avec, je vous offre le pardon pour tous vos crimes avant ce jour. Où est Wik ?

— Ici, répondit Wik en sortant de la foule à grands pas.

Connavar lui tendit la main et Wik la serra.

— Dans deux jours, lui dit le roi, je chevaucherai en direction du Sud afin d'aller affronter le plus grand de tous les ennemis. J'ai besoin d'hommes de confiance, Wik. Acceptes-tu de rejoindre mes archers montés ?

— Oui, répondit Wik.

— Bravo. (Connavar éleva la voix.) Tous ceux d'entre vous qui veulent venir avec nous sont les bienvenus. Je fournirai cheval, armure, arc et flèches. Tout ce que j'attends en retour c'est que vous plantiez ces flèches dans les cœurs de Roc.

— Hourra ! cria la foule, mais Wik leva les bras pour faire cesser l'acclamation.

— C'est Bane que nous avons suivi, seigneur roi. C'est Bane qui nous a fait tenir bon. Quelle est sa récompense ?

— Tout ce qu'il désire, répondit le roi.

Un nouveau cri de joie retentit. Connavar traversa de nouveau la foule et retourna dans la maison. Bane l'y suivit et ferma la porte derrière lui.

— Un joli discours, dit le jeune homme. Tu avais presque l'air sincère. Je ne serais pas étonné qu'ils te suivent en enfer, à présent. Enfin, si tu me donnais la deuxième raison de ta venue ici ?

— Toi et moi devons nous rendre au Bois de l'Arbre à Souhaits. Ce soir. Seuls.

Bane éclata de rire.

— Et pourquoi devrais-je le faire ?

— Vorna est venue me voir. Elle m'a dit que c'est de la plus haute importance. Crois-moi, Bane, je n'ai aucune envie de m'y rendre avec toi. Je n'ai jamais voulu avoir un quelconque rapport avec toi et ta vie. Mais Vorna est une amie et je lui dois plus que je ne pourrai jamais lui rendre. Si tu ne veux pas venir, j'irai seul.

Bane resta silencieux un moment.

— Et Vorna a demandé que je t'accompagne ?

— Oui, da.

— Alors je viens. (Il scruta le visage du roi.) Tu sais, pendant longtemps j'ai voulu te parler, afin d'essayer de gagner ton respect. Et quand cela s'est révélé impossible, j'ai voulu te tuer. Mais plus maintenant, Connavar. Pour moi, tu n'es qu'un égoïste, arrogant qui plus est, qui va droit à la tombe. Et tu y finiras bien assez vite, sans mon aide.

— Tu es prêt à partir ? demanda le roi.

— Je suis prêt, répondit Bane.

Vorna gravit lentement la colline qui menait au Bois de l'Arbre à Souhaits. Il ne restait qu'une heure avant l'aube, et les chênes noueux paraissaient sinistres et menaçants sous le clair de lune. Les humains évitaient depuis longtemps ce bois, car c'était le royaume des Seidhs, et les périls qu'on y courait étaient connus de tous les Keltoïs.

Par le passé, de courageux héros s'étaient aventurés dans cet endroit sinistre. La plupart n'en étaient jamais revenus ; un de ceux qui avaient réussi avait vieilli au-delà de toute raison. Il était entré dans les bois jeune, grand et fort, et le lendemain il était revenu d'un pas chancelant, vieillard décati, édenté, que son cerveau – comme ses forces – avait abandonné.

Vorna s'arrêta à la frondaison des arbres et s'assit sur une pierre plate. Le vent était frais ici ; elle passa son gros châle noir autour de ses épaules et de sa tête. À sa connaissance, il n'y avait qu'un seul Rigante qui était ressorti indemne de ce bois – Connavar, enfant. Vorna soupira. Qu'est-ce que la Morrigu pouvait bien lui vouloir aujourd'hui ? Et pourquoi avait-elle besoin de la présence de Connavar et de Bane ?

Vorna ferma les yeux et appela par l'esprit la déesse seidhe. Pas de réponse. Elle essaya de contacter le Thagda, le Vieil Homme de la forêt, l'Homme Arbre, qui avait aidé Connavar autrefois. Rien.

Vorna soupira. Le vent était âpre et elle aurait voulu être déjà dans le bois afin de s'asseoir, le dos contre un gros chêne qui l'aurait protégée de la férocité de cette bise glaciale. D'un seul mot de Pouvoir elle aurait pu allumer un feu, mais elle avait conscience que le vent l'aurait soufflé en un instant.

Lentement, le temps passa, frigorifiant. Enfin, elle entendit des bruits de chevaux gravissant la colline. Vorna se leva et vit deux hommes chevaucher dans sa direction. Si près de l'Arbre à Souhaits, ses pouvoirs étaient amplifiés ; elle sentit la tension qui émanait des deux hommes et sut que leur voyage avait été silencieux. La tristesse s'empara de Vorna. C'étaient deux hommes bons, attentionnés et braves, que la tristesse, le remords, la douleur et la rage tenaient éloignés l'un de l'autre.

Connavar s'arrêta devant elle et descendit de selle.

— Eh bien, nous voilà, Vorna, dit-il. Que veux-tu de nous ?

Bane sauta en douceur sur le sol et alla embrasser la sorcière.

— Tu es glacée, lui dit-il en lui frictionnant le dos.

Il retira sa cape noire en peau de mouton et la lui passa autour des épaules. Vorna frissonna de plaisir sous son poids et sa chaleur nouvelle. Elle se tourna vers Connavar.

— Je ne veux rien de toi, mon cher Conn, expliqua-t-elle. L'appel vient de la Morrigu. Elle m'est apparue en rêve. Elle m'a demandé que nous nous retrouvions ici avant l'aube.

— Alors où est-elle ? demanda Bane.

— Je ne sais pas. Je l'ai appelée, mais elle ne répond pas.

— Je n'ai pas le temps de jouer, déclara Connavar. Il y a beaucoup à faire et le temps presse. Je vais attendre un petit peu, mais, si elle ne vient pas, je m'en irai.

— Elle m'a dit de te rappeler que tu lui as demandé un cadeau autrefois, répliqua gentiment Vorna, et qu'un jour elle te demanderait quelque chose en échange. Ce jour est venu !

Avant que Conn ne puisse répondre, un bruissement d'ailes se fit entendre dans le bois. Les trois regardèrent autour d'eux, s'attendant à voir le corbeau de la Morrigu fendre la nuit. Mais le silence revint presque aussitôt.

— Quelque chose ne va pas, ici, souffla Vorna. Je n'arrive pas à sentir sa présence.

— Visiblement quelque chose de plus important requiert son attention ailleurs, suggéra Bane à la légère.

— Tu as peut-être raison, répondit doucement Vorna, mais pas dans le sens que tu imagines. La Morrigu est parfois capricieuse, mais elle ne ment pas. Elle m'a dit qu'il était vital pour l'avenir des Rigantes que vous veniez tous les deux. Quelque chose ne va pas, répéta-t-elle.

Elle resta immobile un moment. Au loin, derrière le bois, les cimes enneigées du Caer Druagh se mirent à briller de la promesse de l'aube.

— Il faut que j'aille dans le bois, déclara soudain Vorna.

Conn s'approcha d'elle et lui posa la main sur l'épaule.

— Tu ne dois pas, dit-il. Tu risques de mourir, Vorna !

— J'y suis déjà allée, protesta-t-elle.

— Oui, mais jamais sans y avoir été invitée. Tu m'as dit – et c'était également valable pour toi – qu'entrer dans ce bois sans y avoir été convoqué par les Seidhs signifie la mort. N'est-ce pas vrai ?

— Si, c'est vrai. Il va me falloir jeter quelques sorts avant. Mais je dois quand même tenter ma chance.

— Je t'accompagne, dit Bane. J'ai toujours eu envie de me balader dans ce bois.

— Ne sois pas idiot, garçon, rétorqua Connavar avec colère. C'est un endroit magique, les mortels n'y sont pas les bienvenus. Tu es jeune et fort. Mais en quelques heures tu pourrais bien ressortir de là chancelant, avec les cheveux blancs et la peau sur les os.

— Tu penses que je devrais laisser mon amie affronter seule le danger ? lui demanda froidement Bane.

— Aucun de vous deux ne devrait entrer, insista Conn. La Morrigu a dit qu'elle serait ici. Elle n'y est pas. Ce n'est pas notre faute !

— Je dois y aller, dit Vorna. Je le sais. De toute ma vie, je n'ai jamais ressenti quelque chose d'aussi fort. Au fond de mon cœur, je sais que je dois entrer dans ce bois. J'y marcherai avec foi !

— Mais pas moi, Vorna, répondit tristement Conn. Pour la première fois depuis longtemps, j'ai peur. Il y a au sud un ennemi qui menace de détruire tout ce qui nous est cher. Je me suis préparé toute ma vie pour ce moment. Est-ce que tu comprends ? J'ai mis de côté l'amour et la famille, tous les plaisirs de la chair. Pendant vingt ans, j'ai travaillé sans relâche pour que nous ayons une petite chance de préserver notre mode de vie. S'il m'arrivait quelque chose à présent, nous risquerions de tout perdre !

— Alors, attends ici, mon cher, lui dit Vorna. Bane et moi irons voir ce qui ne va pas.

Elle se tourna et prit Bane par la main. Ensemble ils pénétrèrent dans les bois. Bane dégaina une de ses épées, mais Vorna lui posa la main sur le poignet.

— Range-la, dit-elle. Il n'y a rien ici qui puisse être combattu par le fer.

Bane rengaina sa lame. Ils s'avancèrent entre les arbres. Une brume s'éleva de la terre humide formant comme un mur. Vorna s'arrêta ; son cœur battait de plus en plus vite.

— Ne lâche pas ma main, murmura-t-elle.

Puis, ils s'enfoncèrent dans la brume. Celle-ci était plus froide que de la glace ; elle s'enroulait autour de leurs épaules, s'agrippait à leurs visages. Aveuglés, ils progressèrent à tâtons. Bane tendait et ramenait son bras devant lui régulièrement. Il n'arrivait même pas à distinguer ses doigts. Il ne voyait pas non plus Vorna, même s'il sentait sa main dans la sienne. Ils avancèrent centimètre par centimètre. Bane toucha un tronc d'arbre du bout des doigts et ils le contournèrent. Le temps passa sans qu'aucun d'eux ne puisse s'orienter. Vorna trébucha. Le froid était intense et elle avait les jambes complètement engourdies. Bane l'aida à se relever.

— Ce n'est pas la meilleure idée que tu aies eue, lui dit-il en claquant des dents.

Vorna lui passa un bras autour de la taille.

— Tu as raison, je le crains, avoua-t-elle, avant de se laisser tomber sur le sol.

Bane s'agenouilla à côté d'elle.

— Ce n'est pas encore fini, murmura Vorna. Attends de voir.

— Voir ne serait pas de refus, répondit Bane.

Ils se blottirent l'un contre l'autre. Vorna retira la lourde cape en laine et en passa une partie autour des épaules du jeune homme. Elle prononça un mot de Pouvoir afin de faire un feu. Les flammes jaillirent de ses doigts, mais la brume se jeta dessus et les éteignit avant même qu'elles soient complètement formées.

— J'aperçois quelque chose, dit Bane. À droite.

Vorna essaya de distinguer de quoi il s'agissait à travers la brume. Soudain, elle vit une lueur vacillante.

— Par ici ! cria-t-elle.

La lueur s'immobilisa un instant, puis se remit à avancer, cette fois dans leur direction.

La brume s'écarta devant la lueur, et ils virent apparaître le roi Connavar, son épée seidhe devant lui, la lame luisant intensément. La brume recula davantage devant l'épée, et ils purent apercevoir les racines noueuses des chênes sortir de la grisaille.

Finalement, la brume disparut et Connavar rengaina son épée dans son fourreau. Vorna se leva et regarda le visage balafré qu'elle connaissait si bien.

— Je savais que tu viendrais, lui dit-elle. Tu sais pourquoi ? Parce que cela fait partie du mode de vie que tu défends si chèrement. Les amis ensemble, prêts à risquer leur vie l'un pour l'autre. C'est cela, mon cher, être rigante !

— Trouvons la Vieille Femme, répondit-il d'une voix bourrue.

Mais tout en prononçant ces mots, il passa un bras autour de Vorna et l'embrassa sur le front.

Les trois compagnons s'aventurèrent plus profondément dans le bois. Sur le sol, devant eux, ils virent un oiseau mort. Il était gros et noir, sans aucune plume sur le crâne. Bane mit un genou à terre pour l'examiner.

— C'est le corbeau de la Morrigu, déclara-t-il.

— Emportons-le avec nous, dit Vorna.

Bane souleva l'oiseau et fut surpris par son poids.

— Il est plus lourd qu'un chiot, confia-t-il aux deux autres.

Vorna continua d'avancer, Connavar à côté d'elle et Bane fermant la marche. Ici, il n'y avait plus de vent et la température était plus élevée que sur la colline. Les trois compagnons descendirent une pente.

— Je me souviens de cet endroit, dit Connavar. C'est là que je suis venu lorsque j'étais enfant.

Vorna s'arrêta et ferma les yeux.

— Elle n'est pas loin.

Ils reprirent leur route et franchirent à pied un petit cours d'eau, puis gravirent la montée de l'autre côté. Vorna sortit du sentier et traversa les sous-bois en friche jusqu'à une petite clairière. La Morrigu y était assise, le dos contre un arbre. Du lierre avait poussé sur ses jambes et recouvert un de ses bras. Il y avait de la mousse sur son manteau et une araignée avait tissé sa toile entre son voile et le tronc de l'arbre. Vorna se précipita près d'elle.

— Comment une déesse peut-elle mourir ? demanda Bane.

— Elle n'est pas morte. Pas encore, répondit Vorna en posant ses mains sur la tête voilée.

Un léger gémissement monta de la Morrigu et son bras couvert de lierre s'agita.

— Où est mon Bab ? soupira-t-elle.

Vorna se tourna vers Bane.

— Donne-lui le corbeau !

Bane s'agenouilla de l'autre côté de la Seidhe et déposa le corbeau sur ses genoux.

La Morrigu essaya de bouger son bras. Connavar s'accroupit et arracha le lierre. Lentement, la vieille femme leva la main jusqu'à ce qu'elle puisse la reposer sur les plumes noires du corbeau mort. Puis elle soupira. De nouveau, Vorna posa les mains sur la tête de la déesse, afin que son pouvoir de guérison puisse se distiller en elle. Mais c'était à peine plus qu'une goutte d'eau dans le désert.

— J'aurais dû franchir le Portail il y a bien longtemps, dit la Morrigu d'une voix si faible qu'ils durent faire un effort pour l'entendre.

Puis sa tête retomba contre l'arbre.

— Le Portail ? s'enquit Bane.

— La plupart des Seidhs sont déjà de l'autre côté, expliqua Vorna, à la recherche d'autres mondes où la magie est encore forte. Je ne sais pas pourquoi elle est restée ici si longtemps.

— Où se trouve ce Portail ? demanda Connavar. Peut-être pouvons-nous l'y porter !

— Je ne sais pas, répondit Vorna. Je n'étais jamais allée aussi loin dans le bois auparavant.

— Ne peux-tu Fusionner avec elle ? suggéra Connavar. Tu l'as fait autrefois avec moi, pour me sauver.

— Fusionner avec un Seidh ? Je ne sais pas si je pourrais, ni si mon corps ou mon âme pourraient tenir le choc.

— Ils... ne le pourraient pas, murmura la Morrigu. Et vous ne pouvez pas m'emmener jusqu'au Portail. Il est gardé par une créature qu'aucun humain ne peut vaincre.

Vorna prit sa main.

— Montre-moi le Portail, insista-t-elle.

Une faible lueur jaillit sous la peau de la main de la Morrigu et se diffusa le long du bras de Vorna. La sorcière se raidit et poussa un cri. Puis elle s'effondra dans les bras de Connavar.

— Oh, que c'est douloureux, soupira-t-elle.

Elle resta assise un instant, le temps que sa tête arrête de la brûler. Elle jeta un coup d'œil à la Morrigu qui s'était rendormie.

— Le Portail n'est pas très loin, dit Vorna. À peine à huit cents mètres d'ici, au sud-est. Il se trouve dans un cercle de pierres. Il y a là un chemin qu'on appelle le *Piare la Naich*, le Chemin de la Vie. On doit la porter le long de ce chemin et la faire passer entre les deux plus grands menhirs. Mais j'ai vu un monstre là-bas. Il est hideux, avec des écailles. D'une certaine manière, il ressemblait à un ours, mais avec des griffes et des crocs plus longs, et un cuir plus épais. Vous avez entendu ce qu'elle a dit, aucun humain ne peut le vaincre. Qu'allons-nous faire ? demanda-t-elle à Connavar.

Le roi soupira.

— Elle m'a fait un cadeau autrefois, et je ne l'ai toujours pas payée en retour. Un homme devrait toujours payer ses dettes. Je la porterai jusqu'au Portail et, si besoin est, j'arracherai le cœur de cet ours.

— Je crains que tu ne puisses la porter seul, dit Vorna. J'ai soulevé sa main il y a un instant. Elle a l'air fine et frêle, mais son corps pèse en fait plusieurs fois celui d'un homme normal.

Connavar passa les bras sous la Seidh inconsciente et essaya à grand-peine de la soulever.

— C'est comme si elle était ancrée au sol, s'exclama-t-il. (Il regarda Bane.) Peux-tu m'aider ? lui demanda-t-il simplement.

— Pourquoi pas, répondit Bane. Ce n'est pas tous les jours qu'on peut voir un roi affronter un ours démon.

Les deux hommes s'accroupirent de chaque côté de la déesse et se préparèrent à la porter. Au même moment, une lueur apparut sous le voile de la Morrigu. Des lumières jaillirent un peu partout sous sa peau.

— Lâchez-la ! hurla Vorna.

Mais c'était trop tard. Les deux hommes se mirent à briller comme si un feu intérieur les consumait.

Bane ouvrit les yeux. Quelque chose n'allait pas. Il cligna des yeux et essaya de nettoyer son esprit. Il n'avait jamais vu aussi bien. *Non, pas mieux,* réalisa-t-il. *Plus !* De sa position surélevée, il voyait à la fois les arbres devant et derrière lui. *Comme c'est étrange,* pensa-t-il. Il essaya de se lever, mais une vive douleur le saisit. Surpris, il pencha la tête et regarda à ses pieds. Ce ne furent pas les ronces dans lesquelles il était pris qui lui causèrent un choc, faisant s'emballer son cœur. Ce fut que, baissant le regard, il ne vit plus son corps, mais les pattes pâles d'un faon. En proie à la panique, il essaya de se relever. Les épines des ronces déchirèrent ses flancs et ses pattes. Il essaya d'appeler à l'aide, mais n'entendit qu'un bêlement apeuré. Ses pattes arrière ruèrent dans les ronces et il se releva à moitié pour mieux retomber. L'une des ronces cassa et lui fouetta le visage, entaillant la douce peau de son cou. Il vit alors un jeune garçon à l'orée du buisson. Il devait avoir dans les dix ans, avait les cheveux rouges et le visage pâle malgré des tâches de rousseur. L'enfant dégaina un vieux couteau en bronze et se faufila dans les ronces, qui s'enroulèrent autour de lui, déchirant sa tunique et lui perçant la peau. L'espace d'un instant, Bane crut que l'enfant venait le tuer, et son corps de faon se débattit violemment. C'est alors que l'enfant parla.

— Reste tranquille, petit. Ne bouge pas, je vais t'aider.

La voix se voulait apaisante. Le faon, qui était aussi Bane, scruta les yeux aux couleurs étranges de l'enfant. *C'est Connavar,* pensa-t-il. Le garçon coupa lentement les ronces et dégagea le faon.

Le monde se mit à tourner, et les ténèbres recouvrirent sa vue. Lorsque celle-ci revint, on le portait toujours, mais il avançait très vite. Il était allongé dans les bras d'un jeune homme qui courait tant bien que mal vers les collines. Bane eut alors conscience de sa propre faiblesse. Ses bras étaient maigres, sans muscles ni forces. Et il ne pouvait pas du tout sentir ses jambes. Sa tête se tourna, alors qu'il ne le lui avait pas commandé, et ses yeux se posèrent sur un énorme ours noir qui était à leur poursuite. Il avait le museau en sang. Et il gagnait du terrain. Bane regardait à présent le visage éprouvé du jeune homme qui le portait. C'était Connavar, jeune et encore imberbe. Il serrait les dents, et respirait de façon saccadée. Bane entendit une voix et réalisa qu'elle venait de sa propre bouche.

— Pose-moi par terre ! Sauve-toi !

Le coureur s'arrêta et Bane se sentit déposé en douceur dans l'herbe. Le jeune Connavar dégaina une dague et fit face à la bête qui chargeait.

— Oh, je t'en prie, va t'en ! s'entendit dire Bane.

— Je vais lui arracher le cœur à cette saloperie ! siffla Connavar, qui se jeta sur la bête.

Bane, muet, regarda avec horreur les griffes de l'ours s'enfoncer dans le petit corps du jeune guerrier et ses mâchoires se refermer sur son épaule. Le garçon se battit jusqu'au bout avant d'être jeté au loin comme un fétu de paille ensanglanté.

Les ténèbres s'abattirent de nouveau et lorsqu'il rouvrit les yeux, son corps ressentit une douleur proche de l'agonie. Il manqua s'évanouir. Et en fait il aurait préféré. Il était allongé sur le ventre, sur une grande table, ses blessures pansées et du feu lui coulant dans les veines. Il vit Vorna assise à ses côtés. Elle était plus jeune, mais son visage reflétait sa fatigue.

— Comment te sens-tu ? lui demanda-t-elle.

— Mieux, s'entendit-il dire.

— Il va te falloir du temps pour guérir, jeune homme.

— Je dois avoir récupéré mes forces pour le festin, lui répondit-il. Je dois épouser Arian.

Bane sentit une vague d'amour et de désir monter chez le jeune homme, mais il lut aussi la tristesse dans les yeux de Vorna.

— Tu ferais mieux de te reposer, lui ordonna-t-elle.

Bane-Connavar était assis sur un poney. Il était fatigué et faible. Une foule était rassemblée sur son passage, applaudissant à tout rompre et l'ovationnant. Il réalisa alors qu'il rentrait dans Trois-Ruisseaux. Son corps était encore en proie à une douleur vive, mais sa tête se tournait à droite et à gauche, à la recherche de la jeune fille aux cheveux blonds dont il avait rêvé si longtemps. Bane ressentit son angoisse en s'apercevant qu'elle n'était pas dans la foule.

On l'aida à descendre du poney, et Bane vit Meria et Ruathain. Ils l'aidèrent à se mettre au lit. La scène devint noire et des ténèbres vint une voix :

— Je présume que personne ne t'a dit pour Arian ? Elle a épousé Casta lors du festin de Samain.

Le jeune blessé poussa un gémissement et Bane sentit le désespoir le submerger.

— Je suis désolé, Conn. J'ai bien essayé de te dire qu'elle se moquait de toi, dit la voix.

Bane ressentit toute la peine du jeune homme et, avec elle, la disparition de toute envie de vivre. Tout ce qui sauvait le jeune homme c'était la graine de la colère, qui poussait dans son cœur comme une rose enduite d'acide.

« Bane ! Bane ! » La voix semblait venir de très, très loin. Il sentit la main de Vorna sur son épaule, qui le tira en arrière ; il était affalé sur le corps de la Morrigu. Il grogna et s'assit sur le sol. Puis, il regarda la silhouette immobile de Connavar penché au-dessus de la Vieille Femme. Bane se mit à genoux et se releva en tanguant. Il tituba jusqu'au roi et le tira en arrière afin de l'allonger sur l'herbe.

— Que s'est-il passé ? demanda Bane à Vorna.

— Son esprit est entré en vous. J'ai cru que vous alliez mourir.

Bane se frotta les yeux.

— J'ai vu des choses, Vorna. J'ai vu Connavar se battre avec l'ours. Je l'ai vu… lui, dans la caverne, te parler de ma mère.

— Il l'aimait énormément, dit-elle doucement. Ils devaient se marier…

— Je sais. Elle l'a… trahi.

— Non, ce n'était pas une trahison, protesta-t-elle. Arian était une femme troublée. Elle avait besoin de quelqu'un sur qui s'appuyer, afin que les ténèbres ne s'emparent pas d'elle. Tout le monde a cru que Connavar allait mourir. Arian était terrorisée. Alors, elle a épousé Casta. Mais tout cela appartient au passé. Oublie.

Le roi grogna et s'assit à son tour.

— Nous allons devoir faire un brancard, déclara-t-il. Je ne pourrai pas vivre cela une deuxième fois.

— Qu'as-tu vu ? lui demanda Vorna.

— Nous devons tailler des perches, répliqua Connavar, et les relier avec la cape de Bane. C'est le tissu le plus épais que nous ayons. Je pense qu'il supportera le poids.

Il se releva péniblement. Vorna vint se planter devant lui.

— Qu'as-tu vu, Conn ?

— Trop de choses, répondit-il.

Il dégaina son épée et partit dans le bois pour revenir avec deux longues branches fines. Il prit sa dague et ôta feuilles et brindilles sur toute leur longueur. Puis, il étendit la cape de Bane sur le sol et découpa des fentes de chaque côté dans lesquelles il enfila les perches.

— Nous devons quand même la poser dessus, fit remarquer Bane.

— Oui, convint Connavar. Dépêchons-nous.

Ils posèrent le brancard à côté de la Seidhe et prirent position pour la soulever. Cette fois, il n'y eut pas de lumières soudaines. Bane et Connavar prirent chacun une extrémité du brancard et suivirent Vorna en direction du sud-est. Le trajet fut sans encombre, pourtant, en atteignant la dernière colline, les deux hommes étaient en sueur. Devant eux se trouvait une grande clairière au milieu de laquelle se dressait un cercle de hautes pierres levées qui brillaient comme de l'or sous le soleil de l'aube.

— Je ne vois… aucune bête, grogna Bane, les muscles endoloris.

— Pas encore, précisa Vorna.

Ils approchèrent lentement du cercle. Une fois de plus, une brume s'éleva sous leurs pieds, tourbillonnant autour des pierres, s'envolant de plus en plus haut, jusqu'à bloquer la lumière du soleil. Puis, la brume s'épaissit, devenant de plus en plus sombre, formant comme un dôme de nuit au-dessus des menhirs. Au centre du cercle, derrière un dolmen, une forme lumineuse apparut. Bane et Connavar portèrent la Morrigu jusqu'au bord du cercle et la posèrent délicatement au sol. Un grognement sourd monta de la créature derrière l'autel de pierre. Bane dégaina son épée et poussa un long soupir. Comme Vorna l'avait annoncé, la créature faisait dans les deux mètres cinquante de haut et son corps était couvert d'écailles argentées. Ses longs bras se terminaient par des griffes vicieusement courbées. Bane scruta la tête de la bête. Elle avait un long museau, comme un loup, et des dents aussi acérées et aussi longues que des dagues.

— Je l'attaque par la gauche, toi par la droite, dit Bane en se tournant vers le roi. Mais que fais-tu ? (Connavar avait défait la boucle son baudrier et enlevait à présent son plastron et sa cotte de mailles, ses poignets de force et ses jambières.) Tu comptes l'affronter nu ?

— Je ne vais pas l'affronter du tout, répondit Connavar.

— Alors quel est ton plan ?

Connavar s'agenouilla à côté du brancard et passa ses bras sous la Morrigu. Dans un effort surhumain, il se releva ; ses genoux faillirent lâcher. Il fit un pas chancelant, puis un autre, et entra ainsi dans le cercle en passant entre les deux plus hautes pierres. La bête avança vers lui. Bane se rua dans le cercle, passa sous un coup de griffes et asséna un coup de taille au ventre de la bête. L'épée rebondit. Quelque chose heurta Bane à la poitrine avec une force colossale, le soulevant de terre et le propulsant à l'extérieur du cercle de pierres. Il atterrit lourdement, mais se releva en souplesse, juste à temps pour voir Connavar atteindre en titubant le dolmen. La bête écailleuse se dressa au-dessus du roi et lança un rugissement à déchirer les tympans. Le roi l'ignora et déposa la Morrigu et son corbeau sur la longue pierre plate.

Au moment où le corps toucha la pierre, le dôme de ténèbres disparut. Le soleil toucha la bête et celle-ci se mit à rapetisser, puis disparut en fumée. Bane se releva et entra dans le cercle, Vorna à ses côtés. Le corps de la Morrigu se mit à trembler violemment. Une flamme jaillit de sa poitrine, mettant le feu à sa robe. Du feu jaillit de ses doigts et sa chair se détacha, pelant sur tout son visage, alors que des flammes sortaient également de ses yeux. Elle brûla d'un feu de plus en plus intense, tant et si bien que les trois compagnons durent reculer en se cachant les yeux.

Le feu s'éteignit aussi rapidement qu'il s'était déclenché, mais une terrible luminosité subsistait.

— Retournez-vous, dit la puissante voix de la Morrigu, car vous ne pouvez contempler le Portail ouvert.

Ils lui obéirent. Puis, sa voix retentit de nouveau :

— J'ai toujours aimé ce monde, que les Seidhs ont baptisé Tir na Nogh. J'ai toujours chéri l'idée qu'un jour il nourrirait l'âme de l'univers dont il est né. Connavar, tu as dit avoir passé vingt ans de ta vie à protéger le mode de vie rigante. J'ai passé dix mille années, sur dix mille mondes différents, afin de protéger la vie. L'esprit est la vie. L'un ne peut exister sans l'autre. Au plus profond de leurs cœurs, les Keltoïs l'ont compris. Le peuple de Roc, à l'exception de quelques membres du Culte, ne l'a pas compris. J'ai vu la chute de mondes, les conquêtes et la désolation causée par les armées de l'envie et de l'avarice. Ici, Roc est le grand ennemi. Dans d'autres mondes, il s'appelle Rome, ou Cagaris, ou Shefnii, ou Pakalin. Les noms changent, mais les conséquences du mal sont les mêmes : la mort de l'esprit, la mort du monde. (Sa voix se tut un instant, puis elle s'adressa au roi :) Il y a vingt ans, tu m'as demandé un cadeau et je t'ai dit qu'il y aurait un prix. Ce prix est simple : lorsque ton frère t'appellera, fais ce qu'il te demande. Peu importe le reste, peu importe l'importance des événements en cours. As-tu compris ? Fais ce qu'il te demande.

— Quel frère ? s'enquit Connavar.

— Tu le sauras. Acceptes-tu ce prix ?

— J'ai dit que je l'accepterais, répondit Connavar. Je tiendrai ma promesse – comme j'aurais dû en tenir une autre il y a des années.

— Voilà qui est bien, déclara la Morrigu. Et maintenant, Bane, me feras-tu un cadeau ?

— Que puis-je t'offrir, dame ?

— Dans huit jours, durant la nuit de la lune du Chasseur, pourrais-tu revenir dans ce cercle ?

— Oui, et ensuite ?

— Tu feras ce que tu voudras. À présent..., adieu.

La lumière s'estompa. Vorna se retourna et vit que l'autel avait disparu.

— Un petit merci n'aurait pas été de trop, dit Bane.

Connavar enfila sa cotte de mailles et son plastron, puis il ceignit son baudrier. Bane s'approcha de lui.

— Comment as-tu deviné que la bête ne t'attaquerait pas ? lui demanda-t-il.

— Moi aussi, j'aimerais bien le savoir, dit Vorna.

Connavar mit un genou à terre et enfila ses jambières.

— La Morrigu a pris un grand risque avec nous, répondit-il. Elle aurait pu se rendre au Portail il y a une semaine, quand elle a senti son énergie disparaître. Mais, au lieu de cela, elle est restée où elle était, dans l'espoir que nous puissions la rejoindre. Je l'ai lu dans son esprit. Elle a essayé de me fermer ses pensées, mais elle était trop faible pour me repousser. (Il se releva.) J'ai toujours cru que c'était une créature maligne, mais son degré d'amour pour cette Terre et pour ses habitants était incroyable.

— Oui, d'accord, dit Bane impatient. C'était une femme douce et aimante. Mais la bête... ?

— La créature qu'aucun humain ne pouvait vaincre ? C'était une leçon, Bane. Un homme bon a essayé de me l'inculquer il y a longtemps. Tu ne peux pas vaincre la haine avec davantage de haine. Parfois il faut que tu capitules si tu veux gagner. Lorsqu'on fait face à un ennemi, il n'y a que trois options possibles : s'enfuir, l'attaquer, ou en faire ton ami. La créature dans le cercle a été créée pour répondre à un choix. Attaque-la, et elle t'attaquera avec deux fois plus de force. Je l'ai ignorée. Et elle, comme c'était sa nature, m'a ignoré.

— Tu as l'air triste, mon cher, remarqua Vorna en s'approchant de lui.

— Oh, si ce n'était que de la tristesse, répondit Connavar.

Et il s'en alla.

Deux jours plus tard, Connavar partit pour le Sud, à la tête de dix mille Loups de fer et trois mille archers montés, parmi lesquels Wik. Le gros de ses fantassins – un peu plus de vingt-cinq mille hommes – était déjà en marche sous les ordres du général Govannan. Des centaines de chariots de train suivaient l'armée, qui s'étendait sur une colonne de près de quinze kilomètres. Les habitants de Trois-Ruisseaux la regardèrent partir.

Bane sortit de la rotonde au moment où passait le roi. Connavar le vit et leva sa main en signe d'adieu. Bane répondit au geste brièvement. Puis, il monta en selle et partit à l'ouest, vers sa ferme.

Vorna attendait près de la forge que l'armée soit passée. Elle observa Connavar jusqu'à ce qu'il ne soit plus qu'un point à l'horizon. Puis, elle fit demi-tour et rentra chez elle.

Meria l'attendait.

— C'est une belle armée, déclara-t-elle. Ils vont gagner.

Vorna lut la peur dans ses yeux verts.

— Espérons, dit-elle.

— C'est la destinée de Conn de les vaincre, ajouta Meria. Il l'a su toute sa vie.

Vorna n'avait pas envie de compagnie, mais elle attendit poliment que Meria en vienne à la véritable raison de sa visite.

— Conn est venu te voir, hier, dit Meria. Comment allait-il ?

— Il avait l'air… songeur, répondit Vorna.

— Depuis la nuit qu'il a passée dans la ferme de Bane, il a l'air renfermé. Se sont-ils disputés ? J'ai vu que Bane n'est pas parti avec l'armée.

— Ils ne se sont pas disputés, dit Vorna, et il n'a pas passé la nuit chez Bane. Lui et Bane sont venus avec moi dans le Bois de l'Arbre à Souhaits.

Meria soupira.

— Il ne me l'a pas dit. (Elle se fendit d'un sourire forcé.) Mais il ne me l'avait pas dit non plus la première fois qu'il y est allé. A-t-il vu les Seidhs ?

— Oui.

— Lui ont-ils donné un talisman contre les armées de Roc ?

— D'une certaine manière.

— Je sais, c'est idiot, je ne devrais pas m'inquiéter ainsi. Conn a quarante ans. Ce n'est plus un enfant qu'on doit protéger. C'est juste que… (Des larmes apparurent aux coins de ses yeux.) C'est la façon dont il m'a dit au revoir. (Meria scruta le regard sombre de Vorna.) As-tu vu l'avenir ?

— Non.

— Mais tu crois qu'il va revenir ?

Vorna se détourna et regarda au loin les pentes vertigineuses du Caer Druagh. Il y avait de l'orage, et les pics blancs étaient voilés de nuages.

— Je n'ai pas vu l'avenir, déclara-t-elle. Mais Conn, si. C'est un homme valeureux et il affrontera son destin comme le doit un roi.

— T'a-t-il confié ce qu'il a vu ?

— Tu le sais déjà dans ton cœur, répondit Vorna.

Meria ferma les yeux et des larmes roulèrent sur ses joues. Elle poussa un petit gémissement et s'affaissa contre le mur extérieur de la maison. Vorna lui passa les bras autour des épaules.

— Entrons, lui dit-elle.

Meria secoua la tête.

— Non… je vais rentrer chez moi. Gwen et moi, nous devons accompagner les enfants aux chutes de Riguan. (Elle regarda le ciel.) J'avais espéré qu'il fasse beau. Tu penses que l'orage vient vers nous ?

— Non, répondit gentiment Vorna. Il va vers l'est.

— Les chutes sont magnifiques, dit Meria en essuyant ses larmes. Nous allions nous y baigner souvent avec Ruathain. Je me souviens du jour où Conn a sauté pour la première fois du rocher au-dessus de l'étang. Il n'avait que cinq ans. (Elle se mordit la lèvre et tourna la tête.) Cela ne fait pas si longtemps que cela, Vorna. Parfois, je regarde ma maison et je m'attends à voir mon petit Bran en sortir en courant, ou Connavar et Aile jouer sur la colline.

Elle se tut. Ses yeux se posèrent sur l'armée en marche. Puis elle soupira.

— À présent, Bran est général, Aile est un traître, et mon Conn…

La tête baissée, le visage inondé de larmes, Meria repartit chez elle en traversant le pré.

L'esprit de Banouin flottait loin au-dessus de l'armée rigante, tandis que son corps reposait dans un petit bois au nord, protégé par Frère Solstice. Pour le commun des passants, le jeune druide donnait l'impression de dormir. Mais, au lieu de cela, il goûtait la liberté que seul un mystique peut connaître ; aucun désir charnel, aucune faim, aucune passion, aucune colère. Sortir de son corps ne ressemblait à aucune autre expérience, et Banouin ne pouvait pas décrire le plaisir exquis que cela procurait. Il avait dit une fois à Connavar que c'était comme voir le soleil de l'aube après une nuit d'épouvante. Mais cette description ne rendait pas vraiment justice à la chose. On disait que dans le Grand Nord, le soleil brillait pendant six longs mois et qu'ensuite la nuit tombait et que les ténèbres duraient la majeure partie de l'automne et de l'hiver. *Peut-être,* pensa Banouin, *que les gens qui vivent là comprendraient mieux l'analogie.*

Il contempla l'armée en bas. Les soldats se déplaçaient sur quatre colonnes, et, de cette hauteur, Banouin avait l'impression de regarder quatre serpents géants qui rampaient sur les collines. Connavar et ses dix mille Loups de fer se trouvaient plus au sud. Le soleil se réverbérait sur leurs cottes de mailles et leurs casques, donnant l'impression que le serpent avait des écailles. Derrière eux, un kilomètre plus à l'ouest, venaient les archers montés, suivis par l'infanterie lourde. Derrière encore se trouvaient les centaines de chariots du train et de ravitaillement, tirés par des bœufs.

Banouin s'envola vers le sud et couvrit plus de trente kilomètres en moins d'une seconde.

Les soldats de Roc montaient leur forteresse pour la nuit, une entreprise phénoménale qui requérait des remparts de trois mètres de haut autour d'une construction carrée de deux cents mètres de côté. Cet exploit quotidien d'ingénierie était un hommage aux talents de Roc et au génie froid et calculateur de Jasaray. Chaque matin, trois Panthères, neuf mille soldats, quittaient la forteresse et marchaient sur une distance définie à l'avance en territoire ennemi – généralement près de vingt kilomètres. Une avant-garde d'officiers montés prenaient les marques pour le camp de la nuit suivante, utilisant des pieux de couleurs différentes afin de désigner les emplacements de la tente du général, de la section des officiers, de la section où les troupes dresseraient leurs tentes, des latrines et des sections pour les chariots du train et les chevaux. Quand les Panthères arrivaient, les deux premières protégeaient le périmètre autour du camp, tandis que la troisième commençait à creuser l'énorme tranchée carrée, déblayant la terre vers l'intérieur afin de monter les murs de la forteresse.

C'était une réalisation colossale et planifiée avec le plus grand soin. Si un ennemi attaquait l'avant-garde, celle-ci pouvait se retirer jusqu'à la forteresse de la veille. Si une force ennemie les attaquait alors qu'elles se rendaient d'une forteresse à une autre, les Panthères reviendraient sur leurs pas pour encercler l'ennemi. Si l'arrière-garde était menacée, elle avait ordre de rompre le combat pour venir se réfugier dans la nouvelle forteresse aussi vite que possible. Banouin observa les soldats en train de creuser. Si la cavalerie de Connavar ressemblait à un serpent, d'où il se trouvait, les soldats de Roc ressemblaient à des termites, travaillant inlassablement dans le sol.

Il y avait aussi, bien entendu, un serpent. La colonne de Jasaray s'étendait sur plus de vingt kilomètres, jusqu'au camp de la veille. Les derniers chariots et les trois Panthères qui les protégeaient n'étaient pas encore partis. Banouin se rapprocha des hommes en marche, flottant entre les rangs, jusqu'à ce qu'il arrive à Jasaray. L'empereur était monté sur un cheval gris et parlait avec un groupe d'officiers. Une pointe de tristesse toucha la forme spirite de Banouin, car sur le cheval qui suivait Jasaray se trouvait Maro, le fils de Barus, l'ami de Banouin à l'université.

Banouin remonta le plus haut possible. *Il vaut mieux ne pas voir les visages,* se dit-il. Inutile de penser aux milliers de personnes de chaque camp qui se dirigeaient inexorablement vers la souffrance, la mutilation ou la mort.

Le jeune druide jaugea la taille de l'armée de Jasaray et retourna dans son corps. Il ouvrit les yeux. Frère Solstice était assis non loin de lui et somnolait, le dos contre un arbre. Il se réveilla dès que Banouin s'assit.

— Quelle distance ? demanda le vieil homme en s'étirant et en bâillant.

— Un peu moins de trente kilomètres. Il y a douze Panthères mais très peu d'éclaireurs.

— Douze. Ce n'est pas bon, dit Frère Solstice.

Banouin se leva et alla vers son cheval. Au cours des trente dernières années, Roc avait vaincu des ennemis jusqu'à dix fois supérieurs en nombre. Ses victoires avaient été le fruit d'une organisation redoutable, d'une discipline implacable, et du fait que ses soldats n'étaient pas des miliciens, des conscrits tirés de leurs fermes pour faire la guerre, mais des soldats professionnels qui s'entraînaient tous les jours, obéissant instantanément aux ordres sans se poser de questions. Leur maîtrise du combat rapproché était légendaire, et grâce à elle, de précédentes armées keltoïes avaient été écrasées avec facilité. Jasaray en personne avait détruit les Perdiis de l'autre côté de l'eau avec seulement cinq Panthères, quinze mille hommes. Alors que les Perdiis avaient rassemblé une armée de plus de cent mille guerriers.

Connavar allait se jeter sur le champ de bataille avec moitié moins d'hommes – face aux trente-six mille vétérans de Roc menés par le plus grand général de tous les temps. Banouin frissonna rien que d'y penser.

Il éperonna son cheval et sortit du bois pour aller faire son rapport à Connavar.

Chapitre 14

Frère Solstice était costaud. Dans sa jeunesse, il avait été un excellent lutteur, large d'épaules et extrêmement puissant. Aujourd'hui, la cinquantaine venue, il avait pris du poids sur les hanches et le ventre, ce qui rendait le choix de sa monture d'autant plus surprenant. Frère Solstice montait un gros âne et devait lever les jambes pour qu'elles ne touchent pas le sol. Les quolibets des hommes sur son passage ne le gênaient pas ; il leur répondait par un geste amical de la main.

— Les chevaux, aimait à dire Frère Solstice, rendent les hommes arrogants. Les druides devraient éviter ce genre de tentation.

— Tu n'évites pas la bière, lui avait fait remarquer une fois Banouin. Ni l'uisge, ni la bonne chère.

— Ah, mais personne n'est parfait, lui avait rétorqué Frère Solstice.

Mais alors qu'il chevauchait à présent derrière le cheval de Banouin, Frère Solstice était d'humeur beaucoup plus sombre. Ce n'était pas seulement à cause de l'armée de Jasaray, même si cette simple pensée aurait pu suffire à rendre sombre n'importe qui. C'était plutôt à cause du comportement des deux principaux généraux rigantes, Connavar, le roi combattant, et Bendegit Bran, le stratège. Conn avait toujours été un homme sérieux, concentré ou en train de réfléchir à quelque chose. Mais là, il avait l'air étrangement replié sur lui-même, comme s'il portait un fardeau qu'il ne pouvait partager avec personne. Quant à Bendegit Bran, que les hommes aimaient pour sa bonne humeur et son manque d'arrogance, il était devenu lunatique et colérique. La mort de son fils l'avait profondément touché. Comme son père avant lui, Bendegit était un bon père de famille, et par cela Frère

Solstice entendait un père pour qui la famille passe avant tout. Bran avait adoré son fils. Frère Solstice était peiné pour lui, mais il y avait des enjeux plus importants pour l'instant. Un général distrait pouvait être à l'origine d'une erreur de taille. Deux généraux et on courait au désastre – et pas seulement d'un point de vue stratégique. Frère Solstice sentait un mal-être grandir au sein de l'armée. La plupart des Keltoïs avaient mal interprété le chagrin de Bran, et pensaient qu'il avait en fait peur de Jasaray. En soi, cela ne pouvait affecter le résultat de la bataille, car l'armée comptait sur Connavar pour la mener à la victoire. Il était son talisman, le roi guerrier invaincu qui avait déjà écrasé une armée de Roc. Il était l'homme qui portait l'épée magique des Seidhs, celle qui peut transpercer les armures. Tant qu'il chevaucherait à la tête de l'armée, le cœur des combattants serait inspiré.

D'une certaine façon, Connavar avait toujours été un peu renfermé, et, par conséquent, les hommes n'avaient pas encore remarqué le changement subtil qui s'était opéré en lui. Mais Frère Solstice, lui, l'avait vu.

Il suivit Banouin au milieu des colonnes qui avançaient et échangea quelques blagues avec les soldats qui se moquaient de son âne. Lorsque les druides atteignirent la tête de l'armée, les Loups de fer avaient déjà attaché leurs chevaux et la tente du roi avait été dressée. Connavar était assis à l'intérieur, sur un tapis placé au centre, ses généraux autour de lui. Govannan, dont les cheveux étaient devenus prématurément gris, était assis à sa droite ; à côté de lui se trouvait Ostaran, le guerrier gath qui avait rejoint Connavar vingt ans auparavant, après la chute de son pays de l'autre côté de l'eau. Bendegit Bran était assis à la gauche du roi. Il ne manquait que Fiallach. Lui et ses hommes étaient d'ores et déjà dans le Sud en train d'attaquer les colonnes de ravitaillement ennemies.

Banouin fit son rapport sur la taille et la disposition des forces de Jasaray. Connavar écouta avant d'interroger le jeune druide pendant quelques minutes. Bendegit Bran ne dit rien. Frère Solstice le regarda : il n'était pas concentré et ses yeux bleus semblaient perdus au loin. Connavar ne paraissait pas avoir remarqué le malaise de son frère. Osta et Govannan lui lançaient des regards nerveux mais ne firent aucun commentaire.

— Vois-tu quoi que ce soit d'autre qui pourrait nous être utile ? demanda Connavar à Banouin, alors que le druide finissait son rapport.

Avant qu'il puisse répondre, Frère Solstice parla d'une voix basse :

— Le régiment de dragons volants risque d'être difficile à vaincre. Qu'en penses-tu, seigneur Bran ?

Bran cligna des yeux et redressa les épaules.

— Oui, dit-il. Il ne faut pas le sous-estimer.

Un silence embarrassé suivit sa réponse.

— Combien y a-t-il d'hommes face à nous, seigneur Bran ? s'enquit Frère Solstice. Où se trouve leur armée alors que nous parlons ?

Bran plissa les yeux.

— Qui es-tu pour me questionner ? rétorqua-t-il.

— Qui je suis, espèce de chiot insolent ? gronda Frère Solstice d'une voix de tonnerre. Nous sommes en train de parler de l'avenir de tout ce qui nous est cher. À trente kilomètres d'ici se trouve un ennemi qui détruira notre mode de vie, réduira des milliers de nos femmes en esclavage et massacrera les enfants qui sont trop jeunes pour être vendus. Qui je suis ? Je suis l'homme qui voit un général si obsédé par son propre malheur qu'il risque de provoquer la destruction de son peuple !

— Comment oses-tu ? rugit Bran en se levant d'un bond.

— Si tu veux aller pleurnicher dans un coin, ne te gêne pas ! lui dit le druide. Rentre chez toi. Pleure un bon coup. Va consoler ta femme. Fais-lui sécher tes larmes. Laisse la guerre et la stratégie à ceux qui ont du cran !

Bran se jeta sur lui. Frère Solstice ne fit rien pour se défendre. Le poing de Bran percuta son menton barbu. Le druide tituba et croisa ses bras dans son dos. Du sang coulait de sa lèvre fendue et tachait sa barbe poivre et sel. Il regarda Bran droit dans les yeux.

— Maintenant qu'il est réveillé, lui dit-il, peut-être que notre maître stratège peut nous apprendre où se trouve l'ennemi et quelle force sera présente sur le champ de bataille.

— Sors d'ici, espèce de gros salaud ! cria Bran. Ou je te tue !

— Assez, dit Conn d'une voix lasse. Personne ne va tuer personne. Assieds-toi, Bran.

— Tu as entendu ce que m'a dit ce...

— J'ai entendu. Et tu devrais en prendre bonne note. (Il se tourna vers Osta et Govannan.) Laissez-nous un instant, mes amis. Revenez dans une heure et nous reparlerons de nos plans. Toi aussi, Banouin.

Frère Solstice allait sortir avec les autres, mais Conn l'appela.

— Assieds-toi, dit-il au druide en lui passant un morceau de tissu.

Frère Solstice l'appliqua sur sa lèvre et tamponna le sang sur sa barbe.

Connavar attendit que les généraux et Banouin aient quitté la tente avant de se tourner vers Bran qui était toujours furieux.

— Frère Solstice a dit la vérité, dit-il. Les Rigantes se reposent sur toi pour concevoir une stratégie qui permettra de vaincre les armées de Roc. Et voilà que tu as la tête dans les nuages pendant un rapport de la plus grande importance. Tu as perdu un fils – et cela me fait de la peine. Mais je suis le roi, et tous les Rigantes sont les enfants du roi. Je ne regarderai pas mes enfants mourir parce qu'un de mes généraux est incapable de faire abstraction de son chagrin à un moment crucial.

— Je n'y arrive pas, avoua Bran. Je n'arrête pas de penser à Ru. Je retournerai chez moi dès demain.

— Mais c'est ici que nous avons besoin de toi, Bran, dit Connavar.

Bran secoua la tête.

— Tu m'as appris tout ce que je sais, répondit-il à son frère. Et avec toi à la tête de notre armée, Roc perdra. J'en suis sûr.

— Mais je risque de ne pas être là, rétorqua Conn, à voix basse.

— Quoi ?

Frère Solstice vit que Bran avait réalisé ce que son frère venait de dire. Son visage trahissait le choc. Le jeune homme s'agenouilla devant son frère.

— Mais quelle est donc cette folie ? Évidemment que tu seras là !

— Je l'espère, mon frère, lui dit Conn. J'ai vu deux avenirs. Dans l'un, je suis trahi et je meurs avant la bataille. Dans l'autre, je mène une charge face à l'ennemi. Ce n'étaient pas des rêves, Bran. Ces images sont apparues dans mon esprit lorsque j'ai touché la Morrigu. Les deux scènes sont vraies – même si je ne sais pas comment c'est possible. En revanche, je sais que si tu pars, c'en est fini des Rigantes. Tout ce pour quoi j'ai vécu, lutté, souffert, sera réduit en cendres. Tu veux te concentrer ? Pense à ça. Si ce n'est pas suffisant, ne pense plus à Ruathain. Pense plutôt à l'homme qui a envoyé l'anneau qui l'a tué. Pense à Jasaray.

Bran baissa la tête et la releva quelques secondes plus tard pour regarder Frère Solstice.

— Je suis désolé de t'avoir frappé, mon ami.

— Pardonné et oublié, répondit le druide. Tu devrais peut-être aller trouver Banouin afin d'écouter une nouvelle fois son rapport.

Bran acquiesça et se tourna vers Connavar.

— Tu ne mourras pas, Conn, dit-il. Tu es destiné à affronter Jasaray. Rien ne pourra l'empêcher.

— Rien n'empêchera ma destinée, convint Conn. Es-tu avec nous à présent ?

— Oui, da.

— Alors fais ce que t'a demandé Frère Solstice. Va chercher Banouin. Nous reparlerons plus tard lorsque Govannan et Osta seront ici.

Bran se leva et quitta la tente. Frère Solstice resta.

— Parle-moi de ces deux avenirs, lui demanda-t-il.

Connavar lui raconta comment ils avaient sauvé la Morrigu et son passage par le Portail.

— Dans la première vision, je suis allongé contre un rocher et je me vide de mon sang. Je sais qu'une grande bataille doit avoir lieu le lendemain. Je me sens désespéré de ne pouvoir y participer. Il y a des ennemis morts autour de moi. Puis, un jeune homme descend d'un arbre et arrive en courant dans le cercle de pierres. Alors tout devient sombre – et j'ai conscience de mourir.

— Et dans la deuxième ?

— Je suis sur un grand cheval, mon armure brille de mille feux, j'ai mon heaume sur la tête. Je dégaine mon épée et la brandis au-dessus de ma tête. Fiallach est à mes côtés. La grande bataille a déjà commencé, et ensemble nous nous élançons le long de la pente pour charger.

— Peut-être n'étaient-ce pas de vrais avenirs mais simplement des indications de ce qui pourrait être, suggéra le druide. Après tout, ils ne peuvent pas être vrais tous les deux, n'est-ce pas ? Tu ne peux pas mourir avant la bataille et t'y trouver le lendemain. À mon sens, le plus judicieux serait d'éviter d'approcher du cercle de pierres.

Connavar tira un parchemin roulé de sous sa tunique.

— Un messager m'a apporté ceci ce matin, dit-il en le tendant au druide.

Frère Solstice prit le parchemin et l'ouvrit. C'était l'écriture de Braefar : « Mon bien cher frère, nous sommes victimes d'un grand malentendu. J'ai parlé à Guern et il a convenu qu'il était temps de mettre nos différends de côté. Nous te rencontrerons au Cercle de Balg demain à la tombée de la nuit. Si tu m'aimes encore un peu, viens seul, Conn. Je t'assure qu'il n'y aura pas de traîtrise. » C'était signé « Aile ».

— Il te prend pour un idiot, dit Frère Solstice.

— Pourtant je vais y aller, lui apprit Conn. La Morrigu m'a demandé de lui faire une promesse. Elle m'a dit : « Lorsque ton frère t'appellera, fais ce qu'il te demande. Peu importe le reste, peu importe l'importance des événements en cours. As-tu compris ? Fais ce qu'il te demande. » J'ai brisé une promesse autrefois, et j'ai vécu dans la honte et la souffrance depuis lors. Cette promesse-ci – même si elle me brise le cœur – je vais la tenir.

— Alors prends des hommes avec toi.

— Comment le pourrais-je, mon ami ? Il me demande de venir seul.

— Oh, Conn, tu connais Braefar. Il a toujours été faible, ses actions ont toujours été inspirées par la jalousie de tout ce que tu as accompli. Cette jalousie est devenue de la méchanceté depuis déjà longtemps.

— Je sais bien, répondit tristement Connavar. C'était après mon combat avec l'ours. Lui et Govannan étaient là, mais c'est Govannan qui s'est précipité à mon aide. Aile était trop terrorisé pour bouger. Il était jeune, il n'avait pas d'arme, il était pétrifié de peur. Personne ne lui en a voulu, mais, après cela, il a lu du mépris dans le regard des autres. Il essayait toujours de me prouver qu'il était digne de confiance ; il a essayé tant de fois. Il voulait tellement être félicité qu'il a pris des risques, dont la plupart ont mal fini.

— Je sais, Conn, dit Frère Solstice. Nous le savons tous. S'il n'avait pas été ton frère, tu l'aurais renvoyé il y a des années. Depuis combien de temps est-il en cheville avec Guern et les Loups des mers ?

— Depuis plus d'un an. Jasaray lui a fait passer de l'argent afin qu'il finance la rébellion chez les Pannones. C'est l'un des rares projets qu'Aile a su mener à bien. Il a recruté Guern, lui a fourni de l'argent et des armes. Ces deux-là étaient faits l'un pour l'autre, amers et rongés par la jalousie. Guern était un parent éloigné du vieux laird, mais lorsqu'il est mort, c'est Bran que j'ai envoyé gouverner dans le Nord.

Conn se versa un gobelet d'eau et le but d'une traite. *Il a l'air fatigué jusqu'au tréfonds de son âme,* songea Frère Solstice.

— Mais je ne savais pas qu'il avait fait alliance avec Shard, même si j'aurais dû le deviner. Aile s'est persuadé que j'étais la source de tous ses malheurs, que sa vie aurait été bénie si je n'étais jamais venu au monde. Et il a peut-être raison sur ce point. Je n'en sais plus rien. En revanche, je sais qu'Aile était un garçon bien lorsqu'il était plus jeune. Et il m'aimait. J'étais son grand frère et il me suivait partout.

— Les hommes changent, déclara le druide. Les faibles ne peuvent vivre avec le remords et la honte. C'est toujours la faute d'un autre s'ils échouent. Et s'ils échouent en permanence, ils se voient victimes d'un grand complot.

— Ah, eh bien, dit Conn, tout cela finira demain.

— Cela ne doit pas finir ! s'exclama Frère Solstice. Ce que tu as l'intention de faire est idiot. Peut-être que la Morrigu voulait que tu refuses.

Conn sourit et secoua la tête.

— Je ne comprends pas tout ce qu'elle a prévu, mon ami. Mais je sais que si je ne tiens pas cette promesse, les Rigantes perdront leur guerre face à Jasaray. Je ne peux pas l'expliquer. J'ai vu tellement de choses… J'ai vu Jasaray sous bien des formes dans bien des mondes. Il gagnait toutes ses batailles. J'ai eu des visions d'horreur innommables, des mondes mourants, l'air vicié par des tours vomissant du poison, des arbres morts, leurs feuilles déchiquetées, et des terres fertiles transformées en désert. J'ai vu des hommes, au visage grisâtre et aux yeux apeurés, habiter dans des villes de pierre, s'agitant comme des fourmis jour après jour. À dire vrai, j'aurais préféré ne jamais la toucher !

— Tu penses que ces visions toucheront un jour la terre des Rigantes ? s'enquit le druide.

— Je ne sais pas. Tout ce que je sais, c'est ce que je dois faire. C'est-à-dire me rendre au Cercle. Seul.

— Ils te tueront, Conn. Je connais ce Guern. C'est un être charismatique et ses hommes le suivent, mais c'est aussi une créature vile qui ne connaît pas l'honneur. C'est un colosse – presque aussi grand que Fiallach – et il sait se battre. Il a déjà tué plusieurs personnes lors de querelles de sang. Et il ne sera pas seul. Toi oui.

— J'ai toujours été seul, rétorqua Conn. Je crois que nous le sommes tous.

Bane sella d'abord sa jument alezane avant de retourner dans la ferme. Gryffe et Iswain l'attendaient dans la pièce principale.

— Quand reviendras-tu ? demanda Gryffe.

— Un jour ou l'autre, répondit Bane. (Il fouilla dans les poches de son gilet noir sans manches et en sortit un rouleau de parchemin.) J'ai fait faire cet acte le jour où l'armée a quitté Trois-Ruisseaux. Il a été visé par trois doyens. (Il tendit le rouleau à Gryffe.) Il fait de toi le possesseur de cette ferme, du bétail et des terres. (Bane sourit en voyant la surprise sur le visage de Gryffe.) Tu n'es plus un bandit, Gryffe. Tu es un propriétaire terrien.

— Je ne comprends pas, grommela le guerrier à la barbe rousse.

— Il ne reviendra pas, expliqua Iswain. (Elle alla se planter devant Bane.) Pourquoi fais-tu cela ?

Il haussa les épaules.

— J'ai besoin de voir du pays, Iswain.

— Il y a autre chose, dit-elle.

— Si c'est le cas, je n'ai pas envie d'en parler. Tu m'as dit que Gryffe et toi rêviez d'un endroit à vous. Quelque part où vous pourriez élever vos enfants et vieillir en regardant le coucher du soleil. Cet endroit est idéal, et je pense que vous y serez heureux.

— Nous sommes déjà heureux, répliqua Iswain. Et nous voudrions tous les deux te voir heureux également.

Il la prit dans ses bras et embrassa sa joue rebondie.

— Lorsque je reviendrai, nous ferons un festin et je vous divertirai en vous racontant mes aventures.

Il se tourna vers Gryffe et lui tendit la main. Gryffe l'ignora et vint le serrer dans ses bras tel un ours.

— Je te garderai la moitié des bénéfices, lui promit-il. Et lorsque tu voudras rentrer chez toi, cette ferme t'attendra. (Gryffe le lâcha et lui sourit.) En revanche, nous t'aurons pris ta chambre à coucher, si ça ne te dérange pas. Elle est plus grande que la nôtre et a une meilleure vue. (Le sourire disparut.) Fais attention à toi, Bane. Tu m'entends ?

— Je t'entends, grand homme.

Bane ramassa ses sacoches avant de sortir de la maison. Il les plaça sur son cheval et monta en selle. Puis il partit au galop sans se retourner.

C'était une belle matinée. Il chevaucha tranquillement vers l'est pendant près de quatre heures, à travers les collines et les vallons, pour s'arrêter finalement en haut d'une crête surplombant Trois-Ruisseaux. Le village avait l'air tellement paisible à présent sous le soleil du printemps. Il n'y avait aucun signe visible du sang qui venait d'être versé là ou de la bravoure dont avaient fait preuve les combattants, sans tous les bruits d'épées s'entrechoquant ou l'écho des hurlements. Des fleurs jaunes poussaient un peu partout sur les collines. Bane observa la scène. Une chaussure abandonnée dans l'herbe au milieu d'une touffe de fleurs, derrière une épée brisée qui commençait déjà à rouiller.

Trois garçons sortirent des bois en courant et en riant. Ils jouaient avec des épées en bois. Dès qu'ils aperçurent Bane, ils s'arrêtèrent. Bane leur fit un signe de la main avant de lancer sa jument le long de la pente. Il entra dans le village, passa devant l'Ancien Arbre, le chêne colossal, et continua sa route jusqu'à la forge d'où provenait le bruit régulier d'un marteau battant le fer. Il descendit de selle, attacha sa monture à la barrière de l'enclos et rentra dans la forge. Nanncumal était en train d'observer son apprenti qui martelait un morceau de fer rouge. Le vieil homme leva la tête au moment où Bane entrait. Ils ressortirent ensemble. Nanncumal s'essuya le crâne afin d'éponger la sueur. Il vit les sacoches accrochées à la jument de Bane.

— Où vas-tu ? demanda-t-il.

— De l'autre côté de l'eau.

— Dans quel but ?

— Peut-être pour en trouver un, répondit le jeune homme en haussant les épaules.

Nanncumal alla s'asseoir sur un banc.

— Tu t'es bien conduit, mon garçon, lui dit-il. Les gens n'oublieront pas.

— Peut-être bien que oui, peut-être bien que non, répliqua Bane en s'asseyant à côté de son grand-père. Cela n'a pas d'importance.

Nanncumal détourna les yeux.

— J'me suis pas bien comporté avec toi, Bane. Cela me fait de la peine.

— C'était il y a longtemps, dans une autre vie, répondit Bane. Oublie ça.

— Facile à dire. J'aimais tellement Arian. C'était une bonne fille – jusqu'à ce que sa sœur meure. Enfants, elles partageaient le même lit. Ma petite Baria avait cinq ans. Elle a eu une mauvaise fièvre et son cœur a lâché pendant la nuit. Arian s'est réveillée et a trouvé sa sœur morte à côté d'elle. Elle n'a plus jamais été la même après. Elle était terrifiée par le noir et l'idée d'être seule. Lorsque Conn a été réduit en charpie par l'ours, Arian est presque devenue folle. J'ai essayé de la dissuader d'épouser Casta. Ils n'allaient pas bien ensemble. Mais elle était convaincue que Conn allait mourir et elle s'est raccrochée à Casta comme si sa vie en dépendait.

Le vieil homme soupira.

— Nous n'avons pas besoin de parler de tout ça, lui dit Bane. Mère est morte. Rien ne peut le changer.

— Je parle des vivants, répondit Nanncumal. Je parle de toi et... de Connavar.

— Je ne suis pas sûr d'avoir besoin d'écouter ça.

— Peut-être bien que oui, peut-être bien que non. Mais j'ai besoin d'en parler, alors fais-moi ce plaisir, petit-fils. Je sais que tu as toujours cru que Connavar avait pris ta mère de force. Ce n'est pas vrai. Arian m'a confié qu'elle l'avait séduit ce jour-là, espérant qu'il lui reviendrait. Elle savait au fond d'elle qu'il n'avait jamais cessé de l'aimer. Les Seidhs avaient prévenu Connavar de ne jamais enfreindre une promesse car une tragédie surviendrait. Il avait promis d'emmener sa jeune femme faire un tour à cheval. Mais, au lieu de cela, il a passé plusieurs heures avec Arian. Lorsqu'il est revenu, sa femme était morte, assassinée pendant qu'il prenait du bon temps. Connavar en devint fou de douleur. Il a détruit le village des meurtriers, tuant tous ceux qui lui tombaient sous la main. Ce jour-là, dans sa folie, il a tué des femmes et des enfants.

» Lorsque tu es né et que Casta a vu tes yeux, il a aussitôt compris qu'Arian lui avait été infidèle et l'a répudiée. Elle est revenue vivre ici, avec moi. Je suis parti voir Connavar pour lui apprendre qu'il avait un fils. Nous avons bu de l'uisge jusqu'au petit matin ; il m'a confié sa peine et l'amour qu'il avait pour ma fille. Je ne peux pas répéter la plupart de ses paroles. Mais il m'a aussi parlé des gens qu'il avait tués et m'a déclaré qu'aucune bonne action ne pourrait jamais effacer sa culpabilité, et qu'il n'y aurait jamais de punition assez grande pour soulager sa peine. Je lui ai demandé s'il ne voulait pas prendre Arian pour femme et te reconnaître. Il m'a dit que c'était ce qu'il voulait le plus au monde. Son amour pour Arian brûlait toujours aussi ardemment dans son cœur, et depuis qu'il avait appris ta naissance, pas une nuit ne passait sans qu'il veuille aller chez elle afin de prendre son fils dans ses bras. Mais il ne pouvait pas. C'était la punition qu'il s'était infligée lui-même. Ne jamais se marier, ne jamais avoir d'enfants. Il m'a dit qu'il ne poserait plus jamais les yeux sur Arian. Et il a tenu parole. Voilà, c'est sorti. Il n'essayait pas de te punir, Bane. Il se punissait lui-même.

— Pourquoi me racontes-tu tout cela, grand-père ?

Le vieil homme haussa les épaules.

— Tu es un bon garçon et tu as du cœur. Mais je sais que tu détestes Connavar. J'ai pensé que la vérité aiderait à percer l'abcès.

Bane se pencha et embrassa son grand-père sur la joue. Puis, il se leva.

— Je dois aller dire au revoir à Vorna, dit-il.

Nanncumal se leva à son tour.

— Et moi, je ferais mieux d'aller voir ce que fait mon apprenti, avant qu'il ne mette le feu à la forge. (Ils restèrent debout en silence un instant, puis Nanncumal tendit le bras et serra la main de Bane.) Je doute que nous nous revoyions un jour, déclara-t-il.

— Qui sait ? Je serai peut-être revenu dans un an.

Nanncumal acquiesça, mais il savait que ce n'était pas vrai.

— Je l'espère, Bane.

Le jeune homme grimpa en selle et traversa le village. Il vit Meria en compagnie d'un petit enfant, assise sous le porche de sa maison. Elle leva la tête. Sa main bougea, comme si elle allait lui faire un signe, mais finalement elle détourna le regard.

Vorna n'était pas chez elle. Bane l'attendit une heure, puis s'en alla au galop en direction du Bois de l'Arbre à Souhaits.

Le roi avait mal dormi, en proie toute la nuit à des rêves. Même si dans l'ensemble ce n'étaient pas des cauchemars, ils l'avaient rendu triste. Lorsqu'il était jeune, il s'était cru aussi immortel que les montagnes. Il avait regardé les gens âgés comme s'ils avaient appartenu à une autre espèce. Aujourd'hui, à quarante ans, il repensait à ce jeune homme avec stupéfaction. Ce n'était pas comme s'il n'avait jamais su qu'il allait vieillir, lui aussi, et mourir un jour. Mais malgré cela, quelque chose au fond de lui l'avait empêché d'accepter cette vérité. Il était jeune, et l'avenir semblait alors s'étendre à l'infini devant lui. Il se remémora Aile et lui accompagnant Ruathain pour conduire le bétail dans le Sud. Les hommes avaient parlé d'une Fille de la Terre qui vivait en ville, une femme d'une beauté époustouflante et très douée pour faire l'amour. Lorsque les garçons l'avaient enfin vue, ils avaient été choqués. Elle était vieille. Plus vieille que leur mère, au moins trente ans. Connavar se rappela s'être alors demandé comment elle avait pu laisser échapper sa beauté. Quelle pensée imbécile – comme si les gens laissaient le temps ronger leur santé, leurs forces et leur dignité de leur propre choix.

Conn s'assit. Il avait mal aux reins après une nuit passée sur le sol de la tente, et son cou était raide. Il s'étira et grogna. Le soleil de l'aube brillait sur le flanc est de sa tente, en illuminant l'intérieur. Conn jeta un regard au mannequin de bois sur lequel étaient disposés sa cotte de mailles, son plastron, son heaume et la cape à motifs que Meria lui avait confectionnée des années plus tôt.

— Si tu dois être le roi de tous les Keltoïs de ce côté-ci de l'eau, lui avait-elle dit, tu ne peux pas battre la campagne uniquement dans les couleurs rigantes. Tu dois porter quelque chose qui prouvera que tu es au-dessus des divisions tribales.

Au début il avait ri en voyant le vêtement cousu à partir des capes des cinq tribus, car il était franchement laid, les couleurs et les symboles jurant les uns avec les autres. Aujourd'hui, il le voyait autrement. Meria avait eu raison. Cette cape était devenue un talisman qui unissait les tribus.

Conn se versa un gobelet d'eau. Le souvenir de ses rêves était encore oppressant. Il avait vu son beau-père, Ruathain. Il était debout au bord d'un lac, le bras autour des épaules de son petit-fils mort, qui portait son nom. Conn l'avait appelé, mais Ruathain ne l'avait manifestement pas entendu.

Assis seul dans sa tente, le roi Connavar repensa à sa vie, se remémorant les grands jours de gloire, de victoire et de liberté, ainsi que les périodes plus funestes, comme la mort de Banouin, de Tae et finalement de Ruathain. Il avait aimé Tae, mais jamais pourtant avec la même intensité dévorante que ce qu'il avait éprouvé pour Arian. Malgré toutes les années passées, ce manque pesait cruellement sur ses épaules. Elle aurait mérité plus de sa part, il le savait bien, mais l'amour n'est pas une question de choix. Un homme ne dit pas – ou ne peut pas dire : « cette femme mérite l'amour et par conséquent je vais l'aimer. » Un homme aime passionnément, ou pas. C'était aussi simple que cela.

Conn avait les yeux lourds et pleins de poussière. Bran, Govannan et Osta avaient passé une partie de la nuit dans sa tente à discuter des différentes stratégies à employer face à Jasaray. Bran avait dressé un plan de bataille. Il était bon, mais risqué. Le centre des lignes rigantes serait composé de quinze mille Keltoïs sans formation, flanqués sur chaque aile de dix mille cavaliers lourds. Les flancs seraient protégés par les Loups de fer et les archers montés.

— Nous allons attirer Jasaray vers le centre, qui est l'endroit le plus faible, avait expliqué Bran, et livrer là le gros de la bataille.

— Mais nous ne pourrons pas le contenir, avait objecté Govannan.

— Exactement. Je ferai positionner le centre en arc de cercle, les ailes derrière les premiers rangs. La première ligne de Roc devrait nous repousser. L'infanterie lourde, sous tes ordres, Govannan, devra tenir sa position. Dès que les Panthères commenceront à nous faire reculer, nos lignes se transformeront en croissant de lune. Je ferai un signe à la cavalerie lourde qui pourra refermer le piège à droite et à gauche. Les Loups de fer, qui se seront déjà débarrassés de la cavalerie de Jasaray, pourront prendre les Panthères à revers.

— Ce plan a des mérites, avait reconnu Connavar. Une telle nasse risque de coincer les troupes de Jasaray, les empêchant de changer de formation. Mais pour que cela fonctionne, il faudrait que Jasaray réagisse comme nous le souhaitons. S'il se rend compte assez tôt du danger, il fera disperser ses hommes afin qu'ils forment leur carré habituel. Dans une telle configuration, nos attaques risqueraient de se briser sur ce type de formation.

— Qu'en est-il de ses archers ? avait alors demandé le général gath, Osta. Il a plus d'un millier d'excellents archers avec lui.

— Je sais, avait répliqué Bran. Chacun porte un carquois de trente flèches. Nous devons forcer Jasaray à les utiliser le plus tôt possible. Sinon, notre charge de cavalerie risque d'être de courte durée et nos Loups de fer anéantis.

— Qu'avons-nous comme option de repli si cette stratégie échoue ? l'avait interrogé Govannan.

— Aucune, avait répondu Bran. Je serai au centre. Nous serons dos au fleuve. Si nous ne pouvons vaincre Jasaray au cours de cette bataille, nous sommes finis. C'est quitte ou double, mes amis. Je n'ai rien trouvé d'autre pour venir à bout des Panthères.

— Moi non plus, avait admis Connavar.

— Je ne suis pas un stratège, avait déclaré Osta, mais il me semble que le centre risque de subir des pertes épouvantables. Et si les troupes s'enfuient ? La moitié des hommes sont des Norviis ou des Pannones. Nous ne les connaissons pas.

Connavar avait éclaté de rire.

— La plupart de mes hommes ne connaissaient pas les Gaths lorsque tu es venu avec nous dans la plaine de Cogden. À présent, ils te connaissent, Osta, mon ami. Il y aura trois tribus au centre. Aucun homme ne voudrait qu'un autre, d'une tribu rivale, le voie s'enfuir. Ils tiendront.

Avec l'aube nouvelle, Conn trouvait le plan de Bran inquiétant. Il était simple mais pouvait avoir un effet dévastateur. En même temps, les Keltoïs n'affrontaient pas un ennemi ordinaire. Il se remémora la bataille face aux Perdiis vingt ans plus tôt, lorsqu'il était aux côtés de Jasaray. L'empereur était resté calme, avait anticipé tous les déplacements de l'ennemi et contre-attaqué rapidement, en masse, chaque fois de façon décisive, de façon meurtrière également. Conn frissonna.

Il sortit de la tente et aperçut Govannan en train de nager dans le lac en compagnie de quelques uns de ses hommes. Cela lui remonta le moral et il décida d'aller les rejoindre. Il ôta sa tunique et plongea dans l'eau glacée. Mais, tout en nageant, il pensait à son frère, Braefar, et à leur rencontre un peu plus tard dans la journée. Frère Solstice était convaincu qu'Aile et ses nouveaux amis tenteraient de le tuer. Conn le croyait également, mais se reposait sur la vision qu'il avait subrepticement aperçue dans l'esprit de la Morrigu. Demain, il mènerait la charge des Loups de fer et mettrait un terme, une bonne fois pour toutes, à la menace de Roc. Il s'était préparé toute sa vie pour cette unique charge et, assurément, se raisonna-t-il, même le plus capricieux des dieux ne lui volerait pas son jour de gloire.

À grandes brasses souples, il rejoignit Govannan qui lavait ses cheveux argentés. Conn arriva par derrière et lui attrapa les jambes afin de l'attirer sous la surface. Govannan ressortit du lac en crachant de l'eau et se jeta sur Conn ; les deux hommes disparurent sous la surface. Govannan remonta le premier et, alors que Conn réapparaissait, il le renfonça sous l'eau. Cette fois-ci, ce fut Conn qui remonta en crachant.

— Est-ce ainsi qu'on traite son roi ? demanda-t-il à son ami.

Govannan éclata de rire et se jeta de nouveau sur lui. Conn esquiva, attrapa le bras de Govannan et le tordit. Le général tomba à la renverse, mais, avant qu'il ne disparaisse une nouvelle fois sous l'eau, Conn le retint.

— C'est une trop belle journée pour la passer à se battre avec toi, lui dit-il.

Les deux hommes barbotèrent jusqu'à la rive. Alors qu'ils étaient sur le point de sortir de l'eau, quelque chose mordit violemment Conn au mollet. Il poussa un cri et baissa les yeux. Une loutre était en train de l'attaquer. Il plongea d'un geste vif la main dans l'eau, attrapa la bestiole et la sortit du lac. Puis, il la jeta de toutes ses forces sur la rive. Elle alla percuter un arbre et retomba au sol le cou brisé. Il y avait du sang dans l'eau. Conn grimpa sur la rive pour examiner sa blessure. Heureusement, elle n'était pas profonde.

— Bon sang, ce que ces chiens d'eau peuvent être ennuyeux, dit Govannan en s'agenouillant devant le roi pour l'examiner. (Conn s'assit par terre et resta immobile, le visage livide.) Ça ne va pas ? demanda Govannan, soudain inquiet.

— Si, si, ça va, répondit Conn. La bestiole est morte ?

Govannan avança jusqu'à l'arbre et donna un petit coup de pied à la loutre. Celle-ci ne bougea pas. Alors, il la ramassa.

— Oui, da, elle est bien morte.

Conn se leva et partit dans sa tente.

Les loutres portaient des noms différents selon les tribus ; « chien d'eau » était le plus courant, mais dans l'ancienne haute langue, on les appelait également les « chiens de la rive ».

Toute sa vie, Conn avait craint sa *geasa*. Vorna avait dit à sa mère qu'il mourrait le jour où il tuerait le chien qui l'aurait mordu. Cette prophétie avait conduit Meria à pousser Ruathain à rester à ses côtés lors de la première bataille face à Shard, car Conn venait de tuer un chien qui avait refermé les mâchoires sur un de ses bracelets de force. Ayant survécu à la bataille, Conn avait cru que sa *geasa* était brisée. Mais, à présent, il comprenait que non. Toute sa vie il avait évité tout contact avec les chiens.

Une fois dans sa tente il banda sa blessure.

— Si c'est aujourd'hui le jour, alors qu'il en soit ainsi, déclara-t-il.

Puis il passa son armure.

Banouin aussi avait passé une nuit agitée et, lorsque l'aube se leva, il était épuisé. Frère Solstice, avec qui il partageait une petite tente, vit la tension dans ses yeux.

— As-tu peur de la bataille ? demanda-t-il au jeune homme.

Banouin secoua la tête.

— Non, ce n'est pas de la peur, mais de la tristesse. Je pensais aux milliers de jeunes hommes qui vont perdre la vie – dans chaque camp. Et pourquoi, Solstice ? Au bout du compte, que vont-ils accomplir par cette débauche de violence ? Assurément, l'homme, avec toute son intelligence, pourrait trouver d'autres façons de régler ses désaccords, sans semer davantage de graines de haine ou d'âmes pour hanter le champ de bataille.

— J'aimerais le croire, répondit Frère Solstice. Malheureusement, on atteint souvent l'harmonie par la violence. Les feux de forêt sont terribles, mais sans eux la forêt ne survivrait pas. Les cerfs ont besoin des loups pour réguler leur groupe, éliminant les plus faibles, faisant ainsi en sorte qu'il y ait suffisamment de nourriture pour qu'ils survivent. Si la Source avait décidé d'un monde sans violence, elle n'aurait certainement pas créé le faucon ou le lion.

Banouin y réfléchit un moment.

— Tu penses donc que, d'une certaine manière, la Source désire le conflit qui se prépare et le massacre qui va suivre ?

— Je ne suis pas assez arrogant pour prétendre avoir un début de réponse à cela, mon ami. J'ai le cœur lourd en pensant aux morts à venir. Mais je me dis aussi que le mal doit toujours être contré. Nous n'avons pas demandé aux soldats de Roc d'envahir notre pays. Nous ne leur avons pas demandé de réduire nos femmes en esclavage ou de massacrer nos enfants. Alors que devons-nous faire ? Les laisser atteindre leur but ? Quand un homme reste assis pendant qu'un autre tue, viole et pille, il est aussi coupable que lui.

— Si je te suis bien, fit remarquer Banouin, demain tu devrais porter une épée et un bouclier.

Frère Solstice sourit.

— Crois-moi, mon enfant, si je me trouvais près d'une mère et son enfant et que je voie les soldats de Roc approcher d'eux, je prendrais effectivement une épée et un bouclier. Je ne suis pas un homme aussi saint que je voudrais l'être.

— Alors tu es d'accord pour dire que les saints hommes devraient éviter toute violence, même si des vies sont en jeu ?

— Je suis d'accord sur le fait que nous devons faire respecter la sainteté de la vie, déclara le druide. Et je révère tous ceux qui peuvent vivre ainsi. Je ne suis pas – encore – comme eux.

Banouin repoussa le rabat de la tente et sortit sous les premières lueurs du soleil. Des feux avaient été allumés, et on préparait le petit déjeuner. Des milliers d'hommes s'affairaient déjà dans toute la vallée, certains s'occupant de leurs chevaux, d'autres affûtant leurs armes, d'autres encore jouant aux osselets. Frère Solstice démonta la tente et Banouin l'aida à plier la toile pour la rouler.

— À Roc, dit Banouin, il y avait un groupe appelé le Culte de l'Arbre. Ses adeptes croyaient en la non-violence et ont été tués par milliers. Pas une seule fois ils n'ont levé la main sur leurs bourreaux. Et aujourd'hui, ils ont gagné, car ils sont acceptés par la population.

— J'ai entendu parler d'eux, répliqua Frère Solstice, et je les admire beaucoup. Mon premier guide spirituel – un vieux druide merveilleux nommé Conobelin – m'a dit un jour qu'on pouvait faire changer les idées des gens par le dialogue et le débat, mais qu'on ne pouvait pas changer ce qu'ils avaient dans le cœur par ce même moyen. Ce sont les actes qui le font. (Frère Solstice attacha le rouleau de toile.) Tu dis que les disciples du Culte ont gagné – mais je pourrais discuter cela. Pourquoi ont-ils gagné ? D'après ce que j'ai entendu dire, Jasaray a fait arrêter et exécuter Nalademus. Pourquoi a-t-il réussi ? Parce que deux hommes armés d'épées l'ont sauvé de traîtres et d'un fauve. En le sauvant, en gagnant ainsi une petite victoire pour le Culte, ils ont permis qu'une armée de Roc soit sur le point de détruire notre pays et de massacrer nos enfants. Est-ce que c'est ce que voulait la Source ? On peut devenir fou à vouloir chercher toujours une signification plus profonde aux choses les plus complexes. (Frère Solstice resta silencieux un moment et contempla la vallée et les berges du lac.) J'ai remarqué que cela aide, dit-il enfin, de se concentrer non pas sur la bassesse mais sur la grandeur de l'homme, et sur la puissance de l'amour plutôt que sur la nature de sa haine. L'amour de la famille, l'amour des amis, l'amour de la terre. Les Rigantes sont un noble peuple, Banouin. Je le maintiens. Nous ne cherchons pas à réduire les autres en esclavage, mais à vivre avec eux. Nous ne faisons pas non plus la guerre à nos voisins. Mais lorsque la guerre vient à nous, nous sommes prêts à nous battre. Parmi ces milliers d'hommes, ici présents, il n'y en a pas un seul qui souhaiterait être ailleurs. Ils sont là pour défendre ceux qu'ils aiment, et c'est là toute la noblesse de la chose.

Banouin secoua la tête.

— La Morrigu a parlé de nourrir l'esprit de la Terre. Elle a dit que l'homme était le seul animal à en avoir la capacité. Chaque pensée tendre, chaque acte de bonté, chaque moment de compassion ou chaque pardon est comme une goutte d'esprit qui tombe sur la Terre. Mais la guerre ? La guerre est une pluie noire torrentielle qui empoisonne la Terre, rapprochant un peu plus ce monde de la mort.

Frère Solstice posa sa main sur l'épaule du jeune homme.

— Oui, tout cela est vrai, mon ami. C'est une chose vile que la guerre. Lorsque le combat sera fini, toi et moi, nous passerons entre les blessés et essaierons d'en guérir le plus possible. Et si la Source le veut, nous les verrons retourner dans leur ferme ou sur leurs terres afin de prendre femme et enfants dans leurs bras. Nous les verrons sourire devant la beauté infinie du soleil couchant et danser lors de festins pour célébrer la joie de la vie. Nous espérerons ensuite qu'ils oublient leur haine et qu'ils enseignent à leurs enfants l'amour de leurs amis et de leurs voisins, afin que les générations futures évitent de se faire la guerre et reconstituent à nouveau l'esprit de la Terre.

— Mais d'abord, le massacre, dit doucement Banouin.

— Oui, d'abord le massacre.

Durant l'heure qui précéda l'aube, Bane arriva à l'orée du Bois de l'Arbre à Souhaits. La jument refusa de passer entre les arbres alors qu'il essayait de la faire avancer. Elle s'immobilisa et ses flancs tremblèrent de peur. Bane mit pied à terre et lui flatta le cou.

— Moi non plus, je n'ai pas envie d'entrer là, lui dit-il.

Il laissa traîner les rênes et abandonna l'animal pour pénétrer dans le bois obscur. Il n'y avait pas de brume, mais plus Bane avançait, plus il était persuadé d'entendre des murmures portés par le vent et d'être épié.

Il suivit le sentier qui le mena jusqu'à l'endroit où il avait vu la Morrigu pour la première fois puis il continua sur la pente opposée pour arriver enfin au cercle de pierres dorées. Un jeune homme était assis sur un rocher non loin de là. Il était mince, avait des cheveux blonds et un visage très doux. À côté de lui, posé contre le rocher, se trouvait un bouclier en or d'une facture fabuleuse. Le bord était en acier et le centre ressemblait à une toile d'araignée de fils dorés tournant autour d'une pierre grise brillante, de la taille d'un poing d'homme. Le jeune homme leva les yeux comme Bane approchait et lui sourit.

— Elle avait dit que tu viendrais, dit-il d'une voix basse, presque musicale.

— Et je suis venu, dit Bane. Qui es-tu ?

— Je suis… j'étais… Riamfada. Veux-tu t'asseoir un instant ?

— Mon cheval m'attend de l'autre côté du bois et j'ai un long chemin à faire. Est-ce qu'on peut faire vite ? Dis-moi pourquoi la Morrigu voulait que je vienne ici.

— Ta jument est déjà rentrée à Trois-Ruisseaux et de là elle se rendra directement à la ferme que tu as donnée à Gryffe et Iswain, lui apprit Riamfada. Si tu souhaites te rendre sur la côte, je peux t'y emmener par le Portail et t'épargner ainsi des semaines de voyage.

Riamfada agita sa petite main en direction des pierres. L'air se mit à onduler et Bane se retrouva soudain en train de contempler la pente d'une colline qui menait au port d'Accia. L'air ondula une fois encore et la vision disparut.

— Assieds-toi un instant, lui dit Riamfada. Cela fait longtemps que je voulais parler avec toi.

— Qui es-tu ? s'enquit de nouveau Bane. Ou peut-être devrais-je plutôt demander ce que tu es ?

— Autrefois, j'étais humain, comme toi. (Il sourit.) Enfin… pas exactement comme toi. Mes jambes étaient atrophiées et je ne pouvais pas marcher. Mais j'étais un Rigante et j'habitais Trois-Ruisseaux. J'y suis mort avant ta naissance. Au cours de la nuit du festin, entouré par mes amis. Les Seidhs m'ont conduit ici pour que je vive avec eux.

— Et maintenant tu es un Seidh ?

— Non, on ne peut pas devenir Seidh. Mais ceux d'entre nous qui étaient autrefois humains ont appris certains… talents, dirais-je, impliquant la manipulation de la matière. Il serait plus simple de dire qu'on nous a appris la magie.

Bane tendit la main et toucha le bras du jeune homme. Il était ferme, la peau était même chaude.

— Tu n'es donc pas un fantôme ?

— Non, pas un fantôme.

Bane s'assit sur une pierre plate.

— Alors, pourquoi suis-je ici ?

— Pour faire un choix. Comme je te l'ai dit, je peux accélérer ton voyage jusqu'à la côte – ou même au-delà si tu le désires. Autrefois, j'aurais pu t'emmener jusqu'à Roc même, mais ils ont détruit le cercle de pierres sur la Quatrième Colline afin de construire des bains et un marché. En revanche, je peux t'envoyer dans un cercle situé environ à trente kilomètres au nord de la cité.

Bane éclata de rire.

— La Morrigu ne m'aurait pas fait venir ici simplement pour me faire gagner du temps de voyage. Que veut-elle vraiment de moi ?

— Rien du tout, Bane. Elle ne demande jamais rien. On m'a simplement envoyé te présenter les différentes alternatives.

— Qui sont ?

— Tu peux te rendre où tu veux, dans n'importe quel cercle du monde.

— Y a-t-il un cercle dans les montagnes Blanches ?

— Les montagnes Blanches de Varshalla, au nord du pays des Vars ?

— Oui, répondit Bane.

— Oui, il y en a un. Mais pourquoi voudrais-tu te rendre là-bas ? Les tribus qui y habitent vénèrent les dieux du sang et, dans leur langue, le mot pour étranger est le même qu'ennemi. Même les Vars ne s'y rendent pas.

— Quelqu'un que j'aime s'y trouve, expliqua Bane. J'aimerais bien la revoir.

— Alors je peux t'y envoyer, lui confirma Riamfada.

Bane regarda le bouclier à la toile d'araignée.

— Pourquoi as-tu besoin d'un bouclier ? demanda-t-il à Riamfada.

— Ce n'est pas à moi – même si c'est moi qui l'ai forgé. Je l'ai fait pour toi, Bane, comme autrefois j'avais fait une épée pour ton père.

— C'est un très bel objet, mais je crains qu'il ne se brise au premier coup.

Le jeune homme souleva le bouclier et alla le suspendre à une branche de chêne non loin.

— Montre-moi, pour voir, demanda-t-il à Bane.

Le guerrier dégaina l'une de ses épées courtes et s'approcha de l'arbre. Il donna un grand coup d'estoc au bouclier. La lame ricocha. Il donna un coup de taille, frappa de toutes ses forces à plusieurs reprises, et recula. Il n'y avait pas la moindre marque sur les fils. Il rengaina son épée et souleva le bouclier. Il fut surpris de sa légèreté. Il le mit à son bras grâce à deux attaches en cuir et passa ses doigts dans la première barre. Puis il chercha des boucles afin de serrer les attaches. Le cuir se resserra de lui-même autour de son poignet, rétrécissant jusqu'à ce que les attaches lui aillent à la perfection.

— Comment fais-je pour l'enlever ? demanda-t-il.

— Tu relâches simplement la première barre, lui expliqua Riamfada.

Bane s'exécuta et les attaches se défirent.

— C'est un objet fantastique. Je te remercie vivement.

— J'espère qu'il te sera utile, répondit Riamfada.

Bane se rassit. Le soleil disparut derrière les nuages et le ciel prit la couleur de l'or fondu au-dessus des montagnes.

— Qu'est-ce que tu ne me dis pas, Riamfada ? C'est un bouclier de guerre, et même s'il peut s'avérer utile dans les montagnes Blanches, je présume que tu ne l'as pas forgé dans ce but.

— J'ai encore une vison à te montrer, lui dit Riamfada.

Il refit un geste et Bane vit l'air trembler. Il contemplait cette fois neuf hommes assis dans un cercle de pierres. Il reconnut Braefar, mais son regard fut surtout attiré par un énorme guerrier avec de longs cheveux blonds tressés. La scène changea et Bane découvrit un cavalier sur un cheval blanc approchant au loin.

— C'est Connavar, déclara Bane. Pourquoi me montres-tu ceci ?

— Le roi chevauche vers sa mort, lui apprit Riamfada. Il sait que son frère a l'intention de le tuer. Il sait qu'il ne peut pas survivre.

— Alors pourquoi le fait-il ?

— Tu étais là lorsque la Morrigu lui a demandé d'accéder à la requête de son frère. Conn a promis qu'il le ferait – et c'est un homme d'honneur.

— Je vois, répondit Bane froidement. Et tu voudrais que je me précipite à son aide. C'est à ça que revient… ce discours sur les alternatives. Je suis ici pour sauver le roi.

— J'aimerais bien, Bane, car j'aime Connavar, et je sens à quel point il a le cœur lourd. Mais tu ne peux pas le sauver. C'est sa destinée.

— Alors pourquoi suis-je ici ?

— Pour faire un choix.

— Et si je décidais d'aller retrouver Lia, qu'arriverait-il à Connavar ?

— Il mourrait seul.

— Et si je franchis le Portail pour aller à son aide ?

— Il mourra – mais cette fois il ne sera pas seul. En revanche, Bane, il faut que tu saches que si tu franchis le Portail, tu seras confronté à un autre choix – un choix qui risque de provoquer ta mort avant la fin de la journée.

Chapitre 15

Maro, le fils de Barus, regarda le détachement d'esclaves planter les trente tentes des jeunes officiers. Ils travaillaient efficacement et proprement, avec une économie d'efforts qui témoignait de leur grande pratique de la chose. Maro, en tant qu'officier responsable des tentes, se sentit complètement inutile. Il observa attentivement la scène mais ne trouva rien à redire sur le travail des douze esclaves. Lorsqu'ils eurent fini, il les remercia et se maudit de l'avoir fait. On l'avait déjà sermonné par deux fois pour son étrange comportement, mais il avait du mal à traiter qui que ce soit sans courtoisie. Il les congédia et se rendit dans la nouvelle grande enceinte. À gauche, les esclaves personnels de Jasaray assemblaient le sol en mosaïque de la tente de commandement. Chacun des deux mille trois cent sept pavés était numéroté, et cela faisait plus de trente ans que des esclaves assemblaient ou désassemblaient ce sol. Eux aussi travaillaient vite et avec diligence. Il était vital que le sol soit terminé et que l'immense tente soit dressée avant que Jasaray n'arrive avec le centre de la colonne.

Maro était enchanté par l'activité à l'intérieur de la nouvelle forteresse, comme il l'avait été à chaque reprise depuis le début de cette campagne. La puissance de l'ingéniosité de Roc n'était jamais aussi manifeste que lors de ce rituel quotidien. Rien n'était laissé au hasard. L'avant-garde avait choisi le terrain, les officiers de drapeaux avaient balisé les différents emplacements, et les hommes des premières colonnes ôtaient leurs armures pour creuser la tranchée de défense. Au nord et au sud, des groupes de cavaliers tiraient derrière eux les arbres abattus jusqu'à l'emplacement des portes ; là, les troncs allaient être découpés et taillés afin de constituer des portes robustes.

Et, pendant tout ce temps, des Panthères continuaient d'arriver dans la forteresse pour s'attaquer immédiatement aux tâches prévues : creuser les latrines, ériger des rangées de tentes, installer des feux de cuisson.

Maro grimpa sur le rempart nord et scruta les collines. L'armée rigante se trouvait quelque part par là ; l'armée qui avait détruit Valanus et mis un terme à l'invincibilité de Roc. D'après les derniers rapports, elle était composée de moins de cinquante mille hommes – un dixième de la force qui avait vaincu Valanus, à ce qu'on disait.

Le jeune homme retira son casque et se passa les doigts dans les cheveux. Le vent était frais et agréable. Son dos le démangeait mais il ne pouvait pas se gratter à cause du plastron de fer qu'il portait. Il avait fallu des semaines à Maro pour s'habituer à l'armure lourde, aux poignets de force et aux jambières. Il s'était fait l'effet d'être un imposteur une bonne partie du temps : un étudiant qui jouait au soldat. C'était d'ailleurs plus difficile pour lui que pour la majorité des jeunes officiers, car il était le fils de Barus, conquérant de l'Est, et on attendait beaucoup de lui. D'une certaine manière, il était content que son père soit resté à Roc. Il aurait trouvé embarrassant qu'il soit le témoin de ses premières erreurs.

À présent, des milliers de soldats se trouvaient dans la forteresse et Maro regarda derrière lui, essayant de superposer sur la forteresse le plan de celle-ci afin de repérer où ses cinquante hommes étaient cantonnés. Il remit son casque sur sa tête, descendit des remparts, et traversa le périmètre jusqu'à l'endroit où étaient dressées les tentes de sa section. Après s'être assuré que ses hommes avaient été nourris, il gagna sa propre tente et écrivit une lettre à Cara. Il y avait déjà quatre lettres dans son barda. Il les avait numérotées dans l'ordre où elle devrait les lire. Demain, il demanderait si on pouvait emmener les premières à Accia. Chaque jour, seulement dix officiers pouvaient remettre des lettres pour leur famille car il n'y avait que deux cavaliers pour les missives et Jasaray insistait pour qu'ils voyagent léger.

Alors qu'il écrivait, il entendit un brouhaha à l'extérieur ; il mit sa lettre de côté et sortit. Un groupe de cavaliers était arrivé. La plupart étaient blessés. Maro resta debout sous le soleil et regarda leur chef descendre de selle puis il observa ses hommes. Il y avait environ trente cavaliers. L'insigne sur le plastron du chef indiquait qu'il en commandait normalement une centaine. Maro s'approcha. L'officier, un vétéran entre deux âges assez mince, parlait à l'un des porte-étendards de Jasaray, le laconique et renfrogné Heltian.

— Ils nous ont attaqués depuis les bois à l'est, disait le cavalier. Les Ceniis se sont enfuis presque aussitôt.

— Quelles sont tes pertes ? s'enquit Heltian.

— J'ai perdu soixante-huit hommes, répondit l'officier. Ils ont encerclé Tuvor et je doute qu'aucun de ses hommes ait survécu. J'ai reconnu le vieux salaud qui était venu à Roc. Fiallach, je crois ? Il était à leur tête.

— Pertes ennemies ?

— Difficile à dire. Ce fut un vrai chaos. Nous pensions que nos éclaireurs ceniis nous préviendraient suffisamment à l'avance d'une attaque, mais soit ils se sont enfuis, soit ils ont été tués. L'ennemi était sur nous en quelques secondes.

— Combien ?

— Je dirais un bon millier.

— Emmène tes blessés à la tente-hôpital, lui dit Heltian, ensuite prépare ton rapport pour quand l'empereur sera là.

— À tes ordres, répondit le cavalier en saluant.

Maro était toujours là lorsque le cavalier s'en alla et que Heltian se retourna. Le porte-étendard le dévisagea.

— Tu n'as rien à faire, jeune homme ?

— Non. Mes hommes ont eu à manger et mes tentes sont dressées.

— Tu es le fils de Barus, n'est-ce pas ?

— Oui.

— Dis-moi ce que tu penses de ce qui vient de se passer.

Maro essaya de réfléchir ; il repensa à la conversation qu'il venait d'entendre.

— Il semblerait que nous ayons perdu cent soixante-huit hommes de la cavalerie, tués par les Loups de fer de Fiallach.

— Continue.

— Ils ont attaqué depuis le couvert… cinq fois plus nombreux. Les éclaireurs ceniis se sont révélés inefficaces.

Et ce fut le déclic. Il venait de comprendre.

— Nos deux unités de cavalerie avançaient trop près l'une de l'autre. Si elles avaient été à la distance réglementaire de… de deux cents mètres…, l'une des deux aurait pu se dégager. De plus, leurs ordres étaient de se tenir à portée de flèche lorsqu'elles longeaient des bois.

— Exactement, commenta Heltian. Ces officiers ont été imprudents et ils ont traité l'ennemi avec mépris. En conséquence de quoi, ils ont reçu une belle leçon.

Heltian fit demi-tour et s'en alla vers les portes nord.

Maro retourna dans sa tente et reprit sa lettre à Cara, lui répétant une fois encore combien elle et leur enfant lui manquaient. Puis, il décrivit la beauté des terres keltoïes de ce côté-ci de l'eau, la majesté des montagnes, la pureté des ruisseaux et des rivières. Il s'arrêta et songea un instant à Banouin, se demandant où se trouvait son ami en ce moment. Il n'était pas un guerrier, et par conséquent il ne risquait pas grand-chose dans la bataille à venir. Puis, il repensa à Bane, le gladiateur. Rage lui avait dit qu'il était revenu chez lui, dans les montagnes. Il était probable qu'il devait être là, aiguisant ses épées. Maro frissonna. Le soleil de la fin d'après-midi ne le réchauffait plus tellement.

Il n'y avait pas de lit dans sa tente, mais un drap en toile posé à même le sol. Maro défit son plastron et se gratta le dos. Puis il s'allongea et posa sa tête sur une serviette roulée en boule. Chez lui, à Roc, Cara et son fils devaient certainement être dans le jardin, l'enfant endormi dans son berceau à l'ombre du vieil orme.

Cara avait été furieuse lorsqu'il était parti, et avait refusé de lui dire au revoir.

— Tu t'es allié au mal, lui avait-elle dit lorsqu'il lui avait annoncé son affectation à la Vingt-Troisième Panthère.

— Il n'y a rien de mal à vouloir défendre une ville, avait-il rétorqué.

— C'est notre ville, avait-elle répliqué. Où est donc l'armée ennemie ? Je ne la vois pas.

— Les Rigantes sont en train de la rassembler ; leurs agents ont déjà franchi l'eau afin de semer le trouble au sein des tribus déjà conquises, les encourageant à se révolter contre Roc. Si nous ne nous débarrassons pas d'eux au plus vite, nous pourrions bien nous retrouver avec une armée à nos portes dans un avenir proche.

— Certains hommes cherchent toujours une raison pour faire la guerre, avait-elle dit froidement. Bane m'a dit que les Rigantes n'ont jamais fait la guerre de l'autre côté de l'eau et qu'ils n'étaient pas intéressés par les terres des autres. Ce n'est pas un peuple cupide. Il ne rêve ni de conquête ni de massacre.

— Mais moi non plus, avait-il déclaré.

— Et pourtant tu vas envahir leur pays, réduire leurs femmes en esclavage et massacrer leurs hommes.

— Quand tu en parles, cela a l'air si ignoble, Cara. Pourtant, partout où règne Roc, on connaît la paix et l'harmonie. Nous amenons la civilisation et la culture à tous ces peuples. Est-ce que tu sais que leurs druides sacrifient des bébés sur des autels ? C'est un peuple barbare et grossier.

— Barbare et grossier ? avait-elle répété. Hier, cinq femmes ont été déchiquetées par des bêtes sauvages dans l'arène afin de divertir la foule. Ne me parle pas de barbarie et de grossièreté. Les Rigantes n'ont pas d'arènes.

— C'est un autre problème, avait craché Maro. C'est typique des femmes de changer de sujet. Les personnes dont tu parles étaient certainement des criminelles condamnées à l'exécution. Sans doute des meurtrières qui ont mérité leur sort.

— Tu es un imbécile, Maro. Et j'espère que tu pourras t'en rendre compte avant qu'il ne soit trop tard.

Elle ne lui avait pas parlé durant les semaines qui avaient précédé son départ. Il espérait que ses lettres adouciraient son cœur et que lorsqu'il rentrerait, en héros victorieux, elle le regarderait avec un peu plus d'indulgence.

Braefar leva la tête d'un coup. L'espace d'une seconde il avait cru apercevoir deux hommes à la limite du cercle de pierres. Il cligna des yeux et ne vit personne. *Sans doute une illusion d'optique due à la lumière du soir,* pensa-t-il avant de se radosser à la colonne en pierre dorée. Le vent était frais et il ramena sa cape en laine autour de ses épaules. Les autres avaient fait un feu et étaient assis en rond autour, mais Braefar n'avait pas envie de se joindre à eux. À vrai dire, il n'avait pas la moindre envie d'être ici.

Si Connavar n'avait pas été aussi égoïste, si avide de puissance et de reconnaissance, pensa-t-il, *rien de tout ceci ne serait arrivé.*

Braefar regarda l'anneau en or qui se trouvait au majeur de sa main droite. C'était un cadeau de Connavar le jour de son couronnement. Un cadeau princier. Bien sûr, Bendegit Bran avait reçu, lui, un torque en or. Govannan, une broche avec un rubis, pour sa cape. Fiallach, une épée, dont la garde était recouverte de fils d'or et le pommeau orné d'une émeraude magnifique. Braefar avait pris le temps d'examiner tous les cadeaux. Son anneau coûtait moins que tous les autres. L'insulte avait été délibérée.

Braefar avait ravalé ce genre d'humiliation toute sa vie. Depuis ce jour maudit avec l'ours !

Il le revoyait aujourd'hui encore, énorme et noir, ses crocs dégoulinant du sang des enfants qu'il avait tués dans les bois. Il chargeait Connavar. La bête était terrifiante et glaçait le sang de Braefar. Conn lui avait sauté dessus pour la poignarder. Puis Govannan s'était rué à son aide. Tout avait été si vite. À un instant Conn était vivant et en bonne santé, l'instant d'après il était en charpie et l'herbe éclaboussée de sang. Les chasseurs étaient arrivés à peu près à ce moment-là et avaient enfoncé leurs lances dans le corps de la bête. Ce ne fut qu'alors que Braefar retrouva l'usage de ses jambes. Ils l'avaient tous regardé et avaient pensé que c'était un lâche. Ils ne l'avaient pas dit à voix haute. Mais, lui, les avait entendus. Et depuis lors, la vie de Braefar avait été une malédiction.

Conn ne lui avait jamais pardonné. Il lui répétait que si, mais c'était un mensonge. Il avait passé les vingt années qui avaient suivi à le punir, le faisant sans cesse échouer et passer pour un imbécile auprès des autres.

Oh, comme Conn avait dû rire à chaque occasion ! Braefar se doutait que le roi avait dû parler de ses « échecs » avec Bran, Govannan, Osta, Fiallach et consorts. S'ils croyaient qu'il ne les voyait pas rire dans son dos ! Il n'avait pas besoin de les voir pour le savoir. C'était tellement évident. Tout comme les plans grotesques afin de le faire passer pour un incapable.

Conn l'avait placé à la direction des mines d'or du Nord avec pour mission d'augmenter la production et de réapprovisionner le trésor. Braefar avait inventé des outils pour les hommes qui travaillaient sur la paroi. Ils s'étaient révélés très utiles. C'est alors qu'était survenu l'effondrement. Braefar avait été accusé de pousser trop vite, trop loin, sans avoir suffisamment de poutres pour maintenir la voûte. Quarante hommes avaient trouvé la mort et la mine avait été fermée pendant quatre mois. Comme si cela avait été sa faute ! « Il nous faut plus d'or », lui avait dit le roi. Braefar en avait produit plus, il avait doublé la production.

Chaque rôle que lui avait attribué Conn était empoisonné. Tout ça à cause d'un ours !

C'est pour cela qu'on ne lui avait jamais donné de titre militaire. Quelle humiliation ! Cela revenait à dire aux gens : « Regardez, Braefar est un lâche ! » Même Bran en était arrivé à le croire après la mésentente au cours de la première guerre face aux Pannones vingt ans auparavant. Conn avait confié le soin à Braefar de rassembler des renforts tandis qu'il allait affronter le laird des Highlands et le Loup des mers, Shard. Braefar avait fait exactement ce qu'on lui avait dit, il avait rassemblé des Rigantes depuis les quatre coins du pays. Et il serait allé à l'aide de Conn dès que tous les renforts auraient été là. Mais non, Bran, alors âgé de quinze ans, avait voulu jouer les héros et il s'était enfui dans les collines avec quelques milliers de recrues pendant que Braefar renforçait Vieux-Chênes afin de protéger les habitants au cas où un désastre serait survenu.

Évidemment, personne ne l'avait vu comme cela. Conn s'en était assuré. Braefar le lâche avait échoué dans sa mission et on ne pouvait plus lui faire confiance d'un point de vue militaire. Pourtant, il était resté loyal, année après année. Tandis que Bendegit Bran gouvernait tout le Nord et Fiallach l'Est, on avait offert à Braefar Trois-Ruisseaux en guise d'os à ronger. C'est alors qu'il avait découvert qui étaient ses vrais amis. L'empereur Jasaray l'avait fait contacter par ses agents afin d'obtenir ses conseils. L'empereur, lui avaient-ils dit, connaissait l'intelligence dont Braefar avait fait preuve à maintes occasions, à commencer par l'invention des étriers, qui permettaient à la cavalerie de porter une armure plus lourde, tout en restant bien en selle lors des combats. « L'empereur serait honoré, lui avaient-ils confié, de compter Braefar parmi ses amis. »

Et Jasaray s'était révélé un ami loyal. Ses agents avaient été témoins des railleries de Conn et en plusieurs occasions ils avaient entendu le roi faire des remarques désobligeantes à propos de son frère. Une fois, Connavar avait même prétendu être l'inventeur des étriers. Jasaray avait tout à fait raison quand il disait que sous le règne de Connavar l'armée s'était trop développée. Cela ne servait à rien et s'avérait extrêmement coûteux. Les Rigantes prospéreraient davantage, lui avait écrit Jasaray, sous la gouverne d'un homme plus sage, tel que lui, Braefar.

Jasaray comprenait. Il avait complimenté Braefar pour ses actions lors de la guerre face aux Pannones. « Seul un imbécile, lui avait-il écrit, serait parti au combat avec tous ses hommes, laissant les citoyens sans défense en cas de revers au cours de la bataille. » Braefar avait appris la phrase par cœur. Jasaray lui avait aussi fait remarquer que la domination de Connavar sur les Pannones allait à l'encontre de toutes les traditions keltoïes. Par l'intermédiaire de ses agents, il avait présenté à Braefar, le fameux rebelle pannone qui cherchait à se libérer du joug rigante, Guern.

Cela avait été passionnant de planifier et de comploter en secret. Il allait enfin montrer à Conn que ses talents de stratège étaient supérieurs à ceux de son petit frère, Bran. Il leur prouverait aussi en temps voulu qu'il n'était pas un lâche, en chevauchant aux côtés de Shard lorsque les Loups des mers débarqueraient.

Braefar frissonna en se remémorant la chevauchée sauvage lorsqu'il avait fui le champ de bataille. Oui, il avait été terrorisé jusqu'à la moelle, mais c'était encore la faute de Connavar, car son frère ne lui avait jamais offert la chance de pouvoir participer à une bataille. S'il l'avait fait, Braefar aurait appris à dominer sa peur. Eh bien, aujourd'hui, c'était fait. Il attendait ici, avec Guern et ses guerriers, pour tuer Connavar.

Pour tuer Connavar ! Cette seule pensée l'ébranla.

Toute sa vie – du moins jusqu'à ces dernières années – il avait vénéré son frère. La plupart de ses erreurs – bien que n'étant pas entièrement de sa faute –, il les avait faites en essayant de faire plaisir à Conn.

— Je t'aime, Conn, murmura-t-il.

Il se détendit en réalisant soudain que jamais Conn ne viendrait seul pour rencontrer Guern. Il se douterait bien qu'il s'agissait d'un piège. *Il va envoyer Fiallach et quelques dizaines de Loups de fer afin de nous arrêter.* Braefar savait ce qu'il dirait lorsqu'on l'amènerait devant le roi.

— Eh bien, Conn, tu n'as pas eu le courage de venir nous rencontrer seul. Peut-être, finalement, n'es-tu pas un vrai héros ; envoyer comme ça tes Loups là où tu n'oses pas aller.

Rien que de jeter cela au visage de Connavar en présence de ses généraux lui vaudrait le bannissement. Alors il partirait au sud rejoindre Jasaray.

Guern l'appela :

— Le voilà !

Braefar eut un pincement au cœur. Sur la colline d'en face, il vit un cavalier sur un cheval blanc venir vers eux ; le soleil couchant avait transformé son armure en or.

— Oh, non ! soupira Braefar. (Il scruta les collines à la recherche des Loups de fer qui l'accompagnaient, mais lentement, alors que le cavalier approchait, il réalisa qu'il était seul.) Oh, Conn, pourquoi es-tu venu ? dit-il.

Le roi Connavar pénétra dans le cercle de pierres. Il portait un heaume d'argent à ailes, un plastron sur lequel était gravé un faon pris dans des ronces, symbole de sa maison, et la fameuse cape à damier. À sa taille se trouvait la célèbre épée des Seidhs, avec sa poignée en or. Son heaume de bataille était posé sur le pommeau de sa selle. Le roi mit pied à terre et s'avança vers les hommes qui l'attendaient. Il ne jeta pas un seul regard à Braefar qui se recroquevilla dans l'ombre derrière les pierres.

Guern fit un pas en avant.

— Joins-toi à nous, Connavar. Parlons d'un nouveau traité de paix.

— Vous ne m'avez pas fait venir ici pour parler, répondit Connavar en dégainant son épée et en la posant sur le sol rocailleux, les mains appuyées sur le pommeau en or. Vous m'avez fait venir pour que je meure. Alors venez, traîtres. Je suis là. Et je suis seul.

Les huit hommes autour du feu s'étaient levés en voyant arriver le roi. Ils dégainèrent leurs épées et formèrent un arc de cercle autour du guerrier doré qui leur faisait face. Malgré leur avantage numérique, ils hésitaient à attaquer. Ce n'était pas n'importe qui. C'était Connavar, Démone-Lame, le roi guerrier qui n'avait jamais connu la défaite.

Braefar observa la scène et une terrible tristesse s'empara de lui. Conn n'avait jamais eu l'air plus beau qu'en cet instant, alors que ses ennemis étaient devenus, aux yeux de Braefar, de petits hommes avec de petits rêves. Braefar n'avait jamais voulu cela. Il dégaina son épée, bien décidé à venir se porter au secours de son frère. Mais il ne le fit pas. Ses jambes refusaient de lui obéir et il resta planté là, comme il l'était resté des années auparavant lorsque l'ours les avait attaqués, sans rien faire.

Soudain, deux hommes se ruèrent sur le roi. Connavar fit tournoyer son épée seidhe devant lui et asséna deux coups de taille. Le sang gicla et les hommes s'effondrèrent. Les six autres se jetèrent sur lui, l'assaillant de toutes parts à coups d'estoc.

Au même moment, il y eut un grand souffle d'air froid et le cercle se mit à trembler. Une lumière vive apparut et un guerrier surgit de nulle part. Braefar cligna des yeux ; ses doigts tremblants lâchèrent l'épée qu'ils tenaient.

Ce nouveau guerrier portait un bouclier en or d'une luminosité incroyable. Il se précipita sur les assaillants, asséna un coup de bouclier au visage du premier qu'il vit et enfonça son épée entre les côtes d'un deuxième.

Braefar regarda l'épée à ses pieds. Il voulait la prendre, mais ses jambes tremblaient trop et il avait peur de tomber s'il essayait. Alors il tira sa dague de son fourreau. Le bruit des épées s'entrechoquant, les cris des hommes qui mouraient, le déchiraient ; il recula jusqu'à ce que son dos touche une colonne de pierre, ferma les yeux et se boucha les oreilles avec ses poings. Il n'arrivait pas à empêcher les sons de l'atteindre, aussi s'efforça-t-il de penser à des jours meilleurs, lorsque lui et Conn, enfants, jouaient sur les collines de Trois-Ruisseaux.

Les sons s'arrêtèrent et Braefar ouvrit les yeux. Le nouveau guerrier – il réalisa alors qu'il s'agissait du bâtard, Bane – se tenait à côté du roi et le tenait par le bras. Le casque à ailes de Connavar était par terre, cabossé par un coup d'épée. Il y avait du sang sur la joue du roi qui coulait sur son plastron. Il y avait encore plus de sang sur son bras gauche. Braefar regarda Connavar qui détachait son plastron. Bane l'aida à le retirer. Puis, le roi ôta tant bien que mal sa cotte de mailles. Braefar vit deux énormes hématomes sur les côtes gauches du roi et la peau y était entaillée.

Le tremblement cessa et Braefar avança à petits pas. Connavar le vit et son expression changea. Braefar s'attendait à de la colère, la souhaitait même. Mais il n'y avait que de la tristesse sur le visage du roi.

— Pourquoi, Aile ? demanda-t-il.

— Pourquoi ? Pour toutes les souffrances et les humiliations que tu m'as fait endurer.

— Quelles souffrances ? Je t'aime, Aile. Je t'ai toujours aimé.

— Je sais que tu t'es moqué de moi pendant toutes ces années. Inutile de me mentir, Conn. Je le sais.

— Personne ne s'est moqué de toi, répondit Connavar. En tout cas, pas en ma présence. D'où tiens-tu cette idée folle ? (Il s'approcha de Braefar.) Oublions tout cela, Aile, lui dit-il. Il y a une grande bataille qui approche…

Il tendit les bras vers son frère.

— Ne me touche pas ! hurla Braefar en agitant les bras frénétiquement devant lui, oubliant presque la dague dans sa main.

Au cours de cette même fraction de seconde, au comble de l'angoisse et de la peur, Braefar inclina son poing. La lame s'enfonça entre les côtes de Connavar. Le roi grogna et partit en arrière, du sang jaillissant à gros bouillons de sa blessure.

— Non ! Je ne voulais pas…

Bane dégaina son épée et s'approcha de la mince silhouette.

— Laisse-le ! Ne le tue pas ! dit le roi avant de s'écrouler par terre.

Bane resta interdit un instant, les yeux rivés sur le visage torturé de Braefar.

— Va-t'en d'ici, serpent ! siffla-t-il. Si jamais je te revois, je te tuerai sur place.

Braefar ne bougea pas. Bane leva son épée. Braefar fit volte-face et s'enfuit dans les bois en courant.

Il courut et courut à toutes jambes, le cœur battant la chamade.

Bane était sidéré. Il avait cru que la prophétie de Riamfada était fausse. Lui et Connavar avaient tué les rebelles, et le roi n'avait que quelques égratignures et des contusions mineures. Mais à présent, en contemplant le visage grisâtre de l'homme qui était assis paisiblement le dos contre une colonne de pierre, Bane sut qu'il était en train de mourir. La dague avait pénétré trop profondément.

Comme la lumière diminuait, Connavar se mit à trembler. Bane retira sa cape et la posa sur le haut du corps de Connavar.

— As-tu mal ? lui demanda le jeune homme.

Connavar toussa et du sang vint tacher sa barbe.

— Un peu, avoua-t-il. Où est Aile ?

— Il s'est enfui dans les bois. Pourquoi as-tu tenu à ce que je l'épargne ?

Connavar reposa sa tête contre la pierre et sourit.

— C'est mon petit frère, répondit-il. J'ai pris soin de lui toute ma vie.

— C'est un sale traître – et il t'a tué.

— Je suis… venu ici pour mourir, déclara Conn. C'est le prix que demandait la Morrigu. Je ne sais pas pourquoi. Elle m'a toujours dit que la défaite de Roc était… importante. Sans moi… (Il resta silencieux un instant.) Que fais-tu ici, Bane ?

— Un de tes amis m'a demandé de venir. Riamfada.

— Le petit poisson, dit Connavar.

— Poisson ? s'enquit Bane.

— Lorsqu'il était… humain… ses jambes étaient inutiles. Govannan et moi, nous le portions souvent jusqu'aux chutes de Riguan. Nous… lui avons appris à nager.

Bane regarda le visage livide du mourant.

— C'est le garçon que tu portais lorsque l'ours vous a attaqués ?

— C'est bien lui. Les Seidhs ont accueilli son esprit. (Connavar poussa un grognement et son visage se déforma sous la douleur.) Bon sang, ce que cette petite blessure peut m'ennuyer. (Il regarda Bane dans les yeux.) Je suis content que tu sois ici, Bane. Mon âme aurait été peinée de mourir sans…

Il grimaça de nouveau et son corps fut agité de spasmes.

— Ne parle plus, lui dit Bane. Repose-toi.

— Pour quoi faire ? lui demanda Connavar en se forçant à sourire. Lorsque nous avons porté la Morrigu, j'ai vu beaucoup de choses et j'ai partagé des moments de ta vie. Lorsque tu as gagné cette course et que tu es venu vers moi en courant… Tu t'en souviens ?

— Bien sûr que je m'en souviens. Tu m'as tourné le dos.

— Je suis désolé, Bane. Lorsque j'ai vu que tu étais devant tous les autres, j'étais tellement fier que j'ai cru que mon cœur allait lâcher. Mais je ne pouvais pas rester. Te donner l'accolade et te reconnaître comme mon fils aurait signifié pour moi revoir ta mère, et j'avais juré de ne jamais plus la revoir. Si je pouvais revivre, je ferais tellement de choses différemment.

— Tu lui en as voulu pour tes erreurs, lui fit remarquer Bane sans colère dans la voix.

— Non, répliqua le roi. Je n'en ai jamais voulu à Arian. Je l'ai aimée dès l'instant où je l'ai vue. C'était ma faute. Mais je devais payer pour le mal que j'avais fait, pour les innocents que j'avais tués, et pour la mort de Tae.

Le roi se tut tout d'un coup et Bane pensa qu'il était mort. La nuit se fit plus froide.

Un mouvement derrière lui attira son attention. Bane se releva et fit volte face, l'épée à la main. Un garçon aux cheveux blonds en bataille, portant une tunique passée, se tenait là. Comme Bane s'était retourné brusquement, le garçon eut un mouvement de recul, apeuré. Bane rangea son épée.

— Que fais-tu là, mon garçon ? lui demanda-t-il.

— J'ai tout vu, répondit le garçon. Des loups me pourchassaient, alors je suis monté dans un arbre. J'ai vu le combat et l'homme qui a poignardé le roi. Est-ce qu'il va s'en sortir ?

— Va ramasser du bois pour faire un feu, lui dit Bane avant de retourner près de Connavar.

Il toucha la gorge du roi. Son pouls battait faiblement. Connavar ouvrit les yeux et saisit Bane par la main.

— J'ai eu une vision, lui dit-il. Je me suis vu mourir ici, mais je me suis également vu en train de mener une charge face à l'ennemi. Je ne comprenais pas comment les deux pouvaient être vraies. Mais à présent, je vois… Je vois !

Il s'évanouit à nouveau.

Le garçon revint avec du bois et prépara un feu. Puis il trouva plusieurs silex et Bane s'assit pour écouter le battement régulier des pierres à feu qu'on frappait l'une contre l'autre. Finalement une flamme réussit à prendre sous les brindilles et le bois se mit à crépiter. Le garçon souffla sur les flammes et vint ensuite s'asseoir de l'autre côté du roi.

— Il ne va pas mourir, dis ? demanda-t-il.

— Comment t'appelles-tu, mon garçon ?

— Axis. Le roi est déjà venu nous voir. Il a offert à p'pa un taureau parce que le nôtre était mort.

— Occupe-toi bien du feu, Axis, dit gentiment Bane. Nous allons essayer de lui tenir chaud.

— Alors il va mourir ? demanda le garçon en larmes.

— Oui, Axis, il va mourir. Occupe-toi du feu.

Bane baissa les yeux. Le roi lui tenait toujours la main. Bane sentit la chaleur de ses doigts et vit toutes les cicatrices sur le bras du roi. Le sang avait cessé de couler de sa blessure au côté, mais Bane savait que le saignement continuait à l'intérieur. Il avait déjà vu ce genre de blessure dans l'arène. Cela pouvait prendre des heures, mais la mort était certaine.

La lune se leva au-dessus du cercle de pierres. Bane tourna la tête vers le garçon.

— Trouve les chevaux des tueurs, lui dit-il. Ils avaient peut-être de la nourriture dans leurs sacoches. Tu as l'air d'avoir faim.

— J'ai faim, déclara Axis. Est-ce que je dois également ramener les chevaux dans le cercle ? Les loups sont peut-être encore dans les parages.

— Oui, fais donc ça, lui dit Bane.

Le garçon s'en alla en courant et revint quelques minutes plus tard, tirant trois chevaux derrière lui qu'il attacha à l'intérieur du cercle.

— Les autres se sont enfuis, expliqua Axis en passant devant le feu pour aller prendre les rênes de la jument blanche du roi.

Il la ramena également près du feu. Puis, il fouilla toutes les sacoches et trouva des tranches de jambon enveloppées dans de la mousseline. Il en offrit à Bane et tous deux mangèrent en silence. Le temps passa lentement. Axis s'endormit près du feu et Bane se retrouva seul avec ses pensées. Il songea au passé, à sa haine pour Connavar, à son désir d'être accepté et reconnu. Il avait vécu si longtemps avec le rêve de tuer cet homme dont il tenait à présent la main.

Le roi poussa un nouveau grognement. Bane le regarda et vit qu'il avait les yeux ouverts. Mais ils ne le regardaient pas, lui.

— Ah, Aile, dit-il, n'aie pas l'air si triste. Tout ira bien à présent.

— Connavar ! cria Bane en serrant les doigts du roi.

Connavar cligna des yeux et regarda Bane.

— Il est revenu, lui expliqua-t-il. Il m'attend.

Bane ne répondit pas. Il n'y avait de toute façon rien à répondre.

— Place… mon épée… entre mes mains, lui demanda Connavar d'une voix faiblissante.

La lame était posée contre la pierre derrière le roi. Bane la souleva et plaça la poignée à portée de main. Connavar ne bougea pas. Délicatement, Bane ouvrit ses doigts et les referma autour de la poignée légendaire. Le mourant poussa un dernier soupir, puis sa tête s'affaissa et son corps glissa dans les bras de Bane. Un moment Bane resta immobile, tenant le roi, sentant le poids de sa tête peser sur son épaule. Puis il déposa le corps par terre.

Riamfada entra dans le cercle de pierres, s'agenouilla à côté du corps et se pencha pour l'embrasser sur le front. Puis, il se tourna vers Bane.

— Je te remercie d'avoir été avec lui, déclara-t-il.

— Pourquoi ne m'as-tu pas prévenu pour Braefar ? J'aurais pu l'en empêcher.

— Je ne savais pas exactement ce qui allait se passer, Bane, seulement que cela allait se passer.

— J'aimerais bien le trouver pour le tuer de mes mains, dit Bane.

— Inutile. Braefar est mort. Arrivé dans les bois, il s'est tranché la gorge avec la dague qui a tué Connavar. À présent, les deux frères sont réunis et le ressentiment n'existe plus.

— Alors c'est Braefar que le roi a vu en mourant ?

— Oui, c'était lui.

Bane se leva.

— As-tu fait ton choix ? s'enquit Riamfada.

— Bien sûr – et je pense que tu t'en doutais.

— Évidemment, répondit Riamfada. Tu es le fils de Connavar, et je n'en attendais pas moins de toi.

Chapitre 16

Dans la faible lueur avant l'aube, alors que sonnait le petit déjeuner, Jasaray se réveilla d'un sommeil léger. Pour la première fois depuis des années, il avait fait de mauvais rêves. Il marchait vers une parade en son honneur, illuminée par des torches. Comme la foule l'acclamait, il aperçut une ombre au-dessus de lui et réalisa qu'il s'agissait d'un faucon qui fendait la nuit. Il avait levé les yeux en se demandant ce qui avait bien pu pousser un oiseau de proie diurne à s'envoler ainsi dans la nuit. Puis, le faucon avait plongé en piqué vers lui toutes serres dehors et s'était jeté sur son visage.

Le souvenir fit frissonner Jasaray. Il avait une petite douleur dans le bas du dos qui le fit gémir en se redressant. Cela faisait des années qu'il n'était plus parti en campagne et, à soixante-cinq ans, son corps se plaignait amèrement. Ses articulations lui faisaient mal depuis qu'il était arrivé à Accia, pendant un orage, et son humeur s'en ressentait.

À l'extérieur de la tente de commandement, il entendait les hommes s'affairer à leurs tâches, démonter les tentes, les rouler et les empaqueter, se rassembler devant la cantine pour recevoir leur bol de bouillon de viande fumant et leur quignon de pain, les harnais qui s'entrechoquaient, les bavardages des guerriers qui savaient qu'une bataille allait venir. Voilà des sons que Jasaray avait appris à aimer avec une passion qui lui avait toujours manqué dans tous les autres domaines de sa vie. Il avait pensé qu'une campagne contre les Rigantes et leurs alliés allait lui remonter le moral et ressusciter en lui les joies de sa jeunesse, mais à présent il savait qu'il y avait peu d'espoir. Il n'y avait aucune chance que la victoire imminente satisfasse pleinement les citoyens de Roc ou le satisfasse, lui, d'ailleurs. Les citoyens avaient l'habitude des victoires de Jasaray et de ses Panthères même quand les probabilités étaient toutes contre eux. Jasaray l'invincible !

L'empereur soupira. Qui aurait pu imaginer trente-sept ans auparavant que le frêle professeur de mathématiques deviendrait le plus grand génie militaire de son temps ? *Certainement pas moi,* pensa Jasaray avec un sourire narquois.

Le jeune homme de vingt-huit ans, à la coordination si mauvaise qu'il n'avait jamais réussi à manier l'épée ou à lancer le javelot et qui n'avait jamais fait d'école militaire, s'était retrouvé promu directement au rang de général. Cela avait été plus qu'étrange. La guerre civile faisait rage et le plus gros problème de ceux qui essayaient de sauver la république concernait la logistique et les approvisionnements – de la nourriture pour l'armée, des chariots, des chevaux, des armes. En bref, la Troisième Armée de la République, sous les ordres de Sobius, avait besoin d'un intendant militaire compétent. Afin qu'il puisse négocier au plus haut niveau, Sobius l'avait appointé général. Et comme Sobius l'avait espéré, il s'était révélé un brillant intendant, la Troisième Armée ne manqua jamais de quoi que ce fût. Si ce n'est peut-être de chefs intelligents, ce qui fit que l'armée fut mise en déroute par les rebelles. En l'espace de trois petits jours, Sobius et son état-major étant morts, Jasaray s'était retrouvé seul général à pouvoir monter au combat.

Et c'est ce qu'il avait fait, en décidant une action saisissante de l'arrière-garde, utilisant des tactiques que personne encore n'avait appliquées, dirigeant ses troupes avec une précision jamais vue auparavant. Ainsi l'homme communément appelé l'Érudit par mépris avait remporté la guerre et sauvé la république.

En quelques années, Jasaray était devenu de plus en plus puissant et avait écrit trois manuels de combat qui changèrent le visage de la guerre. Ses troupes étaient bien armées, bien nourries et superbement disciplinées. L'héroïsme personnel avait cédé la place à la cohésion du groupe et la force brute avait été remplacée par des tactiques brillantes. Aucune armée sous les ordres de Jasaray n'avait connu la défaite. En fait, la seule ombre de toute l'histoire militaire de Roc était due à Connavar lorsque cet idiot de Valanus s'était rendu en territoire rigante avec une armée dérisoire qui s'était fait massacrer.

Ce revers allait être rayé des mémoires par une victoire écrasante. Pourtant il n'allait pas vraiment y prendre plaisir. Jasaray avait espéré que Connavar puisse réunir une armée d'au moins cent mille hommes. Mais au lieu de cela les rapports laissaient supposer qu'il n'en avait même pas cinquante mille.

Quelle perte de temps et d'énergie, pensa Jasaray en se levant de son lit pour aller se servir un gobelet d'eau. Il aurait dû envoyer Barus pour vaincre les tribus. Et il l'aurait fait s'il n'avait souffert d'un ennui grandissant depuis qu'il était devenu empereur. Il avait eu envie de bénir Nalademus pour sa traîtrise, car, au moins, cela avait mis un peu de piment dans sa vie. La vérité était que le seul plaisir qu'il tirait venait du champ de bataille, et Roc était à cours d'ennemis acceptables. Jasaray aurait pu envahir les Rigantes un nombre de fois incalculable depuis des années. Mais il avait réservé à Connavar un traitement spécial : affronter le dernier grand adversaire de ce monde monotone.

Jasaray avait suivi sa carrière avec intérêt, se rappelant le jeune Keltoï qui avait servi sous ses ordres pendant la guerre face aux Perdiis. Un jeune homme très bien, brave et intelligent, et avec suffisamment de force de caractère pour faire taire sa nature exubérante et sauvage de Keltoï. La bataille d'aujourd'hui – même si l'issue ne faisait aucun doute – ne serait pas facile. Et il n'y aurait aucune gloire à en retirer. À Roc, on entendrait parler de sa victoire et on se contenterait de hausser les épaules.

— Ah, c'est bien, diraient les gens, mais ce n'étaient quand même que des Barbares.

Le rabat de sa tente se souleva, l'un de ses gardes passa la tête à l'intérieur et, voyant que l'empereur était réveillé, lui donna des nouvelles :

— Les éclaireurs sont de retour, seigneur.

— Fais-les entrer.

Deux éclaireurs ceniis entrèrent, accompagnés par des gardes qui les observaient nerveusement. Les deux Keltoïs avaient l'air d'hommes durs, amers et revêches.

— Eh bien ? demanda Jasaray.

— Les Rigantes prennent position dos au fleuve, dit le premier. Ils se sont dispersés sur une ligne dans les collines à moins de deux kilomètres d'ici, au nord.

— Combien sont-ils ?

L'éclaireur écarta les bras.

— Un peu plus que vous. Je ne peux pas être plus précis.

Le général Heltian passa le seuil de la tente. Jasaray congédia les éclaireurs et demanda à Heltian de faire seller les chevaux.

Quelques minutes plus tard, vêtus d'une simple tunique et d'un manteau de laine à capuche, Jasaray, Heltian et trois jeunes officiers sortirent de la forteresse. Jasaray n'emporta pas d'arme. Il y avait deux raisons à cela. La première était qu'il n'avait jamais réussi à manier l'épée et ne servirait donc à rien dans un combat. La deuxième raison était toutefois plus importante. Les troupes regarderaient leur empereur chevaucher sans armes, à l'approche de l'ennemi, et se diraient : « Voilà l'Érudit, il n'a vraiment peur de personne. »

Ils glousseraient et une bonne partie de la tension d'avant la bataille se dissiperait.

Jasaray et ses officiers galopèrent en direction du nord jusqu'à ce qu'ils repèrent les forces ennemies devant eux. Jasaray tira sur ses rênes. Ses yeux n'étaient plus aussi bons qu'autrefois, mais son orgueil l'empêchait de l'admettre. Il se tourna vers l'un de ses jeunes officiers.

— Maro, décris-moi leur formation.

Le jeune homme étudia les rangs des Keltoïs.

— Ils se sont massés au centre ; probablement quinze mille hommes. Je vois leur infanterie lourde de chaque côté, mais pas encore de cavalerie ni d'archers.

— Que te suggère cette formation ? s'enquit l'empereur.

— Je… ne sais pas, seigneur, admit le jeune homme.

— Et à toi ? demanda l'empereur à un deuxième.

— Ils s'attendent à ce qu'on les attaque au centre et l'ont renforcé ? suggéra-t-il sans grande confiance.

Comme les cinq cavaliers étudiaient l'ennemi, une longue colonne de cavaliers en armure lourde apparut à moins d'un kilomètre sur leur droite, progressant lentement à travers les collines.

— Ce doit être Fiallach et ses Loups de fer, supposa Jasaray. Ils se contenteront de regarder. Est-ce que quelqu'un voit Connavar ?

— Je vois la bannière du roi, dit Maro en désignant le centre des troupes ennemies.

Un drapeau bleu pâle avec un motif blanc flottait légèrement sous le vent.

— Que font-ils à présent ? demanda Jasaray en plissant les yeux.

— Ils se distribuent de la nourriture, seigneur, répondit Maro.

— Un général sage sait que ses hommes se battront mieux le ventre plein, expliqua l'empereur. Très bien, messieurs, je crois que nous en avons assez vu.

Il fit faire maladroitement demi-tour à sa monture et, d'un coup d'éperon, la fit repartir au trot vers la forteresse.

Il invita Heltian à le rejoindre dans sa tente et demanda à ses serviteurs qu'on leur serve un petit déjeuner. Tout en mangeant, Jasaray se représenta le champ de bataille. Le terrain était plat derrière les collines puis montait doucement. Derrière le centre de l'armée rigante se trouvait un large fleuve, ce qui signifiait que Connavar s'était lui-même coupé de toute retraite.

— Qu'en penses-tu, Heltian ? demanda l'empereur à son général.

L'officier, habituellement sinistre, se fendit d'un sourire.

— Je suis content que tu ne m'aies pas posé la question devant les jeunes. J'ai peut-être tort, mais j'ai l'impression qu'ils se préparent à une confrontation en tête-à-tête avec nos troupes, une sorte de quitte ou double. Et rien de plus.

— Oui, tu as tort, dit Jasaray. Connavar est un peu plus intelligent que cela. Si c'était le cas, il aurait placé son infanterie lourde au milieu. Mais non, elle est avec la cavalerie sur les flancs. Son armée s'étend sur près de cinq cents mètres. Pour l'attaquer sur une telle longueur il faudrait que nous adoptions une formation par cinq. Connavar espère que c'est ce que nous allons faire et que nous allons effectuer le gros de notre poussée sur son centre. Alors son infanterie lourde s'attaquerait à nos flancs, comprimant nos troupes, rendant leurs manœuvres difficiles. Puisque le centre est très peu protégé, il s'attend à ce que nous utilisions nos archers, afin de dégrossir leurs rangs, et à ce que nous utilisions ainsi toutes nos flèches. Alors, les Loups de fer nous prendraient dans une charge à revers, nous comprimant plus encore. Encerclés, sans aucune possibilité d'adapter notre tactique, nous serions massacrés comme des moutons.

— Alors comment allons-nous procéder, seigneur ? demanda Heltian.

— Mais exactement comme ils s'y attendent. Nous allons marcher en formation par cinq, sur dix rangées, avec les archers à l'arrière. Dès que nous approcherons de leur centre nous changerons en carré ouvert sur six rangées avec deux Panthères en réserve. Les archers ne devront pas tirer avant que je leur en donne l'ordre. Nous les contiendrons jusqu'à la charge des Loups de fer. Une fois que le carré ouvert sera pleinement fonctionnel, nous avancerons lentement vers leur centre et les briserons. Si possible, je veux que Connavar soit pris vivant. Ce sera mon trophée. Nous l'emmènerons enchaîné jusqu'à Roc afin qu'il soit exécuté dans l'arène.

— À t'écouter, la journée va être simple, seigneur, fit remarquer Heltian.

— Oh, je ne doute pas que Connavar ait quelques surprises en réserve pour nous. Soit lui, soit son frère, Bran. C'est un homme intelligent. J'aurais dû le faire tuer lorsqu'il est venu en visite à Roc.

— Est-ce que tu veux également qu'on le capture vivant, seigneur ?

Jasaray secoua la tête.

— Non. Tuez-le avec les autres. Pas de prisonniers aujourd'hui, Heltian. Pas de colonnes d'esclaves. Tout Keltoï qui s'oppose à nous doit mourir. Lorsque Valanus a été vaincu, les Rigantes ont placé les têtes de nos soldats sur des lances, à la frontière. Aujourd'hui, nous allons planter une forêt de têtes, qui donnera à réfléchir à tous ceux qui rêvent de s'insurger contre Roc.

— À tes ordres, seigneur.

Jasaray vit qu'il était troublé.

— Quel est le problème, Heltian ?

— Tu es l'Érudit et je n'ai pas ton talent en stratégie, seigneur. Pourtant, il me semble que marcher volontairement dans leur piège n'est pas nécessaire. Si nous enfonçons leur aile droite et que nous repoussons leur infanterie, ils seront contraints de changer leur plan de bataille et seront peut-être même mis en déroute.

— Ah, oui, répondit Jasaray en souriant, c'est exact. Mais quel plaisir y aurait-il à une victoire aussi simple ? L'ennemi va croire que nous sommes tombés dans son piège et lorsque nous lui montrerons que nous avions anticipé son plan, le cœur les abandonnera. C'est cruel, je sais, mais les empereurs aussi ont le droit de s'amuser.

Bendegit Bran regardait les colonnes de Roc progresser dans la brume matinale à moins de deux kilomètres au sud. Autour de lui, l'armée de volontaires pannones, norviis et rigantes les observait également, d'un regard féroce.

Bran n'avait pas fait de discours enflammé à ces hommes, il ne les avait pas non plus exhortés à se battre de toutes leurs forces pour défendre les leurs et leur pays. Il n'y en avait pas besoin. Ils savaient que la bataille qui allait avoir lieu risquait de changer pour toujours la vie de tous les Keltoïs. Ils savaient que s'ils échouaient, leurs femmes et leurs filles seraient réduites en esclavage et que leurs enfants seraient massacrés. *Non,* pensa Bran, *inutile de motiver ces hommes.*

En revanche, il aurait bien voulu que quelqu'un le motive, lui.

La mort de son fils aîné l'avait fortement ébranlé, mais la nouvelle que lui avait confiée Banouin quelques heures plus tôt avait fini de le détruire.

Connavar était mort, tué par Braefar.

Bran avait du mal à y croire. Aile avait toujours été une âme en peine, mais Bran n'avait jamais douté de son amour pour Conn ou pour son peuple. Pourtant, d'un simple coup de dague, il avait détruit son frère et les espoirs des Keltoïs. La légende de Connavar était telle qu'elle valait dix mille hommes à elle seule dans une bataille, car lorsque les troupes le voyaient dans son armure d'or, leur moral s'envolait aussi haut que volent les aigles. Bran voyait que les hommes scrutaient en permanence les collines, se demandant quand le roi ferait son apparition.

Devant eux, sur la grande plaine, l'armée de Roc continuait d'avancer, les colonnes se fondant lentement en changeant de formation. Comme ils étaient plus près, Bran voyait le soleil se refléter sur leurs casques et les grands boucliers carrés qu'ils portaient. Comme il l'avait espéré, ils avançaient en formation classique par cinq, sur dix rangées de front, leurs flancs défendus par six Panthères, trois de chaque côté, le long de la plaine, créant ainsi un carré à trois côtés. Entre les lignes défensives, Bran aperçut les archers de Roc qui marchaient à l'arrière. Il estima qu'il y en avait un millier.

Bran scruta la force ennemie dans sa totalité et se mit à calculer. Jasaray avait déployé une dizaine de Panthères et ses archers, soit trente et un mille combattants. Ce qui signifiait qu'il restait deux Panthères pour défendre leur forteresse afin qu'ils puissent se replier en toute sécurité si jamais quelque chose tournait mal. Bran avait réussi à rassembler autour de lui un peu plus de quarante mille hommes, mais la plupart n'avaient jamais pris part à une bataille. Malgré leur supériorité numérique, c'était Jasaray qui possédait l'armée la plus forte des deux. En fait, les vrais atouts de l'armée keltoïe étaient les dix mille Loups de fer, les huit mille hommes de l'infanterie lourde et les trois mille archers montés. Tous étaient des vétérans, bien entraînés et disciplinés. Les autres n'étaient que de simples hommes qui se feraient massacrer par Roc en moins d'une heure si on les laissait seuls.

Le vent tourna et l'écho des tambours résonna dans la plaine tandis que l'armée de Roc continuait sa progression vers le centre des forces keltoïes. Bran fit signe à ses archers de se mettre en position derrière les premières lignes. Ils coururent prendre place par centaines.

L'ennemi n'était plus qu'à trois cents mètres. Une trompette retentit dans ses rangs. Les soldats de Roc s'arrêtèrent et leur formation changea de nouveau. Bran eut un pincement au cœur. Les troupes de Roc venaient de se disposer en carré ouvert. Et elles se remettaient en marche. Bran réfléchit à toute vitesse. Ses hommes pouvaient toujours encercler l'ennemi mais quel avantage y aurait-il ? Leur seul espoir avait été de le comprimer afin de l'empêcher de manœuvrer. Cette nouvelle formation était très flexible. Bran vit que les deux Panthères de réserve se positionnaient au centre du carré afin de venir combler toute brèche qui surviendrait.

Deux cents mètres. Bran aperçut la silhouette de Jasaray au centre du carré. L'empereur portait un plastron de fer tout simple et un vieux casque cabossé. Il marchait les mains dans le dos en discutant avec un officier à côté de lui.

Cent mètres. Les tambours accélérèrent la cadence. La progression des troupes de Roc se fit plus rapide. Bran sentit la tension monter chez les hommes autour de lui, et avec elle les débuts de la peur.

— Mort à Roc ! beugla Bran en brandissant son épée.

Un cri gigantesque monta de l'armée keltoïe, comme un mur de son qui s'abattit sur les troupes ennemies.

Cinquante mètres. Bran distinguait les visages des soldats de Roc.

— Archers ! cria-t-il.

Les archers rigantes encochèrent leurs flèches, bandèrent leurs arcs et tirèrent. Bran vit quatre soldats de Roc se précipiter vers Jasaray et le protéger par un mur de boucliers. La plupart des traits ricochèrent contre les boucliers ou les casques, mais certains trouvèrent quelques trous dans les armures ennemies et se fichèrent dans la chair sans protection. Une vingtaine de soldats de la première ligne tombèrent. Les autres continuèrent d'avancer. Volée après volée, des flèches fendirent l'air.

Vingt mètres. Bran fit signe d'arrêter le tir. Les archers devaient avoir touché ou blessé deux cents soldats ennemis, dont certains continuaient de marcher. Puis, les soldats de Roc poussèrent un cri de bataille et passèrent à l'attaque. Les Keltoïs bondirent à leur rencontre.

Et la tuerie commença.

Obéissant aux ordres de Bran, le général gath, Osta, mena ses archers montés dans une attaque sur les flancs droits de l'ennemi. Comme Roc portait son bouclier au bras gauche, le flanc droit de l'armée en marche était toujours plus vulnérable. Mais au moment où les cinq cents cavaliers d'Osta fondirent sur eux, les soldats de Roc se contentèrent de pivoter sur leurs talons, afin de présenter leurs boucliers à l'ennemi et de bloquer ainsi les premières volées.

Osta positionna alors la charge en parallèle au flanc ennemi et fit tirer tout en galopant. Derrière le mur de boucliers, il aperçut les archers de Roc. Aucun n'avait encore tiré. Comme son attaque avait été manquée, Osta fit signe à ses hommes de retourner dans les collines. Une fois arrivé, le Gath mit pied à terre et alla rejoindre Govannan qui attendait avec l'infanterie lourde.

— C'est mal parti, dit Osta. Nos attaques se brisent sur leurs boucliers comme les vagues contre une falaise.

— Attendons le signal de Bran, répondit Govannan, alors nous briserons ce mur ou nous mourrons en essayant.

— Mais, par Taranis, où est Conn ? murmura Osta en se penchant vers son ami.

Govannan ne répondit pas. Avant de partir, la veille, le roi avait fait venir Govannan dans sa tente. Le chef de l'infanterie s'était attendu à une conversation tactique. Mais Conn lui avait offert un gobelet de vin.

— Je risque d'être absent une bonne partie de la journée, avait-il annoncé.

Govannan avait bien vu que le roi était en armure intégrale.

— Où vas-tu ? lui avait-il demandé.

— Je ne peux pas te le dire.

— Conn, la bataille a lieu demain. Je t'en conjure, ne prends pas de risques inutiles !

— Il en est qu'on ne peut éviter.

Un silence gêné s'était abattu. Govannan avait décidé de le rompre :

— De quoi veux-tu parler ?

Conn avait souri.

— Tu te souviens de l'ours ?

— Comment pourrais-je l'oublier ?

— Nous n'étions pas amis à l'époque, et pourtant tu t'es précipité pour m'aider. Je ne l'ai jamais oublié, Van. Alors que la bête me réduisait en pièces, je t'ai vu l'attaquer ; et à cet instant précis, j'ai compris ce que cela veut dire qu'être rigante. Aussi terrifiant que soit l'ennemi, nous nous serrons les coudes et nous ne nous enfuyons pas.

— Pourquoi me dis-tu cela ? lui avait demandé Govannan, pris de peur.

Connavar avait souri.

— Je voulais simplement te remercier pour ce jour-là.

— Bon sang, Conn, voilà que tu m'inquiètes. Où vas-tu ?

— Je vais voir quelqu'un que j'aime. (Il avait tendu la main et Govannan l'avait serrée.) À demain.

Le roi avait quitté la tente, enfourché son cheval blanc, Chanduvent, et était parti vers l'est au galop.

— S'il ne vient pas, nous sommes foutus, déclara Osta.

Ces mots ramenèrent Govannan au temps présent. Celui-ci ne répondit pas.

À présent, le combat était devenu féroce sur le flanc de la colline. Des centaines de Rigantes étaient déjà tombés. Et Roc continuait d'avancer.

Fiallach descendit la colline à la tête de ses dix mille Loups de fer. Lentement, au petit trot, ils se déversèrent sur le champ de bataille, juste hors de portée de tir des lignes arrière ennemies, et se répartirent sur cinq rangées bien espacées afin de pouvoir charger dès que le signal viendrait.

Le guerrier géant n'avait qu'une seule envie : lancer son cheval au triple galop et fondre sur l'ennemi qu'il haïssait tant, afin que sa lame les fauche tous. Il lui fallut faire un effort surhumain pour se convaincre d'attendre le signal de Bran. Surtout maintenant que le plan de Bran était en ruine, et que des centaines de guerriers rigantes tombaient devant la progression du carré.

Fiallach regarda avec une méchanceté affichée les archers ennemis. Ils n'avaient pas décoché un seul trait, ce qui signifiait que sa charge se ferait sous une pluie mortelle, que les chevaux allaient tomber et que des hommes se feraient piétiner par des fers. Le poitrail des montures était protégé par une cotte de mailles, mais leur cou, leur tête et leurs jambes étaient offerts à toute attaque. Le géant relâcha le bouclier qu'il avait au bras gauche et l'accrocha au pommeau de sa selle. Son fils, Finnigal, monta à sa hauteur. Le garçon n'aurait pas dû se trouver là, mais Vorna l'avait guéri, et il avait tenu à chevaucher aux côtés de son père. Fiallach se gratta la barbe.

— Cela ne devrait plus tarder, dit-il.

Finnigal retira son heaume et se passa les doigts dans les cheveux.

— Nos pertes vont être terribles, fit-il remarquer. Nous allons nous jeter dans une tempête de grêle à pointes de fer.

— Oui, da, et nous en sortirons, dit Fiallach d'une voix grave. C'est le moment que j'ai attendu la moitié de ma vie : détruire une bonne fois pour toutes le mythe de Roc. Et nous allons gagner, mon garçon.

— Où est le roi ? s'enquit Finnigal, se faisant l'écho de tous les esprits.

— Il va venir, ne t'inquiète donc pas. Tu crois que Connavar manquerait la bataille ?

— Jusqu'ici il l'a manquée, grommela Finnigal.

Fiallach ne répondit pas. L'absence du roi était un mystère des plus inquiétants. Beaucoup d'hommes avaient vu Connavar quitter le camp. Le soir venu, Fiallach était allé voir Bran, mais celui-ci lui avait dit ne pas savoir où était parti son frère. Tout ce qu'il avait pu lui dire, c'était qu'ils avaient travaillé sur une stratégie jusqu'au milieu de l'après-midi et qu'ensuite Conn était parti. Fiallach était alors parti trouver Govannan, qui lui avait raconté la discussion qu'il avait eue plus tôt avec le roi, lorsque Connavar lui avait confié qu'il allait voir quelqu'un qu'il aimait.

— Beaucoup d'hommes ont besoin de la compagnie d'une femme avant une bataille, avait expliqué Fiallach. Cela les aide à se détendre.

— Moi, je crois plutôt qu'il est allé voir Braefar.

— Dans quel but ?

Govannan avait haussé les épaules.

— Pour lui pardonner, peut-être. Par l'enfer, je n'en sais rien, Fiallach. Moi, ce qui m'a le plus dérangé, c'est que cela ressemblait à un adieu.

— Tu as dû te tromper, avait rétorqué Fiallach. Conn ne nous abandonnerait jamais, surtout maintenant. Par les dieux, c'est Jasaray que nous affrontons !

— J'espère que tu as raison, mon ami, avait dit Govannan, parce que sans lui nous n'avons aucune chance. Ne le prends pas mal, Bran est un parfait stratège et toi un guerrier sans égal. Mais Conn a une sorte d'aura magique. Les hommes se battent mieux lorsqu'il est là. Sa simple présence les motive.

— Il sera là, avait déclaré Fiallach.

Mais maintenant que la bataille avait commencé, il n'y avait toujours aucun signe du roi. Devant eux, Roc avait fait une poussée jusqu'à mi-hauteur de la crête. Plusieurs milliers de Rigantes étaient morts. Fiallach souleva son bouclier et le repassa à son bras. Signal ou pas, il n'allait plus attendre très longtemps.

Un immense cri retentit sur la droite. L'infanterie lourde braillait une ovation. Fiallach pivota sur sa selle. Les rangs s'écartèrent et le roi Connavar passa entre eux au galop, son armure dorée brillant sous le soleil, son casque intégral bien en place, et sa cape à damier flottant au vent. Sur son bras se trouvait un bouclier en or étincelant, qui brillait comme si le soleil chevauchait avec lui.

— Qu'est-ce que je t'avais dit ? dit Fiallach, soulagé.

Jasaray entendit les « hourras » retentir sur le champ de bataille et se retourna pour voir Connavar arriver sur son cheval blanc. Tout à coup, il frissonna, alors que le soleil semblait pourtant briller plus fort dans le ciel. Ce sentiment était simplement exquis. Jasaray réfléchit un instant afin d'analyser cette sensation. *C'est de la peur,* réalisa-t-il. Comme c'était bon. Jasaray avait enfin l'impression d'être en vie.

Au front, l'avance ralentit car les Rigantes se jetaient à présent sur les soldats de Roc avec une vigueur nouvelle. Un Keltoï, la moitié du visage arrachée, attrapa le bouclier d'un soldat et le lui prit des mains. Un deuxième Keltoï bondit en avant et enfonça son épée dans la tête du porteur de bouclier. Celui-ci tomba à la renverse et le Rigante put se faufiler dans l'ouverture, tranchant la gorge d'un deuxième soldat, alors que lui-même était abattu. Le rang se referma, mais l'avance avait été stoppée. Sur toute la ligne, les Rigantes se battaient avec une violence terrifiante.

Heltian vint se porter au côté de Jasaray. L'empereur lui jeta un coup d'œil et les deux hommes portèrent leur attention sur les Loups de fer et la silhouette dorée qui venait à leur rencontre.

— Une vision superbe, dit Jasaray. Tape-à-l'œil, mais néanmoins superbe.

— Oui, convint Heltian, ça donne la chair de poule.

— Il est le symbole des jours anciens, reprit Jasaray, l'incarnation du principe du chef héroïque, et des jours où les généraux et les rois se battaient en première ligne avec leurs hommes. Tu vois comme ils se battent mieux depuis qu'il est avec eux ?

Heltian eut un sourire contrit.

— Je ne suis pas impatient de les voir se battre mieux, seigneur.

On amenait les blessés à l'arrière du carré ouvert, où des chirurgiens pouvaient s'occuper d'eux.

— Ils perdent deux hommes – peut-être trois – pour chacun des nôtres, observa Jasaray. Ils ne pourront pas supporter ces pertes bien longtemps.

Il serra ses mains dans son dos et surveilla de nouveau la bataille. À cause de la colline, il pouvait voir Bendegit Bran. Celui-ci se tenait derrière la bannière bleu et blanc. Maintenant qu'il était assez près, Jasaray remarqua que le motif blanc était un faon pris dans des ronces. *Comme c'est curieux,* pensa-t-il, *qu'un peuple guerrier ait choisi un tel symbole.* Puis, il se rappela l'avoir déjà vu. C'était dans sa tente, avant la bataille avec les Perdiis, lorsqu'il avait convoqué le jeune Connavar afin de le rencontrer. Il avait vu le faon dans les ronces sur une broche qu'il portait ainsi que sur le pommeau de son épée. *Étrange,* pensa-t-il. *Si nous le prenons vivant, il faudra que je pense à lui demander pourquoi.*

La première ligne de Roc commença à plier en son centre, car les Rigantes ne tenaient plus simplement bon mais repoussaient à présent l'ennemi. Jasaray fit signe à trois détachements de réserve d'aller fortifier la ligne. Les trois cents hommes levèrent leurs boucliers, dégainèrent leurs glaives et allèrent lentement prendre position. La ligne se redressa. Jasaray reporta son attention sur l'infanterie lourde de chaque côté de son armée. *C'est pour bientôt,* songea-t-il. *Ils ne peuvent pas nous comprimer et ils ne pourront pas tenir leur centre.* Connavar allait devoir donner l'ordre à son infanterie lourde de venir soulager son frère du gros de la pression.

Il se tourna vers Heltian.

— Indique aux détachements de réserve de reculer, qu'ils soient prêts à aller se porter sur nos flancs. Laisse deux Panthères pour fermer l'arrière du carré dès que les Loups de fer chargeront.

— À tes ordres, seigneur, dit Heltian.

Le général était à peine parti que Jasaray vit l'homme à côté de Bendegit Bran agiter la bannière au faon dans les ronces de gauche à droite.

L'infanterie lourde des Rigantes se mit en marche. Jasaray avait prévu qu'elle chargerait le long de la pente à la manière keltoïe, courant à la mort avec tout l'enthousiasme des jeunes hommes poursuivant des jeunes filles accortes. Mais au lieu de cela, les Rigantes progressèrent lentement, les boucliers levés. L'empereur s'aperçut alors qu'ils ne portaient pas les épées longues si populaires parmi les tribus, mais de petites épées d'estoc semblables à celles de ses soldats. C'était inquiétant, car l'épée longue keltoïe était une arme inadéquate pour le combat rapproché, puisque les hommes étaient obligés d'ouvrir leurs rangs pour manier l'arme. Des épées courtes signifiaient qu'ils pouvaient combattre en rangs serrés, épaules contre épaules, et exercer davantage de pression sur les rangs de Roc. *Ils ont les armes et ils imitent notre discipline,* pensa-t-il. *C'est une sorte de compliment. Mais savoir combien de temps durera cette discipline, voilà une tout autre histoire.*

L'infanterie lourde descendit la colline et se mit soudain à courir. Pas d'une charge débridée, mais plutôt d'un pas rapide. Au dernier moment, juste avant que leurs boucliers ne percutent ceux des soldats de Roc, les Rigantes poussèrent un cri de guerre féroce. La ligne de Roc plia de chaque côté mais se reprit rapidement. Le bruit des boucliers et des épées qui s'entrechoquaient était assourdissant. Jasaray adorait ça.

La progression avait repris sur la colline. Bran faisait maintenant partie de la mêlée. Jasaray se tourna vers la silhouette dorée sur le cheval blanc.

— Viens, dit-il doucement. Viens voir ton vieil ami.

Bane avait chevauché toute la nuit, utilisant deux des chevaux des rebelles afin d'économiser le hongre blanc de Connavar. Il abandonna ses chevaux derrière ses lignes afin de passer au milieu de l'infanterie lourde qui l'ovationna au passage. Puis, il descendit la colline. De là, il aperçut Fiallach à la tête de ses dix mille Loups de fer. Lentement ils se déversèrent dans la plaine, hors de portée ennemie, se rangeant sur cinq lignes espacées, prêts à charger au signal. Lorsque Fiallach tira sur ses rênes, il poussa un grognement. Le furoncle qu'il avait au niveau de la ceinture lui envoya une décharge de douleur dans le bas du dos. *J'aurais dû le faire percer hier,* pensa-t-il. Aujourd'hui, il le lançait péniblement. Fiallach absorba la douleur et la distilla en furie guerrière.

Bane arriva au galop sur la plaine. Les Loups de fer dégainèrent leurs épées et lancèrent un rugissement de joie en guise de bienvenue. Fiallach se lança à sa rencontre. Le grand homme s'approcha et Bane – malgré son casque intégral qui ne laissait voir que ses yeux – se sentit nerveux sous son regard.

— Par le ciel, Conn, je me suis inquiété, lui dit Fiallach.

— Je suis là, à présent, répondit Bane d'une voix plus grave qu'habituellement, espérant que l'écho métallique la déguiserait suffisamment.

Fiallach le dévisagea un instant.

— Bon, Bran a des ennuis. On charge ?

Bane était assez d'accord. Il posa sa main sur le pommeau de l'épée de Connavar et la dégaina. Comme ses doigts se refermaient sur l'arme, il sentit une brise froide murmurer dans son esprit.

— Pas encore, mon fils. (Le choc fut si violent qu'il manqua laisser tomber l'épée.) Je vais être avec toi un petit instant. Chevauche jusqu'au centre de tes troupes et attends le bon moment.

— Comment le reconnaîtrai-je ?

— Tu verras les roues de feu. Bon, je pense que Fiallach a des doutes. Tes yeux ressemblent peut-être aux miens, mais je suis un peu plus corpulent que toi.

Bane se tourna vers Fiallach qui l'observait sans rien dire.

— Est-ce que tu as fait percer ton furoncle ? lui demanda-t-il.

Fiallach éclata de rire.

— Non, j'ai pensé qu'un soldat de Roc pourrait me le faire. Tu vas bien, Conn ? Ta voix est bizarre.

— Je ne me suis jamais senti aussi bien, mon ami.

Bane éperonna son hongre et alla prendre position.

Haut dans le ciel, juste en dessous des nuages, l'esprit de Banouin regardait la bataille. Le grand carré de Roc avançait inexorablement le long de la colline et plus de trois mille Keltoïs avaient déjà trouvé la mort.

L'arrivée de Connavar avait abasourdi le jeune druide, et il s'était aussitôt rendu en vitesse au Cercle de Balg. Là, il avait vu le cadavre du roi et un jeune garçon blond près de lui. En revenant sur le champ de bataille il comprit qu'une seule personne au monde pouvait incarner le roi – son fils qui le méprisait et qui avait refusé de se joindre à l'armée rigante.

Banouin flotta au-dessus du carnage, assez haut cependant pour ne pas voir l'horreur des lames s'enfonçant dans la chair. De là où il était, la bataille n'était pas sanglante ; le carré géant de Roc progressait lentement vers le nord, repoussant les Rigantes vers le fleuve.

La bannière fut agitée une fois de plus.

Sur le flanc des collines, à droite et à gauche du carré, des cavaliers apparurent, tirant des chariots le long de la crête. On jeta des torches dans les chariots et une fumée noire et grasse s'éleva. Il y avait trois chariots par colline, et les cavaliers tirèrent sur des cordes afin d'amener les véhicules sur les pentes. Lentement, ils gagnèrent de la vitesse. Les cavaliers lâchèrent les cordes et s'éloignèrent des véhicules en flammes qui fondaient sur le carré de Roc.

En voyant les chariots, les soldats essayèrent de s'écarter afin de les laisser passer. Mais tout le monde n'y parvint pas et des hommes furent écrasés sous les roues. À l'intérieur des chariots se trouvaient d'énormes jarres en grès remplies d'huile à lanterne qui se fendirent sous la chaleur, se déversant sur la paille humide qui les maintenaient en place. D'autres jarres explosèrent, aspergeant les soldats assez proches d'huile brûlante, mettant le feu à leurs capes et à leurs pantalons. Deux chariots enflammés percutèrent les rangs des archers, les dispersant. De la fumée et des flammes s'échappèrent dans un grondement de tonnerre.

Au milieu des Panthères de réserve, le jeune Maro ôta sa cape rouge en flammes. Il la jeta par terre et la piétina afin d'éteindre le feu. Ses yeux le piquaient à cause de la fumée. Autour de lui d'autres hommes essayaient d'éteindre le feu qui avait pris à leurs vêtements.

La bise du nord dirigea la fumée vers le sud. Maro réalisa que très peu d'hommes avaient été blessés dans l'attaque. Les chariots s'étaient arrêtés à présent, et ils brûlaient vivement, mais les rangs s'étaient heureusement refermés. Les archers se regroupèrent et tout redevint normal.

Puis il entendit un roulement de tonnerre et leva les yeux, s'attendant à voir des nuages. Mais il n'y en avait aucun. Il réalisa alors la vérité. Il n'y avait pas d'orage. Le tonnerre venait du sud, et pas du ciel. Le sol tremblait sous ses pieds.

À travers la fumée, il vit la charge des Loups de fer de Connavar et, à leur tête, la silhouette dorée au bouclier brillant.

Maro eut l'impression que le temps ralentissait. Il vit les archers de Roc essayant de se regrouper, bander leurs arcs et décocher une volée de flèches sur la charge ennemie. Les flèches semblèrent planer une éternité. Puis, elles touchèrent leurs cibles et des dizaines de chevaux tombèrent. Pas un trait ne toucha le cavalier doré, bien que beaucoup l'aient visé. Les flèches ricochaient sur son bouclier ou le manquaient de justesse, allant se ficher dans des cavaliers à côté de lui. La fumée tournoya autour des archers, en faisant tousser et pleurer un grand nombre.

Malgré leurs pertes, les Loups de fer continuèrent leur charge assourdissante en direction du carré. Soudain, Maro pensa à Cara et à leur fils, au jardin ensoleillé derrière la maison. Une grande tristesse l'envahit en pensant à toutes les lettres qu'il n'avait pas pu envoyer.

Il dégaina son arme. Les Loups de fer surgirent de la fumée, l'épée à la main. Derrière lui, il entendit Heltian donner l'ordre d'avancer. Les Panthères de réserve se déployèrent en ligne de combat et imbriquèrent leurs boucliers.

Maro ferma les yeux et adressa une brève prière à la Source.

— Épargnez-moi, que je puisse revoir mon fils, murmura-t-il.

Bane se pencha sur le cou de son hongre. Une volée de flèches fendit les airs. Bane leva son bouclier et regarda autour de lui. Des chevaux s'écroulaient un peu partout, projetant leur cavalier au sol. Une flèche vint lacérer le flanc de son hongre et ricocha sur la jambière en bronze de sa jambe droite. Une autre flèche vint percuter le bord de son bouclier.

Des centaines de traits fauchaient les cavaliers, puis d'autres, mais la charge continuait. Des archers commençaient à s'enfuir pour se réfugier à l'abri éphémère des Panthères de réserve qui tentaient de former un mur de boucliers. Leurs efforts furent gênés par les archers.

Le hongre pénétra dans le carré, renversant plusieurs archers. L'épée seidhe s'abattit, fendant un casque en deux, broyant le crâne en dessous.

Bane n'avait jamais manié une telle arme. Légère comme un bâton, pourtant capable de traverser d'un coup l'armure et l'os. Derrière lui, il aperçut Fiallach, une flèche dans l'épaule gauche, qui se jetait au triple galop dans le gros des archers, frappant à tout rompre à gauche et à droite. Une deuxième flèche se planta dans son dos, mais il l'ignora et continua de tuer sans retenue. Bane tira sur ses rênes – puis chargea le mur de boucliers en formation, dispersant les soldats.

Le hongre chuta. Bane dégagea ses pieds des étriers à temps et sauta. Un soldat de Roc se rua sur lui. L'épée seidhe jaillit et trancha le bras d'arme du soldat. La main et l'épée tombèrent sur le sol. L'homme poussa un hurlement. Bane le tua et se tourna face à un nouvel adversaire. Les cavaliers vinrent se regrouper autour de lui, repoussant les soldats de Roc. Fiallach attrapa les rênes d'un cheval sans cavalier et l'amena à Bane qui sauta en selle. Celui-ci chargea de nouveau les Panthères de réserve, emmenant la fumée noire et tourbillonnante dans son sillage.

Sur les hauteurs, à quatre-vingts mètres de là, environ, Jasaray ordonna un changement de formation. Les trompettes de commandement retentirent et plusieurs rangs sur la gauche et la droite quittèrent leurs positions pour venir renforcer les réserves. Cela eut pour effet d'affaiblir le carré et Govannan demanda à ses hommes de redoubler d'efforts. Osta et ses archers montés arrivèrent juste derrière les Loups de fer. Ils lâchèrent leurs arcs et dégainèrent leurs sabres pour lancer une attaque contre le côté intérieur gauche du carré.

Le deuxième cheval de Bane fut tué et tomba la tête la première. Bane fut éjecté de selle et s'affala de tout son long sur le sol. Un soldat de Roc se jeta sur lui. Il se redressa pour bloquer le coup d'estoc. Fiallach arriva au galop derrière l'homme et le renversa. Une flèche transperça le cou de la monture du géant qui se cabra et tomba à la renverse. Fiallach eut le temps de sauter de selle et alla se ranger dos à dos avec Bane. Des soldats de Roc se ruèrent sur eux. Une lame percuta la cotte de mailles de Fiallach, lui brisant une côte. Le géant asséna un direct du gauche à son assaillant et le toucha en plein visage, l'assommant pour le compte. Le Rigante l'acheva d'un coup d'épée en plein crâne.

Une fois encore, les Loups de fer se rassemblèrent autour de la silhouette dorée, sautant de leurs montures pour former un bouclier humain. Bane jeta un coup d'œil à Fiallach. Le géant avait du sang sur le visage et respirait difficilement.

— C'est ton furoncle qui te gêne ? lui demanda Bane.

Fiallach sourit. Une épée fondit vers le visage du vieil homme. Bane bloqua l'attaque, tuant l'agresseur d'un revers qui lui trancha la gorge. Sur la gauche, plusieurs centaines de Loups de fer avaient fait une percée dans les rangs de Roc. Ils ralentirent leur charge et, au galop, allèrent prendre à revers les réserves, qui avaient bien du mal à former leur carré défensif. Bane et les Loups de fer autour de lui se ruèrent une nouvelle fois à l'attaque. Bane dévia un bouclier et transperça la jambe du soldat d'un coup d'épée. L'homme tomba. Fiallach qui suivait Bane le tua.

Un jeune officier brun vint couper la route de Bane. C'était le jeune mari de Cara, Maro. Celui-ci asséna un coup d'épée droit devant lui. Bane esquiva et para le coup avec facilité. L'épée de Fiallach vint broyer le crâne du jeune homme, projetant une gerbe de sang et de morceaux de cervelle sur l'armure dorée de Bane.

Sur la colline, au nord du carré, Jasaray fit reculer ses premières lignes, donnant l'ordre à Heltian de renforcer l'arrière avec deux autres Panthères.

— Oh, et oublie ce que je t'ai dit à propos de prendre Connavar vivant. Je pense que sa mort serait un avantage à ce moment du combat.

Jasaray se tenait, imperturbable, les mains dans le dos. La charge des Loups de fer avait été exécutée avec brio, et l'usage des chariots était intelligent. Mais la charge était terminée à présent, et l'issue de la bataille incertaine. Jasaray scrutait la scène de ses yeux d'expert. Plus de la moitié de l'armée rigante avait été tuée ou blessée, alors qu'il n'avait perdu qu'un tiers de ses forces. La mort de Connavar changerait le cours de la bataille. C'était toujours le problème avec les chefs héroïques. Oui, les hommes étaient motivés par la silhouette dorée à leur tête. Mais lorsqu'il serait mort, leur motivation mourrait avec lui et, à la place, ils connaîtraient le désespoir. Connavar était le cœur des Rigantes. Chaque homme ici se battait au-dessus de ses capacités à cause de sa simple présence. Jasaray savait que les soldats rigantes s'enfuiraient dès que leur roi tomberait.

L'empereur regarda sans passion Heltian mener six mille hommes dans la mêlée. Ils chargèrent les Loups de fer qui avaient atteint l'arrière du carré de réserve, tuant leurs chevaux, désarçonnant les cavaliers et les poignardant à mort. Puis, les soldats formèrent un triangle et repoussèrent Connavar et ses hommes. Connavar – comme l'avait espéré Jasaray – ne lâcha pas un centimètre de terrain et les Panthères de Roc purent encercler les Loups de fer. À présent le roi se battait dans un cercle défensif. Les pertes que subissaient les Panthères étaient terribles, car elles n'affrontaient pas là des Barbares sans défenses, mais les troupes d'élite de Connavar, choisies pour leur courage et leur force. Pourtant, elles étaient isolées du gros de la troupe des Loups et en infériorité numérique de six contre un. Jasaray estima que ce n'était plus qu'une question de temps avant que le guerrier à l'armure dorée ne tombe sous les coups de Roc.

À l'extérieur du carré, Govannan vit la situation désespérée de Connavar.

— Le roi ! Le roi ! hurla-t-il.

L'infanterie lourde – qui avait déjà perdu la moitié de ses effectifs – se jeta sur le mur de boucliers devant elle. Les Keltoïs se battaient comme des démons. Govannan percuta la ligne ennemie avec son bouclier, et celle-ci céda brièvement. Il se précipita dans la brèche et tua deux soldats médusés. Un troisième lui asséna un terrible coup à la tête qui brisa son heaume et martela son crâne. Govannan tituba mais se ressaisit ; il décocha un vicieux coup d'estoc à l'épaule du soldat, lui tranchant à moitié le bras. L'homme tomba dans un cri de douleur. Les hommes de Govannan s'engouffrèrent dans la brèche. Ce fut comme si un barrage cédait. Les soldats de Roc reculèrent en plein désarroi et le mur céda en une dizaine d'endroits. Govannan avança d'un pas chancelant, des lumières clignotaient devant ses yeux et du sang lui coulait dans le cou. Il comprit qu'il était en train de mourir, mais s'accrocha à la vie, plus résolu que jamais, et avança tant bien que mal vers les hommes qui encerclaient son roi. Plusieurs centaines de fantassins le suivaient et ils tombèrent à bras raccourcis sur les soldats de Roc qui, surpris, n'eurent pas le temps de se regrouper. Certains essayèrent de faire face à cette nouvelle attaque, mais d'autres reculèrent dans l'espoir de lever un mur de boucliers.

Au centre de la mêlée, Bane, son armure couverte de sang, se tailla un chemin jusqu'à Govannan, Fiallach sur ses talons. Juste avant qu'ils ne se rejoignent, Bane trébucha. Deux soldats le frappèrent. Fiallach se jeta pour s'interposer. Une épée lui entra dans l'épaule. Il tua son assaillant, mais un second coup vint le percuter aux côtes. Fiallach tomba. Bane enfonça son épée dans le cœur du soldat et la dégagea pour briser le crâne d'un second. Alors qu'il rejoignait Govannan, il vit le général s'écrouler, du sang sortant à gros bouillons d'une fracture au crâne. Les soldats de Roc reculèrent. Bane s'accroupit aux côtés de Govannan qui était à genoux.

— Cela… devient… une habitude… de te sauver, Conn, murmura Govannan. Mais ce… maudit ours… nous avait donné moins de fil à retordre.

Il tomba tête la première. Bane le rattrapa, mais il était mort.

De l'autre côté du carré, les archers montés d'Osta, maintenant à pied, se taillèrent un passage parmi les rangs ennemis et rejoignirent l'infanterie lourde. Le carré de Jasaray était en ruine.

La prise de conscience de la défaite submergea les rangs de Roc. Au début, seuls quelques hommes s'enfuirent vers le sud pensant aller trouver refuge dans leur forteresse. Puis des dizaines jetèrent leur bouclier et prirent leurs jambes à leur cou. La fuite devint un ruisseau, puis un torrent et ce fut l'armée de Roc tout entière qui déserta le champ de bataille.

Heltian essaya de former un mur autour de Jasaray, mais Bane se précipita sur lui et lui trancha la gorge d'un grand coup de taille. Heltian tomba aux pieds de Jasaray et, même dans la mort, il tenta de protéger son empereur en levant une dernière fois son bouclier.

Comme toujours, Jasaray était imperturbable, les mains dans le dos.

— J'en déduis que tu n'es pas venu pour te rendre ? demanda-t-il à l'homme qu'il croyait être Connavar.

Bane retira son heaume et vit le choc de la surprise sur le visage de l'empereur.

— Où est Connavar ? s'enquit Jasaray.

— Assassiné par son frère, lui répondit Bane.

Jasaray éclata de rire, et l'humour était réel.

— Donc, au bout du compte, j'aurai été vaincu par un garçon qui ne comprend rien à la stratégie. C'est hilarant !

— Tu es un homme courageux, dit Bane, et j'aimerais pouvoir te laisser vivre. As-tu un dieu en particulier à qui t'adresser ?

— Non, répondit Jasaray.

L'épée seidhe scintilla sous le soleil matinal et traversa le mince cou de Jasaray. La tête tomba par terre et roula sur un mètre. Le corps tomba de travers et s'affala dans l'herbe.

Bane retourna à l'endroit où était tombé Fiallach. Le géant respirait encore, mais il était livide.

— Ils... ont percé mon furoncle, dit Fiallach en se fendant d'un sourire forcé. Je savais... que tu n'étais pas Conn.

Les flèches avaient transpercé sa cotte de mailles et s'étaient fichées dans sa chair. Sa blessure à l'épaule était profonde, mais le coup mortel avait été celui sur son côté gauche, là où la cotte de mailles s'était déchirée.

— Tu t'es bien battu, grand homme, lui dit Bane.

Fiallach lui attrapa le bras et l'attira vers lui.

— Où est le roi ? murmura-t-il.

— Mort. Tué par son frère, Braefar.

La colère ramena quelques couleurs sur le visage du mourant.

— Et Braefar ?

— Il s'est tué.

— La seule bonne... chose qu'il ait jamais faite. Quel dommage qu'il ne l'ait pas faite plus tôt. Il a toujours été une vermine, mais Conn... ne voulait pas l'admettre. Moi, je ne m'étais pas laissé avoir. J'ai toujours su... bien juger... les gens. (Il regarda le visage du jeune guerrier et sourit à nouveau.) Enfin, peut-être pas si *bien* que ça. Je t'ai mal jugé, Bane. (Le vieux guerrier poussa un grognement.) J'aurais aimé... être avec toi... lorsque l'on va marcher sur Roc...

La tête de Fiallach s'affaissa et un dernier râle sortit de sa gorge. Bane se leva.

Tout autour de lui les Rigantes se déplaçaient parmi les blessés de Roc, les achevant sans merci. Bane aperçut Bendegit Bran parmi ces guerriers. Il prit les rênes d'un alezan sans cavalier, se mit en selle et traversa le champ de bataille. Il vit le hongre blanc de Connavar, Chanduvent. Le cheval s'était relevé. Bane était content qu'il ait survécu. Il éperonna son alezan et passa au galop devant Bran.

— Attends ! lui cria Bran.

Mais Bane était parti.

Tandis qu'il traversait le champ de bataille, les Keltoïs l'acclamèrent, agitant leurs épées en l'air et scandant son nom. Il atteignit le sommet de la colline et se retourna pour jeter un dernier regard au champ ensanglanté.

— Fier de toi, mon garçon, dit la voix de Connavar dans sa tête.

Épilogue

Tout au long d'une après-midi interminable, Frère Solstice, Banouin et une vingtaine d'autres druides s'occupèrent des blessés. Ils furent aidés par une centaine de guerriers qui avaient l'expérience des blessures de guerre. Pourtant, beaucoup moururent sur le champ de bataille avant qu'on puisse les secourir.

En tout, dix-sept mille Rigantes, Norviis et Pannones avaient donné leur vie pour protéger leur pays, et plus de vingt-cinq mille soldats de Roc avaient perdu leur âme au nom de l'ambition de Jasaray.

Les blessés rigantes se comptaient par milliers. Parmi les morts figuraient les généraux Govannan, Ostaran le Gath et Fiallach. À quelques mètres à peine de Fiallach se trouvaient les cadavres de Wik et Valian, les anciens hors-la-loi, et aussi celui de Furse, le fils d'Osta. Finnigal survécut, mais amputé de sa main gauche. Quatre mille cinq cents Loups de fer et archers montés avaient trouvé la mort durant la charge, et plus d'un millier étaient blessés.

Bendegit Bran dépêcha des éclaireurs qui revinrent pour lui apprendre que les dernières Panthères avaient quitté la forteresse la veille et se dirigeaient vers le Sud. Il n'avait pas d'autre choix que de les laisser partir.

Lorsque le soleil de l'après-midi plongea vers les montagnes, Bran et vingt Loups de fer se rendirent à cheval jusqu'au Cercle de Balg. Un homme aux épaules voûtées et un jeune garçon attendaient près de la dépouille du roi, revêtu une fois de plus de son armure d'or. Mais il n'y avait aucun signe de Bane.

Bran mit pied à terre et alla parler avec l'homme. C'était le père du garçon et il était venu le chercher. Bran les remercia tous les deux de s'être occupés de son frère.

— Où est le guerrier qui était avec lui ? demanda-t-il.

— Je n'ai vu personne, seigneur, répondit le père.

— Et toi ? demanda Bran au garçon.

— Un autre homme est venu, seigneur, juste avant que mon p'pa me retrouve. Il a lancé une puissante magie. Il y a eu une lumière vive dans le Cercle, il s'est avancé et il a disparu.

— Disparu ?

— Oui, seigneur.

— Et c'est tout ce que tu as vu ?

— J'ai vu des montagnes, seigneur, de l'autre côté du Cercle. Des montagnes blanches.

FIN